SANDRA BROWN
Weißglut

AF178574

Das Buch

Nie wieder wollte Sayre Hoyle einen Fuß in ihre Heimatstadt Destiny setzen. Nie wieder wollte sie etwas mit ihrer Familie zu tun haben. Selbst als ihr Bruder Danny sie einige Tage zuvor in San Fancisco anrief, weigerte Sayre sich, mit ihm zu sprechen. Nun wird Danny beerdigt. Entsetzt muss Sayre erfahren, dass der mit der Untersuchung des Todesfalls beauftragte Hilfssheriff einen Mord vermutet. Kurz entschlossen quartiert Sayre sich in letztes Mal in Destiny ein, denn sie hat eine Ahnung, dass der Mörder aus ihrer eigenen Familie stammen könnte. Doch ihre Familie, kaltherzig wie eh und je, lässt sich nicht so einfach verdächtigen. Sie haben einen cleveren, undurchsichtigen Anwalt an ihrer Seite: Beck Merchant, einen Mann, dessen abgründige Ausstrahlung Sayre abstößt – und doch gleichzeitig mit aller Kraft anzieht. Sie darf ihn nicht begehren, und auf keinen Fall darf sie ihm vertrauen …

Die Autorin

Sandra Brown arbeitete mit großem Erfolg als Schauspielerin und TV-Journalistin, bevor sie mit ihrem Roman *Trügerischer Spiegel* auf Anhieb einen großen Erfolg landete. Inzwischen ist sie eine der erfolgreichsten internationalen Autorinnen, die mit jedem ihrer Bücher die Spitzenplätze der *New-York-Times*-Bestsellerliste erreicht. Ihren großen Durchbruch als Thrillerautorin feierte Sandra Brown mit dem Roman *Die Zeugin*, der auch in Deutschland auf die Bestsellerlisten kletterte – ein Erfolg, den sie mit jedem neuen Roman noch einmal übertreffen konnte. Sandra Brown lebt mit ihrer Familie abwechselnd in Texas und South Carolina.

Sandra Brown

Weißglut

Thriller

Aus dem Amerikanischen
von Christoph Göhler

blanvalet

Die Originalausgabe erschien 2004 unter dem Titel »White Hot«
bei Simon & Schuster Inc., New York.

Sollte diese Publikation Links auf Webseiten Dritter enthalten,
so übernehmen wir für deren Inhalte keine Haftung, da wir uns
diese nicht zu eigen machen, sondern lediglich auf deren Stand
zum Zeitpunkt der Erstveröffentlichung verweisen.

Verlagsgruppe Random House FSC® N001967

2. Auflage
Taschenbuchausgabe Dezember 2018 bei Blanvalet,
einem Unternehmen der Verlagsgruppe Random House GmbH,
Neumarkter Straße 28, 81673 München
Copyright der Originalausgabe © Sandra Brown Management Ltd., 2004
Copyright der deutschsprachigen Ausgabe © 2007 by Blanvalet Verlag
in der Verlagsgruppe Random House GmbH,
Neumarkter Straße 28, 81673 München
Umschlaggestaltung: www.buerosued.de
Umschlagmotiv: plainpicture/Millennium/Alan Sirulnikoff
JB · Herstellung: wag
Druck und Einband: GGP Media GmbH, Pößneck
Printed in Germany
ISBN: 978-3-7341-0676-7

www.blanvalet.de

Im Gedenken an Mark W. Smith
Er zeigte Größe im Leben,
Würde im Sterben und ist nun geheilt

Prolog

Manche meinten, wenn er sich wirklich hatte umbringen wollen, hätte er sich keinen besseren Tag aussuchen können.

Das Leben war an diesem Sonntagnachmittag wahrhaftig nicht besonders lebenswert, und die meisten Organismen arbeiteten nur auf Sparflamme. Die Luft war dick und heiß wie Maisgrütze. Sie entzog jedem Lebewesen sämtliche Energien, egal ob Pflanze oder Tier.

Alle Wolken verdampften unter der Grausamkeit der Sonne. Ein Schritt aus dem Haus ins Freie war wie das Betreten eines der Hochöfen in Hoyles Gießerei. Vor der familieneigenen Angelhütte am Bayou Bosquet – so genannt wegen der mit Zypressen bewachsenen Insel in der Mitte des gemächlich dahintreibenden Gewässers – backte ein ausgestopfter, zwei Meter langer Alligator in der glühenden Hitze des Gartens. In seinen glasigen Augen spiegelte sich das Flirren des glosenden Himmels. Die Flagge des Staates Louisiana hing wie ausgewrungen am Mast.

Selbst die Zikaden waren zu träge zum Musizieren, nur gelegentlich störte ein besonders ehrgeiziges Insekt die schlaftrunkene Atmosphäre mit einem bestenfalls halbherzigen Zirpen auf. Die Fische blieben wohlweislich unter der Wasseroberfläche und der dichten, grünen Decke aus Wasserlinsen. Sie verharrten in den schattigen, modrigen Tiefen und zeigten nur durch das periodische Pulsieren ihrer Kiemen an, dass sie noch lebten. Eine Mokassinschlange lag faul am Ufer, drohend, aber reglos.

Der Sumpf war ein natürliches Vogelparadies, aber heute schien alles, was Federn trug, ein Nickerchen im eigenen Nest zu halten. Bis auf einen einsamen Falken. Er hockte auf dem Wipfel eines Baumes, der Jahrzehnte zuvor durch einen Blitzschlag abgestorben war. Die Elemente hatten das nackte Geäst weiß gewaschen wie ein säuberlich abgenagtes Gerippe.

Der geflügelte Jäger behielt die kleine Hütte unten fest im Blick. Vielleicht hatte er die Maus erspäht, die zwischen dem Pfahlwerk des Angelsteges umherhuschte. Wahrscheinlicher aber war, dass ihn sein Instinkt vor der drohenden Gefahr warnte.

Der Knall des Schusses war nicht so laut, wie man vielleicht erwartet hätte. Die Luft, dicht wie ein Daunenkissen, schien die Schallwellen zu dämpfen. Der Schuss löste kaum eine Reaktion im Sumpf aus. Die Flagge blieb verwickelt und schlaff an ihrem Mast hängen. Der ausgestopfte Alligator zuckte nicht. Nur die Mokassinschlange glitt mit einem leisen Plätschern ins Bayou, weniger aufgeschreckt als vielmehr pikiert, dass man sie aus ihrem sonntäglichen Schlummer aufgestört hatte.

Der Falke erhob sich in die Lüfte, fast ohne einen Flügelschlag auf der Thermik reitend, um nach etwas Gehaltvollerem als der kleinen Maus Ausschau zu halten.

An den Toten in der Hütte verschwendete er keinen Gedanken.

1

»Erinnerst du dich an Slap Watkins?«

»An wen?«

»Den Typen, der damals in der Bar rumgestänkert hat.«

»Etwas genauer, bitte. In welcher Bar? Wann?«

»An dem Abend, als du hier aufgetaucht bist.«

»Das war vor drei Jahren.«

»Yeah, aber das hast du bestimmt nicht vergessen.« Chris Hoyle beugte sich vor, um dem Gedächtnis seines Freundes auf die Sprünge zu helfen. »Das Großmaul, das den Streit angefangen hat? Mit einer Hackfresse, dass die Uhr stehen bleibt. Und Elefantenohren.«

»Ach, den. Klar. Mit den …« Beck hielt die Hände seitlich an den Kopf, als wären es riesige Ohren.

»Deshalb hat ihn jeder Slap genannt«, sagte Chris.

Beck zog eine Braue hoch.

»Immer wenn es windig wurde, sind ihm die Ohren …«

»An den Kopf geklatscht«, vollendete Beck den Satz.

»Wie ein offenes Gatter im Sturm.« Grinsend erhob Chris seine Bierflasche zu einem stummen Prost.

Die Blenden im Fernsehzimmer der Hoyles waren fest geschlossen, um die bohrenden Strahlen der Spätnachmittagssonne abzuhalten. Daher lag der Raum in einem angenehmen Halbdunkel, in dem das Fernsehbild wesentlich besser zu erkennen war. Es lief gerade ein Spiel der Braves. Ende des neunten Inning, und Atlanta konnte nur noch auf ein Wunder hoffen. Aber trotz des unerfreulichen Spielstandes gab es unangenehmere Arten, den Sonntagnachmittag zu verbringen, als in einem dunklen, klimagekühlten Fernsehzimmer eiskaltes Bier zu trinken.

Chris Hoyle und Beck Merchant hatten schon viele Stunden in diesem Raum vergeudet. Mit dem Riesenfernseher und der Surround-Anlage war er das perfekte Männer-Spielzimmer. Es gab hier eine komplett ausgestattete Bar mit eingebautem Eiswürfelautomaten, einen Kühlschrank voller Soft Drinks und Bier, einen Billardtisch, ein Dartboard und einen runden Kartentisch mit sechs Ledersesseln, von denen jeder so weich und anschmiegsam war wie der Busen des Covergirls auf der aktuellen Ausgabe von *Maxim*. Das Zimmer war mit Walnusswurzelholz verkleidet und mit massiven Möbeln eingerichtet, die sich nur wenig abnutzten und kaum Pflege brauchten. Die Luft roch nach Tabak und war testosterongeschwängert.

Beck öffnete die nächste Flasche Bier. »Und was ist mit diesem Slap?«

»Er ist wieder da.«

»Ich wusste gar nicht, dass er weg war. Wenn ich es recht überlege, habe ich ihn sowieso nur das eine Mal gesehen, und da waren mir die Augen zugeschwollen.«

Chris erinnerte sich lächelnd. »Für eine Barkeilerei ging es damals ganz schön zur Sache. Du hast dir eine ganze Salve von Slaps gut gesetzten Schlägen eingefangen. Mit den Fäusten konnte er schon immer umgehen. Das hat er gelernt, weil er immerzu die Klappe aufreißen musste.«

»Wahrscheinlich, weil ihn dauernd jemand wegen seiner Ohren verarschen wollte.«

»Bestimmt. Jedenfalls hat ihm seine Klappe einen Haufen Ärger eingebracht. Schon bald nach unserer kleinen Meinungsverschiedenheit begann er eine Fehde mit dem Ex seiner Schwester. Es ging um einen Rasenmäher, glaube ich. An einem Abend beim Krabbenkochen spitzte sich die Sache so zu, dass Slap seinem Exschwager mit einem Messer hinterher ist.«

»Hat er ihn erwischt?«

»Es war nur eine Fleischwunde. Aber die ging quer über den Bauch des Typen und war immerhin so blutig, dass sie Slap eine Anklage wegen schwerer Körperverletzung einbrachte, die wahrscheinlich auf versuchten Totschlag hätte lauten müssen. Sogar Slaps eigene Schwester hat damals gegen ihn ausgesagt. Die letzten drei Jahre hat er in Angola abgesessen, und jetzt ist er auf Bewährung rausgekommen.«

»Wie schön für uns.«

Chris sah ihn ernst an. »Nicht wirklich. Slap hat es auf uns abgesehen. Jedenfalls hat er das gesagt, als er vor drei Jahren im Streifenwagen weggefahren wurde. Er fand es unfair, dass er verhaftet wurde und wir nicht. Damals hat er Beleidigungen und Drohungen ausgestoßen, bei denen es mir heute noch kalt über den Rücken läuft.«

»Kann mich gar nicht erinnern.«

»Wahrscheinlich, weil du da auf der Toilette warst, um deine Wunden auszuspülen. Jedenfalls«, fuhr Chris fort, »ist Slap ein aggressiver und wenig vertrauenswürdiger Loser, ein echter Assi, der nichts kann außer streiten, aber das dafür erstklassig. Wir haben ihm damals eine schwere Schlappe zugefügt, und ich bezweifle, dass das vergeben und vergessen ist, auch wenn er hackedicht war. Nimm dich vor ihm in Acht.«

»Ich betrachte mich hiermit als gewarnt.« Beck schaute über die Schulter in Richtung Küche. »Bin ich zum Essen eingeladen?«

»Wie immer.«

Beck rutschte noch tiefer in das Sofa, auf dem er sich breitgemacht hatte. »Super. Ich weiß nicht, was da im Ofen ist, aber mir wird schon vom Duft der Mund wässrig.«

»Kokoskuchen. Niemand macht besseren Kokoskuchen als Selma.«

»Da kann ich nicht widersprechen.«

Chris' Vater Huff Hoyle trat in den Raum, das erhitzte Gesicht mit einem Strohhut befächelnd. »Gebt mir sofort ein Bier. Ich bin so verflucht durstig, dass ich keinen Tropfen Spucke zusammenkriegen würde, selbst wenn mein Schwanz in Flammen stände.«

Er hängte den Hut an einen Garderobenständer, ließ sich

schwer in seinen Fernsehsessel fallen und wischte mit dem Ärmel über seine Stirn. »Verflucht, ist das eine Scheißhitze.« Seufzend sank er in die kühlen Lederpolster zurück. »Danke, Sohn.« Er nahm die eiskalte Bierflasche entgegen, die Chris ihm geöffnet hatte, und deutete damit auf den Fernseher. »Wer gewinnt?«

»Atlanta bestimmt nicht. Außerdem ist es gerade vorbei.« Beck drehte den Fernseher stumm, während die Kommentatoren das Spiel sezierten. »Wen interessiert schon, warum sie verloren haben. Der Endstand sagt alles.«

Huff grunzte zustimmend. »Die Braves konnten die Saison von dem Moment an abschreiben, als sie zugelassen haben, dass diese überbezahlten, ausländischen Primadonnen den Besitzern vorschreiben, wo's langgeht. Ein entscheidender Fehler. Das hätte ich ihnen gleich sagen können.« Er nahm einen langen Schluck, mit dem er die Flasche praktisch leerte.

»Hast du den ganzen Nachmittag Golf gespielt?«, fragte Chris.

»Zu heiß.« Huff zündete sich eine Zigarette an. »Wir haben drei Löcher gespielt, dann haben wir ›Scheiß drauf‹ gesagt und sind ins Clubhaus, um Gin Rummy zu spielen.«

»Wie viel hast du ihnen heute abgenommen?«

Die Frage war nicht, ob Huff gewonnen oder verloren hatte. Er hatte noch immer gewonnen.

»Ein paar Hunderter.«

»Gut gelaufen«, kommentierte Chris.

»Wenn du nicht gewinnst, brauchst du auch nicht zu spielen.« Er zwinkerte erst seinem Sohn, dann Beck zu. Mit einem tiefen Schluck leerte er sein Bier. »Hat einer von euch was von Danny gehört?«

»Der wird irgendwann hier auftauchen«, sagte Chris. »Das heißt, wenn er den Besuch irgendwo zwischen dem Sonntagsgottesdienst und dem Abendgebet unterbringen kann.«

Huffs Blick wurde düster. »Versau mir nicht die Laune, indem du *davon* sprichst. Ich will mir nicht den Appetit verderben.«

Wie Huff gern und oft predigte, waren Gebete, fromme Gesänge und Gottesdienste nur etwas für Weiber oder für Männer, die wie Weiber waren. Für ihn stand die organisierte Religion auf einer Stufe mit dem organisierten Verbrechen, nur dass die Kirchen straffrei blieben und Steuervorteile genossen, und darum waren ihm diese heiligen Brüder genauso zuwider wie Schwule oder Gewerkschafter.

Chris lenkte das Gespräch taktvoll von seinem jüngeren Bruder und dessen jüngster Hinwendung zur Spiritualität weg. »Ich habe Beck eben erzählt, dass Slap Watkins auf Bewährung freigekommen ist.«

»Asozialer Dreck«, knurrte Huff und streifte mit den Zehen die Schuhe vom Fuß. »Und zwar der ganze Haufen, angefangen mit Slaps Großvater, dem verkommensten Halunken auf Gottes weiter Welt. Sie haben ihn schließlich im Straßengraben gefunden, mit einer zerbrochenen Whiskyflasche in der Kehle. Offenbar hat er einmal zu oft Streit gesucht. In der Familie muss es irgendwo Inzucht gegeben haben. Die ganze Sippe ist hässlich wie die Sünde und dumm wie Brot.«

Beck lachte. »Möglich. Aber ich stehe trotzdem in Slaps Schuld. Wenn er nicht gewesen wäre, säße ich nicht hier und würde mich bekochen lassen.«

In Huffs Blick lag eine Zuneigung, die er sonst nur seinen Söhnen gegenüber zeigte. »Nein, Beck, es war dir von Anfang an bestimmt, auf Gedeih und Verderb einer von uns zu werden. Dass wir dich gefunden haben, hat diesen ganzen Gene-Iverson-Schlamassel letztendlich aufgewogen. Du warst das einzig Gute an der ganzen Geschichte«

»Du und die gespaltene Jury«, ergänzte Chris. »Diese zwölf dürfen wir nicht vergessen. Wenn sie nicht gewesen wären, säße ich nicht hier und würde aufs Sonntagsessen warten. Stattdessen könnte ich mir mit Typen wie Slap Watkins eine Zelle teilen.«

Chris mokierte sich oft darüber, dass man ihn des Mordes an Gene Iverson angeklagt hatte. Seine launigen Scherze über diesen Vorfall verursachten bei Beck unweigerlich ein flaues Gefühl, so wie jetzt auch. Er wechselte das Thema. »Ich spreche nur ungern an einem Sonntag eine Geschäftsangelegenheit an.«

»In meinem Kalender ist jeder Tag ein Werktag«, wies ihn Huff zurecht.

Chris stöhnte. »In meinem Kalender nicht, o nein. Ist es was Unangenehmes, Beck?«

»Möglicherweise.«

»Kann es dann nicht bis nach dem Essen warten?«

»Klar, wenn euch das lieber ist.«

»Auf keinen Fall«, sagte Huff. »Du weißt, wie ich zu schlechten Nachrichten stehe. Ich höre sie lieber früher als später. Und ganz bestimmt will ich damit nicht bis nach dem Essen warten. Also, worum geht es, Beck? Sag nicht, dass uns das Umweltamt schon wieder eine Strafzahlung aufgedrückt hat, weil die Kühlteiche…«

»Nein, darum geht es nicht. Nicht direkt.«

»Worum dann?«

»Moment noch. Ich schenke uns erst mal was zu trinken ein«, meinte Chris zu Huff. »Du hörst schlechte Nachrichten lieber früher als später, ich höre sie am liebsten mit einem Glas Bourbon in der Hand. Willst du auch einen?«

»Viel Eis, kein Wasser.«

»Beck?«

»Für mich nicht, danke.«

Chris ging an die Bar und griff nach einer Whiskykaraffe und zwei Gläsern. Dann beugte er sich zum Fenster, spähte zwischen den Lamellen der Blende hindurch und drehte gleich darauf die kleine Kurbel, um den Spalt zu vergrößern. »Wer kommt denn da?«

»Wer kommt denn da?«, echote Huff.

»Der Wagen des Sheriffs hat gerade angehalten.«

»Na, was glaubst du, was er von uns will? Heute ist Zahltag.«

Den Blick immer noch nach draußen gerichtet, antwortete Chris: »Das glaube ich nicht, Huff. Er hat jemanden dabei.«

»Und wen?«

»Keine Ahnung. Hab ich noch nie gesehen.«

Chris schenkte die Gläser ein und brachte eines davon seinem Vater, aber dann lauschten die drei schweigend, wie Selma auf das Läuten der Türglocke hin von der Küche auf der Rückseite der Villa zur Haustür ging. Die Haushälterin begrüßte die Besucher, aber der Wortwechsel war zu gedämpft, als dass man etwas verstanden hätte. Schritte näherten sich dem Fernsehzimmer. Dann erschien Selma in der Tür, gefolgt von den beiden Besuchern.

»Mr. Hoyle, Sheriff Harper möchte Sie sprechen.«

Huff machte ihr ein Zeichen, den Sheriff hereinzubitten.

Sheriff Red Harper war dreißig Jahre zuvor in sein Amt gewählt worden, nachdem Huff seine Kampagne massiv unterstützt und seinen Sieg sichergestellt hatte. Seither war der Sheriff dank Huffs Brieftasche im Amt geblieben.

Sein einst feuerrotes Haupthaar war matt geworden, so als wäre es auf seinem Kopf verrostet. Red Harper war fast einen Meter neunzig groß, aber so dünn, dass der dicke Ledergürtel mit den Insignien seines Amtes an ihm herabhing wie ein Fahrradschlauch an einem Zaunpfahl.

Er wirkte ausgelaugt, und das nicht nur wegen der Gluthitze draußen. Sein Gesicht war lang und hager, als hätten drei Jahrzehnte der Korruption und des schlechten Gewissens daran gezehrt. Sein jammervolles Auftreten war das eines Mannes, der sich unter Wert dem Teufel verkauft hatte. Er war ohnehin keine Frohnatur, doch als er jetzt ins Zimmer trat und den Hut absetzte, wirkte er noch niedergeschlagener als sonst.

Im Gegensatz dazu erschien der junge Officer an seiner Seite, den sie alle noch nie gesehen hatten, mitsamt seiner Uniform wie in ein Stärkebad getaucht. Er war so glatt rasiert, dass seine Wangen rosa leuchteten. Außerdem wirkte er angespannt und hellwach wie ein Sprinter vor dem Startschuss.

Red Harper begrüßte Beck mit einem knappen Nicken. Dann sah der Sheriff auf Chris, der neben Huffs Sessel stand. Schließlich blieben seine trüben Augen an Huff hängen, der in seinem Sessel sitzen geblieben war.

»Abend, Red.«

»Huff.« Statt Huff direkt anzusehen, senkte er den Blick auf die Hutkrempe, die er rastlos zwischen den Fingern drehte.

»Was zu trinken?«

»Nein danke.«

Huff war dafür bekannt, dass er für niemanden aufstand. Eine solche Respektsbezeugung blieb allein Huff Hoyle vorbehalten, das wusste jeder im Parish. Diesmal aber hielt Huff die Spannung nicht mehr aus, drückte die Fußstütze des Sessels nach unten und erhob sich.

»Was ist denn los? Und wer ist das?« Er musterte den blank gewienerten Begleiter von Kopf bis Fuß.

Red räusperte sich. Er ließ die Hand mit dem Hut sinken und klopfte nervös damit gegen den Schenkel. Erst nach einer halben Ewigkeit sah er Huff in die Augen. An alldem erkannte Beck, dass der Sheriff nicht nur hier war, um den monatlichen Scheck abzuholen, sondern aus gewichtigeren Gründen.

»Es ist wegen Danny ...«, setzte er an.

2

Der Highway war kaum wiederzuerkennen. Unzählige Male hatte Sayre Lynch die Strecke zwischen dem New Orleans International Airport und Destiny zurückgelegt. Aber heute kam es ihr so vor, als würde sie ihn das erste Mal befahren.

Im Namen des Fortschritts war all das, was diese Gegend einst unverwechselbar gemacht hatte, zugebaut oder vernichtet worden. Der Charme des ländlichen Louisiana war dem grellen Kommerz geopfert worden. Kaum etwas Idyllisches oder Pittoreskes hatte die Zerstörungswut überstanden. Sie hätte überall in den USA sein können.

Wo sich einst nur kleine Familiencafés befunden hatten, gab es nun Fastfood-Läden. Hausgemachter Hackbraten und Muffaletta-Sandwiches waren durch Chicken Wings und Supersize-Meals ersetzt worden. Statt handgemalter Schilder leuchteten überall Neonröhren. Die täglich mit Kreide geschriebene Speisekarte war einer körperlosen Stimme hinter dem Drive-Through-Schalter gewichen.

Während der zehn Jahre ihrer Abwesenheit waren die mit spanischem Moos behangenen Bäume wegplaniert worden, um zusätzlichen Fahrspuren Platz zu machen. Nach der Verbreiterung wirkte das Flussdelta entlang der Straße längst nicht mehr so unermesslich und mysteriös. Die früher unwegsamen Sumpfgebiete waren jetzt von Auf- und Abfahrten eingefasst, auf denen sich SUVs und Lieferwagen drängten.

Erst jetzt begriff Sayre, wie tief ihr Heimweh saß. Gleichzeitig weckten die radikalen Veränderungen in der Landschaft nostalgische Erinnerungen an die Lebensart von früher. Sie sehnte sich nach dem Duftgemisch von Cayenne und Filé. Sie wünschte sich das Patois der Bedienungen zu hören, wenn sie Cajun-Gerichte auftrugen, die sich nicht innerhalb von drei Minuten zubereiten ließen.

Auch wenn die Superhighways die Reisezeit verkürzten, so wünschte sie sich doch die alte, ihr bekannte Allee zurück, die so dicht von Bäumen gesäumt gewesen war, dass sich die Laubkronen wie ein Baldachin über dem Asphalt geschlossen und ein spitzengeklöppeltes Muster aus Licht und Schatten auf den Asphalt gemalt hatten.

Sie sehnte sich danach, wie früher mit offenem Fenster fahren zu können und statt Auspuffgasen die weiche Luft einzuatmen, die nach Geißblatt und Magnolien und dem fruchtbaren Aroma der Sümpfe roch.

Die während des letzten Jahrzehnts vorgenommenen Veränderungen stachen ihr ins Auge und beleidigten ihre Erinnerungen an den Ort, an dem sie aufgewachsen war. Andererseits waren die Veränderungen in ihrem eigenen Leben nicht weniger einschneidend, wenn auch vielleicht nicht so offensichtlich.

Das letzte Mal hatte sie diese Straße in der Gegenrichtung

17

befahren, fort von Destiny. An jenem Tag hatte sie sich mit jeder Meile Entfernung befreiter gefühlt, als würde sie sich immer und immer wieder wieder häuten und eine negative Aura nach der anderen abschütteln. Heute kehrte sie zurück, und die düstere Vorahnung beschwerte sie wie eine Bleiweste.

Ihr Heimweh allein hätte unmöglich so quälend sein können, dass sie noch einmal in diese Gegend zurückgekehrt wäre. Nur der Tod ihres Bruders Danny hatte sie dazu veranlassen können. Offenbar hatte er sich Huff und Chris widersetzt, so lange er konnte, und war ihnen dann auf die einzige Weise entkommen, die ihm seiner Meinung nach noch offen gestanden hatte.

Passenderweise sah sie als Erstes die Schlote, als sie sich den Randbezirken von Destiny näherte. Feindselig erhoben sie sich über die Stadt, groß und schwarz und hässlich. Qualm waberte über ihnen, wie an jedem anderen Tag des Jahres. Es wäre zu kostspielig und unwirtschaftlich gewesen, die Schmelzöfen zu löschen, obwohl es eine Verbeugung vor Dannys Tod bedeutet hätte. Wie sie Huff kannte, war es ihm gar nicht in den Sinn gekommen, seinem jüngsten Kind eine solche Ehre zu erweisen.

Auf der Werbetafel an der Stadtgrenze war zu lesen: »Willkommen in Destiny, der Heimat von Hoyle Enterprises.« *Als könnte man darauf stolz sein,* dachte sie. Ganz im Gegenteil. Huff hatte mit dem Guss von Rohrleitungen einen Haufen Geld gemacht, aber es war blutiges Geld.

Im Ort steuerte sie den Wagen durch jene Straßen, die sie zuerst auf dem Fahrrad erforscht hatte. Später hatte sie hier das Autofahren gelernt. Als Teenager war sie mit ihren Freundinnen darauf hin und her gefahren, immer auf der Suche nach Action, Jungs oder was sich sonst zum Zeitvertreib angeboten hatte.

Sie hörte die Orgelmusik schon, als sie noch einen ganzen Block von der First United Methodist Church entfernt war. Ihre Mutter, Laurel Lynch Hoyle, hatte die Orgel gestiftet. Auf den Pfeifen prangte eine Messingplakette zu ihrem Gedenken. Die Orgel, die einzige mechanische Orgel in Destiny, war der ganze

Stolz der kleinen Gemeinde. Keine der katholischen Kirchen konnte mit so etwas aufwarten, und Destiny war überwiegend katholisch. Es war ein großzügiges und aufrichtig gemeintes Geschenk gewesen, aber es war ein weiteres Symbol dafür, dass die Hoyles über die Stadt und all ihre Bewohner herrschten und sich von niemandem übertreffen lassen wollten.

Wie herzzerreißend, dass diese Orgel nun ein Trauerlied für eines von Laurel Hoyles Kindern spielte, für ihren Sohn, der fünfzig Jahre zu früh und durch die eigene Hand gestorben war.

Sayre hatte die Nachricht am Sonntagnachmittag erhalten, als sie nach einem Meeting mit einem Kunden in ihr Büro zurückgekommen war. Gewöhnlich arbeitete sie sonntags nicht, aber dieser Kunde hatte nur an diesem Tag einen Termin frei gehabt. Julia Miller hatte erst kurz zuvor ihr fünfjähriges Jubiläum als Sayres Assistentin gefeiert. Sie hätte Sayre keinesfalls an einem Sonntag arbeiten lassen, ohne selbst ins Büro zu kommen. Während Sayres Besprechung mit ihrem Kunden hatte Julia Büroarbeiten erledigt.

Als Sayre ins Büro zurückgekommen war, hatte Julia ihr einen rosa Post-it gereicht. »Dieser Herr hat dreimal für Sie angerufen, Ms. Lynch. Er wollte Ihre Handynummer haben, aber die habe ich ihm nicht gegeben.«

Sayre warf einen Blick auf die Vorwahl, knüllte den Zettel zusammen und warf ihn in den Papierkorb. »Ich wünsche mit niemandem aus meiner Familie zu sprechen.«

»Es ist niemand aus Ihrer Familie. Er hat gesagt, dass er für Ihre Familie arbeitet. Und es sei sehr wichtig, dass er Sie so bald wie möglich spricht.«

»Ich spreche auch mit niemandem, der für meine Familie arbeitet. Sind noch mehr Nachrichten für mich da? Hat zufällig Mr. Taylor angerufen? Er wollte die Volants bis morgen schicken.«

»Es geht um Ihren Bruder«, platzte Julia heraus. »Er ist tot.«

Sayre blieb genau vor der Tür zu ihrem Privatbüro stehen. Mehrere lange Sekunden starrte sie durch die Fensterfront auf die Golden Gate Bridge. Nur die obersten Spitzen der orangefarbenen Träger stachen aus der dichten Nebeldecke. Das Wasser in der Bucht sah grau, kalt und düster aus. Wie eine böse Vorahnung.

Ohne sich umzudrehen, fragte sie: »Welcher?«

»Welcher was?«

»Bruder.«

»Danny.«

Danny, der in den letzten Tagen zweimal angerufen hatte. Danny, dessen Anrufe sie nicht entgegengenommen hatte.

Sayre drehte sich zu ihrer Assistentin um, die sie mitleidig ansah. Sie sagte behutsam: »Ihr Bruder Danny ist heute gestorben, Sayre. Ich wollte Ihnen das lieber persönlich und nicht am Handy sagen.«

Sayre atmete tief durch den Mund aus. »Wie?«

»Ich glaube, das sollten Sie diesen Mr. Merchant fragen.«

»Julia, bitte. Wie ist Danny gestorben?«

Sie senkte den Blick. »Anscheinend hat er sich umgebracht. Es tut mir leid.« Sie schluckte und ergänzte dann: »Mehr wollte mir Mr. Merchant nicht verraten.«

Daraufhin zog sich Sayre in ihr Büro zurück und schloss die Tür. Mehrmals hörte sie das Telefon im Vorzimmer läuten, aber Julia begriff, dass Sayre Zeit brauchte, um diese Nachricht zu verarbeiten, und stellte keinen der Anrufe durch.

Hatte Danny sie angerufen, um sich von ihr zu verabschieden? Falls ja, wie sollte sie dann damit weiterleben, dass sie sich geweigert hatte, mit ihm zu sprechen?

Nach etwa einer Stunde klopfte Julia zaghaft an ihre Tür. »Kommen Sie rein«, rief Sayre. Als Julia ins Zimmer trat, sagte Sayre: »Sie brauchen nicht zu bleiben, Julia. Gehen Sie nach Hause. Ich komme schon zurecht.«

Die Assistentin legte ein Blatt Papier auf ihren Schreibtisch. »Ich habe noch ein paar Sachen zu erledigen. Läuten Sie durch, wenn Sie mich brauchen. Kann ich Ihnen irgendwas bringen?«

Sayre schüttelte den Kopf. Julia zog sich zurück und schloss die Tür wieder. Auf dem Zettel, den sie hereingebracht hatte, waren Zeit und Ort der Bestattungsfeier notiert. Dienstagmorgen um elf.

Es hatte Sayre nicht überrascht, dass die Beerdigung so früh angesetzt war. Huff vergeudete prinzipiell keine Zeit. Er und Chris konnten es bestimmt kaum erwarten, die Sache über die Bühne und Danny unter die Erde zu bringen, damit sie so schnell wie möglich wieder zu ihrem gewohnten Leben zurückkehren konnten.

Andererseits kam es auch ihr zupass, dass die Bestattungsfeier schon so bald stattfinden sollte. Es hielt sie davon ab, sich lange den Kopf zu zerbrechen, ob sie hinfahren sollte oder nicht. Sie konnte nicht lange in ihrer Unentschlossenheit verharren, sondern war zu einer Entscheidung gezwungen.

Am Vortag hatte sie den Vormittagsflug über Dallas – Fort Worth nach New Orleans genommen und war am Spätnachmittag angekommen. Sie hatte einen Spaziergang durch das French Quarter gemacht, in einem Gumbo-Restaurant zu Abend gegessen und anschließend die Nacht im Windsor Court Hotel verbracht. Doch trotz aller Annehmlichkeiten, die das Luxushotel bot, hatte sie kaum ein Auge zugetan. Sie wollte nicht nach Destiny zurück. *Auf keinen Fall.* Es mochte eine idiotische Vorstellung sein, aber sie hatte Angst, in eine Falle zu tappen, aus der es kein Entrinnen gab, sodass sie für alle Zeiten in Huffs Klauen bleiben müsste.

Auch der anbrechende Tag hatte ihre Sorgen nicht vertrieben. Sie war aufgestanden, hatte sich für die Bestattungsfeier angezogen und sich auf den Weg nach Destiny gemacht, wo sie genau zu der Feier eintreffen und anschließend sofort wieder verschwinden wollte.

Die Menge der parkenden Autos drängte bereits aus dem überfüllten Parkplatz der Kirche in die angrenzenden Nebenstraßen. Sie musste mehrere Blocks von der Bilderbuchkirche mit den Buntglasfenstern und dem hohen, weißen Kirchturm entfernt parken. Gerade als sie unter das von Säulen getragene Vordach trat, begann die Kirchenglocke elf Uhr zu schlagen.

Verglichen mit draußen war es im Vorraum angenehm kühl, aber Sayre fiel auf, dass im Andachtsraum viele der Anwesenden kleine Papierfächer schwenkten, um die schwächelnde Klimaanlage zu unterstützen. Sie rutschte in die letzte Bank, während vorn der Chor die letzten Akkorde des Eröffnungsliedes sang und der Pastor an den Altar trat.

Während alle anderen den Kopf zum Gebet senkten, schaute Sayre auf den Sarg vor dem Altargeländer. Es war ein schlichter, versiegelter silberner Sarg. Das war gut so. Sie hätte es wohl nicht ertragen, Danny zum letzten Mal wie eine Wachspuppe in einem mit Satin ausgeschlagenen Sarg liegen zu sehen. Um nicht länger darüber zu sinnieren, konzentrierte sie sich auf das elegante, klare Arrangement von weißen Callas, das auf dem Sargdeckel lag.

Sie konnte weder Huff noch Chris in der Menge ausmachen, aber sie nahm an, dass beide in der ersten Bank saßen und angemessen trauernd dreinblickten. Bei der ganzen Heuchelei wurde ihr übel.

Sie wurde unter den noch lebenden Familienmitgliedern genannt. »Eine Schwester, Sayre Hoyle aus San Francisco«, dröhnte der Prediger.

Am liebsten wäre sie aufgestanden und hätte durch die Kirche gerufen, dass sie nicht mehr Hoyle hieß. Seit ihrer zweiten Scheidung verwendete sie ihren zweiten Vornamen, der zugleich der Mädchenname ihrer Mutter gewesen war. Irgendwann hatte sie ihren Namen offiziell in »Lynch« ändern lassen. Dieser Name stand auf ihrem College-Diplom, ihrer Geschäftspost, ihrem kalifornischen Führerschein und in ihrem Pass.

Sie war keine Hoyle mehr, aber sie zweifelte keine Sekunde daran, dass der Informant des Predigers absichtlich den falschen Nachnamen angegeben hatte.

Die Trauerrede stammte aus einem kirchlichen Predigtenbuch und wurde von einem Priester mit glänzendem Gesicht verlesen, der kaum volljährig wirkte. Seine Belehrungen waren an die Menschheit im Allgemeinen gerichtet. Danny als Individuum wurde kaum erwähnt, es gab kaum ein ergreifendes oder persönliches Wort, was umso trauriger war, als seine eigene Schwester sich geweigert hatte, mit ihm zu telefonieren.

Als der Gottesdienst unter dem Absingen von »Amazing Grace« schloss, war in der Trauergemeinde vereinzeltes Schniefen zu hören. Getragen wurde der Sarg von Chris, einem blonden, ihr unbekannten Mann und vier weiteren Männern, in denen sie leitende Angestellte von Hoyles Enterprises erkannte. Sie trugen den Sarg durch die Mittelreihe der Kirche nach draußen.

Weihevoll zog die Prozession an ihr vorbei, was ihr Gelegenheit gab, ihren Bruder Chris zu studieren. Er war genauso proper und gut aussehend wie damals und hatte immer noch die leicht verweichlichte Ausstrahlung eines Kinostars aus den dreißiger Jahren. Nur ein Menjou-Bärtchen fehlte ihm noch. Seine Haare waren immer noch schwarz wie Rabenschwingen, doch er trug sie kürzer als früher. Vorn hatte er sie mit Gel aufgestellt, ein eher hippes Styling für einen Mann von Ende dreißig, aber der Stil entsprach Chris. Seine Augen waren irritierend, weil die Pupillen in der dunklen Iris nicht zu erkennen waren.

Huff folgte dem Sarg als Erster. Selbst bei diesem Anlass umgab ihn eine Aura der Überheblichkeit. Er hatte die Schultern zurückgezogen und trug den Kopf hoch erhoben. Jeder Schritt war fest gesetzt, als wäre er ein Eroberer und besäße ein unveräußerliches Anrecht auf den Grund und Boden unter seinen Füßen.

Seine Lippen waren zu dem harten, dünnen, entschlossenen Strich zusammengeschmolzen, an den sie sich so gut erinnerte. Seine Augen glitzerten wie die schwarzen Knopfaugen eines Stofftiers. Sie waren trocken und klar; er hatte nicht um Danny geweint. Seit sie ihn das letzte Mal gesehen hatte, war sein ehemals grau meliertes Haar zu einem strahlenden Weiß ausgebleicht, aber er trug es immer noch militärisch-präzise kurz. Um die Taille hatte er ein paar Pfund zugelegt, aber er wirkte so unerschütterlich wie damals.

Zum Glück wurde sie weder von Chris noch von Huff bemerkt.

Um der Menge und der Gefahr, erkannt zu werden, zu entgehen, schlich sie durch eine Seitentür ins Freie. Ihr Auto war das letzte in der Prozession zum Friedhof. Sie parkte in gebührendem Abstand zu dem Zelt, das über dem frisch ausgehobenen Grab errichtet worden war.

In düsteren Gruppen oder allein erstiegen die Menschen die kleine Anhöhe, wo die Grabandacht abgehalten würde. Die meisten Trauernden hatten ihren Sonntagsstaat angelegt, obwohl die Achseln schon von Schweißringen gezeichnet und die Hutbänder mit feuchten Flecken gesprenkelt waren. Die Füße klemmten in Schuhen, die wegen des seltenen Tragens viel zu eng waren.

Viele dieser Menschen kannte Sayre persönlich. Es waren Ortsansässige, die ihr ganzes Leben in Destiny verbracht hatten. Einige führten kleine Geschäfte, aber die meisten von ihnen arbeiteten auf die eine oder andere Art für die Hoyles.

Sie erblickte mehrere Lehrer aus dem Kollegium der hiesigen Schulen. Ihre Mutter hatte sich so sehr gewünscht, dass ihre Kinder auf die exklusivsten Privatschulen des Südens geschickt werden sollten, aber Huff hatte sich stur gestellt. Er wollte, dass sie in Zucht und Ordnung und unter seinem gestrengen Auge aufwuchsen. Immer wenn das Thema aufkam, sagte er: »An einem Internat für verhätschelte Weichlinge lernt man nicht, wie man sich im Leben durchschlägt.« Wie bei allen Meinungsverschiedenheiten hatte ihre Mutter schließlich mit einem resignierenden Seufzen eingelenkt.

Sayre blieb bei laufendem Motor in ihrem Wagen sitzen. Zum Glück war die Ansprache kurz. Sobald sie zu Ende war, kehrten die Trauernden zu ihren Autos zurück, bemüht, sich nicht anmerken zu lassen, wie eilig sie es hatten.

Huff und Chris waren die Letzten, die dem Priester die Hand reichten und dann das Zelt verließen. Sayre beobachtete, wie sie in die wartende Limousine stiegen, die ihnen Weir's Funeral Institute zur Verfügung gestellt hatte. Der greise Mr. Weir ging immer noch seinem Beruf als Bestatter nach, obwohl für ihn selbst der letzte Gang längst überfällig gewesen wäre.

Er öffnete Chris und Huff den Wagenschlag und blieb dann in diskreter Entfernung stehen, während sich die beiden kurz mit dem blonden Sargträger unterhielten. Als die Unterhaltung zu Ende war, stiegen sie in den Fond der Limousine, der Mann winkte ihnen nach, Mr. Weir setzte sich hinters Steuer und fuhr sie davon. Sayre war froh, dass sie endlich fort waren.

Sie wartete noch einmal zehn Minuten, bis sich die Trauergemeinde völlig zerstreut hatte. Dann erst stellte sie den Motor ab und stieg aus.

»Ihre Familie hat mich gebeten, Sie zur Beerdigungsfeier zu begleiten.«

Vor Schreck wirbelte sie so schnell herum, dass der staubige Schotter vor ihren Schuhen aufspritzte.

Er lehnte an der Heckstoßstange ihres Wagens. Das Jackett hatte er ausgezogen und über seinen Arm gelegt. Sein Schlips hing schief, der Kragen seines Hemdes stand offen, und er hatte die Ärmel bis zu den Ellbogen aufgekrempelt. Außerdem hatte er eine Sonnenbrille aufgesetzt.

»Ich bin Beck Merchant.«

»Das habe ich mir gedacht.«

Sie hatte seinen Namen bisher nur gedruckt gesehen und sich gefragt, ob er ihn wohl französisch aussprach. Das tat er nicht. Und von den dunkelblonden Haaren über das entspannte Lächeln mit den blendend weißen Zähnen bis hin zum Schnitt seiner Hosen, der »Ralph Lauren« zu rufen schien, sah er so uramerikanisch aus wie ein gedeckter Apfelkuchen.

Ohne sich von ihrem schneidenden Tonfall einschüchtern zu lassen, sagte er: »Sehr erfreut, Ms. Hoyle.«

»Lynch.«

»Ich bitte meinen Fehler zu entschuldigen.« Er sagte dies mit vollendeter Höflichkeit, aber aus seinem Lächeln sprach leise Ironie.

»Gehört es auch zu Ihrem Job, Botschaften zu überbringen? Ich dachte, Sie wären Anwalt«, sagte sie.

»Anwalt, Laufbursche …«

»Henker.«

Er legte die Hand auf sein Herz und ließ ein noch breiteres Lächeln erstrahlen. »Sie überschätzen mich bei weitem.«

»Wohl kaum.« Sie knallte ihre Autotür zu. »Sie haben die Einladung überbracht. Richten Sie Huff aus, dass ich sie ausschlagen werde. Und jetzt wäre ich gern ein paar Minuten allein, um mich von Danny zu verabschieden.« Sie machte auf dem Absatz kehrt und ging die kleine Anhöhe hinauf.

»Lassen Sie sich Zeit. Ich warte.«

Sie drehte sich noch einmal um. »Ich werde nicht zu der verdammten Beerdigungsfeier gehen. Sobald ich hier fertig bin, fahre ich nach New Orleans zurück und nehme von dort aus den nächsten Flug nach San Francisco.«

»Das könnten Sie tun. Oder Sie könnten den Anstand wahren und auf der Beerdigungsfeier für Ihren Bruder erscheinen. Und später am Abend könnte sie der Firmenjet von Hoyle Enterprises nach San Francisco bringen, ohne dass Sie die Mühsal eines Linienfluges auf sich nehmen müssten.«

»Ich kann mir selbst einen Jet chartern.«

»Noch besser.«

Sie war geradewegs in die Falle getappt und hätte sich dafür ohrfeigen können. Kaum war sie eine Stunde in Destiny, schon fiel sie in alte Gewohnheiten zurück. Aber sie hatte gelernt, die Fallen zu erkennen und zu vermeiden.

»Nein danke. Adieu, Mr. Merchant.« Wieder ging sie die Anhöhe hinauf und auf das Grab zu.

»Glauben Sie, dass Danny sich umgebracht hat?«

Diese Frage war das Letzte, was sie aus seinem Mund erwartet hätte. Wieder drehte sie sich um. Er lehnte nicht länger lässig an der Stoßstange ihres Wagens, sondern war ein paar Schritte auf sie zugekommen, als wollte er ihre Reaktion auf seine überraschende Frage abschätzen.

»Sie etwa nicht?«

»Was ich glaube, zählt nicht«, sagte er. »Das Sheriffsbüro bezweifelt, dass es Selbstmord war.«

3

»Das wird Sie aufmuntern, Mr. Chris«, sagte Selma und bot ihm einen gefüllten Teller an.

»Danke.«

»Ihnen auch etwas, Mr. Hoyle?« Eigentlich hätte die Haushälterin heute nicht arbeiten sollen, aber sie hatte eine Schürze über ihr schwarzes Kleid gezogen. Außerdem trug sie immer noch den Hut, den sie während der Beerdigung aufgehabt hatte, was überhaupt nicht zu ihrer Schürze passte.

»Ich warte noch, Selma.«

»Haben Sie keinen Hunger?«

»Es ist zu heiß zum Essen.«

Der breite Balkon beschattete zwar die gesamte Veranda, aber auch das half kaum gegen die unentrinnbare Hitze. Deckenventilatoren drehten sich im Kreis, verquirlten aber nur heiße Luft. Immer wieder musste Huff mit einem Taschentuch sein verschwitztes Gesicht trockenreiben. Drinnen kühlte die Klimaanlage das Haus auf eine angenehme Temperatur, aber Huffs Ansicht nach gehörte es sich, dass er und Chris die Trauergäste bei ihrer Ankunft begrüßten und ihre Kondolenzen entgegennahmen, ehe sie die Ankommenden ins Haus baten.

»Rufen Sie einfach, Sir, falls Sie irgendwas brauchen, dann bringe ich es raus.« Die verheulten Augen trockentupfend, verschwand Selma durch die breite Haustür, die sie mit schwarzen Kreppbändern geschmückt hatte, im Haus.

Sie hatte sich dagegen gesträubt, dass ein Caterer für die Beerdigungsfeier angeheuert würde, weil sie es nicht ausstehen konnte, wenn jemand Fremdes in ihrer Küche hantierte. Aber

Huff hatte darauf bestanden. Selma war nicht in der Verfassung, eine Feier zu schmeißen. Seit der Nachricht über Dannys Tod hatte sie immer wieder aus heiterem Himmel laut zu heulen begonnen, war auf die Knie gefallen und hatte mit gefalteten Händen Jesus um Gnade angefleht.

Sie arbeitete für die Hoyles, seit Huff vor fast vierzig Jahren Laurel als Braut über die Schwelle getragen hatte. Laurel war mit Hauspersonal groß geworden, weshalb es ihr ganz natürlich erschienen war, die Führung ihres Haushalts an Selma zu delegieren. Die Schwarze war damals schon eine mütterliche Frau in den besten Jahren gewesen; wie alt sie jetzt war, konnte man nur noch raten. Mittlerweile wog sie höchstens nur noch fünfundvierzig Kilo, aber sie war kräftig und zäh wie ein Weidenschössling.

Mit der Geburt der Kinder war Selma gleichzeitig deren Kindermädchen geworden. Als Laurel starb, hatte Danny als Jüngster sie am dringendsten gebraucht. Selma hatte ihn bemuttert, weshalb die beiden ein besonderes Band vereinte. Sein Tod ging ihr sehr zu Herzen.

»Ich habe mir das Büfett im Esszimmer angesehen«, bemerkte Chris. Er stellte den Teller, den Selma ihm gebracht hatte, unangerührt auf einen Rattanbeistelltisch. »Da drin steht fast unanständig viel Essen und Schnaps, meinst du nicht auch?«

»Nachdem du in deinem ganzen Leben nicht einen Tag Hunger leiden musstest, kannst du das wohl kaum beurteilen.«

Insgeheim musste Huff zugeben, dass er vielleicht ein wenig übertrieben hatte. Aber er hatte wie ein Teufel geschuftet, um seinen Kindern nur das Beste zu bieten. Er würde nicht ausgerechnet bei der Beerdigungsfeier für seinen jüngsten Sohn anfangen zu knausern.

»Willst du mich wieder einmal daran erinnern, wie wenig ich all das zu schätzen weiß, was du mir mitgegeben hast, und dass ich im Gegensatz zu dir keine Ahnung habe, wie es ist, ohne das Allernotwendigste überleben zu müssen?«

»Ich bin froh, dass ich das musste. Nur weil ich mich damals ohne irgendwas habe durchs Leben schlagen müssen, war ich so fest entschlossen, es nie wieder so weit kommen zu lassen. Nur so wurde ich zu dem, der ich heute bin. Und du bist nur dank mir der Mensch geworden, der du heute bist.«

»Entspann dich, Huff.« Chris setzte sich in einen der Schaukelstühle auf der Veranda. »Ich kenne deine Predigten auswendig. Ich habe sie mit der Muttermilch eingesogen. Wir brauchen sie nicht ausgerechnet heute durchzugehen.«

Huff spürte, wie sein Blutdruck auf ein weniger gefährliches Maß sank. »Nein, du hast Recht. Und jetzt raus aus dem Stuhl, da kommt noch mehr Besuch.«

Chris war wieder an seiner Seite, als sich das Paar der Verandatreppe näherte und zu ihnen heraufkam. »Wie geht's, George? Lila. Danke, dass Sie gekommen sind«, sagte Huff.

George Robson presste Huffs Rechte zwischen seine Hände. Sie waren feucht, fleischig und bleich. *Wie alles an George*, dachte Huff angewidert.

»Danny war ein feiner junger Kerl, Huff. Es gibt keinen feineren.«

»Da hast du Recht, George.« Er entzog ihm die Hand und unterdrückte in letzter Sekunde den Impuls, sie am Hosenbein abzuwischen. »Ich weiß es zu schätzen, dass du so denkst.«

»Was für eine tragische Geschichte.«

»Das ist es.«

Georges deutlich jüngere zweite Frau sagte nichts, aber Huff entging nicht, wie sie Chris einen neckischen Blick zuwarf, der sie daraufhin anlächelte und sagte: »Sie sollten diese hübsche Dame lieber nach drinnen und aus der Hitze schaffen, George. Sie sieht so süß aus, dass sie schmelzen könnte. Bedient euch am Büfett.«

»Da drin wartet auch jede Menge Gin, George«, sagte Huff. »Lass dir von einem dieser Barkeeper einen Großen mit einem Spritzer Tonic mixen.«

Der Mann wirkte geschmeichelt, dass Huff sich an seinen Lieblingsdrink erinnerte, und führte seine Gattin eilig ins Haus. Sobald die beiden außer Hörweite waren, wandte sich Huff an Chris. »Seit wann gehört Lila zu den deinen?«

»Seit letzten Samstagnachmittag, als George mit seinem Sohn aus erster Ehe beim Angeln war.« Lächelnd ergänzte er: »In dieser Hinsicht sind Zweitfrauen von Vorteil. Fast immer gibt es irgendwo Nachwuchs, der den Ehemann an mindestens zwei Wochenenden im Monat beschäftigt hält.«

Huff sah ihn finster an. »Wo wir gerade von Ehefrauen sprechen – hast du mit Mary Beth gesprochen, bevor oder nachdem du mit Lila Robson rumgemacht hast?«

»Ungefähr fünf Sekunden lang.«

»Du hast ihr das mit Danny erzählt?«

»Sobald sie sich gemeldet hatte, habe ich gesagt: ›Mary Beth, Danny hat sich umgebracht.‹ Worauf sie erwidert hat: ›Damit ist mein Anteil ab sofort noch größer.‹«

Huffs Blutdruck schoss wieder in die Höhe. »Ihr Anteil, leck mich doch. Das Mädel wird keinen Cent von meinem Geld sehen. Nicht solange sie dir nicht dein Recht zukommen lässt und in die Scheidung einwilligt. Und zwar *jetzt*. Nicht wann es ihr passt. Hast du sie nach den Scheidungspapieren gefragt, die wir ihr runtergeschickt haben?«

»Nicht direkt. Aber Mary Beth wird bestimmt keine Scheidungspapiere unterschreiben.«

»Dann hol sie zurück und schwängere sie.«

»Ich kann nicht.«

»Du willst nicht.«

»Ich *kann nicht*.«

Huff kniff die Augen zusammen. »Wie kommt's? Gibt es da was, von dem ich nichts weiß?«

»Wir reden später darüber.«

»Wir reden jetzt darüber.«

»Das ist nicht der richtige Augenblick, Huff«, erklärte Chris nachdrücklich. »Außerdem läufst du schon wieder rot an, und wir wissen beide, was das für deinen Blutdruck bedeutet.« Er ging zur Tür. »Ich hole mir was zu trinken.«

»Warte. Sieh dir das an.«

Huff dirigierte Chris' Blick auf die Auffahrt vor dem Haus. Dort ging Beck auf einen Wagen zu, der eben angehalten hatte. Er öffnete die Fahrertür und streckte seine Hand ins Wageninnere.

Sayre stieg aus, aber ohne sich von Beck helfen zu lassen. Im Gegenteil, sie sah aus, als würde sie ihm eine knallen, falls er sie zu berühren versuchte.

»Ich werd nicht mehr«, sagte Chris.

Er und Huff beobachteten, wie die beiden durch den Garten gingen und den Weg zum Haus einschlugen. Etwa auf halbem Weg hob Sayre den Kopf und schaute unter der Krempe ihres schwarzen Strohhutes hervor. Sobald sie ihn und Chris auf der Veranda stehen sah, bog sie seitwärts ab, wo ein Fußweg zur Rückseite des Hauses führte.

Huff sah ihr nach, bis sie hinter der Ecke verschwunden war. Er hatte nicht gewusst, was er von dem ersten Wiedersehen mit seiner Tochter seit zehn Jahren hätte erwarten sollen, aber er war stolz auf das, was er da sah. Sayre Hoyle – diese Namensänderungsgeschichte war doch Pferdescheiße – war eine gut aussehende junge Frau. Verdammt gut aussehend. Seiner Meinung nach war sie ihm wirklich gut geraten.

Beck kam die Stufen hoch und stellte sich zu ihnen.

»Ich bin beeindruckt«, sagte Chris. »Ich dachte, sie würde dich zur Hölle schicken.«

»Nah dran.«

»Was ist passiert?«

»Genau wie du gedacht hast, Huff, hatte sie vor, wieder abzureisen, ohne euch zu sehen.«

»Wie hast du sie dann hergekriegt?«

»Ich habe an ihren Familiensinn und ihren Anstand appelliert.«

Chris schnaubte abfällig.

»Hatte sie schon immer eine so spitze Zunge?«, fragte Beck.

Chris bestätigte das genau in dem Moment, als Huff sagte: »Sie war schon immer leicht reizbar.«

»Eine höfliche Umschreibung für ›Nervensäge‹.« Chris' Blick ging über die Auffahrt. »Ich glaube, inzwischen sind alle eingetrudelt. Gehen wir rein und erweisen Danny die letzte Ehre.«

Das Haus war rappelvoll mit Gästen, was Beck nicht weiter überraschte. Wer auch nur entfernt mit den Hoyles bekannt oder verbunden war, ließ sich hier blicken, um des Toten zu gedenken.

Die leitenden und mittleren Angestellten aus der Fabrik waren mit ihren Frauen gekommen. Und nur ein paar Arbeiter, von denen Beck wusste, dass sie seit frühester Jugend in der Fabrik angestellt waren. Sie standen abseits der anderen Gäste, trugen Krawatten mit Gummiband zu ihren kurzärmligen Hemden, schienen sich in Huffs Haus fehl am Platz zu fühlen, balancierten verlegen ihre vollgeladenen Teller und gaben sich ansonsten Mühe, nirgendwo einen Fleck zu hinterlassen.

Dann waren da noch die Arschkriecher, die immer darauf bedacht waren, sich gut mit den Hoyles zu stellen, weil ihr Auskommen davon abhing. All die Politiker, Banker, Lehrer, Händler und Ärzte am Ort, die großzügig von Huff bedacht wurden. Falls jemand mit ihm über Kreuz geriet, konnte er sein Geschäft schließen. Das war kein geschriebenes Gesetz, trotzdem war diese Wahrheit tief in das Bewusstsein der Allgemeinheit gedrungen. Alle achteten darauf, sich ins Gästebuch einzutragen, damit Huff in dem unwahrscheinlichen Fall, dass sie nicht persönlich mit ihm sprechen sollten, nachsehen konnte, ob sie da gewesen waren.

Nur ganz wenige unter den Anwesenden waren wirklich wegen Danny gekommen, und sie hoben sich durch ihre aufrichtigen Trauermienen von den übrigen Gästen ab. Größtenteils standen sie in engen Gruppen zusammen und unterhielten sich traurig-gedämpft miteinander, hatten ihm, Chris oder Huff aber wenig zu sagen, sei es aus Angst oder Desinteresse. Nach der gebotenen höflichen Zeit der Anwesenheit verschwanden sie wieder.

Beck mischte sich unter die Gäste und nahm als Quasimitglied der Familie Beileidsbekundungen entgegen.

Sayre mischte sich ebenfalls unter die Gäste, ging ihm, Chris und Huff aber geschickt aus dem Weg und ignorierte sie, als wären sie Luft. Die Gäste mieden Sayre, solange diese nicht auf sie zuging, wie ihm auffiel. Es waren schlichte Kleinstadtbewohner. Sayre kam aus einer anderen Welt. Sie war zugänglich, aber viele schienen vor ihrer Weltgewandtheit zurückzuschrecken.

Nur ein einziges Mal schaffte er es, ihr in die Augen zu sehen. Sie hatte sich bei Selma untergehakt und mit ihr soeben den Hausflur durchquerte. Sayre tröstete die schluchzende Haushälterin, die den Kopf an Sayres Schulter gelegt hatte. Sie bemerkte, dass er sie beobachtete, schaute aber geradewegs durch ihn hindurch.

Nach etwa zwei Stunden begannen die Gäste, sich zu verabschieden. Beck stellte sich zu Chris, der gerade das Büfett abgraste. »Wo ist Huff?«

»Zum Rauchen im Fernsehzimmer. Der Schinken ist gut. Hast du ihn probiert?«

»Später vielleicht. Mit Huff alles in Ordnung?«

»Ich glaube, er ist nur müde. Die letzten Tage haben ihn ziemlich mitgenommen.«

»Wie steht es mit dir?«

Chris zuckte mit den Achseln. »Danny und ich hatten Differenzen, wie du weißt. Aber er war trotz allem mein Bruder.«

»Ich sehe mal nach Huff und überlasse es dir, den Gastgeber zu spielen.«

»Schönen Dank auch«, grummelte Chris.

»So schlimm ist es auch nicht. Da drüben steht Lila Robson.« Chris hatte mit seiner letzten Eroberung geprahlt und damit bestätigt, was Beck schon immer geahnt hatte – dass Lilas Ehemann ein Schlappschwanz war. »Sie sieht ein bisschen verloren aus, so als könnte sie Gesellschaft gebrauchen.«

»Nein, sie schmollt.«

»Und warum das?«

»Sie glaubt, ich will sie nur fürs Bett.«

»Wie kommt sie denn nur auf diese Idee?«, fragte Beck sarkastisch.

»Keine Ahnung. Gleich nachdem sie mir oben im Bad einen geblasen hat, hat sie angefangen zu nerven.« Chris sah auf seine Uhr. »Vor ungefähr zehn Minuten.«

Beck sah ihn an. »Das ist nicht dein Ernst.«

Chris' Achselzucken war weder Ja noch Nein. »Sieh du nur nach Huff. Ich passe währenddessen auf, dass diese Hinterwäldler nicht das Familiensilber klauen.«

Huff lagerte in seinem Fernsehsessel und rauchte. Beck schloss die Tür hinter sich. »Stört es dich, wenn ich mich dazusetze?«

»Wer hat dich geschickt, Chris oder Selma? Sayre war es bestimmt nicht. Die würde sich bestimmt keine Sorgen um mich machen.«

»Ich kann nicht für sie sprechen.« Beck setzte sich aufs Sofa. »Aber *ich* mache mir Sorgen um dich.«

»Es geht mir gut.« Huff blies eine Rauchwolke zur Decke.

»Du machst ein tapferes Gesicht, aber du hast gerade deinen Sohn verloren. Das muss dir zusetzen.«

Der Ältere nahm schweigend ein paar Züge von seiner Zigarette und sagte dann: »Weißt du, ich glaube, Danny wäre Laurels Lieblingskind gewesen.«

Beck setzte sich auf und stützte die Unterarme auf die Knie. »Weil …?«

»Weil er genau wie sie war.« Er sah kurz zu Beck hinüber. »Habe ich dir je von Laurel erzählt?«

»Ich habe hier und da was aufgeschnappt.«

»Sie war genau das, was ich damals wollte, Beck. Nicht besonders helle. Aber Scheiße, wer will schon eine kluge Frau? Laurel war nachgiebig und süß und hübsch.«

Beck nickte. Auf dem Ölbild, das oben neben der Treppe hing, war eine nachgiebige, süße und hübsche Frau zu sehen. Aber irgendwie wurde er den Eindruck nicht los, dass Laurel Lynchs

Anziehungskraft auch darauf beruht hatte, dass die Gießerei, in der Huff angestellt gewesen war, ihrem Daddy gehört hatte.

»Ich war grob und ungehobelt und derb. Sie war durch und durch eine Lady. Die immer wusste, welche Gabel sie nehmen musste.«

»Und wie hast du sie rumgekriegt, dich zu heiraten?«

»Ich habe sie überrumpelt.« Die Erinnerung ließ ihn leise lachen. »Ich sagte zu ihr: ›Laurel, du wirst meine Frau‹, und sie sagte: ›In Ordnung.‹ All die Männer, die ihr den Hof gemacht hatten, hatten sie wie auf Eierschalen umtanzt. Ich glaube, es gefiel ihr, dass ich so frech war.«

Er sah sinnend dem Rauch nach, der von seiner Zigarette aufstieg. »Du wirst es vielleicht nicht glauben, Beck, aber ich habe sie nie betrogen. Ich bin nie fremdgegangen. Nicht ein einziges Mal. Und auch nach ihrem Tod bin ich lange zu keiner anderen Frau gegangen. Ich hatte das Gefühl, dass ich ihr das schuldig bin.«

Nach kurzem Nachdenken fuhr er fort: »Als sie schwanger wurde, platzte ich fast vor Stolz. Ich wusste vom ersten Moment an, dass sie einen Jungen bekommen würde. Es ging nicht anders. Chris gehörte mir von der Sekunde an, in der die Hebamme ihn aus ihrem Bauch gezogen und in meine Arme gelegt hatte. Damals durften die Väter noch nicht mit in den Kreißsaal. Aber nachdem ich die Angestellten mit einer riesigen Spende bestochen hatte, war man gleich bereit, mich zu ihr zu lassen. Ich wollte, dass mein Sohn als Erstes mein Gesicht sieht, wenn er diese Welt betritt.

Jedenfalls wollte ich Chris vom ersten Tag an für mich haben, und er war immer mein Sohn. Sayre konnte ich Laurel leichten Herzens überlassen. Sayre war ihr Püppchen, das sie in Rüschenkleider stecken, für das sie Teepartys veranstalten und das sie zum Voltigieren schicken konnte. Diesen ganzen Quatsch. Trotzdem hätte Laurel mächtig Ärger mit Sayre bekommen, wenn sie nicht so früh gestorben wäre. Teepartys sind nicht gerade Sayres Leidenschaft, oder?«

Beck bezweifelte das stark.

»Sie hat sich nicht die Bohne für die Dinge interessiert, die Laurel wichtig waren«, fuhr Huff fort. »Danny hingegen ... den hätte seine Mutter vergöttert. Er ist – er *war* – der geborene Gentleman. Genau wie Laurel ist er hundert Jahre zu spät auf die Welt gekommen. Er hätte zu einer Zeit leben sollen, als alle weiß gekleidet herumspazierten, Krocketkugeln übers Gras schoben, immer saubere Fingernägel hatten und auf der Veranda Champagnercocktails nahmen. Als Müßiggang noch eine Kunstform war.«

Er sah zu Beck herüber, und die Zärtlichkeit, die während dieser Träumerei sein Gesicht gezeichnet hatte, verschwand augenblicklich. »Danny war nicht fürs Geschäft geschaffen. Schon gar nicht für unser Geschäft. Das war ihm viel zu schmutzig. Nicht sauber genug für Menschen wie ihn.«

»Er hat gute Arbeit geleistet, Huff. Die Arbeiter haben ihn geliebt.«

»Sie sollen uns aber nicht lieben. Sie sollen eine Scheißangst vor uns haben. Die Knie sollten ihnen schlottern, sobald wir auftauchen.«

»Ja, aber Danny war eine Art Puffer. Er hat ihnen bewiesen, dass wir auch Menschen sind. Jedenfalls bis zu einem gewissen Grad.«

Huff schüttelte den Kopf. »Quatsch, Danny war zu weich, um ein guter Geschäftsmann zu sein. Ein Waschlappen. Immer hat er demjenigen Recht gegeben, der das letzte Wort hatte. Er ließ sich viel zu leicht umstimmen.«

»Ein Charakterzug, den du oft für dich ausgenutzt hast«, rief ihm Beck ins Gedächtnis.

Huff schniefte zustimmend. »Verdammt noch mal, das kann ich nicht leugnen. Er wollte alle glücklich machen. Ich wusste das, und ich habe das zu meinem Vorteil ausgenutzt. Danny hat nur nie kapiert, dass man nicht alle glücklich machen kann. Sobald du das versuchst, kriegst du eins auf die Mütze.

Leider war ich nicht der Einzige, auf den er gehört hat. Ich will nicht schlecht über ihn sprechen, aber ich habe noch nie ein Blatt vor den Mund genommen. Ich kann den Charakter meiner Kinder ganz ehrlich einschätzen, und Danny war schwach.«

Beck widersprach zwar nicht, aber »schwach« war seiner Meinung nach nicht das richtige Wort, um Dannys Charakter zu beschreiben. Gut, er war seinen Gegnern nicht an die Gurgel gegangen, wie es sein Vater und sein Bruder taten und – ganz nebenbei – auch Beck selbst. Aber Sanftmut hatte ebenfalls Vorteile. Er machte einen nicht unbedingt schwach. Im Gegenteil, Danny hatte fest zu seiner Überzeugung gestanden, wo für ihn die Grenze zwischen Richtig und Falsch verlief.

Beck fragte sich, ob er vielleicht ein Opfer seiner strengen Moralvorstellungen geworden war.

Huff zog ein letztes Mal an seiner Zigarette und drückte sie dann aus. »Ich sollte wieder zu meinen Gästen gehen.«

Sie standen auf, und Beck sagte: »Ich habe gestern Abend eine Akte auf den Schreibtisch in deinem Zimmer gelegt. Wahrscheinlich hattest du noch keine Zeit, einen Blick hineinzuwerfen.«

»Nein. Worum geht es?«

»Ich wollte dich nur darauf aufmerksam machen. Wir können später darüber sprechen.«

»Gib mir einen Hinweis.«

Beck wusste, dass Huff stets ein offenes Ohr für geschäftliche Dinge hatte, selbst an dem Tag, an dem er seinen Sohn zu Grabe trug. »Hast du schon mal von jemandem namens Charles Nielson gehört?«

»Glaube nicht. Wer ist das?«

»Ein Anwalt für Arbeitsrecht.«

»Saukerl.«

»Die zwei Worte sind Synonyme«, bestätigte Beck mit einem spröden Lächeln. »Er hat uns einen Brief geschrieben. Eine Kopie liegt der Akte bei. Ich muss wissen, wie ich darauf reagieren soll. Die Sache ist nicht dringlich, aber wir müssen uns damit befassen, also wirf möglichst bald einen Blick darauf.«

Seite an Seite gingen sie zur Tür. »Ist er gut, dieser Nielson?«
Beck zögerte. Als Huff das bemerkte, machte er eine Geste, die so viel bedeutete wie »Raus mit der Sprache«.

»Er hat in anderen Landesteilen einen ziemlich guten Ruf«, sagte Beck. »Aber wir werden schon mit ihm fertig.«

Huff schlug ihm auf den Rücken. »Ich vertraue dir voll und ganz. Wer dieser Hurensohn auch ist oder für wen er sich *hält* – wenn du mit ihm fertig bist, ist er nur noch ein Fliegenschiss an der Wand.«

Er öffnete die Tür zum Flur. Jenseits des breiten Korridors konnten sie in den Salon sehen, den Laurel wegen der teuren Fenster als Wintergarten eingerichtet hatte. Sie hatte ihn mit Farnen, Orchideen, Veilchen und anderen tropischen Pflanzen gefüllt. Der Raum war ihr ganzer Stolz gewesen und auch der des örtlichen Gartenvereins, den sie über viele Jahre geleitet hatte.

Nach ihrem Tod hatte Huff einen Gärtner in New Orleans beauftragt, einmal pro Woche nach Destiny zu kommen und die Pflanzen zu versorgen. Er zahlte ein üppiges Honorar, hatte aber zugleich damit gedroht, die Firma zu verklagen, falls die Pflanzen eingehen sollten. Der Raum war immer noch der schönste im ganzen Haus und wurde gleichzeitig am seltensten genutzt. Die Männer, die hier wohnten, betraten ihn so gut wie nie.

Im Moment jedoch hielt sich jemand darin auf. Sayre saß an dem kleinen Flügel, den Rücken ihnen zugewandt, den Kopf über die Tasten gebeugt.

»Kannst du sie dazu kriegen, mit mir zu reden, Beck?«

»Ich konnte sie kaum dazu bekommen, mit *mir* zu reden.«

Huff schubste ihn durch die Tür. »Lass deinen Charme spielen.«

4

»Spielen Sie?«

Sayre drehte sich um. Die Hände in den Hosentaschen vergraben, kam Beck Merchant ins Zimmer geschlendert. Als er vor ihrer Klavierbank angelangt war, tat er so, als erwartete er, dass sie zur Seite rutschte und ihm Platz machte. Sie reagierte nicht auf die stumme Aufforderung und blieb eisern sitzen.

»Etwas würde ich gern wissen, Mr. Merchant.«

»Ich auch. Nämlich warum Sie mich nicht Beck nennen.«

»Woher wusste Huff, dass ich auf der Beerdigung war? Hat man ihm vorher Bescheid gegeben, dass ich kommen würde?«

»Er hat gehofft, dass Sie kommen, war sich aber nicht sicher. Wir haben alle nach Ihnen Ausschau gehalten.«

»In der Kirche haben weder er noch Chris erkennen lassen, dass sie mich bemerkt haben.«

»Aber das haben sie.«

»War es meine Aura?«

»So was in der Art. Nennen Sie es Familieninstinkt.« Er verstummte, als erwartete er, dass sie lachte. Als nichts dergleichen geschah, sagte er: »Im Ernst, haben Sie wirklich geglaubt, Sie könnten sich mit einer Sonnenbrille und einem Hut unkenntlich machen?«

»Ich wusste, dass viele Leute zu der Beerdigung kommen würden. Ich hatte gehofft, in der Menge zu verschwinden.«

Wieder schwieg er kurz, ehe er sagte: »Ich glaube nicht, dass Sie in irgendeiner Menge verschwinden könnten, Sayre.«

Es war ein subtiles Kompliment, voller unterschwelliger Andeutungen. Sie hatte keine Schmeicheleien provoziert und wollte keine hören, darum würde sie ihn enttäuschen, falls er dafür ein dahingehauchtes »Danke« erwartete.

»Ohne den Hut hätten Huff und Chris sie sofort bemerkt«, sagte er. »Selbst ich hätte Sie bemerkt, und ich kenne Sie nicht einmal.«

Ihr Hut hatte ihr irgendwann Kopfschmerzen gemacht, deshalb hatte sie ihn abgesetzt. Außerdem hatte sie ihre Haarspange gelöst und die Haare frei fallen lassen. In der feuchten Luft waren ihre Naturlocken, die sie jeden Morgen mit Fön und Spray bändigen musste, sofort hochgesprungen. Wenige Minuten zuvor bei einem zufälligen Blick in den Spiegel im Flur war ihr aufgefallen, dass ihre Haare wieder zu der eigensinnigen Mähne geworden waren, die sie schon als Kind gehabt hatte.

Die Sonne, die durch die hohen Fenster im Wintergarten ihrer Mutter schien, verfing sich in jeder Strähne und setzte sie in leuchtende Flammen. Die Art, wie Beck Merchant das Farbenspiel in ihren Haaren beobachtete, ließ sie wünschen, im Schatten zu sitzen.

Außerdem gefiel es ihr gar nicht, dass sie den Kopf in den Nacken legen musste, um zu ihm aufzusehen. Die Alternative war, mit seiner Gürtelschnalle zu sprechen. Sie rutschte ans andere Ende der Klavierbank, um sich möglichst schnell zu verziehen. »Entschuldigen Sie mich.«

»Interessanter Name.«

Sie blieb verblüfft sitzen und sah über die Schulter zurück. »Verzeihung?«

»Sayre. Wer hat Sie so getauft?«

»Meine Mutter.«

»Kommt der Name in Ihrer Familie öfter vor?«

»Er hat Tradition. Ihre Großmutter väterlicherseits hieß ebenfalls so.«

»Er gefällt mir.«

»Danke. Mir auch.«

»Als ich anfing, für Ihre Familie zu arbeiten, wusste ich ewig lange nicht, wie ich ihn aussprechen sollte.«

»Wie er geschrieben wird.«

»Dann müsste man ihn *S-a-y-e-r* schreiben und nicht r-e.«

»Ist das wirklich von Bedeutung?«

»Offenbar nicht.«

Sie wollte endlich aufstehen, aber er hielt sie erneut auf. »Sie haben meine ursprüngliche Frage nicht beantwortet, Sayre mit r-e.«

Diesmal drehte sie sich vollständig zu ihm um. »Versuchen Sie, witzig zu sein?«

»Nein, ich versuche nur, Konversation zu machen. Aber alles, was ich sage, bringt Sie auf die Palme, selbst wenn es noch so belanglos ist. Warum?«

»Ich kann mich an keine Frage erinnern.«

Er nickte zu dem Flügel hin. »Spielen Sie?«

»Leider nicht. Als ich acht war, hatte mir meine Mutter Klavierstunden verordnet und mich zu einer Stunde Üben am Tag verdonnert. ›Weil jede junge Dame ein Musikinstrument beherrschen sollte‹, hatte sie gesagt.«

Sayre musste lächeln, als sie sich an die Strafpredigten erinnerte, weil sie wieder nicht geübt hatte. »Mutter hat sich redlich bemüht, meine Wildheit zu bändigen, aber irgendwann hat sie aufgegeben und mich zu einem hoffnungslosen Fall erklärt. Zum Klavierspielen muss man musikalisch und diszipliniert sein, und ich war weder das eine noch das andere.«

»Wirklich?« Er ließ sich neben ihr nieder, mit dem Rücken zu den Tasten, sodass sie Hüfte an Schenkel und Angesicht zu Angesicht saßen. »Sie haben keine Disziplin?«

»Mit acht hatte ich jedenfalls keine.« Sie ließ ihre Stimme klar und scharf klingen. »Seither habe ich durchaus welche entwickelt.«

»Hoffentlich nicht auf Kosten Ihrer Wildheit. Es wäre eine sträfliche Vergeudung von natürlichen Ressourcen, wenn sich ein Rotschopf Zurückhaltung auferlegen würde.«

Sie wusste, dass es ihn nur weiter anstachelte, wenn sie darauf reagierte, und sagte deshalb bloß: »Sie entsprechen allen Vorurteilen, die ich über Sie hegte. Ich hatte erwartet, dass Sie mich beleidigen würden.«

»Beleidigen? Ich habe versucht, Ihnen ein Kompliment zu machen.«

»Vielleicht sollten Sie mal im Wörterbuch nachschlagen.«

»Was?«

»Die Definition von ›Kompliment‹.«

Sie rutschte endgültig von der Bank und stolzierte durch den Raum davon, kam aber erneut nur bis zu der Portiere, die den Wintergarten vom Foyer abtrennte, wo sich die aufbruchsbereiten Gäste drängten. Ein paar von ihnen blieben stehen und sprachen ihr mit gedämpfter Stimme das Beileid aus.

Inmitten dieser Gruppe stand Sheriff Red Harper. Sein Gesicht war in den vergangenen zehn Jahren noch länger und hagerer geworden, aber sie hätte ihn trotzdem überall wiedererkannt. Ehe er ging, sah sie, wie er Huffs und Chris' Hände schüttelte und ihnen ein paar Worte zuflüsterte. Die heimliche Unterhaltung rief ihr ins Gedächtnis, warum sie in dieses Haus zurückgekehrt war, obwohl sie sich einst geschworen hatte, es nie wieder zu betreten.

Beck Merchant war hinter sie getreten. Sie spürte seine Nähe. Leise, aber doch so laut, dass er es hören musste, sagte sie: »Red Harper bezweifelt, dass Dannys Tod ein Selbstmord war?«

»Gehen wir nach draußen.«

Er umfasste ihren Ellbogen, aber sie drehte sich augenblicklich um und befreite sich aus seinem Griff. »Bleiben wir lieber hier.«

Er schien sich über ihre Abfuhr zu ärgern, wurde aber nicht laut. »Sind Sie sicher, dass Sie hier darüber sprechen möchten, wo uns jeder hören kann?«

Ihr langer, eisiger Blick steigerte sich zu einem Kräftemessen, dann aber verließ sie unvermittelt den Raum und marschierte los in den rückwärtigen Teil des Hauses, als wüsste sie genau, dass er ihr folgen würde. Als sie die Küche durchquerten, fragte Selma, die gerade die Geschirrspülmaschine belud, ob sie schon etwas gegessen hatten.

»Ich esse später«, erklärte ihr Sayre.

»Ich auch«, echote Beck.

Beim Hinauseilen durch die Hintertür rief Selma ihnen hinterher: »Sie müssen etwas essen. Sie brauchen Ihre Kräfte.«

Ohne lange über ihr Ziel nachdenken zu müssen, eilte Sayre über den manikürten Rasen in Richtung Bayou. Das schlammige Ufer hinter dem Haus war ihr als kleines Mädchen bereits ein Zufluchtsort gewesen. Hierher war sie geflohen, um zu schmollen, wenn es einmal nicht nach ihrem Willen ging, um der geladenen Atmosphäre im Haus zu entkommen, wenn Huff grollte, oder um sich vor Chris zu verstecken, dessen liebster Zeitvertreib darin bestanden hatte, sie zu quälen und zu necken.

Stundenlang hatte sie unter den Ästen der Zypressen und uralten Eichen gelegen und sich den jeweils lebensbestimmenden Gefühlen ergeben. Hier hatte sie kühne und ehrgeizige Zukunftspläne geschmiedet. Manchmal hatte sie grausame Rachepläne für eine erlittene oder eingebildete Beleidigung ausgeheckt. Oft hatte sie von einem Familienleben zu träumen gewagt, in dem die Familienmitglieder öfter lachten und weniger schrien, wo mehr Umarmungen und weniger Streit herrschten, wo Eltern und Kinder einander wirklich liebten.

Als sie sich nun dem einstmals vertrauten Fleck näherte, musste sie zu ihrer Enttäuschung erkennen, dass das dichte Gebüsch, unter dem sie sich damals versteckt hatte, einem Begonienbeet hatte weichen müssen. Es waren hübsche Blumen, aber kein Versteck für ein kleines Mädchen auf der Suche nach ungestörtem Frieden.

Dafür jedoch hing die alte Schaukel noch an dem festen, waagerechten Ast einer alten Eiche, an Seilen, dick wie ihre Handgelenke. Der Sitz war verwittert, aber man hatte ihn nicht entfernt, und darüber war sie froh.

Sie fuhr mit dem Finger an dem kratzigen Seil auf und ab. »Ich kann nicht glauben, dass sie immer noch hier hängt.«

»War das Ihre Schaukel?« Beck stand auf der anderen Seite des Sitzes.

»Früher kümmerte sich der alte Mitchell – ich kannte ihn damals nur unter diesem Namen – um unseren Garten. Er hat die Schaukel für mich angebracht. Er erzählte mir, die Seile stammten von einem Geisterschiff, das vor Terrebonne Parish im Meer gesunken sei. Ein Piratenschiff, das vom schlimmsten Hurrikan in der Geschichte der Menschheit zerschmettert worden ist. Alle an Bord sind damals umgekommen.

Aber den Geistern der Piraten gefiel es so gut in Looz-ana, dass sie lieber hierbleiben wollten, als in den Himmel aufzusteigen. Wahrscheinlich hätten sie im Himmel sowieso keinen besonders guten Platz erhalten, weil sie auf Erden so viel Böses angestellt hatten, meinte der alte Mitchell damals. Darum beschlossen sie, lieber hierzubleiben. Und einmal im Monat, in der Vollmondnacht, kamen diese Geister heraus, um mit jedem zu handeln, der mutig genug war, Geschäfte mit ihnen zu treiben.«

»So wie der alten Mitchell?«

»So hat er es mir damals erzählt.« Sie lächelte. »Für nur eine Flasche Rum hatte er ihnen ein goldenes Armband abgehandelt. Er hat es einschmelzen und damit seine Zähne vergolden lassen.« Sie lachte. »Ich war so neidisch auf seine goldenen Zähne und wollte unbedingt auch welche haben. Ich bekam einen irrsinnigen Wutausbruch, weil Huff und Chris mich auslachten, als ich welche forderte. Mutter regte sich einfach nur auf.«

»Zum Glück konnte Ihre Familie Sie davon abbringen.«

»Zum Glück. Jedenfalls bekam der alte Mitchell für seine Flasche Rum ein goldenes Armband und außerdem eine Rolle Seil. Er sagte, er hätte dem Schiffskapitän, dem schrecklichsten Piraten des ganzen Haufens, erzählt, dass er aus dem Seil eine Schaukel für Miss Sayre machen wollte. Und weil die Schaukel für mich bestimmt war, legte der Pirat noch eine Schiffsplanke obendrauf für den Sitz.« Sie stieß die Schaukel sanft an.

»Da hat er Ihnen einen ganz schönen Bären aufgebunden.«

»Ich habe ihm damals jedes Wort geglaubt. Er hatte mich von seinen magischen Kräften überzeugt. Er sagte, er sei bei einer einäugigen Voodoo-Priesterin in die Lehre gegangen, die mit ihrem Panther in den Sümpfen wohnte. Um seinen Hals trug er immer einen kleinen Lederbeutel mit einem Grisgris. Aber das hat er mir nie gezeigt, weil Selma ihm für diesen Fall gedroht hatte, ihm jeden Knochen im Leib zu zerschlagen.

Er schimpfte immer mit mir, wenn er beim Angeln war. Ich sollte den Mund halten, sonst würde ich die Fische erschrecken. Einmal erwischte er mich hoch oben in diesem Baum«, sagte sie und deutete himmelwärts. »Er befahl mir, sofort herunterzukommen, sonst würde ich noch runterfallen und bis ans Ende meiner Tage im Rollstuhl sitzen müssen.

Obwohl er oft mit mir schimpfte, war er in meinen Augen mein bester Freund, was meine Mutter schockierte und Selma bis aufs Blut ärgerte. Manchmal durfte ich im Schubkarren fahren, wenn er mit der Arbeit fertig war und seine Geräte zum Gartenschuppen zurückbrachte. Eigenartig«, meinte sie nachdenklich. »Ich habe ihn bei der Beerdigung nicht gesehen. Ich war sicher, dass er kommen würde.«

»Setzen Sie sich. Ich schubse Sie an.«

Beck Merchants Angebot riss sie aus ihren nostalgischen Träumen und hatte zur Folge, dass sie sich lächerlich vorkam, weil sie sich derart hatte gehen lassen. »Nein danke.«

»Okay, dann können Sie mich anschubsen.«

Er setzte sich auf die Schaukel und hielt sich an den Seilen fest. Lächelnd sah er zu ihr auf und kniff dabei die Augen gegen die Sonne zusammen. Flaschengrüne Augen, wie ihr aufgefallen war. Sie wirkten nicht nur attraktiv, sondern auch intelligent und einfühlsam, und sie wusste nicht, was davon sie am meisten ärgerte.

Sie gab ihm und seinen Augen einen Korb und spazierte an der Schaukel vorbei auf das Wasser zu, das träge, aber unaufhaltsam dem Golf entgegentrieb. Über dem schlammigen Gewässer lag immer ein leichter Geruch nach Meer. Am Ufer gegenüber erhob sich mit ärgerlichem Flügelschlag ein Pelikan.

Eine leichte Brise strich durch die fedrigen Zweige der Zypressen und ließ das spanische Moos erzittern, aber der Wind war nicht einmal stark genug, um das kräftigere Laub der Eichen zu bewegen.

Ihre Absätze sanken in den schwammigen Untergrund ein. Sie schlüpfte aus den Schuhen und trug sie an den schmalen Riemen in der Hand. Der Schlamm drückte kühl gegen ihre Fußsohlen. Wäre sie nicht in Begleitung gewesen, hätte sie sich am liebsten hineingelegt.

»Hab ich was Falsches gesagt?«, fragte er.

Sie drehte sich zu ihm um. »Hören Sie auf, Ihren Charme spielen zu lassen, okay? Ich bin dafür nicht empfänglich. Ich bin unter charmanten Männern aufgewachsen. Ich weiß aus erster Hand, wie verlogen ihr Charme sein kann. Jedenfalls, Mr. Merchant, hat er für mich schon lange jeden Reiz verloren.«

»Nennen Sie mich Beck. Und was genau hat für Sie jeden Reiz verloren? Der Charme oder die Männer?«

Die Schaukel flog nicht besonders hoch, aber er schaukelte tatsächlich darauf, was sie maßlos verstimmte. »Ich kann Sie nicht ausstehen.«

»Aber Sie kennen mich doch gar nicht.«

Sie lachte freudlos. »Und wie ich Sie kenne. Ich kenne Sie, weil Sie genauso sind wie sie.« Dabei deutete sie zum Haus hinüber.

»Inwiefern?«

»Sie sind skrupellos, gewissenlos, gierig und geldgeil. Soll ich noch weiterreden?«

»Ich glaube nicht, dass mein Ego das erträgt«, erwiderte er trocken. »Aber es würde mich doch interessieren, wie Sie sich so schnell eine so schlechte Meinung von mir bilden konnten. Wir haben uns eben erst kennen gelernt.«

»Die habe ich mir über Jahre hinweg gebildet. Ich habe die Geschäftsberichte gelesen, die mir immer noch zugesandt werden, obwohl ich wiederholt gefordert habe, mich von der Empfängerliste zu streichen.«

»Warum lesen Sie sie dann?«

»Weil ich immer wieder fassungslos bin, wie weit meine Familie zu gehen bereit ist, um mit Hoyle Enterprises noch mehr Geld zu scheffeln.«

»Sie sind Mitinhaberin von Hoyle Enterprises.«

»Gegen meinen ausdrücklichen Willen.« Sie wurde unwillkür-

46

lich lauter. »Ich habe ein ganzes Jahr und Tausende Dollar an Anwaltsgebühren aufgewendet, um mich aus dem Unternehmen zu lösen. Aber Sie haben mit Ihren intriganten Machenschaften verhindert, dass ich meinen Anteil aufgeben konnte.«

»Es waren durchaus legale Machenschaften.«

»Gerade noch.«

»Aber legal.«

Er sprang mitten im Schwung von der Schaukel und kam auf sie zu. »Ich arbeite für Huff. Er wollte, dass Sie am Familienunternehmen beteiligt bleiben, und hat mich angewiesen, alles zu tun, um genau das zu erreichen. Ich habe nur das getan, wofür ich bezahlt werde.«

»Damit wissen wir dann ja auch, was Sie sind, nicht wahr?«

»Sie wollen mich als Hure bezeichnen?« Er senkte die Stimme und sagte: »Ich glaube nicht, dass wir uns auf *diese* Ebene begeben sollten, meinen Sie nicht auch?«

Die giftige Andeutung traf, aber sie war eher wütend als verletzt. Sie gab schon lange niemandem mehr die Macht, sie zu verletzen. »Sie kämpfen sogar ebenso schmutzig wie die beiden.«

»Ich kämpfe, um zu gewinnen.«

»Natürlich tun Sie das.«

»Und worum kämpfen Sie selbst?«

»Ums Überleben«, feuerte sie zurück.

In äußerster Selbstbeherrschung atmete sie tief durch und rang ihre Wut nieder. Sie merkte, dass sie die Hände fest geballt hatte, und entspannte sie wieder. Zuletzt schüttelte sie ihre Haare aus und fuhr sich mit der Zunge über die Lippen.

Als sie sich wieder gefangen hatte, sagte sie: »Ich habe gegen sie um mein Überleben gekämpft. Und ich habe es geschafft. Der einzig denkbare Umstand, der mich hierher zurückführen konnte, war der Tod meines Bruders Danny. Obwohl ich seinen Tod tief betraure und mir ewig…« Im letzten Moment hielt sie sich von dem Geständnis ab, dass sie sich ewig vorhalten würde, Danny zweimal am Telefon abgewiesen zu haben. »Ich bin dankbar, dass er ihnen schließlich endlich entkommen ist. Ich hoffe, er hat seinen Frieden gefunden. Aber ich würde gern wissen…«

Sie verstummte schlagartig, weil er die Hand gehoben und ihr mit dem Fingerrücken über die Wange gestrichen hatte. Verdattert schweigend, sah sie ihn mit großen Augen an.

»Ein Moskito.«

»Ach so.« Sie berührte mit der Hand ihre Wange, auf der eben noch sein Finger gelegen hatte. »Danke.«

»Nichts zu danken.«

Mehrere Sekunden verstrichen, ehe sie die Sprache wiedergefunden hatte. »Ich würde wirklich gern wissen, wie Danny gestorben ist. Erzählen Sie mir alle Einzelheiten.«

»Ich hätte Ihnen schon am Sonntag alles erzählt. Ich habe mehrmals in Ihrem Büro angerufen. Aber Sie wollten nicht mit mir sprechen.«

»Da war ich noch nicht bereit, Ihnen zuzuhören.«

Natürlich hatte sie sich nicht deshalb geweigert, mit ihm zu sprechen, das wusste er ebenso gut wie sie. Trotzdem widersprach er nicht. Stattdessen sagte er ruhig: »Er wurde von einem Schuss in den Kopf getötet. Es gab keine… Also, er hat bestimmt nichts gespürt. Der Tod muss sofort eingetreten sein.«

Sie brauchte keine weitere Beschreibung. Das war schon schlimm genug. »Wer hat ihn gefunden?«

»Angler im Bayou. Ihr Außenbordmotor hatte zu qualmen begonnen. Also legten sie an der Angelhütte an, um nach etwas Motoröl zu fragen. Dannys Wagen stand vor der Hütte, daraus schlossen sie, dass jemand zugegen war. Als sie die Hütte betraten, sahen sie ihn auf dem Boden liegen.«

Sie versuchte die Szene, die diese Angler erwartet hatte, sich nicht auszumalen. »Es wurde als Selbstmord betrachtet.«

»Ursprünglich schon.«

»Aber jetzt hat Red Harper Bedenken?«

»Nicht Red. Er hat einen neuen Detective in seinem Büro, einen jungen Mann namens Wayne Scott. Red hat ihm den Fall übertragen. Er dachte, es wäre eine Routinegeschichte. Ein Formular ausfüllen, abstempeln, abheften. Fall geklärt, und Danny wäre eine Zahl in der Statistik. Aber als Scott von der Angelhütte zurückkam, hatte er mehr Fragen als Antworten gefunden.«

»Zum Beispiel? Glaubt er an einen Unfall?«

»Da ist er nicht sicher. Wie gesagt, im Moment hat er mehr Fragen als…«

»Sie weichen mir aus, Mr. Merchant«, unterbrach sie ihn ungeduldig. »Ich bin erwachsen. Tun Sie nicht so fürsorglich-überheblich.«

»Deputy Scott hat sich noch nicht in die Karten sehen lassen. Ehrenwort«, beteuerte er, als sie ihn skeptisch ansah. »Ich habe lediglich das unbestimmte Gefühl, dass ihn das Ergebnis des Gerichtsmediziners nicht hundertprozentig überzeugt.«

Er lehnte sich an den Baumstamm in seinem Rücken, winkelte ein Bein an und stemmte den Fuß gegen die Rinde. Den Kopf halb von ihr abgewandt, ließ er den Blick über den Bayou wandern und wischte dabei im Reflex eine Schweißperle weg, die über seine Schläfe rann.

»Ich habe eine Zeit lang bei der Staatsanwaltschaft gearbeitet, ehe ich merkte, dass meine Stärken nicht im Strafrecht liegen. Aber diese Erfahrung hat mich gelehrt, wie Polizisten denken. Sie gehen grundsätzlich davon aus, dass irgendwas faul ist. Das müssen sie als Erstes klären.

Ich kenne Wayne Scott nicht und weiß nicht, wie er tickt. Ich weiß nicht, wie gut er bei der Spurensuche am Tatort ist oder wie viel Erfahrung und welche Ausbildung er hat. Ich bin ihm nur einmal begegnet, und das war am Sonntagabend, als er und Red uns über Dannys Tod informiert haben. Er scheint noch grün hinter den Ohren zu sein, macht auf mich aber einen ehrgeizigen und aggressiven Eindruck.

Vielleicht will er sich nur aufspielen oder seinen neuen Chef beeindrucken. Vielleicht möchte er seine Ermittlungen nur etwas spannender gestalten und sucht darum nach Hinweisen, die einen Selbstmord widerlegen.«

Sayre hatte ihm aufmerksam zugehört, seine Körpersprache genau studiert und längst begriffen, wohin die verbalen Windungen führen würden. Sie begriff auch, wieso er davor zurückscheute, deutlicher zu werden – weil die Alternative zu einem Suizid oder Unfalltod undenkbar war.

»Wollen Sie damit sagen, dieser Detective glaubt, dass Danny ermordet wurde?«

Sein Blick wandte sich wieder ihr zu. »So direkt hat er das nicht gesagt.«

»Warum sollte er sonst nach Hinweisen suchen oder Fragen stellen?«

Er zuckte mit den Achseln. »Er ist neu in der Stadt. Den Job hat er erst seit ein paar Wochen. Er weiß nicht…«

»Er weiß nicht, dass sein Chef von meiner Familie geschmiert wird und dafür beide Augen zudrückt, falls einer von ihnen das Gesetz bricht?«

»Huff bessert nur Reds unzureichendes Gehalt auf.«

»Er besticht ihn.«

»Mit seinen Zahlungen stockt Huff den Haushalt unserer Gemeinde auf«, widersprach er angespannt. »Womit er verhindert, dass die Steuern erhöht werden müssen.«

»Ach so. Es ist also nur zum Besten der Steuerzahler, dass Huff die hiesigen Gesetzeshüter besticht.«

»Jeder hier profitiert von seiner Großzügigkeit, Sayre.«

»Sie eingeschlossen.«

»Und *Sie*.« Er stieß sich vom Baumstamm ab und kam auf sie zu. »Sagen Sie, wären Sie damals lieber über Nacht im Gefängnis geblieben, als Red Sie betrunken hinter dem Steuer erwischt hat? Oder beim Nacktbaden? Oder beim Sex auf einem Picknicktisch im Stadtpark? Oder bei einem Ihrer illegalen Autorennen auf der Evangeline Street?

Bei all diesen Gelegenheit – und damit habe ich nur gestreift, was ich über Ihre bewegte Teenagerzeit gehört habe – waren Sie doch bestimmt nicht unglücklich darüber, dass Huff dem Sheriff jeden Monat ein paar Scheine zuschob, damit Ihre Jugendstreiche unerwähnt und unbestraft blieben. Sparen Sie sich die Antwort. Sie liegt auf der Hand. Versuchen Sie zur Abwechslung einmal, das große Ganze zu sehen, und Sie werden begreifen ...«

»Was ich dann sehe, Mr. Merchant, sind Ihre wunderbaren Ausflüchte für Ihre eigene Bestechlichkeit. Schaffen Sie es so, nachts ruhig zu schlafen?«

Er baute sich so dicht vor ihr auf, dass seine Hosenbeine ihre Schienbeine berührten. Wie schon zuvor auf der Klavierbank versuchte er, sie zu bedrängen. Sie musste entweder den Kopf in den Nacken legen, um ihm ins Gesicht sehen zu können, oder ein paar Schritte zurücktreten, was sie auf gar keinen Fall tun würde. Sie würde keinen Fingerbreit weichen.

Seine Stimme hatte sich zu einem heiseren Flüstern gesenkt. »Zum letzten Mal, Sayre, nennen Sie mich Beck. Und wenn Sie wissen möchten, wie ich schlafe, dann betrachten Sie dies als Einladung, es herauszufinden. Jederzeit.«

Ehe sie ihn ohrfeigte, was sie um ein Haar getan hätte, kehrte sie auf dem Absatz um und ging zum Haus zurück.

»Er ist gestorben.«

Sie blieb stehen und sah zurück.

»Der alte Mitchell«, sagte er. »Man hat ihn vor ein paar Jahren in seinem Haus gefunden. Da war er schon mehrere Tage tot.«

Kaum waren die letzten Gäste aufgebrochen, ging Huff nach oben in sein Schlafzimmer, um den dunklen Anzug und das steife Hemd gegen bequemere Sachen zu tauschen.

Als er im Flur an Dannys Zimmer vorbeikam, blieb er kurz stehen, ohne jedoch die Tür zu öffnen. Selma hatte das Zimmer abgeschlossen, womit es noch genauso war wie am Sonntagvormittag, als Danny in die Kirche gegangen war. Wahrscheinlich wartete sie auf ein Zeichen von ihm, wann sie das Zimmer wieder öffnen sollte, um Dannys Sachen zu sichten und zu entscheiden, was sie behalten würden und was in die Altkleidersammlung wanderte. Diese Aufgabe würde ihr zufallen. Er war nicht sicher, ob er je wieder irgendetwas ansehen oder berühren konnte, das Danny gehört hatte.

Natürlich spürte er Reue, aber was geschehen war, war geschehen. Jetzt noch darüber nachzugrübeln war Zeit- und Energieverschwendung, und Huff verplemperte keines von beidem.

Auf dem Rückweg nach unten warf er einen Blick durch die doppelte Balkontür gleich neben Laurels Porträt am Treppenabsatz. Und dabei sah er Sayre und Beck am Ufer des Bayou im Schatten einer Baumgruppe stehen.

Mit einem stillen Lächeln fixierte er die Zigarette zwischen den Lippen, stemmte die Hände in die Hüften und blieb stehen, um die beiden zu beobachten. Beck war gerade dabei, Huffs neuesten Auftrag auszuführen, und gab wie üblich sein Bestes. Vielleicht hatte Sayre endlich ihren Meister gefunden.

Sie war eine geballte Ladung an hitzköpfiger, aufbrausender, schlagfertiger Weiblichkeit, aber Beck konnte sich wie ein Pitbull in etwas verbeißen. Er gab noch längst nicht auf, wo ein Mann von geringerem Format schon nach einer ätzenden Abfuhr von ihr die Segel strich.

Noch nie in ihrem Leben hatte das Mädchen irgendwas gemacht, ohne zuvor einen Streit anzuzetteln. Selbst ihre Geburt war ein einziger Kampf gewesen. Laurel hatte zwölf Stunden lang in den Wehen gelegen, doppelt so lang wie bei den Jungs.

Sayre, deren Temperament schon damals zu ihrer Haarfarbe passte, war mit zornesrotem Kopf und schreiend vor Entrüstung über das Trauma ihrer Geburt – und vielleicht über die Verzögerung – zur Welt gekommen. Seither hatte sie allen das Leben zur Hölle gemacht.

Ohne jeden Zweifel blies sie Beck gerade gehörig den Marsch, obwohl sich Huff fragte, wie Beck es schaffte, sie so lange zu halten. Normalerweise war es nicht Sayres Art, stehen zu bleiben und zuzuhören, wenn man ihr etwas erklärte, was sie nicht hören wollte. Aber die beiden standen praktisch Nase an Nase und schienen völlig in ihr Gespräch vertieft zu sein oder…

Völlig ineinander vertieft zu sein.

Der Gedanke ließ ihn innehalten. Er betrachtete die beiden aus einem ganz neuen Blickwinkel, und sie gaben verflucht noch mal wirklich ein hübsches Paar ab.

Sayre hatte ihre flinke Klappe. Wenn sie sich etwas in den Kopf gesetzt hatte, ging sie es mit ungebändigter Leidenschaft an. Huff vermutete, dass ihre Leidenschaftlichkeit auch Bereiche betraf, die einen Mann extrem glücklich machten oder zumindest so zufrieden, dass er sich mit ihren weniger wünschenswerten Eigenschaften abfinden konnte.

Und was Beck betraf... hätte je eine junge Frau etwas an ihm auszusetzen gehabt?

Durch die Balkontüren hindurch verfolgte Huff, wie Beck sich noch dichter vor Sayre aufbaute. Sogar in Strümpfen war sie überdurchschnittlich groß, aber Beck überragte sie deutlich. Die beiden waren angespannter als zwei Bogen kurz vor dem Brechen, und einen Moment lang erwartete Huff fast, dass Beck sie einfach packen und ihr einen Kuss aufdrücken würde.

Aber dann drehte sich Sayre entschlossen um und eilte in Richtung Haus davon. Sie war nicht weit gekommen, als Beck ihr irgendetwas nachrief, was sie innehalten ließ. Was er gesagt hatte, musste sie mächtig verärgert haben, weil sie im nächsten Moment praktisch im Stechschritt auf das Haus zuhielt.

»Das wird witzig.« Leise lachend ging er nach unten und stand schon bereit, um Sayre im Flur abfangen, als sie gerade wutentbrannt durch die Küchentür geschossen kam. Selma folgte ihr auf den Fersen und drängte sie, sich hinzusetzen und endlich etwas zu essen.

Aber Sayre scherte sich gar nicht um Selmas Genörgel. Sobald sie Huff sah, blieb sie stehen. Selma mit ihrem untrüglichen Gespür für alles, was in der Familie vorging, verschwand augenblicklich wieder in der Küche.

Huff setzte seine grimmigste Miene auf, während er seine Tochter von Kopf bis Fuß begutachtete. An dem Sitz ihres schwarzen Kleides konnte er erkennen, dass ihre Figur in den zehn Jahren ihrer Abwesenheit nicht gelitten hatte. Die Jahre hatten nur etwas von den jugendlich weichen Zügen aus ihrem Gesicht gemeißelt. Inzwischen sah sie aus wie eine Frau, nicht mehr wie ein Mädchen.

Bei der Beerdigung hatte sie, aufgetakelt mit ihrem weitkrempigen schwarzen Hut und der Sonnenbrille, gewirkt wie ein Filmstar oder die trauernde Witwe eines Staatsoberhaupts. In den letzten Jahren hatte sie sich genau die Klasse angeeignet, die Laurel sich immer für sie gewünscht hatte, aber gleichzeitig hatte sie die Überheblichkeit bewahrt, mit der sie auf die Welt gekommen war. Sie provozierte und amüsierte ihn gleichermaßen.

»Hallo, Sayre.«

»Huff.«

»Du hast mich immer nur Huff genannt, oder?«

»Oder viel Schlimmeres.«

Er nahm die Zigarette aus dem Mund und lachte. »Ich weiß noch gut, dass ich von dir einiges zu hören bekommen habe. Wolltest du wieder abreisen, ohne mit mir gesprochen zu haben?«

»Was ich dir zu sagen hatte, habe ich gesagt, bevor ich damals weggegangen bin. Die vergangenen zehn Jahre haben nichts daran geändert.«

»Du hättest mir aus Achtung vor Danny die Höflichkeit erweisen können zu fragen, wie ich zurechtkomme mit meinem Schmerz.«

»Ich bin dir keine Höflichkeiten schuldig. Und ich achte dich nicht. Was deinen Schmerz angeht, den hast du bewiesen, indem du nicht mal heute die Fabrik geschlossen hast. Dannys Tod war eine Tragödie, aber sie ändert nichts am Wesen dieser Familie.«

»*Deiner* Familie.«

»Ich habe mich von meiner Familie losgesagt. Ich will nichts mit dir oder Chris oder der Gießerei zu tun haben. Ich bin nach Destiny gekommen, weil ich mich persönlich und in aller Stille an Dannys Grab von meinem Bruder verabschieden wollte. Das hast du verhindert, indem du deinen Kettenhund auf mich gehetzt hast.«

54

»Beck hat dich nicht über die Schulter geworfen und hierher-
geschleppt.«

»Nein, aber er hat mich mit einem Argument geködert, das ich
unmöglich ignorieren konnte. Euer Plan ist aufgegangen. Ich bin
hergekommen. Aber damit habe ich meine Schuldigkeit getan.
Ich werde erst auf den Friedhof und dann nach Hause fahren.«

»Du *bist* zu Hause, Sayre.«

Sie lachte, aber ohne jede Freude. »Du gibst nie auf, was?«

»Nein. Nie.«

»Gut, dann tu dir ausnahmsweise einen Gefallen. Sieh den
Tatsachen ins Auge: Du hast null Einfluss auf mich.« Sie schloss
Zeigefinger und Daumen zu einem Kreis. »Null. Ich werde mir
nichts von dem, was du mir sagen willst, zu Herzen nehmen.
Und spar dir die Mühe, mir zu drohen. Du könntest mir nichts
antun, was schlimmer wäre als das, was du mir bereits angetan
hast. Ich habe keine Angst vor dir.«

»Ach ja?«

»Ach ja.«

Er trat an die Tür zu seinem Fernsehzimmer und stieß sie auf.
»Beweis es mir.«

5

Genau wie zuvor Beck Merchant hatte er ihr einen Fehdehandschuh hingeworfen, den sie einfach aufnehmen musste. Es war
nicht ihr Ding, den Schwanz einzuziehen. Sie hatte, ob es ihr
gefiel oder nicht, einige Eigenschaften ihres Vaters geerbt.

Wohl wissend, dass sie ihm damit wahrscheinlich in die Hände
spielte, folgte sie ihm ins Fernsehzimmer. Sie hatte behauptet,
keine Angst mehr vor ihm zu haben. Er glaubte ihr wahrscheinlich nicht, aber das war egal. Es zählte einzig und allein, dass *sie*
es glaubte. Sie brauchte ihm ihre Furchtlosigkeit nicht zu beweisen. Aber sich selbst.

Aus der sicheren Entfernung von zweitausend Meilen ließ sich leicht damit prahlen, dass sie sich wieder aufgerappelt hatte und er ihr nichts mehr bedeutete. Die wirkliche Bewährungsprobe für den eigenen Mumm bestand darin, dem Feind, der ihr die beinahe tödlichen Schläge versetzt hatte, erneut gegenüberzustehen. Erst dann konnte sie völlig überzeugt sein, dass ihre Angst vor Huff vergangen war und er keine Macht mehr über sie hatte.

Nur darum folgte sie ihm ins Fernsehzimmer. Abgesehen von dem riesigen Breitbildfernseher sah es noch genau so aus, wie sie es in Erinnerung hatte. Sie sah sich um und versuchte, sich ein einziges angenehmes Erlebnis ins Gedächtnis zu rufen, das mit diesem Raum verknüpft war. Ihr wollte keines einfallen. Mit Huffs Fernsehzimmer verband sie ausschließlich schmerzvolle Erinnerungen.

Schon als kleines Mädchen, das um Huffs Aufmerksamkeit buhlen musste, war sie daraus verbannt worden. Chris und Danny waren in diesem Heiligtum zugelassen, sogar gern gesehen gewesen, sie dagegen hatte es kaum je betreten dürfen, und er hatte sie allein wegen ihres Geschlechts zurückgesetzt.

In diesem Raum hatte Huff ihr und ihren Brüdern erklärt, wie krank ihre Mutter war. Sie hatte für ihre Brüder gesprochen und ihn gefragt, ob Laurel sterben würde. Auf seine Bestätigung hin hatten sie und Danny zu weinen begonnen. Huff konnte Tränen nicht ausstehen. Er hatte ihnen befohlen, sich zusammenzureißen, sich wie Erwachsene zu benehmen, wie echte Hoyles. Ein Hoyle weine niemals, hatte er sie belehrt und ihnen Chris als Beispiel vorgehalten. *Ihn seht ihr nicht weinen, oder?*

Trotzdem hatte sie ein weiteres Mal in diesem Raum geweint. Unter flehentlichem, hysterischem Heulen hatte sie Huff angebettelt, nicht zu tun, was er dann doch getan hatte. Diesen einen Abend würde sie ihm nie verzeihen. An diesem Abend hatte sie ihn zu hassen begonnen.

Seine Schritte hallten schwer über den Hartholzboden, bis er an der Bar angelangt war, wo er seine Zigarette ausdrückte und ihr dann einen Drink anbot.

»Nein danke.«

Er schenkte sich einen Whisky ein. »Soll Selma dir etwas zu essen bringen? Sie kann es kaum erwarten, dich endlich zu füttern.«

»Ich bin nicht hungrig.«

»Und du würdest nichts in den Mund nehmen, was mit dem Geld von Hoyle Enterprises bezahlt wurde, selbst wenn du am Verhungern wärst. Habe ich Recht?« Er sank in seinen Fernsehsessel und fixierte sie über den Glasrand hinweg, während er einen Schluck Bourbon nahm.

»Ist das dein Eröffnungszug, Huff? Willst du sehen, wer in diesem Match den anderen schachmatt setzt? Dass wir uns mit Worten duellieren, bis einer von uns klein beigibt? Falls du das vorhast, werde ich nicht mitspielen. Ich werde nie wieder nach deinen beschissenen Regeln spielen.«

»Deine Mutter hätte diese Sprache nicht gutgeheißen.«

Sie fixierte ihn mit einem verachtenden Blick. »Meine Mutter hätte viele Dinge nicht gutgeheißen. Sollen wir über einige davon sprechen?«

»Du hast dir die frechen Antworten nicht abgewöhnt, wie ich sehe. Also, ich kann nicht sagen, dass mich das überrascht. Ehrlich gesagt wäre ich wahrscheinlich enttäuscht gewesen, wenn du plötzlich brav geworden wärst.« Er lehnte sich zurück, griff nach einer Streichholzschachtel auf dem Beistelltisch und zündete die nächste Zigarette an. »Setz dich. Erzähl mir von deinen Geschäften.«

Sie setzte sich auf eines der beiden identischen Sofas, die, durch einen Couchtisch getrennt, einander gegenüberstanden. »Die gehen gut.«

»Eines kann ich nicht ausstehen, Sayre, und das ist falsche Bescheidenheit. Wenn du dir etwas aufgebaut hast, dann hast du auch das Recht, damit anzugeben. Ich habe den Artikel im *Chronicle* über dich gelesen. Eine halbe Seite. Mit Bildern und allem Drum und Dran. Und da stand, du wärst die angesagteste Wohndesignerin bei den Reichen und Schönen von San Francisco.«

Sie fragte ihn nicht, wie er von dem Zeitungsartikel erfahren hatte. Er war zu allem fähig, Spionage eingeschlossen. Wahrscheinlich wusste er besser über ihr Leben in Kalifornien Bescheid, als sie je vermutet hätte. Bestimmt sammelte Beck Merchant die Informationen für ihn.

»Was hast du dieser alten Schwuchtel bezahlt, um sie aus der Firma rauszukaufen?«, fragte er. »Viel zu viel, wette ich.«

»Diese ›alte Schwuchtel‹ war mein Mentor und enger Freund.«

Sie hatte während ihres Studiums als Praktikantin bei dem bekannten Designer gearbeitet. Gleich nach ihrem Abschluss hatte er sie eingestellt. Aber sie war mehr als nur der Empfänger einer Provision, wenn sie etwas aus seinem Designstudio verkaufte. Von Anfang an hatte er sie darauf vorbereitet, die Firma eines Tages zu übernehmen.

Er hatte sie zum Stoffeinkauf nach Hongkong und auf Antiquitätenmessen in Frankreich geschickt und dabei von Anfang an auf ihren Instinkt, ihren messerscharfen Geschäftssinn und ihren Geschmack gebaut. Er selbst konnte mit vierzig Jahren Erfahrung und einem Adressbuch voller wertvoller Kontakte aufwarten; Sayre brachte neue und innovative Ideen ins Unternehmen. Sie waren ein Superteam gewesen.

»Als er sich zur Ruhe setzte«, fuhr sie fort, »hat er mir den Kauf so leicht wie möglich gemacht.« Unter ihrer Leitung war die Firma weiter gewachsen. Ihre Schulden hatte sie innerhalb von drei Jahren und damit doppelt so schnell wie geplant zurückgezahlt. Aber das würde sie Huff nicht auf die Nase binden, denn ihre Finanzen gingen ihn nichts an.

»Mit dem Anbringen von Vorhängen kann man auch Geld machen.«

Er machte sich absichtlich über ihre Branche lustig, aber sie schluckte den Köder nicht. »Ich liebe meine Arbeit. Ich würde sie beinahe auch umsonst tun. Glücklicherweise hat sich herausgestellt, dass sie ebenso abwechslungsreich wie lukrativ ist.«

»Du hast deinen Einsatz mehrfach wieder rausgeholt.« Er ließ die Eiswürfel in seinem Glas klirren. »Deine Ehen waren also gar nicht so nutzlos, oder? Wenn ich beim Ehevertrag nicht auf den Bargeldzahlungen bestanden hätte, hättest du diese Schwuchtel nie auszahlen und die Arbeit tun können, die du liebst.«

Sie musste mit aller Gewalt die Kiefermuskeln lösen, um einen Ton herauszubringen. »Die Unterhaltszahlungen habe ich mir verdient, Huff.«

»Außerdem gibt es unangenehmere Arten, sein Geld zu verdienen«, bemerkte Chris, der eben ins Zimmer geschlendert kam. »Karriere zu machen mit Scheidungen von reichen Säcken hat sicher was für sich.« Er setzte sich auf das Sofa gegenüber und lächelte sie über den Couchtisch hinweg an. »Echt kein schlechter Berufsplan.«

Am liebsten wäre sie sofort aufgesprungen und aus dem Zimmer gestürmt, aber sie wusste, dass er darüber nur lachen würde. Und ihrem ältesten Bruder diese Genugtuung zu geben war schlimmer, als sein arrogantes Feixen zu ertragen. »Du bist unausstehlich wie eh und je, Chris. Aber du hast Recht, sich von reichen Kerlen scheiden zu lassen hat eindeutig was für sich. Deine Exfrau würde dir gewiss zustimmen.«

Sein Grinsen wurde etwas schwächer, aber er erwiderte aalglatt: »Da liegst du falsch, Sayre. Mary Beth will sich auf keinen Fall von mir scheiden lassen.«

Sie hatte die offensichtliche Abwesenheit von Chris' Frau als einen Hinweis darauf verstanden, dass die turbulente Ehe ihres Bruders endlich zu Ende ging. »Warum ist sie nicht hier?«

»Sie lebt inzwischen in Mexiko. In einem Haus mit Blick auf den blauen Pazifik. Wir hatten da unten Urlaub gemacht. Eines Nachmittags habe ich mir am Strand ein paar Margaritas zu viel gegönnt. Mary Beth hat einen untrüglichen Instinkt dafür, eine Situation auszunutzen. Am nächsten Morgen wachte ich als verkaterter Hausbesitzer auf. Genau wie sie es geplant hatte. Erst bekam sie das Haus mit allen Bediensteten, dann verkündete sie, dass sie die Trennung wollte, und zwar auf unbestimmte Zeit«, ergänzte er mit einem schnellen Seitenblick auf Huff.

Sayre hatte ihre Schwägerin nie kennen gelernt, da Chris sie erst nach ihrem Weggang geheiratet hatte, aber sie rechnete sich aus, dass seine bessere Hälfte wahrscheinlich ein Haus an der Pazifikküste verdient hatte, und zwar mit sämtlichem Personal, wenn sie es so lange mit ihm ausgehalten hatte. Sayre glaubte nicht, dass ein Ehegelübde Chris' zahllose Affären beenden konnte.

Während Chris die Abwesenheit seiner Frau erklärte, war Huff in seinem Sessel liegen geblieben und hatte weiter an seiner Zigarette gezogen. Entspannt war er aber keineswegs. Er war entnervt. Er hielt sein Whiskyglas, wie Sayre bemerkte, so fest umklammert, dass seine dicken Finger weiß geworden waren. Huff war gar nicht erfreut über Chris' Ehestand, und plötzlich begriff Sayre, warum er so unzufrieden war.

»Keine Kinder.«

Huff verrenkte den Kopf wie eine Eule und schwenkte seinen nachtschwarzen Blick von Chris auf sie. »Noch nicht. Aber es ist noch nicht vorbei.«

Chris' gequälte Miene hellte sich in einem Lächeln auf, als er an ihr vorbeisah. »Komm doch rein, Beck.«

»Ich will nicht stören.« Er sagte das von der Tür in Sayres Rücken aus. Sie drehte sich nicht um.

»Aber bitte doch«, sagte Chris. »Ich kann etwas Unterstützung gebrauchen. In dieser Familie sind wir noch nie mit einem glücklichen, wärmenden Gefühl auseinandergegangen.«

Sayre hörte Beck näher kommen. Er trat zwischen die beiden Sofas und sagte: »Red ist hier, Huff.«

»Er ist vor einer Stunde gegangen.«

»Er ist wieder da, und diesmal in offizieller Mission. Wayne Scott ist auch dabei. Sie wollen mit uns sprechen.«

»Worüber?«

Beck sah ihn an, und seine ernste Miene fragte: *Was glaubst du denn?*

»Wie lange wird das dauern?«, fragte Chris. »Mir schlägt diese Grabesstimmung aufs Gemüt, deshalb wollte ich mich eine Weile verkrümeln.«

Sayre war entsetzt über seinen Egoismus, obwohl sie es besser hätte wissen müssen. Chris dachte vor allem und zuerst immer nur an Chris. Ihn interessierte etwas nur, wenn es ihn und seine Pläne und Wünsche betraf. Seine Selbstsucht, die Huff mit seiner Nachgiebigkeit gehätschelt hatte, kannte keine Grenzen und dominierte selbst an dem Tag, an dem er seinen Bruder das letzte Geleit gegeben hatte.

Unfähig, diese Gesellschaft noch länger zu ertragen, stand sie auf. »Dann werde ich jetzt gehen, damit ihr euch mit Red besprechen könnt.« Sie sah Huff an und sagte: »Danny war unbestreitbar der Beste von uns. Ich betraure seinen Verlust zutiefst.«

Danach sah sie auf ihren überlebenden Bruder und setzte an: »Chris…« Weil ihr darüber hinaus nichts zu sagen einfiel, was nicht geheuchelt gewesen wäre, begnügte sie sich mit einem »Mach's gut«. Sie wandte sich Beck Merchant zu. Für ihn hatte sie nur ein kühles Nicken übrig.

Aber als sie sich an ihm vorbeizuschieben versuchte, legte er die Hand auf ihren Arm. »Red möchte, dass Sie dabei sind.«

Ehe Sayre sich von ihrer Überraschung erholen und etwas erwidern konnte, fragte Chris: »Wieso sie?«

»Das hat er nicht gesagt.«

»Irgendwas muss er doch gesagt haben«, widersprach sie.

Beck sah mit schroffer Miene auf sie herab. »Er sagte nur, dass er Sie dabeizuhaben wünscht. Soll ich die beiden hereinführen, Huff?«

»Was für eine verfluchte Schererei. Ich habe es genauso satt wie Chris, über den Tod nachzudenken und zu reden. Das macht mich ganz krank. Trotzdem sollten wir die Sache hinter uns bringen. Hol sie rein, Beck.«

Sayre hatte ganz gewiss nicht vor zu bleiben und wollte das Red Harper sofort sagen. Beck verschwand gerade lange genug, um den alten Sheriff und einen jüngeren Mann ins Zimmer zu führen.

Augenblicklich ging sie zum Angriff über. »Sheriff Harper, ich möchte den Abendflug von New Orleans nach San Francisco nicht verpassen. Ich bin jetzt schon unter Zeitdruck.«

Red Harper trug immer noch den blank gewetzten schwarzen Beerdigungsanzug. Der Deputy an seiner Seite war in Uniform, hatte aber den Hut abgesetzt. Er sah sich aufmerksam um und nahm jedes Detail im Raum wahr, übernervös wie ein Rennpferd im Startgatter und allem Anschein nach tatsächlich so ehrgeizig, wie Beck Merchant ihn beschrieben hatte.

Der Sheriff sagte: »Ich halte Sie nur ungern auf, Sayre, aber Deputy Scott hier wollte Ihnen allen ein paar Fragen stellen.«

»Ich weiß Ihre Gründlichkeit zu schätzen«, sagte sie, direkt an den jüngeren Polizisten gewandt. »Und ich danke Ihnen für Ihr Pflichtgefühl. Aber ich kann Ihnen leider nicht weiterhelfen. Ich lebe nicht mehr hier und hatte seit über zehn Jahren keinen Kontakt mehr mit Danny.«

»Richtig, Ma'am, aber vielleicht wissen Sie ja mehr, als Sie glauben.« Der nasale Akzent klang eher nach Texas als nach Louisiana. »Könnten Sie trotzdem noch kurz bleiben? Es wird nicht lang dauern, Ehrenwort.«

Widerwillig nahm sie wieder auf dem Sofa Platz.

»Beck, hol für unsere Gäste doch zwei Stühle vom Kartentisch«, dirigierte Huff von seinem Fernsehsessel aus. »Du kannst dich neben Sayre setzen.«

Der Sheriff und sein Deputy setzten sich auf die Stühle, die Beck für sie heranzog. Beck selbst setzte sich neben Sayre. Sie sah kurz auf Huff und bemerkte, während er das nächste Streichholz auswedelte und in den Aschenbecher fallen ließ, ein vertrautes, diabolisches Funkeln in seinen Augen.

Er sagte: »Nun, Red, Sie haben um diese Zusammenkunft gebeten. Wir hören. Was führt Sie her?«

Der Sheriff räusperte sich. »Wie Sie wissen, habe ich Wayne als Detective für unser Büro eingestellt.« Es hörte sich fast an, als wollte er sich dafür entschuldigen.

»Und?«

»Und er hat in Ihrer Angelhütte ermittelt, Huff, und es gibt bei Dannys Tod gewisse Umstände, die ihm merkwürdig vorkommen.«

Huffs Blick heftete sich auf den jungen Deputy. »Und welche?«

Wayne Scott rutschte in seinem Sitz nach vorn und stoppte erst auf den letzten Zentimetern, als hätte er es kaum erwarten können, endlich zu Wort zu kommen. »Die Schrotflinte, mit der er getötet wurde…«

»Schrotflinte?«, rief Sayre dazwischen.

Als Beck ihr berichtet hatte, dass Danny durch einen Schuss in den Kopf gestorben war, hatte sie unwillkürlich an eine Pistole gedacht. Sie kannte sich nicht wirklich gut mit Schusswaffen aus, aber sie kannte den Unterschied zwischen einer Schrotflinte und einer Pistole und wusste auch, welchen Schaden man jeweils damit anrichten konnte.

Unabhängig von Kaliber und Lauflänge verursachte eine Kugel, die aus einer aufgesetzten Pistole in den Kopf eines Menschen abgefeuert wurde, auf jeden Fall eine tödliche und ekelhafte Verletzung. Aber das war nichts im Vergleich zu dem Gemetzel, das eine Ladung Schrot in einem menschlichen Schädel ausrichtete.

»Ganz genau, Ma'am«, antwortete der Detective mit heiligem Ernst. »Er hatte keine Überlebenschance.«

Beck meinte gepresst: »Vielleicht sollten Sie allmählich auf den Punkt kommen.«

»Nun, Mr. Merchant, der Punkt ist, das Opfer hatte noch seine Schuhe an.«

Sekundenlang starrten sie ihn fassungslos an. Huff reagierte als Erster. »Ich weiß nicht, was zum Teufel Sie damit sagen wollen, aber…«

»Moment.« Beck erhob die Hand, um Huff zum Schweigen zu bringen, aber sein Blick blieb auf Scott gerichtet. »Ich glaube, ich verstehe, was Deputy Scott daran stört.«

Chris zupfte an seiner Unterlippe und nickte. »Er fragt sich, wie Danny den Abzug gedrückt hat.«

Scotts Kopf hüpfte eifrig auf und ab. »Ganz genau. Ich hatte es schon einmal mit einem Selbstmord mittels Gewehr zu tun, drüben in Carthage. Osttexas? Jedenfalls drückte dort der Mann den Abzug mit seinem großen Zeh.« Er sah betreten zu Sayre hinüber. »Verzeihen Sie, Ms. Hoyle, dass ich so offen…«

»Ich werde schon nicht in Ohnmacht fallen. Und ich heiße Lynch.«

»Oh, Verzeihung. Ich dachte…«

Seine Augen huschten einmal durch den Kreis der gespannt blickenden Gesichter. »Also, ich wollte sagen, dass alles an Mr. Hoyles wahrscheinlichem Suizid mich an diesen anderen Fall erinnert. Mir will nur nicht in den Kopf, wie er es geschafft hat, den Abzug zu betätigen.

Das muss wirklich kompliziert sein, wenn man bedenkt, wie lang der Lauf ist und – ach ja, da ist noch etwas, was mir aufstößt. Die Waffe war eine doppelläufige Flinte, und beide Läufe waren geladen. Wenn Sie sich in den Kopf schießen wollen, werden Sie sich bestimmt nicht die Mühe machen, beide Läufe zu laden, oder? Die zweite Patrone werden Sie kaum noch brauchen.«

Niemand sah sich zu einem Kommentar oder einer Frage bemüßigt. Red Harper räusperte sich nochmals. »Können Sie sich erinnern, wann Sie diese Flinte das letzte Mal gesehen haben, Huff? Ich sehe keinen freien Platz in Ihrem Waffenschrank.«

Er nickte zu dem Eckschrank mit den Glastüren hin. Huff besaß ein ganzes Arsenal an Feuerwaffen, darunter mehrere Pistolen, Jagdgewehre und eine Schrotflinte für die Vogeljagd. Alle standen aufgereiht im Schrank.

»Es war eine alte Flinte. Wir haben sie alle nicht besonders gemocht. Darum haben wir sie sozusagen in Rente geschickt. Sie für Notfälle in die Angelhütte gelegt. Ich weiß nicht, wann sie das letzte Mal abgefeuert wurde.«

»Ich schon.«

Alle sahen Chris an. Seiner charakteristischen Unbekümmertheit nach zu schließen hätten sie über alles Mögliche plaudern können – einen verloren gegangenen Handschuh oder über das

Wetter. Nicht jedoch über etwas so Wichtiges wie die Waffe, durch die sein Bruder gestorben war.

»An einem Wochenende – das war vor ungefähr drei Monaten, nicht wahr, Beck?« Beck nickte. »Da haben wir beide draußen übernachtet. Mitten in der Nacht begann Frito verrücktzuspielen. Wir gingen nach draußen, um nachzuschauen, was ihn aufgeschreckt hatte, und sahen einen Luchs. Beck feuerte zweimal mit der Schrotflinte in die Luft, um ihn zu vertreiben. Die Wildkatze sauste mit eingezogenem Schwanz in den Wald.«

Beck nahm den Faden auf. »Am nächsten Morgen habe ich die Flinte gereinigt und geölt und sie wieder in die Halterung über der Tür gehängt.«

»Haben Sie sie auch geladen?«, fragte Sheriff Harper.

»Nein.«

»Also, irgendjemand hat es getan«, stellte Scott fest.

»Haben Sie die Waffe auf Fingerabdrücke untersucht?«

Er beantwortete Sayres Frage mit einem höflichen »Ja, Ma'am. Die meisten stammen von Ihrem Bruder – Danny –, aber es gibt auch einige andere. Einige der noch nicht identifizierten Abdrücke stammen wahrscheinlich von Ihnen«, sagte er zu Beck.

»Damit steht also fest, dass Danny das Gewehr in der Hand hatte«, sagte Sayre.

»Ja, Ma'am. Ich weiß nur nicht, wann.«

»Ist sein Fingerabdruck auf dem Abzug?«

»Wir konnten vom Abzug keine erkennbaren Abdrücke nehmen«, mischte sich Red Harper ein. »Was auch ein bisschen seltsam ist. Ich meine, wenn Danny die Waffe als Letzter berührt hat...« Er ließ den Gedanken unausgesprochen.

Huff war offensichtlich mit seiner Geduld am Ende. Er schoss aus seinem Fernsehsessel hoch, baute sich dahinter auf und fixierte Wayne Scott mit kaltem Blick. Seine Worte waren allerdings an Red Harper gerichtet. »Warum zum Teufel lassen Sie zu, dass uns Ihr neuer Detective mit diesem Mist behelligt? Damit er sich seine schöne neue Uniform verdient? Ist es das? Wenn ja, geben Sie ihm was Besseres zu tun, lassen Sie ihn durch meine Gießerei patrouillieren und jeden vermöbeln, der von Gewerkschaften zu quatschen beginnt. Damit würde er uns *wirklich* einen Dienst erweisen.

Stattdessen stiehlt er mir meine Zeit und sorgt dafür, dass ich mich mit Dingen beschäftigen muss, an die ich nicht mehr denken möchte. Danny ist tot. Wir haben ihn beerdigt. Und damit Schluss.« Er schüttelte eine frische Zigarette aus seinem Päckchen.

»Verzeihen Sie, Mr. Hoyle, aber damit ist leider nicht Schluss.«

Mit einem flammenden Blick auf Scott zündete Huff sich die Zigarette an.

Tapfer fuhr der junge Mann fort: »Nicht nur die Position der Flinte auf Mr. Hoyles Leiche wirft Fragen auf. Oder welche Verrenkungen er anstellen musste, um den Abzug mit dem Finger zu drücken, während er den Lauf im Mund hatte. Da ist noch mehr, was mich stört.«

Das Gesicht des neuen Detectives war knallrot angelaufen, aber Sayre wusste nicht, ob vor Verlegenheit oder Wut. Trotzdem knickte er nicht vor dem allmächtigen Huff Hoyle ein, das musste sie ihm zugute halten, wenngleich sie vermutete, dass seine Tage im Sheriffsbüro von heute an gezählt waren.

»Dann lassen Sie uns hören, was Sie so verwirrt hat«, schnaubte Huff.

»Die neu gefundene Religiosität Ihres Sohnes.«

Eine Überraschung jagte hier die nächste. Sayre sah erst Chris und dann Huff an, um festzustellen, ob sie bei der bizarren Vorstellung eines gottesfürchtigen Hoyle in brüllendes Gelächter ausbrachen. Aber beide Mienen waren wie versteinert. Huff blickte allenfalls noch strenger als zuvor.

Sie wandte sich an Beck, dem nicht entgangen war, wie sehr sie diese Neuigkeit verblüffte. »Danny trat vor einiger Zeit in eine Gemeinde von ...«

»... Bibelklopfern ein«, fiel ihm Huff gehässig ins Wort.

»Wann?«

»Vor etwa einem Jahr. Seither hat er keinen einzigen Sonntagsgottesdienst und keinen der Gebetsabende am Mittwoch versäumt.«

»Er wurde eine echte Betschwester«, meinte Chris dazu. »Er hörte auf zu trinken. Regte sich auf, wenn wir den Namen des Herrn missbrauchten. Er wurde zu einem kompletten Jesusfreak.«

»Wie kam es dazu?«

Chris zuckte mit den Achseln.

»Habt ihr ihn das nie gefragt?«

»Doch, Sayre, wir haben ihn gefragt«, erwiderte er schneidend. »Aber Danny wollte nicht darüber sprechen.«

Beck sagte: »Wir konnten seine plötzlich erwachte Frömmigkeit auf kein bestimmtes Ereignis wie eine Todeserfahrung oder etwas in der Art zurückführen. Belassen wir es dabei, dass er in den letzten Monaten seines Lebens zu einem anderen Menschen geworden war. Er war von Grund auf verwandelt.«

»Zum Besseren oder zum Schlechteren?«

Diese Frage beantwortete Huff mit einem sarkastischen: »Das ist Ansichtssache.« Seine finstere Miene drückte deutlich aus, was er von Dannys religiöser Erweckung hielt.

Sie wandte sich wieder an den jungen Deputy. »Und was hat das Ihrer Meinung nach mit seinem Selbstmord zu tun?«

»Ich habe mit dem Pastor und mit Mitgliedern der Gemeinde gesprochen, die sich noch am Sonntagmorgen mit Danny unterhalten hatten. Sie sagten ausnahmslos aus, dass er fröhlich und glücklich gewesen sei. Er hätte den Gottesdienst voll frommer Inbrunst verlassen und allen versichert, dass sie sich zur Abendvesper wiedertreffen würden.« Er sah der Reihe nach jedem im Raum in die Augen, ehe er ergänzte: »Irgendwie passt es nicht zusammen, dass sich ein Mann in dieser Stimmung, auf einem spirituellen Höhepunkt, wenn man so will, erschießen soll.«

»Wollen Sie damit sagen, sein Tod wurde so arrangiert, dass es nach einem Selbstmord aussah?«, fragte Sayre.

»Also, wir wollen Wayne keine Worte in den Mund legen«,

mischte sich Red Harper mit einem unbehaglichen Blick in Huffs Richtung ein. »Er will nur sagen…«

»Ich will damit nur sagen, dass die Umstände von Danny Hoyles Tod weitere Ermittlungen notwendig machen.«

»Der Gerichtsmediziner hat eindeutig auf einen Suizid erkannt.«

»Das stimmt, Mr. Merchant, weil es an der Todesursache keine Zweifel gibt.« Er warf Sayre einen kurzen Blick zu. »Ich möchte Ihnen die drastischen Begriffe aus dem Obduktionsbericht des Gerichtsmediziners ersparen.« Dann sagte er zu Beck: »Die Art seines Todes hingegen bleibt meiner Meinung nach bisher offen.«

»Die Art seines Todes«, wiederholte Beck und sah den Detective aus schmalen Augen an. »Die Läufe der Schrotflinte waren immer noch in Dannys Mund, was dafür sprechen würde, dass er den Abzug nicht selbst gedrückt hätte.«

»Richtig.« Scott nickte düster. »Andernfalls wäre ihm die Waffe durch den Rückstoß aus dem Mund geflogen. Es ist so gut wie sicher, dass jemand die Mündung in Dannys Mund gedrückt hat. Es war ein Mord.«

Red Harper wand sich, als hätte er Schmerzen. »Was mich zu der Frage bringt, die ich Ihnen stellen muss. Hat jemand von Ihnen eine Vorstellung, wer Danny hätte umbringen wollen?«

6

Die Nachmittagshitze hatte ganze Arbeit an den Blumenarrangements geleistet, die das frische Grab bedeckten. Die Blüten waren schon verwelkt. Die Blütenblätter hatten sich braun verfärbt und hingen wie völlig kapituliert an den erschlafften Stängeln.

Weil kein Windhauch ihn verwehte, hing der Qualm aus den Schloten der Gießerei wie eine graue Wolkenbank über dem Friedhof. Er lag über den Gräbern wie ein schmutziges Leichentuch.

Sayre empfand ihn als Dannys Totenhemd. Sie war auf den Friedhof gefahren, weil sie gehofft hatte, so etwas wie inneren Frieden zu finden, aber nach der Begegnung mit Deputy Scott hielt sie es für unwahrscheinlich, dass sie sich so schnell mit Dannys Tod abfinden würde.

Danny hatte von den drei Kindern Huff am wenigsten geähnelt. Danny war sanftmütig und bedacht gewesen und hatte ihres Wissens nie etwas aus reiner Bosheit getan oder jemandem länger gegrollt.

Als sie Kinder waren, hatte Danny ihr und Chris gegenüber regelmäßig nachgegeben; selbst wenn ihm Unrecht geschehen war und er anfangs Widerstand geleistet hatte, hatte er letztendlich immer eingelenkt, vor allem Chris gegenüber, dem unbestrittenen Tyrannen des Trios. Obendrein war Chris gerissen und verstand seinen kleinen Bruder zu manipulieren. Danny fiel stets auf die oft grausamen Tricks seines Bruders herein.

Sie selbst war die Temperamentvollste gewesen. Ihre Wutausbrüche gegen Danny nach einem echten oder eingebildeten Angriff auf ihre Person hatte dieser ritterlich über sich ergehen lassen und ihr die hasserfüllten Beschimpfungen, die sie ihm ins Gesicht geschleudert hatte, nie verübelt.

Einmal hatte sie, während ihres schlimmsten Wutanfalls, seinen Lieblingsspielzeuglaster in den Bayou geschleudert. Er hatte sie heulend beschimpft und ihr befohlen, ins Wasser zu springen und ihn wieder herauszuholen. Natürlich hatte sie sich geweigert und Danny stattdessen lustvoll und detailliert geschildert, wie sein glänzender Laster verrosten und vergammeln würde, noch ehe er den Golf von Mexiko erreicht hätte.

Stundenlang hatte Danny damals geweint und war danach in eine tagelang anhaltende Starre verfallen. Doch nicht einmal als Laurel wissen wollte, was ihn so bedrückte, hatte er seine Schwester verpetzt. Er hatte nie erzählt, was sie angestellt hatte. Und falls doch, hätte sie sich im Recht gefühlt. Aber er hatte sich nicht an ihr gerächt, und genau darum hatte sie sich zutiefst dafür geschämt, so gemein gewesen zu sein.

Ihre Mutter hatte ihren Jüngsten abgöttisch geliebt. Sayre hatte immer noch Huffs Gepolter im Ohr, dass Laurel den Buben zu einem verweichlichten Waschlappen erziehen würde, wenn sie nicht aufhörte, ihn so zu verhätscheln. Aber obwohl ihre Mutter Danny so offen den anderen Kindern gegenüber vorzog, hatte er, Ironie des Schicksals, vor allem um Huffs Zuneigung gebuhlt.

In deren Genuss Chris als Erstgeborener automatisch gekommen war. Außerdem war er hinsichtlich Temperament und Neigungen Huffs Ebenbild. Da Chris praktisch eine kleine Ausgabe von Huff selbst war, schmeichelte es dessen Ego, ihn um sich zu haben.

Sayre wurde als eher nutzlose, aber schmückende Prinzessin betrachtet und entsprechend behandelt. Sie war eine verzogene Göre, die immer ihren Willen durchsetzen wollte und sich in einen Wutausbruch steigerte, wenn sie ihn einmal nicht erfüllt bekam. Während ihre Mutter diese Tobsuchtsanfälle als unpassend für eine junge Dame betrachtete, fand Huff sie amüsant. Je zorniger Sayre wurde, desto lauter lachte er.

Für den unauffälligen und wohlerzogenen Danny interessierte er sich am wenigsten.

Schon als junges Mädchen hatte Sayre diese innerfamiliäre Dynamik gespürt, doch hatten ihr damals sowohl das Verständnis wie die Erfahrung gefehlt, um sie klar zu durchschauen. Inzwischen erkannte sie, wie qualvoll es für Danny gewesen sein musste, dass Huff ihn nie beachtet hatte, dass er immer der unbekannte, zweite Sohn geblieben war.

Nach dem Tod ihrer Mutter hatte sich kaum etwas an dieser Dynamik geändert. Chris war der geliebte Sohn und prädestinierte Thronerbe, der in Huffs Augen einfach nichts falsch machen konnte. Sayre war der Dorn in Huffs Fleisch, die rebellische Tochter, die sich von ihm losgesagt hatte. Damit blieb für Danny nur die Rolle des gehorsamen Kindes, das alle ihm übertragenen Aufgaben erfüllte und nie Widerworte gab, auf das man sich immer verlassen konnte, aber das kaum je anerkannt wurde.

Hatte Danny sich umgebracht aus dem Gefühl heraus, von niemandem wahrgenommen zu werden?

Falls er sich umgebracht hatte.

Sie knipste eine halb verwelkte Rose von einem Gesteck und zwirbelte sie an ihren Lippen hin und her. Eine Träne rann über ihre Wange.

Wie ungerecht, dass ausgerechnet der Liebste und Harmloseste unter ihnen so früh und so brutal sterben musste. Und falls Wayne Scotts Intuition nicht trog, war er nicht freiwillig gestorben.

»Ms. Lynch?«

Sayre drehte sich um und sah drei Schritte entfernt eine junge Frau stehen.

»Ich wollte Sie nicht erschrecken«, entschuldigte sich die Fremde sofort. »Ich dachte, Sie hätten mich gehört.«

Sayre schüttelte den Kopf. Schließlich hatte sie die Sprache wiedergefunden und sagte: »Ich war in Gedanken.«

»Ich möchte Sie nicht stören. Ich kann später wiederkommen. Eigentlich bin ich nur gekommen... bin ich nur gekommen, um ihm eine gute Nacht zu wünschen.« Die junge Frau war etwa so alt wie sie selbst, vielleicht sogar ein paar Jahre jünger, und sie gab sich alle Mühe, nicht zu weinen. Sayre erinnerte sich, sie bei der Beerdigungsfeier gesehen zu haben, hatte aber keine Gelegenheit gehabt, mit ihr zu sprechen.

»Ich bin Sayre Lynch.« Sie reichte ihr die Hand, und die junge Frau ergriff sie.

»Ich weiß, wer Sie sind. Ich habe Sie bei der Feier gesehen. Jemand hat mich auf Sie aufmerksam gemacht, aber ich hatte Sie schon auf den Fotos wiedererkannt.«

»Die Fotos im Haus sind uralt. Ich habe mich verändert.«

»Schon, aber Ihre Haare sind genau wie damals. Und Danny hat mir vor kurzem einen Zeitungsartikel über Sie gezeigt. Er war sehr stolz auf das, was Sie geschafft haben.« Sie lachte, und Sayre war beeindruckt, wie melodisch ihr Lachen klang. »Als ich ihn darauf hinwies, wie schick und cool Sie seien, meinte Danny, dass das Äußere manchmal täusche und Sie in Wahrheit ein Satansbraten seien. Aber er sagte das ganz liebevoll.«

»Wie heißen Sie?«

»Entschuldigen Sie. Ich bin Jessica DeBlance. Ich bin… Ich war Dannys Freundin.«

»Bitte.« Sayre deutete auf eine Betonbank unter einem Baum in der Nähe des Grabes.

Gemeinsam spazierten sie hinüber. Jessica trug ein geschmackvoll geschnittenes Leinenkleid. Die hellen Haare fielen in weichen Wogen auf ihre Schultern. Sie war zierlich und auf mädchenhafte Art hübsch.

Die beiden Frauen setzten sich nebeneinander auf die Bank. Wie in einer stillen Übereinkunft schwiegen sie ein paar Sekunden lang und schauten auf das Grab. Jessica schniefte in ein Taschentuch. Ganz intuitiv legte Sayre den Arm über die schmalen Schultern der Frau. Unter ihrer Berührung begann Jessica bebend zu weinen.

Es gab Dutzende Fragen, die Sayre ihr stellen wollte, aber sie sagte nichts, bis Jessica zu weinen aufgehört hatte und sich mit belegter Stimme für ihre Tränen entschuldigte.

»Sie brauchen sich nicht zu entschuldigen. Ich bin froh, dass mein kleiner Bruder jemanden hatte, der ihn so gern gehabt hat, dass sie sogar vor einer Fremden um ihn weint. Offenbar waren Sie beide eng befreundet.«

»Ehrlich gesagt wollten wir heiraten.« Jessica streckte ihre linke Hand vor, und Sayre starrte sprachlos auf den runden Brillanten an dem schmalen Platinband.

»Der ist ja wunderschön.«

Und weil der schlicht wirkende Ring eine aufrichtige Liebeserklärung verkörperte, jene Art von stillem Bekenntnis, das typisch für Danny war, flog der jungen Frau Sayres Herz zu. Außerdem war sie stinkwütend auf Chris und Huff. Dannys Verlobte hätte im Nachruf der Familie erwähnt werden müssen. Das war eine schallende Ohrfeige.

»Bitte entschuldigen Sie, dass ich mich nicht bemüht habe,

während der Feier mit Ihnen zu sprechen, Jessica. Aber ich wusste nicht, dass Danny verlobt war. Das hat mir niemand gesagt.«

Vielleicht hatte es Danny versucht. Vielleicht hatte er genau deshalb mehrmals bei ihr angerufen.

»Niemand wusste von unserer Verlobung«, antwortete Jessica. »Jedenfalls niemand in Ihrer Familie. Danny wollte nicht, dass Ihr Vater oder Bruder von mir wissen. Er wollte mich erst heiraten.«

Obwohl Sayre die Antwort bereits zu kennen meinte, fragte sie: »Und warum?«

»Er wollte ihnen keine Gelegenheit geben dazwischenzufunken. Er wusste, dass sie mit mir wahrscheinlich nicht einverstanden gewesen wären.«

»Das ist doch lächerlich. Wieso das denn?«

Wieder lachte die Frau, doch diesmal klang ihr Lachen traurig. »Meine Familie hat kein Geld, Ms. Lynch.«

»Bitte nennen Sie mich Sayre.«

»Mein Daddy arbeitet in der Tabasco-Fabrik in New Iberia, und meine Mutter ist Hausfrau. Meine Eltern konnten sich gerade genug vom Mund absparen, um mich und meine Schwester aufs College zu schicken. Wir sind beide Lehrerinnen geworden und ihr ganzer Stolz.«

»Ihre Eltern haben allen Grund, stolz auf Sie zu sein, und das soll ganz bestimmt nicht gönnerhaft klingen. Wo haben Sie Danny kennen gelernt?«

»Ich unterrichte eine dritte Klasse, aber ich arbeite auch ehrenamtlich in der Ortsbücherei mit. Eines Abends kam er zum Stöbern herein und las sich in einem Buch fest. Irgendwann wollten wir schließen. Ich ging zu ihm hin und bat ihn zu gehen. Er sah zu mir auf und sah mir eine Ewigkeit ins Gesicht. Dann sagte er: ›Ich gehe, ohne Ärger zu machen, aber nur, wenn ich Sie auf einen Kaffee einladen darf.‹« Sie legte den Handrücken an die Wange, als hätte die bloße Erinnerung an ihre erste Begegnung sie erröten lassen.

»Durfte er?«

»Mich auf einen Kaffee einladen? Ja.« Sie lachte leise. »Eigentlich hätte ich das nicht tun sollen. Es ist sonst nicht meine Art, mit einem Mann mitzugehen, den ich eben erst kennen gelernt habe, aber damals tat ich es.« Ihre Augen richteten sich wieder auf das mit Blumen überhäufte Grab. »Wir haben stundenlang geplaudert. Ehe wir uns verabschiedeten, bat er mich um ein Date am folgenden Wochenende. Bis es Samstag wurde, hatte ich erfahren, dass er Huff Hoyles Sohn war. Das machte mir Angst. Ich wollte mich schon drücken, aber ich hatte Danny so gern, dass ich mich trotzdem mit ihm traf.

Wir waren in einem Restaurant auf halbem Weg nach New Orleans essen. Danny sagte, dass er mich dorthin ausführen wolle, weil es ein wirklich erstklassiges Restaurant sei, und damit hatte er Recht. Aber ich wusste schon damals, warum er nicht mit mir gesehen werden wollte. Das störte mich nicht. Ehrlich gesagt wollte ich nichts mit Ihrer Familie zu tun haben.«

Sie wandte verlegen den Kopf ab und sagte: »Ich hoffe, ich habe Sie damit nicht beleidigt.«

»Ganz und gar nicht. Ich will auch nichts mit uns zu tun haben. Ich weiß am allerbesten, was für schlechte Menschen wir sind.«

Jessica lächelte melancholisch. »Danny war kein schlechter Mensch.«

»Nein, er nicht.«

»Er arbeitete in der Gießerei und tat dort seinen Job, aber er war nicht mit dem Herzen dabei. Er hielt nichts von den Managementgrundsätzen Ihres Vaters und Ihres Bruders. Er war in vielen Dingen nicht mit ihnen einverstanden. Es war nicht leicht, sich den beiden zu widersetzen, lebenslange Angewohnheiten lassen sich nur schwer abschütteln. Aber er wurde immer mutiger.«

Sayre merkte sich diese Bemerkung, weil sie später darüber nachdenken wollte. Sie fragte sich, wie sich Dannys neu gefundener Mut wohl geäußert hatte.

»Wie lange waren Sie verlobt?«

»Zwei Wochen.«

»Zwei Wochen?«, rief Sayre aus.

»Genau.« Jessica schüttelte unerbittlich den Kopf. »Jetzt heißt es, Danny hätte sich umgebracht. Das stimmt nicht. Da bin ich ganz sicher. Wir schmiedeten schon Pläne, wohin wir ziehen und was wir dort tun wollten. Wir hatten uns schon Namen für unsere zukünftigen Kinder ausgedacht. Danny hat sich bestimmt nicht umgebracht. Für ihn war das Sünde.«

Das Wort *Sünde* brachte Sayre zu ihrer nächsten Frage: »Gehen Sie in dieselbe Kirche wie Danny?«

»Ja. Nach dem zweiten Date lud ich ihn ein mitzukommen. An diesem Sonntag sang ich im Gottesdienst ein Solo.«

Sie war also Mitglied eines Kirchenchors. Das erklärte das Glöckchenlachen.

»Danny wollte zuerst nicht mitkommen. Er sagte, Huff – so nannte er Ihren Vater normalerweise – verabscheue jede Religion. Aber ich sagte Danny, dass ich mich nicht weiter mit ihm treffen könne, wenn er nicht ebenso fest glaube wie ich. Und damit war es mir ernst.«

Sie lächelte schüchtern. »Er hatte mich gern genug, um an diesem Sonntag mit mir in die Kirche zu kommen. Und gleich bei diesem ersten Mal wurde ihm klar, dass ihm vor allem Gottes Liebe im Leben gefehlt hatte. Er entdeckte sie und wurde ein neuer Mensch.«

In dieser Hinsicht stimmten Huff, Chris und Beck Merchant mit ihr überein, obwohl sie Dannys Persönlichkeitsveränderungen eher auf geistige Unzurechnungsfähigkeit zurückführten als auf eine religiöse Neuerweckung. Für sie war es eine negative, keine positive Veränderung.

»Ich glaube, dass Sie meinem Bruder sehr gutgetan haben, Jessica. Ich bin froh, dass er Sie kennen gelernt hat. Und ich bin Ihnen dankbar dafür, dass Sie ihn geliebt haben.«

»Dafür brauchen Sie mir nicht dankbar zu sein.« Ihre Stimme brach, und sie drückte sich das Taschentuch an die Augen, aus denen wieder Tränen flossen. »Ich habe ihn von ganzem Herzen geliebt. Wie soll ich nur ohne ihn weiterleben?«

Sayre drückte die weinende Jessica an ihre Schulter. Auch in ihren Augen standen Tränen, aber sie weinte ebenso um Jessica wie um Danny. Danny konnte nichts mehr fühlen, während dieser jungen Frau gerade das Herz gebrochen worden war und es für sie keine andere Erleichterung gab als die des Vergessens.

Manchmal passierten Dinge im Leben, die man nicht zu überleben glaubte … und eigentlich auch nicht wollte. Manche Erfahrungen waren so schmerzlich, dass man lieber sterben wollte als unter Qualen weiterleben zu müssen. Sayre wusste genau, was man in einer solchen Situation empfand. Sie wusste nur zu gut, wie man sich fühlte, wenn einem so großes Leid zugefügt wurde, dass man nur noch sterben wollte. In einer solchen Lage konnte scheinbar nichts außer dem Tod die Schmerzen lindern. Aber der Überlebensinstinkt ist eine unbegreifbare Sache. Das Herz schlägt weiter, selbst wenn jeder Lebenswille erloschen ist. Man atmet noch, selbst wenn man keine Luft mehr schöpfen möchte. Man lebt weiter.

Sie konnte Jessica ihre Verzweiflung und Verbitterung nicht verübeln. Sayre versuchte auch nicht, sie mit banalen Sprüchen zu trösten. Sie hielt sie nur fest und hätte sie die ganze Nacht so gehalten, wenn es nötig gewesen wäre, denn bei ihrem eigenen Gang durch die Hölle hatte niemand sie gehalten und getröstet.

Nach einer Weile hörte Jessica auf zu weinen. »Danny hätte das bestimmt nicht gewollt.« Sie tupfte ihre Tränen ab und schnäuzte sich. Als sie sich wieder halbwegs gefasst hatte, sagte sie: »Ich finde es unvorstellbar, dass der Gerichtsmediziner auf Selbstmord erkannt hat.«

»Es wird Sie vielleicht etwas trösten, dass Sie da nicht die Einzige sind. Man stellt schon die ersten Fragen.« Sayre erzählte ihr von dem Gespräch mit Sheriff Harper und Wayne Scott. Sie schilderte Jessica die Unterhaltung so genau wie möglich.

Als sie alles berichtet hatte, grübelte Jessica ein paar Sekunden lang darüber nach und fragte dann: »Aber dieser Detective arbeitet doch für Sheriff Harper?«

»Ich weiß, was Sie jetzt denken. Dass Red Harper von Huff

76

bezahlt wird. Trotzdem scheint Deputy Scott fest entschlossen, weiter zu ermitteln.«

Die junge Frau kaute nachdenklich an ihrer Unterlippe. »In letzter Zeit hat sich Danny wegen irgendwas Sorgen gemacht. Jedes Mal, wenn ich ihn zur Rede stellen wollte, machte er sich über mich lustig und behauptete, er mache sich Sorgen, ob er mich wirklich ernähren könne oder was wohl passieren würde, wenn ich fett und schlampig würde, sobald er mich geheiratet hätte, oder ob ich ihn auch noch lieben würde, wenn er eine Glatze bekäme. In der Art. Ich hatte mich schon zu fragen begonnen, ob ich mir das alles nur einbildete, aber das glaube ich nicht. Dafür kannte ich ihn zu gut.«

»Aber er hat nie eine Andeutung gemacht, was ihn so beschäftigte?«

»Nein, trotzdem war da irgendwas, da bin ich ganz sicher.«

»Etwas so Schwerwiegendes, dass er sich deshalb das Leben genommen hat?«, fragte Sayre vorsichtig.

»Er hätte mich nie so verletzt«, widersprach Jessica energisch. »Er hätte niemals gewollt, dass ich mich ein Leben lang fragen muss, warum er es getan hat und was ich hätte tun oder sagen können, um ihn davon abzuhalten. Solche Selbstzweifel hätte er mir nicht aufgebürdet. Nein, Sayre. Ich werde niemals glauben, dass er sich selbst erschossen hat.«

Nach kurzem Nachdenken meinte sie: »Aber ich muss zugeben, dass die Alternative genauso undenkbar ist. Danny war so arglos. Selbst die Gießereiarbeiter, die keine hohen Stücke auf die anderen Hoyles halten, mochten Danny.«

»Nicht alle, Jessica. Er war der Leiter der Personalabteilung und zuständig für Einstellungen und Kündigungen, Versicherungsfragen und Gehälter. Gegen so jemanden staut sich schnell Groll auf.«

»Danny setzte nur Huffs Vorgaben um, auch wenn die an Leibeigenschaft grenzten, und ich glaube, die Angestellten wussten das.«

Vielleicht, dachte Sayre. Aber jemand mit heimlichen Rachegelüsten würde da womöglich nicht so genau unterscheiden.

»Als uns Deputy Scott fragte, wer einen Grund haben könnte, Danny umzubringen, antwortete Beck Merchant – Danny hat ihn bestimmt irgendwann erwähnt?«

»Ich kenne ihn. Jeder kennt ihn. Er ist einer der obersten Bosse in der Gießerei. Er und Chris sind ein Herz und eine Seele.«

»Sind sie so gut befreundet?«

»Sie sind praktisch unzertrennlich.«

Sayre speicherte dieses Informationshäppchen, um eventuell später darauf zurückzukommen. Beck würde also alles, was sie ihm erzählte, direkt an Chris weiterleiten.

Zu Jessica sagte sie: »Als Sheriff Harper fragte, wer einen Grund gehabt haben könnte, Danny den Tod zu wünschen, antwortete Mr. Merchant für uns, indem er das aussprach, was wohl alle dachten: Dass sich die Hoyles über die Jahre hinweg und aus den verschiedensten Gründen viele Feinde gemacht haben. Falls sich jemand an uns rächen wollte, wäre Danny ein leichtes Ziel gewesen, weil er der Argloseste und Schutzloseste war.«

Jessica dachte kurz darüber nach und sagte dann leise: »Das mag sein. Aber es ist kein schöner Gedanke, dass Danny sein Leben verloren haben soll, nur weil jemand seine Familie hasste, ohne dass er selbst etwas dafür gekonnt hätte.«

»Das finde ich auch.« Sayre zögerte kurz und fragte dann: »Haben Sie vor, Huff und Chris von Ihrer Verlobung mit Danny zu erzählen?«

»Nein. Auf keinen Fall. Meine Eltern waren eingeweiht, weil Danny meinen Vater um meine Hand gebeten hatte. Aber außer ihnen und meiner Schwester wusste niemand davon. Nicht einmal die Kollegen in unserer Schule. Wir trafen uns immer außerhalb. Selbst in der Kirche achteten wir darauf, dass wir nur mit anderen zusammen und nie zu zweit gesehen wurden.

Ich wüsste nicht, warum ich unsere Verlobung im Nachhinein verkünden sollte. Ihr Bruder und Ihr Vater würden nur mit Hohngelächter reagieren, und das könnte ich nicht ertragen. Ich will, dass meine Gedanken Danny gehören, nicht den beiden.

Ich will nur die schönsten Erinnerungen an die Zeit mit ihm behalten. Ihr Bruder und Ihr Vater würden sicherlich irgendwas sagen oder tun, was alles beschmutzt.«

»Das sehe ich leider genauso«, sagte Sayre. »Ich halte das für eine weise Entscheidung. Geben Sie den beiden keine Gelegenheit, Ihnen noch mehr Schmerz zuzufügen, als Sie jetzt schon erdulden müssen. Obwohl Huff und Chris eigentlich zu bedauern sind, weil sie nichts von Dannys Leben wissen.« Sayre fasste nach Jessicas Hand und drückte sie. »Ich bin froh, dass wir uns begegnet sind. Zu wissen, dass Danny im letzten Jahr seines Lebens glücklich war, lässt mich seinen Tod leichter ertragen.«

Sie beschloss zu gehen, damit Jessica allein am Grab sein konnte. Beim Abschied tauschten sie noch ihre Telefonnummern aus. Sayre versprach, Jessica über den Fortgang der Ermittlungen auf dem Laufenden zu halten.

Ganz im Gegensatz zu ihrer zerbrechlichen Erscheinung meinte Jessica eigensinnig: »Ich weiß nicht, zu welchem Schluss Deputy Scott kommen wird, aber ich weiß, dass Danny sich nicht umgebracht hat. Er hätte mich nicht allein zurückgelassen. Jemand hat ihn ermordet.«

7

Der Destiny Diner war seit Sayres letztem Besuch gründlich renoviert worden. Die chromverzierten Barhocker vor der Theke hatten türkisfarbene Vinylpolster statt der roten von einst. In den Sitzecken waren neue Resopaltische festgeschraubt worden. Auch sie waren türkis, wahrscheinlich in gewolltem Kontrast zu den knallrosa gepolsterten Sitzbänken.

Offenbar waren die Besitzer davon überzeugt, dieses Miami-Beach-Farbschema wäre eine Hommage an die klassischen Diners aus den fünfziger Jahren. Stattdessen hatte sie das Original zu einer billigen Parodie seiner selbst entstellt.

Die 45er in der Wurlitzer waren durch CDs ersetzt worden, aber immerhin stand die Musicbox noch. Und trotz der neuen Inneneinrichtung war die gnadenlos kalorienreiche, arterienmordende Speisekarte von damals praktisch unverändert geblieben.

Sayre gab ihre Bestellung auf und ließ sich dann entspannt gegen die rosa gepolsterte Vinyllehne ihrer Sitzbank sinken, um ihre Vanilla Coke zu trinken und sich zum x-ten Mal zu fragen, was sie hier noch zu suchen hatte und wieso sie nicht schon in der Nacht nach New Orleans zurückgekehrt war, um am folgenden Morgen den ersten Flug nach San Francisco zu nehmen.

Stattdessen war sie, nachdem sie den Friedhof verlassen hatte, zu einem Motel in Destiny gefahren und hatte sich dort ein Zimmer genommen. Dass es sich um das bessere der beiden Motels handelte, hatte nicht viel zu bedeuten. Dann war sie, hungrig oder auch einfach nur rastlos, essen gegangen.

Da es mitten unter der Woche und die Abendessenszeit schon vorüber war, hatte sie den Diner praktisch für sich alleine, was ihr sehr genehm war. Sie brauchte Zeit, um über alles nachzudenken, was heute passiert war.

Sie war wirklich zu einem glücklichen Zeitpunkt auf dem Friedhof aufgetaucht. Wäre sie eine halbe Stunde früher oder später gekommen, hätte sie vielleicht nie erfahren, dass Jessica DeBlance existierte und Danny mit ihr sein Glück gefunden hatte. Die Unterhaltung mit der Frau, die ihn geliebt hatte, war für sie wie ein tröstliches Geschenk gewesen.

Aber vor allem war seine Verlobung das zwingendste Argument gegen die Suizidtheorie. Nur wusste Sayre nicht, was sie mit der Information anfangen sollte, die ihr da zugeflogen war.

Und es wollte ihr seither noch weniger in den Kopf, warum Danny sie nach zehnjähriger Funkstille angerufen hatte. Hatte er ihr mitteilen wollen, dass er verlobt war, hatte er vor seinem Selbstmord die Beziehung zu ihr klären wollen, oder hatte er bei dem Problem, dem er sich gegenübersah, ihren Rat gebraucht?

Dass sie dies nicht wüsste, würde sie bis ans Ende ihrer Tage verfolgen.

»Hiya, Red.«

Aus ihren Gedanken gerissen, sah Sayre sich um und erwartete jemanden zu sehen, der Sheriff Red Harper ansprach. Doch der Mann vor ihrer Sitzecke grinste ihr mitten ins Gesicht und sprach sie offenkundig wegen ihrer roten Haare als Red an. Hielt er sich wirklich für originell? Offensichtlich, weil er sich mit seinem Grinsen selbst zu beglückwünschen schien.

Er nickte zu ihrem Colaglas hin. »Du trinkst allein?«

»So ist es mir am liebsten.« Sie sah noch einmal zu ihm auf, weil sie hoffte, dass er den Hinweis verstehen und abziehen würde. Das tat er nicht.

»Woher willst du das wissen? Du hast noch nie mit mir getrunken.«

»Dazu wird es auch nicht kommen.«

»Dazu wird es auch nicht kommen«, äffte er sie nach. »Du klingst ganz schön zickig, seit du drüben in San Francisco lebst.«

Sie sah ihn scharf an.

»Ach was! Du fragst dich wohl, woher ich dich kenne? Ich kenn dich, Miss Sayre Hoyle. Diese Haare könnte ich nie vergessen und auch nicht…« Sein Blick glitt an ihr herab. Wahrscheinlich hielt er das für sexy. »Und wie du dich aufgetakelt hast. Du hast dir in Kalifornien ein paar schlechte Angewohnheiten zugelegt. Aber ich schätze, ich kann dir keinen Vorwurf machen, wahrscheinlich quatschen die vielen Homos bei euch so bescheuert.«

Er beugte sich vor und senkte vertraulich die Stimme. »Ich wette, dein Arsch ist immer noch so süß wie damals, als du ein sechzehnjähriges Cheerleader-Girl warst und auf dem Rasen rumgehüpft bist und Räder geschlagen hast und all so was. Mir ist jedes Mal einer abgegangen, wenn ich freitagabends zugeschaut habe, wie du die Füße hochgeschleudert hast. Darauf habe ich mich die ganze Woche gefreut.«

»Charmant«, sagte sie und fixierte ihn mit einem eisigen Blick. »Und würden Sie jetzt bitte verschwinden?«

Stattdessen rutschte er ihr gegenüber in die Bank. Sie fasste nach ihrer Handtasche, aber ehe sie aufstehen konnte, hatte seine Hand ihr Gelenk umfasst. Sie versuchte sich loszureißen und sagte scharf: »Lassen Sie mich los!«

»Ich will mich nur ganz freundlich mit dir unterhalten«, antwortete er schleimig. »Schließlich kennen wir uns schon ewig. Erinnerst du dich nicht an mich?«

Sie wollte kein Gespräch, ob freundlich oder nicht, mit diesem Freak mit den langen, gelben Wolfszähnen, dem zotteligen, blonden Ziegenbart und den Riesenohren führen. Aber sie wollte sich auch nicht auf ein unwürdiges Armdrücken mit ihm einlassen, weil sie dadurch die wenigen anderen Gäste auf sich aufmerksam gemacht hätte.

Denn abgesehen davon, dass sie sich nicht zum Spektakel machen wollte, sollten Huff und Chris glauben, sie wäre am Abend wie geplant nach New Orleans zurückgefahren. Bestimmt würden sie es in Windeseile erfahren, wenn sie sich im Destiny Diner mit einem Dumpfdödel keilte, und hätten dann weiß Gott was zu lachen.

Sie nagelte den Mann mit ihrem eisigsten Blick fest. »Ich weiß nicht, wer Sie sind, und will es auch nicht wissen. Wenn Sie nicht sofort meine Hand loslassen, dann …«

»Was dann?«, neckte er sie und packte ihr Handgelenk noch fester, bis sich sein Daumen in die weiche Haut über der Schlagader bohrte. »Was machst du, wenn ich nicht loslasse?«

»Dann bricht sie dir den dreckigen Hals. Und wenn sie es nicht tut, werde ich das übernehmen.«

Ihr ungebetener Gesellschafter schaute an ihr vorbei nach oben und klappte wortlos den Mund auf. Sie drehte sich um und sah Beck Merchant mit überkreuzten Beinen an der Bank hinter ihrer lehnen, fast so, wie er an diesem Morgen an der Stoßstange ihres Autos gelehnt hatte. Auch diesmal zeigte er das gleiche lässige Lächeln, aber nur um den Mund herum. Seine Augen unterstrichen die Drohung, die er eben ausgesprochen hatte.

Sie merkte, wie das Selbstbewusstsein des Mannes ihr gegenüber ins Wanken geriet, was er mit Dreistigkeit zu überspielen versuchte. »Was mischst du dich ein? Für wen hältst du dich?«

»Ich bin der Kerl, der dir den Hals bricht.«

»Ich hab dir schon mal den Arsch versohlt, Mann. Offenbar hast du das vergessen. Aber ich helf deinem Gedächtnis gern auf die Sprünge.«

Er bluffte. Das konnte selbst Sayre sehen, und sie war wirklich keine Nahkampfexpertin.

»Lass sie los.« Und dann ergänzte Beck betont und messerscharf: »Sofort.«

Der Typ zögerte eine halbe Sekunde, dann ließ er ihr Handgelenk los und rutschte aus der Bank. Mit einem gehässigen Feixen sah er auf Sayre herab. »Du hast dich schon immer für eine ganz heiße Nummer gehalten. Genau wie alle Hoyles.«

Sie sparte sich jede Erwiderung, sah ihn dann zu einer Sitzecke am anderen Ende des Diners schlendern, wo seine Kumpels saßen, die ihn wegen der Schlappe aufzuziehen begannen. Dann drehte sie sich zu Beck um. »Ich wäre auch allein mit ihm fertig geworden.«

»Merken Sie sich, was Sie sagen wollen.«

Ehe sie noch ein Wort herausbrachte, war er zur Tür des Diners gegangen, drückte sie auf und pfiff leise. Ein großer Hund sprang von der Ladefläche eines Pick-ups und kam auf ihn zugerannt. »Du gehst nach hinten und lässt dich füttern.«

Der Golden Retriever trottete zu der Schwingtür, die in die Küche führte, und zwängte sich mit der Schnauze hindurch. Sayre hörte freudige Begrüßungsrufe aus der Küche. Beck kehrte zu ihr zurück und rutschte in die Bank.

»Frito?«, fragte sie.

»Woher wissen Sie das?«

»Chris hat ihn erwähnt.«

»Ach, richtig. Der Abend in der Angelhütte. Der Luchs.«

»Ich hatte schon angenommen, dass Chris von einem Hund sprach.« Sie warf einen Blick in Richtung Küche. »Offenbar ist Frito hier Stammgast.«

»Genau wie ich, aber Sie habe ich hier noch nie gesehen, und ich bin, ehrlich gesagt, schockiert. Zu Hause haben Sie die ganze Zeit mit den Hufen gescharrt, weil Sie sofort nach Kalifornien zurückwollten.«

»Ich war auf dem Friedhof. Es wurde spät. Ich beschloss, heute Abend hierzubleiben und morgen noch mal von vorn anzufangen.«

Er nahm es kommentarlos zur Kenntnis. Dann fragte er: »Haben Sie schon bestellt?«

»Einen Cheeseburger.«

Er beugte sich vor und rief dem Hamburgerbrater, dessen Gesicht ab und zu in der Luke hinter dem Tresen auftauchte, zu: »Grady, für mich dasselbe, bitte.«

»Kommt sofort.«

Er lehnte sich wieder zurück. »Also, wie haben Sie das gemeint, dass Sie mit Slap Watkins fertig geworden wären?«

»Watkins.« Plötzlich wurde ihr so einiges klar. »Jetzt fällt es mir wieder ein. Er war ein paar Klassen über mir in der Schule und machte schon damals nur Ärger. Ich glaube, er ist auch ein paar Mal sitzen geblieben. Einmal wurde er von der Schule suspendiert, weil er die Mädchen in der Umkleide beobachtet hatte.«

»Er macht immer noch Ärger. Ich habe von Chris gehört, dass er vor kurzem aus dem Gefängnis entlassen wurde und jetzt auf Bewährung draußen ist. Beim Parken meines Wagens sah ich Sie durch das Fenster und hatte den Eindruck, dass Sie Beistand gebrauchen könnten.«

»Soll ich hier ein ›Danke für die heldenhafte Rettung‹ einfügen?«

Er grinste, sah zu der sich nähernden Kellnerin auf und zwinkerte ihr zu, als sie ein Glas Cola vor ihm absetzte. »Du hast an die Zitronenscheibe gedacht, ohne dass ich was gesagt hätte. Danke.«

»Aber immer«, sagte sie und erwiderte dabei sein flirtendes Lächeln.

»Kennst du Sayre Lynch?«

Die beiden tauschten ein höfliches Lächeln aus. Die Kellnerin erklärte halblaut: »Der ganze Laden stinkt schon nach diesem Slap Watkins. Möchtest du, dass ich den Tisch für dich abwische, Beck?«

»Ist schon okay, aber danke.«

»Den hätten sie auf keinen Fall rauslassen dürfen.«

»Wart's ab, er wird schon wieder reinwandern.«

»Bis dahin wünschte ich, er und seine Freunde würden sich was anderes zum Abhängen suchen. Die Burger sind gleich fertig. Nett, Sie kennen zu lernen«, sagte sie zu Sayre, ehe sie sich wieder wegdrehte. Aber Sayre glaubte nicht, dass das aufrichtig gemeint war. Tatsächlich schien sie Beck Merchant nur ungern mit Sayre allein zu lassen.

Die Bedienung war wohl kaum das einzige Herz in Destiny, das er zum Flattern brachte, und Sayre verstand das gut. Er hatte unbestreitbar Sexappeal – mit seinen grünen Augen, dem eigensinnigen Blondhaar und dem Lächeln, das anzudeuten schien, dass er einen zu den unmöglichsten Dingen anstiften könnte. Er sah in den alten Jeans und dem Flanellhemd, das er jetzt trug, genauso gut aus wie in seinem schwarzen Anzug. Alles zusammen ein sehr attraktives Paket.

Aber das war Chris auch. Auch er verstand sich zu kleiden. Er hätte ein Filmstar sein können. Bedauerlicherweise waren viele Reptilien ebenso schön und betörend wie giftig. Chris war eine Schlange, die erst hypnotisierte und dann zuschnappte.

Sie traute Beck Merchant nicht mehr als ihrem Bruder, möglicherweise sogar weniger. Chris war von Natur aus gemein, während Beck sich dafür bezahlen ließ.

»Es würde Selma das Herz brechen, wenn sie wüsste, dass wir hier essen, nachdem sie den ganzen Tag versucht hat, uns zu füttern«, bemerkte er.

»Sie liebt uns. So wie immer. Viel mehr, als wir verdienen.«

Er faltete die Hände auf dem Tisch und beugte sich vor. »Warum glauben Sie, dass Sie es nicht verdient haben, geliebt zu werden?«

»Sie sind Anwalt, Mr. Merchant, nicht Psychologe.«

»Ich will mich nur mit Ihnen unterhalten.«

»Ich glaube, den Satz hat Slap Watkins auch gebracht.«

Er lachte laut auf. »Dann muss ich unbedingt an meiner Technik feilen.« Er zwirbelte nachdenklich den Strohhalm in seinem Glas. »Sayre«, sagte er langsam, »ich möchte mich bei Ihnen entschuldigen.« Er sah auf und ihr in die Augen. »Dass ich Ihnen das mit dem alten Mitchell hinterhergerufen habe. Das war billige Rache. Selbst wenn ich wütend bin, kämpfe ich eigentlich nicht so unfair.«

Sie kam sich schäbig vor, weil sie seiner offenbar ehrlich gemeinten Entschuldigung misstraute, und zog darum nur wortlos in einer halb anerkennenden Geste eine Schulter hoch.

Die Bedienung kam mit den bestellten Cheeseburgern. Die Burger und die Pommes frites waren genau so, wie sie sein sollten – fettig, heiß und köstlich. Ein paar Minuten lang saßen sie still da und futterten, aber ihr war extrem bewusst, dass er sie dabei beobachtete. Schließlich fragte sie: »Was ist denn, Mr. Merchant?«

»Was soll sein?«

»Sie starren mich an.«

»Oh, Entschuldigung. Ich habe nur gerade darüber nachgedacht, ob es Sie umgebracht hätte, sich bei mir zu bedanken?«

»Wofür?«

»Dass ich Ihnen Watkins vom Leib gehalten habe.«

Er nickte zum Fenster hin. Sie wandte den Kopf und sah Slap Watkins auf ein Motorrad klettern. Er hackte mit dem Absatz auf den Starthebel ein und röhrte dann vom Parkplatz. Bevor er mit lautem Dröhnen auf dem Highway verschwand, zeigte er ihnen noch einmal den Stinkefinger.

»Das bringt es auf den Punkt, was er von uns hält, nicht wahr?«

Sie sah Beck wieder an und sagte: »Ich wäre schon mit ihm fertig geworden, aber wahrscheinlich hätte es eine Szene gegeben, und ich wäre zum Stadtgespräch geworden. Also vielen Dank.«

»Gern geschehen.«

»Er hat behauptet, er hätte Ihnen mal den Arsch versohlt. Stimmt das?«

»Das ist seine Version.« Er aß seinen Burger auf und zog zwei Papierservietten aus dem Spender auf ihrem Tisch, um sich die Hände abzuwischen. »Chris und ich haben über Slap Watkins wieder zueinandergefunden. Zwei Kaffee«, bestellte er bei der Bedienung, die ihre Teller wegräumte. »Und wenn Frito im Weg ist, dann schickt ihn einfach raus.« Sie antwortete, dass sich der Hund schlafen gelegt habe, und ging den Kaffee holen. Sayre war froh, dass er ihn bestellt hatte, denn er würde das fette Essen durchspülen.

»Ich habe Chris an der Louisiana State University kennen gelernt, als ich in seine Verbindung aufgenommen werden wollte. Er war damals kurz vor dem Abschluss. Es war eher eine flüchtige Bekanntschaft, weil er bald darauf abging. Erst vor drei Jahren haben wir uns wiedergesehen.«

Er bedankte sich mit einem weiteren Lächeln, als die Bedienung den Kaffee brachte, und warnte Sayre, während sie die dampfende Tasse an die Lippen führte: »Es ist koffeinierter Muckefuck.«

»Den habe ich schon mit der Muttermilch aufgesogen, und ich lasse ihn mir heute noch nach San Francisco liefern.« Sie nahm vorsichtig einen Schluck und fragte: »Und was hat Sie beide vor drei Jahren wieder zusammengeführt?«

»Der Fall Gene Iverson. Jedenfalls indirekt. Wie gut wissen Sie darüber Bescheid?«

»Ich weiß nur das, was in den Berichten der Firma stand.«

»Die Berichte, die Sie nicht mehr zugeschickt bekommen wollen, aber trotzdem lesen?«

Damit hatte er ihre wunde Stelle getroffen, auch wenn sie das nie zugeben würde. Sie hatte alle aufmerksam gelesen, nicht weil sie um Huffs und Chris' Wohlergehen fürchtete, sondern weil sie sich um die Männer und Frauen sorgte, die für die Firma arbeiteten, und um die Zukunft ihrer Heimatstadt. Ohne Hoyle Enterprises würde die hiesige Wirtschaft zusammenbrechen.

Hunderte von Familien stünden mittellos da. Auch wenn Sayre von der Gießerei nicht profitieren wollte, empfand sie es als ihre moralische Pflicht, das Unternehmen mit all seinen Makeln und Fehlern im Auge zu behalten.

Sie sagte: »Was in diesen Berichten steht, wurde von Huff und Chris zensiert, vor allem, wenn es nicht hundertprozentig positiv war. Anders ausgedrückt, meine Kenntnisse über den Fall Iverson sind einseitig und unzuverlässig. Was können Sie mir darüber erzählen?«

Er lehnte sich zurück und betrachtete sie aufmerksam. »Ihr Bruder wurde wegen Mordes vor Gericht gestellt, und doch haben Sie sich nie bemüht, sich über die Fakten dieses Falles kundig zu machen? Kommt Ihre Besorgnis nicht ein wenig spät?«

»Ich bin nicht besorgt, ich bin neugierig. Ich schere mich nicht um Chris und darum, was er tut. Und dasselbe gilt für Huff. Ich habe die beiden vor zehn Jahren abgeschrieben, und falls das hart und gefühllos klingt, kann ich es verflucht noch mal nicht ändern.«

»Wo stand Danny?«

»Danny.« Seinen Namen auszusprechen stimmte sie traurig. »Seine Aufgabe war es, alles schönzufärben, was Huff und Chris verbrachen. Bestimmt haben Sie Tag für Tag beobachten können, wie willfährig er ihnen gehorchte. Danny ist nie für sich eingestanden.«

»Im Gegensatz zu Ihnen.«

Aber auch erst vor zehn Jahren, dachte sie. Erst als sie ganz unten am Boden gelegen hatte. Erst als sie erkannt hatte, dass sie ihre Familie zurücklassen musste und nie wieder zurückkehren durfte, wenn sie überleben wollte.

»Ich hatte Glück«, sagte sie. »Ich habe irgendwann den Mut aufgebracht, Huff zu trotzen und wegzugehen. Danny hat das nie geschafft.«

Beck zögerte und sagte dann: »Vielleicht hat er sich seiner Familie auf andere Weise entzogen, Sayre.«

»Vielleicht.«

»Aber als Sie vor zehn Jahren weggingen, haben Sie Ihren Bruder für einen Waschlappen gehalten.«

»Nein, das habe ich nicht.«

Offen gestanden hatte sie damals ihre gesamte Familie gehasst. Erst nach jahrelanger Therapie hatte sich ihre Abneigung gegen Danny abgeschwächt – aber nicht so weit, dass sie von ihm einen Anruf aus heiterem Himmel entgegengenommen hätte.

Nachdenklich nippte sie an ihrem Kaffee und merkte erst, als sie die Tasse auf die Untertasse zurückstellte, dass Beck Merchant sie mit geradezu beängstigendem Interesse beobachtete. Sie ärgerte sich, weil sie mit ihm über Dinge gesprochen hatte, die so persönlich waren, dass Sayre sie bis dahin höchstens ihrer Therapeutin anvertraut hatte.

»Eigentlich sprachen wir über die Sache mit Gene Iverson.«

»Richtig.« Er setzte sich auf und räusperte sich. »Was möchten Sie darüber wissen?«

»Hat Chris ihn getötet?«

Seine linke Braue schoss hoch. »Sie nehmen kein Blatt vor den Mund.«

»Und?«

»Es sprachen nur einige Indizien gegen Chris.«

»Das ist keine Antwort auf meine Frage«, wies sie ihn zurecht.

»Nein, lassen Sie es mich anders ausdrücken. Das ist die Antwort eines *Anwalts*.«

»Die Argumente der Staatsanwaltschaft waren so schwach, dass die Jury keinen Schuldspruch fällen konnte.«

»Und der Fall wurde nie wieder aufgenommen.«

»Er hätte nie verhandelt werden dürfen.«

»Keine Leiche, kein Mord?« Das war der Tenor der Artikel gewesen, die sie darüber gelesen hatte. Gene Iversons Leichnam war nie gefunden worden. Er war spurlos verschwunden.

»Wenn ich Staatsanwalt wäre«, sagte er, »würde ich nie ohne eine Leiche in einen Mordprozess gehen, selbst wenn die Indizien noch so deutlich gegen den Angeklagten sprächen.«

»Was hatten Sie mit dem Fall zu tun?«

»Ich hatte von der Verhandlung gelesen. Und fand aus den gerade genannten Gründen, dass die Anklage das Papier nicht wert war, auf dem sie geschrieben war. Also fuhr ich her, um meinen Verbindungskameraden zu unterstützen und ihm in jeder erdenklichen Weise beizustehen. Bis ich hier ankam, war das Verfahren abgeschlossen. Ich traf Chris und Danny beim Feiern in diesem uralten Schuppen draußen am Highway. Wissen Sie, welchen ich meine?«

»Das Razorback?«

»Genau das. Chris gab eine Lokalrunde nach der anderen, um seinen Freispruch zu feiern. Slap Watkins war auch dort. Er fing an rumzustänkern, dass man sich mit Geld auch Gerechtigkeit erkaufen könne, dass die Reichen nie einfahren müssten und so weiter und so fort. Das passte Chris gar nicht. Danny auch nicht. Er hat sogar als Erster zugeschlagen, um seinen Bruder zu verteidigen. Dann ging es richtig rund. Ich stürzte mich ins Getümmel und konnte das Blatt zugunsten Ihrer Brüder wenden, auch wenn Slap was anderes behauptet. Wir haben ihn fix und fertig gemacht.«

»Damit haben Sie uns alle drei aus den hässlichen Klauen von Slap Watkins errettet.«

»Sieht ganz so aus.« Er lächelte. »Es kann sich lohnen, mich auf seiner Seite zu haben.«

»Huff und Chris denken das sicherlich.«

Er stützte die Unterarme auf die Tischplatte und beugte sich vor. »Aber im Moment interessiert mich viel mehr, was *Sie* denken.«

Es war eine irreführend schlichte Feststellung. Sie nahm eine wesentlich komplexere, unausgesprochene Bedeutung darin wahr. »Ich glaube, es wird Zeit, dass ich mich verabschiede.«

Sie klappte ihre Handtasche auf, doch er sagte: »Ich lade Sie ein. Ich kann hier anschreiben lassen.«

»Danke, aber danke nein.«

»Fürchten Sie, in meiner Schuld zu stehen?«

Sie klemmte einen Zwanzigdollarschein unter den Zuckerstreuer und blickte ihm dann in die funkelnden Augen. »Ich fürchte nichts, Mr. Merchant.«

Er rutschte gleichzeitig mit ihr aus der Bank und folgte ihr zur Tür. »Und Hunde?«

»Wie bitte?«

Er pfiff kurz und scharf. »Ob Sie Angst vor Hunden haben.«

Kaum hatte er die Frage ausgesprochen, da kam Frito durch die doppelte Schwingtür geschossen. Er war ein wunderschöner Hund – mit goldenem Fell und weißen, federgleichen Haaren am Bauch. Er wedelte so überschwänglich mit dem Schweif, dass Sayre gezwungen war, ihm auszuweichen, wenn sie nicht umgeworfen werden wollte.

Frito begrüßte seinen Besitzer so begeistert, als wäre er nicht Minuten, sondern Monate weg gewesen. Dann wandte er seine ganze Aufmerksamkeit Sayre zu. Er umtanzte ihre Füße, tränkte ihre Hände mit Hundesabber und gab erst Ruhe, als ihm »Sitz!« befohlen wurde. Daraufhin ließ er sich zwar auf den Hinterläufen nieder, zitterte aber am ganzen Leib vor Lebenslust und flehte Sayre mit seinen großen, braunen Augen an, ihn zu streicheln.

Was sie tat. »Er ist wunderschön. Wie lange haben Sie ihn schon?«

»Ein paar Jahre. Seit er sieben Wochen alt war. Einer der Arbeiter brachte einen Wurf mit in die Gießerei. Gleich beim ersten Blick in den Karton wusste ich, dass ich ihn mit nach Hause nehmen musste.« Er schrubbte mit den Knöcheln über den Kopf des Hundes. »Beim Versuch, ihn stubenrein zu machen, sind wir ein paar Mal zusammengerumpelt, aber inzwischen wüsste ich nicht mehr, was ich ohne ihn anfangen sollte.«

Während sie zuschaute, wie Beck Merchant seinen Hund mit Zärtlichkeiten überschüttete, musste Sayre zugeben, dass er sexy Augen, ein betörendes Lächeln und ein niedliches Haustier hatte. Trotzdem wies sie den Gedanken, dass er ein netter Kerl sein könnte, strikt zurück. Denn letztlich war er vor allem Huff Hoyles Rechtsbeistand und als solcher fähig zu allen geschäftlichen Gemeinheiten und weiß Gott was sonst noch. Sie hätte ihm schlicht alles zugetraut, sogar dass er ihr vorspielte, seinen Hund zu lieben, nur um sie für sich einzunehmen.

Sie gingen nach draußen, wo es verglichen mit dem klimatisierten Diner heiß war wie im Dampfbad. Die schwere Luft legte sich wie ein Kissen über sie und raubte ihr kurzzeitig den Atem. Ihr wurde schwindlig. Ihre Ohren begannen zu dröhnen.

Er bekam ihren Ellbogen zu fassen. »Ist alles in Ordnung?«

Sie presste die Hand auf ihre schwer arbeitende Lunge, inhalierte tief durch die Nase und stieß die Luft durch den Mund wieder aus. Das Schwindelgefühl ließ nach. Das Summen in ihren Ohren, erkannte sie beschämt, kam von einer der Neonröhren im Schaufenster, die zusammengesetzt den Namen des Restaurants bildeten. »Ich habe mich noch nicht wieder akklimatisiert.«

»Das dauert eine Weile.« Er sah auf sie herab und ergänzte dann leiser: »Aber so lange werden Sie nicht hier sein, oder?«

»Nein.«

Er nickte, trat aber nicht zur Seite, sondern sah ihr aufmerksam in die Augen.

»Ach ja«, sagte sie. »Eines wollte ich noch fragen – autsch!«

»Was ist denn?«

»Frito ist mir auf den Fuß getreten.«

Der Hund hatte versucht, sich zwischen sie zu quetschen, und war dabei mit einer seiner Pfoten hart auf ihrem Spann gelandet.

»Entschuldigung.« Er öffnete die Beifahrertür seines Pick-ups und winkte Frito hinein. Der Retriever sprang in die Kabine, als hätte er das schon tausendmal getan, und streckte gleich darauf mit heraushängender Zunge und bewundernswerter Unschuldsmiene den Kopf aus dem offenen Seitenfenster.

Sayre humpelte zum Heck des Pick-ups und hielt sich an der Außenwand fest, um nach ihrem Fuß zu sehen.

»Irgendwelche bleibenden Schäden?«

»Nein, alles in Ordnung.«

92

»Das tut mir wirklich schrecklich leid. Er hält sich für einen Schoßhund.«

Ihr Fuß pochte zwar ein wenig, aber sie sagte: »Eigentlich habe ich mich vor allem erschreckt.«

»Was wollten Sie noch fragen?«

Sie brauchte eine Sekunde, ehe es ihr wieder einfiel. »Wie kam es, dass Sie nach Ihrem Einstand bei einer Kneipenschlägerei zum obersten Rechtsbeistand von Hoyle Enterprises aufgestiegen sind? Wie lange hat es nach dem Abend im Razorback gedauert, bis Huff Sie einstellte?«

»Sobald ich meinen Kater ausgeschlafen hatte.« Er lachte. »Genauer gesagt hatte Chris mich damals eingeladen, noch ein paar Tage zu bleiben, mit ihm angeln zu gehen und ein bisschen abzuhängen. Während der Tage sah er immer deutlicher, dass ich in der Kanzlei, in der ich damals arbeitete, nicht glücklich war. Bis zu meinem Abreisetag hatte mir Huff ein Angebot gemacht, das ich unmöglich ausschlagen konnte. Der Umzug war kein Problem. Ich war nicht nach Destiny gekommen, um mich hier niederzulassen, aber ich wäre schön blöd gewesen, es nicht zu tun.«

Er hatte seine Finger in Fritos dichten Pelz vergraben und massierte ruhig seinen Nacken. Der Hund hatte die Augen geschlossen. Er wirkte wie besoffen vor Glück.

Sayre konzentrierte sich mit aller Kraft auf das eigentliche Thema und fragte ihn, was aus Calvin McGraw geworden war. Solange sie zurückdenken konnte, war Calvin Huffs Anwalt gewesen. Beck Merchant hatte ihn ersetzt.

»Mr. McGraw hat sich zur Ruhe gesetzt.«

»Oder Huff hat ihn aufs Altenteil abgeschoben«, entgegnete sie.

»Ich weiß nicht, wie sie sich arrangiert haben. Ich bin sicher, dass Huff ihm die Pensionierung attraktiv gemacht hat.«

»Oh, da bin ich auch sicher. Es war bestimmt nicht billig, McGraws Schweigen zu kaufen.«

»Sein Schweigen?«

»Immerhin hat er die Jury in Chris' Mordfall bestochen.«

Becks Finger hielten in ihrem gedankenverlorenen Kraulen inne, dann zog er langsam die Hand aus Fritos Nacken. Der Hund beschwerte sich leise winselnd, aber das schien sein Besitzer gar nicht zu registrieren. Becks Aufmerksamkeit war ganz und gar auf Sayre gerichtet. Langsam und ernst ging er auf sie zu und hielt erst an, als er direkt vor ihr stand und sie zwischen ihm und dem Wagen gefangen war.

Sie sah wütend zu ihm auf. »Machen Sie mir Platz.«

»Noch nicht.«

»Was wollen Sie?«

»Gestehen. Ich habe Sie angelogen.«

»Das war nicht anders zu erwarten. Da müssten Sie schon genauer werden.«

»Der Moskito.«

Sie sah mit großen Augen und völlig verständnislos zu ihm auf.

»Wissen Sie noch, wie ich mit dem Handrücken einen Moskito von Ihrer Wange gewischt habe, als wir heute Nachmittag am Wasser standen? Da war kein Moskito, Sayre. Ich wollte Sie nur berühren.«

Im Moment berührte er sie nicht, außer mit Blicken, aber die spürte sie mindestens so deutlich wie Fingerspitzen. Er hätte sich nicht so vor ihr aufbauen dürfen. So nah beieinanderzustehen gehörte sich nicht für Fremde. Außerdem war es ihr körperlich unangenehm. Es war zu schwül, um einem Menschen so nahe zu sein, so nahe, dass man die Körperwärme seines Gegenübers spürte und sich die wenige Luft teilen musste.

»Ich kann mich nicht erinnern«, log sie. Sie schubste ihn beiseite und ging zu ihrem Auto, das in der Nähe parkte. Noch bevor sie es erreicht hatte, hatte er sie eingeholt. Er hakte seine Hand unter ihren Ellbogen und zwang sie, sich umzudrehen.

»Erstens erinnern Sie sich sehr wohl. Zweitens haben Sie heute Abend ein paar gewagte Behauptungen vorgebracht. Erst haben Sie angedeutet, dass Chris einen Mord begangen hat und dafür nicht bestraft wurde, und dann haben Sie Ihrem Vater unterstellt, er hätte die Jury gekauft. Beides sind schwere Verbrechen.«

»Genauso schwere, wie Spuren zu verwischen.«

Er zog die Schultern hoch. »Ich habe keine Ahnung, wovon Sie sprechen.«

»Gelber Schlamm.« Sie deutete auf seinen Pick-up. »Ihre Reifen sind ganz gelb. Genau wie Ihre Stiefel.« Wie auf Kommando blickten beide auf die schlammigen Stiefel, die unter dem ausgefransten Saum seiner Jeans hervorsahen. Dann sah sie ihm wieder ins Gesicht. »Es gibt nur einen einzigen Fleck in unserem Parish, wo die Erde so ockerfarben ist. Am Bayou Bosquet. Wo unsere Angelhütte steht.«

Seine Kiefer begannen zu mahlen. »Und?«

»Sie waren heute Abend an der Hütte, nicht wahr? Sparen Sie sich die Lügen. Ich weiß, dass Sie dort waren. Ich weiß nur nicht, was Sie da draußen getrieben haben.«

»Wissen Sie was?«, knurrte er. »Falls Ihre Designfirma je Schiffbruch erleiden sollte, können Sie gern beim FBI anheuern.«

»Deputy Scott hat uns mitgeteilt, dass die Hütte bis auf Weiteres als möglicher Tatort gilt. Er sagte, seine Leute hätten da draußen alles abgesperrt.«

»Mit knallgelbem Plastikband.«

»Unter dem Sie durchgeklettert sind.«

»Wussten Sie, dass Hunde farbenblind sind? Frito konnte doch nicht ahnen, dass das eine Polizeiabsperrung ist. Er ist einfach daran vorbeigaloppiert. Ich musste ihn holen gehen.«

»Obwohl er sonst auf jedes Handzeichen, jeden gesprochenen Befehl und jeden Pfiff reagiert?«

Bleierne Stille machte sich zwischen ihnen breit. Er wusste, dass sie ihn erwischt hatte.

8

Er war schwabbelig und rosa.

Daran war nichts zu deuteln, dachte George Robson.

Der bodenlange, gut ausgeleuchtete, dreiflügelige Badezimmerspiegel entblößte gnadenlos all seine körperlichen Makel. Was er sah, gefiel ihm nicht. Jeden Tag schienen weniger Haare auf seinem Kopf und mehr auf seinem Rücken zu wachsen. Seine Brüste sackten langsam nach unten, dem wabbelnden Bauch entgegen. Der Penis darunter kam ihm gerade noch daumengroß vor.

Die Brust- und Bauchmuskeln konnte er mit weniger Zeit auf dem Golfplatz und mehr im Fitnesscenter wieder in Form bringen. Was den Rest anging, konnte er nicht viel tun. Vor allem das machte ihm Sorgen. Er hatte eine schöne junge Frau zu befriedigen, und er musste es mit der Ausstattung tun, die ihm zur Verfügung stand.

Bescheiden stieg er in eine Unterhose, ehe er zu Lila ins Schlafzimmer zurückkehrte. Sie saß angelehnt im Bett und studierte eines ihrer Modemagazine. Er krabbelte neben ihr unter die Decke. »Du bist viel hübscher als die Models in diesen Heften.« Das war nicht nur so dahergesagt. Für ihn war es so. Lila war die schönste Frau, die ihm je begegnet war.

»Hm.«

»Nein, ehrlich. Ich finde das wirklich.«

Sie trug eines der eng anliegenden Nachthemden, die ihm so gefielen. Kurz. Mit Spaghettiträgern. Einer war ihr über die Schulter gerutscht. Er streckte die Hand aus, schob ihn weiter nach unten und begann, ihre Brust zu streicheln.

Sie schubste seine Hand weg. »Dafür ist es zu heiß.«

»Nicht hier drin, Schätzchen. Ich habe die Klimaanlage auf zwanzig Grad gestellt, so wie du es am liebsten hast.«

»Mir kommt es heißer vor.«

Er legte sich still neben ihr nieder und ließ sie ohne weitere

Unterbrechungen ihre Zeitschrift durchblättern. Währenddessen betrachtete er ihr Gesicht, ihr bezauberndes Haar, diesen sagenhaften Körper und versuchte dabei, seine Ängste zu ersticken. Waren sie berechtigt? Er wollte es nicht wissen, aber er *musste* es wissen, weil er sonst noch verrückt wurde.

»Nettes Begräbnis heute«, bemerkte er so locker wie möglich.

Ihre Miene änderte sich nicht. »In der Kirche wäre ich um ein Haar eingeschlafen. Das war so *sterbenslangweilig.*«

»Aber bei der Totenfeier hat sich Huff nicht lumpen lassen.«

»Die war okay.«

»Wohin bist du verschwunden?«

»Verschwunden?« Sie blätterte mit dem Daumen eine Seite weiter. »Wann denn?«

»Drüben im Haus konnte ich dich eine ganze Weile nirgendwo finden.«

Sie sah ihn an. »Ich war auf der Toilette.«

»Da habe ich nachgesehen.«

»Unten musste man anstehen. Also bin ich nach oben gegangen. Ist das für dich okay? Oder hätte ich die Beine zusammenkneifen sollen, bis wir zu Hause waren?«

»Werd nicht gleich wütend, Schatz. Ich wollte doch nur …«

»Ach, vergiss es.« Sie pfefferte die Zeitschrift auf den Boden. »Es ist zu heiß, um sich zu streiten, wann ich wo auf dem Klo war. Das ist doch idiotisch.«

Sie begann die Kissen hinter ihrem Rücken aufzuschütteln. Die mit Spitzen umsäumten Kissenbezüge hatte sie in einem Nobelschuppen in New Orleans besorgt. Sie hatten ein kleines Vermögen gekostet. Er war durch die Decke gegangen, als er die Abbuchung auf der Kreditkartenabrechnung entdeckt hatte.

»Du hast so viel Geld für Kissenbezüge ausgegeben?«, hatte er fassungslos gefragt.

Sie hatte ihm versprochen, die Bezüge zurückzubringen, aber dann hatte sie tagelang getrauert, bis er eingelenkt und ihr gesagt hatte, dass sie die verfluchten Dinger behalten könne. Sie hatte ihm unter Tränen gedankt und ihm erklärt, er sei der beste

Ehemann auf der ganzen Welt. Wie hatte er sich in ihrer Liebe gesonnt.

»Danke, dass du heute mitgegangen bist.« Er legte eine Hand auf ihre weich geschwungene Hüfte. »Es war wirklich wichtig, dass wir uns sehen ließen.«

»Natürlich mussten wir hingehen. Du arbeitest für sie.«

»Mein Job als Sicherheitschef ist sehr wichtig, weißt du? Ich trage große Verantwortung, Lila. Ohne mich würden die Hoyles…«

»Hast du die Katze gefüttert?«

»Mit einer Mischung aus Trockenfutter und Dosenfutter, genau wie du es willst. Jedenfalls ist meine Arbeit in der Fabrik genauso wichtig wie das, was Chris dort tut. Vielleicht noch wichtiger.«

Sie hörte auf, an den spitzenbesetzten Kissenbezügen herumzunesteln, und sah ihn an. »Niemand bezweifelt, dass du einer der Topleute in der Gießerei bist, George. Ich weiß schließlich am besten, wie viele Überstunden du dort machst.« Schmollend setzte sie hinzu: »Ich weiß das, weil du jede Stunde, die du dort verbringst, nicht bei mir bist.«

Lächelnd zog sie ihr Nachthemd über den Kopf und strich dann neckisch damit über seine Brust. Sein kleiner Penis reckte sich aufgeregt. »Hast du heute was für Lila, George? Hm?«, schnurrte sie.

Sie schob ihre Hand in den Schlitz seiner Pyjamahose und machte sich daran, ihm Vergnügen zu bereiten, und sie verstand ihr Geschäft. Als er sie im Gegenzug ebenfalls streichelte, stöhnte sie, als würde sie das Vorspiel genauso genießen wie er.

Vielleicht täuschte er sich. Vielleicht war er nur paranoid und bildete sich Dinge ein, registrierte Nichtigkeiten und Schwingungen, die nichts zu bedeuten hatten. Er war klein, pummelig und rosa; Chris Hoyle war groß, dunkel und gut aussehend. Er stand in dem Ruf, dass er sich jede Frau nahm, die er wollte.

George kannte mehrere Männer in der Fabrik, deren Ehen schwer gelitten hatten oder gar gescheitert waren, weil die Frauen eine Affäre mit Chris angefangen hatten. Es war ganz natürlich, dass ein Mann nervös wurde, wenn seine Frau in die Nähe eines so berüchtigten Aufreißers kam.

George arbeitete mittlerweile seit über zwanzig Jahren für die Hoyles. Er hatte ihnen viel geopfert – seine Zeit, seine Integrität, seinen Stolz. Aber je mehr man ihnen gab, desto mehr forderten sie. Sie saugten die Menschen aus, ihr Leben und ihre Seele. Damit hatte sich George schon vor langer Zeit abgefunden. Er war bereit, ein Jasager zu sein.

Aber irgendwo musste bei Gott eine Grenze sein. Und für George Robson war das seine Frau.

Nur in Boxershorts und einem altmodischen Rippenunterhemd bekleidet, kam Huff die breite Treppe herunter. Er versuchte, leise zu sein, aber mehrere Stufen knarrten, und natürlich war, bis er im Erdgeschoss ankam, Selma schon da, in einen Morgenmantel gehüllt, der viel zu dick und flauschig für die Jahreszeit war.

»Brauchen Sie etwas, Mr. Hoyle?«

»Ein bisschen Privatsphäre in meinem gottverdammten eigenen Haus, wenn es genehm ist. Schlafen Sie mit einem Ohr auf dem Boden?«

»Bitte entschuldigen Sie, dass ich mir Sorgen um Sie mache.«

»Ich habe Ihnen heute schon tausendmal gesagt, dass es mir gut geht.«

»Es geht Ihnen überhaupt nicht gut, Sie lassen sich das nur nicht anmerken.«

»Können wir dieses Gespräch auf einen anderen Zeitpunkt verschieben? Ich bin in Unterhosen.«

»Die ich schon hundertmal eingesammelt und gewaschen habe. Glauben Sie vielleicht, dass ich in Ohnmacht falle, nur weil ich Sie darin sehe? Nebenbei, es ist wirklich kein schöner Anblick.«

»Gehen Sie wieder ins Bett, bevor ich Sie feure.«

Mit der Arroganz einer Primaballerina drehte sie eine Pirouette auf ihren Frotteeschlappen und zog sich in die Dunkelheit auf der Rückseite des Hauses zurück.

Huff hatte lange hellwach und grübelnd im Bett gelegen. Allerdings schaltete sein Gehirn nicht einmal im Schlaf völlig ab. Genau wie die Schmelzöfen in der Gießerei brannte sein Verstand nachts genauso heiß wie am Tag. Einige seiner kniffligsten Probleme hatte er im Schlaf gelöst. Häufig ging er mit einem Dilemma ins Bett und wachte am nächsten Morgen mit einer Lösung auf, die sein aktives Unterbewusstsein in allen Einzelheiten ausgearbeitet hatte.

Heute jedoch waren die Probleme, die ihn beschäftigten, so verstörend, dass er kein Auge zugemacht hatte. Jedes Mal, wenn er die Lider schloss, sah er Dannys frisches Grab vor sich. Selbst unter einem Berg von Blumen war ein Grab nichts als ein Loch in der Erde, und das hatte nun überhaupt nichts Würdevolles an sich.

Die Wände seines Schlafzimmers schienen ihn einzuengen, so wie die Erde oder das Satinpolster im Sarg Danny einengen musste. Huff hatte noch nie an Klaustrophobie gelitten, und schon gar nicht in seinem eigenen Haus. Obwohl die Düsen der Klimaanlage direkt auf sein Bett gerichtet waren, klebten die Laken schweißnass an seinen Beinen, sodass er sie nicht einmal durch heftiges Strampeln abschütteln konnte.

Und zu guter Letzt plagte ihn ein höllisches Sodbrennen. Darum hatte er beschlossen, aufzustehen und nach draußen zu gehen, statt sich bis zum Morgengrauen leidend im Bett zu wälzen. Vielleicht würde ihn der Friede der ländlichen Nacht so weit beruhigen, dass er Schlaf fände.

Er zog die Haustür auf. Das Haus hatte keine Alarmanlage, und die Türen waren so gut wie nie abgesperrt. Wer würde schon wagen, Huff Hoyle zu bestehlen? Der Dieb müsste entweder sagenhaft mutig oder schlicht verrückt sein.

Huff konnte die Araber nicht ausstehen – genauso wenig wie Juden, Latinos, Schwarze, Asiaten und alle anderen Volksgruppen außer seiner eigenen –, aber er bewunderte die islamischen

Staaten für die schnelle und kompromisslose Art, mit der sie für Gerechtigkeit sorgten. Wenn man jemanden beim Stehlen erwischte, konnte man ihm die Hand abhacken und ihn erst danach dem unfähigen Rechtssystem übergeben, das heutzutage weniger dazu da war, den Übeltäter zu bestrafen, als die gottverfluchten Bürgerrechte zu garantieren.

Wenn er nur an diesen erbärmlichen Zustand dachte, verschlimmerte sich sein Sodbrennen. Er stieß säuerlich auf.

Huff ließ sich in seinen Lieblingsschaukelstuhl sinken und zündete sich eine Zigarette an. Zufrieden paffend blickte er auf jenen Abschnitt des Horizonts, der von den Lichtern der Gießerei erhellt wurde. Die Schlote hatten die Stadt mit einem dünnen Wolkenschleier zugedeckt. Selbst wenn Huff sich im Moment ausruhte, arbeitete die Fabrik weiter.

Im Sommer liefen die Ventilatoren auf dem Balkon rund um die Uhr, weil sich sonst, wie heute Nacht, kein Lufthauch geregt hätte. Huff lehnte sich zurück und genoss die Liebkosung der weichen Brise auf seiner kalten, verschwitzten Haut. Mit geschlossenen Augen dachte er daran, wie er zum ersten Mal in seinem Leben einen Deckenventilator gesehen hatte. Als wäre es gestern gewesen.

Er hatte mit seinem Daddy, der auf der Suche nach Arbeit war, einen Drugstore betreten. Der Besitzer trug eine Fliege und breite Hosenträger. Den Hut in der Hand und den Kopf demütig gesenkt, hatte Huffs Daddy angeboten, den geölten Staubwedel über den Hartholzboden im Laden zu schieben, den Müll in den großen Kisten im Hof zu verbrennen oder andere Handlangerdienste zu erledigen, die der Eigentümer vielleicht jemandem überlassen wollte, der keine Angst vor harter Arbeit hatte. Zum Beispiel hatte er beim Reinkommen ein paar Grabwespennester unter der Dachrinne entdeckt. Ob es dem Besitzer nicht gefiele, wenn die entfernt würden?

Während die beiden Männer die Bedingungen für die vorübergehende Anstellung seines Daddys aushandelten, stand der junge Huff abseits und starrte zu den kreisenden Rotorblättern des Deckenventilators auf, voller Bewunderung für diese sagenhafte Maschine, die seine Haare mit kühler Luft durchpflügte und den Schweiß auf seinem sonnenverbrannten Gesicht trocknete.

Den ganzen Tag lang räumte sein Daddy damals Regale ein, wischte Böden und putzte Fenster. Er verbrannte in der glühenden Hitze Müll und ermahnte Huff, ihm behilflich zu sein, indem er nach fliegenden Funken Ausschau hielt. Die tanzenden Flammen und die aus den Fässern hochwabernden Hitzewellen hypnotisierten Huff.

Sein Daddy trug und holte und schleppte für den Besitzer, bis er kaum noch aufrecht stehen konnte und sein Gesicht vor Erschöpfung uralt aussah. Dafür bekam Huff an jenem Abend etwas zu essen. Ein Sandwich mit Pimentkäse, das an der Limonatheke im Laden übrig geblieben war. Nichts hatte ihm je so gut geschmeckt, obwohl er ein schlechtes Gewissen hatte, weil er es vor den Augen seines Vaters aß, der ihm versichert hatte, wirklich nicht hungrig zu sein.

Huff wünschte sich, der Drugstorebesitzer hätte ihm auch so eine Eiswaffel gemacht wie den anderen Leuten und dabei die Kugeln so hoch gestapelt, dass Huff sich fragte, wie sie in der Waffel bleiben konnten.

Aber ihm wurde kein Eis geschenkt, und sobald Huff sein Sandwich gegessen hatte, womit er sich so viel Zeit wie nur möglich ließ, sagte der Besitzer, es sei Zeit, dass er und sein Daddy »weiterzögen«, wie sie es so oft hörten.

Scheinwerfer schwenkten in einem strahlend hellen Bogen über den Rasen vor dem Haus. Aus seinem Wachtraum gerissen, rieb Huff sich mit der Hand übers Gesicht, als wollte er die Erinnerung fortwischen und mit ihr das peinliche Gefühl, wenn jemand von seiner Vergangenheit wüsste.

Chris' nagelneuer Porsche Carrera hielt an, und sein Sohn stieg aus. Im Laufschritt kam er den Fußweg herauf und hatte schon fast die Veranda erreicht, als er Huff bemerkte.

»Was tust du mitten in der Nacht hier draußen?«

»Wonach sieht es denn aus?«

»Nette Aufmachung«, bemerkte Chris gut gelaunt, ließ sich in den zweiten Schaukelstuhl fallen und reckte die Arme über den Kopf. »Ich bin so müde, dass ich morgen den ganzen Tag durchschlafen könnte.«

»Du musst morgen arbeiten.«

»Ich melde mich krank. Wer will mich schon rausschmeißen?« Huff schnaubte. »Wieso kommst du so spät?«

»Georges Mom hat sich eine Magengrippe eingefangen. Sie rief zu einem höchst ungelegenen Zeitpunkt an. Der arme George hatte gerade einen Ständer, als er losmusste, um nach seiner Mum zu sehen, während Lila allein und einsam zu Hause blieb.«

»Das Mädchen bringt nichts als Ärger.«

»Schon. Genau das macht es so reizvoll.«

Huff stieß eine Qualmwolke aus. »Willst du deine besten Jahre damit vergeuden, frustrierte Hausfrauen zu besteigen? Oder wirst du irgendwann deine Frau ins Bett zurückholen und sie endlich schwängern?«

Chris presste sich die Daumenballen in die Augenhöhlen, als litte er Schmerzen. »Ich habe absolut keine Lust, heute Abend darüber zu sprechen.«

»Wir sprechen darüber, wann ich es will«, schnauzte Huff ihn an. »Du windest dich schon seit Wochen, sobald ich von Mary Beth zu reden anfange. Ich will wissen, was da los ist.«

»Na schön.« Chris ließ den Kopf gegen die Lehne fallen und holte tief Luft. »Sie weigert sich, die Scheidungspapiere zu unterschreiben. Beck hat mit dem besten Scheidungsanwalt in New Orleans gesprochen. Einem, der zu den Männern hält, nicht zu ihren geldgierigen, jammernden Exfrauen. Er ist zäher als jeder andere.

Der Anwalt setzte ein Dokument auf, und Beck ging es Wort für Wort durch. Seiner Meinung nach war es der bestmögliche Deal für mich und gleichzeitig sehr großzügig gegenüber Mary Beth.« Er hörte auf zu schaukeln und beugte sich zu Huffs Stuhl hinüber, bis sein Gesicht dicht vor dem seines Vaters war. »Sie will nicht unterschreiben.«

»Dann besteht noch Hoffnung auf Versöhnung.«

Chris lachte abfällig und sank wieder in seinen Schaukelstuhl zurück. »Mary Beth verweigert mir die Scheidung nicht, weil sie mit mir zusammenbleiben möchte. Sie weigert sich aus Trotz. Sie hasst mich, sie hasst dich, sie hasst unsere Stadt und die Gießerei. Sie verabscheut einfach alles an uns.«

»Verflucht, Junge, sie ist nur ein Weib. Ein *Weib.* Hör auf, Lila zu vögeln, und flieg endlich nach Mexiko. Du musst deine Frau umwerben. Gib ihr alles, was sie haben will – Blumen, Juwelen, ein neues Auto, neue Titten, wenn sie welche möchte.

Erobere sie mit Geschenken und Romantik zurück. Kriech nötigenfalls ein wenig zu Kreuze. Das wird dich nicht umbringen. Gib ihr oft genug den Schlauch, damit sie schwanger wird, und schließ sie dann ein, bis das Kind auf der Welt ist. Sobald das Kleine da ist, hängen wir ihr eine Klage an, dass sie ihren Erziehungspflichten nicht nachkommt, und jagen sie ohne einen Penny aus dem Haus.«

Chris schüttelte den Kopf. »Das wird nicht geschehen, Huff.« Er hob die Hand, um Huffs Einwände im Keim zu ersticken. »Selbst wenn ich die geringste Lust hätte, diese Schlampe noch mal in mein Bett zu holen, was nicht der Fall ist, und selbst wenn ich ihr tausendmal den Schlauch gäbe, wie du es so romantisch ausdrückst, würde es nichts bringen.«

»Nichts bringen? Was zum Teufel redest du da?«

»Sie hat sich die Röhren abklemmen lassen.«

Huff merkte, wie sein Blutdruck durch die Decke schoss. Innerhalb weniger Sekunden steigerte sich sein Sodbrennen von einem matten Glimmen zu einem Flächenbrand, der sich ätzend durch sein Zwerchfell bis in die Speiseröhre ausbreitete.

Chris fuhr fort: »Als ich das letzte Mal den Versuch unternommen habe, mich mit ihr zu versöhnen, hat sie mich nur ausgelacht. Sie sagte, sie wisse, dass ich nur darum wieder mit ihr zusammenkommen wolle, um dir und mir einen Erben zu zeugen. Ob ich sie für völlig blöd hielte.« Er sah Huff ins Gesicht. »Sie ist vieles, aber blöd ist sie nicht.

Und dann machte sie alle unsere Hoffnungen zunichte, indem sie mir mitteilte, dass sie sich die Eileiter habe durchtrennen lassen. Sie sagte, von der Pille werde sie zu fett. Und eins muss ich ihr lassen – ihr Arsch ist bald so breit wie eine Autobahn. Inzwischen trägt sie Stringtangas und kann sich kein zusätzliches Pfund an Fett oder Wasser leisten. So hat sie es selbst ausgedrückt. Darum hat sie den Eingriff vornehmen lassen.

Jetzt kann sie ihren mexikanischen Poolboy vögeln, bis sie wund ist, oder zurückkommen, um mein liebendes, ergebenes Weib zu werden, oder sie kann in ein Kloster gehen, aber sie wird ganz bestimmt kein Kind von mir empfangen.« Er seufzte. »Ich hatte Angst davor, dir das zu sagen, und du glaubst gar nicht, wie froh ich bin, dass ich es endlich von meiner Brust habe.«

Huff rauchte seine Zigarette bis zum Filter, während er über diese unerwünschte Neuigkeit sinnierte. Seine dämliche, hohle Schwiegertochter – ein viel zu erhabener Titel für dieses durchtriebene Weib – hatte sich also stilllegen lassen. Na schön. Damit blieb Chris keine andere Wahl, als sich von ihr scheiden zu lassen und eine Frau zu heiraten, die ihm Kinder gebären würde.

Huff entspannte sich wieder. Wenigstens würden sie keine Ratespiele mehr treiben müssen, wie mit Mary Beth zu verfahren wäre. Sie hatte sich selbst aus dem Spiel gekickt, wofür Huff ihr beinahe dankbar war. Jetzt konnten Chris und er ein neues Ziel anvisieren und mit voller Kraft darauf zusteuern.

»Hast du das Beck erzählt?«, fragte er.

»Nein, niemandem«, antwortete Chris. »Ich habe ihm nur gesagt, dass ich die Ehe endgültig abgeschrieben habe und so schnell wie möglich da rauswill.«

»Und er hält diesen Anwalt in New Orleans für den besten?«

»Er ist teuer, aber seine Mandanten gehen wenigstens nicht mit leeren Taschen und ohne Eier aus dem Gerichtssaal.«

Huff lachte und tätschelte Chris' Knie. »Pass auf deine auf. Du wirst sie noch brauchen.«

Chris lächelte, aber er war immer noch am Boden zerstört. »Ich hätte auf dich hören und Mary Beth gleich in der Hochzeitsnacht anbumsen sollen. Stattdessen habe ich nachgegeben und abgewartet, bis sie sich ›in die Familie eingelebt‹ hatte, wie sie es damals nannte.«

Was Chris allerdings nicht wusste: Huff hatte dem frisch vermählten Paar die Entscheidung abgenommen. Er war bei Doc Caroe gewesen, um zu erreichen, dass Mary Beths Antibabypillen durch Zucker-Placebos ersetzt wurden. Der Doc hatte eingewilligt – gegen ein sattes Honorar natürlich.

Das Geld war, wie sich herausgestellt hatte, schlecht investiert. Monate vergingen, aber zu seiner völligen Verblüffung wurde Mary Beth nicht schwanger. Schon kurz nach der Hochzeit stritt das junge Paar öfter, als dass es sich liebte.

»Das Wasser ist schon unter der Brücke durch, Sohn«, sagte er. »Bereuen führt zu nichts. Wir sollten uns lieber darauf konzentrieren, dass du so bald wie möglich geschieden wirst. Falls sie wirklich ihren Poolreiniger bumst, könnte die Scheidung wegen Ehebruchs geschehen.«

»Sie würde im Gegenzug nur meine Geliebten auflisten, unter denen ein paar ihrer Freundinnen waren. Wir müssen uns was anderes ausdenken.«

Huff tätschelte seinem Sohn noch einmal das Knie und erhob sich. »Hört sich so an, als wäre es eine gute Sache, diesen Anwalt in New Orleans auf unserer Seite zu haben, und selbst wenn wir uns nicht darauf verlassen können, dass er den Job für uns erledigt, haben wir immer noch Beck. Lass uns ins Bett gehen.«

»Ein langer Tag«, bemerkte Chris, als sie das stille Haus betraten. »Es kommt mir so vor, als wären Jahre vergangen, seit wir zu der Beerdigung abgefahren sind.«

»Hm.« Huff strich gedankenversunken über das Höllenfeuer, das immer noch in seiner Brust brannte.

»Was meinst du zu Sayre? Wir hatten keine Gelegenheit, mit ihr zu sprechen.«

»Schwierig wie eh und je.«

»Schwierig?«, schnaubte Chris, während sie die Treppe hoch-
stiegen. »Das ist, als würdest du Osama bin Laden als Laus-
buben bezeichnen.«

»Sie hat mir erzählt, sie wolle noch heute zurückfahren, aber
das hat sie nicht getan. Der Manager aus der Lodge hat mich
angerufen. Sie hat sich ein Zimmer genommen.«

»Warum?«

»Vielleicht war sie genauso müde, wie wir es sind, oder sie
wollte nicht in der Dunkelheit nach New Orleans zurückfahren.«

Chris warf ihm einen skeptischen Blick zu. »Wenn Sie wirklich weggewollt hätte, wäre sie notfalls auf allen vieren aus der
Stadt gekrochen. Sie hält genauso wenig von uns und Destiny
wie Mary Beth. Möglicherweise noch weniger.«

»Verfluchte Weiber. Wer kennt schon deren Motive?«, grummelte Huff. »Wenigstens war Beck heute Abend mit ihr zusammen.«

»Immer noch in deinem Auftrag?«

»Eigentlich nicht. Er hat sie vor Slap Watkins gerettet.«

Chris blieb auf dem Treppenabsatz stehen. »Wie bitte?«

Huff drehte sich um und schüttelte grinsend den Kopf. »Du
hast ganz richtig verstanden. Beck wollte sich im Diner einen
Burger holen und sah Sayre darin sitzen, was an sich schon überraschend genug war. Aber vor ihr stand Slap mit seinen Schlapp-
ohren und Rattenzähnen und versuchte, sie anzubaggern.«

Huff berichtete Chris, was ihm Beck erzählt hatte. Als er fertig war, schüttelte Chris in einer Mischung aus Schadenfreude
und blanker Fassungslosigkeit den Kopf. »Was in aller Welt hat
Slap Watkins mit Sayre zu reden?«

»Das Letzte, was er gesagt hat, war wenig schmeichelhaft für
unsere Familie.« Er wurde ernst. »Ich bin nur froh, dass Beck
zufällig vorbeikam. Wer weiß, was diesem asozialen Scheißkerl
noch eingefallen wäre. Sobald Sayre sich von Beck verabschiedet hatte, hat Beck mich angerufen. Da fuhr er ihr gerade ins
Motel hinterher. Er hat auf sie aufgepasst, bis sie in ihrem Zim-

mer war. Sie wusste, dass er ihr folgte, und konnte sich ausrechnen, dass er die ganze Zeit über mit mir telefonierte. Er sagte, wenn Blicke töten könnten, wäre er jetzt hinüber.«

»Jede Wette.«

»Sie hat Beck erzählt, sie würde über Nacht hierbleiben, um morgen früh in aller Frische abzureisen, aber ich glaube nicht, dass das der wahre Grund ist. Ich glaube, sie bedauert, dass sie nicht da war, als ihre Familie sie brauchte.«

»Für so selbstlos halte ich sie nicht«, meinte Chris. »Ich glaube, dass wir sie einen feuchten Dreck interessieren.«

»Sei dir da nicht so sicher. Beck sagte, sie wollte alles über diese Iverson-Geschichte erfahren.«

»Wie nett, dass sie sich endlich dazu herablässt, danach zu fragen.«

Chris' Sarkasmus ließ ihn lächeln. »Ich glaube, deine Schwester hat ein schlechtes Gewissen, weil sie nicht hier war, als du sie gebraucht hast, und weil sie wohl auch für Danny nicht da war.«

»Was hätte die liebe Sayre für ihn tun können, was wir nicht getan haben?«

Inzwischen standen sie im halbdunklen Flur, wo Huff auf die geschlossene Tür zu Dannys Zimmer blickte. »Wahrscheinlich gar nichts. Scheiße, ich bin aus dem verflixten Burschen nie schlau geworden. Ich glaube, der frühe Verlust seiner Mama hat irgendwas in ihm zerstört, was nie wieder geheilt ist.«

Chris legte die Hand auf Huffs Schulter. »Ich hoffe, dass er es jetzt wiedergefunden hat, Huff. Ich hoffe, dass er endlich seinen Frieden gefunden hat.«

Sie wünschten einander eine gute Nacht und verschwanden jeweils in ihren Zimmern. Huff war wie erschlagen, obwohl er sonst praktisch nie ermüdete. Aber er ging noch nicht zu Bett. Stattdessen setzte er sich in den Lehnstuhl vor den riesigen Fenstern, durch die man auf den Rasen hinter dem Haus und das Bayou sah.

Die verstörenden Gedanken, die er auf der Veranda zu lassen

gehofft hatte, waren mit ihm ins Haus zurückgekehrt, und Chris hatte sie noch verstärkt, indem er ihm das Neueste von der Mary-Beth-Front geschildert hatte. Dann war da noch die Sache mit Sayre. Die vor Groll gegen ihn fast explodierte. Gegen *ihn*, den eigenen Vater.

Dass sie gestorben war, konnte er seiner Frau nicht zum Vorwurf machen, trotzdem hatte sie ihn mit drei kleinen Kindern zurückgelassen. Er hatte immer getan, was er für das Beste gehalten hatte, aber nur Chris hatte sich ganz nach seiner Vorstellung entwickelt.

Das Leben war kompliziert. Aber immer noch besser als die Alternative.

Huff glaubte nicht an ein Leben nach dem Tod. Die Priester konnten erzählen, was sie wollten, wenn das Leben vorbei war, war es vorbei, und dann war es völlig egal, wie viele Schätze im Himmel man angesammelt hatte. Mehr war da nicht, Mister. Einmal tot, immer tot. Er hatte Chris' tröstendem Wunsch, dass Danny endlich Frieden gefunden haben möge, zwar nicht widersprochen, aber geglaubt hatte er es auch nicht.

Danny hatte ebenso wenig seinen Frieden gefunden wie einen Engelschor, der ihn mit einer sternenbesetzten Krone und einem Satz Flügeln am Himmelstor erwartete. Er war einfach in einem Loch verschwunden. In ewiger, dunkler Leere. Nichts anderes war der Tod.

Darum musste man das Beste aus dem Leben machen. Die einzige Belohnung, die man erwarten durfte, war die, die man selbst zu seinen Lebzeiten erstrebte. Und darum ackerte Huff und klammerte sich an seinen Besitz und raffte Geld zusammen und tat alles, um nur das Beste, das Größte und Schärfste zu bekommen. Scheiß drauf, ob jemand ihn für seine Methoden verurteilte. Huff Hoyle musste sich vor niemandem rechtfertigen.

Wenn ihm seine Lebensweise keinen inneren Frieden erlaubte, na schön. Solange er auf nichts Schlimmeres verzichten musste …

9

Sayre betrat das Sheriffbüro und blieb vor der Rezeption stehen. Der uniformierte Deputy dahinter grunzte eine unverständliche Erwiderung, als sie ihm einen guten Morgen wünschte. Er ließ die Füße auf der Schreibtischecke liegen und schnitzte weiter mit dem Taschenmesser an seinen Fingernägeln herum.

»Ich möchte Deputy Wayne Scott sprechen.«

Seine miesepetrige Miene blieb, wie sie war, und falls seine Arbeit, für die er als öffentlich Bediensteter bezahlt wurde, darin bestand, die Füße vom Schreibtisch zu nehmen, sich gerade hinzusetzen und seine Körperpflege zu einem geeigneteren Zeitpunkt zu verrichten, so war er wenig geneigt und interessiert.

»Scott ist nicht da.«

»Dann mit Sheriff Harper.«

»Der hat heute keinen Termin frei.«

»Ist er hier oder nicht?«

»Schon, aber…«

Im selben Moment stürmte sie an seinem Schreibtisch vorbei und marschierte in den kurzen Korridor hinein.

Sie ignorierte das laute »He!«, mit dem er ihr hinterherpolterte, und drückte ohne anzuklopfen die Tür zu Red Harpers Büro auf.

Er saß hinter seinem Schreibtisch, offenbar in die vor ihm aufgestapelten Papiere vertieft.

»Entschuldige, Red«, hörte sie den Deputy in ihrem Rücken sagen. »Aber sie ist hier einfach reingeplatzt, als wäre sie weiß Gott wer.«

»Sie *ist* weiß Gott wer, Pat. Schon okay. Ich schreie, wenn ich dich brauche.«

»Soll ich die Tür zumachen?«

Er hatte die Frage an Red gerichtet, aber Sayre antwortete. »Ja.«

Mit einem gehässigen Blick zog sich Pat zurück und schloss

die Tür. Sie wandte sich wieder dem Sheriff zu und fragte: »Und Sie konnten keinen Besseren finden als ihn?«

»Pat ist manchmal ein bisschen eigen.«

»Was keine Entschuldigung für Unhöflichkeit ist.«

»Sie haben Recht. Das ist es nicht.« Red Harper deutete auf den Stuhl vor seinem Schreibtisch. »Möchten Sie vielleicht einen Kaffee oder sonst was?«

»Nein danke.«

Er ließ sich ein paar Sekunden Zeit, um sie eingehend zu betrachten. »Kalifornien tut Ihnen gut, Sayre. Sie sehen toll aus.«

»Danke.« Leider konnte sie das Kompliment nicht erwidern. Er erschien heute Vormittag noch ausgezehrter als gestern, als hätte er seither kein Auge zugemacht.

Er rückte seinen Stuhl nach hinten. »Es freut mich, Sie wiederzusehen, aber es ist verdammt schade, dass es aus einem so unangenehmen Grund sein muss. Ich habe Danny immer gemocht.«

»Wie viele Leute.«

»Er war ein angenehmer Mensch.« Der Sheriff verstummte, als wollte er dem jüngst Dahingeschiedenen den angemessenen Respekt erweisen. Schließlich fragte er: »Was kann ich heute für Sie tun?«

»Eigentlich geht es eher darum, was ich für Sie tun kann. Ich habe Informationen, die für Deputy Scotts Ermittlungen wichtig sein könnten.«

Er zeigte sich überrascht und machte ihr ein Zeichen fortzufahren.

»Beck Merchant und ich waren gestern Abend zufällig zur gleichen Zeit im Diner. Gegen zweiundzwanzig Uhr.«

»Hm-hm«, sagte Red, der offenbar nicht sicher war, wohin das führen würde.

»Als wir gingen, fiel mir auf, dass an den Reifen seines Pickups und auch an seinen Stiefeln gelber Schlamm klebte. Gelb wie die Erde um unsere Angelhütte. Ich warf ihm vor, dass er den Tatort betreten habe, um ihn zu manipulieren, vielleicht sogar

Beweismaterial verschwinden zu lassen. Er hat zugegeben, dass er dort war. Er war nach dem Treffen bei uns zu Hause rausgefahren, direkt nachdem Sie uns erklärt hatten, dass die Angelhütte als Tatort galt und das Grundstück bis auf Weiteres nicht betreten werden dürfe.«

»Richtig.«

»Richtig?«

»Beck war gestern Abend auf meine Bitte hin draußen.«

Es war, als hätte er an den Fransen des Teppichs geruckt, auf dem sie gerade saß. »Auf Ihre Bitte hin?«

»Ich wollte, dass er sich dort mit mir und Deputy Scott trifft.«

Damit zog er ihr den Teppich unter den Füßen weg.

Red fuhr fort: »Ich wollte, dass jemand von der Familie…«

»Er gehört nicht zur Familie.«

»Genau darum habe ich mich an ihn gewandt, Sayre. Scott und ich wollten mit jemandem aus der Familie die Hütte inspizieren, um festzustellen, ob irgendwas dort nicht hingehört, nicht dahin passt oder von dort entfernt wurde.

Ich hatte nicht das Herz, Chris oder Huff darum zu bitten. Es ist immer noch… Also, es ist ein ziemliches Schlachtfeld, ehrlich gesagt. Es gibt Firmen, die darauf spezialisiert sind, so was sauber zu machen, aber solange wir noch Spuren sichern…«

»Ich verstehe«, sagte sie belegt.

»Ich wollte Chris oder Huff diese Aufgabe nicht zumuten, aber wir brauchten jemanden, der sich in der Hütte auskennt.«

Sie kam sich unbeschreiblich blöd vor. Mit gedämpfter Stimme gestand sie: »Hört sich vernünftig an.«

Sie hatte kein Auge zugetan, weil sie es kaum hatte erwarten können, dem Sheriff Beck Merchants Aktivitäten zu melden, die ihr zumindest höchst verdächtig und möglicherweise kriminell erschienen waren. Stattdessen hatte er ihrer Familie eine schreckliche Pflicht abgenommen, wofür sie ihm eigentlich dankbar sein sollte.

Dass er sie irregeführt hatte, war allerdings ein anderes Kapitel. Er hätte ihr problemlos alles erklären und erzählen können,

112

dass er dem Sheriff einen höchst unangenehmen Gefallen erwiesen hatte. Stattdessen hatte er es darauf angelegt, sie in eine peinliche Situation zu bringen.

»Hat er?«

»Verzeihung?«

»Hat Mr. Merchant irgendwas bemerkt, was ihm ungewöhnlich, auffällig oder fehl am Platz vorkam?«

»Ich darf mit Ihnen bei laufenden Ermittlungen nicht über Einzelheiten sprechen, Sayre. Das werden Sie bestimmt verstehen.«

Sie verstand nur zu gut. Er mauerte. »Sie sprechen von laufenden Ermittlungen. Heißt das, Sie sind nicht mehr überzeugt, dass Danny durch einen Suizid starb?«

»Auch ein Suizid ist ein Verbrechen, bei dem wir ermitteln müssen.« Er beugte sich vor und sagte freundlich: »Wir arbeiten eben gründlich. Wir wollen hundertprozentig sicher sein, dass Danny irgendwann, während er am Bayou Bosquet beim Angeln war, aus einem uns unbekannten Grund beschlossen hat, sich das Leben zu nehmen. Wir werden wahrscheinlich niemals auf alles eine Antwort bekommen.«

»Hat er einen Abschiedsbrief hinterlassen?«

»Gefunden haben wir keinen.«

Vielleicht hatte Danny gedacht, dass es überflüssig wäre, einen Abschiedsbrief zu verfassen, wenn seine Person so unbedeutend war, dass sie nicht einmal mit ihm hatte telefonieren wollen. Trotzdem sagte sie: »Finden Sie das nicht seltsam?«

»Bei mindestens der Hälfte aller Suizide, in denen ich ermittelt habe, gab es keinen Abschiedsbrief.« Er sah sie gütig an und sagte: »Es ist nun mal so, dass jemand in einem solchen Zustand selbst nicht weiß, was ihn zu dieser Tat treibt. In solchen Fällen sind wir als Hinterbliebene dazu verdammt, das Unfassbare zu akzeptieren.«

Es war eine hübsche Ansprache, aber er hätte auch ihren Kopf tätscheln können, so altväterlich hörte er sich an. Er war ein alteingesessenes Mitglied des »Good Ol' Boys Club«, und sie mochte zwar Hoyle'sches Blut in den Adern haben, aber sie war trotzdem nur eine Frau.

»Was ist mit den Anglern, die den Toten entdeckt haben?«

»Die stehen nicht unter Verdacht, falls Sie andeuten wollen, dass an der Sache was faul sein könnte. Sie waren mit ihren Frauen unterwegs, und die Damen waren zutiefst erschüttert über das, was sie in der Hütte gesehen haben, glauben Sie mir. Wir haben keinen Grund zu der Annahme, dass sie irgendwas anderes waren als zufällige Zeugen, die noch dazu verfluchtes Pech hatten.«

»Erzählen Sie mir von Gene Iverson«, sagte sie.

»Hä?«

Der abrupte Themenwechsel war durchaus beabsichtigt. Sie hatte feststellen wollen, wie der Sheriff auf diesen Namen reagierte, und er hatte eindeutig reagiert. Sein Gesicht war aschfahl geworden.

»Ich war heute früh in der Bücherei und habe mich ans Lesegerät gesetzt«, sagte sie. »Und weil die Artikel in unserer örtlichen Zeitung lächerlich einseitig und unvollständig waren, habe ich alles gelesen, was in der *Times-Picayune* über Iversons Verschwinden, Chris' Verhaftung und die Verhandlung geschrieben wurde.«

Seither war sie mit den Fakten hinsichtlich der Mordanklage gegen ihren Bruder vertraut. Eugene Iverson war ein Angestellter von Hoyle Enterprises gewesen. Praktisch vom ersten Arbeitstag an hatte er sich dafür eingesetzt, die Arbeiter in der Gießerei gewerkschaftlich zu organisieren. Obwohl er sich bei der Arbeit keinen Fehler zuschulden kommen ließ, provozierte er die Geschäftsleitung, indem er andere unzufriedene Arbeiter um sich scharte.

Schließlich drohte er, einen Streik zu organisieren, falls die Arbeitsbedingungen nicht verbessert und nicht solche Sicherheitsmaßnahmen eingeführt und durchgesetzt würden, die von der Arbeitssicherheitsbehörde vorgeschrieben waren.

Die Streikdrohung rief die firmentreuen – oder von Hoyle

mundtot gemachten – Arbeiter auf den Plan. Viele Angestellten hielten nichts von einer gewerkschaftlichen Bevormundung oder gar einer Zwangsmitgliedschaft. Die Meinungsverschiedenheiten erzeugten Spannungen innerhalb des Werkes, die zuletzt die Produktivität beeinträchtigten.

Huff hatte kein Interesse daran, dass seine Firma in die Schlagzeilen geriet, die Arbeitssicherheitsbehörde hellhörig wurde und dass die Gewerkschaft sich in seinem Unternehmen breitmachte, und arrangierte darum ein Treffen zwischen Iverson und der Geschäftsleitung, um festzustellen, ob man sich nicht arrangieren konnte.

Iverson jedoch lehnte die lausigen Zugeständnisse, die Huff machte, kategorisch ab. Er wollte sich nicht mit einer lächerlichen Gehaltserhöhung und leeren Versprechungen abspeisen lassen. Er schwor, seine Bemühungen fortzusetzen, bis Hoyle Enterprises ein gewerkschaftlich organisiertes Unternehmen wäre.

Iverson verließ das Treffen und wurde nie mehr gesehen.

»Nachdem Iverson aus dem Raum gestürmt war, machte mein Bruder eine Bemerkung, dass er den Anstifter noch zum Schweigen bringen würde«, sagte Sayre.

»Das wurde während der Verhandlung von den Männern bezeugt, die damals dabei waren. Unter McGraws Kreuzverhör haben sie aber auch ausgesagt, dass Chris es eher ironisch gemeint hat.« Red grinste humorlos. »Außerdem wurde damals angeführt, dass man es kaum vor versammelter Runde ankündigen würde, falls man wirklich plante, jemanden umzubringen.«

»Vielleicht schon, wenn man Hoyle heißt.«

Sheriff Harper sah sie tadelnd an.

Sayre ließ nicht locker. »Iverson hat meine Familie für die vielen Arbeitsunfälle in der Gießerei verantwortlich gemacht.«

»Sie wurden dafür ja auch zur Verantwortung gezogen.«

Jetzt war es an Sayre, ihn tadelnd anzusehen. »Das ist doch ein Witz. Falls sie dabei erwischt werden, dass sie Sicherheitsbestimmungen missachtet haben und dadurch jemand in Mitleidenschaft gezogen oder gar getötet wurde, was meines Wissens

115

schon zweimal vorgekommen ist, wird Hoyle Enterprises zu einer lächerlichen Geldstrafe verurteilt, die als laufende Geschäftskosten verbucht wird. Das Management bekommt eins auf die Finger, und damit ist die Sache bis zum nächsten Unfall erledigt.

Und wenn ein Sicherheitsinspektor kommt, werden die Bestimmungen gerade lang genug beachtet, bis die Inspektion bestanden ist, und dann geht alles weiter wie gehabt. Diese Gießerei ist lebensgefährlich, Red Harper, das wissen Sie genau.

Iverson war ein Agitator«, fuhr sie fort. »Meinetwegen mag er der lästigste Mensch auf diesem Planeten gewesen sein. Ich habe ihn nicht gekannt und hätte ihn wahrscheinlich nicht gemocht, aber ich habe ihn für das, was er zu tun versucht hat, bewundert. Anders als Huff und Chris.«

»Hunderte von Arbeitern waren ganz und gar nicht begeistert von ihm, Sayre. Er spielte mit ihren Arbeitsplätzen. Wenn sie nicht arbeiten, haben ihre Familien nichts zu essen. Vielleicht konnte Iverson es sich leisten zu streiken, aber diese Männer nicht. Und etliche von ihnen hätten ihn am liebsten tot gesehen.«

»Aber niemand hat es – ihn tot gesehen, meine ich. Genau darum wurde Chris freigesprochen.«

»Chris wurde freigesprochen, weil ihn die Geschworenen für unschuldig hielten.«

»Nur die Hälfte.«

Der Schuss traf, aber er vermochte den Panzer des Sheriffs nicht zu durchschlagen. Im Grunde hatte sie das auch nicht erwartet. Sie hätte den ganzen Tag hier sitzen und Red Harper verbal attackieren können, aber das wäre Zeitverschwendung gewesen. Er würde die Hoyles, denen er mit Leib und Seele gehörte, bis zu seinem letzten Atemzug decken.

Sie bezweifelte, dass seine unerschütterliche Loyalität auf Zuneigung oder Treue oder auch nur auf Gier nach dem Bestechungsgeld basierte, das Huff ihm zahlte. Eher war es so etwas wie eine schwer abzulegende Angewohnheit. Red war wie ein

Kettenraucher, der gar nicht mehr merkte, wenn er sich die nächste Zigarette anzündete. Er hatte so lange für ihre Familie gelogen, dass es ihm geradezu zum Reflex geworden war und die Entscheidung dafür nicht mehr auf einer Gewissenserwägung oder einer freien Wahl beruhte.

Abgesehen davon war es durchaus möglich, dass er sie diesmal gar nicht zu decken brauchte. Vielleicht hatte man Chris unberechtigt angeklagt, vielleicht hatte ihn ein ehrgeiziger Staatsanwalt vor Gericht gezerrt, der sich einen Namen hatte machen wollen, indem er einen beneidenswert reichen Prominenten hinter Gitter gebracht hätte. So zumindest der Tenor des Zeitungskommentars, den sie am Morgen gelesen hatte. Vielleicht hatte ihr Bruder nur als praktischer und prominenter Sündenbock für ein ungelöstes Rätsel herhalten müssen.

Falls er das Verbrechen, für das er vor Gericht gestanden hatte, nicht begangen hatte, war es unfair von ihr, ihn weiterhin zu verdächtigen. Und falls er tatsächlich ungestraft gemordet hatte, würde sie es von Red Harper bestimmt nicht erfahren.

Sie griff nach ihrer Handtasche und stand auf. »Danke, dass Sie mich ohne Termin empfangen haben.«

»Sie sind mir jederzeit willkommen, Sayre.« Er kam hinter seinem Schreibtisch hervor und begleitete sie zur Tür. »Bleiben Sie noch länger in der Stadt?«

»Ich fahre heute Nachmittag.«

»Na, dann passen Sie da draußen auf sich auf. Wie man so hört, laufen in San Francisco eine Menge schräge Typen rum.« Er dehnte seine Hängelippen zu etwas, was wohl ein Lächeln sein sollte. »Deputy Scott hat Ihre Telefonnummer. Ich glaube, spätestens morgen wird er seine Ermittlungen abgeschlossen haben. Ich werde dafür sorgen, dass er Sie anruft, sobald der offizielle Bericht feststeht.«

»Ich wäre Ihnen sehr dankbar.« Gerade als sie aus der Tür gehen wollte, fiel ihr Jessica DeBlance ein, und sie blieb noch einmal stehen. Dannys heimliche Verlobung konnte ein entscheidender Faktor sein. Aber Red stand auf Huffs Gehaltsliste. Alles,

117

was sie ihm erzählte, würde sofort an Huff weitergetragen, und Jessica hatte ihr erklärt, sie wollte nicht, dass Huff von ihren Heiratsplänen erfuhr.

Sayre war nicht einmal sicher, ob sie Wayne Scott diese Information anvertrauen sollte, denn der Deputy wäre verpflichtet, sie an seinen neuen Boss weiterzugeben. So beschloss sie, nichts zu sagen, sondern erst mit Jessica Rücksprache zu nehmen.

Aber noch etwas nagte an ihr, ohne dass sie es fassbar machen konnte. Dann, am Ende des Korridors angelangt, erkannte sie, was sie so störte. »Sheriff Harper?«

Inzwischen war er wieder in seinem Büro. Er streckte den Kopf aus der Tür und sah sie fragend an.

»Sie haben doch vorhin gesagt, dass Danny irgendwann beim Angeln beschlossen hätte, sich das Leben zu nehmen.«

»Anders kann ich es mir nicht erklären.«

»Ich kann das kaum glauben.«

»Das haben wir doch schon besprochen, Sayre.«

»Ich meine nicht den Suizid. Das mit dem Angeln kann ich kaum glauben. Danny verabscheute das Angeln.«

Als Beck in Huffs Büro trat, erkannte er sofort, dass der alte Mann aufgebracht war. Noch ehe er ihm einen guten Morgen wünschen konnte, hatte Huff etwas, was wie eine Blumenkarte aussah, von einem Stapel ähnlicher Karten genommen und Beck entgegengeschwenkt. »Das macht mich rasend.«

Man hätte es für pietätlos halten können, dass er und Chris schon am Tag nach Dannys Beerdigung ins Büro gegangen waren. Den lokalen Gepflogenheiten hätte es entsprochen, den Rest der Woche freizunehmen. Aber Huff hatte noch nie viel von solchen Dingen gehalten. Sein Credo lautete, dass jeder Tag der Woche ein Arbeitstag war. Feiertage existierten für ihn nicht.

»Was ist das?«

Huff reichte ihm die Karte. Beck setzte sich auf das kleine Sofa direkt an Huffs Schreibtisch. Auf der anderen Seite des Raumes befand sich eine Fensterfront, durch die man in die

Werkhalle sehen konnte, was aber nur für jemanden, der von der finsteren Hässlichkeit des Eisengießens profitierte, ein erhebender Anblick war. Für alle anderen war es eine düstere, lärmende, heiße Hölle.

Beck hatte, genau wie Chris und Danny, weiter unten am Gang ein ähnliches Büro. Chris war kurz zuvor in seines getaumelt. Die Tür zu Dannys Büro blieb heute verschlossen.

Beck las die Karte, die Huff ihm gegeben hatte. »In tiefer Anteilnahme, Charles Nielson«, las er. Dann sah er Huff an und lachte kurz. »Er hat Blumen zu Dannys Beerdigung geschickt?«

»Ist dieser Hurensohn nicht dreist? Sally will die Dankesschreiben rausschicken.« Damit war seine Chefsekretärin gemeint. »Ich wollte die Karten nur kurz durchsehen, ehe ich sie ihr gebe. Da fällt mir die hier in die Hand. Ist das zu glauben, dass er den Tod meines Sohnes dazu benutzt, mich zu ärgern?«

»Der Mann hat echt Nerven. Hattest du schon Gelegenheit, die Akte durchzusehen, die ich dir hingelegt habe?«

»Ich habe genug gelesen, um zu wissen, dass sich Nielson nur wichtig machen möchte. Diese Zeitungsartikel lesen sich wie von ihm selbst verfasste Pressemitteilungen.«

»Da bin ich ganz deiner Meinung«, sagte Beck. »Aber sie werden trotzdem gedruckt. Er ist ein Aufschneider und Angeber, aber die Öffentlichkeit horcht auf und nimmt Notiz von ihm. Bis jetzt hat er sich nur kleinere Firmen vorgenommen, aber er hat es bis jetzt noch jedes Mal geschafft, die Arbeiter gewerkschaftlich zu organisieren oder dem Management außergewöhnliche Zugeständnisse abzuringen. Jetzt hält er sich für unbesiegbar. Ich fürchte vor allem, dass er nach einem größeren Ziel Ausschau hält, das ihn ins Rampenlicht brächte.«

»Und du fürchtest, dieses Ziel könnte Hoyle Enterprises sein.«

»Wir sind dafür prädestiniert, Huff. Unsere Firma ist ein geschlossenes System. Was wir gießen, verkaufen wir. Wir gießen nicht für andere Hersteller. Wenn nur eine Stufe beim Schmelz- oder Gießprozess gestört wird …«

»Dann fällt unsere Produktion aus, wir können unsere Aufträge nicht mehr erfüllen und unser Unternehmen geht den Bach runter.«

»Ich bin sicher, dass Nielson das weiß. Und leider gab es bei uns ein paar schwere und sogar tödliche Arbeitsunfälle.«

Huff schoss mit einem herzhaften »Scheiße!« aus dem Stuhl und ging ans Fenster. Den Blick nach unten gerichtet, sagte er wütend: »Weißt du, wie viele Menschen hier gearbeitet haben, ohne dass ihnen je ernsthaft etwas passiert ist? Hm?«

Er drehte sich wieder um. »Hunderte. Aber wird je was über die geschrieben? Malen diese Gewerkschaftsheinis Streikschilder, auf denen das steht? Scheiße, nein. Aber kaum blutet ein Arbeiter ein bisschen, bringen sie es riesengroß im Fernsehen.«

»Blutet ein bisschen« war eine grobe Untertreibung für das, was geschah, wenn von einem ungesicherten Laufband herunterrollende Rohre ein Bein zerquetschten, wenn ein Finger in einer Maschine ohne Notabschaltung abgetrennt wurde oder wenn glühend heißes Metall das Fleisch vom Knochen schmolz. Aber Beck behielt das für sich. Huff war zu aufgebracht, als dass mit ihm zu reden gewesen wäre.

»Und zwar *landesweit*«, zürnte er weiter. »Als würde irgendwer in New York City oder Washington D. C. irgendwas darüber wissen, wie wir hier unten die Dinge anpacken. Dieser Haufen von liberalen Weicheiern und kommunistischen Aufwieglern.« Er grinste.

»Ein einziger Unfall in der Gießerei kommt in die Presse, und schon gehen bei uns die Regierungsinspektoren ein und aus. Sie paradieren mit ihren Clipboards und ihren Mitleidsmienen an mir vorbei und notieren gewissenhaft alles, was diese Heulsusen da unten zu nörgeln und zu meckern finden.« Er schwenkte seine Zigarette über die schwer arbeitenden Männer unter ihnen.

»Weißt du, wie froh ich als Kind gewesen wäre, wenn ich einen Job wie ihren gehabt hätte? Weißt du, wie dankbar mein Daddy gewesen wäre, wenn er jeden Monat mit einem festen Gehalt heimgekommen wäre?«

»Du predigst dem Falschen, Huff«, sagte Beck milde. »Reg dich ab, sonst kippst du noch um.«

»Das ist doch alles gequirlte Scheiße«, brummelte Huff, kehrte aber schließlich an seinen Schreibtisch zurück und ließ sich schwer in seinen Sessel fallen. Sein Gesicht war hochrot, und er schnaufte angestrengt.

»Nimmst du deine Blutdrucksenker?«

»Nein. Wenn ich die nehme, wird mein Schwanz nicht mehr steif.«

Es war kein Geheimnis, dass er mindestens einmal pro Woche eine Frau besuchte, die am Rand des Ortes lebte. Soweit Beck wusste, war Huff ihr einziger Kunde, und sie wurde wahrscheinlich fürstlich dafür bezahlt, dass das so blieb.

»Wenn ich die Wahl habe zwischen Bluthochdruck oder einem Schlappschwanz, ziehe ich Bluthochdruck vor, vielen Dank.«

»Man höre und staune«, kommentierte Chris, der eben ins Büro geschlendert kam.

Wie immer war er exzellent zurechtgemacht und gekleidet. Kein Härchen stand ab, keine Falte war zu sehen. Beck fragte sich oft, wie Chris das schaffte, vor allem, wenn es schon vormittags über fünfunddreißig Grad heiß war.

»Hört sich an, als hätte ich da ein äußerst interessantes Gespräch verpasst. Was steht an? Wenn ihr den Kalauer gestattet.«

Während Huff sich ein Glas Wasser aus einer Karaffe auf seinem Schreibtisch einschenkte, fasste Beck für Chris ihre Unterhaltung über Charles Nielson zusammen.

Chris hielt Nielson für keine große Bedrohung. »Wir kennen Leute wie ihn. Diese Provokateure machen erst einen Riesenwirbel und verschwinden wenig später wieder in der Versenkung. Wir müssen nur abwarten.«

»Der hier beginnt sich einen Namen zu machen. Ich glaube nicht, dass er bald wieder in der Versenkung verschwindet.«

»Beck, du bist eine alte Unke.«

»Genau dafür bezahlen wir ihn«, wies Huff seinen Sohn scharf zurecht. »Beck nimmt sich aller kleinen Probleme an, damit sie nicht zu großen Probleme werden.«

»Ich danke für das ausgesprochene Vertrauen«, mischte sich Beck wieder ein. »Und wie soll ich auf Nielson reagieren?«

»Was empfiehlst du denn?«

»Ihn zu ignorieren.«

Mit diesem knappen Rat hatten beide Hoyles nicht gerechnet. Beck ließ ihnen Zeit, sich zu äußern, aber als keiner etwas sagte, legte er seine Gründe dar. »Dass er Blumen zur Beerdigung geschickt hat, war ein Test. Er wusste, dass das geschmacklos war, und hat es nur getan, um festzustellen, wie wir reagieren würden.

Ich könnte ihm einen aggressiven Brief schicken, aber daraus würde nur Wut oder Angst sprechen, und beides könnte Nielson als Munition gebrauchen. Wenn wir ihn ignorieren, geben wir ihm zu verstehen, dass er uns nicht einmal das Porto wert ist. Er ist unbedeutend. Das ist die stärkste Botschaft, die wir ihm zukommen lassen können.«

Huff zupfte nachdenklich an seiner Lippe. »Chris?«

»Ich wollte gerade vorschlagen, dass wir ihm die Hütte abfackeln. Becks Anregung ist eindeutig subtiler.« Alle lachten, dann fragte Chris nach: »Woher kommt er überhaupt?«

»Er pendelt zwischen mehreren Niederlassungen, die er im ganzen Land unterhält. Eine davon ist in New Orleans. Wahrscheinlich ist er dort auf uns aufmerksam geworden.«

Sie grübelten schweigend. Schließlich sagte Beck: »Ich könnte auch einen kurzen Brief aufsetzen. Ihm sagen ...«

»Nein, dein erster Vorschlag gefällt mir besser«, fiel ihm Huff entschieden ins Wort. Er riss im Aufstehen ein Streichholz an und zündete damit die nächste Zigarette an. »Wir lehnen uns zurück und warten ab, was er als Nächstes unternimmt. Besser, der Hurensohn zermartert sich den Kopf darüber, was wir denken, als umgekehrt.«

»Gut«, sagte Beck.

Das Telefon auf Huffs Schreibtisch begann zu läuten. »Geh

dran, okay, Chris? Ich muss mal aufs Klo«, sagte er und verschwand in Richtung Privattoilette.

Chris trat an den Schreibtisch und drückte den blinkenden Knopf auf dem Telefon. »Sally, ich bin's, Chris. Brauchen Sie Huff?«

Die nasale Stimme von Huffs langjähriger, still duldender Assistentin schaffte es kaum durch die Lautsprechermembran. »Ich weiß, dass Sie gerade eine Besprechung haben, aber ich dachte, Mr. Hoyle oder Sie alle würden sie vielleicht unterbrechen wollen.«

»Weswegen denn?«

»Ihre Schwester ist unten und macht einen Riesenaufstand.«

10

»Sayre ist hier?« Chris stand unter Schock.

Huff absolvierte kurz vor der Toilettentür eine Hundertachtziggradwendung.

Beck schoss vom Sofa hoch und eilte an die Fensterfront. Unten war nichts Ungewöhnliches zu erkennen. Alle gingen wie sonst ihrer Arbeit nach.

»Sie ist durch den Angestellteneingang reingekommen«, erklärte Sally eben. »Nicht durch den Besuchereingang. Der Wachmann ist neu. Er hat sie nicht erkannt. Bis jetzt hat er sie aufgehalten, aber sie verlangt, in die Werkshalle gelassen zu werden.«

»Hat sie gesagt, wieso?«

Sally schluckte hörbar und antwortete dann: »Sie sagt, weil die Firma ihr gehört. Trotzdem wollte er sie nicht aufs Gelände lassen ohne eine Erlaubnis.«

»Sagen Sie dem Wachmann, er soll sie festhalten«, befahl Chris. »Wir melden uns gleich bei ihm.«

»Sie macht ihm die Hölle heiß, so hat er es wörtlich ausgedrückt.«

»Sagen Sie ihm, ich mache ihm erst recht die Hölle heiß, wenn er seinen verfluchten Job nicht erledigt«, erwiderte Chris und trennte die Verbindung.

Huffs Lachen drang durch einen Vorhang aus Zigarettenqualm. »Na, Jungs, es sieht so aus, als würde sich unsere stille Teilhaberin plötzlich fürs Geschäft interessieren.«

Chris schien Sayres Besuch nicht so amüsant zu finden. »Ich frage mich, wieso.«

»Sie hat selbst erklärt, dass ihr die Firma gehört«, meinte Huff mit ausgebreiteten Armen. »Sie hat jedes Recht, hier zu sein.«

»Stimmt«, sagte Beck. »Rein rechtlich gesehen ist sie Mitinhaberin. Aber wollt ihr sie wirklich in die Gießereihalle lassen?«

»Auf keinen Fall«, wehrte Chris ab.

»Warum nicht?«, fragte Huff.

»Zum einen ist es zu gefährlich.«

Huff bedachte Beck mit einem gerissenen Lächeln. »Seit Jahren bestreiten wir bei allen Sicherheitsinspektionen, dass dort unten irgendwelche Gefahrenquellen existieren. Ich würde doch nicht meine eigene Tochter da unten rumspazieren lassen, wenn ich nicht hundertprozentig überzeugt davon wäre. Richtig?«

Es war typisch für Huff, aus allem einen Vorteil zu ziehen und sogar eine unerwünschte Situation für seine Zwecke zu nutzen. Beck musste ihm zugestehen, dass der Aspekt, unter dem Huff die Situation betrachtete, nicht ohne Reiz war. Aber er hatte trotzdem Bedenken, und Chris empfand offenbar ähnlich.

Schon fast an der Tür, sagte er: »Das ist keine gute Idee, und ich habe keine Angst, ihr das zu sagen. Schließlich bin ich Werksdirektor. Wenn ich sage, dass sie nicht reinkann, dann kann sie nicht rein.«

»Warte noch, Chris.« Huff hob die Hand. »Wenn du ihr so kommst, wird sie glauben, wir hätten was zu verbergen.«

Beck konnte fast sehen, wie die Zahnräder in Huffs Kopf zu rattern begannen, während er die Zigarette vom einen Mundwinkel in den anderen wandern ließ. Dann sah er Beck an. »Du gehst. Taste mal vor. Hör dir an, was sie zu sagen hat. Ich verlasse mich

124

auf deinen Instinkt. Wenn du es für das Beste hältst, sie wieder hinauszubegleiten, dann tu es, und schließ die Tür hinter ihr ab. Aber wenn du glaubst, dass es nützlich wäre, sie einen Blick in die Gießerei werfen zu lassen, dann dreh mit ihr die kleine Runde.«

Beck sah Chris an. Chris war für den laufenden Betrieb zuständig, und Chris achtete eifersüchtig darauf, dass ihm niemand seine Befugnisse streitig machte. Er sah nicht froh aus, aber er legte sich auch nicht mit Huff an. Und möglicherweise hatte er keine große Lust, sich mit Sayre anzulegen.

Beck freute sich auch nicht gerade darauf.

Hoyle Enterprises beschäftigte fast sechshundert Angestellte, darunter nur ein paar Dutzend Frauen. Sie waren als Verwaltungskräfte in den angeschlossenen Büros tätig. Abgesehen von den Assistentinnen der Geschäftsleitung arbeiteten im Produktionsbereich des Werkes nur Männer.

In einem »Center« genannten Raum meldeten sich die Männer zur Arbeit und stempelten ihre Karten. Das Center war ein Saal von der Größe einer mittleren Versammlungshalle und extrem lieblos eingerichtet. Der Boden war blanker Beton, die Decke überzog ein Netz von freiliegenden Lüftungskanälen, elektrischen Leitungen und Wasserrohren.

Fast die Hälfte des Saals war mit Reihen von armeegrünen Spinden vollgestellt. Jeder Angestellte bekam einen Spind mit Schloss zugewiesen, in dem er Schutzhelm, Schutzbrille und Handschuhe, seinen Henkelmann und andere persönliche Dinge verstauen konnte. Große Schilder warnten die Arbeiter, dass Hoyle Enterprises keine Haftung bei Verlust oder Diebstahl übernahm, die relativ häufig vorkamen, weil sich unter den Arbeitern auch Exsträflinge oder Verurteilte auf Bewährung befanden, die jeden Job annahmen, um ihren Bewährungshelfer zufrieden zu stellen.

Hinter den Spinden waren die Toiletten. Die Armaturen waren noch nie ausgetauscht worden, wie ihnen deutlich anzusehen war. In dem noch übrigen Bereich der Halle bildeten wild zusammengewürfelte Tische und Stühle eine Art Speiseraum. An einer Wand reihten sich Verkaufsautomaten und Mikrowellenöfen, in denen die Überreste von Zehntausenden erhitzten Mahlzeiten klebten.

Mit ein paar Stellwänden war eine Erste-Hilfe-Station abgetrennt worden. Sie war nicht mit Personal besetzt, ein Verletzter musste sich selbst mit dem begrenzten Vorrat an Medizin und Verbänden behelfen.

Das Center war der Ort, an dem schwer arbeitende Männer Pause machten, Witze rissen, über Sport und Frauen quatschten. Etwa fünfzig von ihnen saßen gerade bei der Frühstückspause. Nur eine Hand voll unter ihnen war je einer Frau von Sayre Lynchs Klasse nahe gekommen, und alle hätten nicht überraschter sein können, wenn ein Einhorn in ihrem Frühstücksraum erschienen wäre.

Als Beck in den Raum trat, versuchte sie gerade, mit fünf um einen Tisch sitzenden Männern ins Gespräch zu kommen. Wie es schien, hatte sie nur wenig Erfolg. Obwohl sie eine für ihre Verhältnisse schlichte Blue Jeans mit Baumwoll-T-Shirt trug, fügte sie sich nicht gerade in dieses Schwerarbeiterambiente ein.

Die Männer hielten die Köpfe gesenkt, antworteten einsilbig auf ihre Fragen und warfen einander verstohlene Blicke zu. Ganz offensichtlich konnten sie sich nicht vorstellen, was diese Frau hergeführt hatte, und reagierten höchst argwöhnisch auf ihre scheinbar lockere Plauderei.

Während Beck auf den Tisch zuging, zwang er sich ein warmes Lächeln auf und sagte ihrem Publikum zuliebe: »Was für ein unerwartetes Vergnügen.«

Ihr Lächeln war genauso aufgesetzt wie seines. »Ich bin froh, dass Sie gekommen sind, Mr. Merchant. Sie können diesem Gentleman bestimmt erklären, dass ich für meinen Rundgang durch die Gießerei einen Schutzhelm brauche.«

Der betreffende »Gentleman« war einer der Wachmänner, die

den Angestellteneingang kontrollierten. Er stand etwas abseits, als hätte er Angst davor, Sayre zu nahe zu kommen. Jetzt kam er herbeigeeilt. Auf seinem Gesicht glänzte nervöser Schweiß. »Mr. Merchant, ich wusste nicht, ob ...«

»Danke. Sie haben genau nach Vorschrift gehandelt. Ich werde Ms. Lynch begleiten.« Beck nahm ihren Ellbogen in einen Griff, der keinen Widerstand duldete, und drehte sie herum. »Kommen Sie mit, Ms. Lynch. Die Schutzhelme für unsere Besucher bewahren wir dort drüben auf.«

»Es war nett, mit Ihnen zu plaudern«, verabschiedete sie sich über die Schulter hinweg von den Männern.

Beck steuerte sie durch das Gewirr von Tischen und Stühlen in einen Lagerraum, in dem praktischerweise im Moment niemand war. Sobald er die Tür geschlossen hatte, fuhr sie ihn an: »Die wollten nicht, dass ich mit den Arbeitern rede, oder? Die haben Sie geschickt, damit Sie mich loswerden.«

»Aber ganz und gar nicht«, erwiderte er lässig. »Huff und Chris freuen sich über Ihr Interesse. Aber wenn Sie etwas über unser Werk erfahren wollen, sollten Sie sich an mich wenden und nicht an die Männer da draußen. Selbst in diesem Ausverkaufs-Outfit sind Sie viel zu schick angezogen. Sie schüchtern die Männer nur ein.«

»Sie sind nicht schüchtern, sie fürchten und misstrauen allem, was Hoyle heißt.«

»Warum bringen Sie die Leute dann derart in Verlegenheit?«

Sie ließ sich das durch den Kopf gehen und musste einsehen, dass er Recht hatte. »Vielleicht war das nicht wirklich bedacht. Außerdem werde ich viel mehr herausfinden, wenn ich selbst in die Gießereihalle gehe«, sagte sie. »Wo ist mein Schutzhelm?«

»Am besten können Sie alles aus den Fenstern in unseren Büros sehen.«

»Aus diesen netten, sauberen, sicheren, klimatisierten Büros? Das ist wohl kaum der geeignete Ort, oder? Ich will das spüren, was auch die Arbeiter spüren.«

»Das ist keine gute Idee, Sayre«, widersprach er energisch.

»Chris ist der Werksdirektor. Die Anordnung kommt direkt von ihm.«

»Hat er nicht den Mut, mir das ins Gesicht zu sagen?«

»Er verlässt sich auf mein diplomatisches Geschick.«

»Sie können so viel diplomatisches Geschick zeigen, wie Sie wollen. Ich werde mich nicht davon abbringen lassen.«

»Dann will ich es ganz undiplomatisch ausdrücken.« Er stemmte die Hände in die Hüften und baute sich vor ihr auf. »Was zum Teufel haben Sie hier verloren?«

»Wie Sie mir gestern in Erinnerung gerufen haben, bin ich Partnerin von Hoyle Enterprises.«

»Und warum ausgerechnet heute, wo Sie noch nie einen Funken Interesse für das Unternehmen gezeigt haben?«

Weil sie kein Interesse daran hatte, ihn von dieser falschen Einschätzung abzubringen, sagte sie: »Es wird langsam Zeit, dass ich mich dafür interessiere.«

»Noch einmal, warum? Weil Sie als kleines Mädchen nie hierherkommen durften? Danny und Chris waren oft hier, aber für Sie war das Werk tabu, wie man mir erzählt hat. Sind Sie wütend, weil Sie keiner von den Jungs sein durften?«

Ihre Augen funkelten gefährlich. »Kommen Sie mir nicht mit diesem Penisneidscheiß. Ich brauche Ihnen gar nichts zu erklären.«

Er nickte zu der Tür hinter ihr. »O doch, das müssen Sie, wenn Sie durch diese Tür gehen.«

»Sie sind Angestellter, Mr. Merchant. Ergo arbeiten Sie für mich, nicht wahr? Ich bin Ihr Boss.«

Ihre unnahbare, herablassende Art trieb ihn zur Weißglut. Und sie machte ihn scharf, rattenscharf, so idiotisch das auch war. Er wollte nichts lieber als sie küssen und ihr zeigen, dass sie nicht in jeder Hinsicht der Boss war.

Mühsam kämpfte er den Impuls nieder und fragte: »Was hoffen Sie damit zu erreichen?«

»Ich möchte sehen, ob das Werk wirklich so gefährlich ist, wie ihm nachgesagt wird. Sind die Vorwürfe, dass hier die Sicherheit missachtet wird, übertrieben oder, wie ich vermute, untertrieben?«

»Natürlich ist die Arbeit gefährlich, Sayre. Wir sind in einer Gießerei. Hier wird Metall geschmolzen. Das ist ein gefährliches Geschäft.«

»Behandeln Sie mich nicht wie ein kleines Kind«, fuhr sie ihn an. »Natürlich weiß ich, dass die Arbeit Gefahren mit sich bringt. Genau darum sollten alle erdenklichen Vorsichtsmaßnahmen getroffen werden, um die Arbeiter zu schützen. Ich glaube, dass Hoyle Enterprises in dieser Hinsicht sträflich nachlässig war.«

»Es ist unsere Unternehmenspolitik ...«

»Unternehmenspolitik? Wie sie von Chris und Huff vorgeschrieben und von George Robson, der warzigsten aller Erdkröten, umgesetzt wird? Sie wissen so gut wie ich, dass Politik und Praxis zwei Paar Stiefel sind. Falls Huff in den letzten zehn Jahren nicht ein völlig neues Lied angestimmt hat – was ich schwer bezweifle –, lautet sein Motto immer noch ›Produzieren um jeden Preis‹. Die Produktion geht immer vor. Das hat er erst gestern bewiesen, als er nicht einmal zur Beerdigung seines Sohnes das Werk hat schließen lassen.« Sie holte tief Luft. »Und jetzt möchte ich bitte einen Schutzhelm.«

Ihre trotzige Miene verriet ihm, dass sie sich nicht davon abbringen lassen würde. Je angestrengter er versuchte, sie abzuwimmeln, desto entschlossener und, genau wie Huff angenommen hatte, misstrauischer würde sie werden. Wenn er andererseits ihrer Laune nachgäbe, hoffte Beck, würde sie ihre Neugier befriedigen und sich bald wieder auf dem Heimweg befinden, ehe sie noch mehr anrichten konnte.

Dennoch unternahm er einen allerletzten Versuch. Er deutete auf die Tür und sagte: »Haben Sie die Männer da drin gesehen, Sayre? Haben Sie sich diese Leute genau angesehen? Fast alle haben irgendwelche Narben. Die Maschinen in der Halle können schneiden, verbrennen, abtrennen oder zerquetschen.«

»Ich habe nicht vor, mich irgendwelchen beweglichen Teilen zu nähern.«

»In der Halle kann man sich auf tausenderlei Weise verletzen, selbst wenn man noch so vorsichtig ist.«

»Sie nehmen mir die Worte aus dem Mund.«

Er musste ihr zugestehen, dass sie ihn in die Falle gelockt hatte. Missmutig holte er zwei Schutzhelme von dem Regal hinter sich und streckte ihr einen hin. »Und eine Sicherheitsbrille.« Er reichte ihr eine. »Ihre Füße kann ich nicht schützen. Das sind nicht gerade Stahlkappenschuhe«, bemerkte er zu ihren Schuhen.

Sie setzte erst die Brille auf und dann den Helm.

»Das reicht nicht.« Ehe sie ihn aufhalten konnte, hatte er ihr den Schutzhelm wieder abgesetzt und ihre Haare zu einem Schopf gebündelt, den er auf ihrem Scheitel festhielt, bis er den Schutzhelm darübergestülpt hatte. Die wenigen Strähnen, die seinem Griff entkommen waren, stopfte er seitlich unter den Helm. Und durchaus nicht nachlässig. Er nahm sich alle Zeit der Welt dafür und kam ihr gleichzeitig immer näher.

»Sparen Sie sich die Mühe«, sagte sie. »Das reicht schon.«

»Keine losen Strähnen, Sayre. Ich möchte nicht, dass Ihre Haare von einem herumfliegenden Funken versengt werden oder in irgendeine Maschine geraten, die sie dann mitsamt der Wurzel ausreißt. Außerdem könnten Sie die Arbeiter damit ablenken.«

Sie reckte das Kinn hoch. Er sah durch die Brille in ihre Augen. »Seit ich hier arbeite, war noch nie eine Frau in der Werkhalle. Noch dazu eine, die so gut ausgesehen hat wie Sie. Die Männer werden auf Ihre Brüste und Ihren Hintern schauen. Das kann ich nicht verhindern. Aber ich könnte nachts nicht mehr schlafen, wenn einer von ihnen verletzt würde, weil er auf Ihre Haare gestarrt und sich vorgestellt hat, Sie würden damit über seinen Bauch streichen.« Er hielt ihrem Blick mehrere Sekunden stand, dann setzte er seine Brille und den Schutzhelm auf. »Gehen wir.«

Er öffnete eine Falltür in die Hölle.

Das war Sayres erster Eindruck. Die glühende Hitze traf sie mit voller Wucht, drückte wie eine riesige Hand gegen ihre Brust und hielt sie auf der Schwelle fest.

Beck war bereits ein paar Stufen weiter unten auf der Metalltreppe, die in die Werkhalle hinunterführte. Er schien zu spüren, dass sie zögerte, und drehte sich um. »Haben Sie es sich anders überlegt?«, brüllte er gegen das Tosen an.

Sie schüttelte den Kopf und gab ihm ein Zeichen weiterzugehen. Er führte sie die Treppe hinunter. Die Stufen unter ihren Schuhsohlen waren so heiß, dass sie halb befürchtete, das Leder könnte durchschmoren.

Sie standen in einem Reich des Lärms, der Dunkelheit und Hitze. Sie hätte nie gedacht, dass das Werk so groß wäre. Die Halle schien kein Ende zu nehmen. Sie konnte nicht bis zur gegenüberliegenden Wand sehen. Nur Schwärze und noch mehr Schwärze, belebt von Funkenregen und Kesseln voll flüssigem Feuer. Das geschmolzene Metall lag weißglühend in den riesigen Gießpfannen, die mit der Hängebahn über ihren Köpfen dahinzogen. Metall schlug scheppernd gegen Metall, Fließbänder surrten, Maschinen ratterten und klapperten und rumpelten.

Der Lärm war ohrenbetäubend. Die Dunkelheit undurchdringlich. Vor der Hitze aber gab es kein Entrinnen. Sobald man sie einmal eingeatmet hatte, wurde man eins mit ihr.

Die Schmiedegötter dieser Unterwelt waren Männer mit verschwitzten Gesichtern hinter Sicherheitsbrillen, durch die sie Beck und Sayre mit einer Mischung aus Ehrfurcht und Argwohn beobachteten. Sie waren ständig in Bewegung, einige von ihnen mussten mehrere Maschinen gleichzeitig bedienen. Bei diesem Job gab es keine Verschnaufpause. Jederzeit musste man sich vor Funken, Spritzern, Ausrutschern oder Stürzen in Acht nehmen, denn davon konnten Leib und Leben abhängen.

»Sie brauchen das nicht zu tun, Sayre«, rief ihr Beck ins Ohr. »Sie müssen niemandem was beweisen.«

Scheiße, was weißt du schon. Sie blickte zu der hell erleuchteten Glasfront über ihnen auf. Wie nicht anders zu erwarten, stand Huff, der Herrscher über diese Hölle, breitbeinig am Fenster und rauchte eine Zigarette, deren Spitze in schmauchendem Rot erglühte.

Sie wandte sich von seinem arrogant-provokativen Blick ab und sagte zu Beck: »Zeigen Sie mir alles.«

Während sie weitergingen, sagte er: »Wir gießen eine Legierung, die neben Eisen Anteile von Kohlenstoff und Silizium enthält.«

Sie nickte, versuchte aber nicht einmal, ihm zu antworten.

»Hoyle Enterprises kauft Alteisen auf. Wir haben in mehreren Bundesstaaten Lieferanten, die uns per Bahn beliefern. Das Eisen wird in Tonnen abgerechnet.«

Sayre nahm an, dass der unansehnliche Schrottberg hinter der Gießerei ein notwendiges Übel war, aber sie musste daran denken, wie ihre Mutter Huff gefragt hatte, ob er ihn nicht abschirmen konnte, mit einem Zaun zum Beispiel, damit man den Schrott nicht mehr vom Highway aus sah.

Er hatte das rundheraus abgelehnt, weil es ihm zu teuer war. Stattdessen hatte er geantwortet: »Wenn dieser Müllhaufen, wie du ihn nennst, nicht wäre, könntest du dir keinen Nerzmantel und keinen Cadillac leisten.«

»Das Altmetall«, fuhr Beck fort, »verflüssigen wir in Schmelzöfen, die ›Kupolöfen‹ heißen. Anschließend wird das geschmolzene Metall entweder in eine so genannte Kokille gefüllt, die mit Hilfe der Zentrifugalkraft gießt, oder es kommt in eine Sandgussform.«

Sie schaute zu, wie das geschmolzene Metall aus einer Gießpfanne in eine der Formen geschüttet wurde. Die technische Ausstattung war beeindruckend, aber gleichzeitig war es erschütternd, unter welcher Gefahr die Männer arbeiteten, wenn sie diese Maschinen bedienten und dabei in nächster Nähe des flüssigen Feuers und verschiedener heißer, schnell beweglicher Teile standen.

»Was hat er an den Händen?«, fragte sie und nickte zu einem Arbeiter hin.

Beck zögerte kurz und antwortete dann: »Isolierband. Damit verstärkt er die von uns gestellten Handschuhe, damit er sich nicht die Hände verbrennt.«

»Warum geben wir nicht einfach dickere Handschuhe aus?«

»Die sind zu teuer«, erwiderte er knapp und führte sie dann an einer Pfütze aus geschmolzenem Metall vorbei, die auf dem Boden vor sich hin brodelte. Sie schaute auf und sah, wie aus einer der Gießpfannen flüssiges Eisen tropfte. Der Mann, der die Pfanne lenkte, stand auf einer Plattform ohne Geländer, wie ihr auffiel.

Beck erklärte ihr weiter das Gießverfahren. »Sobald die Teile in den Sandgussformen ausgehärtet sind, laufen sie über das Schüttelsieb. Dabei wird der ganze Sand abgeschüttelt.«

Er deutete auf einen Ausgang. Während er ihr die Tür aufhielt, fasste er die weiteren Verarbeitungsschritte für sie zusammen, als späche er zu einer Viertklässlerin auf Klassenausflug. »Wenn der Sand entfernt ist, wird das gegossene Rohr gereinigt und geprüft. Wir untersuchen das Metall auf seine Reinheit und die chemische Zusammensetzung. Wenn ein Produkt Mängel hat, wird es wiederverwertet und landet ein zweites Mal im Ofen. Was als Altmetall angeliefert wurde, verlässt irgendwann auf einem unserer Trucks die Gießerei, und zwar als Rohrleitung, die auf verschiedenste Weise verwendet werden kann. Noch Fragen?«

Sie nahm den Schutzhelm und die Schutzbrille ab und schüttelte ihre Haare aus. »Wie heiß wird es da drin?«

»Im Sommer bis zu über fünfzig Grad Celsius. In den Wintermonaten ist es nicht ganz so schlimm.« Er führte sie zu einem Aufzug und drückte die Aufwärtstaste.

In der Kabine fixierten beide die Anzeigetafel. Sie sagte: »Auf einer der Maschinen …«

»Ja?«

»War ein weißes Kreuz aufgemalt.«

Er starrte weiter auf die Ziffern über der Aufzugtür und brauchte so viel Zeit für eine Antwort, dass sie schon meinte, er würde überhaupt nichts darauf erwidern. Schließlich erklärte er knapp: »Da ist jemand ums Leben gekommen.«

133

Sie wollte schon nachfragen, aber in diesem Moment gingen die Aufzugtüren auf, und Chris erwartete sie. Er lächelte entwaffnend. »Hallo, Sayre. Ein ganz neuer Look für dich, wie?«, kommentierte er die Sachen, die sie in einem Laden im Stadtzentrum gekauft hatte, ehe sie hierhergefahren war. »Ich kann nicht sagen, dass er mir besonders gut gefällt. Wie war die Tour?«

»Sehr informativ.«

»Freut mich, dass sie dir gefallen hat.«

»Ich habe nicht gesagt, dass sie mir gefallen hat.«

Becks Handy läutete. »Entschuldigen Sie mich«, sagte er und trat beiseite, um den Anruf entgegenzunehmen.

Sayre sagte zu Chris: »Ich habe in der Werkhalle nichts gesehen, was die Vorwürfe wegen Verstößen gegen Sicherheits- und Umweltbestimmungen entkräftet hätte. Was war das für ein Geruch?«

»Der kommt von dem Sand, Sayre«, erklärte er ihr mit übertriebener Geduld. »Da sind Chemikalien drin. Wenn sie heiß werden, sondern sie einen Geruch ab, der ziemlich unangenehm sein kann.«

»Vielleicht sogar gesundheitsschädlich?«

»Sag mir, in welcher Branche es keinerlei Risiko gibt.«

»Aber es gibt moderne Entlüftungssysteme, die…«

»Irre teuer sind. Trotzdem sind wir ständig bemüht, die Arbeitsumgebung zu verbessern.«

»Wo wir gerade von Umgebung sprechen, ich meine mich zu erinnern, dass wir wegen Wasserverschmutzung zu einer satten Strafzahlung verurteilt wurden. Weil wir Wasser aus unseren Kühlteichen ablaufen ließen, glaube ich.«

Sein Lächeln blieb unverrückbar stehen, wirkte aber plötzlich gezwungen. »Wir geben uns große Mühe, die Umwelt zu schützen.«

Geduldig und skeptisch erwiderte sie: »Erzähl das dem Umweltamt, Chris.«

Beck beendete sein Gespräch und kam zurück. »Ihr müsst mich entschuldigen. Es hat sich etwas ergeben, was keinen Aufschub duldet.« Er griff nach der Sicherheitsausstattung, die Sayre getragen hatte. »Finden Sie allein hinaus?«

»So schwierig kann das nicht sein.«

Chris sagte: »Zu blöd, dass ich dich vor deiner Abfahrt nicht mehr zum Mittagessen einladen kann, aber auch ich habe dringende Geschäfte zu erledigen.« Er beugte sich vor und gab ihr einen Kuss auf die Wange. Als er sich wieder von ihr löste, las sie blanke Ironie in seinen Augen. »Einen guten Flug, Sayre.«

Gemeinsam sahen Beck und Chris ihr nach, bis sie am anderen Ende des Korridors um die Ecke verschwand. »Also, das wäre erledigt.«

»Nicht ganz, Chris.«

Er wandte sich an Beck. »Du glaubst, sie wird uns weiter zusetzen wegen der Sicherheit oder Umwelt oder sonst einem Quatsch?«

»Das bleibt abzuwarten. Aber sie war heute früh schrecklich beschäftigt.«

Chris zog eine Braue nach oben. »Ach ja? Womit denn?«

»Zum einen hat sie mit Red Harper gesprochen. Er hat mich gerade angerufen. Er möchte, dass du in sein Büro kommst und einige Fragen klärst.«

Sayre fuhr nicht sofort aus der Stadt. Stattdessen kreuzte sie durch ein Viertel, das praktisch im Windschatten der Schlote von Hoyle Enterprises lag. Früher mal, als sie noch jung und naiv gewesen war, als ihr alles möglich erschienen war und die Zukunft in den prächtigsten Farben erstrahlt war, da hatte ihr Herz schon vor Freude zu pochen begonnen, wenn sie nur in diese Wohnstraße einbogen. Dieses Haus inmitten des einfachen Viertels war das Zentrum ihres Universums gewesen. Es hatte für Hoffnung, Glück, Sicherheit und Liebe gestanden.

Heute machte sich Verzweiflung in ihr breit, wenn sie es nur sah.

Das ganze Viertel war in den vergangenen zehn Jahren sichtlich heruntergekommen. Aber dieses Haus war praktisch zur Ruine verfallen. Das Grundstück sah so ungepflegt aus, dass sie glaubte, sich verfahren zu haben, irgendwo falsch abgebogen zu sein, sich in der Adresse getäuscht zu haben.

Was natürlich nicht der Fall war. Obwohl sich das Haus verändert hatte, erkannte sie es wieder. Und bei weiterhin bestehenden Zweifeln an ihrem Gedächtnis hätte sie nur den Namen am Briefkasten lesen müssen, um zu wissen, dass sie hier richtig war.

Der Garten vor dem Haus war mit Kinderspielzeug übersät, das größtenteils kaputt und anscheinend längst vergessen war. Ein paar Büsche kämpften an der Hauswand ums Überleben und bettelten mit traurig sprießenden Zweigen darum, gestutzt zu werden. Was vom Rasen übrig geblieben war, hockte in verschüchterten Flecken beieinander. Auf der Veranda stand eine verrostete Hollywoodschaukel. Die Farbe an den Außenwänden war abgeplatzt und schälte sich vom Holz.

Auch wenn sie sich einzureden versuchte, dass sie nur aufgrund einer plötzlichen Eingebung hergekommen wäre, hatte sie in Wahrheit schon seit ihrer Ankunft in Destiny mit dem Gedanken gespielt, einmal durch diese Straße zu fahren. Jetzt, wo sie hier war, spürte sie einen seltenen Anfall von Schmetterlingen im Bauch.

Ehe sie ihren ganzen Mut zusammennehmen und aussteigen konnte, läutete ihr Handy. Sie erkannte Jessica DeBlances Nummer im Display und nahm den Anruf an.

Nachdem sie sich begrüßt hatten, sagte Dannys Verlobte: »Ich wollte nicht stören. Es hätte mich nur interessiert, ob es bei Deputy Scotts Ermittlungen Fortschritte gegeben hat.«

»Ich habe heute Vormittag mit Sheriff Harper gesprochen.« Sayre erzählte ihr, dass er, Deputy Scott und Beck Merchant am Vorabend die Angelhütte durchsucht hätten. »Ich nehme an, sie sind dabei auf nichts Ungewöhnliches gestoßen, denn er meinte, dass Deputy Scott die Untersuchung spätestens morgen abschließen würde.«

Deprimiert sagte Jessica: »Ehrlich gesagt habe ich nichts anderes erwartet.«

»Möchten Sie, dass ich dem Sheriff von Ihrer Verlobung erzähle?«

»Nein. Dann würden es auch die Hoyles erfahren. Wahrscheinlich würden sie mir die Verantwortung für Dannys Selbstmord zuschieben, etwa dass ich ihn bedrängt hätte, mich zu heiraten, und ihn so in den Tod getrieben hätte.«

Leider musste Sayre ihr Recht geben. »Ich habe das Gefühl, Sie im Stich zu lassen, Jessica.« So, wie sie auch Danny im Stich gelassen hatte, weil sie nicht mit ihm hatte sprechen wollen bei seinem Anruf in der vergangene Woche. »Ich wünschte, ich könnte mehr für Sie tun.«

»Dass Sie bereit waren, mir zu helfen, hat schon viel bewirkt.« Dann sagte sie nach einer kurzen Pause: »Vielleicht muss ich akzeptieren, dass Danny nicht so glücklich war, wie ich gedacht habe, und dass es für ihn Gründe gab, sich das Leben zu nehmen, von denen ich nichts ahnte. Irgendwas machte ihm große Sorgen. Was es auch gewesen sein mag, es sieht so aus, als hätte er damit nicht weiterleben können. Nun werde ich nie erfahren, was es war.«

»Es tut mir leid.« Der jungen Frau war das Herz gebrochen worden, und Sayre konnte sie mit nichts als einer lahmen Floskel trösten. Es kam ihr beschämend hilflos vor. Immerhin versprach sie Jessica, sich zu melden, sobald sie etwas aus dem Büro des Sheriffs hörte.

Sie hatte das Gespräch gerade beendet, als die Fliegentür des Hauses aufschwang und ein Mann auf die schmale Veranda trat. Er trug nichts als eine fleckige Jeans, sein Oberkörper und seine Füße waren nackt.

Misstrauisch und aggressiv rief er ihr entgegen: »Kann ich Ihnen helfen?«

11

Sayre begriff, dass er durch die getönten Scheiben nicht erkennen konnte, wer im Wagen saß. Sie bekam ein schlechtes Gewissen, weil sie beim Spionieren ertappt worden war, und war einen Moment lang versucht wegzufahren. Aber nachdem sie so weit gegangen war, konnte sie die Sache genauso gut zu Ende bringen. Sie ließ das Fenster herunter. »Hallo, Clark.«

Sowie er sie erkannte, formten seine Lippen stumm ihren Namen, und dann erstrahlte auf seinem Gesicht jenes Lächeln, mit dem er die Herzen zum Schmelzen gebracht hatte als Quarterback im Footballteam, als Schulsprecher oder nach der Wahl zum beliebtesten und erfolgversprechendsten Schüler.

Clark Daly lief die Verandastufen herab, und sie stieg aus. Sie trafen sich auf halbem Weg auf dem brüchigen Betonpfad, der zum Haus führte. Sie umarmten sich zwar nicht, aber er ergriff ihre Finger und presste sie zwischen seinen Händen zusammen.

»Ich glaub es nicht.« Seine Augen wanderten erst über ihr Gesicht, dann an ihrem Körper hinab und wieder hinauf. »Du siehst genauso aus wie früher, nur besser.«

»Danke.«

Er sah weder genauso noch besser aus. Sein früher so schlanker, fester Sportlerkörper war inzwischen so dünn, dass man die Rippen zählen konnte. Auf seinem Gesicht lag ein mehrere Tage alter Bartschatten, und das war kein modischer Dreitagesbart – er hatte sich einfach nicht rasiert. Seine dunklen Haare waren dünner, wodurch seine Stirn und seine Brauen kräftiger wirkten, als sie in Erinnerung hatte. Die Augen waren blutunterlaufen. Und wenn sie sich nicht sehr täuschte, roch sein Atem nach Alkohol.

Er ließ ihre Hand los und trat einen Schritt zurück, als hätte er auf einmal begriffen, wie sehr er sich in ihren Augen verändert hatte. »Eigentlich dürfte ich nicht allzu überrascht sein, dass du hier bist«, sagte er. »Du bist zu Dannys Beerdigung gekommen, richtig?«

»Ja. Ich bin gestern früh hergeflogen, und jetzt bin ich praktisch auf dem Heimweg.«

»Tut mir leid, dass ich es nicht zur Beerdigung geschafft habe. Es ist nur, weißt du…« Er schwenkte die Hand in Richtung Haus, wie eine Erklärung dafür, warum er nicht zum Gottesdienst für Danny kommen konnte.

»Schon gut. Ich verstehe.«

Damit versiegte das Gespräch. Es fiel ihr schwer, ihm in die Augen zu sehen. Eine gewisse Verlegenheit ist ganz normal, wenn man nach Jahren eine alte Flamme wiedersieht, aber das betretene Schweigen, das sich zwischen ihnen breitmachte, hatte tiefere Gründe.

Sie impfte ihre Stimme mit künstlicher Fröhlichkeit und fragte: »Und was treibst du inzwischen so?«

»Ich arbeite in der Gießerei.«

Ihr blieb der Mund offen stehen. »In Huffs Gießerei?«

Er lachte kurz. »Eine andere gibt es hier nicht.«

»Und was machst du da?«

Er zuckte verlegen mit den Achseln. »Ich belade den Schmelzofen. In der Nachtschicht.«

Im ersten Moment dachte sie, er hätte einen schlechten Scherz gemacht. Aber als sie in seine eingesunkenen Augen schaute, sah sie darin eine tiefe, unauslöschliche Trostlosigkeit.

Entsprechend seinem Schwur hatte ihr Vater das Leben dieses Mannes so erfolgreich und so gründlich ruiniert, als hätte er ihn erschossen.

»Wenigstens verdiene ich Geld damit.« Er setzte ein Lächeln auf. »Willst du auf eine Tasse Kaffee reinkommen?«

Sie senkte den Kopf, damit er ihr nicht ansah, wie entsetzt sie war. »Nein, ich darf meinen Flieger nicht verpassen. Trotzdem vielen Dank.« Er hatte wohl auch nicht wirklich erwartet, dass sie seine Einladung annehmen würde. Er hatte sie nur halbherzig und höflichkeitshalber ausgesprochen.

Nach einem weiteren verlegenen Schweigen fragte er leise: »Und bist du glücklich in Kalifornien, Sayre?«

»Woher weißt du, dass ich inzwischen dort lebe?«

»Komm schon. Du weißt, wie schnell sich hier unten solche Neuigkeiten verbreiten. Du hast da drüben ein Möbelgeschäft, richtig?«

»Ein Homedesign-Shop.«

»Du bist bestimmt gut. Hast du … ähm, Familie?«

Sie schüttelte den Kopf. »Meine Ehen haben nicht lang gehalten.«

»Ich bin bei meiner zweiten.«

»Das wusste ich nicht.«

»Vier Kinder. Drei davon sind ihre. Das vierte ist unser gemeinsames. Ein Junge.«

»Das ist aber schön, Clark. Das freut mich für dich.«

Er senkte den Kopf, schob die Hände in die hinteren Hosentaschen und schaute auf seine nackten Zehen. »Na ja, wir schlagen uns wohl alle durch, so gut wir können, schätze ich. Wir müssen mit den Karten spielen, die wir ausgeteilt bekommen.«

Sie zögerte und stellte dann doch die Frage, die ihr auf der Zunge lag. »Warum bist du nicht Elektroingenieur geworden, wie du es geplant hattest?«

»Das ging nicht.«

»Wieso nicht?«

»Das weißt du nicht? Das College hat mich abgewiesen. Mein Stipendium war gestrichen worden.«

»Was?«, entfuhr es ihr. »Aber wieso?«

»Das hat man mir nie verraten. Eines Tages bekam ich einen Brief, in dem kurz gesagt stand, ich brauchte mich nicht einzuschreiben, wenn ich meine Studiengebühren nicht aus eigener Tasche bezahlen könnte, weil mein Stipendium gestrichen worden sei. Also versuchte ich, ein Stipendium als Sportler zu bekommen, aber wegen meiner Knieverletzung wollten mich nicht einmal die kleineren Colleges nehmen.

Mom und Dad konnten es sich nicht leisten, mich aufs College zu schicken, und so beschloss ich, erst ein paar Jahre zu arbeiten und genug Geld zu sparen, damit ich selbst für mich aufkommen konnte. Aber... dann kam alles anders. Mom bekam Krebs, und Dad brauchte Hilfe, weil er nicht allein für sie sorgen konnte. Du weißt selbst, wie so was geht.«

Beide kannten den Grund dafür, dass sein Stipendium gestrichen worden war – Huff. Er hatte die Fäden gezogen, an denen wahrscheinlich enorme Geldsummen hingen. Er hatte geschworen, Clark Daly zu ruinieren, und er hatte sein Wort gehalten. Man konnte sich darauf verlassen, dass Huff Wort hielt. Jetzt stand Clark auf seiner Gehaltsliste und schuftete sich den Buckel krumm, was Huff mit Sicherheit maßlos freute. Wahrscheinlich lachte er jeden Tag mehrmals herzlich über Clark.

»Ich schätze, du bist jetzt ziemlich enttäuscht von mir.« Clark lachte abfällig. »Scheiße, ich bin *selbst* enttäuscht von mir.«

»Schade, dass es für dich nicht besser gelaufen ist. Es gab widrige Umstände, gegen die du nichts ausrichten konntest. Namentlich Huff Hoyle.«

»Du hast es auch nicht gerade leicht gehabt, nicht wahr?«

»Ich habe überlebt, aber jahrelang war es nicht mehr als das nackte Überleben.«

»Offenbar hat Danny das Gefühl gehabt, dass überleben allein nicht genügt.«

»Wahrscheinlich.«

»Wie werden Huff und Chris mit seinem Selbstmord fertig?«

Sie deutete auf die Schlote, die über der Stadt aufragten. »Hauptsache, die Räder drehen sich weiter. Sie sind schon wieder in ihren Büros. Beck Merchant – ich nehme an, du kennst ihn.«

Seine Lippen gefroren zu einer dünnen, abweisenden Linie. »Ich weiß genau, wer er ist. Halt dich von ihm fern. Er ist...«

»Clark?«

Eine Frau von etwa Ende zwanzig war auf die Veranda getreten. Sie war blond und hübsch. Oder wäre es gewesen, wenn sie nicht so verdrossen geschaut hätte. Ein ungefähr einjähriges Kind saß, mit nichts als einer Windel bekleidet, auf ihrer Hüfte.

»Hey, Luce, das ist Sayre Hoyle. Sayre, meine Frau Luce.«

»Sehr erfreut«, begrüßte Sayre sie höflich.

»Hi.«

Ihre abweisende Unhöflichkeit schien Clark peinlich zu sein, deshalb sagte er schnell: »Das ist Clark junior.«

»Ein hübscher Junge.« Sayre schenkte beiden Eltern ein Lächeln.

»Er kann ganz schön anstrengend werden«, sagte Clark. »Das Gehenlernen hat er ausgelassen, er ist vom Krabbeln direkt zum Rennen übergegangen.«

»Ich komme zu spät zur Arbeit«, verkündete Luce barsch. Die Fliegentür knallte hinter ihr zu, als sie im Haus verschwand.

Clark drehte sich wieder zu Sayre um. »In den Sommerferien muss ich auf die Kinder aufpassen, während Luce arbeiten geht. Sie hat einen Job im Krankenhaus. In der Verwaltung, Abrechnungen mit der Versicherung, solche Sachen.«

»Du arbeitest nachts und hütest tagsüber die Kinder? Und wann schläfst du?«

»Zwischendurch.« Er ließ ein Lächeln aufleuchten, das im nächsten Moment wieder erlosch. »Du darfst Luce keinen Vorwurf machen, weil sie so unhöflich ist. Sie ist nicht auf dich sauer. Sie ist meinetwegen so sauer. Ich bin nicht der beste Ehemann.« Er senkte die Stimme. »Ganz ehrlich, Sayre, ich bin ein Säufer. Das ist das Erste, was dir die Leute über mich erzählen werden.«

»Ich würde nie auf irgendwelchen Klatsch hören, Clark. Und schon gar nicht, wenn er dich betrifft.«

»Tja, der Klatsch würde aber zutreffen.« Er drehte den Kopf zur Seite und starrte in die Ferne. »Nachdem... du weißt schon...«

Ja, sie wusste sehr wohl.

»Danach bin ich von der Spur abgekommen«, sagte er.

»Das sind wir beide.«

Sein Blick kehrte zu ihr zurück. »Aber du hast wieder ins Gleis gefunden. Sieh dich nur an. Wow. Du hast es zu was gebracht.« Er lachte noch einmal humorlos über sich selbst. »Nimm mich

142

dagegen. Ich hab nie wieder richtig Tritt gefasst. Bei mir ging es wie auf einer Rutschbahn bergab, und ich habe keinen Sinn darin gesehen, mich wieder aufzurappeln. Ich habe in gar nichts viel Sinn gesehen.«

»Das tut mir leid.« Da waren sie wieder, von Herzen kommende Worte, aber völlig wirkungslos.

»Luce hat länger zu mir gehalten, als gut für sie ist. Sie hat mir mehr Chancen gegeben, als ich verdient habe. Jedes Mal halte ich eine Weile durch, aber dann …« Ihm versagte die Stimme, und er sah ihr tief in die Augen. In seinen stand nackte Verzweiflung. »Ich muss endlich wieder ein Lebensziel finden, Sayre. Ich darf meinen Sohn nicht im Stich lassen.«

»Das wirst du bestimmt nicht. Du wirst dich wieder fangen und von vorn beginnen. Genau wie ich es getan habe.«

Sie fasste ermutigend seinen Arm. Er sah erst ihre Hand auf seinem Arm an, dann sie, und dann lächelten sie beide, aber dieses Lächeln war nichts als eine wehmütige Erinnerung an das, was hätte sein können.

»Ich will dich nicht aufhalten«, sagte sie heiser und ließ die Hand wieder fallen. »Ich hätte vorher anrufen sollen. Oder vielleicht hätte ich dich gar nicht besuchen sollen.«

»Dich zu sehen wiegt vieles auf, Sayre.«

»Pass auf dich auf.«

»Du auch.«

Den Tränen nahe, machte sie kehrt und eilte zu ihrem Auto zurück. Als sie fortfuhr, sah sie ein letztes Mal zu ihm zurück. Er stand auf der Veranda und schaute ihr nach. Seine Hand war zum Abschied halb erhoben.

Sie fuhr zwei Blocks weiter, ehe sie den Wagen im Schatten einer Eisenbahnüberführung zum Stehen brachte, ihren Kopf auf die Nackenlehne fallen ließ und laut zu schluchzen begann. Und dann weinte sie, wie sie nicht einmal um ihren eigenen Bruder geweint hatte.

Der Clark Daly, den sie gekannt hatte, dieser talentierte und kluge, süße und einfühlsame, vielversprechende und ehrgeizige

143

Junge, den sie gekannt und geliebt hatte, war genauso tot wie Danny.

So, wie Red Harper es ausgedrückt hatte, war es eine ganz harmlose Bitte, aber Beck war überzeugt, dass es keineswegs nur eine Bitte und schon gar nicht harmlos war.

Obwohl Red so tat, als hätte es nichts zu bedeuten, hatte er Chris ins Sheriffsbüro bestellt, um einige Fragen zu beantworten, was letztlich einer Vernehmung gleichkam. Chris gegenüber hatte Beck dieses Wort allerdings nicht in den Mund genommen. Stattdessen hatte er gleichmütiger, als ihm zumute war, gesagt: »Offenbar gibt es ein paar lose Fäden, die er gern verknüpfen würde.«

»Wieso braucht Red mich, um seine losen Fäden zu verknoten?«

»Ich schätze, das werden wir erfahren, sobald wir dort sind.«

Beck hatte nicht vorgehabt, Huff von dieser Unterredung zu erzählen – nicht bevor er wusste, worum es ging. Aber wie es das Schicksal wollte, fing Huff sie auf dem Weg nach draußen ab. Genau wie Chris gegenüber spielte Beck die Bitte des Sheriffs herunter. »Bestimmt ist es nur eine Formalität, die höchstens eine halbe Stunde dauert, wenn überhaupt.«

»Was glaubst du, worum es geht?«, fragte Huff.

»Ich glaube, es geht vor allem darum, dass Red seinem ehrgeizigen neuen Detective, diesem Deputy Scott, ein bisschen Leine geben will.« Alle drei lachten. Beck versprach, Huff Bericht zu erstatten, sobald sie zurück wären.

Aber als sie jetzt in Red Harpers Büro geführt wurden, bestätigte ihm das Verhalten des Sheriffs, dass die Sache durchaus ernst war. Red begrüßte sie mit einem säuerlichen: »Danke, dass Sie vorbeikommen konnten«, und deutete auf zwei Stühle vor seinem Schreibtisch.

Wayne Scott baute sich neben Red auf, der hinter seinem Schreibtisch saß, sodass beide Polizisten Chris und Beck ins Gesicht blickten.

Ehe Red oder sein Detective etwas sagen konnten, ging Beck in die Offensive. »Zuerst einmal möchte ich wissen, in welcher Eigenschaft ich hier bin.«

»Eigenschaft?« Scotts Erstaunen wirkte aufgesetzt, und Beck misstraute ihm vom ersten Moment an.

»Bin ich hier, weil Sie einige Fragen an mich haben, oder bin ich als Chris' Anwalt hier, oder ...«

»Anwalt?«, unterbrach ihn Chris. »Wozu sollte ich einen Anwalt brauchen?«

Beck befahl ihm mit einem scharfen Blick zu schweigen. »Noch einmal, wieso wurde ich hergebeten? Stehe ich in irgendeiner Hinsicht unter Verdacht? In diesem Fall möchte ich nämlich selbst einen Anwalt hinzuziehen.«

»Ruhig, Beck.« Red lachte verlegen. »Immer langsam mit den jungen Pferden. Es gibt keinen Grund, uns gleich das Gesetzbuch um die Ohren zu hauen.«

»Ich glaube schon, Red. Ehe wir weitersprechen, möchte ich wissen, um welche Art von Besprechung es sich hierbei handelt und was für Fragen Sie Chris stellen wollen. Wollen Sie nur ein paar Unstimmigkeiten bei Dannys Suizid klären? Oder haben Sie Grund zu der Annahme, dass er nicht durch eigene Hand umkam?«

Scott vermied eine direkte Antwort auf seine Frage. »Es ist nur so, dass ein paar Dinge nicht zusammenpassen. Ich glaube, Mr. Hoyle könnte helfen, sie zu klären.«

Beck sah kurz zu Chris, der lässig mit den Achseln zuckte. »Ich habe nichts zu verbergen.«

»Na gut«, sagte Beck zu Scott. »Stellen Sie Ihre Fragen, aber ich werde meinem Mandanten unter Umständen raten, sie nicht zu beantworten.«

»Fein.« Scott klappte ein kleines Notizbuch mit Spiralbindung auf. »Wie oft hielt sich der Dahingeschiedene in der Angelhütte Ihrer Familie auf, Mr. Hoyle?«

»Ich habe keinen Schimmer. Danny und ich waren nie gemeinsam dort. Wer als Letzter draußen war, war dafür verantwortlich, dass sauber gemacht wurde, dass das Licht aus war und dass alles ersetzt wurde, was verbraucht worden war. Bier, Klopapier, Lebensmittel. So hatte es sich eingespielt. Daher ist es schwer zu sagen, wann wer dort war.« Er sah Red an. »Ist das wichtig?«

»Möglich.« Er zog unverbindlich die Schultern hoch. »Hat Danny gern geangelt?«

»Keine Ahnung.«

»Ihre Schwester hat heute Morgen erzählt…«

»Meine Schwester? Sie haben mich hergerufen, damit ich etwas bestätige oder abstreite, was Sayre erzählt hat? Was hat sie denn gesagt?«

Beck hob die Hand, um Chris zu bremsen, und fragte dann den Detective: »Sie wollen diese Zeugenvernehmung allen Ernstes auf etwas gründen, was Ihnen eine Frau erzählt hat, die seit über zehn Jahren nicht mehr in Destiny lebt und seither mit keinem Familienmitglied Kontakt hatte?«

»Sie hat Sheriff Harper erzählt, dass Danny das Angeln verabscheute. So hat sie es ausgedrückt, nicht wahr, Sheriff? Er verabscheute es?«

»Genau.«

Chris sah Beck an und begann zu lachen. »Worauf wollen Sie hinaus? Dass jemand Danny abgeknallt hat, weil Danny ihm das Angeln madig machen wollte?«

»Das ist nicht witzig«, fuhr Scott ihn an.

»Wirklich?« Chris fixierte ihn mit eisigem Blick. »Ich finde Sie zum Brüllen.«

Beck gab sich alle Mühe, das Klima im Raum zu verbessern. »Was hatte Danny in der Angelhütte zu suchen, wenn er nicht gern angelte? Dafür versuchen Sie eine Erklärung zu finden, korrekt?«

»Korrekt.« Scott hatte Chris die Bemerkung noch nicht verziehen und sah ihn fragend an.

»Woher soll ich das wissen, verdammte Scheiße?«, fuhr Chris ihn an. »Vielleicht hat er beschlossen, dass er es noch mal mit dem Angeln probieren wollte. Oder vielleicht war er gar nicht zum Angeln dort. Vielleicht wollte er nur in Ruhe beten. Oder ein Nickerchen machen. Oder sich einen runterholen. Oder genau das tun, was er dann auch getan hat, nämlich sich das Hirn aus dem Schädel pusten. In der Angelhütte war er auf jeden Fall ungestört.«

»Auf der Pier lag Angelgerät.«

»Da haben Sie die Antwort.« Chris wedelte gelangweilt mit der Hand. »Danny wollte es noch mal mit dem Angeln probieren, er wollte wissen, ob er es immer noch verabscheute.«

»Ohne Köder? Die Köderbox, die Rute, alles lag draußen auf dem Pier bereit, aber nirgendwo waren Köder zu sehen.«

Chris sah sie der Reihe nach an und zog dann die Achseln hoch. »Da kann ich Ihnen nicht weiterhelfen.«

»Das Bild sah irgendwie gestellt aus, verstehen Sie?«, hakte Scott nach. »So als wollte uns jemand glauben machen, dass er zum Angeln dort rausgefahren wäre, aber dann seine Meinung geändert und sich umgebracht hätte.«

Chris schnippte mit den Fingern. »Ich glaube, da ist was dran, Deputy Scott. Er hat sich erschossen, weil er vergessen hatte, Köder zu besorgen.«

»Chris.«

Wenn Sheriff Harper ihn für diese Bemerkung nicht getadelt hätte, hätte Beck es getan. Sein Sarkasmus war unangebracht und trug definitiv nicht dazu bei, den Deputy freundlicher zu stimmen.

»Bitte entschuldigen Sie.« Chris sah aus, als würde er es ernst meinen. »Ich wollte nicht respektlos meinem Bruder gegenüber sein. Aber das sind doch idiotische Fragen. Es liegt doch auf der Hand, warum Danny in der Angelhütte war. Er ist rausgefahren, um sich umzubringen, und genau das hat er getan.« Er nagelte Wayne Scott mit seinem düsteren Blick fest und fragte: »Sonst noch was?«

»Wann haben Sie ihn das letzte Mal gesehen?«

»Am Samstag. Im Country Club. Da spielten wir ein paar Sätze Tennis. Gegen Mittag haben wir aufgehört, weil es zu heiß

147

wurde. Danach bin ich ein paar Bahnen geschwommen. Danny fuhr gleich nach unserem Match ab.«

»Am Sonntag haben Sie ihn nicht gesehen?«

»Chris hat Ihre Frage bereits beantwortet«, sagte Beck. »Er hat Danny am Samstagvormittag das letzte Mal gesehen. Gegen Mittag haben sie sich wieder getrennt.«

»Und wo waren Sie am Sonntag?«, fragte Scott Chris.

»Zu Hause. Den ganzen Tag. Ich habe lange geschlafen. Dann ein bisschen rumgegangen. Die *Times-Picayune* gelesen. Am Nachmittag kam Beck vorbei, und wir haben im Fernsehen ein Braves-Spiel angeschaut. Unsere Haushälterin kann das bezeugen. Ist das wirklich notwendig?«, fragte er unvermittelt den Sheriff. »Was soll das alles, Red?«

»Das würde ich auch gern wissen«, pflichtete Beck ihm bei.

»Haben Sie bitte noch etwas Geduld«, sagte Red. »Beeilen Sie sich, okay, Wayne?«

Der Deputy konsultierte wieder sein Notizbuch, aber Beck war fast sicher, dass das nur Show war. Scott schien genau zu wissen, welche Frage er als Nächstes stellen würde. »Wo waren Sie am Samstagabend?«

»Wieso interessiert Sie das?«, entgegnete Chris ungeduldig. »Jedenfalls war ich nicht mit Danny zusammen.«

»Wo waren Sie?«, wiederholte Scott.

Chris hielt dem kalten Blick des Detectives stand, wiegte sich leise in seinem Stuhl vor und zurück und kochte ganz offensichtlich vor Wut, weil er jemandem, dem er sich überlegen fühlte, Rede und Antwort stehen musste. Schließlich sagte er gepresst: »Ich war in einem neuen Nightclub in Breaux Bridge. Geniale Musik. Superhübsche Bedienungen. Sie sollten mal hingehen, Deputy. Ich lade Sie ein.«

Aber Deputy Scott ließ sich nicht auf das Angebot ein. »Rauchen Sie, Mr. Hoyle?«

»Nicht gewohnheitsmäßig. Manchmal beim Ausgehen.«

»Haben Sie am Samstagabend in dem neuen Club in Breaux Bridge geraucht?«

Beck ging dazwischen, ehe Chris antworten konnte. »Sie werden keine weiteren Antworten bekommen, bis ich weiß, was Sie mit diesen Fragen bezwecken.«

Scott sah auf Red Harper hinunter, dessen Hängebacken seit Beginn der Vernehmung um mehrere Zentimeter nach unten gesackt schienen. Mit erkennbarem Widerwillen zog er eine Schreibtischschublade auf und holte eine braune Papiertüte heraus, wie man sie zum Sammeln von Beweismaterial verwendet. Er reichte sie dem Deputy, der sie theatralisch öffnete und den Inhalt auf Reds Schreibtisch leerte.

12

»Beck …«

»Erst wenn wir draußen sind.«

»Aber das ist …«

»Erst wenn wir draußen sind«, wiederholte Beck nachdrücklich. Ohne auf die verblüfften Hilfssheriffs zu achten, schob er Chris den Korridor entlang, quer durch den Empfangsraum und dann aus der Eingangstür ins Freie.

Erst als sie in seinem Pick-up saßen, in dem es wie in einem Heißluftherd war, erlaubte er Chris zu sprechen. Er startete den Motor, stellte die Klimaanlage auf volle Kraft und wandte sich dann an seinen Freund, der offenbar unvermittelt zum Hauptverdächtigen bei einer Morduntersuchung geworden war.

»Erzähl.«

»Da gibt's nichts zu erzählen«, antwortete Chris bemerkenswert gelassen. »Genau wie ich es Red und diesem … diesem Deputy erklärt habe.« Er spuckte das Wort »Deputy« aus wie eine Beleidigung. »Ganz gleich, was er bei der Angelhütte gefunden hat, er kann nicht beweisen, dass es von mir stammt. Ich war am Sonntag nicht dort. Selma weiß genau, dass ich das Haus den ganzen Tag nicht verlassen habe. Du warst selbst ein paar Stunden lang mit mir zusammen. Ich habe Danny das letzte Mal am Samstagvormittag im Country Club gesprochen und gesehen.«

»Wo man Zeuge eines hitzigen Streits zwischen euch war.«

»Über einen Punkt beim Tennis. Wer fängt beim Tennis nicht zu streiten an? Jesus.«

»Darüber auch.«

»Was? Ach so.« Chris drehte die Belüftungsdüse im Armaturenbrett so, dass er genau in dem Luftstrom saß, der endlich abzukühlen begann. »Stimmt schon. Danny hat behauptet, ich würde Gotteslästerung treiben und hätte mich über seine Versammlung von Betschwestern lustig gemacht. Er war mein Bruder. Ich konnte doch nicht tatenlos zusehen, wie mein Bruder einen falschen Weg einschlägt. Es war mein Recht, ihm die Meinung zu sagen.«

»Aber es war nicht dein Recht, dich über ihn lustig zu machen.«

Chris seufzte. »Huff wollte, dass ich Danny wieder zur Vernunft zu bringen, ihn umzudrehen versuchte. Falls ich dabei ein bisschen sarkastisch geworden bin…«

»Wenn diese Zeugen, die Scott da aufgetrieben hat, richtig gehört haben, hast du ihm ganz schön zugesetzt. Stimmt das?«

»Ich weiß nicht mehr genau, was ich gesagt habe.«

»›Ich weiß nicht mehr, was ich gesagt habe.‹ Keine allzu glaubwürdige Verteidigung vor Gericht, Chris.«

Chris sah ihn scharf an. »Vor Gericht?«

»Hast du es noch nicht begriffen? Sie versuchen, dir nachzuweisen, dass du am Tatort warst. Sie stehen kurz davor zu beweisen, dass du an jenem Ort warst, an dem jemand mit einer Schrotflinte Dannys Kopf weggeblasen hat.«

»Sie können mir nichts beweisen, denn ich *war* nicht dort.«

Beck sah ihn durchdringend an. »Lüg mich bloß nicht an, Chris. Ich möchte keine unliebsamen Überraschungen erleben, wenn es hart auf hart kommt.«

»Wie soll ich es dir beweisen? Soll ich beim Grab meiner Mutter schwören?«

»Schön. Mach dich nur darüber lustig. Das alles ist wirklich ein Heidenspaß.«

Chris' Schmunzeln löste sich in Luft auf. »Hör zu, mir ist schon klar, dass du jetzt den Anwalt raushängen lässt. Schließlich bezahlen wir dich dafür, dass du dir Sorgen machst, damit wir uns keine zu machen brauchen, wie Huff so richtig gesagt hat. Aber ich weiß wirklich nicht, wie ich dir beweisen kann, dass ich an diesem Wochenende nicht in der Angelhütte war.

Das letzte Mal war ich vor ein paar Monaten mit dir zusammen draußen. Und als ich Danny das letzte Mal gesehen habe, war es Samstagvormittag, und er war unterwegs zum Umkleideraum im Country Club. Inzwischen war er endgültig dem religiösen Wahn verfallen. Man durfte keinen Ton mehr gegen seinen Glauben sagen. Ich habe ein paar nicht besonders ehrfürchtige Witze darüber gerissen, und ja, er ist mit hochroter Birne abgezogen.«

»Was ist mit dir? Wie warst du gelaunt, als er gegangen ist? Danny war immer so leicht zu lenken. Und plötzlich entwickelte er Eigensinn. Wie wurdest du damit fertig?«

»Ich muss zugeben, dass ich ziemlich sauer auf ihn war, weil er sich vor diesen Betbrüdern so zum Narren machte. Viele von denen arbeiten für uns. Sie dürfen nicht glauben, dass wir uns rumschubsen lassen, weder vom Herrn noch von irgendjemand sonst. Ich war wütend.

Um mich abzukühlen, habe ich ein paar Bahnen durch den Pool absolviert und bin dann zu Lila, sobald bei ihr die Luft rein war. Den Rest des Nachmittags habe ich zwischen ihren starken Schenkeln verbracht. Erstaunlich, wie viel Frustration man mit einer handfesten und fantasievollen Frau wie Lila abbauen kann. Ihr Erfindungsgeist kennt keine Grenzen.«

»Erspar mir die Details.«

»Du lässt dir was entgehen, mein Freund. Jedenfalls fuhr ich gegen fünf wieder von ihr weg, habe mich zu Hause umgezogen und bin dann rüber nach Breaux Bridge. Das ist alles. Mehr gibt es nicht zu erzählen.« Er breitete die Hände aus und sah Beck beschwörend an. »Außerdem wüsste ich beim besten Willen nicht, warum ich Danny umbringen sollte.«

»Wenigstens das spricht für uns«, sagte Beck. »Es gibt kein Motiv. Aber sie versuchen, dir nachzuweisen, dass du dort draußen warst, und dieser scharfe junge Detective wird noch weiter nach einem möglichen Motiv wühlen. Wenn da irgendwas ist, was ich nicht weiß…«

»Da ist aber nichts.«

»…dann solltest du es lieber gleich erzählen, Chris. Lüg mich nicht an. Sollte ich jemanden einstellen, der auf Strafrecht spezialisiert ist, brauchen wir einen richtigen Strafverteidiger auf unserer Gehaltsliste?«

»Nein.«

Becks Handy läutete. Er warf einen Blick aufs Display. »Das ist Huff.«

Chris deckte die Augen mit der Hand ab. »Fuck.«

Beck nahm das Gespräch an. »Hey, Huff, wir fahren gerade los und sollten in fünf Minuten zurück sein. Sollen wir dir einen Blizzard mitbringen? Wir könnten einen Abstecher zur Dairy Queen machen. Ganz bestimmt kein Eis? Na, okay. Ja, wir melden uns bei dir, sobald wir da sind.« Er drückte das Gespräch weg und sagte zu Chris: »Wir sollen direkt zu ihm fahren. Er erwartet uns.«

»Wie viel sollen wir ihm erzählen?«

»Alles. Wenn wir es nicht tun, erfährt er es von Red. Ohne dass es Wayne Scott mitbekommt, natürlich.«

»Das spricht auch noch für mich«, sagte Chris. »Der gute, alte, treue Red Harper. Er wird nicht zulassen, dass ich noch mal wegen einer vorgeschobenen Mordanklage vor Gericht gestellt werde.«

Sayre fuhr doch nicht zurück nach New Orleans. Nach dem Besuch in der Gießerei, dem Gespräch mit Clark sowie dem darauf folgenden Weinkrampf fühlte sie sich körperlich und emotional erschöpft. Die Aussicht auf eine zwei Stunden lange Autofahrt, gefolgt von den Unannehmlichkeiten eines Linienfluges, war keineswegs verlockend.

Zu ihren Kunden in San Francisco gehörte auch der Chef eines Charterjet-Service. Er war ihr noch einen Gefallen schuldig, weil sie ihm in einer lächerlich kurzen Zeitspanne sein Stadthaus auf dem Russian Hill eingerichtet hatte. Also rief sie ihn an. Er hörte ihr geduldig zu und bat dann um fünf Minuten Zeit, um die nötigen Arrangements treffen zu können. Nach vier Minuten rief er zurück. »Wir hatten Glück, in Houston war gerade eine Maschine verfügbar. Sie ist schon unterwegs.«

»Kann auf dem hiesigen Flughafen ein Privatjet landen?«

»Das habe ich als Erstes prüfen lassen. Es gibt in Destiny einen riesigen Laden, eine Metallgießerei. Die haben einen Firmenjet.«

Jetzt fiel ihr wieder ein, dass Beck das erwähnt hatte, aber sie verriet ihrem Kunden nicht, dass sie Teilhaberin von diesem »riesigen Laden« war.

»Geben Sie den Mietwagenschlüssel beim Flughafenpersonal ab«, sagte er weiter. »Der Wagen wird später abgeholt und nach New Orleans zurückgefahren.«

Diese Art von Rundumbetreuung war ein Luxus, den sie sich nur selten gönnte, aber sie konnte ihn sich leisten. Und auf diese Weise konnte sie Destiny umso schneller verlassen, was alle Kosten aufwog.

Als sie den kleinen Flughafen erreichte, stellte sie den Mietwagen auf dem vorgesehenen Parkplatz ab und nahm ihre kleine Reisetasche vom Rücksitz. Kaum hatte sie das kleine Flughafengebäude betreten, kam eine Frau mittleren Alters auf sie zu. »Sind Sie Ms. Lynch?«

»Genau.«

»Ihr Flugzeug kommt gerade rein, Schätzchen. Haben Sie die Autoschlüssel für mich?«

Die Betonfläche des Flugfeldes glühte wie ein Grill, als Sayre aus dem Gebäude trat, um den distinguiert aussehenden, grauhaarigen Piloten zu begrüßen, der eben aus dem kleinen, schlanken Jet stieg, mit dem er keine zwanzig Meter vor dem Gebäude zum Stehen gekommen war.

»Ms. Lynch?«

»Hallo.«

»Ich bin Ihr Captain auf diesem Flug.« Er stellte sich vor, und sie gaben sich die Hand. Sobald sie an Bord war, machte er sie mit dem Kopiloten bekannt, der ihr vom Cockpit aus zuwinkte. Dann wies er sie auf die Notausgänge hin und zeigte ihr, wo sie Getränke und Snacks finden konnte. »Fühlen Sie sich wie zu Hause.«

Sie dankte ihm, und er ging nach vorn, um seinen Platz im Cockpit einzunehmen. Erleichtert, endlich unterwegs zu sein, und dankbar, dass sie jemand anderem das Steuer überlassen konnte, ließ Sayre den Kopf gegen das kühle Lederpolster ihres Sitzes sinken und schloss die Augen. Nur wenige Minuten später rollte das Flugzeug zum Anfang der Startbahn.

Bis es dort kehrtgemacht und sich zum Start positioniert hatte, war sie halb eingedöst.

Aber anstatt dass die Turbinen wie erwartet aufheulten, erstarben sie winselnd. Sie schlug die Augen auf und sah, wie sich der Captain aus dem Cockpit zwängte. »Bleiben Sie sitzen, Ms. Lynch. Es gibt ein kleines Problem, aber das haben wir gleich geklärt, und dann sind wir unterwegs.« Er klang höflich und ruhig, aber sie sah ihm an, dass er innerlich kochte, weil sie aufgehalten worden waren.

Er entriegelte die Tür, drückte sie auf und eilte die Treppe hinab. »Was soll das werden, verflucht noch mal?«, wollte er aufgebracht wissen.

»Ich muss Ihren Fluggast sprechen.«

Sayre löste ihren Sicherheitsgurt und trat an die Tür. Der Pilot stand mit dem Rücken zu ihr. Er war dabei, Beck Merchant die Leviten zu lesen, aber den schien das überhaupt nicht zu berühren.

»Ich habe versucht, die Lady im Terminal davon zu überzeugen, Sie über Funk zum Umkehren zu veranlassen, aber sie wollte nicht mit sich reden lassen«, erklärte er. »Sie sagte, dazu sei sie nicht berechtigt. Ich wusste nicht, wie ich Sie sonst aufhalten sollte.«

Sayre kletterte die Stufen hinab. Als Beck sie sah, winkte er zu seinem Pick-up hin, der mit laufendem Motor quer vor dem Jet auf der Startbahn stand. »Steigen Sie ein.«

»Haben Sie den Verstand verloren?«

»Huff hatte einen Herzinfarkt.«

Beck sah seine Beifahrerin an. »Wollen Sie überhaupt nicht wissen, was passiert ist?«

Seit er Sayre in die Fahrerkabine seines Pick-ups gehievt hatte, hatte sie keinen Ton gesagt. Erst jetzt sah sie ihn an. Mit ausdrucksloser Miene zwar, aber immerhin sah sie ihn an.

»Huff war in seinem Büro«, sagte er. »Da hörte Sally, seine Sekretärin, ihn aufschreien. Sie lief in sein Zimmer und sah, dass er über seinem Schreibtisch zusammengesunken war und sich die Hand auf die Brust presste. Ihre schnelle Reaktion hat ihm möglicherweise das Leben gerettet. Sie hat ihm sofort ein Aspirin zwischen die Lippen geschoben und dann den Notarzt gerufen.

Chris und ich erreichten direkt nach dem Krankenwagen die Notaufnahme. Wir mussten vielleicht eine halbe Stunde warten – obwohl es uns eindeutig länger vorkam –, bevor Chris zu ihm durfte. Sie ließen ihn nur für fünf Minuten auf die Intensivstation. Er sagte, sie würden versuchen, Huff zu stabilisieren, aber er würde sich dagegen wehren. Er wäre extrem aufgebracht und wollte unbedingt Sie sprechen. Also wurde ich losgeschickt, um Sie zu finden und zurückzubringen.«

»Gibt es schon eine Prognose?«

»Noch nicht. Sie wissen noch nicht genau, wie schwer der Infarkt war. Ich weiß nur, dass Huff noch am Leben war, als ich vom Krankenhaus abfuhr. Ich habe Chris gebeten, mich auf dem Handy anzurufen, falls eine dramatische Veränderung eintritt. Er hat noch nicht angerufen.«

»Wie haben Sie mich gefunden?«

»Über die Mietwagengesellschaft. Ich habe in der Niederlassung in New Orleans angerufen, um nachzufragen, ob Sie Ihren Wagen abgegeben hätten. Man sagte mir, Sie würden den Wagen hier am Flugplatz lassen, wo er später abgeholt würde. Also bin ich sofort hierhergerast.« Nach einer Pause meinte er: »Ich hatte Ihnen doch den Firmenjet angeboten.«

»Und ich habe Ihr Angebot abgelehnt. Ich möchte den Firmenjet nicht benutzen, solange die Firma den Arbeitern keine besseren Handschuhe stellt, weil die angeblich zu teuer sind. Wie teuer können solche Handschuhe schon sein?«

»Dafür bin ich nicht zuständig.«

Sie sah ihn voller Verachtung an. »Richtig. Sie sind nur der Laufbursche. Sie werden losgeschickt, um die Drecksarbeit zu erledigen. Sie hätten eine Katastrophe verursachen können, indem Sie auf eine freigegebene Rollbahn fuhren.«

»Das hat der Captain auch gesagt.«

»Aber dessen Worte sind an Ihnen abgeprallt. Sie haben diesen arroganten Stunt abgezogen, weil Sie genau wussten, dass Sie damit durchkommen würden. Kein Wunder, dass Sie so gut in meine Familie passen.«

Beck packte das Lenkrad noch fester. »Sie billigen meine Methoden nicht? Na schön. Auf Ihre Meinung kommt es mir nicht an. Mein Arbeitgeber hat mich beauftragt, Sie zu finden und ins Krankenhaus zu bringen, und genau das werde ich tun.«

»So, wie Sie immer genau das tun, was Ihnen aufgetragen wird. Egal, ob es richtig oder falsch ist oder was es für Ihre Mitmenschen bedeuten mag.« Sie legte den Kopf leicht schief und taxierte ihn. »Ich frage mich, wie weit Sie dabei gehen würden. Wo würden Sie die Grenze ziehen? Oder würden Sie überhaupt eine ziehen?«

»Sie haben bereits klargemacht, dass Sie keine hohe Meinung von mir haben.«

»Warum haben Sie gestern Abend im Diner nicht gesagt, dass Sie nur auf Sheriff Harpers Wunsch in der Angelhütte waren?«

»Um Ihnen den Spaß zu verderben? Sie wollten unbedingt das Schlechteste von mir glauben, und ich wollte Ihnen Gelegenheit dazu geben.«

Sie wandte den Kopf ab und starrte aus dem Seitenfenster. Die Wut strahlte von ihr ab wie die Hitze vom glühend heißen Asphalt. Ihre Haare schimmerten in der gleißenden Sonne wie züngelnde Flammen. Ihre Haut wirkte fiebrig, als würde man sich daran die Finger verbrennen.

Denk lieber nicht daran, sie zu berühren. Obwohl es sinnlos war, sich das einzureden. Seit er sie zum ersten Mal gesehen hatte, konnte er kaum an etwas anderes denken.

Als er am Tag zuvor auf dem Friedhof Huffs Tochter zum ersten Mal gegenübergestanden hatte, hatte er seinen Schock kaum verhehlen können. Natürlich hatte er Bilder von ihr gesehen, aber die waren nur ein blasser Abklatsch der Wirklichkeit. In Fleisch und Blut war sie von einer atemberaubenden Präsenz, die sich in einem zweidimensionalen Bild unmöglich einfangen ließ.

Das soll Chris' jüngere Schwester sein, von der ich so viele wilde Geschichten gehört habe, hatte er gedacht. *Dies soll die Femme fatale von Destiny sein, die Lolita, die kleine Schwester mit der bösen Zunge und dem berüchtigten Hitzkopf?*

Er hatte erwartet, sie laut und vulgär vorzufinden. Er hatte eine aufgetakelte Kokotte mit üppiger Figur erwartet, keine stilsichere Modekönigin mit makellosem Geschmack. Ihre dezente Eleganz wirkte sexy und verlockend.

Man hatte sie ihm als Brandstifterin beschrieben, als verwöhntes Gör, als Nervensäge und giftige Emanze. All das konnte sie mit Sicherheit sein. Aber Chris hatte zu erwähnen vergessen, dass seine Schwester auch ein betörend rätselhaftes Wesen war. Weil sie auch eine heimliche Leidenschaft ausstrahlte, eine unergründete Sinnlichkeit, die tief unter der arroganten Oberfläche lag und gar nicht zu ihrer gediegenen Kleidung und der kühlen Herablassung passte, die sie ausstrahlte.

Natürlich hatte Chris als ihr Bruder all das nicht bemerkt und schon gar nicht Sayres verborgene erotische Seiten. Beck nahm an, dass sie auf diese Art von Kurzsichtigkeit baute. Sie wollte nicht, dass jemand hinter die schroffe Fassade blickte, die sie aufgesetzt hatte, um ihr wahres Ich zu schützen.

Aber Beck hatte hinter ihre Maske gesehen. Er hatte ein paar kurze Blicke darauf erhascht, wie sie reagieren würde, wenn sich ihre so oft erwähnte Wildheit durchsetzte, und bei jedem Blick hatte er mehr Feuer gefangen. Schon bei dem Gedanken daran hatte sein Bauch vorfreudig zu kribbeln begonnen, und seine Haut hatte sich angespannt, so musste er sich bemühen, seine Aufregung zu verbergen. Er hatte beobachtet, wie sie verdattert die Lippen geöffnet hatte, als er ihre Haare unter den Schutzhelm gestopft und dabei eine freche Bemerkung gemacht hatte. Er hatte sich vorgestellt, wie er, nur so probehalber, zärtlich auf ihre Unterlippe beißen würde. Und sofort waren seine Fantasien weit über diese erste Berührung hinausgegangen. Er hatte sich ausgemalt, wie es wäre, diese tief liegende Sinnlichkeit zu erschließen. Hätte er das nicht getan, wäre sein Leben jetzt viel einfacher gewesen.

Sie ignorierte ihn weiterhin, während er zum Krankenhaus raste, was ihn unglaublich ärgerte. Eigentlich war es ihm egal, wie sie reagierte, Hauptsache, sie tat nicht mehr so, als wäre er nicht vorhanden. »Sitzen Sie bequem?«

Sie sah zu ihm herüber. »Wie bitte?«

»Die Klimaanlage. Ist sie zu stark? Zu schwach?«

»Sie ist okay.«

»Kann sein, dass ein paar von Fritos Haaren auf dem Polster kleben und an Ihren Sachen hängen bleiben. Ich möchte mich dafür entschuldigen. Er fährt gern …«

»Wieso wurde Huff nicht mit dem Helikopter in ein Krankenhaus nach New Orleans geflogen, wo es ein Herzzentrum gibt, wenn der Herzinfarkt wirklich so schwer war, dass er seine Kinder ein letztes Mal sehen will?«

Es störte ihn nicht, dass sie ihm ins Wort fiel. Wenigstens redete sie wieder mit ihm. »Ich nehme an, das könnte noch passieren, sobald feststeht, wie schwer der Infarkt wirklich war.«

»Hat er schon früher Anzeichen von Herzbeschwerden gezeigt?«

»Bluthochdruck. Eigentlich sollte er Blutdrucksenker nehmen, aber ihn stören die Nebenwirkungen. Er raucht ununterbrochen, man könnte fast meinen, nur zum Trotz gegen die vielen Warnungen, die davor ausgesprochen werden. Sein sportlicher Ehrgeiz beschränkt sich aufs Schaukelstuhlschaukeln. Er trinkt seinen Café au lait mit Kaffeesahne. Er hat Selma gedroht, sie zu feuern, falls er jemals wieder fettreduzierten Speck auf seinem Teller fände. Wahrscheinlich hat er es auf einen Herzinfarkt oder einen Schlaganfall angelegt.«

»Glauben Sie, dass Dannys Tod dazu beigetragen hat?«

»Ganz bestimmt. Einen Sohn zu verlieren, noch dazu unter diesen Umständen und mit diesen Folgen, war bestimmt ein mörderischer Stress.«

»Was für Folgen?«, erkundigte sie sich.

»Da sind wir schon.«

Er parkte auf dem Krankenhausparkplatz und war schon aus der Kabine gesprungen, ehe sie ihn noch einmal hatte fragen können, welche Folgen er gemeint habe. Sie brauchte nicht unbedingt zu erfahren, dass Huff seinen Herzinfarkt eine Stunde nach dem beunruhigenden Gespräch zwischen Beck und Chris einerseits und Sheriff Harper und Deputy Scott andererseits erlitten hatte.

Anmaßend wie stets, hatte Chris seinem Vater erklärt, dass er sich keine Sorgen zu machen brauche, dass Wayne Scott nur ein wenig mit dem Säbel gerasselt habe, um allen zu zeigen, was für ein großer, böser Junge er wäre, und dass die so genannten Beweise, über die sie verfügten, so lausig seien, dass es schon wieder komisch wäre.

»Er will auf meine Kosten beweisen, dass es richtig war, ihn einzustellen«, hatte Chris behauptet. »Das ist alles. Beck wird Hackfleisch aus ihm und seinen Ermittlungen machen. Glaub mir, in ein paar Tagen lachen wir alle darüber.«

Beck hatte sich ähnlich abfällig geäußert, aber offenbar hatte es Huff unerträglich belastet, dass man einem seiner Söhne einen Brudermord zutraute.

So, wie Beck es sah, führte es zu nichts, all das mit Sayre zu besprechen, deshalb umrundete er die Motorhaube, um ihr die Tür zu öffnen. Bis er auf der anderen Seite angekommen war, war sie bereits aus dem Wagen gestiegen, ohne seine dargebotene Hand zu beachten. Als sie sich umdrehte, um ihre Reisetasche aus der Kabine zu nehmen, sagte er: »Lassen Sie sie drin. Ich schließe ab.«

Sie zögerte, nickte kurz, und dann gingen sie gemeinsam auf den Krankenhauseingang zu. An der Drehtür ließ er ihr den Vortritt. Doch als er in die Lobby trat, prallte er auf Sayre, die direkt hinter der Tür stehen geblieben war.

Weil er um ein Haar über sie gefallen und mit ihr zusammen vornübergekippt wäre, hielt er sie an den Schultern fest und drückte sie an sich, wobei sich ihre Körper so intim aneinanderschmiegten, dass ihm zu jedem anderen Zeitpunkt der Atem gestockt wäre. Er wäre ihm auch jetzt gestockt, hätte er sich nicht so verdutzt gefragt, warum sie so abrupt stehen geblieben war.

Dr. Tom Caroe kam quer durch die Lobby auf sie zu. Er war ein kleiner Mann, dessen schmale Schultern schwer herabhingen. Die schlechte Haltung ließ ihn noch winziger aussehen. Seine Kleidung wirkte immer ein paar Nummern zu groß, als wäre er geschrumpft, nachdem er sie angezogen hatte. Sein lichtes Haar war unnatürlich tiefschwarz gefärbt, um sein wahres Alter zu verbergen, das jedoch umso deutlicher an den Falten in seinem Gesicht abzulesen war.

Er kam auf sie zu, begrüßte Sayre und hielt ihr die Hand hin. Als Sayre keine Anstalten machte, sie zu ergreifen, nahm er sie schnell wieder runter. Um seine Verlegenheit zu überspielen, sagte er: »Danke, dass Sie sie so schnell hergebracht haben, Beck.«

»Kein Problem. Wie geht es ihm?«

Sayre hatte ihren Schock überwunden – oder was auch immer

sie kurzfristig gelähmt hatte –, schüttelte Becks Hände ab und trat an seine Seite.

»Er ist jetzt stabil«, erklärte Dr. Caroe ihnen. »Und das muss er auch bleiben, ehe ich weitere Tests vornehmen kann.«

Das Erste, was Sayre vorbrachte, war ein direkter Angriff auf die Kompetenz des Hausarztes ihrer Familie. »Sind Sie überhaupt qualifiziert, eine Diagnose zu stellen? Sollte nicht besser ein Herzspezialist konsultiert werden?«

»Ja, das finde ich auch«, erwiderte Dr. Caroe gleichmütig, »aber Huff will das nicht. Er hat das sehr deutlich gemacht.«

»Vielleicht kann ich ihn überzeugen.« Beck schob Sayre zu den Aufzügen hin. »Welches Stockwerk?«

»Das zweite. Er liegt auf der Intensivstation«, sagte der Arzt. »Und er darf nur ein paar Minuten pro Stunde Besuch empfangen. Er braucht absolute Ruhe.« Dann richtete er den Blick auf Sayre und ergänzte: »Er wollte vor allem Sie sehen, was ich, ehrlich gesagt, für nicht ratsam halte. Aber wenn Sie mit ihm sprechen, dann vergessen Sie bitte nicht, in welcher Verfassung er ist, und sagen Sie nichts, was ihn irgendwie aufregen könnte. Ein weiterer Infarkt könnte ihn umbringen.«

Chris hob den Kopf, als die Aufzugtüren sich öffneten und sie neben Beck in den Gang trat. »So, so, Sayre. Danke, dass du dir die Umstände machst, noch mal umzukehren.«

Sie ignorierte ihn, seit jeher die beste Verteidigungsmethode gegen Chris.

»Tom Caroe ist uns unten über den Weg gelaufen«, erklärte ihm Beck.

»Dann wisst ihr jetzt genauso viel wie ich.« Chris sah sie an. »Huff hat schon nach dir gefragt.«

»Weißt du, warum?«, fragte sie.

»Nein. Ich dachte, du könntest mir auf die Sprünge helfen.«

»Kann ich nicht.«

»Vielleicht hat es was mit deinem plötzlich erwachten Interesse an der Firma zu tun.«

161

»Ehrlich, Chris, ich weiß es nicht.«

Damit war das Gespräch beendet. Sie setzten sich auf zwei Stühle im Wartezimmer und vermieden jeden weiteren Blickkontakt. Schließlich stand Beck auf und erklärte, dass er sich auf die Suche nach einem Getränkeautomaten machen wolle. Sayre schlug sein Angebot aus, ihr eine Limonade mitzubringen.

»Ich komme mit«, sagte Chris und folgte Beck aus dem Wartezimmer, wo sie allein zurückblieb und mit Bangen dem Besuch bei Huff entgegensah.

Es war ihr unmöglich, sich einen reuigen Huff vorzustellen, aber andererseits hatte er noch nie dem Tod ins Antlitz geblickt. Womöglich fürchtete er jetzt, so dicht am Abgrund, die Hölle, an die er zeitlebens nicht geglaubt hatte. Wollte er, kurz bevor er eine Ewigkeit darin verbringen würde, sie noch um Vergebung bitten und sich mit ihr aussöhnen?

Wenn ja, dann vergeudete er damit seinen letzten Atemzug. Sie würde ihm nie vergeben.

Sie war immer noch allein im Wartezimmer, als ihr eine Krankenschwester mitteilte, dass sie jetzt zu Huff könne. Sayre folgte der Schwester zu ihrem Vater, der an diverse Maschinen angeschlossen war, die mit beruhigender Regelmäßigkeit piepten. Eine Kanüle pumpte Sauerstoff in seine Nase. Er hatte die Augen geschlossen. Lautlos zog sich die Krankenschwester zurück.

Sayre starrte in Huffs Gesicht und sann darüber nach, wie gründlich der Mann, dem sie ihr Leben verdankte, ihre Liebe zu ihm ausgelöscht hatte. Sie dachte daran zurück, wie sie sich als kleines Mädchen jeden Abend darauf gefreut hatte, dass er von der Arbeit nach Hause kam. Stets hatte er seine Ankunft mit einer Stimme verkündet, die in allen Fluren des Hauses widerhallte und es mit einer Lebenskraft erfüllte, die einfach fehlte, wenn er nicht da war. Er war das Herz, das Leben in die Familie gepumpt hatte – im guten oder schlechten Sinne.

Damals war für sie jedes bisschen Aufmerksamkeit, das er ihr schenkte, kostbarer als alle Weihnachtsgeschenke zusammen. Sein geizig gewährtes Lob war für sie das größte Geschenk. Obwohl er ihr manchmal Angst machte, hatte sie ihn mit ganzem Herzen und bedingungsloser Hingabe geliebt, daran erinnerte sie sich noch heute.

Aber damals hatte sie ihn auch mit den Augen eines Kindes betrachtet, das blind für seine Verdorbenheit war. Als ihr endlich die Augen aufgingen und sie sein wahres Wesen erkannte, war das die schmerzlichste und desillusionierendste Erfahrung ihres ganzen Lebens.

Sie stand ein paar Sekunden schweigend an seinem Bett, ehe er sie bemerkte. Als er die Augen öffnete und sie sah, flüsterte er lächelnd ihren Namen.

»Geht es dir gut?«, fragte sie.

»Jetzt schon, nachdem sie mich mit Drogen vollgepumpt haben.«

»Sie haben dich stabilisiert. Deinen Blutdruck. Den Puls. Und so weiter.«

Er nickte gedankenverloren und ohne ihr richtig zuzuhören. Seine Augen tasteten ihr Gesicht ab. »Ich habe mich so dagegen gewehrt, dass deine Mutter dich Sayre nannte. Ich fand den Namen albern. Warum nicht Jane oder Mary oder Susan? Aber sie ließ sich nicht umstimmen, und jetzt bin ich froh darüber. Der Name passt zu dir.«

Sie würde auf keinen Fall mit ihm in alten Erinnerungen schwelgen. Das wäre beschämende Heuchelei. Sie lenkte das Gespräch auf seinen Gesundheitszustand zurück. »Es kann kein schwerer Infarkt gewesen sein, sonst würdest du dich nicht so gut fühlen. Dein Herz hat bestimmt keinen schweren Schaden genommen.«

»Du bist inzwischen Kardiologin geworden?«, fragte er bissig.

»Nein, aber ich habe reichlich Erfahrung mit gebrochenen Herzen.«

Er tippte sich an den Kopf, als wollte er sagen: *Gut gegeben.* »Du bist ein harter, gefühlloser Mensch, Sayre.«

»Das habe ich mir abgeschaut.«

»Von mir, meinst du damit. Deine Mutter …«

»Beruf dich nicht auf Mutter, und schon gar nicht, wenn du mir ein schlechtes Gewissen machen willst. Nein, ich bin nicht die süße, nachgiebige Lady, die sie war, aber ich glaube, sie wäre über keinen von uns dreien glücklich gewesen, wenn sie uns als Erwachsene gesehen hätte.«

»Wahrscheinlich hast du Recht. Mit Ausnahme von Danny vielleicht. Ich könnte mir vorstellen, dass sie ihn gemocht hätte. Ich bin nur froh, dass sie nicht miterleben musste, wie er starb.«

»Da bin ich auch froh. Keine Mutter sollte ihr Kind beerdigen müssen.«

Seine Augen wurden schmal. »Wahrscheinlich glaubst du mir nicht, aber ich trauere um Danny. Ehrlich.«

»Wem willst du was vormachen, Huff? Dir oder mir?«

»Okay, dann glaub mir eben nicht. Aber ich hatte wirklich viel Aufregung. Erst das mit Danny. Und jetzt steht Chris unter Verdacht.«

»Chris… was? Wie meinst du das?«

»Ms. Hoyle?«

Es war die Krankenschwester, die sie ermahnte, den Besuch kurz zu halten. Sie nickte, ohne den Namen zu berichtigen.

»Scheiß auf sie«, sagte Huff, nachdem sich die Schwester zurückgezogen hatte. »Sie würde es nicht wagen, dich rauszuschmeißen.«

Traurigerweise konnte Sayre es kaum erwarten, aus dem Zimmer zu kommen. »Du wirst dich wieder erholen, Huff. Ich glaube, nicht mal der Teufel will dich haben.«

Ein Mundwinkel verzog sich zu einem schiefen Grinsen. »Wahrscheinlich fürchtet er die Konkurrenz.«

»Der Teufel kann dir nicht das Wasser reichen.«

»Ich glaube, das meinst du wirklich ernst.«

»Selbstverständlich.«

»Mächtig harte Worte für einen Mann, der vor ein paar Stunden fast gestorben wäre. Du hegst diesen Groll seit Jahren. Meinst du nicht, es wird langsam Zeit, dass du aufhörst, so verflucht wütend auf mich zu sein?«

»Ich bin nicht wütend auf dich, Huff. Wut ist ein viel zu starkes Gefühl. Ich empfinde überhaupt nichts für dich. Gar nichts.«

»Ach, wirklich?«

»Ja, wirklich.«

»Und warum bist du dann angelaufen gekommen, um deinen alten Daddy zu sehen, bevor er abkratzt?«

»Warum wolltest du mich denn sehen?«

Er grinste verschlagen und lachte dann laut auf. »Um zu beweisen, dass du angelaufen kommen würdest. Und schau an, Sayre. Da bist du schon.«

13

»Worüber reden die beiden bloß?«

Beck sah Chris an, zuckte mit den Achseln und blätterte weiter in dem veralteten Society-Magazin. »Was haben die beiden eigentlich für ein Problem?«

»Das hat angefangen, als Sayre Teenager war. Da war sie verknallt in Clark Daly.«

Beck sah ihn ungläubig an.

»Ja, genau den«, bestätigte Chris.

Beck kannte Clark Daly aus der Gießerei. Er war schon mehrfach von seinem Vorarbeiter heimgeschickt worden, weil er betrunken zur Arbeit erschienen war. Man hatte ihn sogar mit einem Whiskyflachmann in der Vesperbox erwischt. Dass Sayre mit ihm zusammen gewesen war, hätte er nie für möglich gehalten.

»Anfangs hat Huff ihre kleine Romanze geduldet«, fuhr Chris fort. »Da war sie noch harmlos. Aber als es schien, als würde aus der Kinderei was Ernstes, machte er der Sache ein Ende.«

»Hat er schon damals getrunken?«

»Höchstens ab und zu ein heimliches Bier. Er war der beste Sportler an der Schule und unser Schulsprecher.«

»Wo lag dann das Problem?«

»Die Einzelheiten kenne ich nicht. Damals war ich schon an der Uni. Ich interessierte mich nicht besonders für Sayres Affären oder ihre jeweiligen Verehrer. Ich weiß nur, dass Huff nicht allzu scharf darauf war, Clark Daly zum Schwiegersohn zu bekommen. Sobald die beiden die High School abgeschlossen hatten, schritt er ein und beendete die Romanze.«

»Wie hat Sayre damals reagiert?«

Chris grinste. »Was glaubst du denn? Mit einem Feuerwerk von den Ausmaßen eines Vulkanausbruchs. Hat man mir wenigstens erzählt. Als sich Huff von ihren Wutausbrüchen nicht beeindrucken ließ, versank sie in tiefe Depression, magerte ab und schlich wie ein Gespenst durchs Haus. Wie heißt diese Romanfigur, die immer in ihrem vergammelten Nachthemd durchs Haus schleicht?«

»Miss Havisham?«

»Genau die. Ich kann mich noch erinnern, dass ich Sayre kaum wiedererkannte, als ich damals heimkam. Sie sah zum Fürchten aus. Sie ging nicht aufs College, sie arbeitete nichts, sie unternahm nichts, sie ging nie aus dem Haus. Als ich Selma nach ihr fragte, fing sie an zu weinen und meinte, Sayre hätte sich in ein armes, kleines Spukgespenst verwandelt, ›der Herr sei ihrer Seele gnädig‹. Danny erzählte, sie habe monatelang kein Wort mit Huff gesprochen und es vermieden, mit ihm in einem Raum zu sein.«

Chris verstummte kurz und nahm einen Schluck aus seiner Getränkedose. Beck hätte zu gern den Rest der Geschichte erfahren, bedrängte Chris aber nicht. Schließlich wollte er nicht über Gebühr interessiert wirken. Zum Glück erzählte Chris weiter, ohne dass Beck ihn auffordern musste.

»Monatelang ging das so. Schließlich hatte Huff die Nase voll. Er sagte ihr, sie sollte aufhören zu schmollen und sich zusammenreißen, sonst würde er sie in die Psychiatrie einweisen lassen.«

»Das war Huffs Kur für ein gebrochenes Teenagerherz? Er drohte ihr, sie einweisen zu lassen?«

»Hört sich hart an, was? Aber es funktionierte. Denn als Huff ihr einen Ehemann aussuchte und darauf bestand, dass sie heiratete, trat sie ohne große Widerrede vor den Altar. Ich schätze, sie hat sich ausgerechnet, dass die Ehe immer noch besser war als das Irrenhaus.«

Beck starrte nachdenklich auf die geschlossene Doppeltür, hinter der die Intensivstation lag. »Sie hat Huff verdammt lang dafür gehasst, dass er sich zwischen sie und ihre Teenagerliebe gestellt hat.«

»So ist Sayre eben. Schon als kleines Kind hat sie ständig wegen irgendwas die Klauen ausgefahren. Und sie hat sich nicht verändert. Sie nimmt jede Kleinigkeit tierisch ernst.« Er stand auf, streckte seinen Rücken durch und trat ans Fenster.

Er blieb lange schweigend dort stehen, starrte hinaus, allem Anschein nach ins Leere. Schließlich fragte Beck: »Hast du irgendwas, Chris?«

Er zog seine Schultern hoch, doch seine Gleichgültigkeit war gespielt, wie Beck erkannte. »Diese Sache heute.«

»Es war ein ereignisreicher Tag. Welche Sache?«

»Die im Sheriffsbüro. Was meinst du, werden sie mich verhaften?«

»Nein.«

»Es hat mir schon beim ersten Mal im Gefängnis nicht gefallen, Beck. Huff hat mich damals nach ein paar Stunden auf Kaution rausgeholt, aber ich möchte trotzdem nicht noch mal zurück.«

»Sie werden dich nicht verhaften. Dafür haben sie noch nicht genug Beweise.«

Chris fuhr herum. »*Noch* nicht?«

»Könnten sie denn noch etwas finden, Chris? Ich muss das wissen.«

Seine dunklen Augen flammten auf. »Wer soll mir glauben, wenn es nicht mal mein eigener Anwalt tut?«

»Ich glaube dir. Aber du musst zugeben, dass es im Moment nicht besonders gut für dich aussieht.«

Chris entspannte sich merklich. »Stimmt. Ich habe ausgiebig darüber nachgedacht, und ich bin zu einem Schluss gekommen.« Er sah Beck an und sagte dann: »Da will mir jemand was anhängen.«

»Dir was anhängen?«

»Du klingst skeptisch.«

»Das bin ich auch.«

Chris ließ sich wieder auf seinem Stuhl nieder und beugte sich zu Beck herüber. »Überleg doch mal, Beck. Wäre ich nach dem Iverson-Fall, der immer noch als unaufgeklärter Vermisstenfall und möglicher Mord in den Akten steht, nicht das ideale Opfer für so was?«

»Und für wen?«

»Slap Watkins.«

Beck lachte kurz auf. »Slap Watkins?«

»Hör mir doch zu«, fuhr ihn Chris gereizt an. »Er hasst die Hoyles. Dich übrigens auch. Er hat allen Grund, sich zu rächen.«

»Wegen einer Barschlägerei vor drei Jahren?«

»Die er nie vergessen hat. Du hast Huff selbst erzählt, dass er sie gestern Abend im Diner angesprochen hat.«

»Okay, aber …«

»Das ist noch nicht alles. Ich hatte so eine Eingebung und daraufhin von Dannys Assistentin alle Bewerbungen durchsehen lassen, die wir in den letzten Wochen bekommen haben, und rate mal, was dabei zum Vorschein kam?« Er zog ein zusammengefaltetes Blatt aus der Hosentasche und schwenkte es vor Beck hin und her. »Slap Watkins hat sich bei uns beworben.«

»Er wollte in der Gießerei arbeiten?«

»Danny hat seine Bewerbung abgelehnt. Damit hat Slap einen Grund mehr, die Hoyles zu hassen.«

»Aber reicht das aus, um Danny zu ermorden?«

»Einen Typen wie Slap brauchst du nicht groß zu provozieren.«

»Auszuschließen wäre es nicht«, meinte Beck nachdenklich.

»Jedenfalls würde es sich lohnen, der Sache nachzugehen.«

»Hast du das Red gegenüber erwähnt?«

»Noch nicht. Ich hatte die abgelehnte Bewerbung in dem Moment erst entdeckt, als Huff seinen Herzinfarkt hatte. Deshalb hatte ich noch keine Gelegenheit, mit irgendjemandem darüber zu sprechen.«

Beck dachte noch einmal nach und schüttelte dann den Kopf. »Da gibt es nur ein Problem, Chris.«

»Und welches?«

»Wie hat Watkins Danny zur Angelhütte gelockt?«

Chris ließ sich die Frage durch den Kopf gehen, ehe er zugab, dass er darauf auch keine Antwort hatte. »Aber er war schon immer ein falscher Hund, und inzwischen hat er drei Jahre im Gefängnis Erfahrung gesammelt.« Er blickte auf und sah Sayre aus der Intensivstation kommen. »Wir können später darüber sprechen.«

Sayre kam auf sie zu, und sie standen beide auf. »Es geht ihm gut«, verkündete sie. »Er ist noch lange nicht bereit, von dieser Welt abzutreten.«

»Warum wollte er dich dann um jeden Preis sehen?«

»Kein Grund zur Panik, Chris. Er hat sein Testament nicht geändert und mich als Alleinerbin eingesetzt, falls du dir deshalb Sorgen machst. Er hat mich nur zu seinem Vergnügen zu sich zitiert.« Sie wandte sich an Beck und sagte: »Würden Sie mich bitte hinausbegleiten und Ihren Pick-up aufschließen, damit ich meine Tasche herausholen kann?«

»Fliegen Sie noch heute Abend ab?«

»Ich habe den Jet wieder weggeschickt, weil ich nicht wusste, wann ich hier wegkommen würde. Aber ich hoffe, dass der Mietwagen … Was?«, fragte sie barsch, als Beck den Kopf zu schütteln begann.

»Der wurde bereits abgeholt. Ich habe mir erlaubt, am Flughafen anzurufen und nachzufragen.«

»Na schön, ich wollte sowieso noch eine Nacht in der Lodge verbringen. Morgen lasse ich mir einen anderen Wagen bringen.« Beck bot ihr an, sie zum Motel zu fahren, aber sie lehnte ab. »Ich rufe mir ein Taxi.«

Chris gab zu bedenken, dass das einzige Taxi in Destiny nicht mehr in Dienst sei. »Die Firma hat schon vor Jahren Pleite gemacht.«

Beck konnte ihr ansehen, dass sie so schnell wie möglich von ihnen wegkommen wollte und diese unerwarteten Hindernisse äußerst ärgerlich fand. »Na gut«, gab sie sich geschlagen. »Falls es kein allzu großer Umweg für Sie ist, wäre ich Ihnen dankbar, wenn Sie mich zum Motel fahren könnten.«

»Gar kein Problem. Bleibst du noch hier, Chris?«

»Ich warte noch, bis Doc Caroe seine Abendrunde dreht. Wenn er der Meinung ist, dass Huff außer Lebensgefahr ist, gehe ich auch.«

Sie vereinbarten, die Handys eingeschaltet zu lassen, damit alle informiert werden konnten, falls sich Huffs Gesundheitszustand ändern sollte, und verabschiedeten sich dann.

Auf dem Weg zum Erdgeschoss fragte Beck, wie sie Huffs Befinden einschätzte. »Wenn Bosheit mit langem Leben gleichzusetzen ist«, antwortete sie, »überlebt er uns alle.«

Dann schob sie sich durch die Drehtür. Er hätte das Gespräch gern noch einmal aufgenommen, aber ihrer Körperhaltung konnte er ansehen, dass er sie lieber nicht bitten sollte, das Gespräch mit Huff zu schildern.

»Sie sehen müde aus«, sagte er stattdessen, während er ihr in die Kabine des Pick-ups half.

»Die Begegnungen mit Huff ermüden mich immer.«

Er ging um den Wagen herum und stieg ein. Während er den Zündschlüssel drehte, entschuldigte er sich für die Hitze im Wagen. »Ich hätte die Fenster einen Spaltweit offen lassen sollen.«

»Egal.« Sie ließ den Kopf gegen die Nackenstütze sinken und schloss die Augen. »Wenn es im Juli in San Francisco mal wieder zehn Grad Celsius hat, geht mir der richtige Sommer ab. Ehrlich gesagt mag ich es, wenn es heiß wird.«

»Das war nicht anders zu erwarten.«

Sie schlug die Augen wieder auf und sah zu ihm herüber. Ihre Blicke trafen sich, und in der Kabine schien es noch heißer zu werden. Wenigstens stieg Becks Temperatur spürbar an. So halb in Schräglage wirkte sie schutzlos und absolut weiblich. Ein paar Strähnen aus ihrem Haar hatten der chemischen Keule getrotzt, mit der sie ihre Frisur zu bändigen versuchte, und verliehen ihrem Gesicht eine Sanftheit, die sie verbissen zu leugnen versuchte. Ihre Wangen waren gerötet, und wieder malte er sich aus, wie heiß sich ihre Haut anfühlen würde.

Er hätte es für sein Leben gern herausgefunden, aber er wollte kein Risiko eingehen, denn wenn er sie berührte, so befürchtete er, würde er ihr gerade erlangtes, empfindliches Gleichgewicht stören, und die Waage würde sich nicht zu seinen Gunsten neigen. Also fragte er: »Hunger, Sayre?«

Sie hob den Kopf von der Stütze. Ihr Blick wirkte verständnislos und leicht getrübt. »Wie bitte?«

»Hunger?«

»Ach so.« Sie schüttelte leise den Kopf und sagte: »Nein.«

»Ich wette doch.«

Er sah sie ein paar Sekunden lang nachdenklich an, ehe er den Pick-up in Gang setzte. Als er aus dem Parkplatz fuhr, bog er in die Richtung ein, die vom Motel wegführte.

Sie sagte: »Die Lodge ist auf der anderen Seite der Stadt.«

»Vertrauen Sie mir.«

»Nicht mal so weit, wie ich sie werfen könnte.«

Er grinste nur. Sie sagte nichts weiter, was er als stillschweigendes Einverständnis nahm, bei allem mitzumachen, was er vorhaben mochte. Gleich hinter dem Stadtrand bog er von dem Highway auf eine mit Schlaglöchern übersäte Schotterstraße, die durch einen dichten Wald führte. Er folgte der Straße bis zum Ende, wo sich eine Lichtung am leicht erhöhten Ufer eines breiten Bayou befand. Mehrere Fahrzeuge parkten vor einem kleinen Gebäude, das kurz vor dem Zusammenbrechen zu stehen schien.

Sayre drehte sich zu ihm um. »Sie kennen das hier?«

»Sie klingen überrascht.«

»Ich dachte, es wäre ein Geheimtreff von uns Einheimischen.«

»Ich bin inzwischen hier heimisch.«

Die Fischbude war seit den dreißiger Jahren, als die Besucher hauptsächlich des schwarzgebrannten Schnapses wegen gekommen waren, im Besitz derselben Familie, die sie auch seither betrieb. Das Wellblech, aus dem die Hütte bestand, war schon vor Jahrzehnten dem Rost zum Opfer gefallen. Im Lauf der Zeit hatten sich die Wände gefährlich zur Seite geneigt. Die Bude war keine vier Meter breit und eine einzige Küche.

Durch ein schmales Verkaufsfenster wurden Austern in der Schale verkauft, zusammen mit einer scharfen, roten Sauce, die einem die Tränen in die Augen trieb, es gab ein schweres Gumbo mit Filé und Okra oder auch einen Krabbeneintopf, der so lecker war, dass man den Papierteller mit Baguettestückchen ausstrich. Außerdem wurde hier alles von Alligatorfleisch bis zu Dillgurken in dünnem Teig ausgebacken.

Beck bestellte zwei Teller Gumbo und dazu Po'Boy-Sandwichs mit frittierten Shrimps. Während das Essen zubereitet wurde, ging er an den großen Trog an der Seite der Hütte und wühlte mit beiden Händen in dem gestoßenen Eis, bis er zwei Flaschen Bier zutage gefördert hatte. Er öffnete sie mit dem großen, an einer schmutzigen Schnur baumelnden Flaschenöffner, der an einem Baum festgenagelt war.

»Es ist kalt«, warnte er Sayre, als er ihr eine der beschlagenen Flaschen reichte. »Möchten Sie ein Glas?«

»Das wäre eine Beleidigung.«

Sie setzte die Flasche gekonnt an und nahm einen tiefen Schluck. Er lächelte sie an. »Damit haben Sie sich ein paar Bonuspunkte gesichert.«

»Ich pfeife auf Ihre Bonuspunkte.«

Sein Grinsen wurde noch breiter. »Wirklich schade. Die können sich nämlich sehen lassen.«

Als ihre Bestellung fertig war, trugen sie die Pappschalen an einen verwitterten Picknicktisch unter einem breiten Dach von uralten Eichen. Die mit spanischem Moos behangenen untersten Äste waren mit grellbunten Weihnachtslichterketten verziert. Ein anderer Gast hatte sein Autoradio auf einen Zydeco-Sender eingestellt, was zusätzlich Atmosphäre schuf.

Erst aßen sie ihre Schalen mit Gumbo, dann schaute Beck zu, wie Sayre ihr Sandwich aus dem Papier wickelte. Das selbst gebackene Brötchen war außen heiß, butterfettig und knusprig und innen weich. Es war reichlich mit dicken, panierten Shrimps direkt aus der Fritteuse sowie mit zerkleinertem Salat und Remouladensauce beladen. Sie ergänzte die Mischung um einen großzügigen Spritzer Tabasco aus der Flasche auf ihrem Tisch.

Dann biss sie ab. »Lecker«, bekannte sie, nachdem sie den Bissen hinuntergeschluckt hatte. »In San Francisco gibt es auch tolles Essen, aber das hier schmeckt nach...«

»Was denn?«

»Heimat.« Sie lächelte, aber es war ein melancholisches, sehnsüchtiges Lächeln.

Er konzentrierte sich auf sie mindestens genauso wie auf sein Essen, und er spürte, dass sie sich darauf konzentrierte, wie er sich auf sie konzentrierte. Seine gespannte Aufmerksamkeit war ihr unangenehm, auch wenn sie sich betont lässig gab.

Schließlich sah sie ihn streng an. »Habe ich Soße am Kinn oder was?«

»Nein.«

»Warum starren Sie mich dann so an?«

Sein Blick forderte sie auf, einen Tipp abzugeben, aber das tat sie natürlich nicht. Sie aßen weiter. Nach einer Weile fragte er: »Schwitzen Sie eigentlich nie?«

Sie sah auf und blinzelte. »Verzeihung?«

»Es herrscht eine Höllenhitze hier draußen. Die Luft steht. Die Luftfeuchtigkeit muss bei neunundneunzig Prozent liegen. Sie hauen sich den Tabasco praktisch teelöffelweise auf Ihr Sandwich. Aber Sie schwitzen nicht. Ihre Haut ist nicht mal feucht. Wie ist das möglich?«

»Sie schwitzen doch auch nicht.«

Er drückte den Hemdsärmel an seine Stirn, streckte dann den Arm vor und zeigte ihr die feuchte Stelle. »Mir fließt die Soße literweise den Rücken runter und in die Hose.« Das war zwar übertrieben, aber er erntete damit immerhin ein echtes Lächeln.

»Ich schwitze schon. Allerdings nicht oft«, gab sie zu. »Nur wenn ich mich wirklich anstrenge.«

»Ah, gut zu wissen«, sagte er. »Ich hatte schon Angst, Sie könnten ein Alien ohne Schweißdrüsen sein.«

Als sie fertig gegessen hatten, sammelte er den Müll zusammen und warf ihn in eines der Ölfässer, die als Abfalltonnen dienten. Anschließend kehrte er zu ihr zurück, setzte sich auf die Tischplatte und stellte die Füße neben sie auf die Bank. Er nahm einen Schluck Bier und sah auf sie hinab. »Wieso können Sie Doc Caroe nicht ausstehen?«

Sie stellte bedächtig ihre Bierflasche ab und wischte mit einer Papierserviette das Kondenswasser von ihrer Hand. »War das so offensichtlich?«

»Und wie. Als sie die Wahl hatten, ihm die Hand zu geben oder gegen mich gedrückt zu werden…« Er verstummte und wartete ab, bis sie zu ihm aufsah, ehe er weitersprach. »Da haben Sie es vorgezogen, Caroe nicht die Hand zu reichen. Da ich Ihre Abneigung gegen mich kenne, würde ich behaupten, dass Sie diesen Mann zutiefst verabscheuen.«

Sie wandte den Kopf ab und sah zu einer Gruppe hinüber, die an einem der anderen Tische saß. Drüben brandete Gelächter auf, als hätte jemand eben einen guten Witz gerissen. Die dazugehörenden Kinder waren damit beschäftigt, zwischen den Bäumen nach Glühwürmchen zu jagen, und kreischten jedes Mal jubelnd, wenn sie eines gefangen hatten.

»Die amüsieren sich, wie?«

»Sieht so aus«, sagte er. Dann stupste er mit der Schuhspitze gegen ihren Schenkel. »Warum können Sie Doc Caroe nicht leiden?«

Sie schaute wieder zu ihm auf. »Er ist ein eitler Pfau. Diese

Frisur ist doch lachhaft. Er hat einen Napoleon-Komplex. Er ist eine Gefahr für jeden, der sich von ihm behandeln lässt, denn er ist inkompetent und entweder zu dumm oder zu eingebildet, um seine Grenzen zu erkennen. Man hätte ihm schon vor Jahren die Approbation entziehen sollen.«

»Und was haben Sie abgesehen davon gegen ihn?«

Sie registrierte den ironischen Tonfall, senkte den Kopf und musste leise lachen. »Ich habe mich gehen lassen. Es tut mir leid.«

»Das braucht es nicht. Ich mag es, wenn Sie sich gehen lassen. Ich glaube, Sie lassen sich längst nicht oft genug gehen.«

»Es macht Ihnen Spaß, mich zu analysieren, stimmt's?«

»Doc Caroe?«

Ihr Lächeln verblasste wieder. »Er behandelte meine Mutter, als sie Magenkrebs bekam.«

»Das hat mir Chris schon erzählt. Das war für alle Beteiligten eine schwere Zeit.«

»Als die Diagnose endlich gestellt war, war der Krebs für eine Therapie wohl schon zu weit fortgeschritten. Aber ich konnte nie glauben, dass Dr. Caroe wirklich alles getan hat, um sie zu retten.«

»Sie waren ein kleines Mädchen, Sayre. Sie wollten, dass Ihre Mutter schnell wieder gesund wird. Und als sie starb, brauchten Sie jemanden, dem Sie die Schuld an ihrem Tod geben konnten.«

»Da haben Sie wohl Recht.«

»Ich habe was Ähnliches durchgemacht, als mein Vater starb.« Sie hob den Kopf und sah zu ihm auf. »Da war ich ungefähr genauso alt wie Sie, als Ihre Mutter starb.«

»Das muss furchtbar gewesen sein.«

Einen Augenblick lang hatte sie sich völlig schutzlos gezeigt. Ihre Miene war weich geworden, ihr Blick war offen, und sie klang aufrichtiger als je zuvor.

»Das ist schon lange her«, sagte er. »Aber ich weiß noch genau, wie wütend ich damals war. Und meine Wut sollte lange nicht nachlassen, was die Situation für meine Mom noch schwieriger machte.«

Das Kinn auf eine Hand gestützt, fragte sie: »Was haben Sie gemacht, als Sie hörten, dass Ihr Vater gestorben war? Als Erstes.«

»Ich habe mit meinem Baseballschläger die Garagenwand bearbeitet.« Er brauchte nicht lange zu überlegen. Die Erinnerung war noch frisch. »Ich schlug immer und immer wieder darauf ein, bis das Holz splitterte. Fragen Sie mich nicht, warum. Ich schätze, ich wollte, dass irgendwas genauso leiden musste wie ich.«

Er ließ sich neben ihr auf die Bank nieder, mit dem Rücken zum Tisch, sodass er genauso umgekehrt neben ihr saß wie auf der Klavierbank. Die Bank vor dem Picknicktisch war viel länger, aber er blieb genauso dicht neben ihr wie damals.

»Was haben Sie gemacht, als Sie erfuhren, dass Ihre Mutter gestorben war?«

»Ich bin in ihr Schlafzimmer gegangen«, antwortete sie. »Dort roch es immer so gut nach dem Talkumpuder, den sie jeden Abend nach dem Baden auflegte. Bis zu meinem letzten Atemzug werde ich nicht vergessen, wie sie roch, wenn sie zu mir ins Zimmer kam, um mich zuzudecken und mir einen Gutenachtkuss zu geben. Ihre Hände fühlten sich immer so angenehm kühl an, wenn sie mein Gesicht hielten.«

Wie um ihre Worte zu unterstreichen, legte sie die Hände auf ihre Wangen. In der Erinnerung verloren, verharrte sie so ein paar Atemzüge lang, ehe sie die Hände langsam wieder sinken ließ. »Jedenfalls rannte ich in ihr Schlafzimmer, als Huff damals aus dem Krankenhaus heimkam und uns mitteilte, dass sie gestorben war. Eigentlich war es auch Huffs Schlafzimmer, aber für mich war es immer ihr Zimmer gewesen, weil es so feminin und hübsch eingerichtet war. Ich warf mich auf ihrer Seite aufs Bett, vergrub mein Gesicht in ihrem Kissen und heulte mir die Seele aus dem Leib.

Irgendwann kam Selma mich holen. Sie wusch mein Gesicht

mit einem kalten Waschlappen ab und erklärte mir, dass ich von jetzt an die Dame des Hauses sei, dass mich meine Mutter vom Himmel aus beobachten würde und ob ich sie enttäuschen wollte, indem ich mich so aufführte? Also hörte ich auf zu weinen.«

»Und wurden stattdessen zur Dame des Hauses.«

Sie lachte und schüttelte sich dabei das Haar aus dem Gesicht. »Ich glaube, das Thema hatten wir schon. Ich habe mich nie besonders damenhaft aufgeführt. Aber damals habe ich eine tiefe Abneigung gegen diesen Arzt entwickelt, der meine Mutter nicht heilen konnte, und diese Abneigung hat sich bis heute erhalten.«

»Verständlicherweise.«

»Lebt Ihre Mutter noch?«

»Ja. Sie hat es geschafft, den Tod meines Vaters und mich zu überleben.«

Sie nickte. »Ich wette, Sie waren als Kind der reinste Dämon.«

»So wie heute?«

Sie sah ihn kurz prüfend an und meinte dann ruhig: »Manche sagen Ihnen das nach.«

»Und wer?«

Weil ihr die Frage zu unangenehm war, um darauf zu antworten, trank sie stattdessen ihr Bier aus. »Ich sollte mir jetzt ein Zimmer suchen. Vielleicht ist die Lodge heute Abend ausgebucht.«

Er legte eine Hand unter ihren Ellbogen und geleitete sie über den unebenen Boden zu seinem Pick-up. Diesmal widersetzte sie sich nicht. »Ob das Motel ausgebucht ist oder nicht, hängt vor allem vom Bowlingverein ab«, bemerkte er.

»Vom Bowlingverein?«

»Immer wenn die Männer abends zum Bowling gehen, haben die Frauen ihre Affären. An solchen Abenden ist kein einziges Zimmer frei.«

Gefangen in dem Spalt zwischen der Wagentür, die er ihr geöffnet hatte, und der Kabine, drehte sie sich zu ihm um. »Und was ist an den Abenden, an denen die Frauen zum Bowling gehen?«

»Da ist es genauso. Alle Zimmer sind ausgebucht, weil sich die Ehemänner mit ihren Freundinnen vergnügen wollen. Aber ich glaube, heute Abend kann Ihnen nichts passieren. Da sind nur die *Knights of Columbus* beim Bowling.«

»Und katholische Ehefrauen gehen nicht fremd?«

»Schon, aber die sind diskreter. Die gehen irgendwo außerhalb ins Motel.«

Sie lachte und kletterte in die Kabine, ohne zu ahnen, wie eng sich bei der hohen Stufe der Rock um ihren Hintern schmiegte. Üppige Kurven und kein Höschensaum. *Ein Stringtanga*, dröhnte es in seinem Hirn. Augenblicklich war er wie besoffen vor Lust. Während er hinten um den Pick-up herumging, wischte er noch einmal mit dem Ärmel den Schweiß von seiner Stirn.

Er stieg ein und startete den Motor. Sie fragte: »Woher haben Sie all diese unschätzbaren Informationen über die Seitensprungbräuche in Destiny?«

»So was gehört zu meinem Job.« Er lenkte den Wagen in einem weiten Bogen auf die Schotterstraße zurück, die zum Highway führte. Links und rechts lag der Wald in undurchdringlicher Dunkelheit.

»Schon kapiert. Sie sammeln Informationen über die Menschen, finden raus, mit wem sie schlafen, wie viel sie trinken und wo sie verletzlich sind. Nur für den Fall, dass Huff irgendwann mal Material gegen sie braucht.«

»Bei Ihnen klingt das fast nach Erpressung.«

»Ist es das nicht?«

Er sah sie enttäuscht an. »Jetzt habe ich Ihnen ein schickes Essen spendiert, und Sie sind mir immer noch nicht besser gesinnt. Ich möchte auf keinen Fall, dass Sie morgen mit einem so falschen Bild von mir abreisen.«

»Ich reise morgen noch nicht ab.«

14

Beck bremste so scharf, dass der Pick-up über den Schotter schlitterte, ehe er zum Stehen kam. »Und wieso nicht?«

»Was interessiert Sie das?«

»Heute Nachmittag wollten Sie sich noch mit einem Jet hier rausholen lassen. Wieso haben Sie Ihre Meinung geändert?«

»Chris steht wegen Dannys Tod unter Verdacht.«

»Wer hat Ihnen das erzählt?«

»Huff.«

Beck ließ sich das durch den Kopf gehen, nahm dann den Fuß von der Bremse und fuhr wieder an.

»Stand er unter Drogen?«, fragte sie.

»Nein. Er war bei Sinnen.«

»Können ... werden Sie mir das genauer erklären?«

Er zuckte lässiger, als ihm zumute war. »Red Harper hat Chris gebeten, in sein Büro zu kommen, weil es einige offene Fragen zu klären gab.« Er sah kurz zu ihr herüber. »Offenbar hat Ihre Bemerkung, dass Danny das Angeln verabscheute, den Deputy angestachelt.«

»Ich dachte, dass das wichtig sein könnte. Danny hasste die Angelhütte. Er fuhr nie dorthin.«

»Jedenfalls war er nie draußen, seit ich hier bin«, gab Beck zu. »Zumindest nicht, soweit ich weiß.«

»Finden Sie es dann nicht merkwürdig, dass er dort starb?«

»Keine Ahnung. Ist es das?«

Inzwischen waren sie am Stadtrand angekommen, wo er an einer Ampel halten musste. Weil sie seine Frage nicht beantwortet hatte, drehte er sich zu ihr um und wiederholte sie. »Ist es merkwürdig, dass er dort draußen starb? Und wieso hasste Danny die Angelhütte so?«

Sie schwieg störrisch.

»Hatte er Angst vor Schlangen? War er allergisch gegen Giftsumach? Warum hasste Danny die Angelhütte?«

»Er hatte schmerzhafte Erinnerungen daran«, fuhr sie ihn an. »Okay?«

Er gab augenblicklich nach. »Okay.« Die Ampel schaltete auf Grün, und er fuhr über die Kreuzung.

Er hörte Sayre seufzen und sah, wie sie den Kopf gegen das Seitenfenster lehnte. »Wollen Sie die ganze Geschichte hören?«

»Nur wenn Sie sie erzählen möchten.«

»Chris würde sie sowieso erzählen. Bei mir ist die Erinnerung wenigstens durch keine rosa Brille gefiltert. Vielleicht werden Sie dann besser verstehen, wie es ist, bei den Hoyles aufzuwachsen, und vielleicht gibt es Ihnen auch einen ungeschminkten Blick auf das Wesen des Mannes, für den Sie arbeiten.

Eines Tages, nicht lang nach dem Tod unserer Mutter, beschloss Huff, dass wir einen Familienausflug machen sollten. Einen Tag lang nur wir vier gemeinsam. Was für ihn ein ziemliches Zugeständnis war. Wie Sie wissen, gibt es kaum einen Tag, an dem er nicht in die Gießerei geht.

Jedenfalls fuhr er mit uns raus zur Angelhütte. Er staffierte jeden von uns mit einer Rute und Ködern aus und zeigte mir und Danny, was wir zu tun hatten. Chris war natürlich schon ein versierter Angler, da Huff seit Jahren mit ihm angeln gegangen war.

Danny begann zu jammern, dass er nicht angeln wolle. Es war ihm zuwider, den Köder an den Haken zu stecken, weil er dem Wurm nicht wehtun wollte. Er sagte, er hoffe, dass er keinen Fisch fangen würde, weil der dann sterben müsse. Wegen Mutter beschäftigte ihn alles, was mit dem Tod zusammenhing. Eine Woche zuvor hatte er stundenlang wegen einer toten Grille geweint, die er auf der Veranda gefunden hatte.

Statt ihn zu trösten, mit ihm zu reden oder die Sache verflucht noch mal auf sich beruhen zu lassen – denn wen interessierte es, ob Danny an diesem Tag einen Fisch fing oder nicht? –, wurde Huff stinksauer und erklärte ihm, dass wir erst heimfahren würden, wenn er etwas gefangen hätte.

Er ließ ihn den ganzen Nachmittag in diesem stinkenden

gelben Schlamm sitzen, wo er schutzlos den vernichtenden Blicken seines Vaters und den hämischen Bemerkungen seines Bruders ausgesetzt war. Und Chris durfte, ja, sollte Danny immer weiter erniedrigen.

Als die Sonne schon untergegangen war, biss endlich ein Fisch an. Danny heulte ununterbrochen, während der Fisch den Haken abzuschütteln versuchte. Aber er holte ihn raus«, fuhr sie leise fort. »Er holte ihn raus. Und dann warf Danny in dem einzigen Akt von Gehorsamsverweigerung, den ich je bei ihm erlebt habe, den Fisch in das Bayou zurück und schwor, dass er nie wieder einen fangen würde.«

Beck war inzwischen auf den Parkplatz des Motels eingebogen und hatte vor der Rezeption angehalten. Bis sie die Geschichte zu Ende erzählt hatte, saß er ihr zugewandt und hatte den Arm über die Rückenlehne gelegt, womit seine Finger gefährlich nah an ihrer Schulter waren.

Er konnte ihr genau ansehen, wann ihr bewusst wurde, dass sie sich in ihren Erinnerungen verloren hatte und dass er sich ganz und gar auf sie konzentrierte, denn in diesem Moment setzte sie sich auf und sprach mit klarer Stimme weiter. »Danny hasste diesen Ort. Er war der Schauplatz einer seiner schlimmsten Erinnerungen. Warum also sollte er am vergangenen Sonntagnachmittag ausgerechnet dorthin fahren?«

»Vielleicht aus genau diesem Grund, Sayre. Wenn er verzweifelt genug war, um Suizid zu begehen, könnte er sich in einer masochistischen Anwandlung genau den Fleck ausgesucht haben, an dem sich eine verhasste Erinnerung zugetragen hatte.«

»Falls es ein Suizid *war*.« Sie stellte sich seinem Blick und fragte: »Wieso ermitteln sie gegen Chris?«

»Das tun sie gar nicht. Sie haben ihn nur gebeten …«

»Ja, ja, ich weiß. Er soll nur ein paar Fragen beantworten. Aber diese Fragen waren immerhin so ernst, dass sie Huff einen Herzinfarkt beschert haben.«

Er wandte den Kopf ab und blickte auf den blinkenden roten Neonpfeil, der direkt auf die Motelrezeption zielte. Hinter der

Glasscheibe konnte er den Jungen am Empfang sehen. Er lungerte in einem Fernsehsessel herum, kaute auf einem Zahnstocher und schaute fern. Bisher hatte er nicht das leiseste Interesse an seinen potentiellen Übernachtungsgästen gezeigt. Offenbar kam es öfter vor, dass ein Mann und eine Frau vor der Rezeption im Auto sitzen blieben und debattierten, ob sie hineingehen und ein Zimmer mieten sollten.

»Sie haben etwas in der Hütte gefunden, was Chris belasten könnte. Er sagt, er sei seit dem Abend, an dem Frito den Luchs verscheucht habe, nicht mehr auf dem Grundstück gewesen.« Dann sah er ihr wieder ins Gesicht und fügte hinzu: »Ich denke, er sagt die Wahrheit.«

»Was haben sie denn gefunden?«

»Ein Streichholzbriefchen. Aus einem Nachtclub in Breaux Bridge.«

»Das ist alles? Das ist nicht gerade ein unwiderlegbarer Beweis. Jeder hätte dort jederzeit ein Streichholzbriefchen liegen lassen können.«

»Normalerweise schon. Aber die große Cluberöffnung war erst am Samstag, an dem Abend vor Dannys Tod. Davor wurden die Streichhölzer nicht verteilt«, erklärte er. »Chris hat zugegeben, in dem Club gewesen und erst spät heimgekommen zu sein. Er gibt auch zu, ein paar Zigaretten geraucht zu haben, womit er allen Grund hätte, Streichhölzer mitzunehmen.«

»Ich nehme nicht an, dass Danny mit ihm zusammen im Club war.«

Er schüttelte den Kopf. »Das war nicht seine Szene. Schon gar nicht in letzter Zeit. Er hat nie geraucht, weshalb es unwahrscheinlich ist, dass es sein Streichholzbriefchen war. Und woher sollte er zwischen Samstagabend und Sonntag früh, als er in die Kirche fuhr, dieses Briefchen bekommen haben?«

»Deputy Scott wollte also wissen, wie ein Streichholzbriefchen, das erst ab Samstagabend ausgegeben worden war, am Sonntagnachmittag in die Angelhütte hatte gelangen können. Chris war im Nachtclub, womit er am ehesten als Täter in Frage kommt.«

»So weit Deputy Scotts Theorie.«

»Aber wer hätte es sonst sein können?«

»Das weiß ich nicht, aber wenn Scott nicht mehr als dieses Briefchen gegen Chris in der Hand hat, dann würde sich keine Jury zu seiner Verurteilung hergeben, selbst wenn man einen Staatsanwalt fände, der Anklage gegen ihn erhebt.«

Sie schien über seine Verwendung von juristischen Fachausdrücken schockiert. »Glauben Sie wirklich, dass es so weit kommen könnte?«

»Nein, tue ich nicht. Was für ein Motiv sollte Chris haben?« Er hatte die Frage eher rhetorisch gestellt, aber sie nahm sie wörtlich.

»Ich glaube nicht, dass Chris ein besonders starkes Motiv braucht, um irgendwas zu tun.«

Beck konnte dieser Behauptung nicht widersprechen, er wusste, dass Sayre Recht hatte.

Nach kurzem Schweigen sagte sie: »Ich habe beschlossen, in Destiny zu bleiben, bis das geklärt ist.«

»Und was ist mit Ihrer Firma?«

»Ich habe heute Nachmittag mit meiner Assistentin gesprochen. In dieser Woche steht nichts Dringendes an, und die vereinbarten Besprechungstermine kann sie verlegen. Außerdem ist das hier wichtiger. Ich hatte in den letzten zehn Jahren keinen Kontakt mit Danny.«

Ihre Stimme bebte so stark, dass sie fast versagte, was bei ihm den Verdacht erregte, dass sie ihm ein entscheidendes Detail ihrer Entscheidungsfindung verschwieg. Aber was es auch war, sie wollte es ihm nicht offenbaren.

»Ich kann nicht zulassen, dass sein Tod ungelöst bleibt«, sagte sie. »Selbst wenn es nur zu meinem persönlichen Frieden geschieht, muss ich wissen, warum er starb – gleichgültig, ob er sich selbst umgebracht hat oder getötet wurde.

Außerdem fühle ich mich meiner Mutter gegenüber verpflichtet. Sie vergötterte Danny. Wenn ich Huff und Chris alles überlasse, würde kaum jemand bemerken, dass Danny tot ist. Ich könnte mir selbst nicht in die Augen sehen, wenn ich zuließe, dass sein Tod so unter den Teppich gekehrt würde wie vieles andere. Damit würde ich unserer Mutter das Herz brechen. Das ist das Mindeste, was ich für sie tun kann. Und für ihn.« Sie fasste nach dem Türgriff.

Er ließ seine Finger auf ihre Schulter sinken. »Sayre?«

Sie sah ihn an, aber ihm fehlten die Worte. Sie blieb aus völlig selbstlosen Motiven hier, was hätte er dagegen einwenden können? Es wäre für sie das Beste, wenn sie Destiny verließe. Trotzdem brachte er es nicht übers Herz, sie dazu zu ermutigen.

Der Moment zog sich in die Länge. Schließlich sagte sie: »Sie brauchen mir die Tür nicht zu öffnen. Danke für das Essen. Gute Nacht.«

Er ließ zu, dass sie alleine ausstieg und ihre Tasche hinter dem Sitz hervorzog. Sie sah ihn nicht einmal an, als sie die Tür ins Schloss warf. Er hörte das Glöckchen über der Tür läuten, als sie die Rezeption betrat. Und er schaute zu, wie sie sich beim Portier für ein Zimmer eintrug.

Beck ermahnte sich, endlich abzufahren, einen sauberen Schnitt zu machen. Er hatte schon die Hand um den Schlüssel im Zündschloss gelegt. Je weniger er mit Sayre Lynch zu tun hätte, desto besser für alle Beteiligten und vor allem für ihn. Außerdem konnte sie ihn ohnehin nicht leiden. Worauf wartete er also noch?

»Verdammt!«

Als sie aus der Rezeption trat, erwartete er sie bereits. Er griff nach ihrer Tasche und fragte: »Oben oder unten?«

»Sie brauchen mich nicht zu meinem Zimmer zu bringen.«

»Huff würde es mir nie verzeihen, wenn Ihnen etwas zustieße.«

»Was soll mir denn zustoßen?«

Er wand ihr die Tasche aus der Hand. »Keine Widerrede, Sayre.«

Resigniert deutete sie ans andere Ende der langen Galerie. »Das letzte Zimmer.« Dann lachte sie bitter. »Huff. Machen Sie sich doch nicht vor, dass er sich um mein Wohlergehen sorgen würde.«

»Ich nehme an, dass es auf der Intensivstation keine tränenreiche Aussöhnung gab.«

»Er spielte eines seiner kranken Spielchen, und ich war nichts als eine Spielfigur.«

»Er dachte, er würde sterben. Vielleicht täuschen Sie sich.«

»O nein.«

»Bei Huff lassen Sie nicht einmal ein ›Im Zweifel für den Angeklagten‹ gelten?«

»Auf keinen Fall.«

»Dann muss ich davon ausgehen, dass Sie, als er die Romanze zwischen Ihnen und Clark Daly beendete...«

»Was?« Sie blieb abrupt stehen und packte ihn am Arm. »Was wissen Sie darüber?«

»Nur das, was Chris mir erzählt hat.«

»Chris hat Ihnen von Clark und mir erzählt? Wann denn?«

»Als Sie auf der Intensivstation waren.«

»Aber warum?«

Ihre Finger bohrten sich in seine Ellenbeuge, aber er glaubte nicht, dass sie das mitbekam. Aus ihren Augen schlugen Flammen. In der Hoffnung, einen Wutausbruch abzuwenden, achtete er darauf, dass sein Blick möglichst gleichmütig war. »Ich fragte Chris, wie die Fehde zwischen Ihnen und Huff begonnen hatte.«

»Nun, ich hoffe, Sie fanden die Geschichte amüsant.«

Sie ließ ihn ebenso unvermittelt wieder los, marschierte mit weiten Schritten die Galerie hinunter und schob, als sie die letzte Tür in der Reihe erreicht hatte, den Schlüssel mit solcher Kraft ins Schloss, dass Beck fast befürchtete, er würde abbrechen. Sie entriss ihm die Reisetasche und schleuderte sie ins Zimmer.

»Wenn ich gewusst hätte, dass Sie es so aufregt, hätte ich es nicht erwähnt«, sagte er.

»Was mich wirklich aufregt, ist, dass Sie und Chris sich wie zwei alte Klatschweiber die Mäuler über mein Leben zerrissen haben. Er hat kein Recht, mit Ihnen oder irgendjemandem sonst darüber zu sprechen. Haben Sie nichts Besseres zu bereden?«

»Wir haben uns nicht die Mäuler zerrissen. Außerdem ist das alles längst passé.« Plötzlich wurden seine Augen schmal. »Oder?«

»Was geht Sie das an?«

»Es geht mich genauso viel an wie Ihre zwei Ehen.«

»Sie haben auch über meine beiden Ehen gesprochen?«

»Sie gehören zur Familiengeschichte.«

»Einer Familie, zu der Sie nicht gehören.«

»Stimmt. Ich bin nur Zuschauer. Und neugierig.«

»Worauf?«

»Zwei Ehemänner in drei Jahren. Den ersten hat Huff für Sie ausgesucht, was erklären könnte, warum die Ehe nicht länger hielt. Woran ist die zweite zerbrochen?«

Sie blieb steif und still vor ihm stehen.

»Haben Sie nicht zusammengepasst? Haben Sie sich so schnell entfremdet? Waren Sie insgeheim immer noch in Daly verliebt? Ich würde auf Letzteres tippen. So, wie ich es verstanden habe, hatten Sie eine ziemlich heiße Affäre.«

»Sie haben *überhaupt nichts* verstanden.«

»Dann erklären Sie es mir, Sayre. Legen Sie mir alles dar, damit ich endlich verstehe.«

Sie kochte innerlich.

»Vielleicht haben Sie gedacht, dass Sie wenigstens alles aus der Ehe rausholen sollten, wenn Sie schon nicht den Mann haben konnten, den Sie haben wollen.«

»Ja«, zischte Sie. »Genau so habe ich es gemacht. Und wollen Sie wissen, was ich dabei rausgeholt habe?«

Sie langte nach oben, schloss die Hand um seinen Nacken, zog sein Gesicht mit aller Kraft herunter und drückte einen harten, wütenden und trotzigen Kuss auf seine Lippen. Dann ließ sie ihn so plötzlich wieder los, dass sein Kopf zurückschnellte.

Sie wandte sich ab, trat ins Zimmer und wollte gerade die Tür zuwerfen, als er sie packte. »Das will ich genauer wissen.«

Er schlang den Arm um ihre Taille, zog sie an sich und drängte sie dann rückwärts ins Zimmer. Diesmal war er es, der die Initiative ergriff, indem er den Mund auf ihren senkte und dabei die Tür zustieß.

Er öffnete ihre widerstrebenden Lippen und bohrte seine Zunge zwischen ihre Zähne. Sie versuchte, sich abzuwenden, aber er nahm ihr Kinn in eine Hand und hielt ihren Kopf fest, während er ihren Mund plünderte.

Plötzlich waren ihre Hände in seinem Haar, und ihre Finger krallten sich in den Strähnen fest. Aber sie schob ihn nicht weg. Sie zog ihn noch näher und begann gleichzeitig, seinen Kuss zu erwidern, heiß und feucht und mit einem leisen Stöhnen, das tief in ihrer Kehle bebte und ihn fast in den Wahnsinn trieb.

Augenblicklich nahm er seinem Kuss die Aggressivität. Seine Hand hielt ihr Kinn nicht mehr gepackt, sondern streichelte es stattdessen. Ihre Zungen rangen immer noch miteinander, aber nicht mehr zornig, sondern jetzt voller Verlangen. Er drehte sich mit ihr zusammen um, bis sie mit dem Rücken zur Tür stand und er sich gegen sie lehnte. Er presste seinen Unterleib gegen die Mulde unter ihrem Unterleib und wünschte sich bei Gott, ihre Kleider würden sich in Luft auflösen.

Er musste Luft holen und strich dabei mit seinen Lippen über ihre. »Ich wusste genau, dass du scharf darauf warst.«

Sie bestritt dies, keuchend und stockend, und legte gleichzeitig den Kopf ein wenig schief, wodurch sie seine Lippen einlud, an ihrem Hals abwärtszuwandern. Er hatte sich getäuscht. Ein leichter Schweißfilm lag auf ihrer Haut. Er öffnete ihre Kostümjacke und küsste ihre Brüste, die schwer und rund in ihrem tief ausgeschnittenen BH lagen.

Als er durch den Spitzenbesatz hindurch ihre Brustwarze küsste, murmelte sie: »Nein, nein.« Aber er machte weiter, und sie hielt ihn nicht auf.

Dann küsste er sie wieder auf den Mund, wobei er seine Hände auf ihren Hintern legte und sie an sich drückte. »O Gott«, stöhnte sie und drehte sich mit dem Gesicht zur Tür.

Ohne sich beirren zu lassen, hob er ihre Hände an und legte sie flach gegen das Holz. Während seine Zähne sanft ihren Nacken erforschten, strichen seine Finger kaum spürbar an der Unterseite ihrer Arme aufwärts. Dann legte er seine flachen Hände auf ihre Brüste, drückte sie und formte sie nach, ehe sie weiterwanderten über ihren Bauch, ihre Hüften, ihre Schenkel bis hinab zu den Knien.

Auf dem Rückweg nach oben schob sich eine Hand unter ihren Rock. Der Stoff raffte sich über seinem Handgelenk, während seine Hand den längsten und glattesten Schenkel aufwärtsglitt, den man sich nur vorstellen konnte.

Der Stringtanga war nur ein Spitzendreieck. Er liebkoste sie durch den Stoff hindurch und dann darunter, wo ihn weiches Haar und nachgiebiges Fleisch erwarteten. Seine Finger stießen in ihre längst bereite Mitte vor. Ehrfürchtig, atemlos, dankbar flüsterte er ihren Namen.

Er drückte nur ganz sanft, aber sie reagierte mit einem Zucken und einem leisen Stocken des Atems. Instinktiv schob sie die Hüfte vor und zurück. Indem sie dies tat, ließ ihn seine fast unerträgliche Lust aufstöhnen. Er war dort, genau dort, gegen die Furche in ihrem Hintern gepresst, den sie in einem wahnsinnig machenden Rhythmus über seinen Unterleib rieb.

Als sie kam, presste er sich noch fester gegen sie, er klemmte sie fest zwischen seinem Unterleib und der Tür. Sie rollte die Stirn über das Holz und atmete in schweren Stößen, bis auch das letzte Schaudern erstarb, die Spannung verebbt war und sie ganz ruhig wurde.

Er zog seine Hand unter ihrem Rock hervor und strich den Stoff wieder glatt. Dann legte er beide Hände auf ihre Taille und drückte nur hin und wieder zu, um ihr zu zeigen, dass er geduldig sein konnte.

Erst nach einer vollen Minute drehte sie sich zu ihm um. Ihre Haare bildeten einen feuchten, eigensinnigen Kranz, einen perfekten Rahmen für diese Augen, deren Farbe so an dunklen Whisky erinnerte, dass sie jeden Mann betrunken machen mussten, und für diesen Mund, von dem er nie genug bekommen würde. Feine Schweißperlen zeigten sich auf ihrer Oberlippe.

Lächelnd wischte er mit der Fingerspitze den feuchten Bart ab. »Nur wenn du dich wirklich anstrengst.«

»Wenn du mich je wieder anrührst, bringe ich dich um.«

Verdattert trat er einen Schritt zurück. »Wie bitte?«

»Ich glaube, ich habe mich klar ausgedrückt.«

Jetzt erkannte er, dass die Glut in ihren Augen keine Lust ausdrückte, sondern einen fast archaischen Zorn, als würde sie ihm wahrhaftig an die Kehle gehen, wenn er es wagen sollte, ihre Drohung zu missachten und sie noch einmal zu berühren.

»Das ist mein Ernst«, wiederholte sie. »Rühr mich nie wieder an.«

Ihr Tonfall reizte ihn zur Weißglut. »Vor einer Minute hat es dir nicht das Geringste ausgemacht, von mir berührt zu werden. Soll ich deutlicher werden?«

»Du sollst gehen.«

Mit einer ausladenden Handbewegung winkte er sie von der Tür weg, übertrieben darauf bedacht, sie nicht zu berühren. Er riss die Tür auf, blieb dann stehen und drehte sich noch einmal zu ihr um.

»Auf wen bist du eigentlich so wütend, Sayre? Auf mich oder auf dich?«

»Raus hier.«

»Du wusstest, dass es dazu kommen würde.«

»Raus.«

»Von der Sekunde an, als wir uns zum ersten Mal gesehen haben, wussten wir beide, dass das unvermeidlich war.«

Sie schüttelte zornig den Kopf.

»Du wolltest, dass es passiert, und du hast es genossen.«

»Von wegen!«

»Ach nein?« Er tupfte mit der Daumenkuppe auf ihre Unterlippe und zeigte ihr den kleinen Blutstropfen, den er von der Stelle abgenommen hatte, an der sie sich vor Lust blutig gebissen hatte.

Er beugte sich zu ihrem Gesicht hinab und ließ sie mit einem einzigen geflüsterten Wort zurück.

Flach auf dem Rücken in seinem Krankenhausbett liegend, hörte Huff, wie jemand auf die Intensivstation kam. »Wer ist da?«

»Ihr begnadeter Arzt.«

»Sie haben sich verdammt viel Zeit gelassen«, knurrte Huff.

»Sie sind nicht mein einziger Patient«, belehrte ihn Tom Caroe.

»Ich bin nicht Ihr Patient.« Huff schwang die nackten Beine über die Bettkante und setzte sich auf. Fluchend zog er die Kanüle aus der Nase. »Ich hasse es, so verkabelt zu sein.«

Der Arzt lachte. »Seien Sie froh, dass wir Ihnen keinen Katheter in den Hahn geschoben haben.«

»Das hätte ich nie im Leben zugelassen. Glauben Sie, Sie können irgendwo etwas zum Beißen auftreiben?«

Tom Caroe griff in die Tasche seiner ausgebeulten Hose und zog ein in Zellophan verpacktes Sandwich heraus. »Erdnussbutter und Traubengelee aus meiner eigenen Küche.«

»Was soll der Scheiß? Sie haben gesagt, Sie würden mir was zu essen bringen.«

»Huff, jemand, der um zwei Uhr nachmittags einen Herzinfarkt hatte, isst um halb elf abends keinen Hackbraten mit Stampfkartoffeln und Soße.«

Huff entriss ihm das Sandwich, wickelte es aus und vertilgte es mit drei Bissen. »Holen Sie mir eine Cola«, befahl er mit vollem Mund.

»Kein Koffein.«

»Die Schwester, die hässliche, hat mir die Zigaretten weggenommen.«

»Nicht einmal der große Huff Hoyle kann es sich erlauben, auf der Intensivstation zu rauchen.«

»Ich habe diesem Krankenhaus so viel gespendet, und ich darf hier nicht rauchen?«

»Hier stehen überall Sauerstofftanks«, merkte der Arzt an.

»Dann gehe ich zum Rauchen nach unten.«

»Dazu müsste ich Sie von den Geräten trennen, und dann würde das Notteam mit einem Wiederbelebungswagen angerannt kommen.« Caroe sah ihn boshaft an. »Das würden wir doch nicht wollen, oder?«

Huff sah ihn finster an. »Ihnen macht es Spaß, wie?«

»Das Ganze war Ihre Idee, Huff. Wenn Sie jetzt ohne fettes Essen und ohne Zigaretten auskommen müssen, haben Sie sich das selbst zuzuschreiben. Wie lange wollen Sie noch so weitermachen? Die Schwestern kratzen sich schon am Kopf und fragen sich, wie es kommt, dass ein Infarktpatient so gute Werte hat. Lange kann ich dieses Spiel nicht mehr treiben.«

»Wann könnte ein Herzinfarktpatient glaubhaft eine wundersame Genesuung erleben?«

»Nach ein, zwei Tagen. Ich könnte morgen ein paar Tests durchführen …«

Huff rammte ihm den Finger in die Brust. »Aber nichts, was wehtut oder wobei Sie mir irgendwas reinstecken.«

»Ich könnte Ihrer Familie erklären, dass der Infarkt nur eine minimale Vernarbung hinterlassen hat, dass er eher als Warnung dienen sollte, Ihre Ernährung umzustellen, mit dem Rauchen aufzuhören, sich mehr zu bewegen und so weiter.«

»Wenn Sie das mit der Ernährung erzählen, wird Selma anfangen, mir irgendwelche Scheiße vorzusetzen.«

»Das ist der Preis für einen vorgetäuschten Herzinfarkt.«

»Was wäre die Alternative?«, fragte Huff.

»Ich könnte Asche auf mein Haupt streuen und erklären, dass es überhaupt kein Herzinfarkt war, sondern nur ein schwerer Fall von Verdauungsstörung und Sodbrennen, der Ihnen einen Todesschrecken eingejagt und uns zu einer Fehldiagnose verleitet hat.«

Huff dachte darüber nach. »Dass ein Quacksalber wie Sie eine falsche Diagnose stellt, wäre durchaus glaubhaft, aber wir bleiben trotzdem lieber bei einem kleinen Herzinfarkt. Ich würde gern noch einen Tag im Krankenhaus bleiben. Nur damit es überzeugender wirkt.«

»Von all Ihren Intrigen schlägt diese hier dem Fass den Boden aus. Was bezwecken Sie eigentlich damit?«

»Was geht Sie das an? Schließlich werden Sie dafür bezahlt.«

»Und zwar bar.«

»Hätte ich das je vergessen?«

Derart zurechtgestutzt, lachte der Arzt nervös auf. »Ich will mich nicht in Ihre Angelegenheiten einmischen, Huff. Ich bin nur neugierig.«

»Ich habe Gründe dafür, dass ich gebrechlich wirken will. Und Sie haben verflucht Recht. Meine Angelegenheiten gehen Sie einen feuchten Dreck an.«

Tom Caroe war der skrupelloseste Mensch, den Huff je kennengelernt hatte, und das wollte einiges heißen. Huff war zu dem gefürchteten Mann geworden, der er heute war, indem er großzügig Geld gestreut und gleichzeitig mit Informationen gegeizt hatte. Er würde gewiss nicht mit Caroe besprechen, warum er diese perfide Scharade aufführte.

»Wenn Sie mir nicht mehr zu essen mitgebracht haben, dann machen Sie, dass Sie rauskommen«, schnauzte Huff ihn an. »Und versuchen Sie, keinen Ihrer Patienten umzubringen, bevor Sie Feierabend machen.«

»Wir sehen uns morgen früh.«

»Nicht vergessen, keine Untersuchung, bei der mir irgendwas reingeschoben wird. Weder in den Hintern noch in eine Ader. Nur ein paar Röntgenaufnahmen oder etwas in der Art.«

Caroe war schon halb an der Tür, als er sich kurz an die Nase tippte. »Vergessen Sie den Sauerstoff nicht.«

Huff setzte die Kanüle wieder an, legte sich hin und ließ den Kopf aufs Kissen sinken. In seiner Brust gurgelte ein tiefes Lachen, das er wie ein Husten klingen ließ, falls zufällig eine Krankenschwester vorbeikam.

Verflucht noch mal, diesmal hatte er es wirklich weit getrieben. Ohne Tom Caroes Hilfe hätte er das zwar nicht geschafft, aber um sich die Mithilfe des Arztes zu sichern, hatte ein einziger Anruf genügt.

Seit ihm der Sheriff mitgeteilt hatte, dass Danny tot war, hatten ihm mehrere Probleme gleichzeitig zugesetzt. Wie auf Aas wartende Geier waren sie über ihm gekreist und hatten sich nicht einmal durch wildes Armewedeln vertreiben lassen. In regelmäßigen Abständen ließ sich einer von ihnen auf ihm nieder und zupfte erbarmungslos an seinem Unterbewusstsein, bis der nächste herabgesegelt kam und seinen Platz einnahm.

Das Wichtigste war natürlich der Verlust seines Sohnes. Der war bedauerlich. Traurig. Sogar tragisch. Aber Danny war tot, daran war nichts zu ändern. Er würde ihn vermissen, aber es war sinnlos, über etwas zu brüten, was nicht mehr zu ändern war.

Dann war da die Sache mit Chris. Huff war zutiefst verstimmt über seinen Sohn, weil er seine Ehe in den Sand gesetzt hatte. Wo hatte er gesteckt, während sein Weib in Mexiko mit den Poolboys ins Bett hüpfte und sich die Eileiter durchtrennen ließ? In Ludern wie Lila Robson.

Huff interessierte sich kein bisschen für Chris' Ehe und hatte ehrlich gesagt nicht einmal erwartet, dass sie so lange halten würde. Aber er hatte darauf gebaut, dass Chris ihm ein Enkelkind verschaffen würde, bevor die Ehe zerbrach. Die Wiege auf dem Speicher stand immer noch leer, und das wurmte ihn.

Doch erst Sayres Rückkehr hatte ihn aufmerken lassen und ihm bewusst gemacht, wie sehr ihm alles entglitten war. Früher hatte er alles bestimmen können. Niemand hatte ohne seine Erlaubnis irgendetwas getan. In jeder Situation hatte er darüber gewacht, woher der Wind wehte. Er hatte seine Familie mit straffer und unerbittlicher Hand geführt.

Irgendwann im Lauf der Jahre waren ihm die Zügel entglitten. Sayre jedenfalls hatte er nicht mehr in der Gewalt. Es war verflucht noch mal allerhöchste Zeit, dass er sie wieder an die Kandare nahm. Aber dazu musste er ihre Aufmerksamkeit gewinnen, und das mit aller Macht. Darum hatte er einen Herzinfarkt vorgetäuscht, und tatsächlich hatte er sie damit in der Stadt halten können.

Während er so auf der stillen Intensivstation lag, musste er schon wieder ein Lachen unterdrücken. Er hatte seine eigenen Pläne mit Miss Sayre Lynch Hoyle.

Und praktischerweise spielte sie ihm direkt in die Hände.

15

Als Beck nach Hause zurückkehrte, kam Frito angesprungen, um ihn zu begrüßen, und ließ einen vollgesabberten Tennisball vor seine Füße plumpsen. »Entschuldige, alter Knabe. Aber heute ist mir nicht nach Spielen zumute.«

Heute Abend brauchte er weniger einen Hund als einen Punchingball, auf den er ein paar Stunden mit den Fäusten eindreschen konnte. Erst dann hätte er – vielleicht – den gröbsten Ärger abgebaut.

Aber Frito ließ sich nicht abwimmeln, und Beck kam zu dem Schluss, dass es unfair gewesen wäre, seine Laune an dem unschuldigen Hund auszulassen. »Na schön, aber nur kurz.«

Nach fünfzigmal Apportieren war Beck total erschöpft. »Ich kann nicht mehr, Frito. Außerdem ist es längst Essenszeit für dich.«

Frito brauchte nur das Wort »Essen« zu hören, und schon rannte er seinem Herrchen voraus auf die Veranda. Er drückte mit der Schnauze die Fliegentür auf und verschwand im Haus. Als Beck in die Küche kam, saß Frito bereits vor dem Kühlschrank, fegte mit seinem weichen Schweif den Küchenboden und ließ die lange Zunge sabbernd aus seinem Mund hängen.

Beck verschwand unterdessen in der Speisekammer und öffnete den Eimer mit dem Trockenfutter. Frito begann zu winseln. Sonntags und mittwochs bekam er abends Rührei. Er sah zu Beck auf, als wollte er sagen: *Hast du vergessen, welcher Tag heute ist?*

»Heute nicht. Heute gibt es Bröckchen. Morgen mache ich

alles wieder gut.« Er schüttete eine reichliche Portion in den großen Hundenapf auf dem Boden.

Frito kam missmutig näher, beäugte wenig begeistert sein Futter und sah dann erneut flehend und unter leisem Winseln zu Beck auf.

»Wir haben keine Eier mehr, okay? Das hier ist teure, nahrhafte, vitaminreiche Tiernahrung, für die jeder halb verhungerte Hund in China dankbar wäre. Jetzt iss, und hör auf zu winseln.«

Frito kam offenbar zu dem Schluss, dass nichts Besseres zu erwarten war, senkte den Kopf in den Napf und begann, die Brocken zu zermahlen. Aber als Beck den Kühlschrank öffnete, um ein Bier herauszuholen, wandte Frito den Kopf und durchbohrte Beck mit einem vernichtenden Blick, sobald er die Eier ordentlich aufgereiht in der Tür stehen sah.

»Du bist schlauer, als gut für dich ist.«

Beck hatte das gleiche Problem. Manchmal war er schlauer, als gut für ihn war. Sayres wütende Reaktion auf das Gespräch, das er mit Chris über sie geführt hatte, hatte gezeigt, dass sie die Trennung von Clark Daly noch nicht verwunden hatte. Nicht endgültig. Und das irritierte Beck wie ein Steinchen im Schuh. Außerdem war das kaum zu glauben. Daly war ein ausgebrannter Alkoholiker und für jeden, der ihn in seiner Ruhmeszeit gekannt hatte, ein Totalversager. Wie war es möglich, dass eine erfolgreiche Frau wie Sayre Lynch immer noch an ihm hing?

Es trieb ihn zum Wahnsinn – wie praktisch alles an ihr.

Frito leerte mit einem letzten Schlabbern den Wassernapf. »Fertig? Dann mach dein Geschäft, damit ich die Tür abschließen kann.« Frito verschwand durch die Hintertür in den Garten.

In dem eingeschossigen Acadier-Haus gab es zwei Schlafzimmer. Das größere hatte ein eigenes Bad, weshalb Beck darin schlief. Das andere war als Gästezimmer eingerichtet, allerdings übernachteten bei ihm nie Gäste von außerhalb. Darum nutzte er den Raum praktisch nur zur Aufbewahrung wenig gebrauchter Gegenstände und der Kleidung für die jeweils andere Saison.

Das Haus war wahrhaftig keine Villa, aber es war gemütlich. Er mochte das freundliche Knarren des Dielenbodens und den Schnitt der Zimmer, der viel Freifläche und große Fenster ermöglichte. Weil er kein leidenschaftlicher Gärtner war, hatte er eine Gärtnerei damit beauftragt, dass der Sumpf das Gelände nicht zurückeroberte. Zweimal in der Woche kam eine Zugehfrau, die für ihn putzte, seine Wäsche erledigte und die Küche mit Lebensmitteln und selbst gemachten, tiefgekühlten Eintöpfen aufstockte.

Er führte ein Junggesellenleben.

Er zog sich aus und ging unter die Dusche. Die Hände an den Kacheln hinter der Armatur abstützend, senkte er sein Haupt unter den Duschkopf und ließ das Wasser in seinen Nacken prasseln.

»Ich hätte sie nicht anrühren sollen.«

Als Sayre ihn am Genick gepackt und ihm diesen trotzigen Kuss aufgedrückt hatte, hätte er ihr diesen kleinen Sieg gönnen und einfach weggehen sollen. Doch er musste es um jeden Preis probieren. Musste *sie* um jeden Preis probieren. Und was danach passiert war …

Denk bloß nicht darüber nach, was danach passiert ist.

Natürlich tat er es doch. Noch lange nachdem nur noch kaltes Wasser aus der Dusche kam, spielte er die ganze Episode immer wieder in seiner Fantasie durch, wobei er nicht ein einziges erotisches Detail überging oder ausließ.

Als er aus dem Bad kam, lag Frito bereits auf dem Vorleger neben seinem Bett. »Alles erledigt?« Der Hund gähnte und ließ den Kopf auf die Vorderpfoten sinken. »Ich nehme an, das heißt Ja.«

Beck schloss alle Türen ab und ging dann zu Bett. Er war müde, aber nicht schläfrig. Aus der Dunkelheit sprangen ihn die Probleme an wie hämisch grinsende Gestalten in einer Geisterbahn.

Chris und die Ermittlungen nach Dannys Tod.

Huff und die Folgen, die sein Herzinfarkt für Hoyle Enterprises haben konnte.

Charles Nielson und der Berg an Arbeit, der abgetragen werden musste, um diese Angelegenheit zu regeln.

Sayre. Sayre. Und nochmals Sayre.

Er war ihr am Tag zuvor zum ersten Mal begegnet, und sie hatte schon jetzt sein Leben mehr in Aufruhr gebracht als jede andere Frau zuvor. Sie war aus mehr als einem Grund nicht gut für ihn. Wenn er sich mit ihr einließ, setzte er damit alles aufs Spiel, was er an Arbeit, Zeit und Mühe in die Hoyles investiert hatte.

Aber Sayre konnte sein Leben nicht auf den Kopf stellen, solange er sie nicht ließ. Damit sie das Fundament zerstörte, das er gelegt hatte, und seine Zukunft ruinierte, musste er ihr eine Gelegenheit dazu geben, und er musste willentlich zu seinem eigenen Untergang beitragen.

Die Lösung war einfach: Halt dich von ihr fern.

Aber seine Standhaftigkeit war deutlich schwächer als seine Begierde. Wie sollte er sich jetzt, wo er ihre Leidenschaft gekostet hatte, noch von ihr fernhalten?

Sein letzter wacher Gedanke war: *Ich hätte sie auf keinen Fall berühren dürfen.*

Das war auch sein erster Gedanke, als nicht einmal eine Stunde später sein Handy klingelte.

Dann fiel ihm Huffs Herzinfarkt ein, und er wälzte sich zur Seite, um das Telefon vom Nachttisch zu fischen. »Hallo?«

»Mr. Merchant?«

»Ja? Wer ist da?«

»Fred Decluette.«

Er war einer der Vorarbeiter während der Nachtschicht in der Gießerei. Augenblicklich saß Beck senkrecht im Bett. Das waren bestimmt keine guten Neuigkeiten.

Zum zweiten Mal innerhalb von vierundzwanzig Stunden raste er zum städtischen Krankenhaus und eilte im Laufschritt in die Notaufnahme.

Dort wurde er bereits von Fred Decluette erwartet, der seit

über dreißig Jahren für Hoyle Enterprises arbeitete. Er war gebaut wie ein Feuerhydrant und etwa genauso robust. An diesem Abend jedoch sah er nervös und fahrig aus und drückte die Kappe, die er rastlos in den Händen drehte, mit weißen Fingern zusammen.

Seine Kleider waren vom Hemdkragen bis zu den Aufschlägen seiner khakifarbenen Arbeitshose steif von getrocknetem Blut.

»Danke, dass Sie so schnell gekommen sind, Mr. Merchant. Es ist mir verflixt unangenehm, Sie mitten in der Nacht aus dem Bett zu holen, aber ich wusste nicht, wen ich sonst anrufen sollte. Ich hab mir gedacht, jemand aus dem Management sollte Bescheid wissen. Und Mr. Hoyle, also Chris, habe ich auf der Notrufnummer nicht erwischt. Dafür hab ich seine Haushälterin aus dem Bett geholt. Er ist nicht zu Hause, und sie hat keine Ahnung, wo er steckt. Und wo Mr. Huff gerade im Krankenhaus liegt ...«

»Schon gut, Fred. Gut, dass Sie mich angerufen haben. Was ist Billy Paulik passiert, und wie schlimm ist es?« Er hoffte wider besseres Wissen, dass die Verletzung des Angestellten weniger ernst war, als es das Blut auf Decluettes Sachen verhieß.

»Ziemlich schlimm, Mr. Merchant. Ich schätze, Billy wird seinen Arm verlieren.«

Beck holte tief Luft und atmete langsam wieder aus. »Wie ist es passiert?«

»Er hat für einen Mann auf Urlaub das Förderband beaufsichtigt. Er wollte einen schlackernden Treibriemen spannen.«

»Während das Band lief?«

Decluette trat unruhig von einem Fuß auf den anderen. »Ähm, ja, Sir. Sie wissen doch, wir halten das Band nur an, wenn ein wirklich schweres Problem vorliegt. Es lief also weiter. Und dann hat sich Billys Ärmel im Getriebe verfangen. Er kam nicht mehr an den Schalter, um das Band abzuschalten. Das verdammte Ding hat seinen Arm in den Spalt gezogen. Einer der anderen Männer ist zum Schalter gerannt und hat alles angehalten, aber

198

bis dahin…« Der Vorarbeiter schluckte schwer. »Wir haben gar nicht erst auf den Krankenwagen gewartet. Wir haben ihn einfach hochgehoben und hergefahren.«

Er deutete auf drei weitere Männer, die mit gesenkten Köpfen auf den Stühlen im Wartebereich saßen und genauso blutig und zittrig wirkten wie ihr Vorarbeiter. »Billys Arm hing nur noch an einem dünnen Strang. Moe musste ihn festhalten, sonst wäre er einfach abgefallen.«

»Ziemlich schlimm« war eindeutig untertrieben. Das war eine Katastrophe. »War er bei Bewusstsein?«, fragte Beck.

»Als wir ihn rauszogen, schrie er wie am Spieß. Das Geschrei werde ich mein Lebtag nicht vergessen. Er klang nicht mehr menschlich. Dann ist er wohl in einen Schock gefallen. Jedenfalls hörte er plötzlich auf zu schreien.«

»Haben Sie schon mit einem Arzt gesprochen?«

»Nein, Sir. Sie haben Billy da hinten reingeschoben, und seitdem haben wir niemanden mehr zu sehen bekommen außer der Schwester an der Theke dahinten.«

»Er hat eine Familie, nicht wahr?«

»Ich habe Alicia angerufen. Sie ist noch nicht hier.«

Beck legte dem Mann die Hand auf die Schulter. »Sie haben alles für Billy getan, was in Ihrer Macht stand. Von jetzt an übernehme ich.«

»Wenn es Ihnen nichts ausmacht, würden wir gern noch dableiben, Mr. Merchant. Wir haben schon ein paar Männer angerufen, die bis zum Schichtende für uns einspringen. Wir würden gern wissen, ob Billy durchkommt. Er hat eine Menge Blut verloren.«

Beck wollte sich nicht einmal vorstellen, dass Billy nicht durchkäme. »Er wäre Ihnen bestimmt dankbar.«

Fred wollte sich schon abwenden, als ihm noch eine Frage in den Sinn kam: »Wie geht es eigentlich Mr. Hoyle?«

»Er ist vorerst außer Gefahr. Ich glaube, er wird sich wieder erholen.«

Beck ließ die vier Gießereiarbeiter allein und wählte Chris'

Handynummer. Es läutete sechsmal, dann schaltete sich die Mailbox ein. Beck hinterließ eine Nachricht. »Ich dachte, wir hätten vereinbart, dass wir unsere Handys eingeschaltet lassen. Ruf mich an. Huff geht es gut, soweit ich weiß, aber wir haben einen weiteren Notfall.«

Die Schwester an ihrer Theke weigerte sich, ihm Auskunft zu geben. Verärgert über ihre absichtlich vagen Antworten, fuhr Beck sie an: »Können Sie mir wenigstens sagen, ob er noch lebt?«

»Sie sind kein Angehöriger, nicht wahr?«

»Nein, aber ich bin derjenige, der die verfluchte Krankenhausrechnung zahlt. Was mich wohl dazu berechtigt zu erfahren, ob er durchkommen wird oder nicht.«

»Bitte nicht in diesem Tonfall, Sir.«

»Also, wenn Ihnen was an Ihrem Job liegt, Madam, dann sollten Sie mit der Sprache rausrücken. Und zwar schnell.«

Sie richtete sich auf. Ihre Lippen schienen sich beim Sprechen kaum zu bewegen. »Ich glaube, der Patient wird in Kürze per Hubschrauber zu einer Unfallklinik in New Orleans geflogen. Mehr weiß ich auch nicht.«

Beck hörte eine Bewegung hinter sich, drehte sich um und sah eine Frau hereingeeilt kommen, gefolgt von fünf Kindern. Alle waren barfuß, im Schlafanzug und bleich vor Angst. Die Kleinste hatte einen zerlumpten, einäugigen Teddy unter den Arm geklemmt. Die Frau war kurz vor einem hysterischen Ausbruch.

»Fred!«, schrie sie, als er aufstand und auf sie zukam. Als sie das Blut ihres Mannes auf den Kleidern der Übrigen sah, brach sie mit einem Aufschrei in die Knie. »Sagt mir, dass er nicht tot ist. Bitte! Sagt mir, dass er noch am Leben ist.«

Die Kollegen ihres Mannes eilten herbei, um ihr beizustehen. Sie hoben sie vom Boden auf und setzten sie auf einen Stuhl. »Er ist nicht tot«, erklärte ihr Fred. »Aber er ist übel verletzt, Alicia.«

Die Kinder waren verblüffend still, wahrscheinlich hatte ihnen der Aufschrei ihrer Mutter die Sprache verschlagen.

»Ich will zu ihm«, befal sie hektisch. »Kann ich zu ihm?«

»Noch nicht. Sie verarzten ihn gerade und lassen niemanden rein.«

Fred Decluette versuchte, sie zu beruhigen und ihr gleichzeitig zu erklären, wie es zu dem Unfall gekommen war. Er kam mit seiner Stimme kaum gegen ihr Schluchzen an. Beck wandte sich noch einmal an die Krankenschwester, die die Szene leidenschaftslos verfolgte.

»Können Sie ihr irgendwas geben, um sie zu beruhigen?«, fragte er.

»Nur wenn es ein Arzt verschreibt.«

Mit hörbar angespannter Stimme sagte er: »Wie wär's, wenn Sie einen holen würden?« Mit einem äußerst indignierten Blick trottete sie davon.

»Sein rechter Arm!«, schrie Billys Frau auf. »Aber er ist Rechtshänder. O Gott, was sollen wir jetzt nur anfangen?«

Beck ging durch die Eingangshalle auf sie zu. Als sie ihn sah, verstummte sie schlagartig, so als hätte jemand einen Schalter umgelegt. Die anderen Männer traten schlurfend einen Schritt zurück, sodass Beck vor ihr in die Hocke gehen konnte.

»Mrs. Paulik, mein Name ist Beck Merchant. Was Billy passiert ist, ist tragisch, aber ich möchte Ihnen versichern, dass ich alles in meiner Macht Stehende tun werde, um Ihnen und Ihrer Familie zu helfen.

Man hat mir gesagt, dass Billy in eine Unfallklinik in New Orleans geflogen wird, wo er die bestmögliche medizinische Versorgung bekommt. Ich bin sicher, dass man dort bereits ein Team von Gefäßchirurgen, Orthopäden und so weiter zusammenruft. Ich hoffe sehr, dass man seinen Arm retten kann. Diese Ärzte können wahre Wunder bewirken, selbst bei so schweren Unfallverletzungen wie Billys.«

Sie starrte ihn nur ausdruckslos und stumm an. Er glaubte fast, dass sie ebenfalls unter Schock stand. Sein Blick ging zu den fünf Kindern hinüber. Das kleine Mädchen mit dem Teddybären lutschte am Daumen und beobachtete Beck über die winzige Faust hinweg. Die anderen musterten ihn düster.

Der Älteste schien etwa in dem Alter zu sein, in dem Beck selbst gewesen war, als sein Vater starb. Er stand abseits und verfolgte die Szene mit einer so argwöhnischen Miene, dass er schon feindselig wirkte. Beck erkannte darin ein tiefes Misstrauen gegen jeden, der ihm versicherte, dass alles gut werde, obwohl das definitiv nicht geschehen würde.

Beck wandte sich wieder an die Mutter des Jungen. Die getrockneten Tränen hatten salzige Spuren auf ihren vollen Wangen hinterlassen. »Ich werde eine Fahrgelegenheit für Sie nach New Orleans arrangieren, damit Sie bei Billy sein können. Ich suche Ihnen ein Motel in der Nähe des Krankenhauses. Falls Sie jemanden brauchen, der auf Ihre Kinder aufpasst, werde ich mich auch darum kümmern.

Wahrscheinlich werden Sie den Fall so bald wie möglich bei der Versicherung melden wollen. Wenn Sie möchten, kann das gleich morgen jemand aus der Personalabteilung für Sie erledigen. Bis dahin werde ich für alle anfallenden Ausgaben aufkommen.«

Er zog sein Portemonnaie aus der Hosentasche. »Hier sind zweihundert Dollar, um alles abzudecken, was Sie sofort brauchen. Das ist meine Visitenkarte. Auf der Rückseite steht meine private Handynummer. Falls Sie irgendetwas brauchen, können Sie mich jederzeit anrufen, und ich werde Ihnen helfen.«

Sie nahm die zwei Hundertdollarscheine und die Visitenkarte aus seiner Hand und riss alles in zwei Hälften, die sie auf den Boden fallen ließ.

Fred machte erschrocken einen Schritt auf sie zu. »Alicia!«

Aber Beck hielt ihn mit erhobener Hand zurück.

Billy Pauliks Frau sah ihn giftig an. »Glauben Sie etwa, ich weiß nicht, was Sie vorhaben? Sie erledigen die Schmutzarbeit für die Hoyles, habe ich Recht? O ja, ich habe schon von Ihnen gehört. Sie würden diesen Leuten den Hintern abwischen, wenn sie das von Ihnen verlangen würden. Sie sind nur hier, um mit Geld um sich zu werfen und mir Honig ums Maul zu schmieren, dass Sie alles für Billy tun würden, und dabei wollen Sie nur sichergehen, dass ich die Hoyles nicht verklage und keine Zeitungen auf sie ansetze. Habe ich Recht, Mr. Merchant?

Ficken Sie sich selbst! Ich werde den Unfall bestimmt nicht bei der Versicherung melden, weder morgen noch irgendwann sonst, und ich nehme auch nicht Ihr stinkendes Schweigegeld an. Sie können sich von mir kein reines Gewissen erkaufen, und erst recht nicht mein Schweigen.

Schreiben Sie sich das hinter die Ohren, Mr. Labermaxe Arschkriecher mit Ihrem aalglatten Lächeln. Schreiben Sie sich das mit dem Blut meines Mannes hinter die Ohren: Ich werde der Welt zeigen, wie es in Ihrer beschissenen Gießerei zugeht. Die Hoyles werden bekommen, was sie verdient haben, und Sie dazu. Warten Sie's nur ab!«

Dann spuckte sie ihm ins Gesicht.

»Du hast mich angerufen?«

»Chris! Wo steckst du, verflucht noch mal?«

»Im Diner.«

»Bin schon unterwegs. Bestell mir einen Kaffee.«

Beck war gerade aus dem Krankenhaus abgefahren, als Chris endlich zurückrief. Eigentlich war Beck auf dem Heimweg gewesen, aber jetzt wendete er den Pick-up und hielt wenige Minuten später vor dem Diner an.

»Ich mach dir gerade eine frische Kanne, Beck«, rief ihm die Bedienung zu, als er durch die Tür trat. »Ist in zwei Minuten fertig.«

»Du bist ein Engel.«

»Ich weiß, ich weiß, das sagen sie alle.«

Er setzte sich zu Chris an den Tisch, stützte die Ellbogen auf den Tisch und fuhr sich müde mit den Händen übers Gesicht. »Hört dieser Tag denn nie auf?«

»Ich habe gerade auf der Intensivstation angerufen. Huff schläft wie ein Baby. Sein Herz tickt wie eine Schweizer Uhr. Was gibt es so Dringendes?«

»Warum war dein Handy nicht eingeschaltet?«

»War es doch. Es war auf Vibrieren gestellt. Nur hatte ich es leider nicht *an mir*.« Chris lächelte genüsslich. »Ein Gentleman legt nicht nur die Stiefel, sondern auch das Handy ab, wenn er sich zu einer Lady ins Bett legt. Hat dir deine Mutter gar nichts beigebracht?«

»Billy Paulik wurde heute Nacht fast der Arm abgerissen.«

Chris' Grinsen erlosch. Die beiden Männer starrten sich schweigend über den Tisch hinweg an, während die Bedienung Chris' Tasse auffüllte und Beck einen frischen Becher brachte. »Auch was zu essen, Beck?«

»Nein danke.«

Sie spürte an der gedämpften Atmosphäre am Tisch, dass dies nicht der Augenblick für fröhliches Geplänkel war, und ließ die beiden allein.

»Bei der Arbeit, nehme ich an«, sagte Chris.

Beck nickte grimmig.

»Jesus. Genau das, was wir zu allem anderen gebraucht haben.«

»Ich habe das Gefühl, dass dieser Tag tausend Jahre gedauert hat.« Beck erzählte ihm, was passiert war, und brachte ihn auf den aktuellen Stand. »Der Helikopter war gerade losgeflogen, als du zurückgerufen hast. Seine Frau durfte nicht mitfliegen. Ihr Schwager fährt sie in diesem Moment nach New Orleans.«

Dass sie ihn angespuckt hatte, erwähnte er nicht. Was würde er damit bewirken, außer dass Chris eine schlechte Meinung von Mrs. Paulik bekäme? Beck hatte sie nicht. Er konnte verstehen, dass sie vor Angst und Verzweiflung außer sich gewesen war.

Doch auch in ihrer Aufregung war sie noch so weit bei Sinnen gewesen, dass sie sich ausrechnen konnte, welche unumkehrbaren Folgen diese Nacht für ihre Familie haben würde. Vielleicht würde ihr Ehemann nicht überleben. Falls doch, wäre er nicht mehr derselbe. Ihre wirtschaftliche Zukunft war akut in Gefahr. Heute Abend hatte ihr Leben eine einschneidende Wendung genommen. Kein Wunder, dass sie voller Verachtung auf seine platten Trostworte reagiert hatte, auf sein Geld und auf ihn, der nichts weiter zu bieten gehabt hatte.

So würdevoll wie nur möglich hatte er sich wieder aufgerichtet und sein Gesicht mit einem Taschentuch abgewischt, dann hatte er sich von ihr und ihren Kindern entfernt. Fred Decluette hatte sich schrecklich für ihr Benehmen geschämt. »Sie brauchen sich nicht für sie zu entschuldigen, Fred«, hatte ihm Beck erklärt, als Fred Mrs. Paulik stammelnd in Schutz nehmen wollte. »Sie ist verängstigt und aufgeregt.«

»Ich wollte Ihnen nur sagen, dass nicht alle so denken wie sie, Mr. Merchant. Ich möchte nicht, dass es bei den Hoyles so ankommt, als wären wir undankbar, wenn so was passiert.«

Beck hatte dem nervösen Vorarbeiter versichert, dass der Zwischenfall mit Mrs. Paulik schon vergessen wäre. Auch aus diesem Grund hatte er ihn Chris gegenüber nicht erwähnt.

»Billy wird operiert, aber der Arzt in der Notaufnahme hat mir erzählt, sein Arm sei so zerquetscht, dass es an ein Wunder grenzen würde, wenn man ihn erfolgreich wieder annähen oder gar heilen könnte, und dass man Billy einen Gefallen täte, wenn man es gar nicht erst versuchte.«

Er verstummte, um einen Schluck Kaffee zu trinken, und sah dann auf, weil ein weiterer Gast in den Diner getreten war. Es war Slap Watkins, der die gleiche aggressive Arroganz ausstrahlte wie am Abend zuvor. »Ist der hier eingezogen?«

Beck beobachtete Slap weiter, der knapp hinter der Tür stehen geblieben war und sich jetzt suchend umsah. Als Slap ihn und Chris bemerkte, zog er das Kinn ein wenig zurück, als wäre er überrascht, die beiden hier zu sehen.

»So, so, Slap Watkins«, bemerkte Chris locker. »Lange nicht gesehen. Wie war's im Knast?«

Slap sah abschätzig vom einen zum anderen und sagte dann zu Chris: »Jedenfalls besser als in eurer Gießerei.«

»Bei dieser Einstellung ist es wohl nur gut, dass mein Bruder dich nicht eingestellt hat.«

»Ja, wo wir gerade von deinem Bruder sprechen ...« Auf Slaps

Gesicht machte sich ein Grinsen breit, bei dem sich Beck die Haare aufstellten. »Ich wette, der gute Danny ist inzwischen richtig reif.« Er reckte die Nase in die Luft und inhalierte tief. »O ja, ich kann den verfickten Kadaver bis hierher riechen.«

Chris wollte schon aus der Sitzbank springen und ihn angreifen, aber Beck hielt ihn zurück, indem er eine Hand auf dessen Arm legte. »Genau das will er damit erreichen. Lass es gut sein.«

»Ein guter Rat, Merchant.« Slap heftete seinen Blick auf Beck und grinste. »Hat dich seine Schwester schon rangelassen? Ist sie so heiß, wie sie aussieht?«

Es kostete Beck ungeheure Willenskraft, auf seinem Platz sitzen zu bleiben.

Die Bedienung kam hinter ihrer Theke hervor und baute sich vor Slap auf. »Ich dulde hier drin kein schmutziges Gerede. Wenn du was zu essen oder trinken willst, dann setz dich.« Sie drückte ihm die Speisekarte in die Hand.

Slap schob die Karte weg. »Ich will nichts essen oder trinken.«

»Warum bist du dann hier?«

»Nicht dass es dich was angeht, aber eigentlich wollte ich mich mit einem Partner treffen, um was Geschäftliches zu besprechen.«

Vollkommen unbeeindruckt stemmte sie die Hände in die Hüften und musterte ihn von Kopf bis Fuß, wobei ihr Blick vor allem auf seinen speckigen Jeans und dem zerschlissenen Trägerunterhemd zu liegen kam. Auf seinen nackten Armen prangte eine ganze Kollektion von Tattoos. Alle waren mindestens zweideutig, manche sogar eindeutig obszön. Die meisten schienen von Dilettanten gestochen worden zu sein.

Die Bedienung sagte: »Man sieht sofort, dass du dich für ein wichtiges Geschäftstreffen schick gemacht hast. Aber wir haben nicht rund um die Uhr geöffnet, damit du hier ein Gratisbüro unterhalten kannst. Bestell was oder zieh Leine.«

»Gute Idee«, sagte Chris angespannt.

Slap sah sie böse an. »Ihr zwei Schwuchteln. Bei euch beiden

206

weiß man nicht mal, wer die Schlampe ist.« Damit machte er auf dem Absatz kehrt und stolzierte hinaus.

Durch das Fenster verfolgten sie, wie er auf sein Motorrad kletterte und von dem Parkplatz röhrte.

»Ich hab dir gesagt, dass er Ärger bringt, Beck«, sagte Chris.

»Der uns sowieso ins Haus steht.«

»Oder schon drin ist. Du hast gehört, was er über die Gießerei gesagt hat. Hast du seine Reaktion bemerkt, als ich von Danny gesprochen habe? Plötzlich war er nicht mehr ganz so eingebildet. Nur ein kleines bisschen und nur einen Sekundenbruchteil lang. Ich finde, wir sollten mit Red darüber reden.«

»Na schön. Morgen. Im Moment haben wir ein dringenderes Problem. Glaubst du, wir sollten ein, zwei Tage warten, ehe wir Huff davon erzählen?«

»Von Slap Watkins?«

»Von Billy Paulik, Chris«, korrigierte Beck ungeduldig. »Der Mann wurde heute Abend in deiner Gießerei verkrüppelt. Er hat fünf kleine Kinder. Er hat für Hoyle Enterprises gearbeitet, seit er siebzehn war. Wir haben keine Jobs für Einarmige. Was soll er jetzt machen?«

»Weiß ich doch nicht. Wieso bist du sauer auf mich? Ich habe seinen Arm nicht in die Maschine gesteckt. Wenn er für uns gearbeitet hat, seit er siebzehn ist, hätte er genau wissen müssen, wie gefährlich die Arbeit ist, und besser aufpassen sollen.«

»Billy versuchte, das Förderband zu reparieren, während es in Betrieb war.«

»Er hat eigenmächtig eine Reparatur vornehmen wollen, für die er nicht qualifiziert war.«

»Weil sie erledigt werden musste. Er dachte vor allem an die Produktion, nicht an seine persönliche Sicherheit, weil genau das von ihm erwartet wurde. Das Förderband hätte angehalten werden müssen, ehe sich jemand daran zu schaffen machte.«

»Das musst du mit George Robson besprechen. Er ist unser Sicherheitsdirektor. Er bestimmt, wann was abgeschaltet werden darf.«

»George tut nur das, was du und Huff ihm auftragen.«

Chris lehnte sich zurück und betrachtete ihn aufmerksam. »Auf wessen Seite stehst du eigentlich?«

Beck stemmte erneut die Ellbogen auf den Tisch, und diesmal drückte er noch dazu die Daumenballen gegen seine brennenden Augen. »Du hast das Blut nicht gesehen«, sagte er leise. Nach einer Weile senkte er die Hände wieder. »Fred Decluette sagte, Billy hätte die Nachtschicht für einen Mann übernommen, der gerade Urlaub hat. Er sagte auch, er hätte nicht versuchen sollen, eigenhändig das verfluchte Ding zu reparieren.«

»Siehst du?«, sagte Chris aufgekratzt. »Damit sind wir aus dem Schneider.«

Beck fragte sich, wie Chris verflucht noch mal lächeln konnte. Dann seufzte er und sagte: »Ja. Richtig.«

»Seine Krankenhauskosten werden von der Arbeiter-Unfallversicherung übernommen. Genau darum zahlen wir so horrende Beiträge.«

Beck nickte und beschloss, Alicia Pauliks Drohungen nicht zu erwähnen. Die würde er sich für ein anderes Gespräch aufheben. Und vielleicht würde Mrs. Paulik, wenn sie erst begriff, wie hoch Billys Krankenhausrechnung ausfiel, ihre Meinung ändern und den leichteren der beiden möglichen Wege einschlagen, der darin bestand, den Fall der Versicherung zu melden, womit sie im Gegenzug ihr Recht verwirkte, Hoyle Enterprises auf Schadensersatz zu verklagen.

»Hör zu, Beck, ich weiß, dass du dich ganz schrecklich fühlst, weil das passiert ist. Ich auch. Aber was können wir schon tun?«

»Wir könnten ihm einen Blumenstrauß ins Krankenhaus schicken.«

»Unbedingt.«

Beck lachte, aber ohne jeden Humor. Chris hatte nicht einmal bemerkt, dass er das sarkastisch gemeint hatte. »Ich werde mich darum kümmern.«

»Glaubst du, du kannst es so hinbiegen, dass die Sache nicht in die Presse kommt?«

Beck musste daran denken, wie vehement ihm Mrs. Paulik gedroht hatte, und zuckte mit den Schultern. »Ich werde mein Bestes versuchen.«

»Was normalerweise gut genug ist.« Chris leerte seinen Kaffeebecher. »Ich bin k.o. Als wären der Besuch beim Sheriff und Huffs Herzinfarkt nicht schon aufregend genug gewesen, war Lila heute Abend besonders liebebedürftig.«

»Wie seid ihr George losgeworden?«

»Sie hat ihm erzählt, sie würde eine kranke Freundin besuchen.«

»Und das hat er geschluckt?«

»Sie hat ihn um den kleinen Finger gewickelt, und zwar mit einem Faden, den sie direkt an seinen Schwanz geknotet hat. Außerdem ist er nicht gerade die schärfste Klinge im Messerblock.«

»Nein, er ist auch nur unser Sicherheitsdirektor«, bemerkte Beck halblaut, während er und Chris aus ihrer Bank rutschten und zur Tür gingen.

Ehe sich ihre Wege auf dem Parkplatz trennten, fragte Chris: »Glaubst du, er wird wieder der Alte?«

»Er wird auf keinen Fall wieder *der Alte*. Einen Arm zu verlieren...«

»Nicht Paulik. Huff.«

»Ach.« Sayre hatte behauptet, Huff habe nur eines seiner kranken Spielchen getrieben, als er sie an sein »Totenbett« gerufen hatte. Das hörte sich eindeutig nach Huff an. »Ja«, bestätigte er Chris zuversichtlich. »Ich glaube, er wird wieder ganz der Alte.«

Nachdenklich ließ Chris die Autoschlüssel in der Handfläche hüpfen. »Weißt du, was er heute zu mir gesagt hat? Ich schätze, er war schlecht drauf, weil er das Gefühl hatte, mit einem Bein im Grab zu stehen. Er klang ein bisschen sentimental, aber ganz ernst. Er sagte, er wüsste nicht, was er ohne seine beiden Söhne tun würde. Ich erinnerte ihn daran, dass er Danny verloren hatte. Aber er hatte dich gemeint. Er sagte: ›Beck ist wie ein Sohn für mich.‹«

»Ich fühle mich geschmeichelt.«

»Dazu hast du keinen Grund. Huff Hoyles Sohn zu sein bringt auch Nachteile mit sich.«

»Zum Beispiel?«

»Zum Beispiel derjenige zu sein, der ihm das mit Billy Paulik erzählt.«

16

»Ist Jessica DeBlance hier?« Sayre sprach in dem gedämpften Tonfall, der Bibliotheken vorbehalten ist.

Die grauhaarige Dame an der Büchertheke lächelte sie an. »Jessica arbeitet heute, aber im Moment ist sie unterwegs zur Bäckerei, um ein paar Muffins zu holen.«

»Sie kommt also wieder her?«

»Es dürfte nicht länger als fünf Minuten dauern.«

Sayre ging an einen Lesetisch am Fenster, durch das man auf einen kleinen, begrünten Innenhof sah. Spatzen planschten in der flachen Schale eines Vogelbades. An den Hortensienbüschen prangten ballongroße blaue und rosa Blüten. Kletterficus und Flechten überzogen die umgebende Ziegelmauer. Der Hof war von einer einladenden Heiterkeit.

Sie hatte keinen Moment Ruhe gefunden, seit sie am Abend zuvor Beck Merchant aus ihrem Motelzimmer geworfen hatte.

Lügnerin, hatte er ihr ins Ohr geflüstert.

Die Beleidigung hatte sie getroffen, weil sie der Wahrheit entsprach. Sie hatte geleugnet, auch nur die leiseste Vorahnung gehabt zu haben, dass irgendetwas in dieser Art zwischen ihnen geschehen würde. Und sie hatte abgestritten, es herbeigesehnt zu haben. Er hatte ihre Beteuerungen mit einem einzigen Wort ausgestrichen: *Lügnerin*.

Es hallte durch ihren Kopf, so wie es die ganze Nacht gehallt hatte, selbst während ihres unruhigen Schlafs. Noch beim Aufwachen hatte die Demütigung geschmerzt, war sie wütend auf ihn, vor allem aber auf sich selbst gewesen. Auch das hatte er gewusst.

Lügnerin traf noch dazu in einer anderen Hinsicht auf sie zu, von der Beck nichts wissen und nichts ahnen konnte. Sie hatte vorgegeben, dass sie in Destiny geblieben wäre, weil sie sich ihrer Mutter verpflichtet fühlte, weil sie erfahren wollte, wie weit Chris in Dannys Tod verwickelt wäre. Aber der tiefer liegende Grund war ihr schlechtes Gewissen. Wenige Tage vor seinem Tod hatte sie ihren Bruder abgewiesen. Ihre daraus erwachsenen Schuldgefühle waren allgegenwärtig wie die schwüle Meeresluft. Sie konnte ihnen nicht entkommen. Und sie hatten sie heute Morgen in die Bücherei geführt.

»Sayre?« Sie blickte auf und sah Jessica DeBlance neben ihrem Stuhl stehen.

»Es scheint mir zur Angewohnheit zu werden, Sie zu erschrecken«, entschuldigte sich Jessica dafür, dass sie Sayre aus ihren Gedanken gerissen hatte.

»Es war beide Male mein Fehler. Mir geht zu viel im Kopf herum.«

»Es überrascht mich, dass Sie noch hier sind. Ich dachte, Sie wollten gestern wieder abfahren.«

»Meine Pläne haben sich geändert. Ich habe Sie heute Morgen zu Hause anzurufen versucht. Dann auf Ihrem Handy. Als ich Sie nicht erreichen konnte, habe ich mich daran erinnert, dass Sie Danny in der Bücherei kennen gelernt hatten. Ich habe einfach darauf gesetzt, dass Sie immer noch hier arbeiten.«

»Ich habe von Mr. Hoyles Herzinfarkt gehört. Sind Sie deshalb länger geblieben?«

»Deswegen und …« Sayres Blick zuckte zu den anderen Besuchern in der Bücherei hinüber. »Können wir uns irgendwo ungestört unterhalten?«

Jessica führte sie in ein beengtes Büro. Es war mit Büchern voll gestellt, die teils in Kartons, teils verwegen aufgestapelt den Boden und sämtliche freien Flächen belegten. »Spenden«, meinte sie nur, während sie einen Stuhl freiräumte, damit Sayre sich setzen konnte. »Die meisten Leute bekommen Kopfschmerzen bei der Vorstellung, all die Bücher aufnehmen und katalogisieren zu müssen, darum melde ich mich meistens freiwillig. Selbst in unserem Computerzeitalter genieße ich den Geruch alter Bücher.«

»Ich auch.«

Die beiden Frauen lächelten einander an, dann ließ sich Jessica auf einem gepolsterten Hocker nieder. »Möchten Sie vielleicht einen frischen Muffin? Oder einen Kaffee?«

»Nein danke.«

»In der Bäckerei haben alle nur über Mr. Hoyle gesprochen. Ist es ernst?«

»Bis jetzt deutet alles darauf hin, dass er sich bald wieder erholt.« Nach kurzem Schweigen fuhr Sayre fort. »Gestern ist etwas passiert, worüber ich gern mit Ihnen sprechen würde. Ich weiß nicht, ob es wichtig ist, aber es war mit ein Grund dafür, dass ich meine Heimreise verschoben habe.«

»Was ist denn passiert?«

»Chris wurde von Sheriff Harper und Deputy Scott zu Dannys Tod vernommen.« Jessica saß wie versteinert vor ihr, während Sayre rekapitulierte, was Beck ihr erzählt hatte. »Es ist nicht mehr als ein Streichholzbriefchen. Wie Beck bemerkt hat, könnte jeder Verteidiger Dutzende von Möglichkeiten anführen, wie es ohne Chris' Zutun in die Angelhütte gelangt sein könnte. Es beweist gar nichts.«

»Aber im Sheriffbüro fragt man sich seither, ob Chris an jenem Nachmittag mit Danny da draußen war.«

»Ich frage mich das auch, Jessica. Wissen Sie, ob die beiden in letzter Zeit Streit hatten?«

»Wann hatten die beiden keinen Streit gehabt? Ihre Charaktere und Interessen hätten nicht gegensätzlicher sein können. Danny wusste, dass Chris das Lieblingskind Ihres Vaters war, aber damit schien er sich abgefunden zu haben. Chris ist Huffs Ebenbild. Danny war das nie. Er wusste das, akzeptierte es und war sogar froh darüber. Es hätte ihm gar nicht gefallen, so zu sein wie die beiden.«

»Hat er um Huffs Aufmerksamkeit gekämpft?«

»Nicht besonders. Ihm schien das nicht weiter wichtig zu sein. Jedenfalls war er nicht eifersüchtig auf Chris, falls Sie darauf anspielen.«

»War Chris eifersüchtig auf Danny?«

Die Frage traf Jessica so unvorbereitet, dass sie lachen musste. »Warum sollte er das sein?«

»Ich weiß nicht. Nur ein Schuss ins Blaue.« Sayre stand auf und trat ans Fenster, von wo aus man ebenfalls in den hübschen Garten sah. Die Spatzen hatten sich verzogen, aber jetzt umsummten Bienen die rosa Blüten des Hibiskusstrauches. Eine fette, schwarze Raupe arbeitete sich gemächlich über die gesprungenen Steinplatten vor. »Ich weiß nicht, wonach ich suche, Jessica. Ich dachte nur, dass Danny vielleicht irgendwas von einer Auseinandersetzung oder einer Meinungsverschiedenheit erzählt hat.«

»Chris hat eine Affäre mit einer verheirateten Frau. Danny war damit nicht einverstanden. Aber danach zu schließen, was er mir über Ihren Bruder erzählt hat, war ein Ehebruch für Chris nichts Besonderes. Von ihren moralischen Grundsätzen her waren die beiden Brüder grundverschieden. Etwas sagt mir ...«

Als sie verstummte, wandte Sayre sich vom Fenster ab und sah sie wieder an. »Etwas sagt Ihnen was?«

»Es ist nur so ein Gefühl. Ich weiß nichts Bestimmtes.«

Sayre setzte sich wieder auf ihren Stuhl und beugte sich zu der jungen Frau vor. »Sie kannten Danny besser als jeder andere Mensch. Weit besser, als ihn selbst seine nächsten Verwandten kannten. Wenn Sie bei irgendwas ein komisches Gefühl haben, vertraue ich Ihrem Instinkt.«

»Es gab da etwas, was Danny zu schaffen machte ...«

»Und Sie glauben, es könnte mit Chris zu tun haben?«

»Nicht unbedingt. Die beiden hatten nicht viel miteinander zu tun.«

»Sie lebten unter einem Dach.«

»Sie hatten dieselbe Anschrift, aber sie waren so gut wie nie zusammen zu Hause. Und wenn, dann nur in der Gesellschaft von Huff und Beck Merchant. Natürlich sahen sie sich manchmal in der Arbeit, aber sie hatten verschiedene Aufgabenbereiche und waren ausschließlich Huff und nicht einander verantwortlich.

Sie verkehrten in unterschiedlichen gesellschaftlichen Kreisen, vor allem seit Danny sich in unserer Kirche engagierte.« Sie atmete durch. »Und ich glaube, das war die Quelle dessen, was Danny so auf der Seele lag. Er hatte ein spirituelles Problem.«

»Und zwar?«

»Ich wünschte, ich wüsste es, vor allem, wenn es ihn das Leben gekostet haben sollte. Ich fand es schrecklich, mit anzusehen, wie er sich mit einem so schweren moralischen Problem quälte, und drängte ihn immer wieder, mit mir oder unserem Priester oder einem anderen Vertrauten darüber zu sprechen. Aber er wollte nicht. Stattdessen sagte er nur, dass er nicht der Christ sein könne, der er gern sein sollte oder wollte.«

»Sein Gewissen quälte ihn.«

Jessica nickte. »Ich sagte ihm, es gäbe keine Sünde und keine Verfehlung, die Gott nicht verziehe. Er machte sich darüber lustig und meinte nur, dass Gott vielleicht die Hoyles noch nicht kennen gelernt hätte.«

»Und soweit Sie wissen, hat er das, was ihn so belastete, nie überwinden können?« Sayre hoffte inständig, dass Danny, nachdem sie ihn so barsch abgewiesen hatte, anderswo ein offenes Ohr gefunden, irgendwo anders Rat gefunden hätte. Aber Jessica zerstörte ihre verzweifelte Hoffnung mit einem traurigen Kopfschütteln.

»Ich glaube nicht, dass er es überwinden konnte. Es ist mir unerträglich, dass er starb, ohne seinen Frieden gefunden zu haben.«

»Vielleicht hat er zuletzt doch noch Frieden gefunden«, meinte Sayre in der vergeblichen Hoffnung, dass es so gewesen sein könnte.

Jessica lächelte Sayre an. »Danke, dass Sie das sagen, aber das glaube ich nicht. Je länger wir über eine Ehe und unsere gemeinsame Zukunft sprachen, desto mehr schien ihn dieses Problem zu belasten. Es wäre zwar nur geraten, aber…«

»Bitte raten Sie.«

»Na ja, er zerbrach sich immerzu den Kopf über die Arbeitsbedingungen in der Gießerei. Er war nicht eben stolz darauf, dass sein Unternehmen ständig gegen zahllose Sicherheitsvorschriften verstieß und so. Und doch stellte er Menschen ein, die dort arbeiten sollten. Er wies ihnen Tätigkeiten zu, die er als höchst gefährlich erkannte, und schickte sie nach einer knappen Einweisung an die Arbeit. Vielleicht konnte er nicht länger damit leben.«

Die Dame von der Büchertheke klopfte dezent an die Tür und sagte Jessica, nachdem sie sich höflich für die Unterbrechung entschuldigt hatte, dass die Kindergartenkinder zur Vorlesestunde gekommen seien. »Da draußen fragen zwanzig kleine Herzchen nach Tante Jessica«, sagte sie. »Ich weiß nicht, wie lange wir sie noch bändigen können.«

Als sie aus dem Büro kamen, bat Sayre Jessica, ihr zu helfen, die Wahrheit über Dannys Tod herauszufinden.

»Ich werde alles tun, um Sie zu unterstützen«, sagte Jessica. »Was brauchen Sie denn?«

»Kennen Sie jemanden, der am Gericht arbeitet?«

Die Stimmung war so trübselig, dunkel und bedrückend wie die Werkhalle selbst.

Das fiel Beck sofort auf, als er den Weg zu dem Röhrenförderband einschlug, an dem es in der Nacht zu dem schrecklichen Unfall gekommen war. Jeder Mann tat seine Arbeit, aber mit bemerkenswert wenig Begeisterung und völligem Schweigen. Keiner sah ihm in die Augen, dafür spürte er umso deutlicher die wütenden Blicke in seinem Rücken.

George Robson und Fred Decluette standen neben dem Band und sahen überrascht auf, als Beck sich zu ihnen gesellte. »Morgen, Mr. Merchant«, sagte Fred.

»Fred. George.«

»Was für eine Scheiße.« George schüttelte reuig den kahler werdenden Kopf und wischte sich mit dem Taschentuch den Schweiß vom Gesicht. »Was für eine Scheiße.«

Beck sah auf den verklebten Hallenboden. In der Nacht musste sich genau an der Stelle, wo er jetzt stand, eine Blutlache ausgebreitet haben, aber jemand hatte sie beseitigt, noch bevor die Frühschicht ihren Dienst angetreten hatte.

»Wir haben schon sauber gemacht«, sagte Fred, als hätte er seine Gedanken gelesen. »Nicht gut für die Arbeitsmoral. Hat keinen Zweck, sie ständig daran zu erinnern.«

»Vielleicht wäre ein Warnschild angebracht«, bot George an. »Das würde sie vorsichtiger machen. Nicht so sorglos.«

Um möglichst weit von diesem gefühllosen Idioten wegzukommen, trat Beck näher an die Maschine. »Zeigen Sie mir, wie es passiert ist«, sagte er zu Fred.

»Das ist er mit mir schon durchgegangen.«

»Ich würde es gern selbst sehen, George. Huff wird alle Einzelheiten erfahren wollen.«

George, fiel ihm auf, hielt sich in sicherem Abstand, während ihm Fred den kaputten Antriebsriemen zeigte und erklärte, was schiefgelaufen war, als Paulik ihn zu reparieren versucht hatte. »Morgen kommt jemand vorbei, der ihn richtig repariert«, versicherte Fred.

»Ich habe das gleich heute früh veranlasst«, mischte George sich ein.

Beck blickte zu den gusseisernen Rohren auf, die über ihren Köpfen auf einem wackligen Förderband dahinzogen. »Ist es sicher, das Band bis dahin zu betreiben?« Er hatte die Frage an den Vorarbeiter gerichtet, aber George antwortete.

»Meiner Meinung nach schon.«

Fred wirkte weniger überzeugt, aber er nickte. »Mr. Robson ist offenbar der Meinung, und er muss es schließlich wissen.«

Beck zögerte und sagte dann: »Na gut. Aber passen Sie auf, dass jeder weiß, was passiert ist, und warnen Sie die Männer…«

»Ach, die wissen längst Bescheid, Mr. Merchant. So was spricht sich sofort rum.«

Natürlich. Beck nickte George Robson knapp zu, wandte sich dann ab und ging den gleichen Weg zurück, den er gekommen war. Das Hemd klebte ihm am Rücken. Er spürte Schweißrinnsale über seine Rippen laufen. Obwohl er noch keine fünf Minuten in der Werkhalle war, war er schweißdurchtränkt. Seine Lungen quälten sich ab, die heiße Luft, die er inhalierte, wieder auszustoßen. Die Männer hier arbeiteten acht Stunden lang unter diesen Bedingungen, falls sie nicht eine Doppelschicht schoben, um ein paar Überstunden zu machen.

Als er an der Maschine mit dem weißen Kreuz vorbeikam, blieb er kurz stehen und fragte sich, ob George Robson je daran gedacht hatte zu fragen, wofür dieses Kreuz stand. Oder ob er es überhaupt bemerkt hatte. So wie Sayre.

Becks Schritt wurde langsamer, bis er schließlich stehen blieb. Er betrachtete das Emblem mehrere Sekunden lang und dachte daran, welche Tragödie sich dahinter verbarg. Dann machte er abrupt kehrt und eilte mit langen Schritten zu Fred Decluette und dem Sicherheitsdirektor zurück.

»Himmel, das wird Schlagzeilen machen.« Huff hatte die Lippen zusammengepresst, als klemmte eine Zigarette dazwischen. »Die Medien werden wie die Geier über uns herfallen, genau wie beim letzten Mal, als jemand im Werk verletzt wurde.«

Vom andere Ende der Intensivstation her sagte Chris: »Beck hätte ein paar Tage abwarten sollen, bevor er es dir erzählt.«

Huff knurrte fast. »Quark, er hätte es mir sofort erzählen müssen. Er hätte es mir schon gestern Abend erzählen sollen, statt bis heute Morgen zu warten. Es ist meine Gießerei. Sie trägt meinen Namen. Meinst du, es wäre mir lieber, wenn ich es aus der Zeitung erfahre? Oder in den Nachrichten höre? Beck hat kapiert, dass ich über alles Bescheid wissen muss.«

Chris fiel auf, dass Beck keinen Ton gesagt hatte, während Huff sich über Billy Pauliks Unfall ereifert hatte. Obwohl es an

217

Beck hängen geblieben war, die schlechten Nachrichten zu überbringen, war Huff nicht bereit gewesen, den Boten hinzurichten. Stattdessen genoss Beck Huffs volle Zustimmung und sein ganzes Vertrauen, was Chris umso ärgerlicher fand.

»Die Arztrechnungen für Paulik werden astronomisch ausfallen«, sagte Huff. »Wahrscheinlich wird die Unfallversicherung unsere Beiträge erhöhen.«

»Vielleicht wird Mrs. Paulik den Unfall nicht bei der Versicherung melden.« Es war das Erste, was Beck sagte. »Sie hat mir gesagt, sie würde es nicht tun.«

Huff spie einen Strom von obszönen Flüchen aus. Er konnte sich ausrechnen, was Alicia Pauliks Weigerung, den Fall der Versicherung zu melden, für Hoyle Enterprises bedeutete, und Chris wusste es auch. Er fühlte sich übergangen, weil Beck sie so unvorbereitet mit der Neuigkeit konfrontierte. »Warum hast du das gestern Abend nicht erzählt?«

»Du hast nicht gefragt.«

»Du hättest es auch erzählen müssen, ohne dass ich danach frage. Das nehme ich dir echt übel.«

»Wir waren beide total erschöpft, Chris. Es war ein höllisch langer Tag. Mir hat einfach der Elan gefehlt, mich damit rumzuärgern.«

Huff würgte ihren Streit energisch ab. »Du glaubst, sie will uns verklagen, Beck?«

»So hat sie sich gestern Abend angehört. Vielleicht hat sie inzwischen ihre Meinung geändert. Das hoffe ich jedenfalls.«

»Was meinst du, wie viel kostet es uns, wenn sie klagt?«

»Es ist noch zu früh, um das sagen zu können. Unser Controlling kann die Kosten für Billys Behandlung erst überschlagen, wenn sie mit den zuständigen Ärzten und dem Krankenhaus gesprochen haben, und selbst dann ist es schwer, eine Prognose abzugeben. Er wird lange brauchen, bis er sich erholt hat. Danach kommen die Reha und eine Prothese.«

»Es muss ja nicht der Rolls-Royce unter den Prothesen sein, oder?«, fragte Chris. »Ein Ford tut es doch auch.«

Seine Versuche, die Stimmung aufzulockern, fielen auf kargen Boden. Man hätte meinen können, dass alle außer ihm ihren Sinn für Humor verloren hätten.

Beck war noch nicht fertig. »Außerdem können wir mit ziemlicher Sicherheit davon ausgehen, dass Mrs. Paulik zusätzlich zu den Behandlungskosten Forderungen stellen wird, die sich unmöglich bemessen lassen, wie zum Beispiel Schmerzensgeld für die Familie. Billys Einkommensausfall aufgrund seiner Behinderung. Ich fürchte, sie plant, uns von allen Seiten unter Beschuss zu nehmen, und die Schadensersatzforderungen, die sie einreicht, könnten astronomische Höhen erreichen.«

»Wie viel wird es kosten, die Sache unter den Tisch zu kehren?«, wollte Huff wissen.

»Du meinst die negative Publicity? Auch das wird nicht billig werden. Sie hat versprochen, jede Menge Krach zu schlagen.«

»Jesus, du hast wirklich nur gute Nachrichten zu bieten«, bemerkte Chris.

»Er hat mich danach gefragt«, feuerte Beck zurück.

»Du hättest ihm nicht gleich alles vorzusetzen brauchen.«

»Ich wollte aber alles wissen«, schnauzte Huff ihn an. »Man kann ein Problem nicht lösen, das man nur zur Hälfte kennt.«

Chris fiel auf, dass sich Huffs Wangen gerötet hatten. Besorgt, dass sein Blutdruck zu stark ansteigen könnte, warf er einen verstohlenen Blick auf die Monitore neben dem Bett. Dann versuchte er die Angelegenheit unter einem optimistischeren Blickwinkel zu sehen, um Huff zu beruhigen. »Ich glaube, wir überreagieren. Wir fürchten Konsequenzen, die wahrscheinlich gar nicht eintreten werden. Also lasst uns aufhören und in Ruhe überlegen, ohne dass wir gleich in Panik geraten. Okay?«

Beck nickte stockend. Huff grunzte, was Chris als Zeichen nahm fortzufahren.

»Wie Beck bereits sagte, könnte Mrs. Paulik ihre Meinung noch ändern. Natürlich ist sie in der Notaufnahme ausgeflippt. Das war ein unwillkürlicher Reflex auf eine traumatische Situation. Wahrscheinlich hat sie eine Szene nachgespielt, die sie irgendwann in *Emergency Room* gesehen hat. Aber ich könnte mir gut vorstellen, dass sie sich heute Vormittag längst nicht mehr so kampfbereit fühlt. Im kalten Licht des neuen Tages hat die Wirklichkeit sie wieder eingeholt. Vielleicht könnte sie sich inzwischen mit einer einvernehmlichen Lösung anfreunden.

Zweitens war Billy Paulik immer ein treuer Angestellter. Er hat uns nie Schwierigkeiten gemacht. Wenn er erst wieder er selbst ist, wird er seiner Holden schon erklären, dass es sein Fehler war, nicht unserer. Es wäre ihm viel zu peinlich, uns für einen Unfall zur Rechenschaft zu ziehen, den er selbst verschuldet hat.«

Huff ließ sich Chris' Argumente durch den Kopf gehen und sah dann Beck an. »Du hast mit der Frau gesprochen. Wie schätzt du sie ein? War sie einfach nur hysterisch?«

»Ich hoffe, dass Chris Recht hat, aber ihr bezahlt mich dafür, jederzeit mit dem Schlimmsten zu rechnen. Gestern Nacht hat sie keinen Zweifel daran gelassen, was sie mit uns und der Gießerei vorhat.«

»Sie will uns bei den Eiern packen«, stellte Huff fest.

»Ich glaube, wir sollten uns darauf einstellen, ja. Zumindest auf scharfe öffentliche Kritik.«

»Dann müssen wir sie ablenken«, sagte Chris, der immer noch auf eine Verbesserung der Situation hoffte. »Wir müssen sie aufhalten, bevor sie irgendwas unternimmt. Wir könnten unseren guten Willen demonstrieren, indem wir mit ihren Kindern zu Toys'R'Us fahren. Oder einen funkelnagelneuen SUV in ihre Garage stellen. Wie wäre es, wenn wir für ein Jahr ihre Miete übernähmen? Das Loch, in dem sie hausen, kostet bestimmt nicht allzu viel.«

»Das Loch, in dem sie hausen, gehört uns«, knurrte Huff. »Es ist eines unserer Mietshäuser.«

»Noch besser. Wir können es neu streichen lassen, Reparaturen vornehmen, einen Grill im Garten installieren. Ich wette, dass Mrs. Paulik danach keine große Lust mehr hat, Klage einzureichen. Vor allem wenn sie glaubt, dass sie vor Gericht ver-

lieren könnte – und du Beck, könntest sie mit juristischen Fachausdrücken bombardieren, bis sie davon überzeugt ist –, was zur
Folge hätte, dass man sie aus dem frisch renovierten Haus werfen und ihr das neue Auto und all den anderen Plunder wieder
wegnehmen würde.«

Huff sah Beck an. »Was meinst du dazu?«

»Einen Versuch ist es wert, schätze ich. Ich werde jemanden
aus meinem Büro darauf ansetzen, ein Paket zusammenzustel-
len, und wir sollten mit dem neuen Auto anfangen.«

Chris meldete sich wieder zu Wort. »Und um allen Vorwürfen
wegen unsicherer Arbeitsbedingungen den Boden zu entziehen,
werde ich anordnen, dass das Förderband bis zur Reparatur abgeschaltet wird.«

»Es wurde bereits abgeschaltet.«

Chris wandte sich an Beck. »Und wann?«

»Vor einer Stunde.«

»Auf wessen Anordnung hin?«

»Meine.«

Chris spürte, wie der Ärger in ihm aufwallte. Er war der Werksleiter, aber Beck scherte sich offenbar nicht um Zuständigkei-
ten.

»Entschuldige, wenn ich damit meine Befugnisse überschrit-
ten habe, Chris, aber ich war heute Morgen in der Werkshalle,
um die Lage zu prüfen.«

»Dafür bezahlen wir eigentlich George Robson.«

»Er war da, aber er hatte den Daumen im Arsch und war zu
keiner Entscheidung fähig. Jeder Idiot konnte sehen, dass das
Förderband nicht in Betrieb sein dürfte. Und überleg dir mal,
was es für die übrigen Arbeiter bedeutet, wenn es weiterläuft,
ohne dass wir aus dem, was Billy Paulik passiert ist, Konsequenzen gezogen hätten. George war zu feige oder zu dumm, eine
Entscheidung zu fällen, darum habe ich sie ihm abgenommen.«

Chris nickte steif. »Ich bin sicher, dass du in meinem Namen
gehandelt hast.«

»Weil du hier bei Huff sein musstest. Ich habe George und

allen anderen klargemacht, dass ich nur für dich spreche.« Er sah auf seine Uhr. »Ich war schon zu lang weg. Die Arbeitsmoral ist am Boden. Wir sollten uns so oft wie möglich im Werk zeigen. Mit deiner Erlaubnis werde ich ein Memo rausgeben, in dem wir das Bedauern des Managements über das ausdrücken, was Billy passiert ist.«

»Schreib auf jeden Fall irgendwas rein, dass wir für seine Familie sorgen«, sagte Huff.

»Natürlich.« Beck sah ihn an und lächelte grimmig. »Das hätte zu keinem dümmeren Zeitpunkt passieren können, so kurz nach Dannys Tod. Ich hoffe, du erholst dich trotz der schlechten Nachrichten. Wie geht es dir eigentlich?«

»Ich muss noch einen Tag hier ausharren, dann darf ich nach Hause. Aber ich bin nur noch zur Beobachtung hier. Völlig überflüssig, wenn du mich fragst. Doc Caroe meint, ich wäre gesund wie ein Dollar. Diese verflixten Tests, die er mit mir anstellt. Ich wurde gepiekst und gedrückt und an tausend Maschinen angeschlossen. Einen vollen Liter Blut haben sie mir abgezapft. Ich kann nicht mehr zählen, wie oft ich in einen Becher pissen musste. Und all das nur, um zu erfahren, dass mein Herz praktisch keinen Schaden genommen hat.«

Chris lachte. »Du klingst fast enttäuscht, Huff.«

»Quatsch. Ich will ewig leben.« Dann sah er Beck wieder an. »Ich weiß, es ist dir nicht leicht gefallen, mir das zu erzählen. Aber es ist dein Job, mir schlechte Nachrichten zu überbringen. Du brauchst kein schlechtes Gewissen zu haben, nur weil du deinen Job getan hast.«

Beck nickte gedankenverloren.

Huff spürte, dass er nicht bei der Sache war, und fragte: »Was hast du noch?«

»Wenn ich meinen Arm verlieren würde«, setzte Beck nachdenklich an, »und damit im Endeffekt meinen Broterwerb, würde ich mich nicht mit ein paar Spielsachen und einem neuen Anstrich für mein Haus abspeisen lassen, glaube ich.« Er sah die beiden nacheinander an und meinte dann: »Ich finde immer noch, dass wir uns auf das Schlimmste gefasst machen sollten.«

Nachdem er weg war, ließ Chris sich am Fußende des Krankenhausbettes nieder. »Du kennst Beck. Er ist ein beschissener Unheilsprophet. Lass dich nicht von seinem Pessimismus anstecken.«

»Er nimmt seinen Job eben ernst. Dabei wahrt er nur unsere Interessen.« Huff piekte ihn mit dem Finger in den Schenkel. »Und dein Erbe, Sohn. Vergiss das nicht.«

»Schon gut, schon gut. Der Mann ist ein Juwel. Pass auf, dass dein Blutdruck nicht wieder steigt.«

»Ich habe noch nie erlebt, dass du sauer auf Beck bist. Was stört dich so?«

»Seit wann gehört es zu seinem Job, eine kaputte Maschine abzuschalten?«

»Wäre es dir lieber, wenn sie noch jemandem den Arm abreißt?«

»Natürlich nicht.«

»Dann hat er das Richtige getan, nicht wahr?«

»Ich habe nicht gesagt, dass er das Falsche getan hätte. Immerhin war das mein Vorschlag. Es ist bloß – ach Scheiße, können wir das vergessen? Ich bin nur gestresst, das ist alles. Wir stehen alle zurzeit mächtig unter Druck.«

»Wo wir gerade von Druck sprechen – hast du was von Red gehört?«

»Kein Wort.«

»Das habe ich mir gedacht.« Huff schwenkte wegwerfend die Hand. »Red sollte seinen Deputy damit beschäftigen, ausgerissene Milchkühe einzufangen. Kleinkram. Und nicht zulassen, dass er auf einer Nebensächlichkeit wie einer gottverfluchten Streichholzschachtel rumreitet. Was gibt es Neues aus Mexiko?«

»Von Mary Beth? Ich hatte keine Zeit, an Mary Beth auch nur zu denken.«

»Aber du hattest genug Zeit, das gerissene kleine Ding zu bumsen, mit dem George verheiratet ist. Und das erst letzte Nacht.«

223

Es war Chris nicht peinlich, dass sein Vater davon wusste, er reagierte eher mit anerkennender Heiterkeit. »Du hast wirklich ein erstaunliches Informantennetzwerk, Huff. Wie schaffst du das nur? Noch dazu von einem Bett auf der Intensivstation aus.«

Huff lachte leise. »Ich werde dir was viel Erstaunlicheres erzählen. Wusstest du, dass deine Schwester und Beck gestern Abend an der Fischbude waren? Danach brachte Beck Sayre ins Motel, wartete, bis sie eingecheckt hatte, brachte sie zu ihrem Zimmer und verschwand mit ihr.«

Chris fiel wieder ein, mit welch versteinerter Miene Beck reagiert hatte, als Slap Watkins so vulgär über Sayre hergezogen war. Andererseits war Beck ein Kavalier alter Schule und hielt alle Frauen bis zum Beweis des Gegenteils für echte Ladys. Chris wies Huffs Anspielung mit einem verächtlichen Schnauben zurück. »Du willst doch nicht andeuten, dass sich zwischen Beck und Sayre etwas anbahnt? Sie hat ihn vom ersten Augenblick an gehasst, immerhin ist er einer von uns.«

»Und warum ist sie noch nicht wieder in San Francisco?«

»Weil sie dachte, dass du sterben würdest.«

»Hm. Vielleicht.« Er schob die Hände hinter den Kopf und sagte: »Aber es wäre doch interessant, nicht wahr?«

»Was?«

»Wenn Beck und Sayre zusammenkämen.«

»Ich würde mir an deiner Stelle keine großen Hoffnungen machen. Beck mag weiche, süße und anspruchslose Frauen. Das trifft auf Sayre kaum zu.«

»Ich mache mir keine Hoffnungen«, sagte Huff, »aber ich muss anfangen, nach Alternativlösungen für mein Problem zu suchen.«

»Und dieses Problem wäre?«

»Dass ich die Geburt eines Hoyle der dritten Generation erlebe, ehe mich der letzte große Herzinfarkt erwischt. Falls du mir einen Enkel schenken willst, solltest du dich endlich von Mary Beth scheiden lassen. Wenn sie tatsächlich unfruchtbar ist, brauchst du diesen Baum sowieso nicht mehr anzubellen. Hast du dir schon eine andere Frau ausgesucht? Lila vielleicht?«

»Lila? Scheiße, nein.«

»Dann wäre es klug, deine Zeit – und die meine, wie ich betonen möchte – nicht länger mit ihr zu verschwenden.« Huff drückte den Knopf, um das Kopfteil seines Bettes nach unten zu fahren. Als es waagerecht stand, schloss er die Augen.

Chris wusste, wann er entlassen war. Er verließ die Intensivstation und das Krankenhaus, aber er nahm alles mit, was Huff gesagt hatte. Er wusste aus Erfahrung, dass sein Vater nie etwas ohne Grund oder Hintergedanken sagte.

17

Das Haus lag ein Stück abseits der Straße. Ein schmaler Weg aus zerstoßenen Muschelschalen führte direkt zur Vordertreppe. Das steile Dach ragte tief über die vordere Veranda und spendete dadurch Schatten. Die Eingangstür befand sich in der Mitte der Hausfront, und links und rechts davon gab es je ein hohes Fenster. Die Außenwände waren weiß gestrichen, die Fensterläden und die Tür grün lackiert.

Sayre bog in den Weg ein und hielt den Wagen direkt vor den Stufen zur Veranda, die von Beeten mit Buntwurz und weißen Geranien gesäumt waren. Nach der gnadenlosen Tageshitze ließen die Pflanzen erschöpft die Köpfe hängen.

Beck saß in einer Teakholz-Hollywoodschaukel auf der Veranda, in der einen Hand ein Bier, die Finger der anderen in Fritos dichtem Fell vergraben.

Als sie die Autotür öffnete, knurrte der Hund leise und kehlig. Aber sobald sie ausstieg, schien er sie zu erkennen, denn er kam sofort die Stufen heruntergerumpelt, um sie zu begrüßen. Im nächsten Moment wurde sie von vierzig Kilo Wiedersehensfreude gegen die Autotür gepresst.

Beck pfiff scharf, und Frito wich zurück, allerdings nur einen Schritt weit. Er ging direkt vor ihren Füßen her, sodass sie auf den Verandastufen mehrmals über ihn stolperte.

Sein Herrchen stand nicht auf und sagte kein Wort, sondern blieb schweigend sitzen, eine bemerkenswert eindrucksvolle Erscheinung für einen Mann, der nur ein Paar olivgrüne Shorts trug. Seine Miene verriet nichts – ob er überrascht, wütend oder vollkommen desinteressiert darüber war, dass sie auf seinem Grundstück erschien und ihn während der Cocktailstunde störte.

Als sie auf der obersten Stufe angekommen war, blieb sie stehen. Frito drängte sich unter ihre Hand und bohrte seine Schnauze in ihre Handfläche, bis sie seinen Kopf massierte. Aber die ganze Zeit über behielt sie Beck in ihrem Blick. Schließlich sagte sie: »Ich bezweifle, dass du dir vorstellen kannst, wie schwer es für mich war, hierherzukommen und dir gegenüberzutreten.«

Er nahm einen Schluck Bier, sagte aber nichts.

»Ich wollte nicht kommen und wäre auch nicht hier, wenn es nicht etwas gäbe, worüber wir unbedingt reden sollten.«

»Du willst reden?«

»Ja.«

»Reden?«

»Ja.«

»Dann bist du also nicht hier, um da weiterzumachen, wo du gestern Abend aufgehört hast?«

Ihre Wangen brannten vor Verlegenheit, aber auch vor Zorn. »Du hast nicht vor, auch nur einen Funken von Taktgefühl zu zeigen, wie?«

»Du verlangst Taktgefühl, nachdem du gedroht hast, mich umzubringen, falls ich dich je wieder berühren sollte? Du verlangst nicht gerade viel, wie?«

»Ich nehme an, das ist nur fair.«

»Da hast du verflucht Recht.«

Sie hatte damit gerechnet, dass er sich über sie lustig machen würde, wenn sie ihm wieder unter die Augen trat, und sich innerlich dagegen gewappnet. Darum ertrug sie seinen kalten Blick und blieb eisern stehen, obwohl sie am liebsten zu ihrem Auto zurückgerannt und abgefahren wäre.

Schließlich schnaubte er ein bitteres Lachen und rutschte zur Seite, um ihr auf der Schaukel Platz zu machen. »Setz dich. Möchtest du ein Bier?«

»Nein danke.« Sie setzte sich neben ihn.

Sein Blick fiel auf das rote Cabrio, in dem sie vorgefahren war. »Heiße Kiste.«

»Die Autovermietung hatte so kurzfristig nichts anderes da.«

»Sie haben es für dich von New Orleans hergefahren?«

»Heute Morgen.«

Er betrachtete sie und begutachtete dabei die Leinenhose mit dem dazu passenden Seiden-T-Shirt. »Schon wieder neue Sachen?«

»Ich habe kaum was aus San Francisco mitgebracht. Ich brauchte noch etwas zum Anziehen.«

»Du willst also immer noch bleiben?«

»Hast du geglaubt, ich würde mich von dem, was gestern passiert ist, abhalten zu lassen? Hattest du vor, mich aus der Stadt zu treiben? Hast du es deshalb getan?«

Die flaschengrünen Augen blickten in ihre, ein Gefühl, als hätte er ihr einen leichten Schlag in die Magengrube versetzt. »Warum hast *du* es getan?«

Es wäre schon unangenehm genug gewesen, ihm so nahe zu sein, wenn er komplett angezogen gewesen wäre. Aber so halb nackt machte sie seine Nähe nervös. Es ärgerte sie, dass sie sich so entblößt fühlte, wo doch er derjenige war, der bis auf seine Shorts nackt war.

Sie wandte das Gesicht ab und sah zu den Zypressen hin, die am Ufer des Bayou Bosquet standen. Der Wasserlauf umfloss dieses Stück Land ebenso wie Huffs Grund. »Das hier war das erste Haus«, sagte sie. »Wusstest du das?«

»Ich habe es gehört.«

»Huff lebte hier, während er das große Haus bauen ließ.«

»Bevor er deine Mutter heiratete.«

»Ja. Huff wollte nicht, dass es verfällt, darum war der alte Mitchell auch für den Erhalt dieses Hauses verantwortlich. Manchmal nahm er mich mit, wenn er herkam, um sauber zu machen. Während er draußen arbeitete, spielte ich in den leeren Zimmern Hausfrau. Das hier war das erste Haus, das ich eingerichtet habe. Natürlich nur in meiner Fantasie.«

»Ich bezweifle, dass meine Inneneinrichtung deinen Ansprüchen genügen würde.«

Sie lachte. »Sei dir da nicht so sicher. Denn ich meine mich zu erinnern, dass ich in meinen Träumen einen Kristalllüster an einer Quastenkordel von der Decke hängen sah, dazu Orientteppiche und grelle Seidenbehänge an den Wänden. Der Stil war eine Mischung zwischen Sultanszelt und französischem Palast.«

»Oder einem Bordell.«

»Ich wusste nicht, was das war, aber vom Gesamtbild her könnte es zutreffen.« Sie lächelte ihn an, ehe sie den Blick wieder auf die Zypressenreihe und den Wasserlauf dahinter richtete. »Einmal fuhren der alte Mitchell und ich auf dem Bayou hierher. Er stakte uns in einer Piroge her und ermahnte mich, ganz still zu sitzen, sonst würden wir kentern, und die Alligatoren würden uns auffressen. Er erzählte mir, er wüsste von Alligatoren, die direkt unter uns hausten und so groß wären, dass sie mich auf einen Haps verschlingen könnten, ohne auch nur zu rülpsen. Ich saß still wie ein Mäuschen im Boot und bangte um mein Leben. Das war ein Abenteuer.« Sie lächelte versonnen. »Ich wusste nicht, dass du inzwischen hier wohnst.«

»Vergällt dir das die schönen Erinnerungen an diesen Fleck? So wie zuletzt, als ich auf der Schaukel gesessen habe, die der alte Mitchell für dich gemacht hat?«

»Meine Kindheitserinnerungen wurden mir schon lange vor unserer ersten Begegnung vergällt.«

Er nahm das kommentarlos hin und sagte stattdessen: »Als mir Huff einen Job anbot, bot er mir gleichzeitig an, hier zu wohnen. Eigentlich sollte es nur vorübergehend sein, bis ich etwas

Passendes gefunden hätte. Aber eines Tages fragte er mich, warum ich jemand anderem Miete zahlen wollte, wenn ich hier umsonst wohnen könnte. Ich stellte mir dieselbe Frage, kam zu der logischen Antwort und lebe seither hier.«

»Sie haben dich mit Leib und Seele gekauft, nicht wahr?«

Damit traf sie seine empfindliche Stelle. Er leerte seine Bierflasche und stellte sie energisch auf dem Seitentisch ab. »Wieso bist du hier?«

»Ich habe von dem Unfall gestern Nacht im Werk gehört. Der ganze Ort spricht darüber.«

»Und was reden die Leute?«

»Dass es ein ziemlich schlimmer Unfall war und dass Hoyle Enterprises daran schuld ist.«

»Ich habe nichts anderes erwartet.«

»Und stimmt es?«

»Der Arm des Mannes konnte nicht gerettet werden. Er wurde heute Nachmittag amputiert. Ich würde das als schlimm bezeichnen.«

Er ließ die Frage unbeantwortet, ob Hoyle Enterprises schuld an dem Unfall war, und sie glaubte, dass er dies nicht aus Nachlässigkeit tat. »Ich habe gehört, du bist ins Krankenhaus gefahren, nachdem man ihn dorthin gebracht hatte.«

»Du hast zuverlässige Quellen.«

»Und dass die Frau des Verunglückten deine Hilfe zurückgewiesen hat.«

»Hör auf mit diesem Affentanz, Sayre. Du hast gehört, dass sie mir ins Gesicht gespuckt hat. Bist du deswegen gekommen? Aus Schadenfreude?«

»Nein.«

»Oder um mir die gefährlichen Arbeitsbedingungen im Werk vorzuhalten?«

»Über die weißt du selbst Bescheid, oder?«

»Das Förderband, an dem Billy Paulik sich verletzt hat, wurde abgeschaltet.«

»Weil du es angeordnet hast. Auch das habe ich gehört.«

Er zuckte verdrossen mit den Achseln.

»Warum nicht George Robson?«

»Weil er…«

»Weil er nur eine Marionette ist, die nichts ohne Huffs ausdrücklichen Befehl unternimmt.«

»Und Huff war im Krankenhaus, wo er sich von einem Herzinfarkt erholt, oder hast du das vergessen?«

»Wie haben er und Chris reagiert, als sie hörten, was du getan hast?«

»Sie haben meine Entscheidung gebilligt.«

»Du brauchst sie nicht zu verteidigen, Beck. Glaubst du, es wäre Zufall, dass George Robson für die Sicherheit im Werk verantwortlich ist? Huff will niemanden mit einem Gewissen oder auch nur etwas Verstand auf diesem Posten. George Robson ist nur ein Popanz, um die Aufsichtsbehörde zu besänftigen. Hat er überhaupt eine eigene Abteilung?«

»Eine kleine.«

»Die aus ihm und seiner Sekretärin besteht. Das sind alle. Er hat keine ausgebildeten Mitarbeiter, die regelmäßig nach dem Rechten sehen, und er selbst tut es ganz bestimmt nicht. Hat er ein Budget? Nein. Autorität? Null.«

»Er hat das Lockout-Tagout-System eingeführt.«

Sayre kannte den Begriff. Er bedeutete, dass eine Maschine, die nicht ordnungsgemäß funktionierte, heruntergefahren wurde und nicht wieder angefahren werden konnte, weder beabsichtigt noch unbeabsichtigt, bis ein Aufseher mit einem Schlüssel sie für einwandfrei und sicher erklärt hatte. »Er hat es eingeführt, um eine saftige Strafzahlung zu umgehen. Wird das System wirklich umgesetzt?«

Er sah sie schweigend an.

»Das habe ich mir gedacht. Das Einzige, was der sogenannte Sicherheitsdirektor von Hoyle Enterprises tut, ist, anderen die Luft zum Atmen zu nehmen.«

»Du solltest dich mit Charles Nielson zusammentun.«

»Mit wem?«

»Vergiss es.« Er schubste die Schaukel verbissen mit dem nackten Fuß an. »Du bist also hier, um mit mir über den Unfall zu reden?«

»Nein. Ich bin hier, um dich etwas zu fragen, was mir keine Ruhe lässt.«

»Auf dem Bauch.«

»Wie bitte?«

»Du hast mich gefragt, wie ich nachts schlafen kann. Ich bin nie dazu gekommen, dir zu antworten. Normalerweise schlafe ich auf dem Bauch. Und übrigens steht die Einladung noch, falls du dich je mit eigenen Augen davon überzeugen willst.«

Wutentbrannt schoss sie aus der Schaukel hoch. Erst als sie am Verandageländer stand, drehte sie sich zu ihm um. »Ich glaube, Chris könnte Danny umgebracht haben. Mal sehen, ob du darüber auch dumme Witze reißt.«

Er stand ebenfalls auf und war in zwei langen Schritten neben ihr. »Das würde dich freuen, wie? Es würde deinen Hass auf Chris und Huff legitimieren, und du könntest endlich Vergeltung bekommen.«

»Es geht mir nicht um Vergeltung.«

»Ach nein?«

»Nein.«

»Worum dann, Sayre?«

»Um Gerechtigkeit«, erwiderte sie hitzig. »Und ich würde meinen – hoffen –, dass es dir als ehemaligem Staatsanwalt ebenfalls darum gehen sollte. Zu blöd, dass du mietfrei in ihrem Haus wohnst.«

Er stieß einen Unmutslaut aus. »Was vollkommen irrelevant ist. So oder so kann ich nicht mit dir darüber sprechen. Ich bin ihr Anwalt.«

»Du bist kein Strafverteidiger.«

»Chris braucht keinen.«

»Bist du sicher?

Ihre Blicke trafen und verbanden sich. Er wandte als Erster das Gesicht ab. Mit einer Hand fuhr er sich durch die Haare, mit der anderen deutete er auffordernd auf die Schaukel. Als sie stehen blieb, ging er wieder zurück und setzte sich. »Okay, Sayre, dann reden wir. Ich kann dir nicht versprechen, dass ich antworten werde, aber ich werde dir zuzuhören.«

Sie wollte eine Antwort auf die Frage, die sie seit geraumer Zeit quälte, aber er war durch das Anwaltsgeheimnis gebunden und sie durch ihr Versprechen, Jessica DeBlance nicht zu verraten. Sie sortierte kurz ihre Gedanken und fragte dann: »Hatten Danny und Chris in letzter Zeit Streit?«

»Streit? Du warst wirklich lange weg. Die beiden haben über alles und jedes gestritten. Von den Stundenlöhnen für die neu eingestellten Arbeiter über das Footballteam der LSU bis hin zu den Vorzügen von Coca-Cola oder Pepsi.«

»Ich spreche nicht von Kabbeleien. Ich meine einen immer wiederkehrenden Streit über etwas von grundlegender Bedeutung.«

»Dannys Religion«, antwortete er ohne zu zögern. »Darüber hatten sich Chris und Danny noch am Tag vor Dannys Tod im Country Club gestritten. Huff hatte Chris losgeschickt, mit seinem Bruder zu sprechen und zu sehen, ob er ihm den Kopf zurechtsetzen konnte. Chris hat wenig Sinn für Pietät. Danny reagierte empört. Damit verrate ich kein Geheimnis, denn mehrere Leute im Country Club waren Zeuge ihres Streits und haben Deputy Scott davon erzählt.«

»Hat einer dieser Zeugen genau gehört, was die beiden gesagt haben?«

»Nicht soweit ich weiß.«

»Hat Chris dir erzählt, was sie miteinander geredet haben? Streich das.« Sie schüttelte den Kopf. »Ich weiß, das dürftest du mir nicht erzählen.«

»Nein, dürfte ich nicht. Aber ich kann mit gutem Gewissen sagen, dass er mir nichts verraten hat. Er hat zugegeben, dass sie über Dannys neu gefundenen Glauben stritten und dass er dabei ein paar Bemerkungen gemacht hat, die Danny tief getroffen haben. Mehr weiß ich auch nicht.«

Frito kam herangetrabt und drückte seinen großen Kopf gegen ihren Schenkel. Sie bückte sich und streichelte seinen Rücken.

»Ich bin eifersüchtig«, sagte Beck.

»Er scheint mich wirklich zu mögen.«

»Nicht auf dich. Ich bin eifersüchtig auf Frito.« Seine Stimme war genauso irritierend wie sein Blick. »Wie kann das sein, dass ich so wütend auf dich bin und mir im nächsten Augenblick wünsche…«

»Sag es nicht.«

»Was?«

»Was auch immer du sagen wolltest. Hör auf, mit mir zu flirten. Damit kannst du mich nicht ablenken. Und ehrlich gesagt spricht es auch nicht für dich, dass du mich für so frivol hältst.«

»Frivol? Sayre, du bist so frivol wie ein verunglückter Zug.«

»Das ist auch nicht gerade ein Kompliment.«

»Ich kann bei dir einfach keinen Stich machen, wie? Wenn ich versuche, dir Komplimente zu machen, wirfst du mir vor, ich würde mit dir flirten, um dich abzulenken. Lass uns aufhören mit diesen Wortgefechten. Warum sagst du nicht offen und ehrlich, was du denkst?«

»Weil ich dir nicht traue.«

Er zog eine Braue hoch. »Also, offener hättest du kaum sein können.«

»Du könntest alles, was ich dir sage, für deine Zwecke verwenden.«

»Was *sind* meine Zwecke? Verrat mir das.«

»Chris mit einem Mord davonkommen zu lassen«, flüsterte sie heiser. »Zum zweiten Mal.«

Er fing ihren Blick auf, hielt ihn kurz und sagte dann: »Der Staat konnte nicht beweisen, dass Chris Gene Iverson getötet hat.«

»Und die Verteidigung konnte ebenso wenig das Gegenteil beweisen. Ich weiß von jemandem, der Danny sehr nahe stand…«

»Wer?«

»Das kann ich dir nicht sagen. Aber jemand, der ihn sehr gut kannte, hat mir erzählt, dass Danny das Gefühl hatte, in einem Dilemma zu stecken. Und diese Person meint, dass es sich um ein moralisches Dilemma, eine Gewissensfrage handelte.«

»Danny hatte sich für den schmalen, steinigen Pfad entschieden. Den Zehnten zu entrichten und jedes Mal in die Kirche zu eilen, sobald die Pforten geöffnet wurden. Seit er zu der Gemeinde gestoßen war, hat er keinen Tropfen Bier mehr getrunken. Weshalb sollte er Gewissensbisse gehabt haben?«

»Dieser Person zufolge handelte es sich um einen wesentlich ernsteren Konflikt als um ein heimliches Bier. Vielleicht hatte es mit irgendetwas in der Gießerei zu tun. Etwas Illegalem. Was es auch war, es fraß ihn bei lebendigem Leib auf. Ich glaube, er wollte dieses Geheimnis loswerden, er wollte auspacken. Chris hatte Angst davor, und darum brachte er ihn um.«

Beck starrte sie ein paar Sekunden lang an, dann stand er auf und stellte sich ans Geländer. Leicht vorgebeugt, stützte er die Unterarme auf den Handlauf und starrte in die Ferne. Sayre sah dasselbe wie er – eine helle Gloriole über den Baumwipfeln, erzeugt von den Lichtern der Gießerei, die sich automatisch bei einsetzender Dämmerung einschalteten.

Der allgegenwärtige Qualm hing reglos über dem Horizont, weil sich keine Brise rührte. Er war wie ein eigenes Wesen, eine beständige Mahnung, wer über diesen Ort herrschte, und eine stille Drohung gegenüber jedem, der das Recht der Hoyles anzweifelte, über diesen Ort zu bestimmen.

Beck sagte: »Du hast es wirklich auf sie abgesehen, nicht wahr?«

»Glaubst du tatsächlich, es würde mir Spaß machen, meinen Bruder eines Mordes zu bezichtigen?«

Er richtete sich auf, drehte sich um, lehnte sich mit der Hüfte gegen das Geländer und verschränkte die Arme vor der bloßen Brust. »Undenkbar ist das nicht.«

»Für mich schon. Ich möchte mir nicht einmal vorstellen, dass Chris dazu fähig sein könnte. Aber tragischerweise tue ich es. Das Morden liegt bei uns in der Familie.«

»Wie ein vererbbarer Charakterzug?«

»Schließlich hat auch Huff einen Mann umgebracht, ohne dass man ihn dafür zur Rechenschaft gezogen hätte.«

»Aha. Erst Chris, und jetzt Huff.« Er schüttelte ungläubig den Kopf. »Du kannst es nicht lassen, was? Okay, lass mich aus deinen kleinlichen Rachefeldzügen gegen deine Familie raus, ja?«

Er ging zur Haustür, zog sie auf und winkte Frito ins Haus. Die Fliegentür knallte hinter ihm gegen das Holz. Sayre zögerte nur eine Sekunde, dann ging sie ihm nach.

Sie folgte dem Geklapper von Töpfen und Pfannen und fand ihn in der Küche, wo er gerade eine Flamme auf dem Gasherd entzündet hatte. Frito tanzte aufgeregt um seine Füße herum.

»Er hieß Sonnie Hallser«, sagte sie. »Er war in den Siebzigern Vorarbeiter im Werk. Und er setzte sich dafür ein, dass sich die Belegschaft gewerkschaftlich organisiert. Er und Huff waren wegen der Arbeitsbedingungen aneinandergeraten und …«

»Hör zu.« Er drehte sich um und sah sie an. »Ich kenne die ganze Geschichte. Du brauchst nicht weiterzureden, ich habe alles darüber gelesen. Huff hat mir angeboten – Scheiße!«

Die leere Pfanne auf der Flamme hatte zu qualmen begonnen. Er zog sie vom Herd und nahm zwei Eier aus dem Kühlschrank. Nachdem er sie in die Pfanne geschlagen hatte, briet er sie kurz an und mischte sie dann unter das Trockenfutter in Fritos Schüssel. Sobald er den Napf auf dem Boden abgesetzt hatte, fiel Frito darüber her.

»Huff hat mir ein geniales Geschäft angeboten«, fuhr er fort. »Ein Deal, bei dem jeder Anwalt feuchte Träume bekommt. Nicht nur einen anspruchsvollen Job, sondern auch das Haus, den Firmenwagen, Pensionszahlungen, ein fantastisches Gehalt. Du hältst mich für eine Hure, weil ich dieses Angebot angenommen habe? Na schön. Wenn du meinst. Aber wie jede gute Hure reiße ich mir den Arsch für meine Freier auf. Ich arbeite hart für mein Geld.

Und wie jede schlaue Hure habe ich meinen Klienten durchgecheckt, ehe ich Geld von ihm nahm. Und zwar gründlich.

Glaubst du, ich wäre blind oder naiv? O nein, Sayre. Ich habe meine Hausaufgaben gemacht. In einem der Negativartikel über Chris' Verhandlung wurden alle Hoyle-Angestellten aufgeführt, die je bei Arbeitsunfällen gestorben waren.

Auch Sonnie Hallser wurde darunter genannt. Ich habe genau nachgeforscht und alles recherchiert, was es über seinen tödlichen Unfall zu wissen gab. Zugegeben, die Umstände seines Todes waren undurchsichtig...«

»Huff ist schlau genug, um sie zu verschleiern.«

»Was weißt du darüber?«

»Ich habe alles miterlebt! Ich war erst fünf Jahre alt, aber ich weiß es noch wie heute. Meine Mutter hatte sich in ihrem Zimmer eingeschlossen und weinte ununterbrochen. Huff war ständig gereizt. Red Harper und ein paar weitere Männer kamen mitten in der Nacht in unser Haus und hielten heimliche Besprechungen in Huffs Zimmer ab. Die Luft im Haus war so drückend und dick, dass man sie mit dem Messer hätte schneiden können.

Obwohl ich noch ein Kind war, spürte ich all das ganz genau, und es machte mir Angst. Ich fragte Selma, was los sei. Sie erzählte mir, dass manche Menschen glaubten, Huff hätte einen Mann umgebracht und es wie einen Unfall aussehen lassen. Sie sagte, das sei eine dicke, fette Lüge, und ich solle mich nicht darum kümmern.

Aber das ging nicht, Beck. Ich dachte ununterbrochen darüber nach und fragte mich immer wieder, ob es tatsächlich eine Lüge war. Lange nachdem dies alles vorbei war und wieder seinen normalen Gang ging, spukte mir diese Geschichte immer noch im Kopf herum. Und Jahre später habe ich die Vorgänge selbst recherchiert.«

»Dann weißt du, dass es keine Grundlage für eine Anklage gegen deinen Vater gab.«

»Vom formaljuristischen Standpunkt her gesehen vielleicht nicht, aber ich bin überzeugt, dass Huff getan hat, was ihm unterstellt wurde. Sonnie Hallser starb an der Maschine mit dem weißen Kreuz, jener Maschine, die ich gestern gesehen habe, nicht wahr?«

»So sagt man.«

»Diese Maschine ist ein Ungetüm, das mit Leichtigkeit einen Mann zerquetschen könnte. Huff hat Hallser hineingestoßen und zugeschaut, wie er starb.«

Die Hände in die Hüften gestemmt, beugte Beck sich leicht vor und atmete mehrmals tief durch. Als er sich wieder aufrichtete, sagte er: »Die Polizei hat den Fall damals gründlich untersucht, Sayre.«

»Die Polizei hat sich bestechen lassen.«

»Es wurde nie Anklage erhoben.«

»Was nicht heißt, dass kein Verbrechen begangen wurde.«

»Huff war über jeden Verdacht erhaben.«

»Der Fall wurde unter den Teppich gekehrt.«

»Weil niemand beweisen konnte, dass ein Verbrechen geschehen war«, schnauzte er sie an. »So funktioniert unser Rechtssystem nun mal, ganz gleich, ob es mir oder dir gefällt.«

Er atmete schwer, und seine Augen glühten, so feurig verfocht er seinen Standpunkt. Endlich drang Fritos Jaulen zu ihm durch. Er löste sich aus seiner kampfbereiten Pose und ging zur Hintertür, um den Hund in den Garten zu lassen. »Geh nicht zu weit weg. Und nimm dich vor dem Stinktier in Acht.« Dann drehte er sich wieder zu Sayre um und fragte: »Und du willst ganz bestimmt nichts trinken?«

Sie lehnte mit einem leichten Kopfschütteln ab.

Sein Zorn war verraucht. Jetzt war er nur noch frustriert, und die Frustration stand ihm gut. Sie versuchte erfolglos, ihn nicht zu beobachten, während er eine Dose Cola aus dem Kühlschrank holte, den Verschluss entfernte und den Ring mit typisch männlicher Nachlässigkeit auf den Tisch warf.

Er nahm einen tiefen Schluck aus der Dose und stellte sie dann auf dem Küchentisch ab. »Wo waren wir stehen geblieben?«

Sie riss ihren Blick von seinem nackten Oberkörper los. »Nirgendwo. Wir drehen uns im Kreis. Es war ein Fehler. Ich hätte nicht herkommen sollen.«

Sie schaffte es nur bis zur Haustür, bevor sie seine Hand auf ihrer Schulter spürte. »Warum bist du gekommen, Sayre? Sag die Wahrheit.«

Es war keine gute Idee, sich umzudrehen, wenn er so dicht vor ihr stand. Sie wusste das, noch ehe sie es tat. Aber sie drehte sich trotzdem um und war gleich darauf auf Augenhöhe mit seinem Adamsapfel. »Die Wahrheit? Ich wollte erfahren, ob du wusstest, was Danny so zu schaffen machte.«

»Ich weiß es nicht. Und es tut mir aufrichtig leid, dass ich es nicht weiß, weil wir andernfalls vielleicht eine Erklärung für das hätten, was ihm widerfahren ist. Und du bist aus keinem anderen Grund gekommen?«

»Nein.«

»Wirklich?«

»Nein.«

»Ich glaub dir nicht.« Als sie den Kopf in den Nacken legte und zu ihm aufsah, ergänzte er: »Ich glaube, du bist hergekommen, weil du mich sehen wolltest. Ich bin froh, dass du es getan hast. Weil ich dich auch wiedersehen wollte. Ich bin längst nicht so abgrundtief schlecht, wie du glaubst.«

»Doch, das bist du, Beck. Die Tragödie ist, dass du das nicht einmal erkennst. Vielleicht warst du früher nicht so. Ich weiß es nicht. Aber inzwischen hast du dich so weit korrumpieren lassen, dass es nicht anders ist, als wärst du von Geburt an so böse gewesen wie sie.

Sie haben dich vor drei Jahren verführt, und zwar so vollkommen, dass du nicht mehr unterscheiden kannst, was richtig und was nur nützlich ist. Mrs. Paulik hat das erkannt. Ich auch. Du hast deine Seele an sie verkauft.«

»Na gut, sagen wir, du hast Recht. Ich bin ein Opportunist. Bis ins Mark verdorben. Aber warum lässt du mich dann bis auf Armeslänge an dich heran?« Er kam noch einen Schritt näher. »Irgendwas an mir muss dir gefallen.«

Sie versuchte, ihm auszuweichen, aber das ließ er nicht zu.

»Sprechen wir über gestern Abend.«

»Nein, Beck.«

»Warum nicht? Wir sind Erwachsene.«

Sie lachte leise und selbstironisch. »Glaubst du, dass sich Erwachsene so benehmen?«

»Manchmal. Wenn sie Glück haben.« Er senkte die Stimme. »Obwohl du gestern mehr Glück hattest als ich.«

Sie schloss die Augen, um sein Lächeln nicht mehr sehen zu müssen.

»Was hast du denn Schlimmes getan, Sayre?«, fragte er leise. »Du hast nur einem natürlichen Impuls nachgegeben. Ist das so schrecklich?«

»Für mich? Ja.«

»Du solltest akzeptieren, dass du auch nur ein Mensch bist. Du hattest seit dem frühen Morgen eine emotionale Achterbahnfahrt hinter dir. Den ganzen Tag hast du kein einziges Mal geschrien oder geweint oder, Gott bewahre, gelacht. Nachdem du ununterbrochen deine kühle, strenge Selbstbeherrschung gewahrt hattest, hatten sich all diese Emotionen in dir aufgestaut. Irgendwann mussten sie heraus. Der Sex hat dir die Möglichkeit dazu gegeben.«

Sie öffnete die Augen. »Was gestern Abend geschehen ist, passierte nur aus Wut. Es hatte nichts mit Sex zu tun.«

Er sah sie streng und leise tadelnd an. »Ich war dabei, Sayre, vergiss das nicht. Es hatte eine Menge mit Sex zu tun.«

»Ich war außer mir vor Zorn. Du wolltest mich nur beleidigen und demütigen.«

»Das glaubst du doch selbst nicht.«

»O doch.«

Er schüttelte den Kopf. »Wenn du das wirklich glauben würdest, wärst du jetzt nicht hier.«

Womit er Recht hatte. Wenn es dabei nicht um Sex gegangen war, dann war es zumindest eine verflucht gute Imitation dessen gewesen. Sie brauchte ihn nur anzusehen und spürte Sex. Ihn in ihrer Nähe zu wissen war purer Sex. Der Hormonrausch war purer Sex. Das urplötzliche Bedürfnis, ihn zu halten und gehalten zu werden, war purer Sex. Die Begierde, sich fallenzulassen und erlöst zu werden, alle anderen Gedanken auszulöschen, war reinster, purer Sex.

O Gott, es wäre so unglaublich schön, diesem Impuls noch einmal nachzugeben, sich diesem so fantastisch aussehenden Mann an den Hals zu werfen, sich in der Lust zu verlieren, ihn zu benutzen. Zu dumm, dass er Beck Merchant war, Chris' bester Freund und Huffs Wadenbeißer.

Sie flüsterte: »Ich kann das nicht tun, Beck.«

»Ich auch nicht. Das ist so was von falsch.« Er legte die Hände auf ihre Taille und zog ihren Unterleib an seinen. »Aber ich kann trotzdem nicht die Finger von dir lassen.«

Dann küsste er sie. Seine Lippen waren warm, seine Zunge war gewandt, und sie öffnete beidem ihren Mund. Sie hörte sich sogar kurz protestierend wimmern, als er sich von ihr löste. Er legte den Knöchel seines Zeigefingers auf die Wunde in ihrer Unterlippe.

»Zu heftig?«

»Nein.«

Er lächelte. »Nicht heftig genug?«

Er fuhr mit der Zungenspitze über die empfindsame Stelle, küsste sie zärtlich und nahm dann ihren Mund rücksichtslos und hemmungslos in Besitz. Seine Hand wanderte über ihren Hals abwärts zu ihrer Brust. Seine Handfläche drückte leicht gegen ihren Nippel, und sie spürte tief in ihrem Inneren ein leises Ziehen wie eine Hungerattacke.

O Gott, es war ein so gutes Gefühl. Egal, ob es nun Begierde oder nackte Lust oder was auch immer war, es war ein wunderbares und verführerisches und gleichzeitig erschreckendes Gefühl, weil sie, wenn sie ihm nicht sofort Einhalt gebot, einen weiteren Fehler begehen würde, und zwar einen viel schlimmeren als am Abend zuvor.

»Ich kann das nicht«, keuchte sie atemlos. Ehe er darauf reagieren konnte, hatte sie ihn weggestoßen und war durch die Tür geeilt – um schlagartig stehen zu bleiben, als sie ins Wohnzimmer kam.

Chris lehnte an der Rückenlehne des Sofas, Arme und Beine übereinandergeschlagen, und hatte sein unverschämtestes Lächeln aufgesetzt. »Eigentlich wollte ich mich räuspern, aber ich wollte euch nicht unterbrechen.« Er begutachtete Sayre schmunzelnd und sah dann Beck an. »Nimm eine kalte Dusche. Wie es aussieht, brauche ich dringend einen Anwalt.«

18

Als sie vor dem Sheriffsbüro hielten, patrouillierte Red Harper auf dem Bürgersteig auf und ab. Er rauchte, aber Beck hatte den Eindruck, dass die Zigarettenpause nur ein Vorwand war, um sie abzufangen.

Reds Begrüßung erhärtete seine Vermutung. »Ich wollte bloß klarstellen, dass ich absolut nichts damit zu tun habe.«

»Womit?«, fragte Beck.

»Scott hat auf eigene Faust gehandelt. Ich war nicht eingeweiht. Chris, passen Sie auf, dass Sie sich da drin keine Blöße geben.«

Chris kam mit seinem Gesicht auf Handbreite vor das des Sheriffs. »Wenn Sie mit diesem Arschloch nicht fertig werden, sollten Sie sich nach einem neuen Job umsehen.«

Es war keine leere Drohung, das war Red klar. Wenn er die Hoyles nicht schützte, würde ihm ebenfalls der Schutz entzogen, falls jemand einen genaueren Blick auf seine Amtsführung werfen sollte. Er zog noch einmal an seiner Zigarette. »Wir sollten lieber reingehen.«

Deputy Wayne Scott erwartete sie in Reds Büro, geschniegelt und kampfbereit. Er begrüßte sie mit einem grabesschweren Nicken und dankte ihnen dafür, dass sie so kurzfristig gekommen waren. »Ich dachte, es wäre das Beste, diese Sache sofort zu klä-ren.«

»Und was genau muss sofort geklärt werden?«, fragte Chris.

»Lass mich reden, Chris«, warnte ihn Beck.

Sie setzten sich auf dieselben Stühle wie beim ersten Mal, Red hinter seinem verschrammten und mit Papieren überhäuften Schreibtisch gegenüber, während Deputy Scott neben ihm in Habachtstellung stehen blieb.

Red räusperte sich verlegen. »Es gibt da etwas, was Sie uns, äh, erklären müssen, fürchte ich.«

Er reichte Beck ein Blatt Papier, das mit irgendwelchem Computerkauderwelsch bedruckt war.

»Ich habe mir eine richterliche Genehmigung eingeholt, Ihre Telefonverbindungen einzusehen, Mr. Hoyle«, erklärte Scott. »Dies ist eine Übersicht über die Gespräche, die Sie am Todestag Ihres Bruders von Ihrem Handy aus geführt haben. Den Anruf, über den wir gern Näheres erfahren würden, habe ich angestri-chen.«

Beck sah, dass eine Zeile mit einem gelben Marker hervorge-hoben war. »War das am Sonntagmorgen?«, fragte er, als er die Uhrzeit sah.

»Ja, Sir. Da hat Mr. Hoyle um genau sieben Uhr vier auf dem Handy des Opfers angerufen.«

Es entging Beck nicht, dass Danny inzwischen als »Opfer« bezeichnet wurde.

»Tja, da haben Sie mich wirklich drangekriegt, Deputy. Ich habe tatsächlich meinen Bruder angerufen. Sie sollten mir lieber sofort Handschellen anlegen.«

Beck brachte Chris mit einem warnenden Blick zum Schwei-gen. Dann setzte er ein Pokerface auf und wandte sich an Scott. »Genau wie mein Mandant kann ich nicht erkennen, inwiefern das von Belang sein soll.«

»Das ist insofern von Belang, als Mr. Hoyle uns erzählt hat, er habe an diesem Morgen lange geschlafen, nämlich bis etwa elf Uhr. Er hat nichts davon gesagt, dass er kurz nach sieben aufge-

wacht sei und seinen Bruder angerufen habe. Außerdem erscheint es merkwürdig. Hatte Danny Hoyle nicht kurz zuvor nur
wenige Meter von ihm entfernt in seinem eigenen Zimmer geschlafen?«

Red meldete sich erstmals zu Wort. »Wir wissen inzwischen,
dass Danny am Samstag kurz vor Mitternacht nach Hause gekommen ist. Da Selma am Sonntagvormittag sein Bett gemacht
hat, können wir davon ausgehen, dass er darin geschlafen hat.
Zwischen sechs Uhr dreißig und sieben Uhr trank er mit ihr eine
Tasse Kaffee in der Küche, ehe er zu einem Gebetsfrühstück für
Männer aufbrach, das jeden Sonntagmorgen in der Kirche statt-
findet. Er war etwa vier Minuten aus dem Haus, als Sie ihn auf
dem Handy anriefen«, wandte er sich an Chris.

Ehe Chris etwas darauf erwidern konnte, sagte Beck: »Es hätte
auch jemand anders Chris' Handy benutzen können. Selma.
Huff. Oder ich. Wir hatten alle Zugriff darauf.«

»Wo bewahren Sie Ihr Handy auf, Mr. Hoyle?«

Chris warf Beck einen Blick zu, der anzeigte, dass er darauf
antworten wollte. »Ich rate dir, nichts zu sagen, bis wir Gelegenheit hatten, uns zu besprechen«, mahnte Beck.

»Quatsch. Das ist alles nur Müll.« Entgegen Becks Warnung
sprach er die beiden Sheriffs an. »Niemand außer mir hat am
Sonntagvormittag mein Handy benutzt. Es lag auf meinem
Nachttisch, genau wie mein Portemonnaie und alles andere, was
ich am Abend davor aus meinen Hosentaschen gezogen hatte.
Ja, ich habe Danny an diesem Morgen angerufen. Ich kann das
nicht abstreiten. Da steht es schwarz auf weiß.« Er schwenkte
die Hand in Richtung der Gesprächsliste.

»Ich hatte das nicht erwähnt, weil ich es vollkommen vergessen hatte, und ich hatte es vergessen, weil es ein völlig belang-
loser Anruf war. Ich bin aufgewacht, weil ich auf die Toilette
musste. Wenn Sie sagen, dass das gegen sieben Uhr war, dann
muss es wohl gegen sieben Uhr gewesen sein. Ich wusste nicht,
wie spät es war, und es war mir auch egal.

Aber als ich mich wieder ins Bett legen wollte, hörte ich, wie ein Motor angelassen wurde. Ich schaute aus dem Fenster und sah Danny in seinem Auto davonfahren. Dabei fiel mir ein, dass Huff Danny zum Abendessen sehen wollte, selbst wenn an diesem Abend Petrus persönlich in Dannys Gutmenschentabernakel erscheinen sollte. Damit zitiere ich Huff wörtlich.

Ich war verkatert, und es war mir ehrlich gesagt scheißegal, wo mein Bruder an diesem Abend sein Mahl halten wollte. Aber ich wusste, dass ich Huffs Zorn auf mich ziehen würde, wenn Danny nicht erschien, nur weil ich vergessen hatte, ihm Bescheid zu sagen. Darum rief ich ihn an, solange ich gerade daran dachte. Wenn ich gleich wieder ins Bett gegangen wäre, hätte ich es später vielleicht vergessen. Ich gab Danny eine Warnung mit auf den Weg. Wenn er nicht wollte, dass Huff das Kriegsbeil ausgrub, sollte er am Abend unbedingt zu Hause sein.

Danny versprach mir, dass er kommen würde. Ich habe ihn noch gebeten, für die Sünden, die ich in der letzten Nacht begangen hatte, einen Fünfer in meinem Namen in den Klingelbeutel zu werfen. Er lachte und meinte, mit einem Fünfer würde ich meine Verfehlungen keinesfalls gutmachen können, dann sagte er, ich solle mich wieder ins Bett legen, wir würden uns zum Abendessen sehen. Danach legte er auf.

So, Deputy Scott, wenn Sie meinen, dass Sie daran eine Mordanklage festmachen können, sind Sie noch lächerlicher, als ich bisher gedacht hatte.«

Die Beleidigung prallte von Scotts gestärkter Uniform ab. »Ja, Sir, das allein wäre ziemlich dünn. Aber da ist auch noch die offene Zeitspanne.«

»Offene Zeitspanne?« Beck sah Red an, der die Hängebacke in die Hand gestützt hatte. Er schien sich elend zu fühlen und wich seinem Blick aus.

»Ganz recht, Mr. Merchant«, sagte Scott. »Dürfte ich Ihnen eine Frage stellen?«

»Sie dürfen. Aber ich weiß nicht, ob ich antworten werde.«

»Wann sind Sie zu Mr. Hoyle gekommen, um das Baseballspiel anzusehen?«

Es war eine scheinbar harmlose Frage. »Das Spiel begann um drei. Als ich ankam, lief gerade das zweite Inning, daher würde ich schätzen, dass ich gegen zwanzig nach drei dort ankam.«

»Und da war Mr. Hoyle zu Hause?«

»Vor dem Fernseher.«

»Und Sie waren den ganzen restlichen Nachmittag mit ihm zusammen?«

»Bis Sie und Red läuteten. Worauf wollen Sie hinaus, Deputy?«

»Es geht mir um die Zeitspanne zwischen zwölf Uhr dreißig und zwei Uhr dreißig, in der niemand bezeugen kann, wo sich Mr. Hoyle aufhielt.«

Chris fuhr zum Sonic, was für Beck eine eher ungewöhnliche Wahl war, wenn man bedachte, wie ernst das anstehende Gespräch würde. Wie an jedem Sommerabend drehten Autos voll mit Teenagern ihre Runden um das Drive-In. Die Kids hupten einander zu, die Boys riefen den Girls hinterher und die Girls reagierten mit einem »Leck mich!« oder Entsprechendem. Andere versammelten sich rund um die metallenen Picknicktische, die in den Betonboden unter dem Wellblechvordach geschraubt waren. Sie mampften mit Chili überzogene Pommes und inszenierten kleine Dramen, um dem Kleinstadtabend zusätzliche Würze zu geben.

Beck fragte gegen den Lärm des Beach-Boys-Klassikers aus den Außenlautsprechern an: »Was machen wir hier?«

»Ich hab Bock auf einen Slush.« Chris lenkte den Wagen an einen freien Stellplatz und gab die Bestellung über das Standmikrophon ein. Dann wandte er sich an Beck.

»Ich hoffe, du hast was in der Hinterhand, Chris.«

»Deputy Scott geht mir langsam auf den Sack.«

»Du hast gesagt, Selma könnte dafür bürgen, dass du den ganzen Tag zu Hause warst.«

»Ich konnte schließlich nicht wissen, dass sie ihnen von ihrem Mittagsschläfchen erzählt.«

»Womit du für zwei Stunden kein Alibi hast. Hast du da das Haus verlassen? Und lüg mich verdammt noch mal diesmal nicht an, okay?«

»Und wenn ich das Haus verlassen hätte?«

»Dann hättest du eine Gelegenheit gehabt, Danny zu töten, weil die vom Gerichtsmediziner ermittelte Todeszeit in die Zeitspanne fallen würde, während der niemand sagen kann, wo du dich aufgehalten hast.«

Die Bedienung kam mit der Bestellung. Chris zahlte und gab ein großzügiges Trinkgeld. Er zog an seinem Strohhalm und meinte dann zu Beck, dass dem Drink nichts fehle außer einem kräftigen Schuss Tequila.

Verärgert über die unbekümmerte Haltung seines Freundes, sagte Beck: »Chris, was muss noch geschehen, damit du endlich aufwachst und erkennst, dass du in Schwierigkeiten steckst? Was sollte dieser Scheiß mit dem Anruf? Ist dir nichts Besseres eingefallen, als dass du Danny zum Abendessen einladen wolltest? Diesen Quatsch haben sie doch sofort durchschaut. Genau wie ich. Als Huff am Nachmittag heimkam und uns gefragt hat, ob wir was von Danny gehört hätten, hast du keinen Ton davon gesagt, dass du am Morgen mit ihm telefoniert hättest.«

»Ich hatte es vergessen.«

»Du hattest es vergessen.« Beck schnaubte.

»Genial. Wir haben bereits besprochen, wie gut sich das als Verteidigung macht.«

»Na gut, Beck, du willst also eine bessere Story hören? Wie hätte es dir gefallen, wenn ich Red und Deputy Scott erzählt hätte, dass ich Danny angerufen hatte, um ihn zu fragen, ob er sich mit mir in der Angelhütte trifft? Ganz recht«, sagte er, als er Becks fassungslose Miene sah. »Genau deswegen habe ich ihn angerufen.

Ich habe Huff am Sonntagnachmittag nichts von dem Gespräch erzählt, weil ich bei Danny nichts hatte ausrichten können und keine Lust auf eine von Huffs Predigten hatte. Wie beschissen hätte es ausgesehen, wenn ich unseren geschätzten Gesetzeshütern die Wahrheit gesagt hätte? Wäre dir das wirklich lieber gewesen?«

Beck atmete lang und tief aus. »Nein, das wäre mir nicht lieber gewesen.«

Er drückte den Drink, den er gar nicht gewollt hatte, in den Becherhalter am Armaturenbrett und starrte durch die Windschutzscheibe auf die elegant geschwungene Motorhaube. Er selbst fuhr einen Pick-up, aber Chris zog schnelle, rassige Importwagen vor.

»Ab sofort«, bestimmte er und sah dabei Chris an, um seine Worte zu unterstreichen, »sagst du zu niemandem mehr auch nur ein Wort. Du hast jetzt schon zu viel gesagt.«

»Scott provoziert mich.«

»Das weiß er. Er ködert dich und nutzt es aus, dass du ihn nicht ausstehen kannst. Du musst lernen, den Mund zu halten.«

»Du redest, als ob du mich für schuldig hältst. Beck«, Chris sah ihn dabei beschwörend an, »ich habe meinen Bruder nicht ermordet. Ich war nicht in der Angelhütte.«

»Warum in Gottes Namen wolltest du dich mit ihm da draußen treffen?«

»Danny und ich hatten uns am Tag davor gestritten. Ich konnte einfach nicht zu ihm durchdringen. Als ich ihn am Sonntag in die Kirche fahren sah, dachte ich, verflucht noch mal, ich habe rein gar nichts erreicht. Darum hoffte ich, dass wir draußen auf dem Land unter vier Augen ein ruhigeres und ergiebigeres Gespräch miteinander führen könnten.

Außerdem hätte es auch Huff besänftigt, wenn er gewusst hätte, dass ich einen ernsthaften Versuch unternommen hätte, mit Danny zu reden. Huff war ernsthaft beunruhigt, dass diese frommen Fanatiker zu viel Einfluss auf ihn hatten, und er wollte, dass das aufhörte.«

»Und Danny war einverstanden, sich mit dir zu treffen?«

»Nein«, beteuerte Chris. »Genau das verwirrt mich so. Er sagte, er wolle lieber tot umfallen…« Er verstummte, weil ihm aufging, was er da gesagt hatte, und presste die Hand gegen die Stirn. »Mein Gott.«

»Ich weiß, was du damit sagen willst. Weiter.«

»Also gut, als Red auftauchte und uns erzählte, dass Danny tot in der Angelhütte gefunden worden war, war ich völlig vor den Kopf geschlagen. Zum einen weil mein Bruder tot war, was schockierend genug war. Aber auch, weil er ausgerechnet dort gestorben war.«

»Und du warst nicht da draußen?«

Er schüttelte vehement den Kopf. »Ich hatte Danny gesagt, dass ich rausfahren würde, weil ich immer noch hoffte, dass er seine Meinung änderte. Er sagte: ›Warte nicht auf mich, Chris. Ich werde nicht kommen.‹ Es war so verflucht heiß an diesem Nachmittag. Ich war verkatert. Am Ende. Also nahm ich ihn beim Wort, dachte mir, scheiß doch drauf, und fuhr nicht raus. Aber offenbar hat mich Danny auch beim Wort genommen. Er fuhr hin, weil er dachte, dass ich dort wäre.«

»Du wirst keiner Jury der Welt weismachen können, dass Danny sich umgebracht hat, bloß weil du ihn versetzt hast.«

»War das ironisch gemeint?«

»Auf jeden Fall. Aber es soll dir auch zeigen, wie dünn deine Story ist.«

»Das ist mir auch klar. Was meinst du denn, warum ich sie niemandem erzählt habe?«

»Nicht mal mir?«

»Dir schon gar nicht.«

»Warum?«

»Weil ich genau wusste, wie sauer du sein würdest, weil ich sie dir nicht gleich erzählt habe.«

Beck ließ den Kopf gegen die Nackenstütze sinken und atmete tief durch. Mit Chris über ein *Fait accompli* zu diskutieren, wäre kontraproduktiv. Vorerst ging es vor allem um Schadensbegrenzung.

»Erzähl mir, was deiner Meinung nach passiert sein könnte, als Danny da draußen war.«

»Als ich es dir schon einmal gesagt habe, hast du mich in der Luft zerrissen«, antwortete Chris.

»Dass dich jemand reinzureiten versucht?«

»Genau das glaube ich. Hast du mit Red über Slap Watkins gesprochen?«

»Heute Nachmittag, und zwar offenbar bevor Scott deine Gesprächsübersicht bekam. Ich habe ihm von unserer Auseinandersetzung mit Watkins gestern Abend im Diner erzählt, ich habe ihm erzählt, dass Danny kürzlich seine Bewerbung abgelehnt hatte, und ich habe ihm erzählt, was Watkins zu uns beiden und zu Sayre und mir gesagt hat.«

»Was hat Red dazu gemeint?«

»Dass es dünn wäre, aber dass er Slap Watkins alles zutrauen würde. Er sagte, er würde der Sache nachgehen und ihn im Auge behalten.«

Chris runzelte die Stirn. »Das hört sich nicht besonders vielversprechend an, aber ist wenigstens etwas, schätze ich.«

»Wie soll dir Watkins oder wer auch sonst Dannys Tod anzuhängen versucht haben, Chris? Woher hätte jemand wissen können, dass du Danny angerufen hattest, um dich mit ihm zu treffen?«

»Keine Ahnung. Aber wenn jemand Danny gefolgt wäre und nur auf eine Möglichkeit gewartet hätte, ihn umzubringen, hätte er keine bessere Gelegenheit finden können als einen so gottverlassenen Flecken wie die Angelhütte.«

»Und du meinst, er hätte dazu eine Schrotflinte benutzt, die eurer Familie gehört?«

»Das hätte er ganz bestimmt, wenn er den Mord jemandem aus unserer Familie anhängen wollte«, erwiderte Chris wütend. »Er hätte Danny irgendwie festhalten, das Gewehr von der Wand nehmen und ihm in den Mund schießen können. Ich kenne keine Angelhütte, in der nicht irgendwo eine Schusswaffe rumläge.«

Beck dachte darüber nach, während Buddy Holly sehnsuchtsvoll nach Peggy Sue schmachtete. »Ich hatte die Flinte nicht nachgeladen, bevor ich sie damals über die Tür gehängt habe. Der

Mörder hätte also erst die Patronen finden müssen, und wo die aufbewahrt werden, wissen nur die von uns, die öfter draußen sind. Die ganze Hütte wurde nach Fingerabdrücken abgesucht. Und man hat keine Abdrücke außer meinen und denen der Familienangehörigen gefunden.«

»Na und? Er wird Handschuhe getragen haben.«

Womit er ein weiteres heikles Thema ansprach. »Chris, was hast du an dem Tag getragen?«

Bevor sie das Sheriffsbüro verlassen hatten, hatte Deputy Scott Chris gebeten, die Kleider und Schuhe vorbeizubringen, die er am Sonntagnachmittag getragen hatte. Chris hatte behauptet, sich an die Kleidung nicht zu erinnern. Aber das war ohnehin nicht von Belang. Alles, was er am Sonntag getragen hatte, war mit Sicherheit von Selma gewaschen oder in die Reinigung gebracht worden.

»Ich habe Scott doch erklärt, dass ich mich nicht erinnere«, sagte er jetzt. »Eine Baumwollhose und ein Golfhemd. Was weiß ich.«

»Als ich zu euch kam, trugst du ein gestreiftes Hemd mit Button-down-Kragen und schwarze Dockers.«

Chris zog eine Braue hoch. »Seit wann interessierst du dich für meine Garderobe? Bekommst du plötzlich schwule Anwandlungen?« Dann lachte er. »O nein, die hast du nicht. So wie deine Zunge mit Sayres Mandeln gespielt hat.«

Beck ließ sich nicht beirren. »Ich weiß so genau, was du anhattest, weil ich halb zerflossen war, als ich bei euch ankam. Mein Hemd war schon nach der kurzen Fahrt völlig durchgeschwitzt. Mir fiel auf, dass du ganz anders wirktest. Du sahst aus wie aus dem Ei gepellt. Du hattest dich gerade umgezogen, nicht wahr?«

»Wen interessiert das?«

»Den Richter, falls Selma in den Zeugenstand gerufen wird und unter Eid aussagen muss, was sie zwischen Samstagnachmittag, als du nach Breaux Bridge losfuhrst, und Sonntagnachmittag in deiner Wäschetonne fand oder nicht fand. Dann wird sie aussagen müssen, dass du gegen drei Uhr nachmittags eine Dusche genommen hast, und zwar nachdem jemand Danny zwischen ein Uhr und zwei Uhr dreißig in den Kopf geschossen hatte.« Beck sah ihn scharf an. »Hast du irgendwann am Sonntag das Haus verlassen?«

Chris fixierte Beck mit standhaftem Blick, um dann mit einem langen Seufzer nachzugeben. Er hob kapitulierend die Hände. »Schuldig.«

Beck spürte, wie ein Gewicht, einem bleiernen Anker gleich, auf seiner Brust landete, aber er gab sich alle Mühe, sich die Angst nicht anmerken und seine Stimme ruhig klingen zu lassen. »Wohin bist du gegangen, Chris? Und warum musstest du duschen und dich umziehen, bevor ich euch besuchte?«

»Kannst du dich noch an diesen widerlichem Beweis auf Monica Lewinskys Kleid erinnern?« Er breitete grinsend die Hände aus. »Kondom vergessen. Ist das zu glauben? Und das in meinem Alter. Ich musste ihn rausziehen, bevor ich kam.«

»Mit wem warst du zusammen?«

»Lila. Ich wusste, dass George mit Huff beim Golfspielen war. Also habe ich ihr eine nachmittägliche Stippvisite abgestattet.«

»Verdammt noch mal, warum hast du mir das nicht erzählt? Warum hast du nicht angegeben, dass du mit ihr zusammen warst, als du zum ersten Mal gefragt wurdest, wie du den Sonntagnachmittag verbracht hast? Lila kann dir ein Alibi geben.«

»Das wird dem Sheriff aber gefallen.«

Beck brauchte ein paar Sekunden, um die Fäden zu verknüpfen. »Ach du Scheiße.«

»Genau. Lila ist die Tochter von Reds Schwester. Ich kann meinen Bruder unmöglich umgebracht haben, weil ich bei der Nichte unseres Sheriffs einen weggesteckt habe. Ehrlich gesagt würde ich ihm das lieber nicht erzählen, selbst wenn ich momentan nicht besonders gut auf ihn zu sprechen bin.«

»Können wir darauf zählen, dass sie zu deinen Gunsten aussagt, falls du doch noch ein Alibi brauchen solltest?«

»Ehrlich gesagt würde ich sie lieber nicht mit reinziehen.«

Chris verzog leicht das Gesicht. »Mal abgesehen davon, dass sie Reds Nichte ist, weiß ich nicht, ob sie ihre Ehe mit George gefährden würde, indem sie öffentlich eine Affäre beichtet. Natürlich macht sie sich dauernd über ihn lustig, aber er trägt sie auf Händen und kauft ihr alles, was sie sich wünscht. Er ist vernarrt in sie, und solange sie ihn ab und zu mal ranlässt, sind beide ganz glücklich mit diesem Arrangement. Wahrscheinlich würde sie lügen, um nicht aus ihrem gemachten Bett geworfen zu werden.«

»Und du warst zwei Stunden bei ihr?«

»Auf die Uhr habe ich nicht gesehen, aber das müsste hinkommen.«

»Hat dich jemand bei ihr gesehen?«

»Wir achten streng darauf, dass das nicht passiert.«

»Na gut. Wir behalten Lila in der Hinterhand und setzen sie nur ein, wenn es absolut notwendig werden sollte.«

»Das wird es bestimmt nicht«, versicherte ihm Chris. »Sie haben nur Indizien in der Hand. Und da ich schon einmal fälschlicherweise eines Mordes beschuldigt wurde, weiß ich aus eigener Erfahrung, dass das nicht genügt.«

»Diesmal ist es anders, Chris. Diesmal haben sie eine Leiche.«

»Richtig. Die Leiche. Die versuche ich so gut wie möglich zu vergessen. Ich bin froh, dass Red Danny identifizieren konnte und dass uns das damit erspart blieb. Nur du hast die Hütte von innen gesehen. Es war eine Sauerei, richtig?«

»Genau deshalb wollten sie deine Kleider haben. Der Schütze muss vollgespritzt gewesen sein mit …«

»Es reicht, Beck. Okay?«

»Werd nicht empfindlich. Wenn die Sache vor Gericht kommt, werden sie Fotos vom Tatort zeigen.«

»Sie kommt nicht vor Gericht. Und falls doch, komme *ich* nicht damit vor Gericht.«

Sie verstummten beide und ließen die letzte Strophe von »Jailhouse Rock« verklingen – was Beck eine leise Gänsehaut bescherte. Chris leerte seinen Becher und fragte dann aus heiterem Himmel: »Hast du Sayre schon flachgelegt?«

»Entschuldige?«

»Man sehe sich das Gesicht dieses Mannes an. Fassungslos. Ahnungslos. Geradezu entrüstet. Wahrhaftig, der Gedanke ist ihm noch gar nicht gekommen.« Er lachte. »Und, hast du?«

»Du solltest dir über andere Dinge den Kopf zerbrechen«, erwiderte Beck angespannt.

»Ich bin nicht der Einzige, der da ein Knistern bemerkt hat. Huff hat sich dazu ähnlich geäußert.«

»Es gibt kein ›dazu‹.«

»Hm. Dann war der Dampf, den ihr beide in deiner Küche abgelassen habt, wohl auf das Tiefdruckgebiet über dem Delta zurückzuführen.«

Beck sah ihn finster an.

»Weshalb sollte sie denn hiergeblieben sein, wenn nicht deinetwegen?«, bohrte Chris nach. »Sie hasst Destiny und jeden, der hier lebt, vor allem wenn er Hoyle heißt.«

Beck verriet ihm nicht, dass Sayre ihn verdächtigte, seinen jüngeren Bruder umgebracht zu haben. Das würde Chris bestimmt ebenso zu schaffen machen wie ihm. Außerdem fragte er sich besorgt, wie weit Sayre wohl gehen würde, um zu beweisen, dass sie Recht hätte. Sie ließ sich nicht so leicht einschüchtern, und auch wenn er sie erst kurz kannte, war ihm klar geworden, dass sie Himmel und Hölle in Bewegung setzen würde, um zu erreichen, was sie sich in den Kopf gesetzt hatte.

»Dein Schwanz ist deine Sache«, meinte Chris.

»Danke.«

»Aber ich wäre dir kein Freund, wenn ich dich nicht warnen würde. Sayre ist …«

»Lass stecken. Okay?«

Chris reagierte mit einem trockenen Grinsen. »Beck, mein Freund, du nimmst mir die Worte aus dem Mund.«

19

Es war heiß.

Wenn man etwas über den Sommer an der Golfküste des Bundesstaates Mississippi sagen konnte, dann das, und der Sommer 1945 war da keine Ausnahme. Es war so heiß, dass sogar die Grashüpfer an Hitzschlag starben. Die Tomaten reiften und platzten an den Ranken, ehe jemand sie pflücken konnte.

Obwohl Huff und sein Daddy einmal, als sie wirklich hungrig waren, die geplatzten Tomaten vom Boden eines fremden Beetes aufgelesen, den Staub und die Ameisen abgewischt und sie zum Abendessen verspeist hatten.

Huff war in jenem Sommer acht Jahre alt gewesen. Jeder, den man auf der Straße traf, ließ sich über den Sieg gegen die Deutschen aus. Es war nur eine Frage der Zeit, bis auch die Japsen erledigt waren. In fast jedem Ort, durch den sie kamen, gab es Siegesparaden. Die Leute schwenkten die Flagge, und zwar nicht wie sonst die Südstaatenflagge, sondern die der Vereinigten Staaten.

Huff begriff nicht recht, was der ganze Zinnober sollte. Der Krieg war an ihm und seinem Daddy vorübergegangen. Sein Dad war kein Soldat gewesen. Huff wusste nicht wieso, denn die meisten Männer im Alter seines Vaters trugen irgendeine Uniform. Die Züge waren rappelvoll mit Soldaten und Matrosen, und einmal waren er und sein Daddy mit zwei Schwarzen in Uniform in einem Güterwaggon gefahren. Huff hatte das gar nicht gefallen. Seinem Daddy auch nicht, und normalerweise hätte er den beiden befohlen, sich aus dem Staub zu machen und einen anderen Güterwaggon zu suchen. Aber sein Daddy hatte ihm erklärt, dass es dieses eine Mal in Ordnung sei, weil diese beiden Jungs für ihr Land kämpften.

Huff wollte nicht in den Kopf, warum die Army, die sogar Nigger nahm, seinen Daddy nicht haben wollte. Er vermutete, dass es seinetwegen war. Was wäre aus ihm geworden, wenn sie seinen Daddy fortgeschickt hätten, damit er Nazis und Japsen tötete? Sie zogen so oft um und blieben immer nur so kurz an einem Ort, dass die Army vielleicht gar nichts von seinem Daddy wusste. Oder vielleicht war die Army genau wie alle anderen – sie wollten seinen Daddy einfach nicht haben, weil er ihnen unwichtig war oder weil sie ihn für dumm hielten, obwohl er nur zu arm gewesen war für eine richtige Schulbildung.

Sein Daddy hatte die Große Depression miterlebt. Huff wusste nicht genau, was das war, aber er wusste, dass sie schlimm gewesen war. Sein Daddy hatte es ihm zu erklären versucht, und aus dem, was er gesagt hatte, hatte Huff sich zusammengereimt, dass die Depression so etwas wie ein Krieg gewesen war, der das ganze Land getroffen hatte, nur dass die Armut ihr Feind gewesen war. Die Familie seines Daddys hatte den Krieg verloren.

Dabei waren sie schon immer arm gewesen. Genau deshalb hatte sein Daddy nur drei Jahre zur Schule gehen können. Er hatte mit seinem eigenen Daddy und manchmal sogar mit seiner Ma auf den Baumwollfeldern arbeiten müssen. »Ihre Hände waren so blutig, und an ihren Titten hing immer mindestens ein Baby«, hatte er Huff oft mit niedergeschlagener Miene erzählt.

Mittlerweile waren die Eltern seines Daddys gestorben, genau wie Huffs Mutter. Als Huff gefragt hatte, was sie getötet hatte, hatte sein Daddy geantwortet: »Das Armsein, schätze ich.«

In jenem Sommer im Jahr 45 war es noch schwerer als sonst, einen Job zu finden, weil so viele Soldaten aus dem Krieg heimkamen und Arbeit suchten. Es war einfach nicht genug für alle da. Darum war es wie ein Wunder, als Mr. J. D. Humphrey seinen Daddy als Hilfskraft auf dem Schrottplatz anstellte.

Es war eine schmutzige und anstrengende Arbeit, aber sein Daddy war dankbar für den Job und ging ihn mit ganzer Kraft an. Wenn jemand auf J. D. Humphreys Gelände kam und nach einem Ersatzteil für einen alten Wagen suchte, durchstöberte sein Daddy die Halden von uralten Autos, bis er gefunden hatte, was der Kunde wünschte.

Jeden Abend war er schmutzig und ölverschmiert, blutete aus

zahllosen Schürfwunden, die ihm das rostige Metall beigebracht hatte, und spürte jeden einzelnen Muskel, nachdem er den ganzen Tag widerspenstige Motoren aus der Karosserie gelöst hatte. Aber er war so froh, endlich eine feste Arbeit zu haben, dass er sich nie beschwerte.

Huff verbrachte die Tage mit ihm zusammen auf dem Schrottplatz. Er war klein für sein Alter und so schüchtern, dass er mit niemandem außer seinem Daddy reden wollte. Gelegentlich bekam er einen kleinen Auftrag und durfte ein Werkzeug aus dem Werkzeugschuppen holen oder runderneuerte Reifen stapeln.

Mr. J. D. Humphrey schenkte ihm sogar einen überzähligen Schlauch, der so oft geflickt worden war, dass er wertlos war. Huff spielte damit im Staub, während sein Daddy Tag für Tag außer Sonntag von Sonnenaufgang bis Sonnenuntergang schuftete.

Sein Daddy erklärte ihm, dass er vielleicht im Herbst zur Schule gehen könnte, falls alles weiterhin so gut lief. Huff wäre ein Spätstarter, erklärte ihm sein Daddy, aber er hätte die anderen Kinder bestimmt im Nu eingeholt.

Huff konnte es kaum erwarten, endlich wie die anderen Jungs in die Schule zu gehen. So oft hatte er sie aus sicherer Entfernung beobachtet, wenn sie lachend auf dem Schulhof herumtobten, sich Bälle zuwarfen oder die Mädchen jagten, die kreischend und kichernd mit ihren Schleifen im Haar davonliefen.

In jenem Sommer war eine leer stehende Hütte ihr Zuhause. Die Menschen, die früher hier gelebt hatten, hatten eine Menge Müll hinterlassen, aber auch eine auf dem Boden liegende Baumwollmatratze und ein paar morsche Möbel. Er und sein Daddy hatten den Dreck rausgeworfen und waren eingezogen.

Die Nacht, die Huffs Leben radikal verändern sollte, war genauso heiß wie alle anderen, aber noch feuchter als üblich. Der Schweiß verdunstete nicht mehr, sondern rann über die Haut und hinterließ dabei schmutzige Spuren, ehe er irgendwann abtropfte und im Staub landete, wo er kleine Krater wie von vereinzelten Regentropfen hinterließ. Man konnte kaum tief einatmen, so schwer und drückend war die Luft. Auf dem Heimweg vom Schrottplatz hatte sein Daddy eine Bemerkung darüber gemacht, wie heiß und windstill es war, und noch vor dem nächsten Morgen ein Gewitter vorhergesagt.

Sie hatten sich gerade hingesetzt, um ihr Abendessen aus kaltem Speck, Maisbrot und wilden, am Straßenrand gepflückten Pflaumen zu verspeisen, als sie hörten, wie sich ein Wagen der Hütte näherte.

Wer konnte das sein, wo sie doch sonst niemand besuchen kam?

Huffs Herz ballte sich zu einer festen Faust, und er schluckte mühsam einen Bissen trockenes Maisbrot hinunter. Bestimmt war es der Besitzer der Hütte, der wissen wollte, wie zum Teufel sie dazu kamen, in seinem Haus zu wohnen, auf seiner Matratze zu schlafen und an seinem dreibeinigen Tisch zu sitzen. Er würde sie rausschmeißen, und dann hätten sie keine Unterkunft.

Und wenn sie bis zum ersten Dienstag im September, an dem die Schule anfing, keine neue Unterkunft fanden? Huff lebte nur noch für den ersten Dienstag im September. Sein Daddy hatte den Tag im Kalender mit dem Bild einer nackten Frau angestrichen, der in Mr. J. D. Humphreys Büro hing. Dann konnte Huff endlich zu den anderen Kindern auf den Schulhof und würde vielleicht lernen, ihre Spiele zu spielen.

Mit ängstlich pochendem Herzen stellte sich Huff zu seinem Daddy an das herausgebrochene Fenster und sah einen glänzenden Streifenwagen mit rotem Licht auf dem Dach. In dem Auto saß Mr. J. D. Humphrey neben einem Polizisten. Aber er lächelte nicht so wie damals, als er Huff den alten Autoschlauch geschenkt hatte. Und als die beiden ausstiegen und auf die Hütte zukamen, klatschte der Polizist mit einem Schlagstock in seiner harten, breiten Hand.

Sein Daddy befahl Huff, im Haus zu bleiben, und ging nach draußen, um ihre Besucher zu begrüßen. »Abend, Mr. Humphrey.«

»Ich will keinen Ärger mit dir.«

»Sir?«

»Gib sie her.«

»Was denn, Mr. Humphrey?«

»Stell dich nicht dumm, Bursche«, bellte der Polizist. »J. D. weiß genau, dass du sie genommen hast.«

»Ich hab gar nichts genommen.«

»Die Zigarrenkiste, in der ich mein ganzes Geld aufbewahre?«

»Ja, Sir?«

»Also, die ist plötzlich verschwunden. Und wer außer dir könnte sie genommen haben?«

»Das weiß ich nicht, Sir, aber ich war es nicht.«

»Du dreckiger Taugenichts, meinst du vielleicht, das glaube ich dir?«

Huff lugte über das Fensterbrett hinweg. Mr. Humphreys Gesicht war schrecklich rot angelaufen. Der Polizist lächelte die ganze Zeit, aber er sah nicht besonders freundlich aus. Er reichte Mr. Humphrey seinen Schlagstock. »Vielleicht wird ihm der hier etwas Verstand einbläuen.«

»Mr. Humphrey, ich …«

Mehr konnte sein Vater nicht mehr sagen, ehe ihn Mr. Humphrey mit dem Schlagstock umhaute. Er traf seinen Daddy an der Schulter und musste ihm damit schrecklich wehgetan haben, denn sein Daddy ging sofort in ein Knie. »Ich schwöre, ich habe nichts gestohlen …«

Mr. Humphrey schlug noch einmal gegen Daddys Kopf, und diesmal hörte es sich an, als würde eine Axt einen Holzscheit spalten. Sein Daddy kippte vornüber auf den Boden. Er lag totenstill da und gab keinen Laut mehr von sich.

Huff blieb wie angewurzelt hinter dem Fenster stehen und keuchte ungläubig und in Todesangst.

»Jesus, J. D., den haben Sie ordentlich umgehauen.« Der Polizist lachte schnaubend und beugte sich über seinen Daddy.

»Das wird ihn lehren, mich zu beklauen.«

»Das wird ihn gar nichts mehr lehren.« Der Polizist richtete sich auf und zog ein Taschentuch aus der hinteren Hosentasche. Damit wischte er das Blut von seinen Fingern. »Er ist tot.«

»Wollen Sie mich verscheißern?«

»Tot wie ein Hammer.«

Mr. Humphrey wog den Schlagstock in der Hand, als wollte er ihn prüfen. »Hat das Ding einen Eisenkern?«

»Gut zum Niggerklopfen.« Der Polizist stupste seinen Daddy mit der Stiefelspitze an. »Wie hieß der Kerl?«

Mr. J. D. Humphrey sagte es ihm. Aber er bekam den Namen nicht richtig hin. »Er war nur ein weißer Landstreicher. Ich habe versucht, mich wie ein Christ zu verhalten, und einem Vagabunden eine helfende Hand gereicht, aber dem Kerl fällt nichts Besseres ein, als hineinzubeißen.«

»Ist das nicht die reine Wahrheit?« Der Polizist schüttelte den Kopf über diese traurige Erkenntnis. »Na schön, ich werde gleich morgen den Bestatter herschicken. Ich schätze, für das Begräbnis wird der Staat aufkommen müssen.«

»Ich habe gehört, dass die medizinische Fakultät an der Universität Leichen brauchen kann.«

»Ein guter Gedanke.«

»Ich würde meinen, dass er das Geld irgendwo in diesem Müllhaufen versteckt hat.«

Die zwei betraten die Hütte und entdeckten Huff, der unter dem Fensterbrett kauerte und sich gegen die mit alten Ausgaben der Lokalzeitung isolierte Wand presste. »Ach du Scheiße. Den Kleinen hatte ich völlig vergessen.«

Der Polizist schob den Hut in den Nacken, stemmte die Hände in die Hüften und sah streng auf Huff herab. »Dürrer, kleiner Hering, wie?«

»Ist seinem unnützen Daddy überallhin nachgelaufen. Wenn Sie mich fragen, ist er ein bisschen beschränkt.«

»Wie heißt er?«

»Seinen richtigen Namen kenne ich nicht«, erwiderte Mr. J. D. Humphrey. »Soweit ich weiß, hat ihn sein Dad immer nur Huff gerufen.«

»Huff?«

»Huff?«

Erst jetzt erkannte er, dass er nicht an jenem heißen Sommerabend 1945 gerufen wurde.

Wie immer, wenn er aus diesem regelmäßig wiederkehrenden Traum erwachte, fühlte er sich unsäglich allein und verlassen. Er freute sich jedes Mal über den Traum, weil es fast so war, als würde ihm sein Daddy einen Besuch abstatten. Aber wenn er aufwachte, war sein Daddy stets tot und er mutterseelenallein.

Er schlug die Augen auf. Chris und Beck standen zu beiden Seiten seines Krankenhausbettes. Chris lächelte. »Willkommen bei uns. Du warst im Schlummerland.«

Verlegen, weil er so tief geschlafen hatte und ihn sein Traum wie jedes Mal sentimental stimmte, setzte Huff sich auf und schwang die Beine über den Bettrand. »Es war nur ein kleines Nickerchen.«

»Nickerchen?« Chris lachte. »Du warst praktisch im Koma. Ich hätte nicht gedacht, dass wir dich überhaupt wach bekommen. Außerdem hast du im Schlaf geredet. Du hast irgendwas gebrabbelt, dass du einen Namen nicht richtig hinbekommst. Was hast du geträumt?«

»Ich will verflucht sein, wenn ich das noch weiß«, grummelte er.

»Wir sind gekommen, weil wir dir helfen wollten, dich für die Heimreise bereitzumachen«, sagte Beck, »aber offenbar kommen wir zu spät, um uns noch nützlich machen zu können.«

Er war schon vor Tagesanbruch aufgestanden und hatte sich angezogen. Im Bett zu liegen war noch nie seine Sache gewesen, daran hatte auch der Aufenthalt im Krankenhaus nichts geändert. »Ich bin abmarschbereit.«

»Wir können es kaum erwarten, Sie loszuwerden.« Dr. Caroe kam mit flatterndem Arztkittel hereingeweht. »Die Schwestern haben Ihre miese Laune gründlich satt.«

»Dann entlassen Sie mich endlich. Ich komme schon jetzt zu spät zur Arbeit.«

»Daran brauchen Sie gar nicht zu denken, Huff. Sie fahren heim«, ordnete der Arzt an.

»Ich werde in der Gießerei gebraucht.«

»Sie brauchen noch Ruhe, ehe Sie Ihr normales Pensum wieder aufnehmen können.«

»Quark. Seit zwei Tagen tue ich nichts weiter, als faul auf dem Arsch zu liegen.«

Schließlich einigten sie sich auf einen Kompromiss. Er würde heimfahren und sich heute ausruhen, und falls er sich morgen besser fühlte, würde er ein paar Stunden arbeiten dürfen, um sich allmählich seinem früheren Tagesablauf anzunähern. Natürlich war diese Meinungsverschiedenheit ein Teil ihrer einstudierten Scharade und wurde eigens für Beck und Chris aufgeführt.

Caroe, dieser Hurensohn, war in der Rolle des fürsorglichen Arztes etwa so gut wie Al Pacino. Er würde Huff grünes Licht für die Rückkehr zum Arbeitsplatz geben, sobald dieser ihm die vereinbarten Scheine für die ärztliche Hilfe bei der Inszenierung eines überzeugenden Herzinfarktes überreicht hatte.

Die Prozedur mit den Entlassungspapieren stellte seine Geduld auf eine harte Probe, genau wie die Fahrt im Rollstuhl zum Ausgang. Bis man ihn endlich nach Hause geschafft hatte, war er schon auf hundertneunzig.

»Er ist bissiger als eine Mokassinschlange«, sagte Chris zu Selma. »Nehmen Sie sich in Acht.«

Ohne sich um Chris' Warnung zu scheren, umflatterte sie Huff und bugsierte ihn mit einem Glas Eistee ins Fernsehzimmer, wo sie ihm eine Decke auf den Schoß legte, die er umgehend abwarf. »Ich bin kein gottverdammter Invalide, außerdem ist es draußen an die vierzig Grad! Wenn Sie noch länger hier arbeiten wollen, stecken Sie mich nie wieder mit einer Decke in diesen Stuhl!«

»Sie brauchen gar nicht so zu brüllen, ich bin nicht taub. Und Sie sollten nicht fluchen.« Mit dem für sie typischen Nachdruck hob sie die Decke auf und faltete sie zusammen. »Was möchten Sie zum Mittagessen?«

»Brathähnchen.«

»Tja, Sie bekommen gegrillten Fisch und gedämpftes Gemüse.« Mit diesem letzten Schuss verließ sie das Zimmer und zog energisch die Tür von außen ins Schloss.

»Selma ist die Einzige, die so mit dir reden darf«, bemerkte Chris vom anderen Ende des Zimmers her. Er spielte Darts, wenn auch mit bemerkenswert wenig Begeisterung.

Beck saß auf dem Sofa, einen Fußknöchel auf das andere Knie gelegt, und hatte die Arme über die Rückenlehne gestreckt.

Huff setzte ein Streichholz an die zweite Zigarette, seitdem er das Krankenhaus verlassen hatte. »Ihr macht das gotterbärmlich schlecht.«

»Was denn?«, fragte Beck.

»So zu tun, als wäret ihr unbekümmert.« Er schüttelte das Streichholz aus und sagte: »Schluss mit dem Schmierentheater und raus mit der Sprache.«

»Dr. Caroe hat dir verboten zu rauchen.«

»Der kann mich mal«, sagte Huff zu Chris. »Und versuch nicht vom Thema abzulenken. Ich will wissen, was hier gespielt wird. Wer rückt zuerst mit der Sprache raus?«

Chris ließ sich auf dem freien Sofa nieder. »Wayne Scott nervt uns wieder.«

»Womit diesmal?«

»Er bohrt immer noch nach«, sagte Beck. »Und zwar ausschließlich in Chris' Richtung.«

Huff zog an seiner Zigarette und fragte sich, warum kein Detective wie dieser Quälgeist zur Stelle gewesen war, als man seinen Daddy umgebracht hatte. Niemand hatte auch nur danach gefragt, wieso sein Schädel so tief gespalten war, dass sein Gehirn austreten konnte. Huff war nicht einmal sicher, ob man seinen Daddy damals beerdigt oder den Leichnam der medizinischen Fakultät überlassen hatte, damit ihn ein Haufen stümpernder Studenten metzeln konnte.

Er selbst war damals über Nacht ins Gefängnis gebracht worden, weil niemand wusste, was man sonst mit ihm anfangen sollte. Mr. J. D. Humphrey erklärte dem Polizisten auf der Fahrt in die Stadt, dass seine Frau einen hysterischen Anfall bekäme, wenn er Huff mit nach Hause nähme. »Der Kleine hat bestimmt Läuse. Sie würde mir die Hölle heiß machen, wenn sie an einem unserer Kinder Nissen fände.«

In jener Nacht heulend auf seiner Pritsche in der Gefängniszelle hatte er gehört, wie der Polizist einem anderen Polizisten erzählte, dass in Wirklichkeit J. D.s Frau, Mrs. Humphrey, die Zigarrenkiste mit dem Geld genommen hatte, die bei der Durchsuchung der Hütte nicht zum Vorschein gekommen war.

»Drüben im Modegeschäft hatten sie einen großen Ausverkauf. Und weil sie kein Bargeld hatte, ist sie kurz zum Schrottplatz rübergefahren und hat das Geld genommen, ohne sich mit J. D. abzusprechen.«

»Also, das schlägt doch alles«, hatte der andere Mann gesagt.

Die beiden hatten sich köstlich über das Missverständnis amüsiert.

Am nächsten Morgen hatte Huff ein paar Kekse und ein Hackfleischsandwich zum Frühstück bekommen, dann hatte ihm der Polizist befohlen, ruhig sitzen zu bleiben und keinen Stunk zu machen.

Und genau das hatte er getan, bis zuletzt ein dürres Männlein in einem Seersuckeranzug und mit Drahtbrille erschien. Er hatte Huff mitgenommen in ein Waisenhaus. Während sie vom Gefängnis abfuhren, sagte er noch: »Du wirst mir doch keinen Ärger machen, Bürschchen, oder?«

Er hatte nicht wissen können, welche Mordsscherereien er sich und dem Heim, das er leitete, eingehandelt hatte. Bis an sein Lebensende sollte er den Tag verfluchen, an dem er den kleinen Huff Hoyle aus dem Gefängnis abgeholt hatte.

Während der folgenden fünf Jahre hatte Huff in einem Waisenhaus gelebt – oder eher vegetiert –, geleitet von Menschen, die christliche Nächstenliebe predigten und einen mit dem Ledergürtel halbtot prügelten, wenn man sie auch nur schief anschaute, was Huff Hoyle nur zu oft tat.

Mit dreizehn riss er aus. Als er verschwand, bereute er nur eines – dass dieses Schwein im Seersuckeranzug nicht mitbekommen hatte, wer ihn umgebracht hatte. Huff hätte ihn aufwecken und ihm Zeit geben sollen, die Brille aufzusetzen, ehe er ihm das Kissen aufs Gesicht presste.

Bei Mr. J. D. Humphrey unterlief ihm dieser Fehler nicht. Er stellte sicher, dass der Mörder seines Daddys ihn sah und den ins Ohr geflüsterten Namen hörte, bevor er ihn in seinem eigenen Bett erstickte, während sein fettes Weib keinen Meter von ihm entfernt friedlich auf der anderen Seite des Bettes schnarchte.

Der Polizist ersparte ihm die Mühe, ihn töten zu müssen. Huff erkundigte sich im Ort und erfuhr, dass er zwischen zwei Nigger geraten war, die sich um einen Jagdhund gestritten hatten. Einer von beiden hatte im Verlauf des Streites ein Messer bis zum Schaft in den Hals des Polizisten versenkt. Man sagte, er sei laut schreiend krepiert.

Seit der Nacht, in der sein Daddy gestorben war, hatte Huff keine hohe Meinung von Männern mit einer Polizeimarke, und diese Verachtung zeigte sich jetzt. »Weswegen macht sich dieser Deputy jetzt wieder in die Hosen?«

Beck erzählte ihm von der Vernehmung, die in der vergangenen Nacht stattgefunden hatte. Nur hin und wieder unterbrach ihn Chris mit einem sarkastischen Dementi oder einer beißenden Bemerkung über Deputy Scott.

Als Beck zum Ende gekommen war, sagte Huff: »Chris, deine Erklärung für den Anruf hätte Scott eigentlich zufrieden stellen sollen. Vor allem nachdem ich dich wirklich gebeten hatte, Danny wegen dieser Kirchengeschichte zuzusetzen. Aber Scott ist störrisch und ehrgeizig, und das macht mir Sorgen. Für mich klingt es nicht so, als würde er aufgeben und mit diesem Quatsch aufhören.«

»Ich muss dir leider Recht geben, Huff«, pflichtete Beck bei.

»Ich verstehe nicht, was plötzlich mit Red los ist«, beschwerte sich Chris. »Beide Male, die er mich zu sich bestellt hatte, hat er Scott die Zügel überlassen. Ich musste wie ein begossener Pudel dasitzen und mich von diesem Idioten anpinkeln lassen, ohne dass Red auch nur einen Piep gesagt hätte. Ist er auf mehr Geld aus? Wenn ja, dann sollten wir ein paar Scheine rüberreichen, damit die Sache ein Ende hat. Entweder das, oder wir werden aktiv und übernehmen selbst die Ermittlungen.«

»Ermittlungen?« Huff sah von Chris auf Beck. »Wovon redet er?«

»Chris glaubt, dass jemand Danny umgebracht hat und es so aussehen ließ, als wäre Chris der Täter.«

»Jemand will mich ans Messer liefern, Huff.«

Huff rutschte in seinem Sessel herum, um eine bequemere Position zu finden. »Dich ans Messer liefern, wie? Und was hältst du von dieser Theorie, Beck?«

»Möglich wäre es. Du hast dir im Lauf der Jahre einige mächtige Feinde gemacht. Ich nehme an, wenn dich jemand dort treffen wollte, wo es dir wirklich wehtut, würde er sich eines deiner Kinder vornehmen. Und wenn das andere Kind dafür beschuldigt wird, hätte er zwei Fliegen mit einer Klappe geschlagen.«

»Irgendwelche Ideen, wer das sein könnte?«

»Slap Watkins«, verkündete Chris sofort.

Huff sah ihn sekundenlang an, dann erklang ein Lachen aus den Tiefen seiner Brust. »Slap Watkins? Der ist doch zu blöd, um ungestraft einen Maikäfer zu erschlagen.«

»Glaub mir, Huff. Der Typ macht nichts als Ärger.«

»Natürlich tut er das. Alle Watkins' sind Kretins. Aber dass sie Mörder sein sollen, ist mir neu.«

»Sie sind Kämpfer. Sie sind brutal. Nach drei Jahren im Staatsgefängnis hätte sich Slap zum Mörder weiterentwickelt haben können.« Chris rutschte vor, bis er auf der Sofakante balancierte. »Sobald er aus dem Gefängnis entlassen war – voll Hass auf die Welt, da bin ich sicher –, hat er sich um einen Job in der Gießerei beworben. Danny hat ihn abgewiesen. Slap wusste so gut wie jeder andere, dass wir viele Männer einstellen, die auf Bewährung entlassen wurden, weil sie besonders billig sind. Der reiche Danny, der für alles stand, was Slap hasst und für sein Missge-

265

schick verantwortlich macht, wies ihn ab. Nimm dazu die Rauferei, die wir uns vor drei Jahren mit ihm geliefert haben, und ich glaube, du hast ein gutes Motiv für einen Rachemord.«

Beck führte den Gedanken weiter. »Watkins könnte Danny beobachtet und auf eine Gelegenheit zum Zuschlagen gewartet haben. Am Sonntagnachmittag hätte er dann Danny zur Angelhütte folgen können.« Er breitete abschließend die Hände aus. »So weit die Hypothese.«

»Slap ist dumm genug, um den Köder zu vergessen, obwohl alles so aussehen sollte, als wäre Danny zum Angeln rausgefahren«, führte Chris weiter aus. »Und natürlich konnte er unmöglich von Dannys Abneigung gegen das Angeln wissen.«

Huff stand aus seinem Sessel auf und drehte eine Runde durch den Raum, wobei er sich mit dem Anblick seiner Besitztümer tröstete und sich an dem Geschmack des verbrennenden Tabaks auf seiner Zunge labte. Schließlich sagte er: »Na schön, das hört sich glaubhaft und schlüssig an, aber es ist trotzdem reine Spekulation. Du hast nichts, was deine Theorie belegen würde.«

»Wir haben Slap selbst«, widersprach Chris. »Er ist frecher als je zuvor. Hätte er sonst Sayre im Diner angesprochen? Schließlich hat er sie noch nie angebaggert. Und neulich abends hat er unsere gesamte Familie in den Schmutz gezogen. Beck ist Zeuge.«

Huff sah Beck an, der nickte. »Allerdings. Und nicht nur ich.«

»Was meint Red dazu?«

»Ich habe es nur einmal ihm gegenüber erwähnt«, sagte Beck.

»Er hat nicht angebissen«, kommentierte Chris sichtlich verärgert über die gleichgültige Reaktion des Sheriffs. »Meinst du nicht auch, dass er sich Watkins vorknöpfen sollte?«

»Das ist noch das Mindeste.« Huff schritt weiter zu einem Beistelltisch und klopfte die Asche von seiner Zigarette in den Aschenbecher. »Überlass Red nur mir.«

Ehe jemand noch etwas sagen konnte, klopfte Selma leise an und öffnete im nächsten Moment die Tür. »Gerade wurde ein Brief für Sie abgeliefert, Mr. Hoyle.«

Er bedeutete ihr, den Umschlag Beck zu geben. »Ich weiß nicht, was das sein könnte, aber macht es dir was aus, dich darum zu kümmern?«

»Natürlich nicht.«

Beck nahm Selma den Umschlag ab und riss ihn auf. Ein einzelnes Blatt Papier lag darin. Huff sah, wie Beck es kurz überflog und dann noch einmal von vorn zu lesen begann, diesmal langsam und gründlich. Als er zum Ende kam, zischte er einen leisen Fluch. Huff fing den besorgten Blick auf, den er Chris zuwarf.

»Schlechte Neuigkeiten?«, wollte Huff wissen. »Komm schon, komm schon, raus damit.«

Beck zögerte, was Huff noch wütender machte.

»Gottverdammt!«, brüllte er ihn an. »Ich bin immer noch der Chef von diesem Laden, oder etwa nicht?«

»Entschuldige, Huff«, sagte Beck ruhig. »Natürlich bist du das.«

»Dann zier dich nicht so und sag mir, was in dem Brief steht.«

»Er kommt von Charles Nielson. Er hat von Billy Pauliks Unfall erfahren.«

Huff stopfte sich die Zigarette zwischen die Lippen und wippte auf den Absätzen. »Und?«

»Und das ist erst der Anfang.«

Als Chris nach einem turbulenten Lunch mit Huff, bei dem dieser über alles, von Charles Nielson bis zu Selmas Menüauswahl, gezetert hatte, ins Werk zurückkehrte, war er nicht gerade erbaut, George Robson vor seiner Bürotür herumlungern zu sehen.

»Hätten Sie eine Minute Zeit für mich, Chris?«, fragte George.

Chris fiel keine plausible Ausrede ein, mit der er diese Bitte hätte abweisen können, darum winkte er ihn in sein Büro.

Physisch war George nur wenig einnehmend. Dasselbe traf auch auf seine Persönlichkeit zu. Seine ängstlichen Bemühungen, jedermann zu gefallen, machten ihn nur lästig. Er war ein fetter Schwachkopf, der unbedingt zur Gesellschaft gehören wollte und sich womöglich sogar vormachte, es nach oben geschafft zu haben, ohne zu erkennen, dass das nie passieren würde.

Vor allem wegen dieser Selbsttäuschung war er wie geschaffen für den Posten, den er bekleidete.

Chris fand es amüsant, wie arglos George sich von dem Mann, der ihm Hörner aufsetzte, einen Stuhl und etwas zu trinken anbieten ließ.

»Nein danke.«

»Was kann ich für Sie tun, George?«

»Es geht um das Förderband. Heute Vormittag war jemand da, der den Antriebsriemen erneuern sollte.«

»Gut, und wo liegt das Problem?«

»Er, äh … also, dieser Techniker hat empfohlen, das Band stillzulegen, bis es komplett überholt wäre.«

Chris lehnte sich zurück und zog die Stirn in Falten. »Das wird Huff nicht gerne hören.«

»Nein, das wird er nicht.«

»Und was empfehlen Sie persönlich?« Chris sah ihn nachsichtig an.

George fuhr sich mit der Zunge über die Lippen. »Also, mir liegt vor allem an der Sicherheit der Arbeiter.«

»Natürlich.«

»Und diese Maschine hat bereits einen Mann den Arm gekostet.«

Chris ergötzte sich daran, wie sich George unter seinem eisernen Blick wand, und schwieg weiter.

»Aber … meiner Meinung nach«, stammelte George, »ist eine Generalüberholung überflüssig. Ich glaube, wir können das Band wieder anfahren.«

Chris lächelte ihn an. »Ich verlasse mich auf Ihre Erfahrung in allen Sicherheitsbelangen, George. Genau wie Huff. Das wissen Sie hoffentlich. Wenn Sie der Meinung sind, dass es repariert ist und dass wir es gefahrlos laufen lassen können, dann gehen wir davon aus, dass dies zutrifft. Noch etwas?«

»Nein, das wäre alles.« Er stand auf und war schon fast an der Tür, als er innehielt und sich umdrehte. »Ehrlich gesagt, ist da doch noch was. Lila.«

Chris hatte schon begonnen, die Post auf seinem Schreibtisch durchzusehen, aber jetzt sah er auf. Was zum Teufel war jetzt los? Hatte die blöde Kuh ihre Affäre gebeichtet, hatte sie sich durch ihre Dummheit verraten oder was? »Lila?«, wiederholte er freundlich.

George schluckte schwer. »Sie hat vor nicht allzu langer Zeit mir gegenüber erwähnt, dass wir Sie mal zum Essen einladen sollten. Sie und Huff natürlich. Hätten Sie Lust dazu?«

Sichtlich entspannt erwiderte Chris: »Tja, keine Ahnung. Ist sie eine gute Köchin?«

George lachte nervös und tätschelte seinen Bauch. »Der spricht für sich.« Dann fuhr er sich noch mal mit der Zunge über die Lippen. »Obwohl ich mich gestern Abend selbst verköstigen musste. Da war sie aus.«

»Ach ja?« Chris senkte seinen Blick auf den Stapel von rosa Benachrichtigungszetteln.

»Sie musste sich um eine kranke Freundin kümmern.«

»Nichts Ernstes, hoffe ich.«

»Das glaube ich nicht. Aber sie kam sehr spät wieder heim.«

Chris hob noch einmal den Kopf und sah Lilas Ehemann an. »Sie wären verrückt, wenn Sie bei einer Frau wie Lila nicht um ihre Sicherheit und ihr Wohlergehen besorgt wären, George. Lassen Sie uns nicht allzu lange auf das Abendessen warten, okay?«

George nickte, zögerte, als wüsste er nicht recht, wie er die Besprechung beenden sollte, wandte sich dann um und huschte aus dem Raum.

»Jesus«, murmelte Chris. War es ein Wunder, dass Lila vögelte, als gäbe es kein Morgen?

»Mein Mann starb letztes Jahr.« Mrs. Loretta Foster bekreuzigte sich, während sie Sayre vom Dahinscheiden ihres Gatten in Kenntnis setzte. »Gott sei seiner Seele gnädig.«

»Das tut mir leid. War er krank?«

»Keinen einzigen Tag lang. Er fiel einfach tot um, als er sich in der Küche eine Tasse Kaffee einschenken wollte. Eine Lungenembolie. Der Arzt versicherte mir, er sei schon tot gewesen, ehe er auf dem Boden aufschlug.«

»Ein so plötzlicher Tod ist ein Schock.«

Mrs. Fosters in Dauerwellen betoniertes Haar wackelte unter ihrem Nicken auf und ab. »Er ist eine Erlösung für den, der sich verabschiedet. Kein Getue, kein Brimborium.« Sie schnippte mit den Fingern. »Aber er ist schwer für die, die zurückbleiben. Jedenfalls bin ich jetzt mit meinem Jungen allein.«

Sie deutete zu ihrem Sohn hin, der auf dem Boden hockte und Zeichentrickfilme schaute. Der riesige Fernseher beherrschte das winzige Wohnzimmer des kleinen Häuschens. Ihr Sohn war völlig vertieft in die lustigen Späße von Rocky und Bullwinkle.

Mrs. Foster setzte ein Tablett mit einer Tüte Chips und einem Glas Orangensaft vor ihm ab, nicht ohne ihn zu ermahnen, vorsichtig zu sein und nichts auf dem Teppich zu verschütten. Er schien sie gar nicht zu hören und Sayre nicht einmal wahrgenommen zu haben, die mit seiner Mutter am Küchentisch saß und wie diese ein Glas mit süßem Eistee vor sich hatte.

Der »Junge« war weit über vierzig.

»Ich schätze, Sie haben schon gemerkt, dass er nicht ganz richtig ist.« Mrs. Fosters Flüstern drang kaum durch den infernalischen Lärm des Cartoons. »Er kam schon so zur Welt. Dabei hab ich bestimmt nichts falsch gemacht während meiner Schwangerschaft. Er kam einfach so aus mir raus.«

Sayre wusste beim besten Willen nicht, was sie darauf erwidern sollte, und sagte: »Vielen Dank, dass Sie heute Nachmittag Zeit für mich haben.«

Mrs. Fosters Lachen brachte ihren ausladenden Busen zum Beben. »Wir gehen sowieso nirgendwohin und unternehmen auch nichts. Abgesehen vom Sonntag, wo wir zur Messe gehen, ist bei uns ein Tag wie der andere. Solange um halb sechs das Abendessen auf dem Tisch steht, ist der Junge friedlich. Mehr tun wir nachmittags eigentlich nicht, deshalb bin ich froh, wenn mir jemand Gesellschaft leistet und ich ein wenig plaudern kann.

Trotzdem bin ich ein bisschen neugierig, warum Sie mich besuchen.«

Loretta Fosters Name stand auf der Liste, die Sayre dank Jessica DeBlances Verbindungen zum Gericht erhalten hatte.

»Ich kenne eine Frau, die in der Finanzabteilung unseres Parish arbeitet«, hatte Jessica geantwortet, als Sayre sie um einen Gefallen gebeten hatte. »Wir sind nicht besonders eng befreundet, aber ich glaube, sie könnte uns helfen. Was genau brauchen Sie?«

Gefragt hatte Sayre nach einer Liste der Geschworenen, die bei Chris' Verhandlung in der Jury gesessen hatten. Die Bekannte im Gericht war bereit gewesen nachzusehen, ob es eine solche Liste gab, und hatte um ein paar Stunden Zeit gebeten.

Sayre traf sich zum vereinbarten Zeitpunkt mit ihr und bekam die Liste ausgehändigt. »Das war leichter, als ich dachte«, erklärte ihr die Frau. »Die Listen der Geschworenen werden aufbewahrt, weil jemand, der innerhalb einer bestimmten Frist erneut zum Geschworenen berufen wird, nicht anzutreten braucht. Und wenn ein Geschworener entlassen wird, trägt man das Aktenzeichen des Falles in seine Geschworenenakte ein, damit man es notfalls wieder nachschlagen kann.«

Als Sayre am Vorabend zu Beck Merchant gefahren war, hatte sie diese Namensliste als Ass im Ärmel dabeigehabt. Nur hatte keine Gelegenheit bestanden, ihre Karte auszuspielen. Am Morgen war sie wieder zum Gericht gefahren und hatte dort anhand der Steuerakten ermittelt, dass zehn der zwölf Geschworenen noch in diesem Parish lebten.

Die ersten beiden, die sie anrief, erklärten ihr ohne Umschweife, dass sie nicht mit ihr sprechen wollten, und legten kurzerhand wieder auf. Die Frau des dritten Geschworenen teilte ihr mit, dass ihr Mann in der Gießerei auf Schicht arbeitete. Als Sayre ihr eröffnete, weshalb sie anrief, wurde die anfangs so zuvorkommende Frau abweisend und, als Sayre nicht lockerließ, offen feindselig. Sie behauptete, ihr Mann hätte in absehbarer Zukunft keine Zeit, sich mit Sayre zu treffen.

Erst im vierten Anlauf schaffte sie es, Mrs. Foster zu einem Gespräch zu überreden.

Sie rührte in ihrem Eistee. Er war so kräftig gezuckert, dass er schon Schlieren zog. »Ich wollte mit Ihnen über die Verhandlung gegen meinen Bruder Chris sprechen. Sie waren damals Geschworene, nicht wahr?«

Plötzlich wirkte Loretta Fosters Lächeln angestrengt. »Das stimmt. Das erste und einzige Mal, dass ich berufen wurde, dabei habe ich schon immer in diesem Parish gelebt. Wieso interessieren Sie sich dafür?«

Die Erklärung dafür richtig zu verkaufen war das kniffligste Problem. »Ich habe das Gefühl, meinen Bruder im Stich gelassen zu haben, weil ich während der Verhandlung nicht für ihn da war. Ich bereue, dass ich damals nicht nach Destiny heimgekommen bin, um ihn moralisch zu unterstützen. Ich hatte gehofft, mit einigen Leuten sprechen zu können, die damals dabei waren, um besser zu verstehen, was sich abgespielt hat.«

Ganz so leicht ließ sich Mrs. Foster nicht einwickeln. »Wie meinen Sie das? Damals hat sich nichts *abgespielt*. Wir kamen nur nicht zu einer einstimmigen Entscheidung, das war alles. Die Jury war gespalten.«

»Wie haben Sie damals abgestimmt, Mrs. Foster?«

Sie stand vom Tisch auf und trat an den Herd. Dort hob sie den Deckel vom Topf und rührte kurz in der köchelnden Masse. »Ich wüsste nicht, wen das noch interessiert. Ihr Bruder wurde freigesprochen.«

»Glauben Sie, dass er unschuldig war?«

Sie setzte den Deckel ein wenig zu geräuschvoll auf den Topf und drehte sich wieder zu Sayre um. »Und wenn?«

»Dann wäre ich Ihnen zu Dank verpflichtet.« Sayre schenkte ihr ein hoffentlich überzeugendes Lächeln. »Ich bin sicher, dass mein Vater und mein Bruder ihre Dankbarkeit gezeigt haben.«

Mrs. Foster kehrte zu ihrem Stuhl gegenüber Sayres zurück und betrachtete sie aufmerksam, während sie an ihrem Tee nippte. »Nach der Verhandlung sind sie zu uns gekommen und haben uns die Hände geschüttelt. Abgesehen davon wüsste ich nicht, von welcher Dankbarkeit Sie reden.«

Sayre blickte ins Wohnzimmer hinüber. Es war aufgeräumt, aber die Möbel waren alt und zerschlissen. Gehäkelte Sesselschoner bedeckten die durchgewetzten Stellen an den Polsterbezügen. Die Tapete war verblichen, und der Teppich, um den sich Mrs. Foster so sorgte, war längst von zahllosen Flecken übersät.

Der Fernseher dagegen war brandneu, topmodern und bei weitem das Teuerste im Raum. Er passte absolut nicht zum Rest des Dekors, das sich in einem Kruzifix hinter dem zerschlissenen Sofa und einem Keramikpanther mit grünen Glasaugen auf dem Couchtisch erschöpfte.

Sayre hatte schon mehrere Fernsehzimmer und Salons um ähnliche Riesenbildschirme herum eingerichtet und wusste daher, was so ein Gerät kostete. Es überstieg das Budget der Witwe bei weitem.

Seit ihrer Ankunft hatte sich Mrs. Fosters Sohn nicht von seinem Platz vor dem Riesenfernseher wegbewegt. Er saß immer noch im Schneidersitz auf dem Boden, knabberte Chips und trank Orangensaft dazu, während er gebannt dem Geschehen auf dem Bildschirm folgte. Zufrieden.

Sayre drehte sich wieder um und sah Loretta Foster in die Augen. Anfangs blieb die Miene der Frau abweisend. Doch als Sayre ihren Blick nicht abwenden wollte, wurde sie zunehmend nervös. Schließlich sah sie beschämt weg.

»Wenn Sie mich jetzt entschuldigen würden«, sagte sie. »Ich muss meinem Jungen das Abendessen kochen. Er bekommt einen Wutanfall, wenn es nicht fertig ist, bevor das *Glücksrad* beginnt. Er isst so gern, während die Sendung läuft. Fragen Sie mich nicht, warum, denn eigentlich hat er es nicht mit den Buchstaben.«

Dann appelierte sie halb flehend und halb trotzig an Sayre: »Wie gesagt, er ist nicht ganz richtig im Kopf. Das war er nie. Er ist ganz und gar auf mich angewiesen. Ich bin alles, was er auf der Welt hat, und wenn ich mal nicht mehr sein sollte… Also, ich muss doch dafür sorgen, dass sich jemand um ihn kümmert, oder etwa nicht?«

20

Red Harper klopfte vorsichtig an und streckte dann den Kopf in Huffs Fernsehzimmer. »Selma hat gesagt, ich könnte reinkommen.«

»Ich habe Sie erwartet. Nehmen Sie sich was zu trinken.«

»Mach ich gern.« Er schenkte sich einen Bourbon mit Soda ein und trug ihn zum Sofa, wo er sich niederließ und den Uniformhut über ein Knie hängte. Huff erhob prostend sein Glas, und beide nahmen einen Schluck. »Sie sehen gut aus«, bemerkte Red. »Wie fühlen Sie sich?«

»Als wäre ich zwanzig.«

»Ich hab vergessen, wie sich das anfühlt.«

»Ich weiß es noch wie gestern«, erwiderte Huff. »Damals arbeitete ich für den alten Lynch in der Gießerei. Mein Job war es, den Schmelzofen zu beladen. Eine Knochenarbeit, aber ich schob bei jeder Gelegenheit Doppelschichten. Schon damals hatte ich große Pläne mit dem Laden.«

In der Schule des Waisenhauses war streng darauf geachtet worden, dass die Kinder lernten, und wenn Huff für etwas dankbar sein konnte, dann dafür. Nach wenigen Monaten im Heim hatte er die anderen Kinder in seinem Alter eingeholt. Statt Ball zu spielen oder den Mädchen nachzujagen, wie er es sich ausgemalt hatte, als er noch voller Ideale und unschuldig gewesen war, verbrachte er die Pause im Klassenzimmer, wo er den gelernten Stoff wiederholte. Er hatte sich inzwischen höhere Ziele gesteckt, darum beschränkte er sich darauf, so schnell wie möglich so viel wie möglich aufzunehmen.

Jede Nacht las er im Schein der schwachen Nachtleuchte in

der Gemeinschaftstoilette, wo er auf dem harten Fliesenboden saß, im Sommer schwitzend, im Winter bibbernd. Das Essen schmeckte grausig, aber er leerte bei jeder Mahlzeit seinen Teller und begann, dank der regelmäßigen Verpflegung, endlich zu wachsen.

Als er mit dreizehn abhaute, war er seinen Altersgenossen hinsichtlich seiner Körpergröße weit voraus und wusste bestimmt doppelt so viel wie sie. Den Rest seiner Bildung, und damit die womöglich wichtigsten Lektionen, absolvierte er durch Erfahrung. Während andere Teenager seines Alters wegen eines Pickels aus der Fassung gerieten, überlebte er auf eigene Faust, schlug sich mit Gewitztheit durchs Leben und besorgte sich selbst Nahrung und Unterkunft.

Er war in einem Güterwaggon irgendwohin unterwegs gewesen, als der Zug in Destiny hielt, um mehrere Waggons mit Altmetall für Lynchs Gießerei abzukoppeln. Huff wusste nicht einmal, in welchem Staat er sich gerade befand, aber als er auf dem Wasserturm den Namen des Ortes las, erschien er ihm wie ein Omen.

In Sekundenschnelle hatte er beschlossen, dass er in Destiny, wie der Name schon sagte, seine Bestimmung finden würde.

Er hatte keinerlei Erfahrung im Gießen von Metall, aber Lynchs Gießerei war das einzige Werk im Ort und das einzige Unternehmen, das Arbeitskräfte einstellte. Huff lernte schnell, und schon bald war Mr. Lynch auf ihn aufmerksam geworden.

»Mit fünfundzwanzig war ich seine rechte Hand«, erklärte er Red jetzt. »Die nächsten Jahre brachte ich damit zu, ihm wenigstens etwas Geschäftssinn einzuimpfen.«

Der Gentleman, der schließlich Huffs Schwiegervater werden sollte, war kein Visionär gewesen. Er hatte von seinem Geschäft, wie er es nannte »verflixt gut gelebt«, und das hatte ihm vollauf genügt. Sein beschränkter Ehrgeiz war ein Quell ständiger Frustration für Huff, der einen wachsenden Markt vor sich sah und erkannte, dass das Potenzial, diesen Markt zu versorgen, hier vergeudet wurde.

Das hatte zu endlosen Meinungsverschiedenheiten zwischen den beiden geführt. Erweiterungen und Produktionssteigerungen standen nicht auf Mr. Lynchs Agenda. Er war ein Mann des Mittelmaßes. Huff hingegen hatte unbegrenzte Energien und grandiose Pläne. Mr. Lynchs Einstellung zum Geld war ultrakonservativ. Huff beherzigte das ökonomische Gebot, dass man Geld ausgeben muss, um welches zu verdienen.

Nur eines stand für beide Seiten felsenfest: dass Mr. Lynch die Geldbörse zuhielt und Huff abgesehen von seinem wöchentlichen Salär keinen Penny ausgeben durfte. Infolgedessen kam es letztendlich allein auf Mr. Lynchs Meinung an.

Erst ein Schicksalsschlag sollte Huff neue Möglichkeiten eröffnen. Als ein Gehirnschlag den alten Herrn außer Gefecht setzte, übernahm Huff die Kontrolle über die Produktion. Wer sich seiner Machtübernahme tapfer in den Weg stellte, wurde kurzerhand gefeuert. Obwohl Mr. Lynch während seiner drei letzten Lebensjahre kaum ein verständliches Wort herausbrachte und kaum einen Schritt vor den anderen setzen konnte, erlebte er noch, wie die Umsätze und Gewinne seines Unternehmens sich vervierfachten und die Alleinerbin, seine Tochter Laurel, jenen Mann heiratete, der dieses Wachstum ermöglicht hatte.

»Als der alte Lynch starb, war ich dreißig«, sagte Huff zu Red. »Zwei Jahre später habe ich das Unternehmen nach mir benannt.«

»Sie hatten schon immer ein gesundes Ego, Huff.«

»Scheiße, ich habe auch die Arbeit gemacht. Ich hatte das Recht, damit anzugeben.«

Red starrte in sein Whiskyglas. »Haben Sie mich herkommen lassen, um mit mir über die alten Zeiten zu reden?«

»Nein, Sie sind hier, um mir zu erklären, was verflucht noch mal bei euch los ist. Chris wird von diesem neuen Detective in Ihrem Stab belästigt, ohne dass Sie was dagegen unternehmen. Warum? Zahle ich Ihnen nicht mehr genug?«

»Das ist es nicht, Huff.«

»Was dann?«

»Ich werde sterben.« Red kippte den Rest seines Whiskys hinunter und rollte das leere Glas zwischen den Handflächen hin und her.

Huff war sprachlos.

Schließlich hob Red die müden Augen und sah ihm ins Gesicht. »Prostatakrebs.«

»Verdammt noch mal, Red.« Huff atmete tief aus und verscheuchte das Problem mit einer Handbewegung. »Diesmal haben Sie mir wirklich einen Schrecken eingejagt. Das ist heutzutage kein Todesurteil. Man kann das operieren, rausholen...«

»Leider nicht, Huff. Sie haben es nicht rechtzeitig erkannt. Der Krebs sitzt schon in den Lymphknoten. In den Knochen. Praktisch überall.«

»Eine Chemo? Bestrahlungen?«

»Ich will das nicht durchmachen. Außerdem würde mir das nur ein paar Monate erkaufen, wenn überhaupt, und ich würde mich während der kurzen Zeit, die mir noch bleibt, wie ausgekotzt fühlen.«

»Verdammt, Red. Das tut mir wirklich verflucht leid.«

»Ach, na ja, irgendworan müssen wir schließlich alle sterben«, stellte der Sheriff philosophisch fest und setzte sein Glas auf dem Couchtisch ab. »Tatsache ist, Huff, dass ich müde bin. Einfach ausgelaugt. Ich werde mich auf keinen Kampf mit Wayne Scott einlassen. Er ist ein ehrbarer Mann, der nur versucht, das zu tun, wofür er eingestellt wurde. Ich hingegen bin nicht mehr zu retten. Genauso wenig wie Sie.«

Red hob die Hand, um Huffs Proteste im Keim zu ersticken. »Da gibt es nichts zu beschönigen, Huff. Wir können das Arrangement, das wir getroffen haben, noch so vergolden, es ist und bleibt verdammt hässlich. Ich habe mehr krumme Dinger zugelassen, als mir lieb sein kann.

Was ich früher getan habe, ist nicht mehr zu ändern. Aber jetzt hat Chris den Karren schon wieder in den Dreck gefahren, und ich glaube nicht, dass ich die Zeit oder Kraft habe, ihm noch mal rauszuhelfen.«

Es war eine beachtliche Rede, vor allem für einen Mann weniger Worte, der Red stets gewesen war. Dennoch reichten die Worte bei weitem nicht aus, um dem, was er hatte ausdrücken wollen, gerecht zu werden. »Wie lange noch, bis Sie den Job hinschmeißen?«, fragte Huff.

»Ein Monat. Plus-minus ein paar Wochen.«

»So bald?«

»Ich möchte noch etwas Zeit mit meiner Familie verbringen, ehe es zum Schlimmsten kommt.«

»Das ist verständlich, Red. Aber Ihre Pensionierung kommt für mich zu einem verflucht ungünstigen Zeitpunkt.«

»Das ist nicht zu ändern. Die Sache mit Chris könnte sich noch eine Weile hinziehen.«

»»Die Sache mit Chris««, äffte Huff ihn zornig nach. »Der Junge ist kein Unschuldslamm. Verdammt, ich könnte ihn gar nicht gebrauchen, wenn er das wäre. Er hat mehr als genug Unfug angestellt, und er wäre der Letzte, der das abstreiten würde.« Huff beugte sich zu seinem Gast vor. »Aber er hat seinen Bruder nicht umgebracht.«

Red reagierte erst nach kurzem Überlegen, aber dann sagte er: »Das glaube ich auch nicht.«

»Er glaubt, dass ihn jemand ans Messer liefern will.«

»Das hat mir Beck schon erzählt. Hat er das mit Slap Watkins ernst gemeint?«

»Verflucht noch mal, ja.« Huff wiederholte, was er zuvor mit Beck und Chris besprochen hatte. »Also, ich weiß nicht, ob dieser Watkins-Kretin fähig wäre, ein Gumbo-Wettkochen zu organisieren, ganz zu schweigen von einem Mord, den er anschließend jemand anderem anhängt, aber ich finde die Theorie zumindest bedenkenswert. Sie sind da bestimmt meiner Meinung.« Huffs Blick warnte den Sheriff, dass er nichts außer einem Ja hören wollte.

Und damit keine Missverständnisse aufkommen konnten, fuhr er fort: »Watkins ist ein Verbrecher mit drei Jahren Gefängniserfahrung. Ich kann mir kaum vorstellen, dass er die Zeit damit

278

verbracht hat, sich zu bessern und resozialisieren zu lassen. Ich wette, Red, wenn Sie genau genug hinsehen, werden Sie feststellen, dass er reihenweise Gesetze bricht, und eines seiner Verbrechen könnte darin bestehen, dass er Danny, sei es aus Rache oder aus purer Gemeinheit, umgebracht hat.«

Huff brauchte nie auszusprechen, was er erledigt haben wollte. Sheriff Harper verstand ihn auch so klar und deutlich.

Er nickte widerwillig. »Ich werde ihn mir vorknöpfen.«

»Das wäre ein guter Anfang. Vielleicht brauchen Sie nur sein Geständnis. Die Jungs meinten, er wäre richtig aufsässig geworden. Wenn Sie ihn hart genug rannehmen, wird er sich vielleicht von selbst in die Todeszelle prahlen.«

»Ich werde sofort eine Fahndungsbeschreibung rausgeben.« Red wollte schon aufstehen, aber Huff winkte ihn auf das Sofa zurück.

Er zündete sich eine Zigarette an und sagte: »Da gibt es noch etwas, was Sie für mich tun könnten. In New Orleans.«

»Huff …«

»Nein, es ist nur eine Kleinigkeit. Sie könnten sie sogar an jemanden da oben delegieren, dem Sie vertrauen. Sie haben doch Verbindungen in die Stadt, oder?«

Huff erklärte ihm, was er brauchte. Red hörte aufmerksam zu. »Die Sache wird sich für Sie lohnen«, ergänzte Huff, um ihn zu ködern. »Sie wissen selbst, wie gut ich für handfeste Informationen zahle. Das ist wichtig. Die Auskünfte könnten sehr wertvoll für mich sein.«

»Na schön. Ich werde meine Fühler ausstrecken und abwarten, ob sich was ergibt. Versprechen kann ich nichts.«

»Nielson. Mit i-e. Jedes noch so kleine Fitzelchen könnte mir helfen.«

Red nickte und stand endgültig auf. »Passen Sie auf sich auf, Huff. Nehmen Sie sich Selmas Rat zu Herzen. Mit dem alten Uhrwerk sollte man nicht rumspielen. Und diese Sargnägel sollten Sie auch aufgeben.«

»Sobald Sie es tun.«

Red versuchte ein Lächeln, das es aber nicht ganz auf sein Gesicht schaffte. Er ging mit Greisenschritten zur Tür. Er sah gedemütigt und gebrechlich aus, ein Bild des Jammers. Es gefiel Huff gar nicht, seinen Verbündeten so zu sehen, weshalb er ihn noch einmal zurückrief.

»Sind Sie immer noch mein Mann, Red?«

»Wie meinen Sie das?«

»Muss ich es wirklich aussprechen?«

Reds trübe Augen wurden zornig. »Sie haben wirklich den Nerv, das nach mehr als vierzig Jahren zu fragen?«

Huff ließ sich von Reds entrüsteter Reaktion nicht beirren. Er stand am Scheideweg, und es war ihm egal, ob er beschimpft wurde. »Muss ich mir den Kopf darüber zerbrechen, ob Sie Ihre Seele mit einer Beichte erleichtern, wenn Sie auf dem Totenbett liegen?«

»Für eine Beichte ist es längst zu spät, Huff, die würde nicht mehr helfen. Ich werde in der Hölle schmoren. Genau wie Sie.«

»Ich sollte lieber in die Stadt zurückfahren«, sagte Lila und griff nach ihrem Hut.

»Das hat Zeit. George hat noch länger mit dem Förderband zu tun. Damit ist er noch Stunden beschäftigt. Außerdem«, sagte Chris und hob die Weißweinflasche an, »sind mindestens noch zwei Gläser übrig, und auf einem davon steht dein Name.« Er nahm ihr den Hut wieder ab und drückte ihr dafür ein volles Weinglas in die Hand.

Er hatte das Picknick für eine gute Idee gehalten. Mit Betonung auf *hatte*. Denn seit ihrer Ankunft jammerte Lila praktisch ununterbrochen. Über die Hitze. Die Käfer. Alles und jedes.

Sie waren in zwei Autos zu ihrer Verabredung gefahren. Es war einer ihrer üblichen Treffpunkte. Das begrünte Picknickgelände lag an einem Bayou und im Schatten alter Bäume. An den Wochenenden drängten sich hier die Familien, aber unter der Woche kam kein Mensch hierher.

Er hatte ihr nur eine Stunde Vorlauf gelassen und sofort angerufen, nachdem ihr Mann sein Büro verlassen hatte. Sie war ein paar Minuten zu spät eingetroffen und mit einem ausladenden Hut und in einem hauchdünnen Sommerkleid, durch das hindurch er sie nahezu nackt sah, aus ihrem Cabrio gestiegen.

Aber als sie erkannte, dass er alles für ein Picknick vorbereitet hatte, sackten ihre Mundwinkel nach unten. »Was soll das werden?«

»Wonach sieht es denn aus?«

»Warum bleiben wir nicht im Auto und lassen die Klimaanlage laufen?«

Er hatte selbst nicht besonders viel für Picknicks übrig. Aber wenn sie im Auto blieben, würden sie nur kurz miteinander vögeln, und dann würde sie wieder heimfahren. Und er brauchte mehr Zeit mit mir. Heute musste er sie umgarnen und einwickeln.

Er hatte angenommen, dass das romantische Flair eines Imbiss *al fresco* sie betören würde. Er hatte sie bei der Hand genommen und sie auf seine Picknickdecke herabgezogen. Behutsam hatte er ihren Hut abgesetzt. Dann hatte er ihren Hals und ihr Dekolleté gestreichelt.

»Ich fühle mich in letzter Zeit wie eingesperrt, Lila. Wegen Danny. Geschlossene Räume scheinen mich zu erdrücken. Solange ich im Haus bin, denke ich immer nur an den Tod und daran, wie schrecklich er sterben musste.« Er schob die Hand unter ihren Haaransatz und hauchte: »Ich wollte mich neben dir ausstrecken können und mich nicht ins Auto quetschen müssen. Hilf mir zu vergessen. Bitte.«

Das Gesülze tat seine Wirkung, und sie machte sich daran, seine Sorgen von ihm zu nehmen. Nach einem schweißtreibenden Vorspiel setzte sie sich rittlings auf ihn und pfählte sich selbst mit solcher Wucht, dass es ihm hörbar die Luft aus den Lungen trieb.

Während der nächsten Minuten war Lila ausschließlich damit befasst, jeden Gedanken auszulöschen, der sich nicht um ihre schlüpfrige Kopulation drehte. Sie war ganz und gar darauf konzentriert, ihn emotional wieder aufzubauen. Oder ihn dabei umzubringen.

Aber gleich danach kamen neue Beschwerden. Sie war definitiv keine Frischluftfanatikerin. »Nie gibt es eine Toilette, wenn man eine braucht«, hatte sie erkannt. »So wie jetzt zum Beispiel.«

»Geh hinter einen Busch.«

»Damit mich die Brennnesseln in mein Allerheiligstes stechen? Vielen Dank.«

Nach zwei Gläsern Wein sah sie die Sache nicht mehr ganz so negativ. Wozu auch Selmas deliziöser Hähnchensalat und die knusprigen Käsecracker beigetragen hatten. Aber nachdem sie eine lästige Fliege weggewedelt hatte, griff Lila erneut nach ihrem Hut und verkündete, dass es Zeit zum Heimfahren sei.

Immerhin hatte er ihren Abschied mit einem weiteren Glas Wein hinausgezögert: »Komm schon, trink noch einen Schluck.« Er drückte das Glas an ihre Lippen und kippte es so abrupt hoch, dass ihr der Wein übers Kinn rann.

Seine Augen folgten den Tropfen entlang ihrer Kehle und der Brust, bis sie unter ihrem Kleid verschwanden. Er zwinkerte ihr zu, schob den Stoff beiseite und leckte den Wein von ihrer Brust. »Exzellenter Jahrgang«, murmelte er dabei.

Genüsslich seufzend ließ sie sich auf die Decke sinken und rückte ihr Mieder zurecht, um ihm Zugang zu gewähren. Als seine Lippen endlich ihr Ziel gefunden hatten, drängte sie sich schon ungeduldig gegen ihn. »O Gott, das macht mich ganz verrückt.«

Er ließ seine Zunge vorschnellen. »Was, das hier?«

»O Gott, ja.«

Er hielt ihre Nippel zwischen den Fingerspitzen fest, während sein Mund in exotischeres Terrain vorstieß. Zwischendrin befürchtete er, sie würde ihm das Haar mit den Wurzeln ausreißen.

Als entgegenkommende und faire Liebhaberin nahm sie ihn daraufhin in den Mund, den sie zuerst mit einem Schluck Pinot Grigio gekühlt hatte. Erst knapp vor dem Höhepunkt warf er sie auf den Rücken und drang rücksichtslos in sie ein. Sie reagierte genauso heftig, und beide verloren sich in einem ungestümen Orgasmus. Aber sobald die Welle abgeebbt war, drückte sie ungnädig gegen seine Schulter. »Geh von mir runter. Es ist heiß, und du bist schwer.«

Mit ihrem zerzausten Haar, dem verschmierten Make-up und dem hochgeschobenen, zerknitterten Kleid, das mehr entblößte als verbarg, war sie das Sinnbild einer Schlampe. Der arme George hatte keine Chance, sie je zu befriedigen.

Genüsslich lächelnd fuhr Chris mit dem Finger außen an ihrem Schenkel entlang und sagte: »Ich kenne keine Frau, die so sexy ist wie du, Lila. Aber manchmal übertriffst du dich selbst. So wie jetzt. Und wie letzten Sonntag.«

»Letzten Sonntag?« Sie sah kurz auf die Uhr, fluchte leise und setzte sich auf.

»Du weißt doch. Als ich bei euch zu Hause war.«

»Mein Gott, ich wette, ich biete einen ganz schönen Anblick.« Hastig strich sie ihr Kleid gerade und suchte in der verknüllten Picknickdecke nach ihrem Slip. »Falls George schon zu Hause ist, wenn ich dort ankomme …«

»Das ist er ganz bestimmt nicht«, versicherte Chris und versuchte dabei, seine Ungeduld im Zaum zu halten. »Er hat zu tun. Er ist noch stundenlang in der Gießerei beschäftigt.«

»Aber er könnte unerwartet heimkommen.« Endlich hatte sie ihre Unterwäsche gefunden, stand auf und stieg in ihr Höschen, bückte sich dann und hob ihren Hut wieder auf. »In letzter Zeit benimmt er sich so eigenartig. Er beobachtet mich. Ich glaube, er schöpft Verdacht.«

»Das bildest du dir ein.«

»Erst dachte ich das auch. Aber als wir neulich abends von der Totenfeier heimkamen, fragte er mich, wohin ich verschwunden sei.«

Er fasste sie zärtlich unter dem Kinn. »Ich wette, du hast es ihm nicht verraten.«

Sie fand das gar nicht komisch. »Seither umgurre ich ihn von früh bis spät, um ihn einzuwickeln und um seinen Verdacht zu zerstreuen, aber ich weiß nicht, ob ihn das überzeugt. Er redet ständig von dir und beobachtet mich, sobald er glaubt, ich würde es nicht merken.«

Angesichts seiner jüngsten Unterhaltung mit George musste Chris sich fragen, ob sie vielleicht Recht hatte. Aber wen kümmerte es wirklich, ob George etwas von ihrer Affäre ahnte? Im Grunde war es ihm egal, ob Lilas Mann Bescheid wusste. Im Moment wollte er nur sicherstellen, dass er sich notfalls auf Lilas Kooperation verlassen konnte.

Er folgte ihr den Abhang hinauf, wo sie ihren Wagen abgestellt hatte. Sie ließ den Hut auf den Rücksitz segeln und öffnete die Beifahrertür.

»Warte.« Er drehte sie herum und schloss sie in die Arme. »Kein Abschiedskuss?«

»Ich habe keine Zeit, Chris.«

»Bist du sicher?«, brummte er, die Lippen dicht an ihrem Ohr.

Sie stieß ihn weg, verspielt zwar, doch so fest, dass keine Zweifel an ihren Absichten aufkommen konnten. »Angeblich warte ich zu Hause darauf, dass mein geliebter Gemahl von einem schweren Arbeitstag heimkehrt. Du wirst dir ein anderes Mädchen suchen müssen, das sich um den hier kümmert.« Sie drückte schnell und fest zu.

»Ich will kein anderes Mädchen.« Er schob seinen Schenkel zwischen ihre Beine und rieb sich an ihrer Scheide. »Ich will eine Frau. Ich will dich, Lila. Und du willst mich auch, weil ich weiß, wie man dich glücklich machen kann.«

Der Fick war weder fantasie- noch besonders liebevoll. Außerdem war er verdammt ungemütlich. Aber er bescherte ihr damit einen weiteren Orgasmus, und nur darauf kam es bei Lila an. Als er sie endlich wieder freigab, keuchte sie, und ihr Blick war glasig.

Jetzt war der Zeitpunkt zu der Frage gekommen, dachte er. »Wenn ich dich je brauchen sollte, bist du doch für mich da, nicht wahr, Lila?«

»Ich werde es versuchen.« Sie bemühte sich, ihr Kleid straff zu ziehen, aber der hauchdünne Stoff klebte an ihrer verschwitzten Haut. »Manchmal kann ich nicht so kurzfristig weg.«

»Ich rede nicht nur vom Sex. Was ist, wenn ich dich irgendwann wirklich brauchen sollte?«

Sie wich zurück und sah ihn verständnislos an. »Mich brauchen? Wozu denn?«

Er strich in einer zärtlichen, innigen Liebkosung über ihre Arme. »Na ja, wenn dich zum Beispiel dein Onkel Red fragen würde, ob ich am Sonntagnachmittag bei dir war, dann würdest du das bestätigen, oder?«

Augenblicklich war ihr Blick so klar, als hätte ihr jemand kaltes Wasser ins Gesicht gespritzt. Die leicht benommene, befriedigte Miene hatte sich in Luft aufgelöst. Im Gegenteil, Lila hatte nie wacher gewirkt. »Warum sollte mich Onkel Red das fragen? O Jesus, George weiß also doch Bescheid!«

»Nein, nein, das hat nichts mit George zu tun.« Er legte die Hände auf ihre Schultern und massierte sie sanft. »Es geht um mich. Um uns. Ich versuche, die Scheidung durchzubringen, Lila. Und danach möchte ich mit dir über die Zukunft sprechen. Unsere gemeinsame Zukunft.

Ich weiß, es ist zu früh, um dich zu fragen, ob du mit mir zusammenleben möchtest. Vor allem, wo dieser Mist mit Danny auf mir lastet. Aber das wird sich bald klären. Und wie bald, hängt auch davon ab, was du Red über letzten Sonntag erzählst.«

Sehr gut, damit hatte er ihre gemeinsame Zukunft ganz subtil in Lilas Hände gelegt. Elegant hatte er ihr die ganze Verantwortung zugewiesen, und er hatte sie gleichzeitig mit der Aussicht auf eine Heirat gelockt.

Er beugte sich vor und küsste sie auf die Stirn. »Ich kann mich doch darauf verlassen, dass du nichts Dummes tust?«

»Natürlich kannst du das, Chris.«

»Das wusste ich.« Er hauchte einen Kuss auf ihre Lippen, gab sie frei und half ihr einzusteigen. Sie ließ den Motor an. Dann lächelte sie zu ihm auf. »Du kannst dich fest darauf verlassen, dass ich für dich nichts Dummes tue.«

Das brannte wie eine Ohrfeige. »Was heißt das?«

»Du musst mich wirklich für beschränkt halten. Du bist ein toller Lover, Chris, aber das ist auch der einzige Grund, weshalb ich dich ertrage. George ist vielleicht kein Held, aber er vergöttert mich. In seinem Haus bin ich die Königin. In deinem wäre ich unter Huffs Knute und nur noch die Frau, die du betrügst. Und was die Sache mit dem Tod deines Bruders angeht: Diese Suppe hast du dir selbst eingebrockt, Schätzchen. Also wirst du sie auch allein auslöffeln.«

21

Gerade als Beck auf den Stufen vor dem Haus der Hoyles stand, begann sein Handy zu läuten. Er nahm den Anruf entgegen, hörte zu, fluchte kurz und fragte dann: »Wann?«

»Vor einer Stunde«, antwortete Red Harper.

»Hat er irgendeine Erklärung vorgebracht?«

»Genau da liegt das Problem. Das konnte er nicht.«

»Okay, Red. Danke, dass Sie mir Bescheid gegeben haben. Ich melde mich wieder.«

Er beendete das Gespräch und trat ins Haus. Die weite Eingangshalle lag still und dunkel da, als läge das ganze Haus im Schlummer.

In Huffs Fernsehzimmer war niemand. Beck entdeckte den Hausherrn an dem Ort, an dem er ihn zuletzt vermutet hätte – in Laurel Lynchs Wintergarten.

»Was tust du hier?«

»Ich wohne hier.«

»Entschuldige. Es war nicht so gemeint. Ich bin ein bisschen gereizt.«

»Das sehe ich. Schenk dir was zu trinken ein.«

»Danke, aber das sollte ich lieber lassen.«

»Weil du einen klaren Kopf brauchst?«

»So in etwa.«

»Setz dich. Du bist angespannter als eine Klaviersaite.«

Beck ließ sich auf einem der Rattanmöbel nieder, mit denen der Raum eingerichtet war. Hinter den hohen Fenstern war der westliche Horizont in abendlichem Violett eingefärbt, der Farbe, in der mehrere der üppig blühenden Orchideen in ihren riesigen Töpfen leuchteten. Die in reifem, tiefem Grün liegenden Farnpflanzen versprachen eine Kühle, die nach der Hitze draußen erholsam wirkte. Der Raum war wie eine Oase, in der sich die ersehnte Entspannung finden ließ.

Aber er würde mehr als nur eine tropische Insel brauchen, um wieder locker zu werden.

Huff lagerte auf einer Chaiselongue, gestützt von mehreren Kissen mit Fransensaum. Er hielt ein Glas Bourbon in der Hand, aber er hatte keine Zigarette zwischen den Fingern, aus Respekt vor dem Wunsch seiner verstorbenen Frau, in ihrem Lieblingszimmer nicht zu rauchen.

»Fühlst du dich gut?«, fragte Beck.

»Besser als du, würde ich meinen. Wenn ich eine Wette abgeben müsste, wer von uns im Moment den höheren Blutdruck hat, würde ich mein Geld auf dich setzen.«

»Sieht man mir das an?«

»Erzähl mir, was los ist.«

Beck atmete tief aus und sackte gegen das Rückenpolster. »Wir werden von allen Seiten unter Feuer genommen, Huff.«

»Dann schieß los, der Reihe nach.«

»Zuerst wäre da die Paulik-Krise. Ich habe mit dem verantwortlichen Arzt telefoniert. Billys Prognose ist gut. Körperlich erholt er sich prächtig.«

»Aber?«

»Aber er leidet unter schweren Depressionen.«

»Das bedeutet, er braucht einen Irrenarzt.« Das schien Huff nicht zu gefallen.

»Die Unfallversicherung kommt für so was nicht auf, nicht mal, wenn die Pauliks den Unfall gemeldet hätten, was sie nicht getan haben. Ich glaube, wir sollten ihnen anbieten, einen Psychologen zu bezahlen.«

Huff schnaubte angewidert. »Diese Ärzte schieben sich gegenseitig die Patienten zu. Das ist doch nichts als Geldschneiderei.«

»In manchen Fällen trifft das bestimmt zu. Aber es leuchtet ein, dass Billy Schwierigkeiten hat, die Situation geistig und emotional zu bewältigen. Außerdem wäre das gute PR für uns. Die wir dringend nötig haben.«

»Na gut. Aber ein paar Sitzungen müssen reichen«, entschied Huff. »Nichts Langwieriges.«

»Sagen wir fünf.«

»Sagen wir drei. Was noch?«

»Das nächste ist Mrs. Paulik. Der neue SUV, den wir ihr vor die Tür gestellt haben, stand auf meinem Parkplatz, als ich heute Morgen ins Werk kam. Ich habe ein paar Handwerker zu ihr nach Hause geschickt, die ein paar Reparaturen vornehmen und das Haus neu streichen sollten. Mrs. Paulik hat sie gar nicht erst reingelassen. Sie schickte die Männer wieder weg, rief dann bei mir an und erklärte mir, wohin ich mir unsere Bestechungsgelder schieben könnte. Sie zieht mit ihrer Familie aus eurem Haus – eurer ›stinkenden Drecksbude‹, um sie zu zitieren – und hat mir versichert, wir hätten uns gründlich geschnitten, wenn wir glaubten, sie würde sich mit ein paar Glasperlen abspeisen lassen.«

Huff nahm einen Schluck Bourbon. »Das ist nicht alles, oder?«

»Nein«, bestätigte Beck widerstrebend. »Sie wird uns verklagen.«

»*Verflucht noch mal!* Hat sie das gesagt?«

»Sie hat es versprochen.«

Huff ließ den Whisky in seinem Glas kreiseln und überlegte lange. »Ich wette, das wird sie nicht tun, Beck. Sie hat uns mit ihren Drohungen an den Haaren gepackt, und zwar an denen im Untergeschoss. Na schön, sie hat uns drangekriegt. Also legen wir noch mal nach.«

»Mit noch mehr Geschenken? Ich glaube, das würde sie in ihrem Entschluss nur bestärken und ihren Anschuldigungen, wir würden ihr Schweigen erkaufen wollen, neue Nahrung geben. Und ich bin noch nicht fertig.« Beck verstummte und seufzte. »Außerdem hat sie gedroht, sich ans Justizministerium zu wenden. Sie will uns strafrechtlich verfolgen lassen.«

Huff leerte sein Glas und stellte es mit eckigen Bewegungen, die seinen Zorn verrieten, auf dem Beistelltisch ab.

»Damit wird sie nie im Leben durchkommen«, führte Beck aus. »Dazu müsste sie beweisen, dass wir wussten, wie leicht es zu einem Unfall kommen konnte, und das könnte nicht mal der schärfste Staatsanwalt.

Andererseits weiß ich von Firmen, die sich mit Anklagen herumschlagen mussten, sie hätten die Sicherheitsmaßnahmen vorsätzlich ignoriert und dadurch ihre Angestellten leichtfertig gefährdet. Langjährige Kunden sehen sich plötzlich nach neuen Lieferanten um. Angestellte vor allem aus dem mittleren Management kündigen, weil sie befürchten, auf einem sinkenden Schiff zu dienen.

Es kann Jahre dauern, bis so ein Fall vor Gericht kommt. Ein riesiger Konzern mit Milliardenumsätzen und einer Armada von Anwälten, die an der Sache arbeiten, kann so etwas wegstecken. Ein mittelständisches Unternehmen wie deines kaum.«

Huff schnaubte wütend. »Es braucht mehr als eine rotzfreche Schreckschraube mit großer Klappe, um Hoyle Enterprises in die Knie zu zwingen.«

»Normalerweise wäre ich deiner Meinung. Aber Alicia Paulik handelt nicht auf eigene Faust. Sie hat Charles Nielson beauftragt, die Klage einzureichen. Ich habe heute ein Fax von ihm bekommen. Ich will dir nichts vormachen, Huff, aber dein schlimmster Albtraum ist wahr geworden.«

»Wo ist das Fax?«

Beck klappte seinen Aktenkoffer auf und holte ein einzelnes Blatt Papier heraus. Er stand auf und reichte es Huff. »Vielleicht genehmige ich mir doch einen Schluck.«

Er verschwand ins Fernsehzimmer, schenkte sich einen Bourbon mit Soda ein, redete kurz mit Selma, die wissen wollte, ob er zum Essen bleiben würde, und kehrte dann in den Wintergarten zurück. Huff lagerte nicht mehr auf seiner Chaiselongue. Er marschierte vor dem Fenster auf und ab. Beck bemerkte, dass das Fax zusammengeknüllt auf dem Boden lag.

»Der Kerl pisst doch in den Wind. Unsere Arbeiter werden nicht streiken«, stellte Huff entschieden fest.

»Vielleicht doch.«

»O nein.«

»Wenn sie richtig angeführt werden…«

»Richtig angeführt, verflucht!«, dröhnte er. »Sie haben zu viel Angst um ihre…«

»Die Dinge haben sich in den letzten vierzig Jahren geändert, Huff«, fiel Beck ihm ins Wort. »Du kannst deine Geschäfte nicht mehr so führen wie damals, als du die Firma übernommen hast. Du kannst nicht mehr schalten und walten, wie es dir gefällt.«

»Sag mir, warum ich das verflucht noch mal nicht kann!«

»Weil Destiny kein Feudalstaat ohne Verbindungen zur Außenwelt ist. Die Regierung…«

»…hat verdammt noch mal kein Recht, mir zu erklären, wie ich meine Geschäfte zu führen habe.«

Beck lachte trocken. »Nun, die Bundesgesetze sagen etwas anderes. Das Umweltamt und die Arbeitssicherheitsbehörde haben uns schon im Visier. Jetzt kommt möglicherweise das Justizministerium dazu. Wahrscheinlich geilt sich Nielson daran auf.« Er rieb sich den Nacken und nahm dann einen Schluck Whisky. »Er hat die Gewerkschaften aufgestachelt, und die schicken uns…«

»Einen Haufen Strauchdiebe.«

»Anfang nächster Woche werden sie hier sein. Sie werden eine Mahnwache organisieren und unsere Arbeiter zum Streik auffordern, bis… na ja, du hast das Fax gelesen. Darin steht eine ganze Latte von Forderungen, und das sind noch längst nicht alle.«

Huff fuhr ungeduldig mit der Hand durch die Luft. »Unsere

Angestellten werden nicht auf Agitatoren von außerhalb hören, vor allem wenn sie aus dem Norden kommen.«

»Und was ist, wenn es lauter Jungs aus dem Süden sind? Cajuns. Schwarze und Weiße. Nielson ist nicht so dumm, jemanden zu schicken, den man hier von vornherein ablehnen würde. Er wird Kerle aus unserer Gegend schicken, die so reden wie unsere Männer.«

»Ganz egal, woher sie kommen, unsere Arbeiter werden genauso sauer sein wie wir, dass Fremde sich einmischen.«

»Möglich. Hoffentlich. Aber Billys Unfall hat einiges ins Rollen gebracht, Huff. Du warst seither nicht mehr in der Gießerei. Die Stimmung ist miserabel und gleichzeitig geladen. Die Männer murren und meinen, der Unfall wäre nicht passiert, wenn wir die Maschinen regelmäßig warten und die Sicherheitsbestimmungen beachten würden.«

»Wie kam Paulik überhaupt dazu, das Band zu reparieren? Er war dafür nicht ausgebildet.«

»Dieses Argument würde ich lieber nicht vorbringen, Huff, das ist nämlich ihres. Ich habe Beschwerden gehört, dass wir die neuen Angestellten ohne ordentliche Einweisung an die Arbeit schicken würden und dass eine Gießerei kein geeigneter Ort ist, an dem man die Leute bei der Arbeit anlernen kann. An George Robsons Stelle würde ich da unten niemandem mehr den Rücken zudrehen, auch wenn alle wissen, dass er nur unser Sprachrohr ist.«

Unter einem Schwall halblauter Flüche drehte Huff sich dem Fenster zu und blickte hinaus auf sein Grundstück. Beck ließ ihm Zeit, alles zu überdenken, was sie gerade besprochen hatten.

Nach einer Weile ging Huff ans Klavier und schlug mehrere Tasten an. »Kannst du Klavier spielen, Beck?«

»Nein. Meine Mutter verfiel irgendwann in einen Benny-Goodman-Wahn und ließ mich Klarinette lernen. Ich habe drei Stunden genommen und mich dann geweigert, das Ding je wieder anzurühren.«

»Laurel spielte.« Huff lächelte auf die Tasten hinab, als könnte er sehen, wie ihre Hände darüberflogen. »Bach. Mozart. Dixieland. Sie konnte sich einfach hinsetzen, einen Blick auf die Noten werfen und drauflosspielen wie ein Virtuose.«

»Sie muss wirklich begabt gewesen sein.«

»Darauf kannst du deinen Arsch verwetten.«

»Sayre hat mir erzählt, sie hätte ihr Talent nicht geerbt.«

»Sayre«, sagte Huff durch ein Schnauben hindurch. »Weißt du zufällig, was sie heute treibt?«

Beck schüttelte den Kopf. Er wollte nicht über Sayre sprechen. Er wollte nicht einmal an Sayre denken.

»Also, sagen wir einfach, sie hat sich beschäftigt.«

Beck wusste nicht, wie er darauf reagieren sollte oder *ob* er überhaupt darauf reagieren sollte. Offenbar nicht. Denn Huff kehrte zu seiner Chaiselongue zurück und nahm den Gesprächsfaden wieder auf.

»Ich werde dir sagen, was ich glaube, Beck. Ich glaube, dieser Nielson-Heini ist bloß ein Sprücheklopfer. Warum hat er uns vorgewarnt, dass er jemanden herschicken will? Warum hat er es nicht einfach getan?«

»In einem Überraschungsangriff?«

Huffs Finger piekte in die Luft, als hätte Beck den Nagel auf den Kopf getroffen. »So hätte ich es angestellt. Warum hat er uns Zeit gelassen, uns vorzubereiten? Er hat uns wissen lassen, dass er uns ins Visier genommen hat. Das sagt mir, dass er entweder ein lausiger Stratege und längst nicht so gewitzt ist, wie er meint.«

»Oder?«

»Oder dass er einen Riesenwirbel veranstaltet, um Publicity zu erzeugen, ohne dass er seinen Drohungen Taten folgen lassen will. Ich glaube nicht, dass er auf einen Kampf aus ist. Ich glaube, er hat Angst vor uns.«

Beck dachte kurz darüber nach. »Er scheint jedenfalls nicht scharf darauf zu sein, uns gegenüberzutreten. Nachdem ich das Fax erhalten habe, habe ich mehrmals in seinem Büro in New

Orleans angerufen. Jedes Mal hieß es, er sei außer Haus. Also habe ich um einen Rückruf gebeten. Bis jetzt ist nichts passiert.«

Huff lächelte zufrieden. »Siehst du? Er geht uns aus dem Weg. Für mich hört sich das nach einem Feigling an. Wir sollten seinen Bluff auffliegen lassen.«

»Indem wir weiterhin versuchen, Verbindung mit ihm aufzunehmen?«

»Indem wir ihm ordentlich zusetzen. Mal sehen, wie es ihm gefällt, wenn ihm ständig einer in die Hacken tritt. Beiß dich an ihm fest.«

»Das ist keine schlechte Idee, Huff.«

»Lass nicht locker, bis er sich einverstanden erklärt, uns von Angesicht zu Angesicht gegenüberzutreten. Erst dann können wir ihn wirklich einschätzen. Diese Faxe und FedEx-Briefe sind bloß Müll. Ich habe es satt, meinen Papierkorb damit vollzustopfen.«

»Ich mache mich gleich morgen früh daran.«

»Bis dahin solltest du mit unseren loyalsten Mitarbeitern sprechen. Zum Beispiel mit Fred Decluette. Männern, auf die wir uns hundertprozentig verlassen können. Wir müssen wissen, wer die Rädelsführer unter unseren Arbeitern sind.«

»Ich habe heute Nachmittag mit Fred gesprochen. Er und einige andere werden Augen und Ohren offen halten und uns melden, wer Ärger machen könnte.«

Huff zwinkerte ihm zu. »Hätte wissen müssen, dass du die Situation schon im Griff hast.«

»Noch ein Drink?« Beck stand auf und nahm Huffs Glas. Er schenkte beide Gläser an der Bar im Fernsehzimmer voll und kehrte danach in den Wintergarten zurück.

Als er Huff sein Glas reichte, sagte der: »Und jetzt lass uns von etwas anderem reden.«

Beck sah ihn grimmig an. »Leider ist da wirklich noch etwas anderes. Red Harper hat eben angerufen, als ich herkam, und …«

»Das kann warten. Lass uns über Sayre reden.«

»Was ist mit ihr?«

»Wieso heiratest du sie nicht?«

Beck blieb vor seinem Rattansessel stehen und drehte sich auf dem Absatz um, um Huff anzusehen, der friedlich an seinem frischen Bourbon nippte. Er lachte über Becks fassungslose Miene.

Beck riss sich zusammen und nahm wieder Platz. »Offenbar stehst du immer noch unter Drogen. Was hat dir Doc Caroe gegeben, und darfst du es mit Alkohol mischen?«

»Ich bin weder benebelt noch besoffen. Hör zu.«

Beck tat so, als würde er sich entspannt in seinem Stuhl zurücklehnen. »Du machst es wirklich spannend. Ich bin ganz Ohr, Huff.«

»Reiß keine Witze. Ich meine es ernst.«

»Du spinnst doch.«

»Findest du, dass sie gut aussieht?«

Beck starrte ihn wortlos an und achtete darauf, dass seine Miene ausdruckslos blieb.

»Hab ich mir gleich gedacht.« Ein Lachen stieg tief aus Huffs Bauch auf. »Ich habe euch beide während der Totenfeier am Bayou stehen sehen. Die Hitze war bis hierher zu spüren gewesen.«

»Hitze? Du meinst wahrscheinlich das Feuer, das sie mir unterm Hintern gemacht hat. Da hat sie mir nämlich ausführlich erklärt, dass sie mich für die niederste Lebensform auf diesem Planeten hält.«

Aber noch während er Huffs Heiratspläne als Hirngespinst abzutun versuchte, fragte Beck sich, ob Huff mit Chris gesprochen hatte. Hatte Chris seinem Vater erzählt, was er in Becks Küche beobachtet hatte? Und wie lange hatte Chris ihnen zugesehen? Wie viel von ihrer Unterhaltung hatte er belauscht?

So lässig, wie er nur konnte, fragte er: »Und wie kommst du auf diese hirnrissige Idee?«

»Du bist jetzt schon praktisch ein Familienmitglied. Wenn du Sayre heiraten würdest, wärst du offiziell eines.«

»Dein Plan hat nur einen Haken, Huff. Selbst wenn ich es kaum erwarten könnte, Sayre zu heiraten – und damit spiele ich nur den *Advocatus Diaboli* –, hasst sie diese Familie aus tiefstem Herzen.«

»Du könntest das ändern.«

Beck lächelte ironisch. »So manipulierbar kommt sie mir nicht vor. Ehrlich gesagt halte ich sie für so flexibel wie eines unserer Eisenrohre.«

»Und du wärst nicht Manns genug, mit ihr fertig zu werden?«

»Bei weitem nicht.« Beck lachte. »Außerdem würde ich keine Frau wollen, mit der ich ›fertig werden‹ könnte.« Er erkannte zu spät, dass er in die Falle getappt war.

Huffs Braue schoss hoch. »Dann klingt es nach dem perfekten Paar, oder? Die richtige Chemie, das nötige Kribbeln, alles ist da. Sayre ist ein Irrwisch und damit ideal für jemanden, der keinen Fußabstreifer will.«

Beck trank sein Glas aus und stellte es auf dem zierlichen Beistelltisch ab, wobei er um ein Haar eine Lampe zu Boden stieß. »Das wird nicht passieren. Vergessen wir, dass du es je erwähnt hast.«

»Wenn du Angst vor Kungeleien hast, dann lass dich beruhigen. Ich habe damals die Tochter meines Chefs geheiratet. Und sieh nur, was aus mir geworden ist.«

»Bei mir ist es was anderes.«

»Damit hast du verflucht Recht. Du bringst wesentlich mehr mit als ich damals. Ich war ein naseweiser Niemand ohne einen Penny oder einen Pott zum Reinpissen. Du hast eine Menge zu bieten.«

»Sayre hat sich neulich Abend im Diner nicht einmal zu einem Cheeseburger einladen lassen.«

»Und was ist mit der Fischbude? Hat sie da auch selbst bezahlt?«

Beck merkte, wie seine Ohren zu glühen begannen. Wie viel wusste der gerissene alte Hund eigentlich? Er bemühte sich, ein gleichmütiges Gesicht zu wahren. »Für ein Mädchen kann sie ganz schön was verdrücken. Es hat mich fünfzehn Mäuse gekostet, das Kleingeld in der Trinkgelddose eingerechnet, sie an dem Abend satt zu bekommen.«

Huff lachte, aber er ließ sich von Becks Bemerkungen nicht beirren. »Ich habe mein ganzes Leben nur auf ein Ziel hingearbeitet, Beck«, erklärte er ernst. »Du glaubst vielleicht, es wäre das Geld gewesen. Nein. Ich habe gern Geld, aber nur weil es mir Macht erkauft. Macht bedeutet mir mehr als jeder materielle Besitz, den ich mit Geld kaufen kann. Respekt? Scheiß drauf. Es ist mir schnurzegal, was die Menschen von mir halten. Es ist nicht mein Problem, ob sie mich mögen oder nicht.«

Den Finger hoch erhoben, fuhr er fort: »Ich habe immer für ein einziges Ziel und nur für dieses Ziel gelebt – dass mich mein Name einmal überlebt. Das ist alles. Überrascht dich das?« Er wedelte mit der Hand, als wollte er einen üblen Gestank vertreiben. »Vergiss das Geld und all den schicken Firlefanz, die Ehrenplaketten für gute Taten und diesen Quatsch mit dem gesellschaftlichen Ansehen. Das interessiert mich nicht. Nein, Sir.

Ich wende meine Zeit und Kraft nur dafür auf, dass der Name Huff Hoyle weiterlebt und lange in aller Munde bleibt, nachdem ich tot und begraben bin. Und dafür brauche ich Enkelkinder, Beck. Bis jetzt habe ich kein einziges, und ich bin entschlossen, das zu ändern.«

Beck wurde ganz ernst. »Da wirst du dich auf Chris verlassen müssen.«

Huff verzog ärgerlich das Gesicht und tastete nach den Zigaretten in seiner Hemdtasche, ehe ihm einfiel, dass sie in diesem Raum verboten waren. »Chris wird nicht so schnell Vater werden.« Dann erzählte er Beck von Mary Beths Sterilisation.

»Das wusste ich nicht. Chris hat mir nichts davon gesagt.«

»Nun, das ist der traurige Stand der Dinge in diesem Lager. Siehst du das Problem? Chris muss sich auf Biegen oder Brechen scheiden lassen. Aber selbst wenn Mary Beth morgen in die Scheidung einwilligte, ist es nicht so, dass hinter den Kulissen schon die nächste Braut warten würde. Du dagegen«, sagte

er und senkte seinen Blick auf Beck. »Wenn du dich richtig ran-
halten würdest, könnte ich in zehn Monaten einen Enkelsohn
haben.«

Beck schüttelte ungläubig den Kopf. »Diese Unterhaltung
wird von Sekunde zu Sekunde bizarrer. Erst soll ich für dich eine
Frau heiraten, die kaum meinen Anblick erträgt, und nun soll
ich ihr auch noch ein Kind machen?

Ich persönlich bin platt über deine Anwandlungen. Aber
kannst du dir auch nur ausmalen, wie Sayre auf deine Pläne reagieren würde? Sie würde sich entweder ausschütten vor Lachen
oder das ganze Haus zusammenschreien. Jedenfalls müsstest du
sie mit einem Stuhl, einer Peitsche und einer Pistole in Schach
halten, wenn du das Thema auch nur ansprichst. Können wir es
damit begraben? Es steht nicht zur Debatte.«

Huff ließ sich nicht aus der Ruhe bringen. »Gut, es gibt ein
paar Hindernisse, aber ich könnte jedes einzelne aus dem Weg
räumen.«

»Bestimmt nicht jedes, Huff.«

»Nenn mir eins.«

»Mandantenverrat. Ich bin Chris' Anwalt.«

Huff zog die Stirn in Falten. »Und? Was hat das damit zu
tun?«

»Und … Sayre glaubt, dass Deputy Wayne die richtige Spur
verfolgt.«

Er beobachtete, wie sich Huffs Gesicht ganz allmählich zu einer Maske des Zorns verzerrte. »Sie glaubt, dass Chris Danny
umgebracht hat? Wie könnte er? Warum sollte er? Wegen Iverson?«

»Dessen Geist geht auch noch um, stimmt.«

»Und?«

Beck senkte den Blick auf seine gefalteten Hände. »Außerdem
hat sie Sonnie Hallser erwähnt.« Huffs Reaktion ließ so lange auf
sich warten, dass Beck zuletzt den Kopf hob und zu Huff hinüber-
sah. »Sie sagte, das Morden sei in eurer Familie vererblich.«

Huffs Gesicht leuchtete so rot, dass Beck Angst hatte, er

könnte gleich den nächsten Herzanfall bekommen. »Soll ich dir ein Glas Wasser holen?«

Huff ignorierte sein Angebot. »Die Sache mit Hallser ist ewig lang her.«

»Offenbar nicht lang genug. Sayre kann sich noch lebhaft daran erinnern.«

»Erinnert sie sich auch daran, dass ich nie vor Gericht gestellt wurde?«

»Allerdings. Aber sie fragt sich, ob du damals vielleicht…« Unfähig, den Satz zu beenden, schüttelte er den Kopf. »Ich kann es gar nicht wiederholen.«

»Sie fragt sich, ob ich die Werkshalle erst verlassen habe, *nachdem* Hallser in diese Sandgrube stieg und in die Maschine gezogen wurde? Ob ich ihn vielleicht sogar hineingestoßen habe und ihn anschließend verbluten ließ?«

Beck sah ihn nur an, ohne seine Worte zu kommentieren. Genau diese Beschuldigungen hatte man damals gegen Huff erhoben. Sie waren nie bewiesen oder auch nur vor Gericht vorgetragen worden. Die Ermittlungen waren im Sande verlaufen.

»Sayre hat immer nur das Schlimmste von mir angenommen«, sagte Huff. »Wo ich doch nur dafür gesorgt habe, dass meine Familie von allem das Beste bekam.« Er erhob sich von seiner Chaiselongue und begann wieder zu patrouillieren. »Als ich noch ein kleiner Winzling mit Mississippischlamm zwischen den Zehen war, habe ich mir geschworen, dass ich nie auf mir rumtrampeln lassen und vor niemandem den Kopf einziehen würde. Das habe ich nicht und das werde ich auch nicht, verflucht noch mal. Falls irgendwer meine Methoden infrage stellt, ist das sein Problem, und das trifft auch auf Miss Sayre Hoyle zu!«

»Ich wollte dich nicht aufregen, Huff. Aber du hast gefragt.«

Huff tat die Entschuldigung mit einer Handbewegung ab. »Soll sie doch denken, was sie will. Mir ist vollkommen schleierhaft, warum sie eine Geschichte aufwärmen möchte, die sich zugetragen hat, als sie noch ein kleiner Knopf war. Ich nehme an, ihr sind die Gründe, mich zu hassen, ausgegangen, und sie musste am Grunde des Fasses rumkratzen, um was Neues zu finden. Wer weiß schon, was sie wirklich umtreibt? Außerdem muss sie mich nicht mögen, um dich zu heiraten.«

Dann blieb er abrupt stehen, sah Beck listig an und lachte tief und leise. »Du hast mich reingelegt, oder? Du dachtest, ich bringe den Alten auf hundertachtzig und lenke ihn ab. Was macht dir wirklich zu schaffen? Doch nicht, dass Sayre schon zweimal verheiratet war?«

»Ich bin nicht in der Position, über sie zu urteilen.«

»Sie war jung«, bemerkte Huff, als hätte Beck nichts gesagt. »Ungestüm und impulsiv und halsstarrig. Ihre Wahl war unüberlegt.«

»Das stimmt nicht ganz, oder, Huff? Hattest nicht *du* die Ehemänner für sie ausgewählt?«

Seine Augen wurden schmal. »Hat sie dir das erzählt?«

»Nein, das war Chris.«

Huff schob eine imaginäre Zigarette vom einen Mundwinkel zum anderen, wie so oft, wenn er nicht wirklich rauchte. »Das Mädchen war nicht mehr zu bändigen. Ihr Leben lag in Scherben, und sie schien darauf versessen, alles nur noch schlimmer zu machen. Ich war allein und hielt es für meine Pflicht, einzuschreiten, damit es nicht zur Katastrophe kam. Zugegeben, es mag ein bisschen drastisch wirken, dass ich ihr damals ein Ultimatum stellte, so bald wie möglich zu heiraten, aber die Situation erforderte, dass ich hart blieb.

Ich sag dir eines, Beck, du denkst vielleicht, die arme Sayre, aber das ist verkehrt. Sie hat ihren beiden Männern das Leben zur Hölle gemacht. Gut, sie haben es nicht anders verdient. Sie wollten das Mädchen schließlich haben. Der zweite nicht weniger als der erste, obwohl er wusste, dass ihre erste Ehe den Bach runter war, bevor die Tinte auf dem Ehevertrag getrocknet war. Aber die beiden gingen gern für sie durch die Hölle. Sie war eine Schönheit, sie war wie Feuer. Wild und … na, du weißt schon.«

O ja, er wusste es. Sie war all das und noch viel mehr. Seine Hände hatten es gespürt. Seine Lippen hatten es geschmeckt.

Aber darüber wollte er lieber nicht nachdenken. »Warum hast du darauf bestanden, dass sie wieder heiratet, nachdem die erste Ehe geschieden wurde?«

»Sie war noch nicht wieder in der Spur.«

»Heißt das, sie war immer noch in Clark Daly verliebt?«

Huffs Augenbrauen sackten noch tiefer. »Das weißt du auch schon?«

»Nicht alles. Nur zum Teil.«

»Es war doch richtig von mir, dieser kleinen Romanze ein Ende zu machen, oder? Sieh dir an, was aus ihm geworden ist. Glaubst du, Sayre wäre mit ihm glücklich geworden? Er ist der Stadtsäufer. Lebt von der Hand in den Mund. Ein Versager. Und jetzt sag mir, dass es falsch von mir war, der Affäre einen Riegel vorzuschieben.«

Beck verkniff sich jeden Kommentar. Offenbar war das Thema für Sayre wie für Huff ein wunder Punkt.

Huff sah Beck abschätzend an. »Ich wette, du hast es dir schon vorgestellt.«

»Was denn?«

»Wie sie im Bett ist.«

»Meine Güte, Huff.« Er sprang auf. »Ich werde mir das nicht länger anhören.«

Er drehte sich zur Tür um und wäre um ein Haar mit Chris zusammengestoßen, der gerade hereingeschlendert kam. »Was wirst du dir nicht länger anhören?«

»Ich versuche Beck zu überreden, dass er Sayre heiratet«, erklärte Huff.

Chris sah Beck an, und aus seinen Augen leuchtete die Freude über das Geheimnis des unterbrochenen Intermezzos, das er mit seinem Freund teilte. »Muss ich schon meinen Tuxedo aufbügeln?«

»Ich habe Huff erklärt, dass er Hirngespinste sieht. Und du lebst offenbar auch in einer Traumwelt.«

Sein Tonfall war so barsch, dass Chris einen Schritt zurücktrat. »Was regst du dich so auf?«

»Was zum Teufel hattest du in der Angelhütte verloren?«

»Was?«, entfuhr es Huff.

»Red hat mich deshalb vorhin angerufen«, erklärte Beck. »Er wollte uns vorwarnen. Offenbar ist Wayne Scott kurz zuvor ins Sheriffsbüro zurückgekommen und macht sich in die Hosen vor Begeisterung, weil er Chris in unserer Angelhütte erwischt hat.«

»Und wenn schon? Ich mache mir was zu trinken.«

Noch bevor er sich umdrehen konnte, hatte ihn Beck am Arm gepackt. Chris schüttelte die Hand verärgert ab, aber er blieb stehen. Beck fragte: »Was hattest du da draußen zu suchen?«

»Es ist meine Angelhütte.«

»In der ein Verbrechen stattgefunden hat. Weißt du, wie du jetzt aussiehst?«

»Nein. Wie denn?«

»Schuldig.«

Die beiden standen einander gegenüber, einer so wütend wie der andere. Chris knickte zuerst ein. »Kein Grund, dass Scott oder dir deshalb einer abgeht. Ich habe Lila heute Nachmittag zu einem Picknick ausgeführt, in der irrigen Annahme, sie würde das romantisch finden. Ich wollte sie ein bisschen einseifen, falls ich ihr Alibi für Sonntagnachmittag brauchen sollte. Ich dachte, wenn ich labil und emotional angeknackst wirke, würde ich damit ihren Mutterinstinkt wecken.«

»Und wie ist es gelaufen?«

»Es hat sich rausgestellt, dass Lila keinen Mutterinstinkt besitzt«, erwiderte er trocken. »Aber ich bearbeite sie weiter.«

Beck stellte diese ausweichende Antwort nicht zufrieden, aber er ließ die Sache einstweilen auf sich beruhen. »Du hast uns noch nicht erklärt, was du da draußen zu suchen hattest.«

»Ich kam auf dem Rückweg dort vorbei. Als ich die Abzweigung sah, bin ich spontan eingebogen. Ich war nicht mehr da draußen, seit … es passiert ist, und ich wollte mir die Hütte mit eigenen Augen ansehen.

Ich ging rein und sah mich um. Sie ist zwar sauber gemacht

301

worden, aber man kann immer noch die Blutflecken erkennen. Mehr als ein paar Minuten war ich nicht drin. Als ich wieder rauskam, stand Scott vor mir, an seinen Streifenwagen gelehnt und mit diesem dämlichen Grinsen im Gesicht.«

»Was hat er zu dir gesagt?«

»Irgendwas Schlaues, dass der Täter immer zum Ort des Verbrechens zurückkehren würde. Worauf ich ihm gesagt habe, wo er mich lecken kann. Er fragte mich, was ich da drin gesucht hätte und ob ich irgendwas mitgenommen hätte.«

»Und was hast du geantwortet?«

»Nichts. Du hast doch gesagt, ich soll keine Fragen beantworten, wenn du nicht dabei bist.«

»Und was passierte dann?«

»Dann bin ich ins Auto gestiegen und habe ihn stehen lassen.«

»Chris, *hast* du etwas aus der Hütte mitgenommen?«

Es schien, als würde er Beck ebenfalls am liebsten erklären, wo er ihn lecken könnte. Aber er antwortete stattdessen mit einem knappen Nein und sagte dann: »Ich habe nichts angerührt außer dem Türknauf, um reinzukommen.«

Beck war nicht sicher, ob er das glaubte, aber er stellte keine weiteren Fragen. Natürlich war es hilfreich, wenn Chris ihm gegenüber ganz aufrichtig war, aber Chris war nicht dazu verpflichtet. Außerdem wollte ein Anwalt nicht in jedem Fall wissen, ob sein Mandant schuldig oder unschuldig war.

»Hoffen wir einfach, dass du damit keinen Schaden angerichtet hast«, sagte er zuversichtlicher, als er sich fühlte. »Ich wünschte nur, du hättest mit mir gesprochen, ehe du da rausgefahren bist.«

»Du bist mein Anwalt und nicht mein Kindermädchen.«

Mit dieser giftigen Bemerkung verließ Chris den Raum. Gleich darauf kehrte er mit einem Whiskyglas in der Hand zurück. Nachdem er sich auf einer kleinen Polsterbank niedergelassen hatte, sah er sich im Wintergarten um, als hätte er den Raum noch nie gesehen. »Warum sind wir hier drin?«

»Ich war den ganzen Tag drüben im Fernsehzimmer und

brauchte Luftveränderung«, sagte Huff. »Und Beck hat mich hier aufgetrieben, als er vorbeikam, um ein paar Sachen zu besprechen.«

»Wie zum Beispiel… abgesehen von deiner bevorstehenden Hochzeit mit Sayre? Was ich, nebenbei gesagt, für eine lächerliche Idee halte.«

»Ich ebenfalls«, bekräftigte Beck. »Und damit Ende der Diskussion.« Er sah Huff streng an und wandte sich dann an Chris. »Ich bin vorbeigekommen, um Huff in verschiedenen Dingen auf den neuesten Stand zu bringen.« Er ratterte die Themen herunter, als wären es Unterpunkte auf einem offiziellen Memo.

»Das sind keine Kleinigkeiten«, sagte Chris. »Und ihr habt mit eurer Konferenz nicht auf mich warten können? Wird das jetzt zur Gewohnheit, mich außen vor zu lassen?«

»Das war so nicht beabsichtigt, Chris. Huff hat mich gefragt und…«

»Er hat geantwortet«, fiel ihm Huff ins Wort. »Die Einzelheiten kann er dir später erzählen. Im Moment haben wir etwas anderes zu besprechen. Es ist dringend und es betrifft Sayre.«

»Ich habe dir gerade erklärt, dass dieses Thema für mich abgeschlossen ist.«

»Darum geht es nicht, Beck. Sondern um etwas anderes.«

Chris nahm genüsslich einen Schluck Whisky. »Ich kann es kaum erwarten. Was führt meine süße, kleine Schwester jetzt im Schilde?«

22

Es war Samstagabend, und Slap Watkins hatte keinen Platz zum Pennen.

Seit zehn Uhr früh hatte er sich in einer billigen Bar volllaufen lassen. Die Absteige lag so tief im Sumpf, dass man sie kennen musste, sonst war sie nicht zu finden. Die Anonymität war beabsichtigt. Die Gäste nannten sich so gut wie nie bei den Namen, die auf ihren Geburtsurkunden standen, und sie reagierten allergisch auf neugierige Fragen.

Er hatte lange Pool gespielt und einen Haufen Geld dabei verloren. Anschließend hatte eine Frau mit Zahnlücke und Nasenring seine Einladung auf einen Drink ausgeschlagen. Sie hatte nur auf seine Ohren gesehen und dann laut gelacht. »So durstig kann ich gar nicht sein.«

Auf diese Abfuhr hin hatte er stolpernd seinen Abgang aus dem Lokal gemacht, nicht ohne sich zu fragen, wieso er sich so beleidigen lassen musste. Slap war noch nie ein fröhlicher Zecher gewesen. Im Gegenteil, der Alkohol trübte sein Gemüt. Je betrunkener er war, desto mehr wuchs sein Groll. Und heute Abend war er total besoffen.

Endgültig angepisst war er, als er zu dem Haus seines Kumpels zurückkehrte, bei dem er zurzeit wohnte. »Sie haben nach dir gesucht, Mann.« Der Typ – der Name wollte Slap gerade nicht einfallen – blockierte die Tür mit seinem hageren Leib und quatschte ihn durch die rostige Fliegentür hindurch an, was Slap unangenehm an die raren Besuche seiner Freunde im Knast erinnerte.

»Und wer?«

»Zwei Deputys aus dem Sheriffsbüro. Gegen vier heute Nachmittag. Meine Alte ist ausgeflippt.«

Logisch. Sie hatte im Bad eine Drogenküche eingerichtet. »Haben sie gesagt, warum sie mich suchen?«

»Ne. Aber als sie wieder in ihren Streifenwagen gestiegen sind, hat der eine irgendwas von wegen Hoyle gesagt. Jedenfalls sagt meine Alte, dass du nicht mehr hier pennen kannst, Slap. Tut mir echt leid, Mann, aber fuck…« Er zog die knochigen Schultern hoch. »Du weißt, wie das ist.«

Toll. Jetzt hatte er keinen Platz zum Schlafen mehr, und – das war der Hammer – der Sheriff suchte nach ihm. Diese Schweine konnten ihn einfach nicht in Frieden lassen, was? Die Geschichte seines Lebens.

Zum ersten Mal mit körperlicher Gewalt in Kontakt gekommen war er durch seinen Vater, der ihn regelmäßig verprügelt hatte, und seine weitere Ausbildung hatte eine Schar von Geschwistern übernommen, die immerzu über seine Ohren hergezogen waren. Sie hatten ihn gnadenlos verarscht. Er hatte gelernt, sich genauso gnadenlos zu verteidigen. Schließlich entstammte er einer Sippe von hitzköpfigen, aufbrausenden Querköpfen, die beim geringsten Anlass zu den Waffen griffen, selbst wenn das nur die eigenen Fäuste, Klauen oder Zähne waren.

Diese gewalttätigen Neigungen köchelten jetzt in ihm, während er auf seinem Motorrad über die Nebenstraßen brauste. Alles, was er besaß, befand sich hinter seinem Sattel in einer aufgerollten Decke. Er versuchte, klar und ruhig zu denken, aber sein Gehirn war in Fusel eingelegt, weshalb ihm das Nachdenken ziemlich schwerfiel, und das war einigermaßen blöd, weil er ein paar schwerwiegende Entscheidungen fällen musste.

Zu allererst, wo sollte er hin? Zu seinen Leuten? Die lebten über ganz Südlouisiana verstreut, und er konnte keinen von ihnen besonders leiden. Sein Onkel erinnerte ihn an seinen toten Daddy, und diesen miesen Drecksack hatte Slap aus tiefstem Herzen gehasst. Außerdem hatten die meisten von seinen Verwandten greinende Gören, die ihm auf die Nerven gingen.

Vor ein paar Wochen hatte ihm ein Cousin erlaubt, auf seinem Wohnzimmersofa zu schlafen. Aber schon nach der ersten Nacht hatte er behauptet, Slap hätte unkeusche Gedanken an seine Frau. Slap hatte nur gelacht und ihm versichert, die Alte sei so kotzhässlich, dass höchstens ein Blinder unkeusche Gedanken haben könnte.

Ehrlich gesagt war sie gar nicht *so* hässlich, und er hatte nicht nur unkeusche Gedanken gehabt, sondern sie auch in die Tat umgesetzt, nachdem sie ihn praktisch auf Knien angefleht und gedrängt hatte, schnell zu machen, bevor ihr Alter heimkam, den sie in den Laden geschickt hatte, damit er ein Sixpack Bier und ein Glas Mayonnaise kaufte.

Die Beschuldigung hatte die Sache ohnehin beendet. Er war

ausgezogen und hatte sich bei seinen alten Freunden eingenistet.

Es gab einen Haufen davon, und sie waren in der ganzen Gegend verstreut. Aber jetzt war er bei einem seiner Kumpel rausgeflogen, weil ihn das Gesetz suchte. So was sprach sich rum. Man würde ihn meiden wie die Pest. Keiner seiner Freunde würde noch zulassen, dass er unter seinem Dach sein Lager aufschlüge.

Und wieso hatten die zwei Deputys überhaupt nach ihm gefragt?

O Mann.

Er wollte nicht gleich das Schlimmste annehmen, aber er war auch nicht blöd. Sie hatten was von einem Hoyle geredet, und Slap hätte sein linkes Ei darauf verwettet, dass sie den meinten, der gerade erst gestorben war.

Danach hatte er das Gefühl, dass ihn ein sub... sub... ein unterschwelliger Impuls geleitet haben musste. Wie hießen diese Gedanken noch, die tief im Gehirn rumsausten und dich Sachen machen ließen, bevor du irgendwas begriffen hattest? Er glaubte nicht, dass er mit einem festen Ziel vor Augen losgefahren war, aber plötzlich fand er sich auf der hübschen Landstraße wieder, an der die Hoyles wohnten.

O ja, da stand sie, ihre Villa, unter uralten Eichen hockend und so perfekt, dass sie schon künstlich aussah, fast wie eine Filmkulisse. Die Sonne versank gerade hinter dem Haus und legte einen goldenen Schein darum. Das Gebäude war so groß, dass man einen ganzen Zellenblock darin hätte unterbringen können. Eines musste man ihrem Haus lassen, es war sauberer und hübscher als ihre Gießerei. Er fuhr an dem Grundstück vorbei, an einem weißen Zaun entlang, der völlig harmlos aussah, aber Slap traute den Hoyles zu, dass sie ihn unter Strom gesetzt hatten.

Diese Hurensöhne. Hielten sich für Könige. Jedenfalls lebten sie wie welche, oder etwa nicht?

Als er zum zweiten Mal an dem Haus vorbeifuhr, sah er Chris

Hoyle im Dauerlauf die Vordertreppe herunterkommen und in seinen silbernen Porsche klettern. Slap drückte aufs Gas, damit er nicht dabei gesehen wurde, wie er das Haus auskundschaftete. Zum Glück bog Chris, als er aus der Einfahrt kam, in die andere Richtung. Slap wendete auf der Straße und folgte ihm in sicherem Abstand.

Schon nach einem kurzen Stück bog Hoyle wieder von der Straße ab und fuhr durch ein offenes Gatter. Das Haus am Ende der Auffahrt war viel kleiner als das der Hoyles, aber es war verflucht noch mal weit besser als alles, worin Slap je gelebt hatte.

Beck Merchant, der Laufbursche und Fußabtreter der Hoyles, kam aus der Haustür und stieg in den Porsche. Wieder gab Slap Gas und raste an Merchants Haus vorbei, damit ihn niemand sah. Er grinste in die heiße Luft, die sein Gesicht peitschte. Er wusste nicht, welche Pläne die beiden für ihren Samstagabend hatten, aber er würde sie auf jeden Fall durchkreuzen.

Eigentlich hatte Beck nicht mit Chris ausgehen wollen.

Er hatte sich einen faulen Samstag zu Hause gegönnt. Erst hatte er seinen Wagen gewaschen, danach Frito gebadet und anschließend gebürstet. All das konnte er erledigen, während er die Probleme aufzudröseln versuchte, die ihn nicht loslassen wollten.

Als Chris ihn am Spätnachmittag angerufen hatte, um mit ihm etwas zu unternehmen, hatte er erst ausgeschlagen. Aber Chris hatte nicht lockergelassen. »Wir waren nicht mehr zusammen aus, seit Danny gestorben ist. Wir waren sogar richtig sauer aufeinander, weil es an allen Ecken und Enden brennt. Komm, wir gehen aus und vergessen für ein paar Stunden alle Sorgen.«

»Wohin fahren wir?«, fragte Beck jetzt. Chris fuhr aus der Stadt weg.

»Ich dachte ans Razorback.«

»Ich will nicht ins Razorback. Zu verqualmt, zu laut, zu voll.«

Chris warf ihm einen prüfenden Seitenblick zu. »Du wirst alt, Beck.«

»Ich bin heute Abend einfach nicht in Stimmung.«

»Weil du an meine Schwester denkst?«

Chris wollte ihn aufziehen, aber Beck antwortete ganz ernst. »Ehrlich gesagt denke ich wirklich an sie. Was hat sie vor?«

»Ich habe keine Ahnung.«

Das hatte Chris schon am Tag zuvor geantwortet, als Huff ihnen erzählt hatte, dass Sayre die Geschworenen von Chris' Verhandlung abgeklappert hatte. »Sie redet mit jedem, der mit ihr reden will.«

Als Beck gefragt hatte, warum sie das tat, hatten Huff und Chris auf Unwissenheit plädiert. Sie hatten achselzuckend so getan, als hätten sie keine Ahnung von Sayres Aktivitäten und nicht die leiseste Vermutung, was sie ausgelöst hatte. Aber ihre besorgte Reaktion passte nicht zu ihrer Behauptung, von nichts zu wissen. Es hatte Huff gar nicht gefallen, dass Sayre mit diesen Geschworenen geredet hatte. Und Chris genauso wenig. Das machte Beck schwer zu schaffen.

Chris riss ihn aus seinen Gedanken. »Was ist das?«

»Was denn?« Beck verrenkte den Kopf, um nachzusehen, weshalb Chris so angestrengt in den Rückspiegel blickte. Ein Motorrad fuhr hinter ihnen auf der Straße und schloss dröhnend auf.

»Ist der Typ nicht an meinem Haus vorbeigefahren, als ich gerade einsteigen wollte?«, fragte Beck rhetorisch. Und dann: »Ach du Scheiße. Das ist …«

»Unser alter Freund Slap Watkins. Ich dachte, den hätte Red sich vorgeknöpft.«

»Offensichtlich hat er ihn noch nicht gefunden.« Beck griff nach dem Handy an seinem Gürtel, um den Sheriff anzurufen. »Du kannst ihn in dem Ding bestimmt abhängen, aber versuch so zu fahren, dass er uns sieht. Ich gebe Red unsere Fahrtrichtung durch. Vielleicht können wir Watkins beschäftigt halten, bis Red herkommt.«

Kaum hatte er das gesagt, da krachte das Motorrad gegen das Heck des Porsche.

Chris fluchte inbrünstig. Er drückte aufs Gas und brüllte dann: »Halt dich fest!« Im nächsten Moment legte er eine Vollbremsung hin. Beck hatte keine Zeit gehabt, sich abzustützen, bevor der einrastende Sicherheitsgurt in seine Brust schnitt.

Watkins riss das Vorderrad scharf nach links und konnte dadurch im letzten Moment einen Totalzusammenstoß vermeiden, bei dem wahrscheinlich das Motorrad über den Porsche gesegelt wäre und Chris und Beck geköpft hätte. So rammte das Motorrad die Stoßstange links hinten und schlitterte dann seitlich quer über die Straße, und zwar direkt auf Slaps linkem Bein. Slap zerrte es darunter hervor, hievte sich hoch und kam hüpfend und humpelnd angelaufen, wobei er faustschüttelnd obszöne Beleidigungen brüllte.

Beck war das Handy aus der Hand geflogen, als Chris in die Bremsen gestiegen war. Er schnallte sich hastig ab und begann im Fußraum danach zu suchen.

»Ruf Red an. Ich kümmere mich um Slap.« Ehe Beck ihm abraten konnte, war Chris ausgestiegen und direkt zum Angriff übergegangen.

»Wie es scheint, willst du wirklich dringend mit mir reden, Slap.«

»Du weißt genau, was ich will.«

»Noch mehr tote Hoyles, nehme ich an.«

Slap sah kurz zu Beck hin, der sein Handy gefunden und aufgehoben hatte. »Lass das fallen, Merchant!«

»Erst wenn du dich beruhigt hast.«

Plötzlich nervös und unentschlossen, fuhr sich Slap mit der Zunge über die Lippen und sah wieder auf Chris, der ihn anfauchte: »Das Blut meines Bruders hat dir wohl nicht genügt, wie?«

»Sucht mich der Sheriff deswegen?«

»Es sei denn, du hättest noch jemanden umgebracht.«

Er humpelte einen Schritt auf Chris zu. »Du gottverfluchter ...«

Mehr bekam er nicht heraus, denn da hatte Chris schon den Kopf gesenkt und in Slaps Magen gerammt, dass er rückwärts flog. Slap reagierte mit den Reflexen eines eingefleischten Kämpfers. Beck drückte hastig die Notrufnummer auf seinem Telefon und warf es dann auf seinen Sitz, weil er wusste, dass der Notruf automatisch an ihren Standort zurückverfolgt würde.

Er schob sich aus der Beifahrertür, hatte aber nicht gemerkt, dass der Wagen direkt am Straßengraben zum Stehen gekommen war. So sprang er mit beiden Beinen aus dem Auto ins Leere und kam hart im Graben auf. Als er sich wieder gefangen hatte und aus dem Graben geklettert war, standen Chris und Slap in einer vor Spannung knisternden Szenerie zu beiden Seiten des Mittelstreifens einander gegenüber.

Chris presste den Arm an seine Seite. Blut rann zwischen seinen Fingern hindurch. Slap starrte auf das Messer in seiner Hand und blinzelte blöde, während das Blut von der Klinge auf den heißen Asphalt tröpfelte. Dann hob er den Kopf und glotzte Chris in verständnislosem Unglauben an. Zuletzt machte er auf dem Absatz kehrt und rannte zu seinem Motorrad zurück.

Chris taumelte ihm hinterher.

»Lass ihn.« Beck bekam Chris am Hemd zu fassen und hielt ihn zurück. »Sie werden ihn schon schnappen.« Chris' Knie knickten ein, und er sackte zu Boden.

Slap riss sein Motorrad hoch, schwang ein Bein darüber und brauste, sobald der Motor aufheulte, davon. Das Röhren hallte ohrenbetäubend durch die stille Nacht.

Beck half Chris auf und führte ihn zur Beifahrerseite des Porsche. »Pass auf, wohin du trittst. Wir sind direkt am Graben. Geht es?«

Chris nickte und murmelte dann: »Ja, ja, es geht mir gut.« Dann sah er auf seinen Arm und sagte: »Der Arsch hat mich aufgeschlitzt.«

»Ich habe schon die Polizei gerufen.« Beck griff nach seinem Handy und setzte Chris auf den Beifahrersitz. »Scheiße! Sie haben mich in die Warteschleife gestellt.«

»Es geht schon, Beck. Es ist nur eine Fleischwunde.«

Beck besah sich den Arm, den ihm Chris entgegenreckte. Vom Handgelenk bis zum Ellbogen zog sich ein langer Schnitt. Die Wunde schien nicht tief, aber inzwischen war es dunkel geworden, und es gab hier draußen keine Straßenlaternen. Vielleicht war die Verletzung schlimmer, als sie aussah. »Du weißt nicht, wo er mit diesem Messer überall rumgepokelt hat.«

»Fahr mich zu Doc Caroe. Der wird die Wunde desinfizieren.«

Chris wollte auf gar keinen Fall in die Notaufnahme gebracht werden. Schließlich gab sich Beck geschlagen und rief stattdessen Red Harper an. Der Sheriff war nicht zu sprechen, aber die Zentrale nahm alle Informationen auf. »Sagen Sie Red, dass wir jetzt zu Doc Caroe fahren.«

Als Beck seinen Anruf beendete, waren sie bereits bei dem adretten Ziegelhaus des Hausarztes angekommen. Er habe eigentlich einen ruhigen Fernsehabend geplant, erklärte ihnen Doc Caroe, als er im Pyjama die Tür öffnete. Wie all seine Sachen waren auch seine Schlafanzüge entschieden zu groß, sodass er aussah wie ein Gnom, als er sie durch den düsteren, schmalen Flur in einen Raum auf der Rückseite des Hauses führte, wo er ein Behandlungszimmer eingerichtet hatte.

»Hier hat mein Vater über fünfzig Jahre lang praktiziert«, eröffnete er Beck. »Und ich habe diesen Raum als Behandlungsraum für Notfälle behalten, sogar als ich die Praxis in der Lafayette Street eröffnete und das Haus renovierte.«

Er bestätigte Chris' Auffassung, dass die Messerwunde zwar hässlich aussah, aber nicht so tief war, dass sie genäht werden musste. Er reinigte sie mit einem Antiseptikum, das so brannte, dass Chris die Tränen in die Augen traten, und legte dann einen Gazeverband um den Unterarm. »Jetzt bekommen Sie den Arsch voll Antibiotika. Hosen runter.«

Chris ließ sich die Spritze setzen und fragte, während er die Hose wieder hochzog: »Sind alle einverstanden, dass Huff nichts davon erfahren sollte?«

»Warum nicht?«, fragte Caroe gedankenverloren, während er die Einwegspritze in den an der Wand montierten Behälter für medizinische Abfälle fallen ließ.

»Es könnte sein Herz in Mitleidenschaft ziehen, wenn er erfährt, dass sein einziger verbliebener Sohn mit dem Messer attackiert wurde.«

Caroe sah Chris sekundenlang verständnislos an und sagte dann: »Ach ja, richtig, richtig. Gut mitgedacht. Das ist noch zu früh nach seinem Herzinfarkt.«

»Red wird ihm sowieso alles erzählen«, wandte Beck ein. »Wenn wir es ihm nicht sagen, wird er toben, und sein Blutdruck wird erst recht hochschießen.«

»Wahrscheinlich hast du Recht«, sagte Chris. »Wir sollten ihn trotzdem wenigstens bis morgen hinhalten. Ich werde es beim Frühstück erzählen. Vielleicht sitzt Watkins bis dahin schon in Haft, und Huff braucht sich nicht unnötig aufzuregen.«

Gerade als sie losfahren wollten, traf Red Harper ein. »Wir haben einen Fahndungsbefehl für Watkins rausgegeben«, sagte er, als er aus seinem Wagen stieg und auf sie zukam. »Die Kollegen konzentrieren sich auf die Straßen rund um die Gegend, in der Sie ihn gesehen haben. Wie geht es dem Arm, Chris?«

»Der wird schon wieder. Hauptsache, Sie finden Slap, und zwar schnell.«

»Das Problem ist, dass er in jedem Parish in der Gegend Verwandte oder Freunde hat. Im Sumpf gibt es unzählige Versteckmöglichkeiten, und diese Leute verpfeifen einander nicht. Sobald man anfängt, Fragen zu stellen, beißen sie die Zähne so fest zusammen, dass man ihre Lippen nicht mal mehr mit einer Brechstange öffnen könnte.«

»Wissen Sie, wo er seit seiner Entlassung aus dem Gefängnis gewohnt hat?«, fragte Chris.

»Eigentlich sollte er bei den Verwandten seines Daddys wohnen. So sagt wenigstens sein Bewährungshelfer. Aber ich war heute bei seinem Onkel, und der erzählte mir, dass Slap schon vor Wochen ausgezogen sei. Soweit er wüsste, wäre er bei ein paar Freunden untergeschlüpft.« Er teilte ihnen mit, dass sie am Nachmittag mehrere mögliche Aufenthaltsorte überprüft hatten. »Jeder, mit dem wir sprachen, hat sich dumm gestellt, aber einer davon lügt. Heute Abend drehen wir noch eine Runde.«

»Seien Sie vorsichtig«, warnte Chris. »Er weiß, dass Sie nach ihm suchen.«

»Er hat also einen Tipp bekommen?«

Beck sagte: »Als Chris Danny erwähnte, fragte Slap sofort, ob Sie ihn deshalb suchen.«

»Am besten beantragen Sie gleich einen Haftbefehl«, schlug Chris vor. »Vielleicht stoßen Sie auf irgendwas, was ihn mit Danny in Verbindung bringt.«

Red machte diese optimistische Annahme sofort zunichte. »Ich würde mich nicht darauf verlassen, dass Slap sich mit irgendwas erwischen lässt, was ihn überführen würde. Er mag kein Einstein sein, aber so dumm ist er nicht.«

»Wahrscheinlich haben Sie Recht«, bestätigte Chris grimmig. »Aber so wahr ich hier stehe, hat er meinen Bruder ermordet.«

Red versprach, sie auf dem Laufenden zu halten, kehrte dann zu seinem Auto zurück und fuhr wieder ab. Chris wies Dr. Caroe an, ihm eine Rechnung zu schicken, und der Doktor antwortete, dass er sich darauf verlassen könne.

»Der Abend ist nicht ganz so verlaufen, wie ich geplant hatte«, bemerkte Chris, als sie wieder in seinem Auto saßen, das jetzt in einer eingebeulten Stoßstange und einer zerplatzten Heckleuchte endete. Beck saß am Steuer.

»Ich wusste, dass ich besser zu Hause geblieben wäre.«

»Na, vielen Dank für dein Mitgefühl«, konterte Chris mit gespielter Entrüstung. »Ich will mir gar nicht ausmalen, was hätte passieren können, wenn ich allein gewesen wäre. Aber andererseits hast du so lange mit deinem Handy rumgehampelt, dass er mich in aller Ruhe schlachten und filetieren konnte. Bis du endlich so weit warst, war schon alles vorbei.«

»Ich bin in den Graben gefallen«, gab Beck betreten zu.

»Wie bitte?«

»Du hast ganz richtig verstanden.«

»Ist es das, was hier so mieft? Brackwasser?«

»Ich stand bis zu den Knien drin.«

Lachend drückte Chris den verletzten Arm an seine Brust wie ein Neugeborenes. »Allmählich fängt er an zu schmerzen. Ich hätte den Doc um ein paar Schmerzpillen bitten sollen.«

»Es hört sich wirklich so an, als hätte Slap etwas mit Dannys Tod zu schaffen, oder?«

»Ich glaube nicht, dass er was *damit zu schaffen* hat, ich glaube, er hat Danny ermordet, um sich zu rächen.«

»Aber ...? Ach, vergiss es.«

»Nein, was aber?«

Beck zuckte kurz mit den Achseln. »Aber würde er uns und vor allem dir nicht aus dem Weg gehen wollen, wenn er Danny tatsächlich umgebracht hätte? Mir kommt es merkwürdig vor, dass er uns heute Nacht regelrecht verfolgt hat.«

Chris schüttelte den Kopf. »Du denkst wie ein vernünftiger, intelligenter Mensch, Beck. Watkins ist ein Halbidiot. Er kann es kaum erwarten, uns auf die Nase zu binden, dass er Danny umgebracht hat. Er will uns reizen. Er kann der Versuchung, sich über uns lustig zu machen, nicht widerstehen. Bis er ins Gefängnis kam, konnte ich an einer Hand abzählen, wie oft wir uns über den Weg gelaufen waren. Plötzlich treffen wir dauernd aufeinander. Hältst du das für Zufall?«

»Wahrscheinlich hast du Recht. Er hätte dich umbringen können, Chris.«

»Der Gedanke ist mir auch gekommen«, bestätigte er grimmig. »Aber erst, als alles vorbei war. Als ich begriff, was hätte passieren können, wurden mir die Knie weich.«

Beck bog in die Auffahrt der Hoyles.

»Ach du Scheiße«, stöhnte Chris. »Es hat nicht mal bis zum Frühstück gedauert.«

Im Haus brannte Licht in allen Zimmern. Huff stand auf der Veranda und erwartete sie, eine brennende Zigarette in der Hand.

Scheiße, da hatte er sich voll reingeritten.

Slap Watkins blieb auf den kleinen Nebenstraßen, die sich durch das sumpfige Gelände schlängelten und teilweise nur bessere Trampelpfade waren. Gewöhnlich endeten sie an einem schleimigen, schlangenverseuchten Schlammloch oder als Sackgasse im tiefsten Wald, wodurch er immer wieder gezwungen war, umzukehren und möglicherweise einem Rudel Uniformträger in die Arme zu laufen, die seine Witterung aufgenommen hatten. Und was die Witterung anging – er traute den Hoyles zu, dass sie eine Meute von Bluthunden auf ihn hetzten.

Er war kein Intelligenzbolzen, was seine Schulbildung betraf, aber er wusste zu kämpfen und war gut trainiert. Er wusste, wie man auf brutale Gewalt reagiert. Man musste sich wehren, und wenn man gewinnen wollte, musste einem jedes Mittel recht sein.

Mit seinem Angriff hatte Chris Hoyle ihn im ersten Moment überrumpelt. Aber dann hatte Slaps Selbstverteidigungsinstinkt eingesetzt. Die seit frühester Kindheit gelernten Lektionen hatten Wirkung gezeigt, schlagartig waren alle Bewährungsauflagen wie auch die drei Jahre Knast, die er vor seiner vorzeitigen Entlassung geschoben hatte, vergessen, und er hatte das Messer aus seinem Stiefel gezogen.

Jetzt hätte er sich dafür ohrfeigen können, dass er keinen klaren, kühlen Kopf behalten hatte, dass er zu viel getrunken hatte, dass er sich von diesem reichen, eingebildeten Sack hatte provozieren lassen. Noch immer waren ihm die Einzelheiten des Kampfes nur verschwommen im Gedächtnis. Er konnte sich nicht erinnern, mit dem Messer ausgeholt zu haben, aber offenbar hatte er es, sonst hätte Hoyle nicht so geblutet.

Ich schwöre bei Gott, sollte Slap später jedem erzählen, der ihm zuhörte, *ich wollte ihm nur ein bisschen Angst machen mit dem Messer. Ich wollte es bestimmt nicht benutzen.*

23

Am Montagnachmittag um fünf rief Sayre in Becks Büro an.

»Beck Merchant.«

»Sayre Lynch. Hast du heute Abend Zeit?«

»Soll das ein Date werden?«

»Da möchte jemand mit dir sprechen.«

»Und wer?«

»Calvin McGraw.«

»Mein Vorgänger? Worüber?«

»Ich erwarte dich um sechs in meinem Motel.«

Danach war die Leitung tot.

Um exakt sechs Uhr abends klopfte er an ihre Tür, die sie sofort öffnete. Die Handtasche hatte sie schon übergehängt. Den Zimmerschlüssel hielt sie in der Hand.

»Ich darf nicht reinkommen?«

Sie zog die Tür hinter sich ins Schloss. »Ich fahre.«

Sie hatte das Verdeck ihres gemieteten Cabrios heruntergeklappt. Der Wind zauste ihre Haare, als sie in Richtung Norden aus der Stadt fuhren, aber sie schien es gar nicht zu merken. Die Klimaanlage lief mit voller Kraft, ohne dass man im Wagen viel davon gespürt hätte. Das Auto hatte den ganzen Tag in der Sonne gestanden, und die Polster unter Becks Schenkeln und an seinem Rücken glühten wie Herdplatten.

»Wie ich gehört habe, hast du mit Chris einen aufregenden Samstagabend verbracht«, bemerkte sie.

»Wir haben versucht, die Sache für uns zu behalten, aber so was spricht sich rum.«

»Wie schlimm ist er verletzt?«

»Nicht so schlimm, wie es hätte kommen können.«

»Ich kann mir beim besten Willen nicht vorstellen, dass Chris mitten auf der Straße eine Rauferei anfängt, egal mit wem. Was hat er sich dabei gedacht?«

»Er denkt, dass Watkins Danny umgebracht hat.«

Ihr Kopf ruckte herum. »*Slap Watkins?* Reden wir über denselben Mann?«

»Deinen Möchtegernverehrer. Danny hatte ihn abblitzen lassen, als er sich um einen Job in der Gießerei bewarb.« Er fasste kurz für sie zusammen, weshalb Watkins als Verdächtiger galt.

»Und du hältst das für glaubhaft?«, fragte sie, als er fertig war.

»Glaubhaft, ja.«

»Und für wahrscheinlich?«

»Ich weiß es nicht, Sayre.« Er rutschte in seinem Sitz herum, weil ihn ihre Frage ebenso peinigte wie der glühend heiße Sitz. »Im Sheriffsbüro hielten sie es immerhin für so glaubhaft, dass sie Watkins verhören wollen.«

»Wenn du alle aufreihen würdest, die ein Hühnchen mit den Hoyles zu rupfen haben, würde die Schlange meilenweit reichen. Ich wüsste hundert Leute, die weitaus mehr Grund hätten, sie zu hassen. Was ist mit den vielen Angestellten, die im Lauf der Jahre gefeuert wurden? Mir kommt es so vor, als hätten sie Watkins' Namen unter Hunderten aus einem Hut gezogen.«

»Normalerweise wäre ich deiner Meinung, wenn diese Geschichte am Samstagabend nicht passiert wäre. Ich habe ihn an meinem Haus vorbeifahren sehen. Mir war nicht gleich klar, wer er war, ich sah nur einen Kerl auf einem Motorrad. Aber es war Watkins. Er ist Chris eindeutig zu meinem Haus gefolgt, und später versuchte er uns absichtlich von der Straße zu drängen.

Jetzt wird er ganz unabhängig davon, ob er etwas mit Dannys Tod zu tun hat, wegen Körperverletzung gesucht. Er hat ein langes, illustres Vorstrafenregister. Als Dannys Name fiel, wurde er sichtbar nervös. Du kannst es drehen und wenden, wie du willst, er ist ein gefährlicher Mann, und ich glaube nicht, dass er vor einem Mord zurückschrecken würde.«

Sayre wirkte noch nicht überzeugt. »Und mit seiner Vorstrafenliste eignet er sich hervorragend als Sündenbock, nicht wahr?«

»Er hat Chris mit dem Messer attackiert.«

»Hast du den Kampf gesehen?«

»Das meiste. Wenn ich nicht gerade im Graben herumgewatet bin.«

Er erzählte ihr von seinem Missgeschick, das sie aber gar nicht komisch zu finden schien. Stattdessen schob sie scharf überlegend die Lippen vor. »Wenn du vor Gericht im Zeugenstand stehen würdest, könntest du dann unter Eid aussagen, dass Watkins Chris absichtlich verwundet hat?«

»Was gibt es daran zu bezweifeln? Chris' Arm war blutig.«

Sie lenkte den Wagen auf den Seitenstreifen und hielt unter einer Schatten spendenden Magnolie an. Ohne den Motor auszuschalten, drehte sie sich zu ihm um. »Als wir beide Teenager waren – etwa in der Junior High School –, verbrachte ich den Nachmittag im Bad, um mich zu schminken. Obwohl es im Haus noch drei weitere Bäder gab, klopfte Chris ununterbrochen an die Tür und ärgerte mich, nur weil ihm langweilig war. Schließlich riss ich die Tür auf und beschimpfte ihn, endlich zu verschwinden und mich verflucht noch mal in Frieden zu lassen.

Er stürzte an mir vorbei ins Bad, und wir fingen an zu raufen, uns zu ohrfeigen und zu treten. Dann begann er urplötzlich wie am Spieß zu schreien und rannte aus dem Bad, um nach Huff zu suchen. Er behauptete, ich hätte ihn mit meinem Lockenstab angegriffen, und er hatte eine eklige Brandwunde am Arm, die seine Behauptung belegen sollte.«

Sie hielt inne, um ihm zu zeigen, dass sie am entscheidenden Punkt angelangt war. »Ich hatte den Lockenstab nicht mal in der Hand, als ich die Tür aufmachte, Beck. Er war eingesteckt, aber er lag auf der Ablage.«

»Du willst damit sagen, er hätte sich absichtlich selbst verbrannt?«

»Ja. Er hat sich selbst Schmerzen zugefügt, nur um mich in Schwierigkeiten zu bringen.«

»Du meinst also, Chris hat sich vielleicht vorsätzlich von Slap Watkins' Messer schneiden lassen.«

Sie sah ihn lange wortlos an und lenkte dann das Cabrio wieder auf die Straße. »Euer Zusammentreffen mit Slap war heute nicht das Einzige, worüber im Ort getratscht wurde.«

»Und wo hast du diesen ›Tratsch‹ gehört?«

»Im Schönheitssalon.«

Er tippte die Sonnenbrille nach unten und sah vielsagend auf ihr windzerzaustes Haar.

»Ich habe eine Pediküre machen lassen«, verteidigte sie sich.

Das gab ihm die Möglichkeit, sich zur Seite zu beugen und an ihrer elegant geschwungenen Wade entlang auf ihren rechten Fuß zu blicken, der das Gaspedal auf exakt siebzig Meilen pro Stunde hielt, seit sie die Stadt verlassen hatten. »Hm. Hübsch. Aber eigentlich ist das keine richtige Farbe. Nicht wie Rot oder Pink. Wie heißt so was?«

»Marilyn-Beige.«

»Wie Marilyn Monroe?«

»Ich nehme es an. Ich habe mir nie Gedanken darüber gemacht. Außerdem geht es hier nicht um die Farbe meiner Fußnägel, Beck. Sondern darum, dass man nirgendwo so viel Klatsch erfährt wie in einem Schönheitssalon. Die Damen dort wissen vielleicht nicht exakt, wo der Irak liegt, aber sie wissen haargenau, wer mit wem schläft, wessen Arm letzten Samstag aufgeschlitzt wurde und so weiter.«

»Hast du so die Geschworenen in Chris' Verhandlung ausfindig gemacht?«

Sie sah ihn kurz mit hochgezogener Braue an, ließ sich aber nicht aus der Spur bringen. »Das nicht«, erwiderte sie kühl. »Diese Informationen habe ich aus dem Gericht.« Nach kurzem Nachdenken ergänzte sie: »Ich hatte mich schon gefragt, ob Huff davon weiß.«

»Er weiß Bescheid. Hast du geglaubt, du könntest deine Treffen mit diesen Leuten geheim halten? Du fällst überall auf, Sayre. Selbst wenn du dich völlig neu im Wal-Mart einkleidest, siehst du für die Leute immer noch nach Großstadt aus. Die Tatsache, dass du nach zehnjähriger Abwesenheit wieder hier bist, sorgt überall für Gespräch. Aber dass du Huff in die Suppe zu spucken versuchst, schlägt noch höhere Wellen. Sie mögen dich zwar insgeheim bewundern, trotzdem will niemand mit Huff Hoyle über Kreuz geraten.«

»Mir war klar, dass es Huff und Chris erfahren mussten, dass ich mit den damaligen Geschworenen telefoniere. Genau wie du.« Sie sah kurz zu ihm herüber. »Aber das war mir egal.«

»Was hoffst du mit dieser Leichenfledderei herauszukriegen?«

»Einen Menschen mit Gewissen. Der zugeben würde, wenn er Bestechungsgelder angenommen hätte oder wüsste, dass andere es getan hätten.«

Sie erzählte ihm von einer Witwe namens Foster, die einen geistig behinderten Sohn von gut vierzig Jahren hatte. Sie beschrieb ihm die Begegnung mit einem Mann, der zu weinen begonnen hatte, als sie ihn nach seiner Geschworenenzeit fragte.

»Als ich nachhakte, verlangte seine Frau, dass ich gehen sollte. Später entdeckte ich, dass er nur einen Monat nach Chris' Verhandlung einen drohenden Bankrott abwenden konnte. So ein Zufall.« Sie bog vom Highway ab und fuhr durch ein beeindruckendes Eisentor. Von den Mauern links und rechts des Tores sprudelten künstliche Wasserfälle über Gipsfelsen, auf denen in schmiedeeisernen Buchstaben »Lakeside Manor« zu lesen war.

Der Seniorenstift lag an einem künstlichen See und war von einem smaragdgrünen Golfplatz mit achtzehn Löchern flankiert. Unter einer Gruppe ausladender, uralter Eichen gab es ein Clubhaus mit eigenem Swimmingpool, Fitnessraum, Restaurant, Bar und Entspannungsraum. Beck wusste das, weil alle Annehmlichkeiten auf einem diskreten grünen Schild mit weißer Schrift aufgeführt waren. Die Einzelgrundstücke waren nicht groß, aber die Häuser darauf waren elegant eingerichtet. Gepflasterte Fußwege mäanderten durch die makellos gepflegte Anlage.

Sayre parkte auf dem beschrifteten Besucherparkplatz vor dem Clubhaus, machte aber keine Anstalten auszusteigen. »Ich

320

hasse Anlagen wie die hier. Sie wirken so steril. Alle Menschen sehen gleich aus, und alle Tage auch. Dass den Menschen das nicht langweilig wird?«

»Wenigstens brauchen sie sich keine Gedanken wegen möglicher Streiks zu machen.«

Sie sah ihn an. »Dieser Klatsch hat also auch gestimmt.«

»Bedauerlicherweise.«

»Erzähl mir mehr.«

»Da ist dieser Mann namens Nielson.«

»Sein Name fiel auch im Salon. Und du hast ihn neulich erwähnt. Was macht er?«

»Ärger, und zwar in Unternehmen wie Hoyle Enterprises.«

»Offenbar hat sich Billy Pauliks Frau an ihn gewandt.«

»Und daraufhin«, bestätigte Beck, »hat er schweres Geschütz aufgefahren. Er hat Gewerkschafter angefordert, die vor unserem Werk demonstrieren und unsere Arbeiter zum Streik aufhetzen sollen.«

»Gut gemacht.«

»Es wird hässlich werden, Sayre.«

»Das ist es schon.«

»Es wird Verletzte geben. Nein, sprich es nicht aus«, kam er ihr schnell zuvor, als er sah, dass sie etwas einwenden wollte. »Ich weiß schon, dass man kaum schwerer verletzt werden kann, als es Billy ergangen ist, aber das war ein tragischer Unfall. Der möglicherweise hätte verhindert werden können, aber trotzdem versehentlich geschah. Ein Streik ist wie ein Krieg.«

»Hoffentlich verliert eure Seite.«

Er lachte wehmütig. »Es könnte sein, dass sich dein Wunsch erfüllt.« Er ließ den Kopf gegen die Nackenstütze sinken und blickte nach oben in das Laub des Baumes, unter dem sie parkten. »Aber der Zeitpunkt könnte nicht schlechter sein. Danny starb vor gerade mal einer Woche, und er wurde höchstwahrscheinlich ermordet. Red Harper hat alle Hände voll damit zu tun, einen auf Bewährung entlassenen Verbrecher zu fassen, der Geschmack am Blut der Hoyles gefunden hat. Und gleichzeitig würde ein Detective in seinem Büro immer noch sein ganzes Geld darauf verwetten, dass Chris der Täter ist.

Währenddessen karriolst du in deinem knallroten Cabrio auf und ab und rufst allen ins Gedächtnis, dass Chris nicht zum ersten Mal verdächtigt wird, jemanden umgebracht zu haben. Du jagst Huffs Blutdruck in die Stratosphäre. Du hältst bei einem Arbeitskampf zur Gegenseite. Und da ist immer noch diese andere Sache.«

»Welche?«

Er senkte den Kopf und drehte ihn ihr zu. »Dass ich es nur mit knapper Not schaffe, die Finger von dir zu lassen.« Er blickte an ihrem rechten Bein hinunter, wo der Rock übers Knie hochgerutscht war. »Ich weiß wirklich nicht, was schlimmer ist. Nicht in deiner Nähe zu sein und nur davon träumen zu können, dass ich dich berühre. Oder dir nahe zu sein, dich zu sehen und mich trotzdem beherrschen zu müssen.«

Er hob mühsam den Blick von dem entblößten Schenkel zu ihrem Gesicht, das er irrtümlich für einen ungefährlicheren Anblick gehalten hatte. Ihre aufgewühlte Miene belehrte ihn eines Besseren. »Mrs. Foster wurde mit einem Großbildfernseher bestochen, der ihren behinderten Sohn ›zufrieden‹ machte«, fuhr sie angestrengt fort. »Und dieser Mann verkaufte seine Seele, um endlich schuldenfrei zu sein.«

Beck setzte sich seufzend wieder auf. »Und du weißt das sicher? Du kannst das beweisen?«

»Nein.«

»Du weißt, dass diese beiden Individuen zu den sechs Geschworenen gehörten, die für einen Freispruch votierten?«

»Nein.«

Er sah sie tadelnd an. »Sagen wir, rein hypothetisch, dass die Witwe mit dem behinderten Sohn und der Mann, der knapp am Bankrott vorbeischlittern konnte, sich tatsächlich bestechen ließen und anschließend für Chris' Freispruch stimmten. Glaubst du, sie fühlen sich besser, seit du sie an ihre Verfehlung erinnert hast?«

Sie wandte den Blick ab und flüsterte ein lautloses Nein.

»Welchen erzieherischen Effekt hofftest du damit zu erzielen, dass du ihnen den Spiegel vorhältst?«

»Gar keinen«, fuhr sie ihn an. »Ich hab's schon kapiert.«

»Warum hast du diese Menschen dann behelligt? Was hast du damit bezweckt? Du bist doch eigentlich auf Huff und Chris sauer. Warum stellst du die beiden nicht direkt zur Rede?«

»Warum tust *du* es nicht?«, schoss sie zurück. »Oder willst du die Wahrheit über Chris' Verhandlung lieber nicht wissen? Du möchtest lieber nicht hören, dass Huff die Geschworenen bestochen hat, damit Chris ungestraft davonkam. Habe ich Recht?«

Nicht weniger laut als sie entgegnete er: »Falls Huff die Geschworenen tatsächlich bestochen haben sollte, dann vielleicht nur, um sicherzustellen, dass sein Sohn nicht für ein Verbrechen verurteilt wurde, das er *nicht* begangen hat. Dein Rachefeldzug…«

»Es ist kein Rachefeldzug.«

»Worauf bist du dann aus?«

»Integrität. Sie haben keine. Ich hatte gehofft, dass…«

»Was?«

Sie hielt inne, holte tief Luft und erklärte dann schroff: »Dass du welche besitzen könntest. Deshalb bin ich mit dir hierhergefahren.« Sie nickte zu einer Kette von Reihenhäusern am Seeufer hin. »Calvin McGraw lebt im dritten Haus von der Ecke aus. Er hat heute früh zugestimmt, mit mir zu reden. Ehrlich gesagt war ich überrascht, dass er bereit war, mich zu empfangen. Bis ich hierherkam. Sein Zustand hat mich tief erschüttert. Er ist schwer gealtert, seit ich ihn das letzte Mal gesehen hatte.«

»Zehn Jahre können ihren Tribut fordern.«

»Ich glaube, dass er vor allem in den letzten drei Jahren gealtert ist, seit er die Jury unter Druck setzte und dafür sorgte, dass Chris freigesprochen wurde. Seine Schuldgefühle haben ihn zugrunde gerichtet.«

»Das hat er zugegeben?«

»Ja, Beck, das hat er. Das war die letzte große Attacke, die er für Hoyle Enterprises geritten ist. Kurz nachdem Huff die Leitung des Unternehmens von meinem Großvater übernommen hatte, trat McGraw seine Stelle an. Er setzte sich genauso für Huff und die Firma ein, wie du es jetzt tust. Und seine letzte Aktion für Huff, ehe der ihn rauswarf, weil er jemanden gefunden hatte, der jünger war und ...«

»Skrupelloser?«

»Ich wollte ›gerissener‹ sagen.«

Er zog skeptisch die Stirn in Falten, bedeutete ihr aber weiterzusprechen.

»Nachdem die Jury gewählt war, pickte sich McGraw alle heraus, die angreifbar waren.«

»Wie zum Beispiel durch einen behinderten Sohn.«

»Ganz genau.« Sie sah zu den Tennisplätzen hinüber, wo sich zwei Pärchen ein uninspiriertes Match lieferten. »Sehr scharfsinnig von dir, mich zu fragen, ob ich mich gut fühlte, nachdem ich mit diesen Menschen sprach. Ganz ehrlich, ich fühlte mich beschissen. Vor allem nach meinem Besuch bei Mrs. Foster.

Ich kann ihr keinen Vorwurf machen, dass sie die Gelegenheit ergriff, ihr Leben zu verschönern, und sei es durch etwas so Banales wie einen Fernseher. In ihrer Situation hätte ich genauso gehandelt. Sie hat nicht selbstsüchtig gehandelt. Sie tat es aus Liebe zu ihrem Sohn.«

Als sie sich ihm wieder zuwandte, verwandelte sich ihr melancholisches Lächeln in eine Maske der Abscheu. »Calvin McGraw hingegen hat aus rein egoistischen Motiven die Drecksarbeit für Huff erledigt. Er handelte bestimmt nicht aus irgendwelchen edlen Beweggründen. Als er aus Huffs Diensten trat, war er bis an sein Lebensende saniert und reich genug, sich in ein protziges Seniorenstift wie das hier einzukaufen. Trotzdem verbringt der Mann seine letzten Tage nicht in Frieden. Er hat die Chance, sich die Last von seiner Seele zu reden, heute Morgen sofort ergriffen. Er hat alles zugegeben.«

Beck sah sie lange an, dann fasste er nach dem Türgriff. »Na schön, dann gehen wir und hören uns an, was Mr. McGraw zu sagen hat.«

Sie nahmen einen Fußweg entlang dem Teichufer. McGraws Haus hatte verspielte Gitter vor den Fenstern im ersten Stock, die den Balkons im French Quarter von New Orleans nachempfunden waren. Allerdings erbärmlich schlecht, erkannte Sayres kundiger Blick.

Sie drückte auf die Klingel und starrte in einen Spion. Die Tür wurde von derselben Schwester geöffnet wie am Morgen. Sie trug eine frisch gestärkte weiße Uniform und machte eine mürrische Miene. Am Morgen war sie noch überfreundlich gewesen. Sayre konnte sich nicht erklären, was den Stimmungsumschwung bewirkt hatte.

»Da bin ich wieder.«

»Sie haben mir heute Morgen nicht gesagt, wer Sie sind.« Die Begrüßung der Krankenschwester klang wie ein Vorwurf.

»Ich habe Ihnen doch gesagt, wie ich heiße.«

Sie grunzte missbilligend.

Sayre war sich bewusst, dass Beck alles mitbekam, und richtete sich zu voller Größe auf. »Wie ich Ihnen heute Morgen zum Abschied gesagt habe, habe ich jemanden mitgebracht, der mit Mr. McGraw sprechen möchte. Wäre das möglich?«

»Ja, Madam«, antwortete sie steif und trat beiseite, um sie einzulassen. »Er ist hinten im Sonnenraum, wo Sie ihn heute Morgen besucht haben.«

»Danke. Erwartet er uns?«

»Ich glaube ja.«

Trotz ihrer barschen Begrüßung bedankte sich Sayre bei ihr und winkte dann Beck, ihr zu folgen. Der Flur, den sie entlanggingen, war genauso mit Möbeln vollgepfercht wie alle anderen Räume, die sie durchquerten. Das Sonnenzimmer befand sich ganz hinten im Haus und blickte auf den Golfplatz.

Calvin McGraw saß im selben Stuhl wie bei ihrem vorangegangenen Besuch. Er saß mit Blick zur Tür. Sayre lächelte ihn an und begrüßte ihn. Nichts an seiner Miene verriet, dass er sie wiedererkannte. Das versetzte ihr einen nervösen Stich. »Ich habe Mr. Merchant mitgebracht. Passt es Ihnen jetzt?«

»Ich fürchte nicht, Sayre.« Chris, der in einem Rattanstuhl mit hoher, weit ausladender Lehne gesessen hatte und dadurch bis jetzt verborgen geblieben war, stand auf und drehte sich zu ihr um. »Beck hat mir erzählt, dass ihr rauskommen wolltet, und das hat mich daran erinnert, dass ich Calvin in letzter Zeit vernachlässigt habe. Ich bemühe mich, so oft wie möglich hier rauszufahren und nach ihm zu sehen. Leider ist heute keiner seiner guten Tage. Sein Verstand kommt und geht, musst du wissen. Ich habe gehört, das sei so bei Alzheimerkranken.«

Er trat zu dem alten Mann und legte fürsorglich die Hand auf seine Schulter. McGraw zuckte nicht, zeigte auch sonst keine Reaktion, sondern starrte weiterhin wie hypnotisiert ins Leere.

»An manchen Tagen kann er sich nicht mal an die Namen seiner Kinder erinnern. An anderen behauptet er, er hätte der achtundsiebzigjährigen Witwe von nebenan ein Kind gemacht. Letzte Woche haben sie ihn dabei erwischt, wie er nackt durch den See waten wollte. Er kann von Glück sagen, dass er nicht ertrunken ist. An anderen Tagen ist er wieder ganz normal und im Vollbesitz seiner geistigen Kräfte. Neulich hat er seine Pflegerin fünfmal hintereinander beim Damespiel geschlagen.«

Er drückte noch einmal die Schulter des alten Mannes. »Eine Tragödie, nicht wahr? Wenn man bedenkt, wie redegewandt er im Gericht war. Ein Verstand, scharf wie ein Rasiermesser.« Wehmütig schüttelte er den Kopf. »Jetzt spricht er manchmal tagelang kein Wort. An anderen Tagen quasselt er wie ein Wasserfall. Natürlich redet er dann viel verrücktes, unverständliches Zeug. Man kann nichts von dem, was er sagt, ernst nehmen.«

Ihr Atem kam in heißen Stößen. Das Blut war ihr in den Kopf geschossen. Sie hatte keine Angst, in Ohnmacht zu fallen, aber sie hatte das Gefühl, jeden Moment zu explodieren. Chris war ihr egal. Dass er sie hinterging, überraschte sie nicht. Aber dass Beck sie verraten hatte, schmerzte wie eine todbringende Wunde.

Er hatte ihr erst diese Falle gestellt und dann noch den Nerv gehabt, ihr etwas von Begierden und Tagträumen vorzusülzen. Am liebsten hätte sie ihm die Augen ausgekratzt, weil er es geschafft hatte, dass sie ihm, und sei es auch nur ein wenig, vertraute, dass er sie hatte glauben lassen, er wäre nicht ganz so verachtenswert wie die Männer, denen er Treue geschworen hatte.

Sie drehte sich zu ihm um und sagte: »Du Hurensohn«, was nur ein schwacher Begriff dafür war, was sie wirklich empfand.

Sie stürmte an ihm vorbei, aus dem geschmacklosen Pseudoheim hinaus, und rannte bis zu ihrem Auto. Als sie es erreicht hatte, rang sie nach Luft, teils wegen der Hitze, vor allem aber vor Zorn und Scham.

Erst als sie den Zündschlüssel ins Schloss rammte, sah sie, dass ihre Hand blutete. Sie hatte die Faust so fest geballt, dass der Schlüsselbart die Haut durchbohrt hatte.

24

Clark Daly ging um zehn nach zehn aus dem Haus. Das war eine halbe Stunde früher als nötig, nachdem das Werk nur fünf Minuten Fahrzeit von seinem Haus entfernt war und die Schicht um elf begann.

Aber die Atmosphäre daheim war so angespannt, dass er lieber gleich in die Gießerei ging. Luce saß ihm wegen Sayre im Nacken. Natürlich hatte sie schon vor ihrer Heirat gewusst, dass er und Sayre Hoyle früher ein Paar gewesen waren und es sich, obwohl sie damals noch in der High School waren, um eine durchaus ernste Beziehung gehandelt hatte. Keine Klatschbase, ob männlich oder weiblich, die auch nur halbwegs auf sich hielt, hätte Luce die interessanten Einzelheiten aus ihrer Romanze vorenthalten.

Luce hatte das Thema gleich bei einem ihrer ersten Dates angesprochen. Er hatte ihr ganz offen und ehrlich von Sayre erzählt. Es war immer noch besser, sie erfuhr die Geschichte von ihm als von irgendwelchen Lästermäulern in der Stadt, die sich an den Schicksalsschlägen anderer labten und sie nach Kräften ausschmückten.

Luce hatte ihm sogar das Geständnis abgerungen, dass er Sayre geliebt hatte. Aber er hatte auch klargestellt, dass die Beziehung beendet war, und Luce vor Augen gehalten, dass sie durchaus auch keine Jungfrau mehr war. Damit war das Thema beendet. Nachdem sie geheiratet hatten, gab es dringendere Probleme, über die sie streiten konnten.

Von ihm und Sayre zu wissen war eine Sache. Dass Sayre zurück war und als reiche Erfolgsfrau vor ihrer Haustür aufgetaucht war, eine andere. Das hatte Luce gar nicht gefallen. Und kaum war Sayre wieder abgedüst, hatte Luce es ihm ordentlich gekocht.

»Das lasse ich mir nicht bieten, Clark.«

Sie hatte es in der ruhigen, aber festen Stimme gesagt, die keinen Zweifel daran ließ, dass sie es ernst meinte. Wenn sie ihn anschrie, wusste er, dass der Streit durch eine Kleinigkeit ausgelöst worden war, dass es um nichts Wichtiges ging und es bald überstanden war. Dies hier war anders. Wenn sie so leise mit ihm sprach, dann blieb er lieber sitzen und nahm sich zu Herzen, was sie ihm zu sagen hatte.

»Ich werde mir nicht bieten lassen, dass du neben deinen Saufeskapaden und deinen Depressionen auch noch anfängst, mit Sayre Hoyle oder Lynch oder wie auch immer ins Bett zu steigen.«

»Ich werde nicht mit Sayre schlafen. Wir sind alte Freunde.«

»Du warst mit ihr zusammen.«

»*Warst*. Als wir noch jung waren. Meinst du wirklich, dass sie mich jetzt noch nehmen würde?«

Von allem, was er hätte sagen können, war dies wahrscheinlich das Falscheste. Luce fasste es so auf, als wäre er sofort bereit, zu Sayre zurückzukehren, falls sie ihn wieder wollte. Außerdem klang es so, als wäre er zwar gut genug für Luce, aber nicht gut genug für Sayre Hoyle.

Sie hatte geweint, als er an jenem Morgen zur Arbeit ging. Als er am Nachmittag wieder heimgekommen war, waren die Tränen versiegt, aber die Atmosphäre im Haus war unterkühlt und im Schlafzimmer schlicht eisig, woran sich auch eine Woche nach Sayres Besuch noch nichts geändert hatte.

Das wirklich Schlimme an der Geschichte war, dass er Luce liebte. Sie besaß nicht Sayres weltgewandte Eleganz, aber eine ganz eigene Art von Schönheit. Sie liebte ihre Kinder und hatte allein für sie gesorgt, als ihr erster Mann sie hatte sitzen lassen. Und das Wichtigste war, dass sie ihn liebte, was für sich allein ein Wunder war. Er hatte ihr nur wenig Gründe gegeben, ihn zu lieben.

Er war so in seine Gedanken vertieft, dass er den Wagen hinter seinem erst bemerkte, als er praktisch an seiner Stoßstange hing. Er zog weit nach rechts, womit er dem anderen Fahrer reichlich Platz zum Überholen gab. Aber der Wagen blieb hinter ihm und blendete immer wieder auf.

»Was soll der Scheiß?«

Augenblicklich sah er nach, ob auf dem Dach des Wagens ein Blaulicht angebracht war und ob es sich vielleicht um einen Streifenwagen handelte, aber nichts deutete auf ein Polizeiauto hin. Augenblicklich nervös, tastete er unter seinem Sitz nach dem Wagenheber, den er dort aufbewahrte. Wenn er sich voll laufen ließ, dann gewöhnlich in Bars, in denen ein zwielichtiges Publikum verkehrte. Manchmal geriet er mit einem Gast in Streit. In dem Auto hinter ihm schien nur eine Person zu sitzen, aber das konnte auch ein Trick sein.

Der Fahrer blendete wieder auf. Clark lenkte den Wagen an den Straßenrand und bremste. Der Wagen hinter ihm tat dasselbe und schaltete direkt danach die Scheinwerfer aus. Clark fasste seinen Wagenheber fester.

Er sah den Fahrer aussteigen, auf die Beifahrerseite kommen und an sein Fenster klopfen.

»Clark, ich bin's.«

Jetzt erkannte er das Gesicht unter der Baseballkappe, ließ den Wagenheber los und beugte sich zur Seite, um den Türknopf hochzuziehen. Sayre kletterte in den Wagen und schloss die Tür sofort wieder, um die Innenbeleuchtung auszuschalten. Sie trug Blue Jeans und ein T-Shirt und hatte die Haare unter ihre Kappe gestopft.

»Was zum Teufel soll das?«, schnauzte er sie an.

»Ich gebe zu, dass es ein bisschen theatralisch wirkt, aber ich musste dich sprechen, ohne dass es jemand erfährt.«

»Ich habe ein Telefon, und die Rechnung ist bezahlt. Glaube ich wenigstens.«

»Wenn ich angerufen hätte, wäre vielleicht Luce drangegangen. Und wenn ich mich nicht sehr täusche, war sie nicht gerade erfreut, deinen High-School-Schwarm in ihrem Vorgarten stehen zu sehen.«

»Nein.«

»Ich mache ihr deshalb bestimmt keinen Vorwurf. Ich kann es ihr nachfühlen. Aber Clark, ich schwöre dir, dass ich es dir nicht noch schwerer machen will. Ich würde nichts tun, was deine Ehe in Gefahr bringen könnte oder wodurch du Probleme mit deiner Frau bekämst. Wenn du mir nicht glaubst, muss ich sofort wieder gehen.«

Er studierte kurz ihr Gesicht. Es war immer noch ein wunderschönes Gesicht, aber in ihren Augen glühte keine Liebe mehr für ihn. Er und Sayre würden immer etwas füreinander empfinden, was auf bittersüßen Erinnerungen beruhte, aber ihre Chance auf eine alles überdauernde Liebe war dahin. Von Huff zerstört worden, um genau zu sein. So oder so war sie nicht wieder zum Leben zu erwecken, und er wusste, dass sie die Wahrheit sagte, dass dieses klammheimliche Tête-à-tête nicht dazu diente, ihre Romanze neu zu entflammen.

»Ich glaube dir, Sayre.«

»Gut.«

»Also, worum geht es *wirklich?*«

Er lauschte ihr volle fünf Minuten lang, mit wachsendem Erstaunen, je länger sie redete. Zuletzt fragte sie ihn: »Wirst du das tun?«

»Du verlangst von mir, meine Kollegen auszuspionieren.«

»Weil sie dich ausspionieren, Clark.«

Sie zog ein Knie auf den Sitz, damit sie sich ihm ganz zudrehen konnte. Dann beugte sie sich leicht vor und fuhr fort: »Glaubst du wirklich, Huff und Chris lassen es kampflos zu diesem Streik kommen? Beck Merchant hat mir schon prophezeit, dass Blut fließen würde. Er hat von einem ›Krieg‹ gesprochen.«

»Ich habe die Gerüchte über Charles Nielson gehört«, sagte Clark. »Angeblich schickt er organisierte Gewerkschafter her, die mit uns reden sollen. Es sind schon ein paar geheime Versammlungen vereinbart.«

»Die Arbeiter sprechen also schon darüber.«

»Sie reden praktisch über nichts anderes«, gab er zu.

»Also, ihr könnt sicher sein, dass Huff Spione hat, die ihm genau berichten, was ihr sagt und wer es sagt.«

»Jeder weiß, dass Fred Decluette Huffs Mann ist. In der Nacht, als Billy seinen Unfall hatte, war er völlig außer sich. Ich war dabei und habe alles mit angesehen. Niemand hat sich mehr bemüht als Fred, Billy ins Krankenhaus zu schaffen, ehe er verblutete. Aber wenn es hart auf hart kommt, hat Fred sechs Kinder zu ernähren, zu kleiden und zu erziehen. Er will seinen Job behalten, und wenn er dafür Huff in den Arsch kriechen muss, wird er das tun. Und andere werden es ihm gleichtun, denn es ist bekannt, dass Huff jeden belohnt, der seine gewerkschaftsnahen Kollegen anschwärzt.«

»Kennst du diese anderen?«

»Ein paar davon, aber nicht alle. Fred sieht man es an. Anderen nicht.«

»Du könntest für einen Ausgleich auf dem Spielfeld sorgen, Clark. Indem du Huffs Spione ausschnüffelst und sie mit falschen Informationen fütterst. Gleichzeitig musst du anfangen, die Männer zu organisieren, von denen du weißt, dass sie Huff die Stirn bieten, wenn es zum Kampf kommt. Du könntest dazu beitragen, etwas zu verändern.«

Sie redete mit solcher Überzeugung auf ihn ein, dass er sie wegen ihrer Naivität bedauerte. »Sayre, es wird sich überhaupt nichts verändern, solange Huff das Sagen hat.«

»Er könnte nicht mehr lang das Sagen haben.«

»Der Herzinfarkt…«

»Nein, der war nicht schlimm, wahrscheinlich wird er uns alle überleben. Ich meinte damit die Bundesregierung. Selbst wenn der Streik erfolglos bleibt, sitzen uns mehrere Bundesbehörden im Nacken. Wenn nicht bald deutliche Veränderungen geschehen, könnte das Werk geschlossen werden.

Aber das wäre nicht gerade ein Sieg, oder, Clark? Was würde aus der Stadt werden, wenn die Gießerei zumachen müsste? Stell dir nur vor, welche schrecklichen Konsequenzen eine Schließung für die vielen Familien hätte, die für ihren Lebensunterhalt auf das Werk angewiesen sind.« Sie hielt inne, um Luft zu holen, und sagte dann ganz ernst: »Es muss sich etwas ändern, und zwar bald. Sonst werden wir alle verlieren.

Du könntest dazu beitragen, dass Billy Pauliks Unfall etwas bewirkt, Clark. Ich weiß, dass ich viel von dir verlange. Du musst die Augen aufhalten und darfst dir keinen Fehler erlauben. Du wirst dir den Respekt und das Vertrauen deiner Kollegen verdienen müssen.«

Er massierte sein Kinn und spürte die sprießenden Stoppeln. Dass sie ihn schon wieder unrasiert erwischt hatte, war ihm peinlich. Aber es rief ihm auch ins Gedächtnis, wie tief er gesunken war. »Das ist eine anspruchsvolle Aufgabe.«

»Mir ist klar, was ich von dir verlange.«

»Da bin ich mir nicht sicher.«

»Ich war unten in der Werkshalle, Clark.«

»Das habe ich gehört.«

»Ich wusste, dass es schlimm ist, aber ich war ehrlich erschüttert, *wie* schlimm es ist. Die Arbeitsbedingungen sind mittelalterlich. Wie haltet ihr das nur aus?«

»Wir haben kaum eine Wahl.«

»Jetzt hast du eine. Es ist allerhöchste Zeit, dass sich die Dinge ändern – und zwar drastisch.«

»Da bin ich deiner Meinung. Aber ich bin nicht der Mann, der das schaffen kann, Sayre.«

»Du bist ein Anführer.«

»Der hätte ich früher mal sein können. Sehe ich jetzt noch aus wie ein Anführer?«

»Nein«, fuhr sie ihn an. »Das tust du nicht. Du siehst nämlich aus wie ein Hasenherz. Ja«, bekräftigte sie, als er überrascht zurückwich. »Erst neulich hast du mir weisgemacht, dass du ein Ziel im Leben brauchtest, dass du wieder ins Gleis kommen müsstest, dass dein Sohn einmal stolz auf dich sein soll. Jetzt gebe ich dir ein Ziel, und du verkriechst dich. Warum? Wovor hast du Angst?«

»Vor dem Versagen, Sayre. Dem Versagen. Und wie sich das anfühlst, wirst du erst wissen, wenn du kein Geld mehr scheffelst und nicht mehr in schnittigen Sportwagen rumrast, wenn du so tief gesunken bist, dass du all deine Willenskraft brauchst, um morgens auch nur aus dem Bett zu steigen.

Wie sich das anfühlt, weißt du erst, wenn du die Straße entlanggehst und weißt, dass die Leute, die dir früher von der Tribüne aus zujubelten, hinter deinem Rücken und vorgehaltener Hand etwas von einem vergeudeten Leben flüstern.« Er brach ab, um sich zu sammeln und weil ihm klar geworden war, dass er nicht auf sie, sondern auf sich selbst so wütend war. »Du hast verflucht Recht, ich habe Angst. Ich habe sogar Angst davor zu *hoffen*.«

Seine Ansprache hatte sie verstummen lassen. Als sie wieder zu reden begann, tat sie es so leise, dass er sie kaum verstand. »Du täuschst dich, Clark. Ich weiß genau, wie es ist, wenn du all deine Willenskraft brauchst, um aus dem Bett zu kriechen.« Als sie Luft holte, erbebte ihre Brust.

»Aber jetzt musst du dich entscheiden. Du kannst mir einen Korb geben, nichts unternehmen und weiter so leben wie bisher.

Dich über dich selbst und das Leben beschweren, deine Enttäuschung in Whisky ertränken, dich bemitleiden und deiner Frau das Leben zur Hölle machen, bis du schließlich als nutzloser, einsamer Säufer stirbst. Oder du kannst anfangen, dich wie der Mann zu benehmen, der du in jungen Jahren einmal warst.«

Sie nahm seine Hand und drückte sie zwischen ihren. »Du sollst das nicht tun, um dich an Huff zu rächen. Nichts könnte das ungeschehen machen, was er dir angetan hat, Clark. Außerdem ist er es nicht wert. Und du sollst es auch nicht für mich tun.« Sie drückte seine Hand und sagte: »Du sollst es für *dich* tun. Also, was meinst du?«

Als Sayre zu ihrem Motel zurückfuhr, war sie vorsichtig optimistisch, dass Clark sich aufraffen würde. Es war ziemlich grob gewesen, ihn als Feigling zu bezeichnen, aber damit hatte sie ihm den Tritt versetzt, den er brauchte. Sie hatte darauf gesetzt, dass unter der dicken Schicht Resignation noch ein Funken Stolz glühte. Und verletzter Stolz war immer eine gute Triebkraft.

Sie konnte nicht sicher sein, dass ihre Taktik aufgegangen war. Er hatte dem Alkohol nicht abgeschworen. Er hatte nicht geschworen, die ihm zugedachte Aufgabe zu erfüllen. Aber sie hoffte, dass sie unabhängig davon, ob er die Zukunft von Hoyle Enterprises beeinflussen konnte, sein Leben lebenswerter gemacht hatte. Sie wollte ihren Rückflug nach San Francisco in dem Wissen antreten, dass sie wenigstens in dieser Hinsicht erfolgreich gewesen war und etwas Gutes getan hatte.

An der Tür zu ihrem Motelzimmer schob sie den Schlüssel ins Schloss.

»Du kommst spät heim.«

Kreidebleich fuhr sie herum und sah Chris hinter sich stehen. Als wäre er aus dem Nichts erschienen.

»Was willst du hier, Chris?«

»Kann ich reinkommen?«

»Wozu?«

»Ich möchte nur mit meiner Schwester reden.«

Sein entwaffnendes Lächeln ließ sie kalt. »Worüber?«

»Lass mich rein, dann erzähle ich es dir.« Er schwenkte eine Flasche. »Ich habe was zu trinken mitgebracht.«

Er hatte nicht aus reiner Herzensgüte eine Flasche Wein besorgt. Und er war bestimmt nicht zum Plaudern gekommen. Chris hatte bei allem, was er tat, Hintergedanken. Sie wusste nur nicht, welche es diesmal waren. Es war ihr ausgesprochen unangenehm, ihm so nahe zu sein, aber die Neugier siegte über ihren Widerwillen.

Sie drehte sich wieder zur Tür um, öffnete sie und trat vor ihm ein, um das Licht einzuschalten. Er folgte ihr hinein und ließ den Blick durch den freudlosen Raum wandern. »Ich habe dieses Etablissement nicht mehr beehrt, seit ich während meiner High-School-Zeit mit meinen Mädchen herkam. Und damals war mir die Inneneinrichtung total egal. Sie ist bescheiden, nicht wahr?«

»Ja.«

»Warum schläfst du nicht zu Hause? Selma hält dein Zimmer seit zehn Jahren tipptopp in Schuss.«

Sie setzte ihre Baseballkappe ab und schüttelte ihre Haare aus. »Ich bin dort nicht mehr zu Hause, Chris.«

Er seufzte über ihre Sturheit. »Hast du wenigstens Gläser hier?«

Sie holte zwei in Folie verpackte Plastikbecher aus dem winzigen Bad. Er betrachtete sie spöttisch, während er mit dem mitgebrachten Korkenzieher die Flasche öffnete. »Ein netter Chardonnay aus dem Napa Valley.«

»Ich war schon auf dem Weingut. Es ist wirklich nett.«

Nachdem er ihre Becher gefüllt hatte, stieß er seinen vorsichtig gegen ihren. »Prost, Sayre.«

»Worauf trinken wir? Auf den Coup, den du in Calvin Mc-Graws Heim abgezogen hast?«

»Ach, das. Das ist jetzt achtundvierzig Stunden her, aber du bist immer noch angefressen.« Er lachte kurz. »Ehrlich, ich kann es dir nachfühlen. Du hättest deinen Gesichtsausdruck sehen sollen.«

»Du und Beck habt euch bestimmt totgelacht.«

Er setzte sich in den schäbigen Sessel und winkte zum Bett hin. »Kannst du dich nicht wenigstens hinsetzen und so zu tun, als wärest du höflich?«

Sie zögerte, ging dann zum Bett und ließ sich auf der Bettkante nieder.

»Ich warte schon über eine Stunde«, sagte er. »Wo hast du gesteckt? Das Nachtleben von Destiny ist nicht so aufregend, und so, wie du angezogen bist...«

»Was willst du, Chris?«

Er seufzte. »Ich kann also nicht einfach zum Reden herkommen? Du traust mir nicht zu, dass ich auch nett sein kann?«

»Du bist nicht nett. Das warst du noch nie.«

»Weißt du, was dein Problem ist, Sayre? Du kannst nicht loslassen. Du wüsstest überhaupt nicht, was du mit deinem Leben anfangen solltest, wenn dich nicht ständig was am Arsch pieken würde.«

»Und um mir das zu sagen, bist du hergekommen?«

Er schenkte ihr ein kurzes Grinsen, fuhr aber fort: »Du bist nur glücklich, wenn du was zu meckern hast. Ich dachte ja, dass du irgendwann zu alt sein würdest für diese pubertäre Unzufriedenheit, aber nein. Jetzt bist du wegen irgendwelcher Sachen sauer, die ich dir angetan habe, als wir noch Kinder waren. So sind Brüder eben, Sayre. Das gehört zu ihrem Job. Brüder ärgern und foppen ihre Schwestern.«

»Danny hat das nie getan.«

»Und genau deshalb warst du sauer auf ihn. Seine Passivität hat dich wütend gemacht. Danny war von Geburt an unterwürfig, auch wenn du das nie akzeptieren konntest. Du konntest dich nie damit abfinden, dass er nicht für sich einstehen wollte oder konnte.«

Sie widersprach ihm nicht, denn er hatte Recht.

»Und du bist immer noch wütend auf Huff wegen Clark Daly.«

Sie blickte in ihren Wein und hoffte dabei, dass er nicht merkte, wie sie erschrak, als Clarks Name fiel. Hoffentlich war es nur ein Zufall, dass Chris ihr seinen ungebetenen Besuch nur wenige Minuten nach ihrem heimlichen Treffen abstattete.

»Du darfst Huff nicht übel nehmen, dass er eure Beziehung beendet hat«, sagte er. »Stattdessen solltest du ihm dankbar sein. Aber das ist längst kalter Kaffee.« Er griff nach der Weinflasche und schenkte seinen Becher wieder voll.

»Im Moment bist du sauer wegen Dannys Tod, und genau darüber möchte ich mit dir sprechen. Du hast dir die Mühe gemacht, dich in diesem angeblichen Mordfall als Schnüfflerin zu betätigen.«

»Und du bist heute Abend gekommen, um mir zu drohen, ich soll damit aufhören.«

»Aber keineswegs«, erwiderte er gelassen. »Ich bewundere und teile deine Begierde, die Wahrheit zu erfahren. Ich habe nur Probleme mit der Zielrichtung deiner Nachforschungen. Ich will nur eines klarstellen, Sayre, und dir damit eine Menge Zeit und Ärger ersparen. Meine Verhandlung vor drei Jahren hat nichts, absolut gar nichts mit dem zu tun, was Danny passiert ist.

Dein Interesse am Ausgang dieser Verhandlung ist unsinnig und drei Jahre überfällig. Ich hätte mich gefreut, wenn du hier aufgetaucht wärst, als der Fall vor Gericht kam. Damals hättest du alles mit eigenen Augen verfolgen können. Ich hätte dafür gesorgt, dass du einen Platz in der ersten Reihe des Gerichtssaals bekommst. Aber jetzt, Sayre, ist es zu spät«, belehrte er sie, wobei er die beiden letzten Worte besonders betonte.

»Du hast ihn umgebracht, nicht wahr? Genau wie Huff damals Sonnie Hallser umgebracht hatte.«

»Nein und nein.«

»Weiß außer mir noch jemand, dass du Huff damals zugesehen hast?«

Er sah sie scharf an. »Was redest du da?«

»Du bist damals in der Nacht aus dem Haus geschlichen, Chris. Ich habe dich dabei erwischt, hast du das vergessen? Du hast mir gedroht, mich zu töten, wenn ich Mutter ein Wort verraten würde. Du sagtest, du wolltest Huff in der Gießerei überraschen und bei ihm bleiben, bis er wieder heimfährt.

Ich weiß noch, wie ich dich um deinen Mut beneidet habe, ganz allein im Dunkeln bis zur Gießerei zu gehen. Und dass ich dich noch mehr beneidete, weil Huff sich wirklich freuen würde, dich zu sehen. Ich wusste, er würde stolz auf dich sein, weil du das geschafft hattest; du würdest dir damit bestimmt keinen Ärger einhandeln.« Sie senkte die Stimme und fragte: »Was hast du in dieser Nacht gesehen, Chris?«

»Wie alt warst du da?«

»Fünf.«

»Genau. Wie also könntest du dich so genau erinnern? Ich bin oft abends rausgeschlichen und zum Werk gegangen, damit ich mit Huff wieder heimfahren konnte. Du verwechselst die Nächte.«

Ganz bestimmt nicht. Manche Kindheitserinnerungen waren zu scharf, als dass man sie durcheinanderbringen könnte, und die Tage nach der Entdeckung von Sonnie Hallsers zermalmtem Leib gehörten dazu. Außerdem hatten sich diese Tage so tief in ihr Gedächtnis eingeprägt, weil es das einzige Mal war, dass Chris sich so verhalten hatte, als hätte er Angst.

»Ich glaube, dass Huff den Mann getötet hat«, sagte sie. »Und dass du Gene Iverson Jahrzehnte später aus genau demselben Grund getötet hast. Nur dass du aus Huffs Fehler gelernt hast. Du hast Iversons Leiche so versteckt, dass sie nie gefunden werden kann.«

»Kein Mensch weiß, was mit Iverson passiert ist. Vielleicht hat ihm Huff derart Angst gemacht, dass er kalte Füße bekommen und das Weite gesucht hat.«

»Und alles, was er besaß, zurückließ?«

»Vielleicht hat ihn ein UFO entführt.« Er schnippte mit den Fingern. »Ich weiß es. Der Colonel hat ihn mit dem Eisenrohr in der Bücherei erschlagen.«

»Das hier ist kein Cluedo-Spiel«, entgegnete sie wütend. »Wie kannst du über einen Mord Witze reißen?«

»Was mich zu meinem nächsten Punkt bringt. Wir wissen nicht einmal, ob Iverson wirklich tot ist, und noch weniger, ob er ermordet wurde. Ich persönlich vermute, dass er irgendwo gesund und munter herumspaziert und sich ins Fäustchen lacht, weil die Hoyles die Kacke, die er zur Explosion gebracht hat, wegputzen dürfen. Mit absoluter Sicherheit weiß ich nur eines: dass ich ihn nicht umgebracht habe.«

Sayre entgegnete unbeirrt: »Und weil du und Huff euch nicht darauf verlassen wolltet, dass die Jury dich freisprechen würde, habt ihr die Sache selbst in die Hand benommen. Calvin McGraw hat zugegeben, dass er die Geschworenen bestochen hat.«

»Er ist geistig verwirrt!«, rief Chris aus. »Wenn du ihn gefragt hättest, ob er die Golden Gate Bridge in die Luft gesprengt hat, hätte er auch das gestanden. Er weiß nicht mehr, wo oben und unten ist. Sayre, Herrgott noch mal, sei doch vernünftig! Wieso solltest du einem geistig verwirrten Alzheimerkranken eher glauben als deinem eigenen Bruder?«

Sie stand vom Bett auf und trat an den kleinen Schreibtisch. Dort stellte sie den noch vollen Weinbecher auf die zerkratzte Laminatplatte und blickte in den Spiegel darüber.

Sie erkannte sich kaum wieder. War dies wirklich die viel gefragte Innenarchitektin für die Superreichen aus der Bay City? Die Haute Couture war Jeans und einem T-Shirt gewichen. Sie hatte es aufgegeben, ihr Haar mit dem Lockenstab bändigen zu wollen, und ließ es tun, was es in dieser feuchten Luft am liebsten tat, nämlich chaotische Wellen und Locken werfen.

Wer war dieser Mensch, der sie da ansah, und was tat sie in diesem schäbigen Zimmer, so schlicht gekleidet und mit einem Detektivspiel beschäftigt, das niemanden sonst zu interessieren schien? War es etwa ihre Sache, ob Clark Daly irgendwann am Alkohol und an seiner Verzweiflung zugrunde ging? Was interessierte sie ein Streik und die Zukunft von Hoyle Enterprises, wo doch die Menschen, die dort arbeiteten, jahrzehntelang schwere Unfälle, tödliche Verletzungen und erbärmliche Arbeitsbedingungen hingenommen hatten?

Warum überließ sie, falls Chris tatsächlich einen Mord begangen hatte und damit durchgekommen war, seine Seele nicht einfach dem Teufel? Niemand außer ihr schien sich daran zu stören, dass er und Huff eigenmächtig das Recht gebeugt hatten. Warum hatte ausgerechnet sie den Fehdehandschuh aufgenommen?

Und Dannys Anrufe bei ihr konnten auch einen ganz trivialen Anlass gehabt haben. Statistisch betrachtet sprachen Menschen, die ernsthaft an Suizid dachten, nur selten über ihr Vorhaben. Hätte sie einen von Dannys Anrufen entgegengenommen, wäre das Unausweichliche damit vielleicht hinausgezögert, aber nicht verhindert worden. Es war anmaßend von ihr zu glauben, sie hätte ihn von einem Selbstmord abhalten können, wenn nicht einmal seine Verlobte das geschafft hatte.

Dann fing sie Chris' Blick im Spiegel auf. Er beobachtete sie, als wüsste er genau, dass sie nicht nur ihre Entschlossenheit, sondern sich selbst infrage stellte. Sie richtete sich zu voller Größe auf und drehte sich um.

»Du hast mir eine Frage gestellt, Chris, und ich werde sie dir beantworten. Warum sollte ich einer unzuverlässigen Quelle eher glauben als dir? Weil Huff dich von Grund auf verdorben hat und du das nicht verleugnen kannst. Du bist skrupellos selbstsüchtig. Du hast jedem egoistischen Impuls nachgegeben, den du jemals empfunden hast.

Wenn du bei einem Fehltritt erwischt wirst, verlässt du dich auf deinen Charme oder auf Huffs Einfluss, damit du ungeschoren davonkommst. Du bist egozentrisch und selbstverliebt und du hast keine Moral. Du lügst, manchmal nur zum Spaß und nur um zu sehen, ob du damit durchkommst. Du nimmst dir alles, was und sobald du es haben willst. Dir wurde nie im Leben irgendetwas verwehrt. Außer, möglicherweise, eine Scheidung, die du mit Huffs Hilfe aber bestimmt irgendwie durchsetzen wirst, ob mit fairen oder faulen Mitteln.

Ob ich wirklich glaube, dass du Iverson getötet hast?«, fragte sie rhetorisch. »Ja. Du bist damit durchgekommen. Aber wenn du Danny getötet hast, wirst du dafür bezahlen, Chris. Ich schwöre dir, dass ich dafür sorgen werde.«

Er stellte seinen Weinbecher auf dem Nachttisch ab. »Sayre, setz dich. Bitte.«

Es war so ungewöhnlich, das Wort »bitte« aus seinem Mund zu hören, dass sie tatsächlich zum Bett zurückkehrte und sich setzte, wenn auch nur zögerlich. Er fasste nach ihren Händen und hielt sie fest in seinem Griff, selbst als Sayre sie zurückzuziehen versuchte.

»Denk mal daran, wie Danny starb«, sagte er ruhig. »Wenn ich ihn wirklich ermordet hätte, dann hätte ich die alte Schrotflinte von der Wand nehmen, beide Läufe laden, sie in seinen Mund schieben und den Abzug durchdrücken müssen.

Mal ehrlich, glaubst du, trotz all der Charakterfehler, die du eben aufgezählt hast, dass ich meinem eigenen Bruder das hätte antun können?« Ohne ihre Antwort abzuwarten, verkündete er: »Ich habe Danny nicht umgebracht. Bei Gott nicht. Du machst dich lächerlich, wenn du das auch nur für möglich hältst.«

»Was interessiert es dich, ob ich mich lächerlich mache?«

»Überhaupt nicht. Ich möchte nur nicht, dass du dich später schämen musst.«

Seine nonchalante Erklärung war so fadenscheinig, dass Sayre sie sofort durchschaute. »Nein, das ist es nicht, oder, Chris? Du hast Angst, dass er sich mehr für mich interessieren könnte als für dich, nicht wahr?«

»Was redest du da?«

»Ich rede von Huff. Ich wirble gehörig Staub auf, das macht ihn zwar wütend, aber gleichzeitig konzentriert er sich dadurch auf mich und nicht auf dich, und damit kannst du nicht umgehen.«

Sein Blick verschloss sich, bis sie nur noch ihr Abbild in den ebenholzschwarzen Tiefen sah. Die Lippen, die eben noch so geschmeidig gelächelt hatten, verengten sich zu einem dünnen Spalt und schienen sich beim Sprechen kaum noch zu bewegen. »Fahr zurück nach San Francisco, wo du hingehörst, Sayre.«

»Ja, das würde dir bestimmt gefallen.«

»Nicht um meinetwillen, sondern vor allem um deinetwillen.«

Sie legte lachend die Hand auf ihre Brust. »Ich soll dir glauben, dass dir an meinem Wohlergehen gelegen ist?«

»Genau. Du hast es selbst gesagt, Huff hat dich genau im Auge. Und willst du auch wissen, warum? Willst du hören, was er mit dir vorhat?«

Jetzt öffneten sich die Lippen wieder zu einem Lächeln, aber diesmal war es ein triumphierendes Grinsen.

25

Charles Nielsons Büro befand sich in einem Bankgebäude an der Canal Street im Herzen von New Orleans. Er teilte den zwanzigsten Stock mit zwei Zahnärzten, einer Investmentbroker-Firma, einem Psychologen und einer ganzen Reihe undefinierbarer Unternehmen, die lediglich ihre Initialen angaben. Sein Büro war das letzte links am Ende des mit Teppichboden ausgelegten Flurs. Der Name war in schnörkellosen schwarzen Blockbuchstaben auf die Tür geklebt.

Das Vorzimmer war klein und möbliert wie ein ganz normaler Warteraum – es gab zwei zueinanderpassende Polstersessel und einen Sofatisch mit Stehlampe dazwischen. An der Empfangstheke saß eine hübsche Frau mittleren Alters.

Als Beck eintrat, unterhielt sie sich gerade mit Sayre.

Es war schwer zu sagen, wer von beiden verdatterter war, den anderen hier zu sehen.

Die Empfangsdame beugte sich an Sayre vorbei und begrüßte ihn mit einem herzlichen: »Guten Tag.«

»Hallo.«

»Ich bin gleich für Sie da. Bitte setzen Sie sich doch.«

Er setzte sich nicht, sondern blieb an seinem Platz stehen, weil er unbedingt hören wollte, was Sayre, die bei seinem Anblick wie zur Salzsäule erstarrt war, mit Nielsons Empfangsdame zu besprechen hatte.

Die Empfangsdame sagte zu ihr: »Offenbar wurde da etwas nicht weitergegeben. Manchmal vereinbart Mr. Nielson Termine und vergisst, sie mir durchzugeben, damit ich sie in seinem Kalender eintragen kann.«

»Er hat nicht vergessen …« Sie stockte und räusperte sich. »Er hat nicht vergessen, den Termin durchzugeben. Ich habe keinen.«

»Ach so, aha, und was führt Sie zu uns? Ich werde ihm gern eine Nachricht zukommen lassen.«

»Mein Name ist Sayre Lynch. Früher hieß ich mit Nachnamen Hoyle.«

Das Lächeln der Empfangsdame wurde sichtbar dünner. »Von Hoyle Enterprises? Diesen Hoyles?«

»Ja.«

»Ich verstehe.«

»Das glaube ich nicht. Ich bin nicht im Auftrag meiner Familie hier.«

Die Empfangsdame faltete die Hände auf der Theke, als erwartete sie eine weitere Erklärung. »Das würde Mr. Nielson bestimmt interessieren.«

»Wenn Sie mit ihm sprechen, dann machen Sie bitte ganz klar, dass ich ihm meine Unterstützung anbieten möchte.«

»Ja, also, Mr. Nielson …« Die Empfangsdame wurde vom Läuten des Telefons unterbrochen. Sie hob den Zeigefinger, um Sayre anzuzeigen, dass sie nur kurz den Anruf entgegennehmen wollte. »Charles Nielsons Büro. Nein, es tut mir leid. Er ist momentan nicht zu sprechen. Darf ich eine Nachricht notieren?« Sie zog einen Notizblock heran und begann, etwas mitzuschreiben.

Sayre drehte sich zu Beck um. »Bist du mir hierher gefolgt?«

»Halt dich nicht für wichtiger, als du bist. Im Gegensatz zu dir habe ich einen Termin.«

Sobald die Empfangsdame den Anruf beendet hatte, trat er neben Sayre an die Theke. Dann sagte er mit strahlendem Lächeln und einer Stimme wie geschmolzene Butter: »Sie müssen Brenda sein.«

»Genau.«

»Wir haben mehrmals miteinander telefoniert. Ich bin Beck Merchant.«

Sie reagierte ausgesprochen nervös. »Ach, du mein Schreck. Haben Sie meine Nachricht nicht bekommen?«

»Nachricht?«

»Mr. Nielson musste unerwartet verreisen. Ich habe auf Ihre Mailbox gesprochen, dass er den Termin heute Nachmittag leider verschieben muss.«

Beck zog das Handy aus der Innentasche seines Jacketts und warf einen Blick aufs Display. »Das haben Sie«, bestätigte er. »Offenbar habe ich übersehen, meine Mailbox abzuhören.«

»Ich hatte gehofft, dass ich Sie abfangen könnte, bevor Sie nach New Orleans fahren.«

»Ich wünschte, Ihr Chef hätte mir die Ehre eines Gesprächs erwiesen, bevor er so überstürzt die Stadt verließ. Wann kommt er zurück?«

»Das hat er nicht gesagt.«

»Ist er telefonisch erreichbar?«

»Ich kann Ihnen den Namen seines Hotels nennen. Er ist in Cincinnati.«

»Ich nehme an, eine Handynummer können Sie…«

»…keinesfalls herausgeben«, beendete sie den Satz für ihn. »Wenn ich meinen Job behalten möchte.«

»Dafür möchte ich nicht verantwortlich sein.«

»Soll ich einen neuen Termin vereinbaren, wenn Mr. Nielson anruft, Mr. Merchant?«

»Bitte. Falls ich nicht an den Apparat gehe, hinterlassen Sie bitte Datum und Uhrzeit auf meiner Mailbox. Ich werde meinen Terminplan danach ausrichten. Und seien Sie diesmal bitte so freundlich, auch bei mir zu Hause und im Büro anzurufen. Ich möchte vermeiden, dass es noch einmal zu einem Missverständnis kommt.«

»Aber gewiss doch, Mr. Merchant.«

»Danke.«

»Bitte entschuldigen Sie die Umstände, die wir Ihnen gemacht haben. Allen beiden«, sagte sie und schloss damit Sayre ein.

»Ich möchte Mr. Nielson ebenfalls so bald wie möglich sprechen«, sagte sie.

»Ich werde es ihm ausrichten, Ms. Hoyle.«

»Lynch.«

»Natürlich. Entschuldigen Sie.«

Sayre gab der Empfangsdame ihre Handynummer und die Nummer des Motels, bevor sie sich zur Tür umwandte.

Beck stand schon bereit und hielt sie ihr auf. »Wiedersehen, Brenda«, verabschiedete er sich auf dem Weg nach draußen über die Schulter hinweg.

»Wiedersehen, Mr. Merchant.«

Sie gingen im Gleichschritt den Korridor hinunter. Dann warteten sie Seite an Seite auf den unerträglich langsamen Aufzug. Gemeinsam fuhren sie zur Lobby hinunter. Als sie aus dem Aufzug traten, ging er geradewegs zum Ausgang. Sayre folgte den Schildern zur Damentoilette.

Ohne dass auch nur ein Wort dabei gefallen wäre.

Als Sayre fünf Minuten später aus dem Gebäude kam, stand er im Schatten des Wolkenkratzers und redete in sein Handy. Sie war nicht erfreut, ihn zu sehen, nachdem sie ihm mehr als reichlich Zeit zum Verschwinden gelassen hatte.

Es war fünf Uhr nachmittags, und auf den Bürgersteigen drängten sich die heimwärts eilenden Menschen. Auf den Straßen stauten sich bereits die Autos. Die Auspuffgase lagen schwer in der feuchten Luft und konnten nirgendwohin abziehen, wodurch die Luft noch stickiger und schwerer schien.

Beck sah aufgerieben aus. Um den Verkehrslärm auszublenden, hatte er einen Finger in sein freies Ohr gesteckt, und er kniff konzentriert die Augen zusammen, um zu verstehen, was ihm ins andere geredet wurde. Er hatte sein Sakko ausgezogen und über seinen Arm gehängt, die Krawatte gelockert und die Ärmel hochgekrempelt, womit er ziemlich genau so aussah wie damals auf dem Friedhof, wo Sayre ihn zum ersten Mal gesehen hatte.

Als er sie sah, beendete er sein Telefonat und schwamm gegen den Strom der Fußgänger an, bis er neben ihr ging. »Nielson hat noch nicht eingecheckt«, sagte er. »Den Anruf in seinem Hotel kannst du dir sparen.«

»Ich werde es später probieren.«

»Ich war wirklich von den Socken, als ich dich in seinem Büro sah. Was hat dich dazu verleitet herzukommen?«

»Ich war da, um ihm meine Unterstützung anzubieten, genau wie ich seiner Sekretärin erklärt habe. Und was war es bei dir?«

»Ich wollte Nielson einmal persönlich gegenüberstehen«, erwiderte er sofort. »Ich wollte ihm zeigen, dass weder ich noch die Hoyles einen Bocksfuß oder spitze Hörner haben, und ich wollte möglichst eine friedliche Lösung aushandeln, bevor es zum Streik kommt. Ich wollte ihm vor Augen führen, wie kontraproduktiv so ein Streik wäre, vor allem für die Gießereiarbeiter, die auf ihren wöchentlichen Lohn angewiesen sind.«

»Du bist wirklich ein Herzchen«, sagte sie absichtlich niedlich. »Wie viel?«

»Wie viel was?«

Sie nickte zu seinem Aktenkoffer hin. »Wie viel Geld hast du dabei, um ihn zu bestechen?«

Die Ampel schaltete um, und sie überquerte eilig die Straße. Als sie auf der anderen Seite angekommen waren, zerrte Beck sie aus dem Fluss der Passanten und zwang sie anzuhalten. »Genug für ein Abendessen zu zweit?«

»Du willst mit mir zu Abend essen?«

»Ich weiß, du begleichst deine Zeche lieber selbst, aber diesmal möchte ich dich einladen. Es sei denn, du haust so rein, dass es meine Kasse sprengt.«

Er lächelte charmant, und seine grünen Augen funkelten boshaft. Aber statt damit die gewollte Wirkung zu erzielen, fühlte sie sich abgestoßen. Seine Flirtversuche betörten sie nicht, im Gegenteil, sie fragte sich, wie er so unaufrichtig sein konnte. Eigenartigerweise war sie zutiefst enttäuscht.

»Chris hat mir von Huffs Plänen für dich und mich erzählt.« Sein herzerweichendes Lächeln verrutschte.

»Ich fände es schade, wenn du deinen ganzen Charme darauf verschwenden würdest, mich zu verführen, wo du doch unmöglich gewinnen kannst. Und wenn du mich jetzt entschuldigen würdest, ich habe noch zu tun.« Sie schlängelte sich an ihm vorbei und eilte weiter den Bürgersteig hinunter. Aber er ließ sich nicht so leicht abschütteln und lief ihr hinterher.

»Dass ich dich zum Essen einladen möchte, hat nichts mit Huffs Verkupplungsversuchen zu tun.«

»Geh mir aus dem Weg, Beck«, sagte sie, als er sich vor ihr aufbaute. »Sonst komme ich zu spät.«

»Wohin?«

»Für die Besuchszeit. Ich will Billy Paulik besuchen.«

Das ließ ihn innehalten, wodurch sie Gelegenheit hatte, sich an ihm vorbeizuschieben.

»Warte, Sayre. Ich fahre dich hin.«

»Ich fahre lieber selbst. Außerdem möchten sie dich bestimmt nicht sehen.«

»Ich habe etwas abzugeben.« Er klopfte auf seinen Aktenkoffer. »Wo steht dein Auto?« Sie sagte es ihm. Er meinte nur: »Mein Pick-up steht näher.«

Er hatte seinen Pick-up auf einem Parkplatz abgestellt, der deutlich näher lag als die Parkgarage ihres Wagens, und sie hatte es tatsächlich eilig, wenn sie das Krankenhaus noch vor dem Ende der Besuchszeit erreichen wollte.

Eigentlich war es kein weiter Weg, aber wegen des Stoßverkehrs und der knappen Parkplätze vor dem Krankenhaus brauchten sie fast eine halbe Stunde, um auf die Intensivstation zu gelangen, wo sich Billy Paulik von seiner Operation erholte. Die ganze Zeit über hatten sie kein Wort gewechselt.

Als Beck und Sayre aus dem Lift stiegen, stand Alicia Paulik gerade im Gang und sprach mit einem jungen Mann im weißen Arztkittel. Sie bemerkte Beck und Sayre, als sie auf sie zukamen, und fixierte Beck mit unverhohlener Feindseligkeit. »Was wollen Sie hier?«

»Wir wollten uns nach Billy erkundigen«, erwiderte er ruhig. »Das ist Sayre Lynch.«

Sie musterte Sayre von Kopf bis Fuß. »Lynch, wie? Sie sind Huff Hoyles Tochter. Mal ehrlich, ich kann verstehen, dass Sie Ihren Nachnamen geändert haben.«

»Wie geht es Ihrem Mann?«

Mrs. Paulik zeigte mit dem Daumen auf den jungen Mann im Arztkittel. »Das ist sein Psychologe. Fragen Sie ihn, wie es ihm geht.«

Der Arzt stellte sich vor und gab beiden die Hand. »Natürlich kann ich nicht weitergeben, was mir Billy während der Therapiestunden erzählt. Beschränken wir uns darauf zu sagen, dass er unter schweren Depressionen leidet. Er versucht, physisch wieder auf die Beine zu kommen, während er sich gleichzeitig geistig und emotional mit dem Gedanken abzufinden versucht, dass er ohne seinen Arm weiterleben muss. Selbst mit einer Prothese steht er vor ungeheuren Herausforderungen. Und natürlich ist er äußerst besorgt um das Wohlergehen seiner Familie.«

»Ich habe ihm gesagt, dass wir schon zurechtkommen«, mischte sich Mrs. Paulik ein. »Sogar sehr gut zurechtkommen. Weil ich Ihrer miesen Firma jeden Cent abknöpfen werde, den ich nur kriegen kann.« Diese Drohung war an Beck und Sayre gerichtet, so als würde sie keinen Unterschied zwischen beiden machen.

Der junge Arzt ging verlegen dazwischen. »Billys Reaktionen sind typisch für Patienten mit traumatischen Verletzungen. Er wird Zeit brauchen, um sich mit den bleibenden Folgen abzufinden.«

»Behandeln Sie ihn so lange, wie es notwendig ist«, sagte Beck zu ihm.

Der Arzt sah unsicher auf Billys Frau. »Man hat mir gesagt, ich solle mich auf drei Sitzungen beschränken.«

»Mr. Hoyle hat seine Meinung geändert«, erklärte Beck ihm. »Machen Sie mit der Behandlung weiter. Falls Sie irgendwelche Fragen haben, rufen Sie mich an.« Beck gab dem Arzt seine Visitenkarte. Der Doktor verabschiedete sich mit einem Nicken und der Entschuldigung, dass er zum nächsten Patienten müsse.

Beck wandte sich an Mrs. Paulik. »Ist es Ihnen recht, wenn ich mit Billy spreche?«

»Worüber?«

Er hielt den braunen Umschlag hoch, den er unter Sayres Augen aus dem Aktenkoffer geholt hatte, bevor sie aus dem Pick-up gestiegen waren. »Genesungskarten von seinen Kollegen. Ich werde nicht lange drinbleiben, Ehrenwort.«

Sie riss ihm den Umschlag aus der Hand. »Ich werde sie ihm geben. Es würde ihn zu sehr aufregen, wenn er mit Ihnen oder irgendwem von Hoyle Enterprises sprechen müsste.«

»Wie Sie wünschen, Mrs. Paulik.« Er erklärte Sayre, dass er den Aufzug rufen wolle, drehte sich um, marschierte den Gang hinunter und ließ sie mit Mrs. Paulik allein.

»Wie kommen Ihre Kinder zurecht?«

»Sie haben Angst. Hätten Sie die nicht?«

Ohne auf den aggressiven Tonfall der Frau einzugehen, antwortete Sayre: »Ja, ganz bestimmt. Ich weiß noch, dass ich nicht nur tieftraurig war, als meine Mutter starb, sondern gleichzeitig schreckliche Angst hatte, ich könnte auch sterben. Nach einem traumatischen Erlebnis fühlen wir uns alle äußerst verletzlich, und Kinder ganz besonders.«

Mrs. Paulik ließ sich das durch den Kopf gehen und murmelte dann: »Das mit Ihrem Bruder Danny tut mir leid.«

»Danke.«

»Er war wirklich anständig.«

»Ja, das war er.«

»Bleiben Sie jetzt in Destiny?«

»Nein, ich fliege so bald wie möglich nach San Francisco zurück.«

»Je eher, desto besser. Wenn ich Sie wäre, würde ich aus der Stadt verschwinden, bevor der ganze Ärger anfängt. Ich möchte nicht in der Haut der Hoyles stecken, wenn Nielson auf sie losgeht.«

Ehe Sayre etwas darauf zu erwidern wusste, rief Beck vom Ende des Ganges aus: »Der Lift ist da.«

Sie legte die Fingerspitzen auf Alicia Pauliks Arm. »Ich weiß, dass Sie mir misstrauen, und ich kann Ihr Misstrauen verstehen, aber es tut mir wirklich schrecklich leid, was passiert ist.«

Dann machte sie kehrt und ging zu Beck und den Aufzügen. »Den ersten musste ich wieder fahren lassen«, erklärte er ihr. »Die Leute darin begannen sich schon zu beschweren.«

»Entschuldige, dass ich dich aufgehalten habe, ich wollte nur...«

Sie wurde von einem Schrei unterbrochen, der die gedämpfte Krankenhausatmosphäre brutal durchschnitt. Sie drehte sich um und sah Alicia Paulik an demselben Fleck wie zuvor stehen. Aber jetzt lagen um sie herum Karten und Briefe am Boden. Der Inhalt der Karte, die sie in ihren zitternden Händen hielt, hatte sie offenbar so schockiert, dass sie alles andere hatte fallen lassen.

Sayre wandte sich entsetzt an Beck. »Was war in dem Umschlag?«

Der nächste Aufzug traf ein, und er versuchte, sie hineinzuschieben. »Ich will den nicht auch noch verpassen.«

Aber Sayre hatte sich schon aus seinem Griff befreit und eilte im Laufschritt zu Alicia Paulik zurück, die laut schluchzend eine Genesungskarte an ihre Brust drückte.

26

Er wartete in seinem Pick-up vor dem Haupteingang auf sie. Als er sie sah, beugte er sich zum Beifahrersitz, öffnete ihr die Tür, und sie stieg ein. Er erwähnte Alicia Paulik mit keinem Wort und fragte auch nicht, was passiert war, nachdem er mit dem Aufzug hinuntergefahren war. »Das mit dem Abendessen war ernst gemeint«, sagte er. »Schließlich habe ich schon das Mittagessen ausfallen lassen. Willst du jetzt mitkommen oder nicht?«

Es war nicht die charmanteste Einladung, die sie bisher erhalten hatte, aber sie nahm sie an. Natürlich war sie hungrig, doch sie hätte ihren Hunger auch mit einem Besuch in einem Fast-Food-Restaurant stillen können. Ihre Neugier würde sich dagegen nicht so schnell stillen lassen. Die Fragen, die aus dem Vorfall im Krankenhaus entstanden waren, konnten nur von Beck beantwortet werden, und es würde vielleicht einige Zeit dauern, ihn so weit zu bringen.

Sie sprachen kaum ein Wort, während er durch den dichten Verkehr zurück auf die Canal Street und von dort aus weiter ins French Quarter steuerte. Er stellte den Wagen in einer Parkgarage ab, und von dort aus gingen sie zu Fuß über die Royal Street.

Nachdem sie ein paar Minuten unterwegs und dabei an mehreren Restaurants vorbeigekommen waren, aus denen Düfte wehten, die Sayre das Wasser im Mund zusammenlaufen ließen, fragte sie: »Haben wir ein bestimmtes Ziel?«

»Ich kenne da was.«

Die Sonne stand so tief, dass die Häuser lange Schatten warfen und die bohrenden Strahlen abschirmten, aber trotzdem waberte die tagsüber aufgestaute Hitze über der schmalen Straße. Sie strahlte von den pastellfarben verputzten Wänden der alten Gebäude und von dem unregelmäßigen Kopfsteinpflaster ab.

Beck hatte sein Sakko im Auto gelassen. Die Krawatte hatte er immer noch an, aber sie hing lose unter seinem offenen Hemdkragen. Sayre trug immer noch das schwarze Kleid, das sie zu

Dannys Beerdigung getragen hatte, und wünschte sich Schuhe, in denen sie besser laufen konnte.

Sie unterhielten sich kaum miteinander. An einer Straßenecke blieben sie ein paar Minuten stehen, um einem einsamen Saxophonisten zu lauschen, ehe sie weitergingen. Sie wurden von einem herumwandernden Clown mit rosa Kraushaarperücke und getüpfelter Hose angesprochen, weigerten sich aber, sich von ihm Clownsmasken schminken zu lassen. Ein Rudel schwer angeheiterter junger Männer begleitete sie eine Weile. Einer der Männer war mutig genug, Sayre ein schlüpfriges Angebot zu unterbreiten, aber sobald er Beck und dessen Miene sah, lösten sich sein trunkenes Grinsen und sein Mut in Luft auf, und er sputete sich, seine Freunde einzuholen.

Die Läden und Galerien in der Royal Street waren eher vornehm. Sie priesen europäische Antiquitäten, echten Schmuck, Gemälde und Skulpturen für wahre Kenner an. Nur ein einziger Laden verkaufte Souvenirs, und selbst dessen Waren wirkten deutlich gediegener als der billige Plunder aus den T-Shirt-Shops auf der Bourbon Street.

Beck und Sayre spazierten an dem Laden vorbei; dann blieb er abrupt stehen, kehrte um und trat ein. »Bin gleich wieder da«, versicherte er ihr über die Schulter hinweg.

Sayre schlenderte zurück zum Schaufenster, um die Karnevalsmasken zu begutachten. Sie waren mit Strasssteinen, Flitter, Spitzen und riesigen Schmuckfedern besetzt. Manche schauten grimmig, andere waren unglaublich schön.

Gleich darauf kam Beck wieder aus dem Laden, in der Hand eine Kette von weißen Perlen, zwischen denen kleinere Perlen in glänzendem Grün, Gold und Lila eingearbeitet waren. »Dein Kleid ist wirklich schick, aber es erinnert mich immerzu an die Beerdigung. Ich dachte, das hier könnte es etwas auflockern.« Er legte Sayre die Kette um, hob ihre Haare darüber und zupfte dann die Perlen zurecht. »So. Besser.«

»Traditionellerweise schenkt ein Mann einer Frau erst dann Perlen, wenn sie sie verdient hat.«

Seine Fingerspitzen ruhten auf den Perlen, dann zog er vorsichtig die Hand zurück. »Der Abend fängt doch gerade erst an.« Ihre Blicke verbanden sich, bis sich eine Gruppe von lachenden Passanten auf dem schmalen Gehweg vorbeidrängte. Beck machte sich wieder auf den Weg.

Sie selbst hätte das Restaurant nie gefunden, wie übrigens niemand, der nicht gewusst hätte, wo er hätte suchen müssen. Die Seitenstraße, in der es sich befand, war nur eine schmale Gasse mit einem Abwasserablauf in der Mitte. Kein Schild deutete darauf hin, dass hier ein Lokal war. Beck blieb vor einem mit Efeu überwachsenen Tor stehen und schob die Hand durch das Laub, um auf eine Klingel zu drücken.

Eine körperlose Stimme fragte aus einem unsichtbaren Lautsprecher: »*Oui?*«

»Beck Merchant.«

Das Tor wurde mit einem hörbaren Klicken entriegelt. Beck schob Sayre hindurch und schloss es hinter ihnen. Sie folgten einem schmalen Außengang in einen kleinen Hof, der von mit Flechten überwachsenen Mauern umgeben war. Farne in der Größe eines Personenwagens hingen an schweren Ketten von den Ästen einer riesigen, uralten Eiche, die den ganzen Innenhof überschattete.

Unter gigantischen Philodendren und Elefantenohren leuchteten Blüten hervor. Der knorrige Stamm einer üppig grünenden Glyzinie rankte sich an der Außenmauer des Nachbarhauses empor und breitete sich über das halbe Ziegeldach aus.

Beck führte sie nach oben.

Wie bezaubert stieg Sayre ihm auf einer Wendeltreppe voran zu einem Balkon hinter einem kunstvoll verzierten Gitter. Deckenventilatoren drehten sich über ihnen und brachten die Gasflammen in den Sturmlampen an den Außenwänden zum Flackern. Auf dem Boden des langgestreckten Balkons standen in regelmäßigen Abständen Porzellanblumentöpfe mit Hibiskuspflanzen. Die großen, farbenprächtigen Blüten leuchteten wie Sonnenschirme und kamen ihr auch beinahe so groß vor.

Sie wurden von einem schmucken Maître d'Hotel im Smoking begrüßt. Er ergriff Becks Hand mit beiden Händen. Gleichzeitig überschüttete er sie mit einem Schwall von Französisch, dem Sayre immerhin entnehmen konnte, dass er überglücklich war, Beck zu sehen. Beck stellte sie vor. Die Komplimente des Mannes waren so überschwänglich, dass sie fast rot wurde. Dann küsste er sie auf beide Wangen.

Beck sagte: »Ich weiß, es ist unhöflich, ohne eine Reservierung aufzutauchen.«

Der Maître wischte seine Entschuldigung beiseite und versicherte ihm, dass für ihn jederzeit ein Tisch frei sei.

Beck fragte, ob sie einen Aperitif auf dem Balkon nehmen könnten, bevor sie sich drinnen zum Essen niederließen. »Champagner, bitte.«

»*Certainement.* Ich sorge dafür, dass Sie ungestört sind«, sagte er und sah Sayre mit hochgezogenen Brauen an. »Lassen Sie sich Zeit. Genießen Sie den Abend.« Er schnippte mit den Fingern, und hinter der Balkontür erschien ein Kellner, dem er auftrug, zwei Gläser Champagner zu bringen.

Beck ließ Sayre zu einem Bistrotisch am anderen Ende des Balkons vorangehen. Er zog ihr einen der winzigen Stühle hervor und setzte sich dann ihr gegenüber. »Eigentlich hätte ich dich fragen sollen, ob es dir recht ist, draußen zu sitzen.«

»Sehr sogar.«

»Es ist dir nicht zu heiß?«

»Ich mag es heiß.«

»Stimmt.«

Etwas an der Art, wie er das sagte und wie er sie dabei ansah, brachte ihr Herz zum Klopfen. Um das Gespräch auf unverfängliches Terrain zu lenken, lobte sie ihn für sein gutes Französisch.

»Ich musste für den Universitätsabschluss eine Fremdsprache vorweisen.«

So perfekt hatte er sicherlich nicht im Klassenzimmer zu sprechen gelernt, aber sein lakonischer Kommentar machte ihr klar, dass für ihn die Zweisprachigkeit selbstverständlich war.

Unvermittelt aus dem Nichts auftauchend und ebenso schnell wieder verschwindend, servierte ihnen der Kellner ein Tablett mit zwei Champagnerflöten. Ein zweiter Kellner platzierte einen Sektkühler neben ihrem Tisch. Er schenkte ihre Gläser aus einer bereits geöffneten Champagnerflasche voll, stellte die Flasche dann ins Eis und verschmolz wieder mit den Schatten hinter dem Balkon.

Beck hob sein Glas und stieß leise mit ihr an. »Worauf trinken wir?«, fragte sie.

»Auf deine Abreise.«

»Ach?«

»Mach, dass du hier wegkommst, Sayre. Kehre in dein Leben in San Francisco zurück, bevor du noch verletzt wirst.«

»Ich wurde schon verletzt.«

»Dir wurde bei einer Schulromanze das Herz gebrochen. Verglichen mit dem, was dir diesmal passieren könnte, ist das Kinderkram.«

»Du weißt überhaupt nichts, Beck.«

»Dann erzähl es mir.«

Sie schüttelte den Kopf. »Das geht nur Huff und mich an. Jedenfalls habe ich geschworen, nie zurückzukehren, als ich damals wegging.«

»Und doch bist du hier.«

»Allerdings.«

»Warum?«

Sie rang fast eine halbe Minute mit sich, ehe sie ihm eröffnete: »Danny hatte mich angerufen.«

Er konnte seine Überraschung nicht verhehlen. »Wann?«

»Am Freitag bevor er starb.« Sie erzählte ihm von den Anrufen, die sie nicht entgegengenommen hatte. »Ich werde mir bis an mein Lebensende vorwerfen, dass ich mich geweigert habe, mit ihm zu sprechen.«

»Ich nehme an, er hat keine Nachricht hinterlassen.«

»Nein, aber ich bezweifle, dass es nur Sehnsucht nach mir war. Ich glaube, er rief aus einem wichtigen Grund an, und ich kann erst dann wieder in mein normales Leben zurückkehren, wenn ich ihn mit einiger Sicherheit weiß.«

»Es hätte alles Mögliche sein können, Sayre«, versicherte er ihr.

»Stimmt. Glaub mir, ich habe mir immer wieder einzureden versucht, dass es nichts Wichtiges war, dass er sich nur erkundigen wollte, wie es mir geht. Aber nachdem ich weiß, welche Arbeitsbedingungen in der Gießerei herrschen, nachdem ich die ungelösten Fragen rund um Iversons Verschwinden kenne und nachdem ich von Chris' jüngstem Streit mit Danny gehört habe, halte ich es für wesentlich wahrscheinlicher, dass es um etwas sehr Wichtiges ging.«

Sie sah ihn an und seufzte. »Beck, meine Familie ist korrupt und skrupellos bis zum Mord. Sie dürfen die Menschen und deren Leben nicht länger mit ihren gemeinen Methoden zerstören. Jemand muss sie stoppen. Als du mich aus diesem Flugzeug gezerrt hast, war ich stinkwütend auf dich, aber inzwischen bin ich dir dankbar. Ich hätte mich selbst nicht mehr ertragen, wenn ich einfach abgehauen wäre, ohne klare Antworten auf ein paar schwierige Fragen zu erhalten.«

Er brachte sein letztes Argument vor. »Und was ist mit deiner Firma? Wird die nicht leiden, wenn du so lange wegbleibst?«

»Ich könnte ein paar potenzielle Kunden verlieren, die es besonders eilig haben, aber die meisten werden ihre Projekte verschieben und abwarten, bis ich zurück bin. So oder so kann ich mein Leben dort nicht wieder aufnehmen, ohne dass ich nicht wenigstens versucht hätte, das schreckliche Unrecht hier ins Lot zu bringen.«

Sie senkte den Blick auf die in ihrem Glas hochperlenden Bläschen und sagte nachdenklich: »Chris will, dass ich von der Bildfläche verschwinde. Ich frage mich, warum. Seine Bemühungen, mich zu vertreiben, erregen bei mir Verdacht, der es mir unmöglich macht, jetzt abzureisen.« Sie sah Beck wieder an. »Ich bleibe.«

Er schien zu akzeptieren, dass sie sich nicht von ihrem Entschluss abbringen lassen würde. Mit einem resignierenden Seufzen nickte er zu ihrem Champagnerglas hin. »Trink aus. Es wäre schade, Frankreichs feinsten Tropfen zu verschwenden.«

Sie nahm einen Schluck und fragte: »Gehört der Champagner zu deinem Verführungsritual?«

Er zog eine Braue hoch. »Wäre es dir lieber, wenn ich dir sofort an die Wäsche ginge? Unser Gastgeber würde uns liebend gern mit einem Zimmer beglücken.« Dann ergänzte er mit gesenkter Stimme. »Und ich würde liebend gern dich beglücken.«

»Damit du zu Huff zurückfahren und ihm erklären könntest, dass du seinen Auftrag ausgeführt hättest?«

»Sayre, du glaubst doch nicht wirklich, dass ich seinen Vorschlag auch nur eine Sekunde ernsthaft erwogen hätte.«

Sie lächelte melancholisch. »Chris hat es genossen, mir zu erzählen, dass Huff mich wieder zu verkuppeln versucht. Er benutzte es als Todesstoß bei seiner Kampagne, mich aus der Stadt zu vertreiben.«

Ein Kellner erschien mit einem Teller verschiedener Vorspeisen. Beck sagte: »Können wir die ganze Geschichte nicht bis nach dem Essen vergessen?« Als sie nickte, bedeutete er ihr zuzugreifen. Sie biss in eine Blätterteigpastete, die sich auf ihrer Zunge in Wohlgenuss auflöste.

»Womit ist sie gefüllt?«, fragte er.

»Keine Ahnung, aber es schmeckt himmlisch.«

Er nahm ebenfalls eine Pastete und musste ihr Recht geben. »Gruyère? Spinat?«

»Beck, da im Krankenhaus …«

»Gehackte Zwiebel«, analysierte er immer noch die Pastetenfüllung.

»… stammte die erste Karte, die Alicia Paulik aus dem Umschlag zog, von dir. Du hast selbst gehört, wie sie reagiert hat.«

Er stopfte sich den Rest des Kanapees in den Mund und klopfte seine Hände ab. »Wirklich vorzüglich. Ich glaube, ich nehme noch eines.« Aber als er sich über das Tablett beugte, ergriff Sayre seine Hand und zwang ihn, in ihre Augen zu sehen.

»Der Scheck, den du hineingelegt hattest, war extrem großzügig.«

»Das ist doch relativ, oder? Wie großzügig ist großzügig? Huff hatte vorgeschlagen, dass wir – wie er es bezeichnete – noch mal nachlegen.«

»Huff hatte nichts mit diesem Geschenk zu tun. Das war kein Firmenscheck. Das Geld kommt von deinem Privatkonto.«

Er zog die Flasche aus dem Sektkühler und schenkte ihnen beiden nach.

»Mrs. Paulik war überwältigt von deiner Großzügigkeit«, fuhr Sayre fort. »Aber du hast sie damit in einen inneren Konflikt gestürzt. Sie war schon beinahe sauer auf dich, weil sie jetzt ein schlechtes Gewissen hat, nachdem sie dir ins Gesicht gespuckt hatte. Sie bereut das inzwischen zutiefst und wollte sich bei dir entschuldigen.«

»Sie braucht sich nicht zu entschuldigen.«

»Aber sie schuldet dir ihre Dankbarkeit.«

»Die will ich auch nicht.«

»Warum hast du es dann getan?«

»Zerbrich dir lieber den Kopf darüber, was du essen möchtest. Ich empfehle die Austern Bienville.«

»Beck, beantworte meine Frage, verdammt noch mal.«

»Okay«, sagte er barsch. »Vielleicht versuche ich, mir ein reines Gewissen zu erkaufen. Denkst du jetzt besser oder schlechter von mir?« Er winkte den Kellner herbei und sagte leise etwas auf Französisch zu ihm. Der Kellner verschwand und kehrte wenig später mit zwei in weiches Leder gebundenen, handgeschriebenen Speisekarten zurück.

Sayre legte ihre ungeöffnet auf den Tisch. »Als du Montagnachmittag Chris den Tipp gegeben hast, dass ich mit dir zu Calvin McGraw fahren wollte? Hast du das getan, weil du dachtest, es wäre witzig, meine Reaktion zu beobachten?«

Er legte seine Speisekarte ebenfalls nieder und sah ihr in die Augen. »Nein, Sayre. Ich dachte, es wäre interessant, die von Chris zu beobachten.«

»Von Chris?«

Beck stemmte die Unterarme auf den Tisch und beugte sich über den Tisch. »Mit deinem Gerede über die damaligen Geschworenen hast du Chris und Huff ziemlich nervös gemacht. Ich frage mich, warum. Warum haben sie sich nicht nur verdutzt am Kopf gekratzt und über deine Hirngespinste gelacht? Warum haben sie nicht einfach abgewartet, bis du dich selbst lächerlich machst? Warum haben sie dich nicht im Sandkasten buddeln lassen, bis du aufgibst und wieder nach San Francisco fliegst? Eigentlich würde man genau das von ihnen erwarten.«

Sie begriff, worauf er hinauswollte, und sagte: »Es sei denn, sie hätten etwas zu verbergen.«

»Es sei denn, sie hätten etwas zu verbergen.« Er senkte den Blick auf die Speisekarte und spielte mit der Quaste am Ende der Seidenkordel, mit der die Seiten gehalten wurden. »Ich habe zugelassen, dass du dich blamierst, weil ich sehen wollte, wie Chris reagiert hätte, falls Calvin McGraw einen guten Tag gehabt und glaubwürdig und vernünftig geschildert hätte, was während Chris' Verhandlung passiert war, so wie er es deinen Worten nach am Vormittag getan hatte.«

»Du hast mir geglaubt, nicht wahr?«

Er hob den Kopf, sah ihr ins Gesicht und schwieg lange, ehe er unvermittelt fragte: »Wie machst du das?«

»Was?«

»Eine billige Karneval-Perlenkette zu einem schicken Kostüm anzuziehen und sofort perfekt auszusehen. Als ich dich gerade ansah, dachte ich… Obwohl wir gerade über all diesen Mist reden, denke ich immerzu, mein Gott, sie ist unglaublich schön.«

Verlegen zwirbelte sie die künstlichen Perlen zwischen ihren Brüsten. »Du hast meine Frage nicht beantwortet. Hast du geglaubt, was ich dir über Calvin McGraw erzählt habe?«

Er lehnte sich seufzend zurück. »Wenn ich das glauben würde, wäre es nur ein winziger Schritt bis zu der Annahme, dass Chris Gene Iverson getötet hat und den Leichnam irgendwo verschwinden ließ, wo ihn niemand je wiederfinden kann.«

»Er hat aus Huffs Fehler gelernt«, meinte sie leise.

»Welchem Fehler?«

»Chris hat zugesehen, wie Sonnie Hallser ermordet wurde.« Seine Augen sahen sie scharf an. »Wie bitte?«

»Als ich gestern Abend in mein Motel zurückkam, lauerte Chris mir auf. Wir sprachen über mehr als nur über Huffs Pläne für dich und mich.« Sie schilderte ihm die Unterhaltung und vor allem den Wortwechsel über Hallsers Tod. »Er behauptet, ich wäre zu jung gewesen, um mich daran zu erinnern, ich hätte zwei verschiedene Erinnerungen durcheinandergebracht. Aber das stimmt nicht, Beck. Ich weiß genau, dass ich Recht habe. Chris schlich in jener Nacht aus dem Haus und ging zu Fuß zum Werk, um Huff zu überraschen.

Ich weiß nicht, ob er zusah, wie Huff diesen Mann in die Maschine stieß, oder ob Huff Hallser nach einem Unfall qualvoll krepieren ließ, aber es muss jedenfalls einen tiefen Eindruck hinterlassen haben. Entweder hätte er daraufhin der Gewalt für alle Zeit abgeschworen, oder er hätte begriffen, wie er sie nutzen kann. Ich halte Letzteres für wahrscheinlich. Als Huff für das, was er getan hatte, nicht zur Rechenschaft gezogen wurde, erkannte Chris, wie nützlich brutale Gewalt sein kann.«

Chris war Becks Mandant; er hätte ein Idiot sein müssen, wenn er auf das reagiert hätte, was sie ihm da erzählte, und Beck war bestimmt kein Idiot. Sie verstand, warum er so eisern schwieg, und zollte ihm widerwillig Respekt dafür.

Sie beobachtete, wie eine Schweißperle über seine Schläfe rann und dann in den strahlenförmigen Lachfältchen in seinen Augenwinkeln versickerte. »Eines würde ich gern wissen. Wie viel bin ich wert, Beck?«

»Wie bitte?«

»Huff würde dir eine angemessene Entschädigung dafür bieten, dass du mich heiratest und ihm einen Enkel zeugst. Habt ihr euch auf einen festen Betrag geeinigt, oder überlässt du das seinem Gutdünken? Hat er schon eine Abschlagszahlung geleistet?«

»Was glaubst du denn, womit ich dieses Essen bezahle?«, frotzelte er. Er stand auf und kam auf ihre Seite des Tisches, um ihr beim Aufstehen zu helfen. »Aber bitte beschränke dich beim Bestellen auf die linke Seite der Speisekarte.«

Jeder der drei Gänge war eine Köstlichkeit, aber am köstlichsten war das in Schlagsahne getränkte Schokolade-Soufflé, das sie sich zum Nachtisch teilten. Im Speiseraum gab es lediglich ein knappes Dutzend Tische, die mit weißen Damasttüchern, Silberbesteck, Kristallgläsern und antikem Porzellangeschirr gedeckt waren. Über der Wandvertäfelung waren die Wände mit einem rosa Moirémuster überzogen, passend zu den dicken Vorhängen, die auf dem glänzenden Dielenboden auflagen und sich bauschten. Der Raum wurde von den Tischkerzen und dem Kristalllüster, der in der Mitte von einem Stuckmedaillon herabhing, in ein mildes Licht getaucht.

Als sie wieder hinausgingen, um noch einen Kaffee zu trinken, sagte Sayre: »Mein Kompliment an den Koch und an den Innenarchitekten.«

»Ich werde dafür sorgen, dass beides ausgerichtet wird.«

»Wie bist du darauf gestoßen?«

»Gar nicht. Meine Mutter hat es gefunden. Sie hat mich hierher ausgeführt, um mein bestandenes Jura-Examen zu feiern.«

»Kommt sie aus New Orleans?«

»Sie ist hier geboren und aufgewachsen.«

»Und sie hat dir Französisch beigebracht?«

Er lächelte. »Als ich noch in den Windeln lag.«

Der Kellner schenkte ihnen Kaffee ein und ließ sie dann allein. Beck verstärkte den Kaffee mit einem Schuss Grand Marnier und reichte ihr dann ein zierliches Tässchen mit Untertasse. »Nicht ganz der Destiny Diner, aber sie bemühen sich.«

Lächelnd nahm sie ihre Tasse auf der Untertasse mit ans Geländer. Über den Dächern schwebte von irgendwoher Musik. Der Hof unten war nur spärlich beleuchtet und lag größtenteils in tiefen Schatten, was eine versponnene, geheimnisvolle Atmosphäre schuf.

Der Brunnen in der Mitte blubberte träge. Dem weiblichen Stuckengel fehlte eine Hand, und der Fuß war moosbewachsen. Eine blühende Pflanze spross frech aus einer Spalte im Podest. Wie allen Büschen und Ranken war es auch dieser kleinen, verlorenen Pflanze erlaubt worden, nach Belieben zu wurzeln und zu wachsen.

Sayre hatte ein Faible für diese Unvollkommenheit. Das Flair von Verfall und Vernachlässigung, das im French Quarter herrschte, trug zu dessen Schönheit bei und verstärkte die mystische Atmosphäre.

Das Gesicht dem verschwiegenen Hof zugewandt, sagte sie: »Gestern Abend hat Chris mir versichert, dass er Danny nicht getötet hat. Er hat es glaubhaft abgestritten.«

Beck trat an ihre Seite. »Vielleicht jagen wir einem Gespenst nach. Vielleicht hat Danny den perfekten Selbstmord begangen.«

Sie trank ihren Kaffee aus, stellte Tasse und Untertasse zurück auf das Silbertablett und lehnte sich dann wieder neben ihm ans Geländer. »Was ist dir heilig, Beck?«

»Wieso?«

»Ich würde dir gern etwas erzählen, aber du musst mir schwören, dass du es niemandem weitererzählst. Weil ich das Vertrauen eines anderen missbrauche, wenn ich es dir erzähle.«

»Dann erzähl es nicht.«

»Ich denke, du solltest es unbedingt wissen.«

»Na schön. Dann mach mich zu deinem Anwalt. Ich nehme fünf Dollar als Gebühr. Und danach bin ich durch mein Berufsgeheimnis gebunden, nichts von dem zu verraten, was du mir erzählst.«

»Das hatte ich mir auch schon überlegt«, sagte sie zu ihm. »Aber du könntest mich nicht als Mandantin nehmen. Damit kämst du in einen Interessenkonflikt.«

»Was du mir erzählen möchtest, hat demnach mit Chris zu tun?«

»Genauer gesagt mit Danny.«

Sie sah ihn eindringlich an und verfolgte das Schattenspiel der flackernden Gaslampen auf seinem Gesicht. Als sie sich zum ersten Mal begegnet waren, hatte sie ihn als Henker ihres Vaters bezeichnet, und er hatte nur wenig getan, um sie davon zu überzeugen, dass er etwas anderes war. Er behauptete, er hätte sie in McGraws Altenheim bloßgestellt, weil er sehen wollte, wie Chris auf den Alten reagierte. Aber ob das stimmte?

Chris hatte sie gewarnt, sich vor Beck in Acht zu nehmen. Erst wenige Stunden zuvor hatte sie sich gefragt, wie er so verlogen sein konnte. Sie bezweifelte sogar die menschenfreundlichen Motive für seine großzügige Geste den Pauliks gegenüber. Hatte er nur darum so tief in die Tasche gegriffen, um Sayre zu blenden?

Andererseits hatte er nicht wissen können, dass sie im Krankenhaus anwesend wäre, wenn Alicia Paulik ihre Post öffnete. Und er hatte auch unmöglich planen können, dass sie seine Karte als erste unter all den Glückwunschkarten in dem braunen Umschlag öffnete.

Sie fasste sich ein Herz und sagte: »Ich werde dir etwas erzählen, was niemand sonst weiß.«

»Vergiss nicht, dass ich Chris' Anwalt bin, Sayre. Hüte dich, mir zu viel anzuvertrauen.«

Sie war sich des Risikos durchaus bewusst. »Danny war verlobt und wollte heiraten.«

Sie sah ihm an, dass er ehrlich verblüfft war. »Verlobt? Mit wem?«

»Das werde ich dir nicht verraten.«

»Wie … Woher weißt du …«

»Ich traf sie auf dem Friedhof. Sie wollte sein Grab besuchen und hat sich mir vorgestellt.«

Er entspannte sich etwas. »Eine Frau tritt an dich, Dannys reiche Schwester, heran, stellt sich als Verlobte des teuren Verstorbenen vor, und du nimmst ihr das einfach so ab? Sie könnte nur hinter seinem Geld her …«

»So dumm bin ich nicht, Beck. Ich kann einen Menschen beurteilen. Sie ist keine Leichenfledderin. Sie liebte Danny von

ganzem Herzen. Er liebte sie ebenfalls. Sie hat einen Diamant-
ring von ihm bekommen.«

»Von ihm oder von dem letzten Typen, den sie erpresst hat.«

»Wenn Sie die günstige Gelegenheit hätte ausschlachten wollen, hätte sie sich inzwischen bei Huff gemeldet, oder? Weder er
noch Chris wussten von der Verlobung, solange Danny lebte,
und sie möchte nicht, dass sie jetzt davon erfahren.«

»Warum nicht?«

»Weil die beiden sofort den gleichen Schluss ziehen würden
wie du. Sie würden glauben, dass sie etwas von ihnen wolle.«

Er hatte den Anstand, betreten den Kopf zu senken.

»Sie sagte, die beiden würden die Liebe zwischen ihr und
Danny zu schänden versuchen, die in Wirklichkeit wunderschön
gewesen war.«

»Vielleicht hatte Danny dich angerufen, weil er dir von seiner
Verlobung erzählen wollte.«

»Das würde ich nur allzu gern glauben. Möglicherweise trifft
dies sogar zu. Auf jeden Fall bin ich überzeugt, dass die beiden einander vergötterten und furchtbar verliebt waren. Er
wollte sie heiraten und eine Zukunft mit ihr aufbauen, und darum ist sie absolut sicher, dass er sich nicht das Leben genommen hat.«

»Vielleicht wollte er mit ihr Schluss…«

»Nein. Ich habe das so vorsichtig wie möglich angedeutet. Sie
stritt rigoros ab, dass er sich eventuell aus der Affäre ziehen
wollte. Aber dabei erzählte sie mir, dass Danny eine…« Sie
wollte das Wort »religiöse Krise« nicht aussprechen, da damit
sonnenklar würde, dass Dannys Verlobte aus seiner Kirche
stammte. »Er durchlebte eine persönliche Krise, bei der er nicht
einmal sie ins Vertrauen ziehen konnte.«

»Das war diese Gewissensfrage, die ihn so umgetrieben hat.«

»Genau. Sie bezeichnete es als emotionalen Kampf, den
Danny unbedingt ausgefochten haben wollte, ehe er ihr endgültig das Jawort gegeben hätte.«

»Das hätte alles Mögliche sein können, Sayre. Vielleicht hatte er Spielschulden, eine heimliche Sucht, die er überwinden wollte, oder eine schwangere Freundin im Nachbarort.«

»Oder er wusste etwas, womit er nicht mehr leben konnte.«

»Offenbar hast du dir Gedanken darüber gemacht und eine Ahnung, was das gewesen sein könnte.«

»Anfangs dachte ich, es könnten illegale Vorgänge in der Gießerei gewesen sein. Inzwischen glaube ich eher, dass Danny wusste, was mit Gene Iverson passiert ist.«

Beck trat nachdenklich an den Tisch und stellte seine leere Tasse neben ihrer ab. Der Kellner kam auf sie zu, aber Beck schüttelte entschieden den Kopf, und der Kellner verschwand wieder im Dunkel.

Beck kehrte ans Geländer zurück, legte die Hände darauf, beugte sich vor und stützte sein ganzes Gewicht auf das Eisen. Das Hemd spannte sich über seinem Rücken, zeichnete jeden Rückenwirbel nach und umschmiegte seine Muskeln.

»Danny war religiös geworden«, sagte sie. »Dazu gehört auch, dass man beichten geht. Wäre es nicht möglich, dass er etwas über Iverson wusste, was so sehr auf seinem Gewissen lastete, dass er sich erst von seiner Schuld befreien musste, ehe er sein Leben weiterführen konnte?«

Er wandte ihr nur den Kopf zu. »Was ein triftiger Grund wäre, sich umzubringen.«

»Es ist ein ebenso triftiger Grund für einen Mord. Vor allem wenn ein vernichtendes, öffentliches Geständnis zu erwarten wäre.«

Er blickte wieder nach vorn und fluchte ins Dunkel hinein. »Du hast mir eben das gegeben, was Wayne Scott bei seinen Ermittlungen gegen Chris gefehlt hat.«

»Ein Motiv.«

Er starrte eine Ewigkeit in den Innenhof hinunter. Dann richtete er sich auf und drehte sich um. »Wir sollten jetzt gehen.«

»Es ist eine lange Fahrt zurück nach Destiny.«

»Ja, und sie ist gerade noch länger geworden.«

Der allgegenwärtige Maître d'Hotel dankte ihnen begeistert,

küsste Sayre erneut auf beide Wangen und drängte Beck, sie möglichst bald wieder herzubringen. Vorsichtig stiegen sie die Wendeltreppe hinab.

Auf halbem Wege über den Innenhof blieb Beck stehen. Verdutzt drehte sich Sayre zu ihm um und sah zu ihm auf. Er lächelte nicht und erklärte auch nicht, warum er stehen geblieben war. Das war nicht nötig. Er begann langsam rückwärtszugehen und zog sie dabei in den Schatten der an der Wand rankenden Glyzinie. Sie ließ sich bereitwillig ziehen.

Eine süße Schwere brachte ihr Blut zum Glühen, so wie der Likör ihren Kaffee zum Glühen gebracht hatte. Sie fühlte sich schläfrig vor Zufriedenheit und gleichzeitig ungeheuer lebendig. Ihre Lider waren schwer, aber ihre Nervenenden kribbelten vor Spannung und Erwartung.

Als Beck sie an seine Brust zog, konnte sie dicht unter der feuchten Haut die Adern pulsieren sehen. Am liebsten hätte sie seinen Puls mit ihren Lippen ertastet, aber sie widerstand dem Drang, ihren Mund auf seinen Hals zu legen.

Er schob die Hand in ihren Nacken und zog ihr Gesicht an seines heran. Sein Atem war weich und warm wie der Morgendunst über dem Bayou.

»Wenn ich dich berühre, wirst du glauben, ich täte es, weil Huff es will.«

Sie stellte sich auf die Zehenspitzen und flüsterte gegen seine Lippen. »Das ist mir egal. Berühr mich trotzdem.«

Er küsste sie. Sie reckte sich ihm mit ihrem ganzen Körper entgegen und schob sich hoch, bis seine Arme sie umschlossen. Sein Kuss war besitzergreifend und fordernd. Die Hände auf ihren Hüften fühlten sich fest und unnachgiebig an und drückten ihren Unterleib unerbittlich gegen sein Geschlecht. Er senkte den Kopf, schob mit den Lippen den Perlenstrang beiseite und küsste durch den Stoff hindurch ihre Brüste.

Dann drückte er sie an sich, nahm ihren Hinterkopf in seine breite Hand und drehte ihr Gesicht zur Seite, um ihr ins Ohr zu flüstern: »Nicht für alles Geld in der Welt würde ich mich an eine Frau ketten lassen, die ich nicht will. Das musst du mir glauben, Sayre. Das Grausame daran ist…« Er rieb sich hemmungslos und provozierend an ihr. »Das Grausame daran ist, dass ich dich um jeden Preis haben will.«

Er hätte sie haben können. In diesem Augenblick nahmen ihre Sinne nur noch ihn wahr. Sie trank seinen Anblick, sie begehrte ihn mit der gleichen verrückten, blinden, unmöglichen Leidenschaft, mit der er sie begehrte.

»Aber durch eine Ironie des Schicksals«, fuhr er mit rauer Stimme fort, »hat mir Huff, indem er mir grünes Licht gab, den Weg zu dir verwehrt.« Er begann, sie ganz langsam loszulassen, bis er sie wieder vor sich absetzte und sie sich nicht mehr berührten. »Ich will dich. Aber du sollst keine Sekunde lang an meinen Motiven zweifeln.«

27

Huffs Haupt war in Rauchschwaden gehüllt. Mechanisch paffte er an der Zigarette, die in seinem Mundwinkel baumelte. Mit weit gespreizten Beinen auf der Laderampe stehend, die Hände in die Hüften gestemmt, fasste er mit finsterem Blick die Streikposten ins Auge.

Etwa vierzig Männer marschierten, mit kämpferischen Plakaten bewehrt, langsam und schweigend vor dem Haupttor des Werks auf dem Randstreifen des Highways in einem ovalen Kreis.

»Wie lange machen die das schon?«

Die Gruppe, die sich um Huff geschart hatte, bestand aus Chris, mehreren Vorarbeitern und ein paar Abteilungsleitern, die alle aus ihren Häusern, zum Teil sogar aus ihren Betten herbeordert worden waren, um diese neueste kritische Entwicklung in Augenschein zu nehmen.

Fred Decluette hatte die undankbare Aufgabe zugewiesen bekommen, alle zu benachrichtigen, sobald die Streikposten eintrafen, darum blieb es auch ihm überlassen, Huffs Frage zu beantworten. »Sie haben sich gegen zehn Uhr morgens versammelt, und bei Schichtwechsel haben sie angefangen zu demonstrieren.«

»Red soll herkommen und sie wegen Hausfriedensbruch verhaften.«

»Das kann er nicht, Huff«, belehrte ihn Chris. »Solange sie auf der anderen Seite des Zauns bleiben, befinden sie sich auf öffentlichem Grund. Aber dummerweise muss jeder, der zur Arbeit oder nach Hause will, durch dieses Tor. Es lässt sich nicht vermeiden, dass unsere Angestellten sie sehen. Sie müssen praktisch mitten durch die Streikposten fahren.«

»Außerdem haben sie die Demonstration angemeldet.« Das kam von George Robson. »Sie haben sich abgesichert.«

»Hat irgendwer auch gute Neuigkeiten für mich?«, bellte Huff.

»Die gute Neuigkeit ist, dass die Genehmigung nur gilt, solange die Demonstration friedlich bleibt«, sagte Chris. »Ich glaube, es ist an uns, dafür zu sorgen, dass sich das ändert.«

Aus der Gruppe war unterdrücktes Lachen zu hören. Huff sah Fred an. »Hast du ein paar Jungs bereit?« Er beantwortete das mit einem Nicken, aber Huff spürte seine Skepsis. »Was ist los, Fred? Sprich mit mir. Muss ich dir alles aus der Nase ziehen?«

»Es könnte sein, dass unsere Männer das nicht so gern sehen.« Fred sah sich nervös um. »Es gab Gerede, dass sich einige von unseren Arbeitern den Streikposten anschließen könnten.«

Huff warf die Zigarette auf den Beton und zermalmte sie unter seiner Sohle. »Ich werde mich selbst darum kümmern.«

Die Gruppe verschwand wieder im Werk und hatte sich keine fünf Minuten später in Huffs Büro versammelt. Alle reihten sich an der Glaswand mit Blick auf die Werkshalle auf. Unten wurde gearbeitet wie immer, aber ohne große Begeisterung. Eine alles durchdringende Spannung lag in der Luft.

»Ist die Lautsprecheranlage an?«, fragte Huff.

Chris legte eine Reihe von Schaltern auf dem Durchsagesystem um. »Jetzt schon.«

Huff griff zum Mikrophon, pustete kurz hinein, um es zu prüfen, und sagte dann: »Alle mal herhören.« Seine Stimme dröhnte in jede Ecke des Geländes und erreichte jeden Arbeiter in dieser Schicht, gleichgültig, wo er sich gerade aufhielt. Manche hielten in ihrer Arbeit inne und blieben stehen, aber ohne den Kopf zu heben. Andere sahen auf, aber es war praktisch unmöglich, die Miene eines Mannes zu deuten, der eine Schutzbrille trug.

»Sie wissen alle, was da draußen abläuft. Inzwischen kennen Sie wahrscheinlich den Namen des Mannes, der diese Clowns geschickt hat, damit sie uns auf die Nerven fallen, und wahrscheinlich fragen Sie sich: ›Wer zur Hölle ist Charles Nielson?‹

Ich werde es Ihnen sagen: Er ist ein Unruhestifter, dem nichts, aber auch gar nichts an Hoyle Enterprises liegt. Diese Streikposten da draußen vergeuden nur ihre Zeit und machen sich lächerlich, aber das ist ihre eigene Entscheidung.

Wenn wir zusammenhalten und sie ignorieren, werden sie irgendwann aufgeben und unter den Stein zurückkrabbeln, unter dem sie hervorgekrochen sind. Wir kennen Typen wie sie, nicht wahr? Wir hatten schon früher Agitatoren hier. Sie kommen von irgendwoher in unsere Stadt, stecken ihre Nase in unsere Angelegenheiten und wollen uns vorschreiben, wie wir zu leben haben. Ich weiß, dass ich nicht nur für mich, sondern für die meisten hier spreche, wenn ich sage, dass ich es auf den Tod nicht ausstehen kann, wenn jemand glaubt, er wüsste besser als ich, was gut für mich ist.

Und das schließt die Bundesregierung und die Gewerkschaften ein. Diese Leute sind sich nicht mal untereinander einig«, ereiferte er sich. »Warum sollten wir also wollen, dass sie darüber entscheiden, wie wir in Destiny unsere Angelegenheiten regeln? Ich finde, das sollten wir nicht.«

Er hielt inne, holte tief Luft und fuhr dann versöhnlicher fort: »Was Billy Paulik passiert ist, war ein tragischer Unfall. Das lässt sich nicht abstreiten. Er hat schwer gelitten, und er wird noch länger leiden müssen. Wir könnten ihm alles Geld der Welt geben, ohne dass es seinen Verlust wettmachen würde, richtig? Natürlich werden wir unser Bestes für ihn und seine Familie tun, aber letzten Endes hängt Billys Zukunft vor allem von Billy ab, weil keiner von uns die Uhr zurückdrehen und den Unfall ungeschehen machen kann.

Es ist kein Geheimnis, dass die Arbeit, die wir hier tun, gefährlich ist. Ab und zu kommt es zu Unfällen. Dabei wurden schon Männer verletzt, manche sogar getötet, aber ich möchte mal sehen, ob mir so ein Bürohengst aus Washington zeigen kann, wie man ohne jedes Risiko Eisen schmelzen und zu Rohren gießen kann. Das geht einfach nicht.

Und Sie können darauf wetten, dass derselbe Bürohengst verflucht dankbar ist, dass da ein Rohr ist, wenn er seine Kacke durchs Klo spült, und dass es ihn einen feuchten Dreck interessiert, ob jemand bei der Herstellung verletzt wurde.«

Er hielt inne, um abzuschätzen, wie seine Rede gewirkt hatte. Unten in der Werkshalle standen alle wie angewurzelt da. Wie ein Haufen Statuen. Er meinte, vor sich zu sehen, wie die Männer im Pausenraum über ihre Sandwiches, Fertigkuchen oder Thermoskannen mit Kaffee gebeugt saßen und ihm zuhörten.

Er hatte ihre Aufmerksamkeit, so weit, so gut. Ihre Zukunft stand ebenso auf dem Spiel wie seine, und genau das musste er ihnen vor Augen führen.

»Diese Nichtsnutze da draußen werden Sie zum Streik verleiten wollen. Mal ehrlich, ich wünschte, ich müsste für mein Geld nicht arbeiten. Ich wünschte, ich könnte genau wie diese Typen den ganzen Tag vor fremden Firmen herumspazieren und die Männer überreden, ihre Jobs sausen zu lassen. Und pfeif auf die Arbeitsmoral oder auf die Lohnschecks, die am Zahltag ausbleiben werden.

Wenn ich schwer arbeitenden Männern raten würde, ihren Job hinzuschmeißen, dann würde ich erwarten, dass sie mich als Vollidioten bezeichnen. Ich habe Rechnungen zu bezahlen. Lebensmittel zu kaufen. Eine Familie zu versorgen. Habe ich Recht?«

Ein paar der Männer unten nickten widerstrebend. Andere blickten sich argwöhnisch um, weil sie feststellen wollten, wie ihre Kollegen reagierten.

»Also, ich weiß, dass hier bei Hoyle Enterprises keineswegs alles perfekt ist. Wir hatten im Verlauf der Jahre den einen oder anderen Unglücksfall zu beklagen. George Robson und ich untersuchen gerade den jüngsten Vorfall und die Ursachen.«

Er bemerkte, wie überrascht George auf diese Erklärung reagierte, hoffte aber, dass es außer ihm niemandem aufgefallen war. »Wir sehen die Notwendigkeit einer längeren und gründlicheren Einarbeitung, bevor ein neuer Mitarbeiter an seinen Arbeitsplatz kommt. Außerdem ist es Zeit, dass Sie alle eine Gehaltserhöhung bekommen.

Aber ganz ehrlich, diese Jammerei widert mich an. Ich kann mich an Zeiten erinnern, in denen ein Mann liebend gern seinen rechten Arm gegeben hätte, um einen Job zu bekommen. Bevor ich der Boss dieses Unternehmens wurde, war ich einer von euch. Vergessen Sie nicht, dass auch ich da unten in der Halle geschuftet und geschwitzt habe und dass ich die Hitze, den Schmutz und die Gefahr am eigenen Leibe erlebt habe.«

Er schob die Ärmel hoch, um seine Unterarme zu entblößen, und streckte sie vor. »Ich habe genug Narben, die mich jeden Tag daran erinnern, wie schwer und wie gefährlich diese Arbeit ist.« Er krempelte die Ärmel wieder nach unten und senkte beschwichtigend die Stimme. »Aber ich bin kein Unmensch. Ich bin bereit, Ihre Beschwerden anzuhören. Erstellen Sie also eine Liste von Punkten, die Sie geändert haben möchten, und wir hier oben in den Büros werden sie uns ansehen.

Aber« – er holte tief Luft, um dieser Einschränkung Bedeutung zu verleihen. – »falls sich einer von Ihnen dieser Bande von Ohrenbläsern da draußen anschließen will, soll er das tun. Verstanden? Er soll gehen! Und zwar sofort. Wer glaubt, dass dies kein anständiger Arbeitsplatz ist, der weiß, wo die Tür ist.

Doch falls Sie mit denen da draußen gemeinsame Sache machen, sollten Sie sich bewusst sein, dass Sie nie wieder für mich arbeiten werden, genauso wenig wie Ihre Angehörigen, und dass Sie sich für den Rest Ihrer Tage einen Feind gemacht haben.« Er wartete ab, um seinen Worten Gewicht zu geben, und schloss dann mit der Bemerkung: »Denken Sie darüber nach. So, jetzt haben wir genug Arbeitszeit mit diesem Quatsch vergeudet. Also, an die Arbeit!«

Er schaltete das Mikrophon aus und drehte sich vom Fenster weg. Chris sagte: »Damit solltest du jedem möglichen Überläufer den Wind aus den Segeln genommen haben. Es würde mich nicht überraschen, wenn du damit auch die Gewerkschaftssympathisanten mundtot gemacht hättest. Die haben bestimmt nicht mehr den Mumm, die Klappe aufzureißen.«

Huff teilte Chris' Zuversicht nicht. »Fred, was meinen Sie?«

Sichtlich verlegen, im Zentrum des Interesses zu stehen, trat der Arbeiter von einem Fuß auf den anderen. »Äh, damit haben Sie bestimmt was erreicht, Huff. Aber das hier ist Billys Schicht. Diese Männer haben ihn bluten sehen und schreien hören. Der Unfall ist ihnen noch gut im Gedächtnis. Ich weiß, dass Sie viel für seine Familie tun. Erst heute habe ich gehört, dass Beck ihn im Krankenhaus besucht hat. Alicia sagte…«

»Beck hat ihn besucht?«, fragte Chris.

Fred sah sich unruhig um und fuhr fort: »Wenn ich Alicia richtig verstanden habe. Sie hat vor ein paar Stunden angerufen und erzählt, dass Beck im Krankenhaus war und ihr einen mächtig dicken Scheck überreicht hat.«

Huff sah Chris an.

Achselzuckend gab Chris zu erkennen, dass er nichts von Becks Geste gewusst hatte. »Was wollten Sie sagen, ehe Chris Sie unterbrochen hat?«, fragte Huff Fred.

»Na ja, ich wollte sagen, dass die Männer, die mit Billy arbeiten, das mit dem Unfall nicht so schnell vergessen werden. Die Erinnerungen daran waren schon am Verblassen, aber heute Abend sind überall kleine Andenken an ihn aufgetaucht.«

»Zum Beispiel?«

»Zum Beispiel ein gelbes Band im Schloss von Billys Spind.

Zum Beispiel sein Name auf dem Förderband. Jemand will die Erinnerung wachhalten und die Gefühle wieder aufrühren.«

»Und wer?«

»Das weiß ich noch nicht. Aber mir ist immer wieder aufgefallen, dass die Gespräche verstummt sind, sobald ich in die Nähe kam.«

»Finden Sie heraus, wer dafür verantwortlich ist.«

»Ich arbeite daran.«

Huff zielte mit dem Stummelfinger auf seine Brust. »Ich will nicht, dass Sie daran arbeiten. Ich will *Ergebnisse*. Halten Sie Augen und Ohren auf, sonst suche ich mir jemand anderen, der mir die Namen besorgt.«

Fred schluckte schwer. »Ja, Sir. Und was soll ich wegen der Streikposten unternehmen?«

Huff zündete sich eine neue Zigarette an. Er antwortete erst, nachdem er ein paar Züge gemacht hatte. »Am liebsten hätte ich es, wenn Sie mit einer Schrotflinte da rausgehen. Damit würden Sie die Versammlung am schnellsten auflösen.«

»Ich lade sie«, erklärte Chris lakonisch.

Huff lachte und schüttelte den Kopf. »Nein, heute Abend unternehmen wir gar nichts mehr. Die sollen von selbst heimgehen. Bis dahin sind sie müde, durstig und mückenzerstochen, und der Rücken wird ihnen vom Schilderschleppen wehtun. Vielleicht löst sich die Geschichte in Wohlgefallen auf, ohne dass wir auch nur einen Finger krumm zu machen brauchen. Warten wir noch ein, zwei Tage ab. Mal sehen, was sich ergibt. Und wie unsere Angestellten reagieren. Fred, Sie stellen ein paar Männer zusammen, die zu allem bereit sind.«

»Sie brauchen bloß das Kommando zu geben, Mr. Hoyle. Sie sind schon bereit und willig.«

»Gut. Aber vergessen Sie nicht, falls es wirklich zu einem Zusammenstoß kommt, muss es so aussehen, als wären die Streikposten schuld. Sie legen sich mit uns an, und unsere Männer setzen sich nur zur Wehr. Das ist unsere Devise.«

»Kapiert.«

Fred ging ab. Zu den Verbleibenden sagte Huff: »Ich glaube nicht, dass es heute Nacht noch losgeht. Morgen machen wir weiter, als wäre nichts geschehen. Lassen Sie sich nicht provozieren durch das, was diese Streikposten Ihnen hinterherrufen oder was auf ihren Schildern steht, auch wenn es noch so hässlich ist. Ignorieren Sie diese Hurensöhne einfach.

Vielleicht kann Beck bis morgen bei Nielson etwas erreichen, und er pfeift diese Schakale zurück, ehe sie noch mehr Schaden anrichten können. Okay?« Alle nickten. »Sie können jetzt alle heimfahren.«

Nur George Robson wollte noch nicht gehen. »Huff?«

»Was ist denn, George?«

»Sie haben vorhin gesagt, wir würden Pauliks Unfall untersuchen...«

»Ich hab ihnen nur gesagt, was sie hören wollten, George. Machen Sie sich deshalb keine Gedanken.«

»Ich dachte nur«, sagte er und sah dabei nervös zwischen Huff und Chris hin und her, »dass wir das Förderband vielleicht lieber abstellen sollten, bis es repariert ist. Damit später niemand mit dem Finger auf uns zeigen kann.«

Huff wandte sich an Chris. »Ich dachte, das hättet ihr bereits besprochen.«

»Haben wir.«

George sagte: »Richtig, das haben wir. Aber wenn ich es genau bedenke...«

»Hören Sie auf, so viel zu bedenken, George«, fiel ihm Huff ins Wort. »Chris ist unser Werksleiter, und er hat seine Entscheidung gefällt, was dieses Förderband angeht.«

»Und zwar auf Ihre Empfehlung hin, George, oder haben Sie das vergessen?«

George nickte unsicher und unglücklich. »Ja. Okay.«

»Fahren Sie heim und versuchen Sie noch was von der Nacht zu haben«, riet Huff.

»Na gut. Dann bis morgen.« George ging zur Tür.

»Richten Sie Ihrer hübschen Frau unsere besten Grüße aus.«

George blieb stehen, drehte sich um, fixierte Chris mit einem kühlen Blick und huschte dann hinaus.

Huff sah Chris an. »Du spielst mit dem Feuer, wenn du solche Sachen sagst.«

Chris lachte. »Ich glaube kaum, dass mich George zum Duell herausfordern wird. Wenn er sich Sorgen macht, dass ihn seine Frau betrügen könnte, hätte er keine solche Schlampe heiraten dürfen.«

Beck kam herein. »Ich habe George im Gang getroffen. Er sagte, ich hätte eine Mordsansprache verpasst.«

Sobald sie von den Streikposten vor dem Tor erfahren hatten, hatte Chris auf Becks Handy angerufen und ihn noch auf der Rückfahrt von New Orleans erwischt. Beck hatte ihnen versichert, dass er so schnell wie möglich ins Werk kommen würde. Huff warf einen kurzen Blick auf die Wanduhr und stellte fest, dass Beck es in Rekordzeit geschafft hatte.

Jetzt stellte Beck seinen Aktenkoffer auf dem Boden ab und ließ sich, sichtbar außer Atem, auf das kurze Sofa fallen. »Kaum bin ich für ein paar Stunden nicht in der Stadt, schon bricht hier das Chaos aus.«

Huff winkte Chris zu der Kredenz hin, in der er seine Getränke aufbewahrte. »Es ist genug Whisky da, mein Sohn.«

»Ich musste mitten durch unsere Besucher fahren, sonst wäre ich überhaupt nicht ins Werk gekommen«, erklärte ihnen Beck.

»Genau das bezwecken sie damit, würde ich meinen«, sagte Huff hinter seinem Schreibtisch hervor, wo er sich in seinem hohen, schwarzen Ledersessel niedergelassen hatte. »Die haben sich diesen Fleck nicht zufällig ausgesucht.«

»Konntest du feststellen, ob wirklich Nielson sie geschickt hat?«

»Die machen kein Geheimnis daraus«, sagte Chris und reichte Beck eines von drei gefüllten Gläsern. »Ich war draußen und habe mit dem Kerl gesprochen, der sie anzuführen scheint. Ein Fleischberg, wahrscheinlich auf Steroiden, aber immerhin so schlau, dass er nichts sagt, außer dass sie eine Genehmigung haben, die er mir gezeigt hat, und dass ich mich mit allen weiteren Fragen an Mr. Nielson wenden soll.«

»Dumm nur, dass sich Mr. Nielson so rar macht.« Beck erzählte ihnen von seinem unergiebigen Besuch. »Sein Büro ist nicht besonders eindrucksvoll. Bescheiden möbliert. Nur eine einzige Sekretärin. Sie ist ungemein höflich und ernst. Sieht aus, als würde sie dir auch einen Apfelkuchen backen oder einen losen Knopf annähen, wenn du sie nett darum bittest. Aber trotzdem ist sie nicht leicht zu knacken. Und auch nicht gerade freigiebig mit Informationen. Sie wollte sich nicht darauf festlegen, wann ich ihren Boss von Angesicht zu Angesicht treffen würde. Wirklich gut geschult.«

Huff schnaubte. »Der Feigling wusste, dass du kommen würdest, und hat den Schwanz eingezogen. Vielleicht ist er wirklich in Cincinnati, vielleicht hat er aber auch nur in der Bar gegenüber gewartet, bis sich der Rauch verzogen hatte.«

»Durchaus möglich«, gestand Beck ihm zu. »Ich habe mehrmals in seinem Hotel angerufen. Anfangs bekam ich zu hören, er hätte noch nicht eingecheckt. Jetzt lässt er sich keine Anrufe durchstellen. So oder so komme ich mir verarscht vor.«

»Er wollte sich nicht am selben Tag mit dir treffen, an dem seine angeheuerten Streikposten vor unserer Fabrik auftauchen«, vermutete Chris.

»Wahrscheinlich hast du Recht«, sagte Beck. »Aber das ist noch nicht alles. Das Beste kommt noch. Ratet mal, wer in Nielsons Büro war, todschick gekleidet und trotz der hohen Absätze bereit, es mit jedem Feind aufzunehmen, angefangen mit mir?«

»Du machst Witze«, entfuhr es Chris. »Sayre?«

»Gut geraten.«

»Was wollte sie da?«

»Dasselbe wie ich, nämlich Nielson sprechen. Natürlich aus einem anderen Grund als ich. Sie wollte sich bei ihm anwerben lassen und ihm ihre Hilfe anbieten.«

Chris fragte: »Und wie?«

»So genau haben wir das nicht besprochen.«

»War sie mit bei dir, als du Billy Paulik besucht hast?«

Beck reagierte überrascht und sah erst Huff und dann wieder Chris an. »Woher wisst ihr das?«

»Alicia Paulik hat Fred Decluette angerufen.«

»*Ich* wollte ihn nicht besuchen, sondern Sayre«, erklärte er. »Ich bin mitgefahren und habe dabei die Karten und Briefe der Kollegen als Türöffner benützt. Ich dachte, ich könnte bei Mrs. Paulik punkten, wenn ich sie persönlich überbringe. Außerdem wollte ich wissen, was Sayre dort erreichen wollte.«

»Und was wäre das?«, fragte Huff.

»Nichts, soweit ich feststellen konnte. Anscheinend war es nur ein Höflichkeitsbesuch.«

»Als Mrs. Paulik mit Fred sprach, erwähnte sie einen ›sehr ansehnlichen Scheck‹. Wie viel hat mich diese Geste gekostet?«

»Nichts, Huff. Ich habe den Beitrag aus eigener Tasche geleistet. Du musst ihn nicht erstatten, wenn du nicht möchtest.«

»Quark, schließlich habe ich selbst vorgeschlagen, dass wir noch mal nachlegen. Und genau wie ich dachte, kochen wir die Gute damit weich. Sie hat den Scheck behalten, richtig?«

»Soweit ich weiß.«

»Da hast du es.« Er erhob sein Glas, um auf ihren Erfolg anzustoßen.

Beck sagte: »Bevor du darauf trinkst, solltest du wissen, dass ich dem Psychiater zugesichert habe, er könne die Sitzungen mit Billy bis auf Weiteres fortsetzen.«

Chris stöhnte. »Willst du uns in den Bankrott stürzen?«

»Ich gebe zu, das war eine kühne Entscheidung aus dem Augenblick heraus. Ich hatte keine Zeit, sie mit euch abzusprechen. Aber ich glaube, ich habe auch damit bei Mrs. Paulik punkten können.«

Huff zwinkerte ihm zu. »Ich könnte nichts mit dir anfangen, wenn du keine eigenverantwortlichen Entscheidungen fällen könntest. Du wärst nicht in der Position, in der du jetzt bist, wenn ich mich nicht auf dein Urteil verlassen würde.«

»Aber damit werfen wir mit der Wurst nach der Speckseite«,

beschwerte sich Chris. »Wir sorgen also dafür, dass sich Billy Paulik so gut wie möglich erholt. Und was bringt uns das?«

»Ich kann mir nicht vorstellen, dass Beck wirklich dachte, diese Investition würde sich dadurch auszahlen, dass Billys Arbeitskraft wiederhergestellt wird.«

»Ganz genau, Huff. Ich sah es als Geste des guten Willens, mit der wir eventuell eine millionenschwere Klage abwenden können. Alles, womit wir einen Rechtsstreit vermeiden können, ist eine gute Investition.«

»Ich bin ganz deiner Meinung.« Huff kippte seinen Drink hinunter und genoss dabei das Brennen des Bourbons in seinem Rachen und die Wärme, die sich gleich darauf in seinem Bauch ausbreitete. »Und in welcher Verfassung war Sayre, als du sie allein gelassen hast?«

Beck zuckte mit den Achseln, aber Huff nahm ihm nicht ab, dass er so gleichmütig war, wie er ihnen weismachen wollte. »Wir haben zusammen gegessen. Ich habe ihr eine Karnevalskette gekauft. Es gab Champagner.«

Huff klatschte fröhlich in die Hände. »Und wie lief es?«

Beck zog ironisch eine Braue hoch. »Es wäre besser gelaufen, wenn Chris ihr nicht von deinen Kuppeleiversuchen erzählt hätte.«

Huff wandte sich an Chris. »Du hast ihr davon erzählt?«

»Macht das einen Unterschied?«

»Fragst du das wirklich?«

»Sayre hat vielleicht seinen Champagner getrunken, aber Beck ist nicht in ihrem Bett gelandet, oder? Und sie wird ihn auch nicht unter die Decke lassen, solange er für uns arbeitet.«

»Vielleicht hätte sie es doch getan. Jetzt … Scheiße. Du kennst deine Schwester. Sie wird sich sträuben.«

»Sie hätte sich auch so gesträubt, Huff«, bemerkte Beck. »Sie ist zu schlau und zu selbstbewusst, um sich mit einer Flasche Champagner verführen zu lassen. Trotzdem hatte ich gehofft, dass der Wein und das französische Essen ihre Zunge lockern würden.«

»Inwiefern?«

»In Bezug auf Nielson. Die Vorstellung, die beiden könnten gemeinsame Sache machen, gefällt mir nicht. Er würde davon profitieren, eine Hoyle auf seiner Seite zu haben. Notfalls könnte er damit die Medien heißmachen.« Er umrahmte mit den Händen eine imaginäre Schlagzeile. »Huff Hoyles Tochter läuft zum Gegner über. Bericht und Fotos auf Seite drei.«

Huff rülpste. Aufgewärmt schmeckte der Whisky längst nicht so gut. »Ich weiß, was du meinst.«

»Außerdem«, fuhr Beck mit sichtlichem Bauchgrimmen fort, »dachte sie, dass McGraw ihr die Schlinge bieten würde, an der sie euch beide aufknüpfen könnte, und musste dann feststellen, dass das Seil schon durchgewetzt war.

Aber das hat ihre Entschlusskraft nicht beeinträchtigt. Sie ist überzeugt, dass Chris Gene Iverson umgebracht und die Jury manipuliert hat und dadurch mit dem Mord davonkam und dass es ihre Aufgabe ist, für Gerechtigkeit zu sorgen. Trotz des Rückschlags bei McGraw hat sie nicht vor, die Sache fallen zu lassen.«

Er sah erst Chris an, dann wandte er sich an Huff. »Ich war damals nicht euer Anwalt, Huff. Aber ich vertrete euch heute. Ich will keine Überraschung erleben, weil Sayre irgendwas aufdeckt. Gibt es irgendwas in Bezug auf den Iverson-Fall, was ich lieber wissen sollte?«

Huff verstand es, ein Pokerface zu wahren. Schon als Achtjähriger war er ein Meister darin gewesen. Er blickte Beck kühl in die Augen und sagte: »Wenn der Staat in der Lage gewesen wäre, Chris den Prozess zu machen, hätten sie den Fall längst wieder aufgerollt. Sayre kann nichts entdecken.«

»Habt ihr irgendwas von Red gehört, während ich in New Orleans war?«

»Nur dass Slap Watkins immer noch auf freiem Fuß ist«, antwortete ihm Chris. »Bislang fehlt von ihm jede Spur.«

»Haben sie alle Wohnungen überprüft, in denen er sich in letzter Zeit versteckt hat?«

»Und zwar mit Haftbefehl. Im Badezimmer seines letzten bekannten Aufenthaltsorts wurde eine Drogenküche gefunden. Das Pärchen, das dort wohnte, wurde verhaftet, aber die beiden behaupten, nicht zu wissen, wo Slap untergekrochen ist, seit sie ihn rausgeworfen haben. Red sagte, sie hätten die Bude auseinandergenommen, aber nichts gefunden, was Slap gehört hätte.«

»Ich hoffe, sie finden ihn bald«, sagte Beck. »Und ich hoffe, er gesteht, dass er Danny getötet hat. Weil man uns wegen all dem, was hier abläuft«, sagte er mit einem Kopfnicken zur Fensterfront hin, »mit Argusaugen beobachtet. Und damit meine ich vor allem die Arbeitssicherheitsbehörde.«

»Diese Schweine«, murmelte Huff hinter einer frischen Zigarette hervor.

»Können wir die nicht ablenken?«, fragte Chris.

»Das hatte ich gehofft. Ich habe mehrmals versucht, ihren hiesigen Vertreter zu sprechen. Aber der ruft nicht zurück. Was mich zu der Vermutung führt, dass er eine unangemeldete Inspektion plant.«

Huff sagte: »Ich dachte, du hättest jemanden aus seinem Stab bestochen, der uns bei einem unangekündigten Besuch vorwarnen sollte.«

»Gestern habe ich erfahren, dass sie in Mutterschaftsurlaub gegangen ist.«

»Na, genial«, bemerkte Chris.

»Richtig, kein guter Zeitpunkt für uns. Ich will damit sagen«, fuhr Beck fort, »dass wir ihnen ein blitzsauberes Bild bieten müssen. Über Billy Pauliks Unfall hinaus dürfen wir ihnen nicht einen Schuss Munition geben. Sonst könnten sie das Werk bis zu einer gründlichen Inspektion schließen. Was sie liebend gern tun würden.«

Chris atmete tief aus. »Bei so erbaulichen Neuigkeiten werde ich mich am besten betrinken.«

»Chris …«

»Das war ein Witz«, sagte er. »Mein Gott, ich kann es kaum erwarten, dass irgendwer was Aufmunterndes zu berichten weiß.

Können wir nicht ausnahmsweise die positiven Entwicklungen erwähnen? Pauliks Frau scheint einen Rückzieher zu machen. Die Streikposten? Die werden ihren Streik abbrechen und heimfahren, sobald morgen früh die Sonne aufgeht und es richtig heiß wird.

Die Aufsichtsbehörde? Wir werden um Vergebung bitten, Besserung geloben, die bescheuerte Strafe zahlen und weiter unseren Geschäften nachgehen. Und Mary Beth wird mit etwas Glück ihren Poolboy zum Teufel jagen, woraufhin er sie im flachen Ende des Pools ertränkt.

Es sollte mir nicht allzu schwer fallen, Ehefrau Nummer zwei zu finden. Ich werde meinen Samen ausbringen, bis ich halb China mit meinen Nachkommen bevölkern kann – und glaubt mir, meine kleinen Schwimmer sind fit –, und Opa Huff schon bald den ersten Hoyle'schen Enkelsohn schenken. Und zuletzt will ich noch betonen, dass ich meinen Bruder nicht umgebracht habe. Seht ihr? Was soll das Geunke?«

Huff lachte. »Na schön, wir haben begriffen, was du uns sagen willst. Raus mit dir. Ich komm gleich nach.«

Lächelnd sah Huff Chris aus dem Büro gehen. Aber als er sich zu Beck umdrehte, löste sich seine fröhliche Miene in Luft auf. Beck starrte auf die Tür, durch die Chris eben hinausgegangen war.

Es bedrückte Huff, dass Beck so bedrückt aussah.

Sayre hatte lang gebraucht, um endlich einzuschlafen.

Nach dem ereignisreichen Ausflug nach New Orleans und der langen Heimfahrt hatte sie geglaubt, in Tiefschlaf zu fallen, sobald ihr Kopf das Kissen berührte. Aber zu ihrem Verdruss hatte sie sich stattdessen stundenlang schlaflos im Bett gewälzt.

Die Klimaanlage ratterte. Während sie lief, herrschte Eiseskälte im Zimmer. Schaltete sie sich ab, wurde es stickig und heiß, und die in den Teppichen, Vorhängen und Bettbezügen lagernden Gerüche, von zahllosen Bewohnern hinterlassen, erwachten zu neuem Leben.

Aber der mangelnde Komfort war nicht der einzige Grund für ihre Schlaflosigkeit. Immer wieder überdachte sie ihre Unterhaltung mit Beck. War es ein Fehler gewesen, ihm das Geheimnis von Dannys Verlobung anzuvertrauen? Und warum hatte sie sich von Beck überhaupt nur berühren lassen, wo sie doch genau wusste, dass ihr Vater sie aus rein selbstsüchtigen Motiven mit ihm verkuppeln wollte? Warum hatte sie sich nach seiner Nähe gesehnt?

Erst in den frühen Morgenstunden sank sie in einen unruhigen Schlummer. Und darum stöhnte sie unwillig auf, als sie vor der Morgendämmerung schon wieder aufwachte. Sie lag auf dem Bauch, das Gesicht halb in dem klumpigen Kissen verborgen. Mühsam öffnete sie ein Auge und blieb reglos liegen, fest entschlossen, wieder einzuschlafen, bevor sie richtig wach wurde.

Die Klimaanlage, fiel ihr auf, war ausgegangen, und es war warm im Zimmer. Sie strampelte die Decke von den Beinen, weil sie hoffte, dass die stickige Zimmerluft sie aufgeweckt hatte und der Schlaf sie wieder einholen würde, sobald sie sich an die Temperatur gewöhnt hätte.

Aber auch ohne Decke wollte sich der Schlaf nicht wieder einstellen.

Vielleicht meldete sich ein Champagnerkater an. Nach dem Champagner und dem Rotwein zum Essen war sie bestimmt dehydriert. Sie brauchte ein großes Glas Wasser. Und wenn sie es recht bedachte, machte ihr auch die Blase zu schaffen.

Mit einem leisen Fluch wälzte sie sich auf den Rücken und setzte sich erschöpft an der Bettkante auf. Unwillkürlich tastete sie nach der Nachttischlampe, beschloss dann aber, sie nicht einzuschalten. Wenn sie kein Licht machte, war es wahrscheinlicher, dass sie bald wieder einschliefe.

Halb gebückt aufstehend, tastete sie sich am Bett entlang in Richtung Bad. Inzwischen kannte sie sich so gut in ihrem Zimmer aus, dass sie es ohne zu stolpern bis zum Bad geschafft hätte – wenn sie nicht über ein Paar schwere Stiefel gestolpert wäre, die ihr den Weg verstellten.

Dass in den Stiefeln noch zwei Beine steckten, ließ sie schlagartig hellwach werden.

28

Ihr Schrei wurde von einer dreckigen Hand erstickt, während sich eine zweite Hand in ihr Haar wühlte und sie bäuchlings aufs Bett schleuderte. Er warf sich auf sie und presste sie in die Matratze. Trotzdem wehrte sie sich mit aller Kraft.

»Wenn du nicht aufhörst, reiß ich dir die Haare aus. Ich schwör's bei Gott, so schön sie sind, ich reiße sie aus und nehme sie als Andenken mit.« Er zerrte so scharf an der Hand voll Haar, dass ihr die Tränen in die Augen schossen.

Sie hörte auf, sich unter ihm zu winden, und blieb still liegen.

»So ist es schon besser.« Er presste sich gegen ihre Pobacken. »Sag selbst, ist das nicht gemütlich? Möchtest du mal ausprobieren, was ich im Gefängnis gelernt habe?«

Ängstlich und zornig schrie sie hinter seiner vorgehaltenen Hand auf. Er lachte über das erstickte Geräusch. »Entspann dich, Rotschopf. Dein Arsch ist wirklich süß, aber ich habe keine Zeit für so was. Ich bin hier, weil ich mit dir reden muss, aber du kannst dein Leben darauf verwetten, dass ich dir wehtue, wenn es sein muss. Kapiert?«

Sie bekam kaum noch Luft hinter der riesigen Hand und dem verhedderten Laken unter ihrem Gesicht. Auch wenn sie nicht glaubte, dass er in ihr Zimmer eingebrochen war, nur weil er mit ihr reden wollte, nickte sie, um nicht zu ersticken.

»Also okay. Ich nehme jetzt die Hand weg. Wenn du schreist, ist das der letzte Schrei, den du je machen wirst.«

Ganz langsam zog er seine Hand weg. Sayre widerstand dem Impuls, mit der Zunge über ihre Lippen zu fahren, weil es sie davor ekelte, seinen Handschweiß abzulecken. Er drückte ihr noch einmal fest in den Po, dann kletterte er von ihr herunter. Sobald sie wieder frei war, drehte sie sich auf den Rücken und setzte sich auf. Sie wischte sich mit dem Handrücken über den Mund.

Plötzlich ging das Licht an. Sie blinzelte gegen die Helligkeit an und sah Slap Watkins, dessen Hand immer noch auf dem Schalter der Nachttischlampe ruhte. Durch die obere Öffnung des Lampenschirms drang ein harter, heller Lichtstrahl, der gespenstische Muster auf sein Gesicht legte. Der Schatten seines Kopfes an der Wand sah aus wie aus einem Kinderalbtraum.

Die tagelange Flucht hatte nicht dazu beigetragen, sein Aussehen zu bessern. Wenn überhaupt, war er noch hässlicher geworden. Seine Zähne kamen ihr länger und gelber vor. Sein Ziegenbärtchen war noch zauseliger. Sein Gesicht war so abgemagert, dass jeder Knochen grotesk und totenschädelgleich hervorstand. Sein dürrer Hals war lang wie der eines Geiers, und seine riesigen Ohren sahen aus wie Karnevalsaccessoires, die seitlich an seinem Kopf festgeheftet waren.

»Hi, Rotschopf.«

Ihr Herz pochte, und ihr Mund war wie ausgetrocknet, aber sie gab sich Mühe, ihre Angst nicht zu zeigen. Ihr Blick ging zur Tür. »Denk nicht mal dran«, erklärte er unter einem widerlichen Lachen. »Du würdest es nicht rausschaffen, bevor ich dich erwische, und damit würdest du mich zwingen, mein Versprechen zu brechen.« Grinsend zog er ein Messer aus dem Stiefelschaft und klatschte mit der flachen Klinge in die offene Hand.

»Wie bist du reingekommen?«

»Ich bin ein Krimineller, vergiss das nicht. Das Schloss da draußen lässt sich ruck, zuck knacken. Und ohne Lärm. Du solltest dich schämen, du hast nicht mal die Kette vorgelegt. Eine Lady ganz allein sollte nicht so unvorsichtig sein.«

Sie wollte sich lieber nicht überlegen, wie lange er sich schon in ihrem Zimmer befunden hatte, bevor sie aufgewacht war. Schon bei der Vorstellung, wie er an ihrem Bett gesessen und ihr beim Schlafen zugeschaut hatte, bekam sie eine Gänsehaut.

Vielleicht war sie ja von seinem Gestank aufgewacht. Offensichtlich hatte er sich seit Tagen nicht mehr gewaschen, denn sein Körpergeruch war wahrlich atemberaubend.

»Sind die echt?« Sie hatte ihre Diamantohrstecker auf dem Nachttisch liegen lassen. Er hielt sie gegen das Licht, drehte sie hin und her und versuchte, den Wert zu schätzen.

»Ja. Du kannst sie haben, wenn du verschwindest.«

»Danke. Das Angebot nehme ich gern an.« Er ließ die Ohrringe in die Tasche seiner schmuddligen Jeans gleiten. »Aber ich kann erst wieder gehen, nachdem wir unser kleines Gespräch hatten.«

»Was sollten wir beide zu besprechen haben?«

»Du weißt, dass ich gesucht werde?«

»Du hast meinen Bruder mit einem Messer angegriffen.«

»Scheißdreck. Ich hab ihm nur ein bisschen Angst machen wollen. Er hat sich selbst damit geschnitten. Mit voller Absicht.«

Obwohl sie selbst Beck gegenüber diese Möglichkeit erwähnt hatte, stellte sie nun ihrerseits die Frage, die Becks gestellt hatte: »Wieso sollte Chris so was tun?«

»Weil er will, dass ich wie ein Mörder aussehe.«

»Chris glaubt, dass du unseren Bruder umgebracht hast. Warst du es?«

Statt ihre Frage zu beantworten, zog er die Nachttischschublade auf, zog die Hotelbibel heraus und warf sie in ihre Richtung. »Genesis, Kapitel vier.«

Sie ließ die Bibel neben sich auf dem Bett liegen und fragte kühl: »Du bist Bibelgelehrter?«

»Oben in Angola war ich jeden Sonntag im Knastgottesdienst. Um die Liederbücher auszuteilen und so. Hat sich gut in meiner Führungsakte gemacht.«

»Wahrscheinlich hat das die Unzucht mit anderen Gefangenen aufgewogen.«

Seine Augen wurden kalt wie Schiefer. »Nennst du mich vielleicht schwul? Ich werd dich gleich vom Gegenteil überzeugen.«

Ihre sarkastische Bemerkung war ein Fehler gewesen. Sie hatte ihm etwas zu beweisen gegeben.

Noch während er auf sie zukam, versuchte sie, auf die andere Seite des Bettes zu krabbeln, aber wieder packte er sie an den Haaren und riss sie zurück. Er setzte die Messerspitze an ihre Wange und lachte, als sie völlig erstarrte.

»Dacht ich's mir doch, dass du dann still bleiben würdest. Du möchtest doch nicht, dass deinem hübschen Gesicht was passiert, oder?« Er stieß ihre Knie auseinander und stellte sich zwischen ihre Schenkel, sodass seine Hüfte direkt vor ihrem Gesicht schwebte. »Du hast ein verflucht freches Mundwerk, aber ich wüsste schon, wie ich es stopfen könnte.«

»Dafür müsstest du mich umbringen.«

»Keine schlechte Idee.«

Genau in diesem Moment sprang die Klimaanlage mit ihrem üblichen Klappern und Rattern wieder an. Das plötzliche Geräusch ließ ihn zusammenzucken, und er drehte erschrocken den Kopf zur Seite. Als er begriffen hatte, woher der Lärm kam, war er sichtbar erleichtert, aber es hatte ihm trotzdem Angst gemacht. Er ließ ihre Haare los und trat nervös einen Schritt zurück.

»Ich würde die Situation ja liebend gern ausnutzen, aber ich war schon zu lange hier.« Er griff nach der Bibel und schüttelte sie vor ihrem Gesicht. »Sag Sheriff Harper, er soll seine Bibel lesen. Das Kapitel mit Kain und Abel. Und gib dir Mühe, wenn du mit ihm redest, denn wenn ich vor Gericht kommen sollte, weil ich einen Hoyle getötet haben soll, dann kann ich genauso gut wirklich einen kaltmachen.«

Er zog die Messerklinge über ihre Brustwarze. »Und ich hatte schon immer eine Schwäche für Rotschöpfe.«

Sie wartete bereits mit Sheriff Harper und Deputy Scott in Reds Büro, als Beck eintraf. Genau wie sie sah er ziemlich mitgenommen aus.

Sie hatte die Streikposten gesehen, als sie an der Gießerei vorbeigefahren war, allerdings hatte der Anblick sie nicht überrascht, nachdem sie am Abend zuvor mit Clark Daly telefoniert hatte. Er hatte sie kurz nach ihrer Rückkehr aus New Orleans angerufen. Da war er im Pausenraum des Werkes gewesen und hatte das Handy eines Kollegen benutzt. Seine Stimme hatte ganz aufgeregt geklungen, weil sie schon solche Fortschritte gemacht hatten.

»Ich habe ein paar von Huffs Handlangern ausfindig gemacht und die Männer gewarnt aufzupassen, was sie in ihrer Nähe sagen, weil es sofort an Huff weitergetragen würde.« Außerdem, erzählte er, würden ein paar Männer, denen er vertraute, alles tun, dass Billy Pauliks Unfall nicht in Vergessenheit geriete.

»Nielson hat seine Streikposten geschickt. Huff hat eine Ansprache gehalten, aber damit hat er uns längst nicht so eingeschüchtert, wie er gehofft hatte. Es sieht gar nicht so schlecht aus, Sayre. Ich gebe dir so bald wie möglich den neuesten Stand der Dinge durch.«

Er hatte sich richtig aufgekratzt angehört. In seiner Stimme hatte eine Zuversicht gelegen, die es gerechtfertigt erscheinen ließ, ihn mit einer so wichtigen Sache betraut zu haben. Seither hatte sie keine weiteren Meldungen erhalten, aber offenbar war die Unzufriedenheit unter den Arbeitern während der Nacht noch gewachsen, ungeachtet aller Versuche Huffs, sie im Keim zu ersticken. Heute waren bereits einige von Huffs Angestellten unter den Streikposten.

Das erklärte auch Becks übermüdetes Gesicht, als er in Reds Büro trat und grimmig einen guten Morgen wünschte.

Sie wünschten ihm im Chor ebenfalls einen guten Morgen, obwohl keiner so klang, als würde er es ernst meinen. Beck setzte sich auf den freien Stuhl neben ihrem, direkt vor Reds Schreibtisch. Wayne Scott blieb stehen.

»Wie ist die Lage drüben im Werk?«, fragte der Sheriff.

»Heiß.«

»Angeblich sollen es heute bis zu vierzig Grad werden«, bemerkte Scott, und Sayre fragte sich, ob er tatsächlich glaubte, dass Beck von den Tagestemperaturen gesprochen hatte.

Beck ignorierte ihn und beantwortete Reds Frage ausführlicher. »Als heute Morgen um sieben die Frühschicht antrat, waren bereits ein paar Dutzend Streikposten da, um sie zu begrüßen. Ein paar von unseren Männern haben ihre Flugblätter mitgenommen, und manche haben sich den Streikenden sogar angeschlossen, was die Arbeiter, die zu Hoyle halten, zur Weißglut treibt.

Die Gemüter kochen über. Ich weiß nicht, wie lange wir den Deckel noch draufhalten können. Ich hänge ständig am Telefon, um Nielson zu erreichen, der die Lage vielleicht entspannen könnte, aber er ruft nicht zurück.« Dann wandte er sich unvermittelt an Sayre und fragte: »Hast du von ihm gehört?«

Es war ihr erster Augenkontakt, seit er in den Raum getreten war, und er traf sie wie ein Schlag. »Nein.«

Er hielt ihren Blick gefangen, als suchte er einen Hinweis darauf, dass sie log, dann wandte er sich wieder an Red. »Ich muss gleich wieder weg. Warum wollten Sie mich sehen?«

Red deutete auf sie. »Sayre hatte heute früh Besuch. Sie dachte, Sie sollten auch hören, was er zu sagen hatte.«

»Besuch?«

»Slap Watkins ist heute vor Tagesanbruch in mein Motelzimmer eingebrochen.«

Beck starrte sie entsetzt an, dann sah er auf Red, als erwartete er dessen Bestätigung.

»Die Zentrale hat kurz nach fünf heute Morgen Sayres Anruf erhalten. Wir haben augenblicklich einen Wagen hingeschickt. Natürlich war Watkins längst weg, bis der Wagen beim Motel angekommen war.«

Beck wandte sich wieder Sayre zu. Er betrachtete sie eingehend von Kopf bis Fuß, dann wanderte sein Blick wieder nach oben. »Bist du verletzt? Hat er...?«

Sie senkte den Kopf und beantwortete Becks halb ausgesprochene Frage sowie alles, was sie intendierte, mit einem Kopfschütteln. »Er hat gedroht, mir wehzutun, aber er hat mir nichts getan. Abgesehen von der Wunde hier.« Sie berührte den winzigen Schnitt auf ihrer Wange, wo sein Messer sie geritzt hatte, als die Klimaanlage angesprungen war. »Er zuckte, weil er über ein plötzliches Geräusch erschrocken war. Ich glaube nicht, dass er es absichtlich getan hat.«

»Wayne und ich haben die Aussage gelesen, die Sayre gegenüber dem Deputy, der bei ihr im Motel war, gemacht hat, aber wir haben noch nicht mit ihr darüber gesprochen. Sie war der Meinung, dass Sie dabei sein sollten.«

Beck nickte gedankenverloren. »Was hat Watkins getan, was hat er gesagt? Hat er die Tür aufgebrochen?«

»Er hat das Schloss geknackt. Ich hatte keine Kette vorgelegt, was ein dummer Fehler war. Als ich aufwachte, saß er bei mir im Zimmer.«

»Jesus.«

»Ich nehme nicht an, dass er Ihnen erzählt hat, wo er sich zurzeit versteckt?«, fragte Scott.

»Nein. So gesprächig war er nicht.«

»Haben Sie zufällig beobachten können, in welche Richtung er fuhr, als er das Motel verließ?«

»Nein, aber er muss zu Fuß unterwegs gewesen sein. Ich habe keinen Motor gehört.«

»Woher wusste er, wo Sie wohnen?«

»Es war bestimmt nicht schwer, das rauszufinden. Es gibt nur zwei Motels im Ort. Da lässt sich eines leicht ausschließen.«

Sie bemerkte Becks wachsende Ungeduld über Scotts banale Fragen. Schließlich wandte er sich an den Deputy und sagte: »Warum hören Sie nicht auf mit Ihrer dämlichen Fragerei und geben ihr Gelegenheit zu erzählen, was passiert ist?«

Ehe der Deputy sich gegen Becks Vorhaltung wehren konnte, sagte Red: »Gute Idee. Sayre, fangen Sie ganz von vorn an. Wir werden Sie nicht unterbrechen, bis Sie fertig sind. Was wollte er von Ihnen?«

»Er wollte, dass ich Ihnen eine Nachricht überbringe.« Sie erzählte, was passiert war, wobei sie nur Slaps sexuelle Anspielungen ausließ, da sie nichts mit der Nachricht zu tun hatten, die sie dem Sheriff weitergeben sollte. Man unterbrach sie nicht. »Das ist alles. Praktisch Wort für Wort.«

Nach kurzem Schweigen fragte Scott: »Haben Sie versucht zu fliehen?«

»Ich hatte Angst, ein Messer in den Rücken zu bekommen, wenn ich es versucht hätte. Er hätte mich mit Sicherheit eingeholt. Er ist zwar nur Haut und Knochen, aber einen Kampf hätte ich garantiert verloren.«

»Und Sie haben auch nicht geschrien?«

»Das konnte ich nicht, solange er mir die Hand auf den Mund presste. Und nachdem er mich freigegeben hatte, habe ich nicht geschrien, weil ich ihn nicht provozieren wollte, sein Messer zu benutzen. Was hätte es mir gebracht, wenn ich geschrien hätte?«

Darauf wusste niemand eine Antwort.

Red rieb sich die eingesunkenen Augen. Seine Haut wirkte grau, und er schien seit ihrer letzten Begegnung nur wenige Tage zuvor deutlich an Gewicht verloren zu haben. Sie fragte sich, ob er krank war oder ob ihn sein Gewissen nicht schlafen ließ.

Beck zerrte an seiner Krawatte und öffnete den obersten Kragenknopf. Er sah aus wie ein Mann, der in seinem verzweifelten Kampf gegen Dämonen allmählich an Boden verlor.

Nur Deputy Scott wirkte wie beflügelt durch diese neue Wendung der Ereignisse. Er zog seinen Waffengurt zurecht und sagte: »Gehen wir und schnappen uns den Kerl.«

»Ich hoffe, Sie meinen damit Slap Watkins«, sagte Beck. »Sie haben bestimmt nicht vor, Chris zu verhaften, oder?«

»Haben Sie eine Ahnung«, feuerte der Deputy zurück.

»Nicht so schnell, Wayne«, wies ihn der Sheriff in die Schranken. Dann sagte er zu Beck: »Vielleicht sollten wir noch mal mit Chris sprechen.«

»Aufgrund einer unbewiesenen Behauptung?«

Sayre sah ihn angewidert an. »Willst du behaupten, ich lüge?«

»Nein. Watkins wäre tatsächlich dumm genug, so eine Nummer abzuziehen. Aber bis wir ihn in Gewahrsam haben, haben wir nur dein Wort dafür, dass er das wirklich gesagt hat.«

Sie brauchte ihre gesamte Willenskraft, um ihn nicht zu ohrfeigen. »Scher dich zum Teufel.«

»Sayre«, tadelte Red sie streng.

Sie wandte sich an den Sheriff. »Ich habe mein Gespräch mit Slap wortgetreu wiedergegeben. Genau das hat er gesagt. Genesis, Kapitel vier.«

»Ich glaube Ihnen ja«, sagte er. »Und wahrscheinlich glaubt Beck Ihnen ebenfalls. Aber er ist Chris' Anwalt, das dürfen Sie nicht vergessen.«

Sie drehte sich zur Seite und sah Beck in die Augen. »Das tue ich keine Sekunde lang.«

»Und vergessen Sie auch nicht, dass Watkins bis vor kurzem gesessen hat«, fuhr Red fort. »Er würde alles tun, um seinen mickrigen Arsch davor zu bewahren, wieder auf einer harten Pritsche zu sitzen. Vielleicht wollte er mit seiner Bibelgeschichte etwas Rauch aufwirbeln und uns kopfscheu machen, damit wir glauben, Chris hätte seinen Bruder umgebracht, und ihn selbst vom Haken lassen, vielleicht sogar lange genug, dass er nach Mexiko abhauen kann.«

»Ich glaube, dass er genau das zu erreichen hofft«, bestätigte Beck. »Er hat es mit der Angst bekommen. Er ist verzweifelt und weiß, dass wir ihm auf den Fersen sind. Er wollte von sich ablenken, und wir wissen alle nur zu gut, wie er zu den Hoyles steht.«

»Glaubst du, ich hätte das nicht bedacht?«, fragte sie ihn wütend. »Natürlich habe ich das erwogen. Ich bin nicht blöd.«

»Niemand hat dich als blöd bezeichnet, Sayre«, wehrte sich Beck.

»Nein, aber als Lügnerin.«

»Ganz ruhig. Ich zweifle nicht an dem, was du sagst. Ich versuche nur, daraus schlau zu werden. Nehmen wir mal an, Watkins hätte die ungeschminkte Wahrheit gesagt. Nehmen wir an, er wüsste aus erster Hand, dass Chris Danny umgebracht hat. Warum wendet er sich mit seinem Wissen nicht an die Behörden? Warum riskiert er, geschnappt zu werden, während er in dein Motelzimmer einbricht und dich mit einem Messer bedroht? Warum sollte er so viele Umstände und Gefahren auf sich nehmen, nur um dir das zu erzählen?«

»Weil er wusste, dass ich seine Aussage nicht unter den Teppich kehren würde.«

»Niemand in diesem Büro wird das tun, Ms. Lynch«, versicherte ihr Scott eisern. »Wir müssen etwas unternehmen, Sheriff Harper. Dass Chris am Tatort war, können wir bereits nachweisen.«

Beck schnaubte. »Mit einer Streichholzschachtel?«

»Und er kann nicht nachweisen, wo er während der entscheidenden zwei Stunden am Mittag war.«

»Es sei denn, er würde ein Alibi vorweisen.«

»Er hat keins«, widersprach Scott.

»Er hat noch keines *vorgewiesen*«, korrigierte Beck. »Das heißt nicht, dass er keins hat.«

Während Scott sich das durch den Kopf gehen ließ, fragte Red: »Und welches Motiv sollte er haben, Wayne? Sie haben immer noch keinen Grund, weshalb Chris seinen Bruder hätte umbringen sollen.«

Sayre war nur einen Zungenschlag davon entfernt, Chris' Motiv herauszublöken. Sie hätte es liebend gern getan, und sei es nur, um Beck Merchant den Boden unter den Füßen zu entziehen.

Aber sie konnte nichts sagen, ohne Jessica DeBlances Vertrauen zu missbrauchen. Falls sie je an den Punkt gelangten, an dem es von ihrer Aussage abhing, dass die Gerechtigkeit siegte, würde sie offenbaren müssen, was sie über Dannys Verlobung wusste, aber solange sie das vermeiden konnte, würde sie es tun.

»Ich glaube, wir haben auch so genug, um ihn zumindest noch einmal zu vernehmen«, wehrte sich Scott.

Red seufzte. »Ich sage es zwar äußerst ungern, Beck, aber Wayne hat Recht. Jeden anderen Verdächtigen würden wir herholen und ihn zu diesen Beschuldigungen vernehmen. Wir können bei Chris keine Ausnahme machen, nur weil er Huffs Sohn ist.«

Beck dachte kurz darüber nach und sagte dann: »Die Gießerei ist momentan ein einziges Pulverfass. Gott allein weiß, welche Kettenreaktion es auslösen würde, wenn Sie im Streifenwagen vorgefahren kämen, um Chris abzuholen. Ich kann mir nicht vorstellen, dass es der Sache dienlich wäre, im Gegenteil, es könnte zu einer Katastrophe führen.«

»Dann mache ich Sie persönlich dafür verantwortlich, dass er freiwillig hier erscheint«, sagte Red.

»Sobald er von dieser Unterhaltung hört, wird er liebend gern alle Anschuldigungen widerlegen.«

»Es ist trotzdem unabdingbar, dass er noch heute kommt«, betonte der Sheriff.

»Nach dem Mittagessen ist er hier.«

»Also gut.«

Wayne Scott schien mit dem Arrangement nicht wirklich zufrieden zu sein, aber ihm blieb nichts anderes übrig, als sich zu fügen. »Haben Sie Angst, Madam?«

Sayre sah zu ihm auf. »Angst?«

»Watkins hat gedroht, Sie umzubringen.«

»Er hatte die Gelegenheit, mich umzubringen. Er hat es nicht getan.«

»Nur zur Sicherheit werde ich vor Ihrem Motel einen Streifenwagen postieren.«

»Nein, Red. Bitte nicht.«

»Wenn Huff davon erfährt, können Sie sich darauf verlassen...«

»Und ich bin sicher, dass Sie ihm alles erzählen werden«, fiel sie ihm ins Wort. »Aber ich möchte keine Wachhunde vor meiner Tür haben. Ich werde das nicht zulassen, Sie brauchen also gar nicht erst welche zu schicken.«

»Na dann... passen Sie auf sich auf«, sagte er resigniert.

»Das werde ich.« Sie stand auf. »Wäre das alles?«

»Einstweilen ja.«

Sie verabschiedete sich mit einem Nicken von Red und Deputy Scott, würdigte Beck aber keines Blickes. Wenig später eilte sie aus dem Gebäude und hatte schon fast ihr rotes Cabrio erreicht, als sie hörte, dass er sie rief. Sie ging weiter. Erst an der Wagentür hatte er sie eingeholt.

Sobald sie seine Hand auf ihrer Schulter spürte, fuhr sie herum. Ehe sie auch nur ein Wort herausbringen konnte, sagte er: »Ich weiß, dass du sauer bist.«

»*Sauer* trifft es nicht mal annähernd.«

»Und ich kann dich verstehen. Aber hör mich an, Sayre. Nimm Reds Angebot an, und lass dich beschützen.«

Sie lachte verbittert. »Du glaubst mir also doch? Du hältst meine Begegnung mit Watkins nicht für ein Hirngespinst?«

»Natürlich glaube ich dir.«

»Es macht dir nur Spaß, mich vor anderen Leuten als blöd hinzustellen und mich zu diskreditieren. So wie es aussieht, ist das inzwischen dein liebster Zeitvertreib.«

»Ich bin Chris' Anwalt.«

»Woran du eben keinen Zweifel gelassen hast.«

Sie öffnete die Wagentür und stieg ein, aber er hinderte sie daran, die Tür zuzuschlagen. Halb vorgebeugt, redete er hastig und verärgert auf sie ein. »Chris vertraut darauf, dass ich in seinem Interesse handle. Ich könnte sein Vertrauen genauso wenig enttäuschen, wie du das Vertrauen von Dannys Verlobter enttäuschen könntest.

Du hattest die ideale Gelegenheit, ein Mordmotiv zu liefern, Sayre. Du hast es nicht getan. Du konntest es nicht. Weil du dieser Frau dein Wort gegeben hast, nichts zu verraten. Warum sollten die Regeln für Vertraulichkeit nur für dich gelten?«

Theoretisch hatte er damit Recht. Es wäre ein Verstoß gegen seine Berufsethik gewesen, wenn er sich nicht für seinen Mandanten eingesetzt hätte. Aber es änderte nichts daran, dass sie stinkwütend war.

»Lass die Tür los.«

»Wohin fährst du?«

»Überallhin, wo es mir gefällt, verflucht noch mal.« Sie zerrte erneut vergeblich an der Tür.

»Hör zu, Sayre. Vergiss für einen Augenblick, dass du wütend auf mich bist, und konzentrier dich auf Watkins. Du musst seine Drohungen ernst nehmen. Er ist vielleicht nicht besonders helle, aber das macht ihn umso gefährlicher. Vielleicht wollte er dir heute früh tatsächlich nichts tun, aber jetzt hast du Red seine Nachricht übermittelt und damit deinen Zweck erfüllt. Vielleicht kommt er zurück, um ein Exempel zu statuieren. Watkins hasst alles, was Hoyle heißt. Du bist eine Hoyle, Sayre, ob es dir gefällt oder nicht, und…« Sein Blick wanderte an ihrem Körper entlang. »Du stichst überall heraus.«

»Sehr gut. Dann wird man mich unter den Streikposten umso besser erkennen.«

Zum zweiten Mal an diesem Tag steuerte Beck seinen Pick-up auf den Parkplatz vor dem Sheriffbüro und stellte ihn neben Chris' Porsche ab. Sie hatten vereinbart, sich hier zu treffen, nachdem Chris zum Lunch mit Huff heimgefahren war.

Beck ließ die Fenster des Pick-ups unten, als er ausstieg, obwohl die Temperatur in der Kabine dadurch kaum weniger ansteigen würde, während er im Büro des Sheriffs war. Es gab kein Entkommen vor der stickigen Hitze. Selbst im klimatisierten Sheriffgebäude schmeckte die Luft modrig und abgestanden.

»Hoyle ist im letzten Raum rechts«, informierte ihn der Deputy am Empfang, ein Pat Sowieso.

»Danke.«

Beck klopfte kurz an und öffnete dann die Tür zu der kleinen Kammer, in die mit Mühe ein Tisch und zwei Kunststoffstühle passten. Auf einem davon saß Chris. »Hi.«

»Hi. Hast du Red gesehen?«, fragte Beck.

»Nein. Nur diesen Neandertaler am Empfang. Er hat mich hergeführt. Und mir gesagt, Red und Scott wären noch beim Essen und ich sollte es mir gemütlich machen.«

Beck spürte augenblicklich die Veränderung im Verhalten seines Freundes. Es war deutlich zu spüren, dass Chris' ironischer Sarkasmus fehlte, der ein fester Teil seiner Persönlichkeit zu sein schien. Beck nahm ihm gegenüber Platz. »Kannst du mir erklären, was eigentlich los ist?«

Chris lächelte, allerdings freudlos. »Wenn ich dir das sage, muss ich dich töten.«

Becks Herz schlug einen Salto.

Chris' sprödes Grinsen wurde breiter. »Nein, ich werde nicht gestehen. Jedenfalls nicht, dass ich meinen Bruder umgebracht hätte.«

»Was dann?«

Er beugte sich vor, stützte die Ellbogen auf den Tisch und massierte seine Stirn mit den Fingerspitzen. »Ich habe Schiss. So. Das ist mein großes Geheimnis, Beck. Dieser Raum fühlt sich verdammt nach Gefängniszelle an, und das macht mir eine Scheißangst.«

Die Anspannung in Becks Brust löste sich wieder. »Das war nicht anders zu erwarten. Genau das sollen Vernehmungsräume bewirken, Chris. Sie sollen dich verunsichern. Bis du an deiner eigenen Unschuld zweifelst.

Als ich noch für die Staatsanwaltschaft gearbeitet habe, verbrachte ich verdammt viel Zeit in solchen Räumen, oft mit echten Schwerverbrechern. Bandenführern, Vergewaltigern, Mördern, Dieben. Selbst wenn sie noch so viel auf dem Kerbholz hatten – sobald sie lang genug allein im Vernehmungsraum saßen, fingen sie an, nach ihrer Mama zu rufen.«

Chris reagierte mit einem Lächeln, das aber gleich wieder erlosch. »Allmählich bekomme ich Angst, dass sie mir diese Sache anhängen werden.«

»Bis jetzt haben sie nur Mutmaßungen und ein paar Indizien in der Hand. Nichts Handfestes. Ich bezweifle, dass sich eine Staatsanwaltschaft mit dem, was sie haben, vor eine Jury wagen würde. Vor allem in diesem Parish.«

»Schon, aber allmählich werden es immer mehr Indizien. Wie nennt ihr Juristen das noch mal?«

»Substanziell?«

»Genau. Manchmal genügen substanzielle Indizien. Slap Watkins und seine Bibelgeschichte«, meinte er verächtlich. »Wahrscheinlich ist es die einzige Stelle, die er kennt. Mann, sogar Ungläubige wie ich haben von Kain und Abel gehört. Danny war ein Mordopfer. Er war mein Bruder. Und plötzlich reicht das aus, dass ich ihn getötet haben soll.«

Er stand auf und begann, langsam den kleinen Tisch zu umrunden. »Warum kauft meine eigene Schwester einem durchgeknallten Berufsverbrecher eine solche Irrsinnsgeschichte ab und trägt sie dann diesem karrieregeilen Deputy weiter, der händeringend nach etwas sucht, was er gegen mich verwenden kann?«

Beck erzählte ihm nicht von der heimlichen Verlobung, von der er und Sayre allein wussten, und auch nicht von Dannys Anrufen bei ihr. Beides hätte wichtig sein können. Aber da es wahrscheinlicher war, dass all das total bedeutungslos wäre, konnte er es guten Gewissens verschweigen.

»Als ich Sayre das letzte Mal sah, machte sie nicht gerade Freudensprünge, Chris.« Nachdenklich ergänzte er: »Weiß der Himmel, was dieser schmierige Scheißkerl ihr angedroht oder angetan hat, ohne dass sie es uns erzählt hätte.«

»Ich weiß, dass sie eine Mordsangst gehabt haben muss, aber warum hat sie nicht einfach ihre Ohrringe als gestohlen gemeldet und es dabei belassen? Warum hat sie Slap diese wilde Geschichte abgenommen?«

Beck zog die Stirn in Falten. »Ich kann dir nicht erklären, warum Sayre irgendwas tut.«

Chris blieb stehen und sah auf ihn herab. »Es stimmt also?«

»Du hast es schon gehört?«

»Jemand hat während des Essens bei uns angerufen und es Huff erzählt. Er ist an die Decke gegangen. Sie demonstriert jetzt wirklich mit?«

»Sie führt die Demonstration an.«

Chris setzte sich wieder auf seinen Stuhl und sah Beck erwartungsvoll an.

»Sie tauchte gegen halb zwölf dort auf, beladen mit Hamburgern von Dairy Queen und Kühltaschen voller kalter Getränke«, erzählte er Chris. »Nachdem sie dafür gesorgt hat, dass jeder was zu essen bekam, griff sie sich ein Schild und begann mitzumarschieren. Als ich eben durchs Tor fuhr, war sie immer noch da.«

Chris ließ den Kopf hängen und schüttelte ihn ungläubig. »Ich hätte nie geglaubt, dass ich mit ansehen müsste, wie sich ein Mitglied aus Huffs Familie gegen die anderen stellt. Andererseits glauben einige von uns auch, dass ich meinem Bruder eine Schrotflinte in den Mund gestoßen und abgedrückt habe.« Er fing wieder an, seine Stirn zu massieren. »Wer würde mir so was zutrauen?«

»Genau das ist es, Chris. Sie haben noch kein Motiv. Es sei denn, du verheimlichst mir etwas.«

Sein Kopf ruckte hoch. »Zum Beispiel?«

»Hast du mir wirklich alles über deinen Streit mit Danny erzählt?«

»Nur hundertmal.«

»Hatte Danny irgendwelche Geheimnisse vor uns?«

»Geheimnisse?«

»Ich dachte nur, vielleicht hat er dir etwas erzählt, von dem wir nichts wussten.«

»Nein. Nichts.«

Beck blickte scharf in Chris' Augen und suchte dabei nach einem verräterischen Flackern, und wäre es noch so winzig, doch Chris' Blick war offen und arglos. »War nur so ein Gedanke. Vergiss es. Was ist mit Lila?«

»Ich war gestern bei ihr, als George aus war. Sie hat mir nicht mal die Tür geöffnet.«

»Eine feindselige Alibigeberin. Genial.« Beck stand auf und trat ans Fenster. Es war vergittert, fiel ihm auf. Er sah hoch in den Himmel, der so heiß war, dass das Blau ausgewaschen schien. Das Einzige, was noch weißer war als der Himmel, war der aus der Gießerei herüberwehende Qualm. »Ich will dir nichts vormachen, Chris. Wir müssen uns eine solide Verteidigungsstrategie zurechtlegen.«

»Ich habe meinen Bruder nicht umgebracht.«

Beck drehte sich um. »Etwas, was mehr Substanz hat als deine Beteuerungen.«

Chris sah ihn lange an und erklärte dann ruhig: »Beck, das hier gehört mit zum Schwersten, was ich je getan habe. Ich muss dich feuern.«

Er lachte kurz auf. »Mich feuern?«

»Das hat nichts mit deinen Fähigkeiten oder deinem juristischen Sachverstand zu tun. Beides steht nicht zur Debatte. Du hast Hoyle Enterprises immer wieder aus dem Dreck gezogen, wo uns ein Urteil teuer zu stehen gekommen wäre, und nicht nur finanziell. Huff und ich brauchen dich in der Firma, du musst uns die Behörden vom Leib halten, und jetzt, dank Nielson, auch noch unsere eigenen Angestellten.« Er lächelte verzagt. »Außerdem brauche ich einen richtigen Strafverteidiger.«

Beck kehrte an den Tisch zurück und setzte sich. »Ehrlich gesagt bin ich erleichtert.«

»Du bist nicht wütend?«

»Chris, Strafrecht ist nicht mein Gebiet. Ich habe dir von Anfang an vorgeschlagen, einen Anwalt zu nehmen, der auf so was spezialisiert ist. Ursprünglich wollte ich darauf bestehen, aber dann hatte ich Angst, du könntest glauben, ich würde dich im Stich lassen. Außerdem war ich nicht sicher, wie Huff reagieren würde.«

»Es wird ihm nicht gefallen. Er legt größten Wert darauf, dass alles in der Familie bleibt, aber ich hoffe trotzdem, dass du mir hilfst, ihn davon zu überzeugen, dass dies die richtige Entscheidung ist.«

»Ich werde mit ihm reden. Wen hast du im Sinn?«

Chris sagte es ihm, aber der Name sagte Beck nichts. »Er kommt aus Baton Rouge und hat die besten Empfehlungen.«

»Ich wünsche dir viel Erfolg mit ihm.«

»Und du bist ehrlich nicht wütend?«

»Ehrenwort. Wo ist dieser Tausendsassa? Du brauchst ihn jetzt.«

»Das ist das Problem. Er hat erst ab Montag Zeit. Was machen wir bis dahin mit dieser Vernehmung?«

»Ich werde mal sehen, ob Red sie verschiebt, bis dein neuer Anwalt eintrifft.«

»Glaubst du, sie sperren mich übers Wochenende ein?«

»Wenn sie das auch nur andeuten, mache ich ihnen die Hölle heiß. Was sie haben, ist bloß fadenscheiniger Mist. Red wollte dich nur vernehmen, um seinen Deputy zu besänftigen. Er glaubt genauso wenig an die Bibel wie du.«

Sie reichten sich die Hände, doch als Beck seine Hand zurückzuziehen versuchte, fasste Chris sie noch fester. »Ich will nicht für etwas büßen, was ich nicht getan habe, Beck. Und ich habe Danny nicht umgebracht.«

Beck drückte seine Hand. »Ich glaube dir.«

29

Als Sayre an jenem Abend in ihr Motel zurückkam, öffnete sie die Tür mit einem neuen Schlüssel. Er gehörte zu einem neuen Türschloss, weil das alte ausgewechselt worden war, nachdem Slap Watkins es geknackt hatte.

Sie blieb in der Tür stehen und ließ ihren Blick durch den Raum wandern. Sein in der Luft hängender Gestank war gründlichst beseitigt worden. Nachdem sie sich nicht darauf hatte verlassen wollen, dass das Motelpersonal so gut reinigte, wie sie es sich vorstellte, hatte sie Gummihandschuhe übergestreift und dem Zimmer eine Grundreinigung verpasst, ehe sie in die Gießerei gefahren war. Sie hatte darauf bestanden, dass der Manager einen neuen Stuhl bringen ließ und den austauschte, auf dem Watkins gesessen hatte. Das Bettzeug war ebenfalls gewechselt worden.

Zufrieden, dass alle seine Spuren beseitigt waren, schloss sie sich ein und legte diesmal auch die Kette vor. Müde trat sie an die Kommode und betrachtete sich im Spiegel. Ihre Haut war von der Sonne versengt und zugleich so verschwitzt, dass ihr alle Kleider am Leib klebten. Sie schlüpfte aus ihren Turnschuhen und inspizierte einen Strauß schmerzhafter, wild blühender Blasen, die von ihrer Marilyn-Beige-Pediküre ablenkten.

Sie war fast zu müde, um das gegrillte Käsesandwich zu essen, das sie vom Diner mitgenommen hatte, aber gleichzeitig hatte sie einen mörderischen Heißhunger. Nach dem ersten Bissen verschlang sie das Sandwich in Rekordzeit.

Anschließend nahm sie eine lange Dusche, die zweite an diesem Tag. Am Morgen hatte sie sich von Kopf bis Fuß abgeschrubbt, um jede Erinnerung an Watkins' Berührung abzuwaschen.

Jetzt ließ sie ihre schmerzenden Muskeln von dem scharfen Strahl weich kneten. Als sie aus der Wanne trat, fühlte sie sich fast wieder wie ein Mensch. Zu müde, um sich noch lange zu föhnen, beließ sie es dabei, ihre Haare mit einem Handtuch trockenzurubbeln. Das einzige Zugeständnis an ihre kosmetischen Pflichten war eine Fingerspitze voll Feuchtigkeitscreme, mit der sie ihre sonnenverbrannte Nase bestrich. Der kleine Kratzer in ihrer Wange war schon verschorft. In ein, zwei Tagen würde man nichts mehr davon sehen.

Sie zog einen frischen Slip und das kurze Baumwollnachthemd an, das sie unterwegs gekauft hatte, um das von der vergangenen Nacht zu ersetzen. Das alte war am Morgen in den Müll gewandert. Sie hätte es bestimmt nie wieder angezogen, und wenn sie es noch so oft gewaschen hätte.

Sie ermahnte sich, das Erlebnis möglichst zu vergessen. Im Grunde war ihr nichts passiert. Sie räumte diesem Ungeheuer entschieden zu viel Macht ein.

Trotzdem beschloss sie, als sie die Bettdecke zurückschlug, das Licht im Bad brennen zu lassen, weil sie auf gar keinen Fall im Dunkeln aufwachen und noch einmal den schrecklichen Moment durchleben wollte festzustellen, dass sie nicht allein im Zimmer war.

Ihre Gedanken wurden von einem Klopfen unterbrochen. »Sayre? Mach auf.«

Es war Beck. Er hatte ganz leise angeklopft, um sie nicht zu erschrecken, aber seine Stimme klang ernst.

»Was willst du, Beck?«

»Dass du die Tür öffnest.«

Sie drehte den Riegel zurück und öffnete sie gerade so weit, wie es die Türkette erlaubte, sodass sie ihn durch den Spalt sehen konnte. »Ich bin schon ausgezogen.«

»Lass mich rein.«

»Warum?«

Die Gereiztheit war ihm deutlich anzusehen. Er antwortete nicht, sondern starrte sie nur wortlos an. Zuletzt gab sie nach, vor allem, weil sie keine Zeugen bei ihrer Unterhaltung wollte. Heute war Bowlingabend, denn der Parkplatz des Motels war rappelvoll, und das Zimmer nebenan war belegt.

Sie hängte die Kette aus, er trat ein und schob die Tür energisch hinter sich zu. Sein Blick fiel sofort auf den Saum ihres kurzen Nachthemdes und ihre nackten Beine. Sie verschränkte die Arme vor der Brust, und auf ihre verlegene Geste hin wandte er die Augen ab.

»Angesichts dessen, was heute Morgen passiert ist ... zieh dir was an, wenn du dich dann wohler fühlst.«

»Du wirst nicht so lange bleiben. Was willst du hier?«

»Clark Daly liegt im Krankenhaus?«

»Wie bitte?«

»In der Notaufnahme.«

Ihre Hand flog an ihre Kehle. »Gab es schon wieder einen Unfall im Werk?«

»So könnte man es auch nennen. Man hat ihn zusammengeschlagen.«

»Zusammengeschlagen?«

»Und zwar brutal. Sein Zustand ist ernst. Ob er in Lebensgefahr schwebt, wird sich noch zeigen. Jedenfalls hat er sichtbare Verletzungen. Lose Zähne, eine aufgeplatzte Lippe, blaue Augen, ein eingerissenes Lid, eine Platzwunde am Kopf. Darüber hinaus könnte er einen Schädelbruch haben. Dass mehrere Rippen gebrochen sind, steht so gut wie fest. Möglicherweise innere Blutungen. Er wurde schon geröntgt und alles Mögliche.«

Die Hand auf den Mund gepresst, atmete sie ganz langsam aus und ließ sich auf die Bettkante sinken. »W ... wer?«

»Es wurden keine Namen genannt, aber man sagt, dass du dafür verantwortlich wärst.« Seine Augen bohrten sich in ihre.

Sie schluckte die ätzende Magensäure hinunter, die ihr in den Mund aufstieg. »Was ist passiert?«

»Ich war heute Abend im Werk. Für den Fall, dass es echten Ärger gäbe, wollte ich lieber vor Ort sein.«

Kurz nach Beginn der Nachtschicht hatte er gespürt, dass etwas nicht stimmte. »Wenn du so lange dort arbeitest wie ich, hast du Antennen für so was«, sagte er. »Du spürst einfach, wenn etwas faul ist. Also ging ich runter in die Halle und fragte die Männer, was los sei. Niemand wollte mit mir sprechen. Schon gar nicht in dem Klima, das momentan bei uns herrscht.«

»Du bist Huffs wichtigster Mann.«

Er biss wütend die Zähne zusammen, kommentierte die Bemerkung aber nicht. »Schließlich habe ich einem Mann entlocken können, dass Clark sich nicht zur Arbeit gemeldet hatte. Einer seiner Freunde rief bei seiner Frau an, die völlig ausflippte. Sie sagte, er sei längst weggefahren. Das alarmierte seine Kumpel, die am liebsten sofort losgerannt wären, um ihn zu suchen. Ich befahl ihnen, an ihrem Arbeitsplatz zu bleiben, nahm aber ein paar Männer mit und machte mich mit ihnen zusammen auf die Suche. Schließlich sahen wir seinen Wagen keine zwei Blocks von seinem Haus entfernt am Straßenrand stehen. Clark lag bewusstlos und mit dem Gesicht nach unten im Graben. Es geht ihm wirklich schlecht.«

Sayre stand auf und wankte an den Schreibtisch. »Ich fahre hin.« Sie zog ein Paar Jeans aus der Schublade, aber Beck riss sie ihr aus der Hand und warf sie beiseite. »Das würde Mrs. Daly gar nicht gefallen, Sayre.«

»Ich pfeife darauf, was…«

»Hör mir zu!« Er packte sie an den Schultern. »Als Luce Daly ins Krankenhaus kam, sah sie mich und wetzte sofort die Krallen. Sie machte kein Geheimnis daraus, dass ich dort nicht erwünscht wäre. Sie schrie mich an, mich von ihrem Mann fernzuhalten.

Diese Reaktion hätte ich erwartet, wenn Clark einen Arbeitsunfall gehabt hätte. So wie bei Alicia Paulik. Aber so war ich wie vor den Kopf geschlagen, denn immerhin hatte ich ihn gefunden und den Notarzt gerufen.

Bald stellte sich allerdings heraus, dass er keinem Raubüberfall zum Opfer gefallen war. Weit davon entfernt. Clark wurde zu Brei geschlagen, weil du ihn rekrutiert hast, Huffs Spione zu enttarnen und die Männer zum Streik aufzuhetzen.«

Er atmete schwer, konnte seine Stimme kaum zügeln, und sein Geduldsfaden war dünner als eine Spinnwebe. Als er plötzlich merkte, wie fest sich seine Finger in ihre Schultern krallten, ließ er sie unvermittelt los. Er wandte sich ab, fuhr sich mit den Fingern durchs Haar und drehte sich dann wieder um. »Sag mir, dass Mrs. Daly sich irrt, Sayre. Sag mir, dass das nicht stimmt.«

Sie hob trotzig das Kinn. »Du hast selbst von einem Krieg gesprochen.«

»Aber es ist nicht *dein* Krieg. Warum ergreifst du trotzdem Partei?«

»Weil es jemand tun muss. Weil die Sicherheitsstandards in dieser Gießerei ein Witz sind. Jemand muss dafür sorgen, dass sich etwas ändert.«

»Glaubst du ernsthaft, dass es der Sache hilft, wenn du dich einmischst? Glaubst du, es nutzt irgendjemandem, wenn du bei den Streikposten mitmarschierst?«

»Ich glaube schon.«

»Tja, da täuschst du dich. Total.«

»Ich zeige den Angestellten, wo ich stehe.«

»Du sprichst nicht mal ihre Sprache«, brüllte er sie an. »Das musst du doch gemerkt haben, als du neulich im Werk warst.

Auch wenn du ein Plakat trägst, stehst du nicht auf derselben Stufe wie die Menschen, die einen Monat lang von dem leben könnten, was du für ein Paar Schuhe ausgibst.

Du hast vielleicht das Herz am rechten Fleck, Sayre, aber du denkst falsch. Du wirst das Vertrauen der Arbeiter und ihrer Familien nicht gewinnen können. Noch nicht. Und bis dahin bist du nur eine Brandstifterin. Deinetwegen hat man Clark Daly heute Nacht um ein Haar die Seele aus dem Leib geprügelt, und du kannst verdammt noch mal von Glück reden, dass wir nicht dich im Straßengraben gefunden haben.«

Seine Anschuldigungen schmerzten fast so sehr wie die Erkenntnis, dass er Recht hatte. Sie wandte sich ab, die Schultern beladen mit der Last ihrer Scham. »Wenn ich etwas nicht gewollt habe, dann Clark noch mehr Ärger zu machen.«

»Dann hättest du dich von ihm fernhalten sollen. Und genau diese Botschaft soll ich dir übermitteln.«

Sie hob den Kopf und sah ihn im Spiegel über der Kommode an. »Und von wem?«

»Luce Daly. Einer ziemlich klugen Frau. Sie hat den Nagel auf den Kopf getroffen. Weil sie schon geahnt hat, dass du wie eine Irre zum Krankenhaus rasen und an Clarks Bett eilen würdest. Tja, tut mir leid. Seine Frau will dich nicht in seiner Nähe haben. Sie hat mir von deinen Besuchen bei ihm erzählt und mich hergeschickt, dir auszurichten, du sollst dich endlich wieder nach Hause scheren und ihren Mann in Frieden lassen.«

»Sie denkt wie eine eifersüchtige Ehefrau. Ich habe keine romantischen Pläne mit Clark. Ich habe nur versucht, ihm zu helfen.«

»Du warst wirklich eine tolle Hilfe. Seine Frau meinte, du wärst wie eine Krankheit, die er sich vor langer Zeit eingefangen hat und nie wieder abschütteln konnte.«

Aus Luce Dalys Blickwinkel stand sie wahrscheinlich wirklich für eine Krankheit. Es war ein wenig schmeichelhafter Vergleich, und er schmerzte. Doch auch wenn sie sich gern dagegen verwahrt hätte, hinderte sie ihr Stolz daran.

Stattdessen ging sie zum Angriff über. »Weißt du, wer das war?«

»Ich könnte es mir denken.«

»Aber du lässt die Betreffenden nicht verhaften, oder? Weil es Huffs Schläger waren. Und du ihr Anführer bist.«

»Lass dir einen guten Rat geben, Sayre, auch wenn du ihn mit Sicherheit ignorieren wirst. Halt dich von den Streikenden fern. Wenn sich das mit Clark herumspricht, wird es die Gemüter zusätzlich erhitzen. Es wird so oder so zum Kampf kommen, und dann könntest du zwischen die Fronten geraten.« Er sah zur Tür. »Wenigstens hängst du inzwischen die Türkette ein.«

»Nach dem Erlebnis heute früh werde ich es nie wieder vergessen.«

Er kam langsam auf sie zu. »Hat er dir was angetan, Sayre?«

»Ich habe euch doch gesagt …«

»Ich weiß, was du gesagt hast. Aber ich weiß auch, dass du nicht alles gesagt hast. Hat er dich angefasst?«

Sie schüttelte den Kopf, aber zu ihrem Kummer traten ihr Tränen in die Augen. »Nicht besonders hart.«

»Was soll das heißen?«

»Er … er hat ein paar gemeine Bemerkungen gemacht, aber er hat sie nicht wahr gemacht.«

Er wollte sie berühren, doch sie wehrte ihn mit einem ausgestreckten Arm und einem Kopfschütteln ab. »Es geht schon. Du solltest jetzt fahren.«

»Na gut.« Er nickte angespannt. »Ich wollte dir nur das mit Daly berichten und dir den Wunsch seiner Frau überbringen, dass du dich von ihm fernhalten sollst. Aber eine Frage muss ich dir noch stellen, Sayre. Warum mischst du dich überhaupt ein?«

»Das habe ich dir gestern Abend erklärt.«

»Weil dir dein Gewissen keine Ruhe lässt, nachdem du Dannys Anrufe nicht angenommen hast. Wegen der ungeklärten Umstände von Iversons Tod. Um die Arbeitsbedingungen in der Gießerei zu verbessern. Ich weiß schon, was du *gesagt* hast.«

»Und?«, fragte sie gepresst.

»Ist das wirklich der wahre Grund? Ich glaube das nicht. Für alles, was du machst und tust, gibt es in Wahrheit nur einen einzigen Beweggrund.« Er zog die Tür auf und trat auf den Außengang. Dann drehte er sich wieder um und sagte: »Huff.«

»Sayre? Sind Sie allein? Mein Gott, Mädchen, was soll das, so allein durch die stockdunkle Nacht zu fahren?«

»Ich hoffe, ich habe Sie nicht aufgeweckt, Selma.«

Sie winkte Sayre ins Haus. »Und wenn Ihnen dieser weiße Widerling Watkins gefolgt ist?«

»Ich nehme an, der ist inzwischen irgendwo tief in Texas und auf direktem Weg nach Mexiko. Ist Chris zu Hause?«

»Er ist nach dem Abendessen weggefahren und noch nicht zurück. Soll ich versuchen, ob ich ihn auf dem Handy erreichen kann?«

»Eigentlich wollte ich vor allem Huff sprechen. Ist er noch auf?«

»Er ist in seinem Zimmer, aber ich habe ihn oben herumgehen gehört. Ich nehme nicht an, dass er schon schläft.«

»Wie geht es ihm? Hat er sich wieder erholt?«

»Ich kann nicht erkennen, dass er irgendwie anders wäre als vor dem Herzinfarkt. Aber ich sorge dafür, dass er seine Blutdruckmedikamente nimmt. Seit Danny von uns gegangen ist, ist so viel passiert, dass es mich nicht gewundert hätte, wenn ihm die Adern aus dem Hals gesprungen wären.«

Sayre tätschelte ihre Hand. »Sie haben sich immer gut um uns gekümmert, Selma, und ich werde Ihnen dafür ewig dankbar sein. Gehen Sie wieder in Ihr Zimmer. Ich schließe ab, wenn ich rausgehe.«

Die Pantoffeln der Haushälterin klappten leise über den Dielenboden, während sie über den Flur in ihr Apartment hinter der Küche schlappte.

Sayre hatte sich Becks Worte zu Herzen genommen, sich hastig angezogen und war dann so schnell wie möglich hierhergefahren. Aber jetzt zweifelte sie an ihrer spontanen Entscheidung. Sie wünschte, sie hätte Selma gebeten, Huff aus seinem Zimmer herunterzuholen. Dies war nicht mehr ihr Zuhause, ihr Heim. Wenn sie so wie jetzt in tiefster Nacht die Treppe hochschlich, kam sie sich wie ein Eindringling vor.

Die Stille machte sie nervös. Die Treppe war so dunkel, dass sie kaum den oberen Absatz erkennen konnte. Zehn Jahre lang war sie sie nicht mehr hinaufgestiegen. Als sie das letzte Mal heruntergekommen war, hatte sie einen Koffer in der Hand gehalten und war überzeugt gewesen, dass sie nie zurückkehren würde. Natürlich hatte ihr die Zukunft Angst gemacht, aber sie war fest entschlossen gewesen, sich ihr zu stellen.

Jetzt war sie genauso ängstlich und genauso fest entschlossen, als sie den Fuß auf die unterste Stufe stellte. Die nächsten Schritte fielen ihr schon leichter. Oben auf dem Absatz blieb sie kurz stehen, um das Porträt ihrer Mutter zu betrachten, und spürte das altvertraute, ziehende Heimweh in ihrer Brust. Aber sehnte sie sich wirklich nach diesem Menschen, der von der Leinwand herablächelte, oder sehnte sie sich eher nach dem Bild einer Mutter, nach einem Menschen, an den sie sich wenden konnte und der ihr Trost, Rat und bedingungslose Liebe schenkte?

Der Flur im ersten Stock wurde nur von zwei matten Nachtlampen in den Steckdosen über der Fußleiste erhellt. Ihre Schritte wurden von dem Läufer gedämpft, der einst Laurels ganzer Stolz gewesen war. Er war ein Erbstück aus dem Südstaaten-Herrenhaus ihrer Urgroßmutter mütterlicherseits.

Die Tür zu Dannys Zimmer war geschlossen. Sie blieb kurz stehen, ging dann aber weiter, ohne sie zu öffnen, weil sie das Gefühl hatte, dass es ungehörig wäre, sein Zimmer zu betreten, fast so, als würde sie auf sein Grab treten. Die Erinnerung war noch zu frisch, um sie aufzuwühlen.

Die Tür zu Chris' Zimmer war nur angelehnt. Wie Selma ihr erzählt hatte, war er wieder heimgekehrt und hatte sein altes Zimmer bezogen, nachdem Mary Beth sich in Mexiko niedergelassen hatte. »Wir haben es etwas anders eingerichtet als damals, bevor er verheiratet war.«

Sayre warf einen heimlichen Blick hinein und musste widerwillig anerkennen, dass es geschmackvoll eingerichtet war. Die Möbel waren elegant, aber nicht protzig. Die Farben waren unauffällig. Es war ein typisches Männerzimmer, eher nüchtern und etwa so gestaltet, wie auch sie die Unterkunft eines wieder zum Single gewordenen Mannes eingerichtet hätte.

Unter der Tür zu Huffs Schlafzimmer schimmerte ein dünner Lichtstreifen durch. Ehe sie der Mut verlassen konnte, klopfte sie zweimal kurz an. Die Tür ging sofort auf, und es entstand ein Vakuum, über das sie sich schweigend anblickten.

Er nahm die glimmende Zigarette aus dem Mund und sah sie nachdenklich an. »Ich hatte entweder Chris oder Beck erwartet.«

»Ich möchte mit dir reden.«

Seine Brauen senkten sich missmutig. »So, wie du klingst, möchtest du mir eher den Arsch aufreißen.«

»Hast du deine Schläger auf Clark Daly gehetzt?«

Er steckte die Zigarette wieder in den Mund und drehte ihr den Rücken zu. »Komm rein. Wir können das genauso gut jetzt besprechen wie später.«

Sie folgte ihm in sein Zimmer, das ebenfalls neu eingerichtet worden war. Solange Sayre hier gewohnt hatte, hatte man das elterliche Schlafzimmer mehr oder weniger so gelassen wie zu der Zeit, als ihre Mutter noch gelebt hatte. Aber irgendwann, während sie in San Francisco gewesen war, waren Laurels Rüschen durch strengere Vorhänge und Bettüberwürfe ersetzt worden.

Huff deutete auf einen kleinen Servierwagen. »Nimm dir was zu trinken.«

»Ich will nichts zu trinken, ich will eine Antwort. Hast du den Befehl gegeben, Clark zusammenschlagen zu lassen?«

»Ich wusste nicht, dass es Clark treffen würde.«

»Aber du hast die Hunde von der Leine gelassen.«

Er setzte sich in einen großen Lehnsessel und inhalierte, bis die Spitze der Zigarette rot aufleuchtete. »Ich habe da ein paar Burschen, die absolut loyal sind. Ich habe ihnen gesagt, sie sollen das Gequatsche von einem Streik unterbinden, aber ich habe mich nicht darüber ausgelassen, wie sie das tun sollen.«

Er zielte mit der Zigarette auf sie. »Ich lasse es nicht zu, dass jemand mein Geld kassiert und gleichzeitig gegen mich demonstriert. Wenn sie sich mit diesem Nielson und seinen Aufwieglern zusammentun wollen, dann bitte. Aber nicht während meiner Arbeitszeit und auf meine Kosten.« Er war deutlich lauter geworden.

»Sie hätten ihn fast umgebracht.«

»Aber eben nur fast, außerdem hat man mir berichtet, dass er sich erholen wird.« Er drückte die Zigarette aus. »Ehrlich gesagt, ich hätte nicht gedacht, dass Clark Daly den Mumm aufbringt, eine Karaokeparty zu organisieren, von einem ausgewachsenen Streik ganz zu schweigen.«

»Vielleicht hätte er das auch nicht… wenn ich ihn nicht dazu angestachelt hätte.«

Er sprang auf. Doch nach mehreren Sekunden, während der er fassungslos schwieg, begann er in dem pfeifenden Kichern zu lachen, das charakteristisch für ihn war. »Also, ich fass es einfach nicht. Das hätte ich mir denken können. Clark Daly hat doch nicht den Mumm, so ein Projekt anzugehen. Mit dem Mann geht es seit Jahren bergab. Er hat nicht das geringste Rückgrat.«

»Das denkst nur du, Huff. Aber du täuschst dich. Clark war ein Anführer. Du hast ihn zermalmt, ihn um sein Stipendium gebracht und damit um jede Chance auf eine ordentliche Ausbildung. Du hast seine Hoffnungen und sein Selbstbewusstsein zertrampelt.«

»Ach Gottchen, fängst du wieder mit dieser Leier an. Wird das nicht langweilig? Alles, was diesem Burschen widerfahren ist, hat er sich selbst zuzuschreiben.«

»Er ist kein Bursche mehr, Huff, sondern ein Mann. Und er hat erneut bewiesen, dass er ein Führer ist.«

»Sicher, er könnte uns in jede Bar im Parish führen.«

»Die Männer hören auf ihn, Huff. Beck sagte, Clarks Freunde wären heute Nacht bereit gewesen, ihre Arbeit liegen zu lassen, um nach ihm zu suchen. Für mich klingt das nach jemandem, der andere inspirieren kann.«

Huff schoss zornig aus seinem Sessel hoch. »Wozu hätte dich Clark Daly je inspiriert, außer mir ungehorsam zu sein?«

»Ich war damals achtzehn. Wir brauchten deine Erlaubnis nicht, um zu heiraten.«

Er stapfte an den Servierwagen, kippte Whisky aus einer Karaffe in sein Glas und leerte es in einem Zug. »Ich bin gottfroh, dass ich von deinen idiotischen Fluchtplänen erfahren hatte und sie verhindern konnte.«

»O ja, du warst wirklich ein Held, Huff. Uns wie Kriminelle jagen zu lassen und dann damit zu drohen, Clarks Vater zu feuern, falls wir trotzdem heiraten würden. Du hast seine Eltern terrorisiert, mich terrorisiert und Clark terrorisiert. Wirklich mutig.«

»Wäre es dir lieber gewesen, wenn ich den Jungen abgeknallt hätte?«, brüllte er. »Ich hatte jedes Recht, ihn zu erschießen.«

»Jedes *Recht?* Was für ein Recht denn?«

»Der Junge hat mich zum Narren gehalten. Er hätte es verdient…«

»Nichts davon ist wahr, Huff! Das Einzige, was er dir angetan hat, war, mich zu lieben.«

»Er war nicht der Richtige für dich.«

»Nur aus deinem egoistischen, selbstsüchtigen Blickwinkel betrachtet.«

»Er war als Jugendschwarm noch hinnehmbar, aber zum Heiraten brauchtest du jemanden aus einer Familie wie unserer.«

Sie warf den Kopf in den Nacken und lachte verbittert. »Huff, wir *sind* keine Familie.«

»Versuch mir nicht das Wort im Mund herumzudrehen, Sayre. Du weißt genau, was ich sagen will«, beschwerte er sich bärbeißig. »Du solltest in eine Familie einheiraten, die etwas darstellt. Die Geld hat. Nicht in eine Familie von Tagelöhnern.«

»Was für eine Scheiße. Es war schon Scheiße, als du das vorgebracht hast, um Clark und mich zu trennen, und es ist immer noch Scheiße. Es ging dir nie ums Geld, Huff. Clark war dir nur nicht gut genug, weil du ihn nicht selbst ausgesucht hattest.«

»Ich habe es satt, dass ich an allem und jedem schuld sein soll.« Er machte eine ausgreifende Armbewegung. »Was habe ich denn getan, außer dass ich das Beste für meine Kinder wollte?«

»Nein, in Wahrheit wolltest du ausschließlich, dass es nach deinem Willen geht«, widersprach sie ihm genauso laut. »Was zählte, war allein *dein* Wille. Du hast keinen einzigen Gedanken, keinen einzigen Plan toleriert, den nicht *du* ausgeheckt hast.« Sie holte tief Luft, und als sie wieder ausatmete, war ihre Stimme tiefer und mit Gefühlen beschwert. »Andernfalls hast du ihn zunichtegemacht.«

Er durchbohrte sie mit einem finsteren Blick und schenkte sich den nächsten Whisky ein. Dann nahm er ihn mit zu seinem Sessel, wo er eine weitere Zigarette anzündete. Das Atmen kostete ihn Mühe. Obwohl sie so weit entfernt von ihm stand, konnte sie den Whisky in seinem Atem riechen.

»Du kannst so viel schreien, wie du willst, Mädchen. Du kannst toben und kreischen und mit dem Fuß aufstampfen, aber du wirst trotzdem nicht erleben, dass ich mich für das entschuldige, was ich damals getan habe. Als ich noch ein Kind und nur so groß war, Sayre«, sagte er und hielt dabei die Hand einen Meter über den Boden, »habe ich mir geschworen, eine Sippe von Hoyles zu gründen, deren Namen einen guten Klang haben sollte. Der Name Hoyle sollte nie wieder mit Füßen getreten werden oder in Vergessenheit geraten.« Er wedelte mit der Zigarette in ihre Richtung. »Und in dieser Sippe war kein Platz für Clark Dalys ungeborenen Bastard.«

Sie atmete zitternd ein. »Darum hast du ihn mir aus dem Leib schneiden lassen.«

»Ich habe nur das getan, was jeder Vater getan hätte, der ...«

»Keine Seele hat.«

»Der sah, wie seine Tochter das zerstörte …«

»Du hast mir mein Baby aus dem Bauch schneiden lassen!« Sie durchquerte den Raum in drei langen Schritten und ohrfeigte ihn mit aller Kraft.

Er schoss hoch. Das Glas fiel ihm aus der Hand und rollte über den Teppich. Er schleuderte die Zigarette auf den Boden, ballte die Fäuste und hob sie drohend an.

»Nur zu, Huff, schlag zurück. Du hast mich damals ins Gesicht geschlagen, als du mich nachts aus deinem Fernsehzimmer geschleift hast, obwohl ich um mich trat und schrie und dich anbettelte, mich loszulassen. Weißt du, dass der Boden immer noch die Spuren trägt, wo meine Absätze darüberschleiften, als ich mich in jener Nacht zur Wehr zu setzen versuchte? Sieh sie dir nur an. Sie sind ein Zeugnis dafür, wie böse du bist.

Als du mich nicht in den Wagen bugsieren konntest, hast du mich bewusstlos geschlagen. Erst in Dr. Caroes Hinterzimmer wurde ich wieder wach. Da waren meine Füße schon an die Bügel gebunden, und meine Arme waren an den Tisch gefesselt.« Sie streckte die Arme zur Seite und fühlte noch einmal die Fesseln, die ihr damals jeden Bewegungsspielraum genommen hatten.

Ihr Gesicht, spürte sie, war tränennass. Sie leckte sich die salzigen Tropfen aus den Mundwinkeln. »Und dieser gewissenlose Mörder schabte mir mein Baby aus dem Bauch. Wie viel hast du ihm gezahlt, damit er dieses unschuldige kleine Leben vernichtet, Huff? Wie viel hat es dich gekostet, mir vor Augen zu führen, dass du nach Gutdünken über mich bestimmen konntest?«

Inzwischen schluchzte sie bei jedem Wort, aber sie war noch nicht fertig. »Ihr habt mein totes Kind in eine Plastiktüte gesteckt und in den Müll geworfen.« Sie presste die flache Hand auf ihre Brust und schrie: *»Mein Baby!«*

Auf ihren Ausbruch hin herrschte Grabesstille in dem Raum, die nur vom Ticken der Uhr auf Huffs Nachttisch durchbrochen wurde. Sie wischte sich die Tränen aus dem Gesicht und warf ihr Haar zurück.

»Ich habe jüngst zu hören bekommen, dass du hinter allem steckst, was ich tue. Das stimmt. Dass ich dich hasse, hat mir durch meine Depressionen und durch zwei unerwünschte Ehen geholfen. Und bis zum heutigen Tag, bis zu diesem Augenblick zehre ich von dem Hass, den ich für dich empfinde für das, was du mir damals angetan hast.

Aber…« Sie lachte bitter. »Aber du hast dir damals einen Bärendienst erwiesen, Huff. Mit deinen idiotischen Dynastieplänen. Deine wilden Spekulationen, mich mit Beck zu verheiraten? Ein Witz. Urkomisch. Und nichts als heiße Luft. Denn du musst wissen, dass dein stümperhafter Helfer Dr. Caroe mir die Chance genommen hat, je wieder ein Kind zu bekommen, als er mir mein Baby raubte.«

Er taumelte einen Schritt zurück. »Was?«

»Ganz genau, Huff. Dass ich deine gottverfluchte Hoyle-Dynastie nicht fortführen kann, hast du dir selbst zuzuschreiben.«

Damit drehte sie sich um und rannte aus dem Zimmer, um im nächsten Moment zu erstarren, als sie Beck im Flur stehen sah.

30

Sayre stockte kurz, als sie ihn sah, ging dann aber ohne ein weiteres Wort den Flur hinunter und verschwand im Dunkel des Treppenabsatzes. Wenige Sekunden später hörte er die Haustür hinter ihr ins Schloss fallen.

Er ging ihr nicht nach. Das hätte sie bestimmt nicht gewollt. Seine Verbindung mit Huff machte ihn unwiderruflich zu ihrem Feind, und jetzt konnte er ihr die Feindseligkeit nachfühlen.

Er klopfte einmal kurz an die Schlafzimmertür. »Ich bin's, Huff.«

Huff saß vor ihm, obwohl Beck den Eindruck hatte, dass er in seinen Sessel gesackt war, ohne es überhaupt mitbekommen zu haben. Er balancierte auf dem vordersten Rand des Polsters und starrte auf den Boden, ohne die Zigarette zu sehen, die nur Zentimeter von seinem Fuß entfernt ein Loch in den Teppich brannte.

Beck hob sie auf und drückte sie in dem Aschenbecher auf dem Beistelltisch neben Huffs Sessel aus.

Erst jetzt schien Huff ihn zu bemerken. »Beck. Wie lange bist du schon hier?«

»Lange genug.«

»Du hast gehört, was Sayre zu mir gesagt hat?«

Er nickte. »Geht es? Dein Gesicht ist ganz rot.«

»Ich bin okay. Sie hat mich nicht umgebracht. Noch nicht.« Er sah stirnrunzelnd auf den verschütteten Whisky und meinte dann: »Ich könnte noch was zu trinken gebrauchen.«

Beck schenkte ein Glas Wasser ein und brachte es ihm. »Fang hiermit an.«

Huff verzog missmutig das Gesicht, leerte aber gehorsam das Glas. Dann ließ er sich in den Sessel zurücksinken und stieß einen tiefen Seufzer aus. »Das waren wirklich beschissene vierundzwanzig Stunden. Angefangen mit den Streikposten gestern Nacht vor meinem Werk. Zu erfahren, dass Sayre unfruchtbar ist, ist ein grandioser Abschluss.«

»Und das macht dir zu schaffen?«

»Entschuldige?«

Beck setzte sich Huff gegenüber auf die zu dem Sessel passende Ottomane. »Nach allem, was ihr beide besprochen habt – ich meine, wenn deine einzige Tochter …«

Huff sah ihn eindringlich an, als wartete er darauf, dass Beck aufhörte herumzustottern und endlich auf den Punkt käme.

Falls Huff bis jetzt nicht kapiert hatte, was Beck ihm sagen wollte, würde er es nie verstehen. »Ich weiß nicht, was ich eigentlich sagen wollte. Die Sache geht nur dich und Sayre an.«

»Ja, die *Sache* steht zwischen uns, seit sie passiert ist.«

»»Passiert‹? Sie hat ihr Baby nicht zufällig verloren, Huff. Du hast sie zur Abtreibung gezwungen.«

»Sie war noch ein Mädchen«, erwiderte er mit einer ungedul-

415

digen Handbewegung. »Ich konnte nicht zulassen, dass sie ihr Leben ruiniert, ehe es richtig angefangen hat, vor allem, indem sie sich mit einem Kind von Clark Daly belastet. Du weißt doch, warum sie schwanger wurde, oder?«

Obwohl Huff im Grunde keine Antwort erwartete, sagte Beck: »Um ihre Heirat abzusichern.«

»Ganz genau. Ich hatte sie daran gehindert, mit ihm durchzubrennen. Dalys Eltern knickten sofort ein, nachdem ich gedroht hatte, seinen Daddy rauszuwerfen. Sie schickten Daly den Sommer über zu irgendwelchen Verwandten nach Tennessee. Ich dachte, durch die Trennung würde sich die Romanze in Wohlgefallen auflösen.

Aber Sayre trotzte mir erneut. Sie schlich aus dem Haus und traf sich übers Wochenende mit Daly, nur um einen Monat später anstolziert zu kommen und mir zu verkünden, dass sie schwanger sei und dass ich sie jetzt nicht mehr daran hindern könne, Daly zu heiraten.«

»Was du aber trotzdem getan hast.«

»Verdammt noch mal, ja. Kein Baby, keine Hochzeit.« Er schnippte arrogant mit den Fingern. »In dieser Nacht habe ich auf einen Schlag zwei Probleme gelöst.«

Es war eine so schockierende Feststellung, dass Beck einfach keine Erwiderung einfallen wollte. »Was war mit Daly? Wusste er von dem Baby?«

»Keine Ahnung. Ich habe Sayre nie danach gefragt, und selbst wenn, hätte sie mir nicht geantwortet. Monatelang hat sie kein Wort mit mir gesprochen. Ich dachte, sie würde irgendwann darüber wegkommen und alles vergessen.«

Beck stand noch das aufgelöste Gesicht vor Augen, mit dem Sayre aus Huffs Zimmer geflohen war. Sie hatte ausgesehen, als wäre die Tragödie nicht vor Jahren, sondern erst vor wenigen Tagen geschehen.

»Ich glaube nicht, dass sie das je vergessen wird, Huff«, sagte er leise.

»Sieht nicht so aus, wie? Sie ist jetzt unter die Streikenden gegangen, weißt du? Läuft mit einem Schild herum, auf dem ich angeprangert werde. Und sie steckt auch hinter dieser Sache mit Clark Daly. Das hat sie mir unverblümt ins Gesicht gesagt. Wenn er nicht wieder auf die Beine kommt, wird sie uns gewaltig unter Feuer nehmen, und du kannst sicher sein, dass du das meiste davon abbekommen wirst.«

»Er wird wieder auf die Beine kommen. Ich habe auf der Herfahrt im Krankenhaus angerufen. Kein Schädelbruch, aber mehrere gebrochene Rippen. Sie beobachten ihn noch auf innere Blutungen hin, aber bis jetzt haben sie keine entdeckt, was ein gutes Zeichen ist.«

Huff fuhr sich mit der Hand über die Stoppelhaare und lachte trübselig. »Ich schätze, die Jungs haben es ein bisschen übertrieben.«

»Das war dumm, Huff.«

Sein Lachen verstummte abrupt. Er sah Beck scharf und wütend an, was so gut wie nie vorkam.

»Stell nicht gleich die Stacheln auf«, beschwichtigte ihn Beck. »Du bezahlst mich dafür, dass ich dich berate. Wenn dir meine Offenheit zu weit geht, brauchst du einen neuen Anwalt. Ich sage nur, dass es keine gute Idee war, mit dem Blutvergießen anzufangen. Das hast du gestern Abend selbst gesagt.«

»Da konnte ich nicht ahnen, dass die Dinge so schnell außer Kontrolle geraten würden. Ich konnte doch nicht tatenlos zusehen.«

»Einen unserer Angestellten anzugreifen war jedenfalls falsch. Damit hast du deine Gegner in ihrer Meinung bestärkt und ihnen zusätzlich Munition geliefert.«

Murrend hievte Huff sich aus seinem Sessel und trat an den Servierwagen. »Heute Abend haben es alle auf mich abgesehen.«

»Ich weiß selbst, dass es kein guter Zeitpunkt ist«, sagte Beck. »Nachdem dich Sayre gerade durch den Fleischwolf gedreht hat, willst du natürlich nicht von mir hören, dass du die Situation im Werk zusätzlich verschärfst, Huff. Aber das tust du.

Ich habe dir erst gestern zu erklären versucht, dass sich Arbeitskämpfe nicht mehr so lösen lassen wie früher. Nielson ist ein härterer Brocken als Iverson. Er wird nicht klein beigeben.« Er machte eine bedeutungsschwere Pause, ehe er schloss: »Und du wirst ihn nicht so leicht loswerden.«

Huff verstand sofort, was er damit andeutete, und drehte sich langsam um, das leere Glas in der einen Hand und mehrere Eiswürfel in der anderen. Er schien gar nicht zu merken, dass sie zwischen seinen Fingern durch auf den Teppich tropften.

Beck stellte sich Huffs bohrendem Blick. »Ich werde dich nicht fragen, Huff, weil ich die Antwort nicht wissen will. Aber ich bin nicht so dumm zu glauben, dass du und wahrscheinlich auch Chris nichts mit Iversons Verschwinden zu tun habt. Ein versteckter Hinweis an einen eurer Männer, ein Wort oder vielleicht auch nur ein Blick hätten genügt, um dieses Problem aus der Welt zu schaffen. Chris muss dabei wenigstens eine kleine Rolle gespielt haben. Wenn an der Anklage gegen ihn nichts dran gewesen wäre, hätte er sich auch um seinen Freispruch keine Sorgen machen müssen. Dann hättest du McGraw bestimmt nicht befohlen, die Geschworenen zu bestechen.

Und trotz der kleinen Komödie, die Chris und ich bei McGraw für Sayre aufgeführt haben, wissen wir alle, dass McGraw die Geschworenen bestochen hat und dass er dafür gut bezahlt wurde. Ich weiß nicht, was damals mit Iverson passierte, aber ihr beide seid mit weißer Weste davongekommen. So wiederholt sich die Geschichte.«

»Und welche?«

»Die mit Sonnie Hallser.«

»Die ist doch irrelevant.«

»Wirklich, Huff? Ich habe erst kürzlich erfahren, dass Chris in der Nacht, als Hallser starb, in der Gießerei war.«

Mit einem leisen Fluch ließ Huff die Eiswürfel ins Glas fallen und wandte sich wieder dem Servierwagen zu, um sein Glas zu füllen. »Er sollte niemandem verraten, dass er dabei war. Er hat mir geschworen, dass er es niemals verraten würde.«

Beck stellte nicht klar, dass er es von Sayre und nicht von Chris wusste. »Was hat er damals beobachtet?«

»Einen Streit zwischen mir und Sonnie.«

»Und?«

»Und weiter nichts«, stritt Huff lauter werdend ab. »Mehr gab es nicht zu sehen. Ich hatte mich mit dem Mann gestritten.«

»Und zwar *hitzig*.«

»Anders streite ich mich nie. Wir haben beide mächtig Dampf abgelassen. Ich fuhr mit Chris nach Hause. Später in dieser Nacht hatte Sonnie einen tödlichen Unfall.«

»Ein schrecklicher Zufall.«

»Genau das war es. Wieso fängst du jetzt davon an?«

»Um dir etwas vor Augen zu führen.« Beck stand auf, trat hinter die Ottomane und sah Huff von dort aus an. »Du hast den Ruf, alle Probleme mit deinen Arbeitern durch rohe Gewalt zu lösen. Man weiß, dass du gern Muskeln zeigst und es beinahe bis zur Prügelei kommen lässt. Diese Taktik ist genauso überholt wie ein Arzt, der mit Schröpfköpfen heilt.«

Huff nahm einen Schluck Whisky. »Na schön, vielleicht habe ich mich nicht immer an alle Regeln gehalten und nicht alle Vorschriften beachtet, aber ich habe nie gezögert, alles Nötige zu unternehmen, um mich, meine Familie und mein Geschäft zu schützen. Wenn du oben bleiben willst, musst du hart sein – und zwar wie Stahl.

Chris versteht das. Ich glaube nicht, dass Danny es je verstanden hat und dass Sayre das je verstehen wird. Ich habe eine dahinsiechende Gießerei übernommen und sie in ein florierendes Unternehmen verwandelt.« Er ballte die Faust. »Glaubst du, ich hätte es so weit gebracht, wenn ich immer gleich eingeknickt wäre, wenn ich vor den Gewerkschaften zu Kreuze gekrochen wäre und immer alles gewährt hätte, was meine Angestellten von mir verlangt haben? Von wegen!

Wenn es sein musste, habe ich die dicksten Stiefel angezogen und damit Arschtritte verteilt, und ich werde das auch weiterhin tun, bis man mich in die Grube legt. Niemand wird meine Firma schließen. Charles Nielson nicht und nicht mal diese verfluchten Behörden. Und einen Gewerkschaftsladen machen diese Schweine aus meinem Unternehmen nur über meine Leiche.« Er beendete seine Ansprache, indem er die letzten drei Worte laut ausrief und jedes einzelne mit einem Zeigefingerpieksen unterstrich.

»Weitere Leichen sollten wir nach Möglichkeit vermeiden«, meinte Beck kühl.

Huff entspannte sich wieder. Er lachte sogar. »Das würde ich auch vorziehen. Vor allem, wenn es um meine eigene geht.«

»Setz dich, bevor deine Adern platzen.« Sowie Huff wieder in seinem Sessel saß und sein Gesicht nicht mehr ganz so rot war, sagte Beck: »Huff, bitte keine Gewalttätigkeiten mehr, bis ich wenigstens versuchen konnte, diesen Schlamassel auf friedliche Weise zu bereinigen. Die Pauliks könnten vielleicht von einer Klage absehen, wenn wir ihnen eine ansehnliche Entschädigung anbieten.«

»Wie ansehnlich?«

»Ansehnlich genug, um sie zu beschwichtigen, aber nicht so ansehnlich, dass du in Zukunft billigen Fusel trinken müsstest. Und ich rate dir dringend, das Förderband abzustellen, an dem Billy verunglückt ist.«

»Es wurde repariert und läuft seither problemlos.«

»Repariert, aber nicht von Grund auf überholt, was unbedingt erforderlich wäre«, wandte Beck ein. »Da lauert schon die nächste Katastrophe. Glaubst du wirklich, wir könnten uns jetzt noch einen Unfall leisten?«

»George hat grünes Licht gegeben. Chris auch. Das ist deren Baustelle, Beck. Beschränk dich lieber darauf, uns eine Klage vom Leib zu halten.«

Beck gab klein bei, wenn auch ungern. »Ich sollte gehen, bevor Selma hochkommt und mich rausschmeißt, weil ich dich vom Schlafen abhalte.«

»Fährst du jetzt nach Hause?«

»Ehrlich gesagt werde ich die Nacht auf dem Sofa in meinem

Büro verbringen. Einer von uns sollte im Werk sein, falls es wirklich Ärger gibt.«

»Wo ist Chris?«

»Das braucht er mir nicht mehr anzuvertrauen. Ich bin nicht mehr sein Anwalt.«

»Du hast Red davon abgehalten, ihn übers Wochenende einzusperren.«

»Das war meine letzte offizielle Handlung für ihn.«

»Das habe ich gehört. Ich kann nicht sagen, dass ich glücklich über seinen neuen Anwalt bin.«

»Es ist besser so, solange es im Werk drunter und drüber geht, Huff. Ich habe ohnehin alle Hände voll zu tun.«

»Taugt der Kerl was, den Chris angeheuert hat?«

»Ich habe heute ein paar Anrufe gemacht und mich über ihn erkundigt. Wie man hört, ist er geldgeil, ehrgeizig, egomanisch und widerwärtig. Kurz gesagt genau so, wie man sich einen Strafverteidiger wünscht.«

Huff lächelte trocken. »Hoffen wir, dass Chris ihn nicht braucht. Dieser Detective, dieser Scott, stochert doch mit der Stange im Nebel rum. Bibelgeschichten.« Er schnaubte. »Und noch dazu vorgetragen von Slap Watkins.«

»Er hat ihr Angst gemacht.« Beck hatte gar nicht gemerkt, dass er das laut ausgesprochen hatte, bis ihm Huffs merkwürdiger Blick auffiel. »Sayre.«

»Ach, richtig. Watkins ist in ihr Motelzimmer eingebrochen. Geschieht ihr recht, warum muss sie auch in diesem Rattenloch wohnen.«

»Das Erlebnis hat sie tiefer verstört, als sie uns weismachen will. Ich glaube nicht, dass sie uns alles verraten hat, was er ihr angedroht oder angetan hat.«

Aber Huffs Gedanken hatten längst eine andere Richtung genommen und sich weit von der Sorge um Sayres Sicherheit entfernt. »Nachdem sie keine Kinder kriegen kann, bist du vom Haken, Beck, mein Junge«, sagte er mit einem kurzen Lachen. »Jetzt steht Chris wieder unter Druck, mir einen Enkel zu schenken. Er ist meine einzige und letzte Chance auf die Unsterblichkeit.«

»Klopf-klopf.«

Beck öffnete mühsam ein Auge und erblickte Chris, der grinsend auf ihn herabsah. Obwohl alle Muskeln dagegen protestierten, setzte er sich auf. »Wie spät ist es?«

»Kurz vor sieben. Warst du die ganze Nacht hier?«

Beck schwang die Füße vom Sofa und erhob sich unter Schmerzen. »Fast.«

»Du siehst aus wie ausgekotzt«, bemerkte Chris. »Rückenprobleme?«

»Ich habe auf einem ein Meter langen Sofa übernachtet. Mein Rücken fühlt sich an, als wäre eine Büffelherde darübergaloppiert. Wohingegen du…« Er bedachte Chris mit einem Seitenblick. »Frisch wie der junge Tag.«

»Huff hat mich so früh wie möglich herbestellt. Ich habe ihn daran erinnert, dass heute Samstag ist und ich wenig davon halte, am Wochenende zu arbeiten, aber er ließ nicht mit sich reden. Er wollte, dass wir beide zum Schichtwechsel hier sind. Also bin ich da. Verkatert, aber geduscht und rasiert, was mehr ist, als man von dir sagen kann.«

»Gib mir fünf Minuten.« Beck holte ein Waschset aus seiner Schreibtischschublade und frische Kleidung aus seinem Schrank. »Ich habe die Sachen vor ein paar Tagen von zu Hause mitgebracht, falls ich eine unvorhergesehene Nachtschicht einlegen muss.«

Gemeinsam verließen sie sein Büro und gingen zur Herrentoilette, in die man in weiser Voraussicht eine Dusche eingebaut hatte. »Wo warst du gestern Abend?«, fragte Beck.

»Mal wieder in dem Club in Breaux Bridge. Da geht echt die Post ab. Du solltest nächstes Mal mitkommen.«

»Da du dir die Nächte um die Ohren schlägst, machst du dir offenbar keine großen Sorgen.«

»Worüber?«

»Nun, über einen drohenden Streik, um damit mal anzufangen. Und wenn dir das nicht reicht, dann über die Tatsache, dass du der Hauptverdächtige in einer Mordermittlung bist.«

»Huff meint, den drohenden Streik könntest du noch wegverhandeln. Und was das andere betrifft, habe ich gestern Nachmittag mit meinem neuen Anwalt gesprochen. Wir haben über eine Stunde telefoniert. Ich habe ihm alles genau geschildert, angefangen von dem Tag, an dem Dannys Leiche entdeckt wurde.

Er meinte, ich brauche mir keine Sorgen zu machen. Sie hätten nichts als ein lausiges Streichholzbriefchen, um meine Anwesenheit am Tatort zu belegen, und das könnte sogar ein Waschbär dort abgeladen haben.«

»Na klar, warum bin ich nicht gleich darauf gekommen?«

Chris sah ihn giftig an. »Pessimistisch *und* ulkig. Du wirst allmählich zu einem richtigen Langweiler. Jedenfalls wird dieser Anwalt Wayne Scott durch den Fleischwolf drehen. Irgendwas Neues von Slap?«

»Nicht soweit ich wüsste.«

»Der Anwalt meinte, dieser Quatsch von Kain und Abel wäre nur das verzweifelte Ablenkungsmanöver eines verzweifelten Mannes auf der Flucht.«

»Gut möglich.«

Sie traten gemeinsam in die Toilette. Chris stellte sich an ein Urinal, Beck blieb am Waschbecken stehen und inspizierte sein Gesicht im Spiegel. Seine Augen waren nach der schlaflosen Nacht gerötet. Er hatte dicke Stoppeln, und seine Haare standen in alle Himmelsrichtungen ab, aber wenigstens waren seine Gesichtszüge noch intakt und am vorgesehenen Fleck, was mehr war, als man von Clark Daly sagen konnte. Er fragte Chris, ob er von dem Vorfall gehört hätte.

»Huff war noch auf, als ich gestern Abend heimkam. Er hat es mir erzählt.«

Beck streckte den Arm in die Duschkabine, drehte das Wasser auf und begann sich auszuziehen. »Daly wurde ziemlich übel bearbeitet.«

Chris drückte die Spülung. »Wenn du mich fragst, hat er genau das bekommen, was er verdient hat. Wie oft wurde ihm schon der Lohn gekürzt, weil er zu spät zur Arbeit oder überhaupt nicht kam oder betrunken war? Dutzende Male, soweit ich mich erinnere. Aber wir haben ihm immer wieder eine Chance gegeben.

Und wie dankt er uns dafür, dass wir ihn nie gefeuert haben? Indem er Aufruhr sät. Jeder, der mit diesen Streikposten gemeinsame Sache macht, braucht nicht mehr auf mein Mitgefühl zu bauen, und das schließt meine eigene Schwester mit ein.«

Beck schob den Kopf unter dem Wasserstrahl hervor und streckte ihn aus der Duschkabine, bis er Chris sehen konnte, der sich am Waschbecken die Hände wusch. »O ja, sie ist wieder da draußen«, sagte Chris, der die Frage aus Becks blutunterlaufenen Augen las. »Und verteilt Kaffee und Beignets. Huff und ich haben sie gesehen, als wir durchs Tor fuhren.«

»Scheiße.«

»Ich gehe Kaffee holen«, rief ihm Chris noch zu, ehe er in den Gang verschwand.

Beck duschte fertig. Er musste sich mit gewöhnlicher Seife rasieren, aber immerhin war er so klug gewesen, Zahnpasta und eine Zahnbürste in sein Reiseetui zu packen. Danach zog er sich hastig an und war wieder in seinem Büro, gerade als die Sirene zur Frühschicht erklang.

Am Fenster in seinem Büro stehend, verfolgte Beck gespannt das Geschehen. Die Arbeiter, deren Schicht endete, waren schon bald aus der Werkhalle verschwunden. Aber nach fünf Minuten waren nur eine Hand voll Männer erschienen, um ihren Platz einzunehmen. »Verdammt«, murmelte er, denn das verhieß nichts Gutes.

Er drehte sich um und war gerade auf dem Weg durch sein Büro, als Chris in der offenen Tür erschien. Er trug ein Funksprechgerät, aus dem es entsetzlich krächzte. »Es gibt draußen ein Problem«, sagte er.

»Dachte ich mir schon.«

»Fred Decluette sagt, ein paar der Männer aus seiner Schicht hätten sich direkt nach Schichtende den Streikposten angeschlossen«, schnaufte Chris, während sie im Dauerlauf zu Huffs Büro eilten. »Und sie versuchen die Männer zu überreden, die zur Arbeit antreten wollen. Clark Daly ist ihr Aushängeschild.«

Beck wollte ihn noch nach Sayre fragen, aber in diesem Moment hatten sie Huffs Büro erreicht. Als Huff sie kommen hörte, drehte er sich mit grimmigem Gesicht von der Glasfront weg. »Wo sind die alle, verfluchte Scheiße?«

Chris fasste die Situation in ein paar knappen Sätzen zusammen.

»Raus mit euch beiden!«, befahl Huff. »Ich will, dass ihr dem Spuk ein Ende macht. Und zwar sofort! Ich rufe kurz Red an, dann komme ich nach.«

»Nein, du bleibst hier«, widersprach Chris. »Du hattest letzte Woche einen Herzinfarkt. Dieser Stress ist Gift für dich.«

»Scheiß drauf. Hier geht es um meine Gießerei und um mein Eigentum!«, brüllte er. »Ich werde mich nicht wie ein gottverdammter Invalide verkriechen, während wir überrannt werden!«

»Ich werde schon damit fertig, Huff.«

»Ich bin der gleichen Meinung wie Chris«, meldete sich Beck zu Wort. »Nicht weil du gebrechlich wärst, sondern weil man merken würde, dass du dir Sorgen machst, wenn du jetzt auf der Bildfläche erscheinst. Halt dich im Hintergrund, dann verliert die Angelegenheit automatisch an Bedeutung.«

Huffs sah ihn grimmig an, gab sich aber geschlagen. »Verdammt, das ist ein guter Einwand, Beck. Okay, dann bleibe ich zurück und leite die Show von hier oben. Ihr beide geht runter. Aber haltet mich auf dem Laufenden.«

Sie eilten hinunter und nahmen dabei lieber die Treppe, als auf den Lift zu warten. »Gut, dass er auf dich hört«, sagte Chris, als sie schwer schnaufend um den letzten Treppenabsatz bogen.

Beck sah über die Schulter zurück. »Ich musste mir was einfallen lassen, damit er oben bleibt.«

Die stählerne Eingangstür war schon jetzt glühend heiß. Beck warf sich mit seinem ganzen Gewicht dagegen und schob sie auf. Die aufgehende Sonne blendete ihn wie ein Suchscheinwerfer. Seine Augen stellten sich gerade noch rechtzeitig auf das grelle Licht ein, um zu sehen, dass eine Bierflasche auf ihn zugeflogen kam.

31

Sayre stand auf der Motorhaube ihres Mietwagens. Von diesem Beobachtungsposten aus hatte sie die Eingangstür im Blick, als Beck herausgerumpelt kam und gleich hinter ihm Chris.

Offenbar hatten andere ihr Erscheinen schon geahnt, denn kaum waren die beiden ins Freie getreten, als auch schon eine Bierflasche in ihre Richtung geschleudert wurde. Beck sah sie kommen und konnte sich gerade noch ducken. Er und Chris gingen hinter einem Müllcontainer in Deckung, auf dem Fred Decluette stand und in ein Megaphon sprach.

»Bitte räumen Sie umgehend das Gelände. Jeder Angestellte von Hoyle Enterprises, der nicht bis sieben Uhr dreißig zur Arbeit erschienen ist, bekommt eine volle Schicht vom Lohn abgezogen.«

Die von Nielson geschickten Streikposten sowie die Leute aus dem Ort und die Arbeiter, die sich außerhalb des Maschendrahtzauns zu ihnen gesellt hatten, reagierten mit Hohngelächter. Die Mehrheit der Arbeiter, die entweder von der Schicht kamen oder ihre Arbeit antreten wollten, standen zwischen beiden Lagern und überlegten offenkundig, wem sie sich anschließen sollten.

Einer von Nielsons bezahlten Agitatoren rief ebenfalls in ein Megaphon und beschwor die Arbeiter, nicht an ihre Arbeitsplätze zurückzukehren, bis alle Forderungen erfüllt wären und das Werk allen Arbeitssicherheitsvorschriften entspräche.

»Ist es zu viel verlangt, dass sie uns Sicherheitskleidung stellen?«

Ein geballtes: »Nein!« erscholl aus den Reihen in seinem Rücken.

»Hoyle Enterprises hat Reparaturen vornehmen lassen...«

Was Fred sagen wollte, ging in Buhrufen und Protestgeschrei unter. Ein Mann schnappte sich ein Megaphon und brüllte hinein: »Fragt doch Billy Paulik, was er zu euren lausigen Reparaturen sagt.«

Das zog weitere Buhrufe und Schmähungen nach sich. Als es allmählich wieder ruhiger wurde, riss Chris Fred das Megaphon aus der Hand: »Hört zu, Leute, wir entschädigen Pauliks Familie!«

»Blutgeld!«

Trotz des aufbrandenden Gelächters fuhr Chris fort: »Wir sind gewillt, mit euch zusammenzuarbeiten und uns anzuhören...«

»So wie ihr mit Clark Daly zusammengearbeitet habt?«, brüllte einer der Streikposten. »Nein danke!«

»Was Clark Daly gestern Nacht passiert ist, hat nichts mit uns zu tun«, rief Chris in das Megaphon.

»Du bist ein verdammter Lügner, Hoyle. Genau wie dein Alter!«

Sayre sah, wie sich der Anführer mit dem Megaphon umdrehte, eine Autotür öffnete und die Hand durch die Beifahrertür reichte. Luce Daly stieg aus.

»O Gott«, entfuhr es Sayre.

Bislang hatten sich die gewalttätigen Auseinandersetzungen auf Wortgefechte und eine geworfene Flasche beschränkt. Aber Luce Dalys Anwesenheit und alles, was sie jetzt sagen mochte, konnte zu einem Kampf und zu Blutvergießen führen. Sayre kletterte von der Motorhaube ihres Wagens und begann sich durch das Gedränge zu schieben, in der Hoffnung, Clarks Frau rechtzeitig zu erreichen und sie aufhalten zu können.

Hilflos musste sie zusehen, wie Luce das Mikrophon nahm, das man ihr hinstreckte. Es war ein billiges System, wahrscheinlich Teil eines Kinderspielzeugs oder einer Karaokeanlage, aber die kratzig aus den Lautsprechern dringenden Worte waren durchaus zu verstehen.

»Ich bin hier, um für meinen Ehemann zu sprechen. Er kann nicht selbst sprechen, weil sein Mund frisch vernäht wurde. Trotzdem hat er mir eine Namensliste gegeben, die ich hier verlesen soll.«

Sie begann die Liste vorzulesen, und schon nach dem zweiten Namen begann die Menge wütend zu werden. Der Mann neben Sayre formte die Hände zu einem Trichter und buhte aus Leibeskräften.

»Was sind das für Männer?« Sayre musste rufen, um sich in dem Getöse verständlich zu machen.

»Huff Hoyles Schläger«, rief er zurück.

Clark hatte die Männer genannt, die ihn zusammengeschlagen hatten. Wahrscheinlich waren es die Männer, die jetzt zusammen mit Beck, Chris und Fred hinter dem Müllcontainer in Deckung gegangen waren. Einer davon riss Chris das Megaphon aus der Hand und schrie: »Die Schlampe lügt!«

Sayre kämpfte sich weiter durch den Mob auf Luce Daly zu, die ihre Liste ein zweites Mal verlas, aber inzwischen reihten sich auch die letzten unentschlossenen Arbeiter unter die Streikenden ein.

Die Menge entwickelte sich allmählich zu einer Masse mit eigenem Willen, bis Sayre sich nur noch mit Mühe auf den Beinen halten konnte. Die erzürnten Männer drängten von allen Seiten gegen sie.

Und dann hörte sie jemanden in ihrer Nähe brüllen: »Du kriegst dein Fett auch noch ab, Merchant!«

Auf den Zehenspitzen stehend, sah sie Beck durch das Tor im Maschendrahtzaun treten, der als Demarkationslinie zwischen den beiden verfeindeten Gruppen diente. Er hielt entschlossen auf Luce zu, die unbeeindruckt ein drittes Mal mit absichtlich monotoner Stimme ihre Liste verlas.

Als Beck die ersten Streikenden erreicht hatte, blieb er stehen und blickte den Männern, die eine menschliche Sperrmauer bildeten, offen ins Gesicht. Das Rufen wich schlagartig einer angespannten Stille, die genauso auf die Trommelfelle drückte wie die Hitze.

Beck blieb standhaft. Allmählich machten ihm die Männer den Weg frei. Manche waren im ersten Moment nicht gewillt, ihm Durchlass zu gewähren, aber schließlich wichen auch sie zur Seite. Sobald er ein paar Schritte nach vorn gemacht hatte, schloss sich die Menge in seinem Rücken. Wie ein Wasserstrudel ließ sich sein Weg durch die Menschen verfolgen.

Als er bei Luce ankam, senkte sie das Mikrophon und sah ihn mit unversöhnlicher Feindseligkeit an.

»Ich kann Ihren Zorn verstehen.« Er sprach ganz ruhig, aber die aufgebrachte Menge war verstummt, sodass seine Stimme weit durch die schwere, schwüle Luft getragen wurde. »Wenn Clark diese Männer als Angreifer von heute Nacht identifiziert hat, wird sich die Polizei um sie kümmern und alles Weitere regeln.«

»Warum sollte ich Ihnen glauben?«, fragte sie.

»Weil ich Ihnen mein Wort gebe.«

»Dein Wort ist einen Scheiß wert«, war eine Stimme aus der Menge zu vernehmen.

Davon angespornt, rief eine zweite: »Du bist Huff Hoyles Hure!«

»Genau, wenn er: ›Bück dich‹ sagt, fragst du nur: ›Wie tief?‹!«

Immer mehr Stimmen fielen ein, bis sich die Beleidigungen gegenseitig übertönten, aber die Botschaft war klar: Beck war noch abscheulicher als der Feind, dem er diente.

Er wandte sich von Luce ab, um die Menge anzusprechen, aber noch bevor er ein Wort über die Lippen gebracht hatte, traf ihn ein Stein ins Gesicht. Ein Mann sprang ihn von hinten an und riss ihm die Arme auf den Rücken. Ein anderer boxte ihm in den Bauch.

Sayre wusste genau, dass nur aus einer einzigen Richtung Hilfe kommen konnte, und blickte zu dem Müllcontainer hin, wo Chris und seine Männer aus ihrer Deckung getreten waren.

»Chris!« Sie versuchte, sich vergeblich über den Radau hinweg verständlich zu machen, trotzdem rief sie ihn immer wieder und schwenkte dabei panisch die Arme.

Dann sah sie Fred Decluette vortreten, bereit, Beck zur Hilfe zu kommen.

Aber ihr Bruder streckte den Arm vor und legte ihn Fred über die Brust, um ihn zurückzuhalten. Sie sah, wie Chris kopfschüttelnd etwas sagte. Fred sah ängstlich auf den Fleck, wo die aufgebrachten Streikenden Beck umringt hatten, dann kehrte er widerstrebend auf seinen Platz an Chris' Seite zurück.

Ihren Bruder in die tiefsten Höllenschlunde verfluchend, stürmte Sayre vor und schubste dabei jeden zur Seite, der sich ihr in den Weg stellte. Ein Ring von johlenden Zuschauern hatte sich um die Männer gebildet, die Beck inzwischen zu Boden geworfen hatten und reihum auf ihn eintraten.

»Lasst ihn in Frieden!« Sie packte den Mann vor sich am Hemd und riss ihn zurück. Er schoss herum, die Hände kampfbereit zu Fäusten geballt, und erstarrte, als er sie sah.

Sie kämpfte sich weiter vor, bis nur noch zwei Männer über Beck gebeugt dastanden. »Hört sofort auf!«, kreischte sie, als der eine den Fuß zurückzog, um einen gemeinen Tritt zu landen. Der Mann stutzte und drehte sich um. Seine Verblüffung nutzend, schubste sie ihn zur Seite und kniete neben Beck nieder.

Sein Gesicht war mit Schweiß und Blut überströmt, aber er war noch bei Besinnung. Sie sah zu Luce Daly auf. »Rufen Sie die Männer zurück. Das führt zu nichts.«

»Ich fühle mich aber besser dabei.«

Sayre sprang auf die Füße und baute sich dicht vor der anderen Frau auf. »Wird sich Clark deshalb auch besser fühlen?« Sie bemerkte ein unsicheres Flackern in Luces Augen und sagte: »Immerhin hat ihn Beck gestern Nacht ins Krankenhaus gefahren.«

»Trotzdem gehört er zu denen.«

»Aber ich nicht.«

Luce spie verächtlich: »Von wegen!«

»Nur von meiner Geburt her, Luce, und dafür kann ich nichts. Aber ich gehöre nicht zu ihnen, und ich glaube nicht, dass Sie das wirklich glauben.« Als die Frau vor ihr das nicht bestritt, fuhr Sayre fort: »Ich weiß, dass Sie mich nicht leiden können. Ich kann das sogar verstehen. Aber ich schwöre, dass ich keine Gefahr für Sie darstelle. Clark ist Ihr Ehemann. Er liebt Sie, und ich weiß, dass Sie ihn auch lieben.

Sorgen Sie dafür, dass der Angriff auf ihn zu etwas Gutem führt, Luce. Dass wir mehr erreichen als nur Vergeltung für das, was gestern Nacht passiert ist. Dass wir mehr erreichen als Vergeltung für etwas, was vor langer Zeit passiert ist, lang bevor Clark Sie kennen gelernt hat.«

Sie und Luce maßen sich mit Blicken, doch Sayre erkannte in den Augen der anderen, dass sie allmählich nachgab. Schließlich fragte Luce: »Die Männer, die Clark zusammengeschlagen haben – soll ich mich wirklich auf Merchants Wort verlassen, dass sie bestraft werden?«

»Sie brauchen sich nicht auf sein Wort zu verlassen. Ich gebe Ihnen meines.«

Luce sah sie eindringlich an, dann wandte sie sich an den Mann, der ihr das Mikrophon gegeben hatte. Sie nickte barsch. Auf eine Handbewegung von ihm hin zogen sich die Männer rund um Beck zurück.

Sayre kniete neben ihm nieder und schob die Hände unter seine Achseln. »Kannst du aufstehen?«

»Schon. Nur nicht so schnell.«

Sie verlor das Wortgefecht darüber, ob sie ihn ins Krankenhaus fahren sollte. »Ich war in der letzten Zeit öfter in der Notaufnahme, als mir lieb ist.« Er verzog das Gesicht, weil ihn das Reden anstrengte.

»Wahrscheinlich haben sie dir ein paar Rippen gebrochen.«

»Nein. Ich weiß, wie sich eine gebrochene Rippe anfühlt. Das habe ich zweimal erlebt. Beim Football. So weh tut es nicht. Fahr mich einfach nach Hause.«

Er biss die Zähne zusammen und presste die Hände auf seine Seite, während sie von der Straße auf den kleinen Weg zu seinem Haus einbog. »Und schließ das Tor ab, wenn du fährst«, sagte er. »Wegen der Reporter.«

Was die Medien aus den Ereignissen an diesem Morgen machen würden, hatte sie noch gar nicht bedacht, aber natürlich würde der Vorfall Schlagzeilen machen. Man würde dem Management von Hoyle Enterprises nachstellen, um einen bissigen Kommentar zu bekommen. Und Nielson genauso.

Sie hielt nicht vor dem Haus, sondern fuhr gleich nach hinten.

»Was soll das?«

»Hier hinten ist mein Auto nicht zu sehen.«

»Lass mich einfach aussteigen, Sayre. Du brauchst mich nicht zur Tür zu begleiten.«

»Nein, aber vielleicht muss ich dich tragen«, sagte sie halblaut, stieg aus und eilte um den Wagen herum auf die Beifahrerseite.

Sie half ihm beim Aussteigen, dann humpelten sie gemeinsam die Stufen zur Küchentür hinauf. »Würdest du Frito füttern, bevor du fährst?«

»Natürlich.«

Der Hund begrüßte sie so überschwänglich, dass Sayre ihn in die Schranken weisen musste. »Sei brav«, befahl sie streng und verwendete dabei den gleichen Befehl, mit dem Beck den Hund im Diner zur Ruhe gebracht hatte. Frito gehorchte, aber er war kreuzunglücklich.

»Tut mir leid, mein Junge, gespielt wird später.«

»Sobald ich dich versorgt habe, werde ich ihm alles erklären«, sagte sie und führte Beck ins Schlafzimmer.

»Du musst das nicht machen.«

»Doch, ich muss. Es war meine Schuld.«

»Du hast mich nicht mit Steinen beworfen.« Er drehte den Kopf und sah sie an. »Oder?«

»Nein, aber ich stand neben dem Kerl, der geworfen hat. Du

hast mich gewarnt, dass es zu Ausschreitungen kommen würde und dass jemand verletzt werden könnte. Ich wollte nicht auf dich hören.«

»Das ist mir schon öfter aufgefallen. Ist das eine schlechte Angewohnheit?«

»Beck, die Rippen, die du dir nicht gebrochen hast?«

»Ja?«

»Ich könnte das ändern.«

Er grunzte vor Schmerz. »Bitte bring mich nicht zum Lachen.«

Als sie in seinem Schlafzimmer waren, lehnte sie ihn gegen das Fußende des altmodischen Bettes und schlug schnell die Decke zurück. Dann kam sie zu ihm zurück und half ihm, sich auf die Bettkante zu setzen.

»Kannst du so lange sitzen bleiben, dass ich ein Desinfektionsmittel für deine Wange holen kann?«

Er litt eindeutig Schmerzen. Er hatte zu schwitzen begonnen, und seine Lippen hatten einen weißen Rand. »Das Verbandszeug ist im Bad.«

Sie durchsuchte verschiedene Schubladen und Schränkchen, bis sie die Pflaster, Wattepads, Desinfektionsspray und Schmerztabletten gefunden hatte. Als sie ins Schlafzimmer zurückkam, saß Frito zu Becks Füßen und winselte kläglich. Beck streichelte seinen Kopf. »Er macht sich Sorgen um mich.«

»Er ist schlauer als du. Hast du außer dem Stein noch was an den Kopf gekriegt?«

»Nein.«

»Hast du irgendwann das Bewusstsein verloren? Ist dir schwindlig? Was hast du zum Frühstück gegessen?«

»Gar nichts.«

»Okay, dann zum Abendessen.«

»Sayre, ich habe keine Gehirnerschütterung.«

»Woher willst du das wissen?«

»Weil ich schon mal eine hatte.«

»Football?«

»Baseball. Ich wurde am Schädel getroffen.«

»Hat ihn das so hart gemacht?«

»Hör zu, mir ist nicht schwindlig. Mir ist auch nicht schlecht. Ich war keine Sekunde bewusstlos...« Er hielt die Luft an, während sie Desinfektionsmittel auf seine Wange tupfte.

»Das muss vielleicht genäht werden.«

»Nein.«

Sie wischte das Blut weg und sah, dass es ein langer, aber nicht allzu tiefer Schnitt war. »Ich empfehle trotzdem, ihn nähen zu lassen.«

»Ich werde es schon überleben. Ich muss mich nur kurz hinlegen.«

Er knöpfte sein Hemd auf, aber als er es abstreifen wollte, stockte ihm der Atem.

»Lass mich helfen.« Sie schob das Hemd behutsam über seine Schultern. Langsam und vorsichtig half sie ihm, die Arme aus den Ärmeln zu ziehen, und trat dann zurück, um den Schaden zu begutachten. Sein Rumpf begann sich an den Stellen, wo ihn die Tritte und Stöße getroffen hatten, zu verfärben. Sein Rücken sah nicht besser aus.

»O Beck«, flüsterte sie. »Du solltest dich wirklich röntgen lassen.«

»Deswegen?« Stöhnend, weil ihn die Bewegung so viel Kraft kostete, legte er sich hin und ließ den Kopf auf das Kissen sinken. »Das ist nichts.«

»Bitte lass mich den Notarzt rufen. In fünfzehn Minuten könntest du im Krankenhaus sein.«

»Ich könnte in fünfzehn Sekunden eingeschlafen sein, wenn du endlich die Klappe halten und verschwinden würdest. Aber könntest du mir zuvor noch ein paar von den Pillen geben?«

Sie schraubte die Flasche auf und schüttelte drei Tabletten in ihre Hand. Er bat um eine vierte, und sie schüttelte eine weitere aus der Flasche. Dann hielt sie ihm den Kopf, während er die Tabletten mit einem Glas Wasser, das sie ihm aus dem Bad gebracht hatte, hinunterspülte.

Er ließ den Kopf aufs Kissen sinken und schloss die Augen.

»Und nimm bitte den Telefonhörer von der Gabel, bevor du gehst.«

»Na schön.«

»Kipp noch etwas Trockenfutter in Fritos Schüssel und schau, dass er genug Wasser hat. Und lass ihn raus, damit er sein Geschäft machen kann.«

»Mach dir keine Sorgen.«

»Das Tor ...«

»Vergesse ich bestimmt nicht.«

Sie schloss die Fensterläden, um das Licht im Zimmer zu dämpfen, und schaltete den Deckenventilator ein. Dann wartete sie ab, bis das rhythmische Heben und Senken seiner Brust anzeigte, dass er tief und fest schlief. Erst dann schlich sie zur Tür und winkte Frito, ihr zu folgen.

Stattdessen legte sich der Retriever am Fußende von Becks Bett auf den Boden, ließ den Kopf auf den Pfoten ruhen und sah mit leidendem Blick zu ihr auf.

Lautlos verließ sie den Raum.

Am hellen Nachmittag tauchte Beck aus einem Schlaf auf, in dem er während der letzten halben Stunde keine Ruhe gefunden hatte. Desorientiert richtete er den Blick auf sie. »Sayre?«

»Du hast angefangen zu stöhnen. Ich glaube, die Wirkung des Schmerzmittels lässt nach.«

Er sah auf den Wecker auf seinem Nachttisch. »Warum bist du noch hier?«

»Nimm noch drei Tabletten.« Sie steckte sie in seinen Mund und hielt ihm das Wasserglas an die Lippen.

Er schluckte die Tabletten und fragte dann: »Waren Reporter da?«

»Um eins hielt ein Lieferwagen eines Senders aus New Orleans vor dem Tor und zwei Männer stiegen aus. Sie starrten eine Weile das Haus an, stiegen dann wieder ein und fuhren weiter.«

Seine Lider hatten sich wieder geschlossen; er nickte lediglich.

»In den Mittagsnachrichten wurde der Zusammenstoß kurz erwähnt und ein ausführlicherer Bericht in den Abendnachrichten angekündigt. Nielsons Büro hat eine Erklärung herausgegeben. Er bedauert die Gewalt und behauptet, nicht seine Leute, sondern Hoyles Angestellte hätten dich attackiert.«

»Er hat Recht. Ich habe sie erkannt.«

»Dein Handy hat mehrmals geläutet. Ich habe keine Nachrichten abgehört, aber die Nummern auf dem Display kontrolliert und bei zwei Anrufen die Nummer von Nielsons Büro erkannt.«

»Ruf sie zurück. Erkundige dich, was sie wollten. Wenn es dir nichts ausmacht.«

»Gar nichts. Ich wusste, dass Huff sich deinetwegen Sorgen machen würde, und habe ihn angerufen. Ich sagte ihm, dass du wieder auf die Beine kommst, dass du dich zu Hause erholst und dass ich jeden, ihn eingeschlossen, erschießen würde, der sich in deine Einfahrt wagt.«

Das brachte ihn zum Lächeln. »Das glaube ich dir sofort. Hast du was von Chris gehört?«

»Ich werde dir was über Chris verraten. Er ist nicht dein Freund, Beck.«

Er schlug die Augen auf.

Sie schüttelte ganz langsam den Kopf und sagte leise: »Ehrlich.«

Er sah sie noch ein paar Sekunden lang an, dann schlossen sich seine Lider, und er war wieder eingeschlafen.

Um Viertel nach sechs rief sie wieder bei Huff an. Nach seinem geknurrten Hallo sagte sie: »Ich bin's, Sayre. Ich habe es eben in den Abendnachrichten gesehen.«

Sie konnte ihn atmen hören. Und sie stellte sich vor, dass er den Hörer so fest umklammerte, dass die Knöchel weiß hervortraten. Bestimmt paffte er wutentbrannt eine Zigarette und seine Augen waren schwarze, zornige Nadelspitzen. »Rufst du nur aus Schadenfreude an?«

»Ich rufe in Becks Namen an. Sobald er aufwacht, wird er wissen wollen, wie du reagiert hast.«

Erst hatte sie kaum glauben können, was der Nachrichtensprecher verkündet hatte, und sie hätte es bestimmt nicht geglaubt, wenn die eingeblendeten Bilder seine Worte nicht bestätigt hätten.

Die Arbeitssicherheitsbehörde war am Nachmittag bei Hoyle Enterprises vorstellig geworden und hatte das gesamte Werk geschlossen, vom Verladeplatz für das Alteisen bis zur Versandabteilung der neu gegossenen Rohre.

»Es ist ein Trauertag, an dem eine Bande von bleistiftkauenden Bürokraten, die wahrscheinlich noch nie im Leben ins Schwitzen gekommen sind, einem Mann seine Geschäft verbieten können«, donnerte Huff. »Steckst du etwa dahinter?«

»Nein, *du* steckst dahinter. Du hast dir das selbst eingebrockt, Huff. Man hat dich immer und immer wieder gewarnt. Wenn du die vorhergehenden Anordnungen befolgt hättest…«

»Wenn ich den Schwanz eingezogen hätte, willst du sagen.«

Mit ihm zu streiten war wie gegen eine Mauer zu rennen. Er würde niemals zugeben, selbst schuld an seiner Misere zu sein. Man würde der Firma erst nach einer gründlichen Inspektion sämtlicher Bereiche die Wiederinbetriebnahme erlauben. Die Behörde verlangte die bedingungslose Erfüllung aller Vorgaben, die aufgrund der Inspektion erlassen würden, sowie die volle Zahlung aller Bußgelder, die für etwaige Verstöße festgesetzt würden, von denen es nach allgemeiner Übereinstimmung eine ganze Reihe gäbe.

»Was hast du jetzt vor?«, fragte sie.

»Ich habe vor, an diesen Typen zu kleben wie die Fliegen an der Scheiße. Wenn die glauben, dass ich ihnen meine Fabrik überlasse und sie alles umgestalten können, haben sie sich gewaltig geschnitten.«

Nach dem Sprecher der Behörde bestünde die »Umgestaltung«, wie Huff es bezeichnete, in der Installation von Notausschaltern an jeder Maschine, Sicherheitsgeländern, adäquaten

Fallschutzmaßnahmen und eines Belüftungssystems zur Verbesserung der Luftqualität.

»Was soll ich Beck erzählen, wenn er aufwacht?«

Er gab ihr die Nachricht durch, die sie überbringen sollte, und setzte dann zu einer weiteren Tirade gegen die Behörden an. »Diese Pfeifen aus Washington D. C. haben keine Ahnung, mit wem sie sich da anlegen.«

»O doch, das haben sie, Huff. Genau deshalb kennen sie kein Pardon.«

»Dir gefällt das, wie? Endlich kriegst du deine Rache.«

»Es ging mir nicht um Rache, Huff.«

»Immerhin hast du mit einem Plakat gegen deinen eigenen Vater demonstriert. Wenn das keine Rache war, wie würdest du es dann bezeichnen?«

»Ich würde dich nicht als Vater bezeichnen.«

Sie legte auf, ehe er etwas darauf erwidern konnte.

»Hallo?«

Chris lächelte in den Hörer. »Na also, wenigstens habe ich dich dazu bringen können, dass du mit mir redest«, sagte er zu Lila Robson.

»Hi, Chris.« Ihr Ton war genauso frostig wie bei dem Aufbruch von ihrem nicht besonders idyllischen Picknick.

»Vermisst du mich?« Sie wartete zu lang ab, als dass die Antwort »Nein« lauten konnte. Er lachte leise. »Dachte ich mir doch. Sind die Batterien in deinem Vibrator leer? Soll ich vielleicht vorbeikommen, und wir testen sie?«

»Ich will dich nicht wiedersehen, bis diese Geschichte mit deinem Bruder geklärt ist. Kapiert? Ich will damit nichts zu tun haben. Das ist mein Ernst, Chris. Wenn du meinem Onkel Red erzählst, dass du an dem Nachmittag mit mir zusammen warst…«

»George wird gefeuert werden.«

Er konnte durchs Telefon hören, wie ihr der Atem stockte. Er meinte sogar zu hören, wie sie schluckte. »Was sagst du da?«

»Diese Inspektoren von der Arbeitssicherheitsbehörde suchen

nach Verantwortlichen. Dabei kommt einem als Erster der Sicherheitsinspektor der Firma in den Sinn, meinst du nicht auch? Wenn George seinen Job ordentlich gemacht hätte, hätte er wissen müssen, dass das Förderband so nicht betrieben werden darf. Er hätte es nicht wieder anfahren lassen dürfen, bevor der Antriebsriemen von einem qualifizierten Techniker repariert worden wäre. Billy Paulik hätte nicht den Arm verloren, wir hätten nicht Nielsons Streiktruppen im Hinterhof und könnten weiter produzieren, weil man unser Werk nicht geschlossen hätte.«

»George kann doch nichts dafür!«, rief sie entsetzt. »Du wolltest doch nie, dass er eine Maschine stilllegt. Er hat nur das getan, was du und Huff von ihm verlangt haben.«

»Damit sagst du selbst, dass er überflüssig ist. Er wird uns nicht weiter fehlen.«

»Chris, bitte.«

Als er das Zittern in ihrer Stimme hörte, begann er zu lächeln und beglückwünschte sich insgeheim zu seiner Taktik. »George zu feuern wäre mein letzter Ausweg. Viel lieber würde ich ihm Rückendeckung geben, sobald ihn diese Inspektoren ins Kreuzfeuer nehmen. Ich möchte ihn in seiner augenblicklichen Position lassen. Und du kannst das sicherstellen.«

»Wie?«

»Indem du am Montagvormittag deinen süßen Hintern ins Sheriffbüro schiebst und deinem Onkel Red erzählst, dass ich an jenem Sonntagnachmittag, an dem Danny getötet wurde, mit dir zusammen war. Damit schlagen wir zwei Fliegen mit einer Klappe, Lila. Du tust deine Pflicht als gesetzestreue Bürgerin, indem du einem Gesetzeshüter einen Hinweis gibst und dafür sorgst, dass einem Unschuldigen weitere Scherereien erspart bleiben. Und trägst dazu bei, dass dein Mann seinen Job behält.

Versteh doch, ich habe über den neuen Anwalt nachgedacht, den ich beauftragt habe, und mir überlegt, wie teuer es mich kommen wird, eine Verurteilung zu vermeiden. Ich habe mich gefragt, warum ich so viel Kosten und Mühen auf mich nehmen soll, wenn ich dem Treiben auf der Stelle ein Ende bereiten könnte, indem ich endlich mein Alibi präsentiere.«

Er machte eine kurze Pause und sagte dann: »Ich werde dich nicht mal fragen, ob du das für mich tun wirst, weil ich genau weiß, dass du das tust. Ach ja, und außerdem wirst du, immer wenn ich dich anrufe, hier aufkreuzen, in deinen besten Sachen und zu allen Schandtaten bereit, und zwar bis ich dich satthabe. Kapiert?«, wiederholte er das Wort im gleichen Tonfall, den sie zuvor verwandt hatte. »Ich werde diese Affäre beenden, Lila, nicht du.«

George sah, wie Lila das Gespräch an ihrem schnurlosen Telefon beendete. Sie ließ den Apparat auf die Küchentheke fallen und presste, sichtlich aufgewühlt, die Hand auf den Mund.

»Lila?«

Sie fuhr herum, die Augen ängstlich aufgerissen. Die Hand flog an ihre Brust. »Ich habe dich gar nicht hereinkommen gehört. Ich dachte, du wärst noch stundenlang im Werk. Gibt es irgendwas Neues?«

»Erzähl du es mir.«

»Wie?«

Er nickte zum Telefon hin. »Du hast gerade mit Chris telefoniert, hab ich Recht?«

Sie öffnete den Mund, um ihm zu antworten, und klappte ihn wieder zu, ehe sie ein Wort herausgebracht hatte. Dann senkte sie den Kopf, ihr Gesicht zog sich zusammen, und sie begann zu weinen. »O George, ich habe so viel Mist gemacht.«

George durchquerte die Küche, so schnell ihn seine kurzen Beine trugen, und nahm sie in die Arme. »Schsch, schsch, Baby. Erzähl es mir.«

Sie erzählte ihm alles, angefangen von ihrer ersten heimlichen Begegnung mit Chris. »Das war in einer Dusche in der Damengarderobe im Country Club. Wahrscheinlich hat mich vor allem die Gefahr gereizt, dass man uns erwischen könnte. Irgendwie hab ich einfach den Kopf verloren, verstehst du das?«

440

Er konnte das verstehen. Er brauchte sie nur anzusehen und hatte schon den Kopf verloren.

Lila verschwieg ihm nichts. Manches war für George so schmerzhaft, dass er tatsächlich leise stöhnte, aber er ermutigte sie weiterzuerzählen, bis zu dem Anruf, dessen Ende er eben mitbekommen hatte.

»Wenn ich nicht tue, was er von mir verlangt, verlierst du deinen Job. Und ich habe in den Nachrichten gehört, dass gegen einige aus dem Management Strafanzeige erstattet werden könnte. Damit meinen sie dich, George, vor allem, wenn die Hoyles alle Schuld auf dich schieben. Du könntest ins Gefängnis kommen.« Ihre Tränen begannen wieder zu fließen. »Es tut mir so leid, George. Das ist alles meine Schuld. Es tut mir so leid. Kannst du mich trotzdem lieben?«

Sie lieben? Er vergötterte sie. Sie war seine Sonne und sein Mond, sie war die Luft, die er zum Atmen brauchte. »Ich mache dir keine Vorwürfe, Schatz«, sagte er immer wieder, während er sie fest in den Armen hielt und ihre Lippen, ihre nassen Lider, ihre tränenfeuchten Wangen küsste.

Sie würde am Montag auf keinen Fall ins Sheriffbüro fahren. Es sollte nicht die ganze Stadt erfahren, dass Chris Hoyle seine Frau gefickt hatte. Er könnte die Demütigung, zum öffentlichen Gespött zu werden, nicht ertragen, vor allem nachdem die meisten Menschen sich ohnehin über ihn lustig machten.

Er konnte Lila nicht vorwerfen, dass sie ihm untreu geworden war. Sie musste mit ihm zusammenleben, und das konnte für eine vitale, lebenshungrige Frau nicht besonders aufregend sein. Chris hatte ihr die Spannung geboten, die George ihr nicht hatte bieten können.

Nein, Chris war derjenige, dem George die ganze Schuld gab. Und darum würde Chris dafür bezahlen.

32

Sayre wurde durch das Wasserrauschen in Becks Bad aus ihrem leichten Schlaf gerissen. Sie hatte sich auf das Sofa im Wohnzimmer gelegt, um sich ein wenig auszuruhen, und war dabei offenbar eingenickt. Da sie wusste, dass er wach war, stand sie auf und tastete sich durch die Dunkelheit in die Küche vor.

Als sie mit einem Tablett beladen in sein Schlafzimmer trat, kam er gerade wieder aus dem Bad, ein Handtuch um die Hüften geschlungen und mit nassen Haaren.

»Du hast geduscht?«, fragte sie ihn überrascht.

»Ich bin in einer Schweißpfütze aufgewacht.«

Sie sah zu dem Deckenventilator auf, der sich immer noch träge drehte. »Wahrscheinlich hätte ich den Thermostat niedriger stellen sollen.«

»Das war es nicht. Ich habe geträumt.«

Sie stellte das Tablett auf der Ottomane vor dem kleinen Zweisitzersofa ab, das schräg in der Ecke stand. »Wovon?« Als er nicht antwortete, blickte sie ihn über die Schulter hinweg an.

»Das weiß ich nicht mehr.«

»Immerhin stehst du wieder. Wie fühlst du dich?«

»Nach der heißen Dusche nicht mehr ganz so steif. Warum sind alle Lichter aus?«

»Ich habe bei Sonnenuntergang die Fensterläden geschlossen und seitdem nur Kerzen angezündet. Damit es von der Straße aus so scheint, als wäre niemand da.«

»Gut überlegt.« Er schaltete das Licht im Bad ebenfalls aus.

Sayre hielt ein brennendes Streichholz an die Kerze auf dem mitgebrachten Tablett. »Ich habe dir was zu essen gemacht. Tomatensuppe. Käse und Cracker.«

»Du sollst mich nicht bedienen, aber im Moment bin ich zu hungrig, um dich dafür zu schimpfen.«

Sie nickte zu dem kleinen Sofa hin, und er setzte sich, stopfte das Handtuch gesittet zwischen die Schenkel und hob dann das

Tablett auf seinen Schoß. Sie nahm auf der Ottomane Platz. Erst als er den Löffel schon in der Hand und ihn in die Suppe getunkt hatte, besann er sich seiner guten Erziehung. »Hast du was gegessen?«

»Vor einer Weile.«

Er nahm einen Löffel Suppe und biss ein Stück Cheddar ab. »Wie geht es Frito?«

»Er hat Speck und Eier verschlungen und schläft im Augenblick.«

»Speck? Tausend Dank. Jetzt wird er sich nie wieder mit Eiern ohne was zufrieden geben.«

»Ich hatte das Gefühl, dass er eine Belohnung verdient hätte. Schließlich hat er fast den ganzen Nachmittag bei dir Wache gehalten.«

Er hielt inne und sah sie an. »Du offenbar auch.«

Plötzlich war der Raum zu dunkel, zu still – und Beck zu nackt. Sie stand unvermittelt auf und zerrte, seinen Protesten zum Trotz, die nassen Laken vom Bett, um sie durch frische zu ersetzen. Bis sie damit fertig war, spülte er sein Mahl bereits mit einem Glas Milch herunter.

Sie trug das Tablett in die Küche zurück und kam mit einer Hand voll Hershey's Kisses zurück. »Ich dachte, du möchtest vielleicht was Süßes.«

»Danke.« Er wickelte die Schokolade aus der Folie und warf sie sich in den Mund. »Was meintest du, als du vorhin sagtest, Chris sei nicht mein Freund? Oder habe ich mir das nur eingebildet?«

Sie nahm wieder auf der Ottomane Platz. »Nein, das habe ich wirklich gesagt. Weil er tatenlos dastand und nichts unternahm, während du verprügelt wurdest.«

»Er hätte nicht viel tun können, Sayre.«

»Das glaube ich nicht«, widersprach sie hitzig. »Auch wenn er nicht selbst kämpfen wollte, hätte er Fred Decluette nicht davon abhalten dürfen, dir zu Hilfe zu kommen. Und das habe ich genau gesehen.«

»Ich bin freiwillig da rübergegangen, um mit Luce Daly zu sprechen. Chris hat mir abgeraten. Er meinte, ich sollte warten, bis Red mit Verstärkung eingetroffen wäre. Wahrscheinlich dachte er, dass ich es darauf angelegt hätte. Ich wollte den Helden spielen.«

Seine Erklärung konnte sie nicht überzeugen. Natürlich klang das vernünftig. Aber sie hatte Chris' Gesicht gesehen, und ihr Bruder hatte nicht die angsterfüllte Miene eines Menschen gezeigt, der hilflos zusehen musste, wie sein Freund von einer aufgebrachten Menge überwältigt wurde.

»Hätten dich zehn wilde Pferde abhalten können, wenn es andersrum gewesen wäre?«, fragte sie. »Wärst du Chris nicht zu Hilfe gekommen?«

»Weiß ich nicht.«

»Doch, das weißt du genau. Du hast ihm und Danny vor drei Jahren bei der Schlägerei im Razorback beigestanden.«

»Was rückblickend betrachtet Unfug war. Außerdem hatten wir es damals nicht mit einer aufgebrachten Menge, sondern nur mit Slap Watkins zu tun.«

Sobald er den Namen ausgesprochen hatten, stellten sich die Härchen an ihren Armen auf. Sie strich sie wieder glatt.

»Es tut mir leid«, sagte er. »Ich hätte dich nicht an ihn erinnern sollen.«

»Egal.«

»Er wurde wohl nicht zufällig festgenommen, während ich den Tag verschlafen habe?«

»Nicht soweit ich gehört habe.«

Ihr fiel auf, wie geschickt er von Chris abgelenkt hatte, doch sie ließ den Themenwechsel zu. »Ich würde meinen, das Sheriffbüro war vor allem mit der Situation vor der Gießerei beschäftigt.«

»Hast du Nielson zurückgerufen?«

»Ich habe mit seiner Empfangsdame gesprochen. Sie dankte mir dafür, dass ich ihren Anruf erwidert habe. Sie wussten bereits über die Ereignisse von heute Morgen Bescheid. Sie bedauern es, denn Gewalt wäre nicht Nielsons Stil, und sie lassen fragen, wie es dir geht.«

»Vielleicht hat er Mitleid mit mir und hält dafür unsere nächste Verabredung ein.«

»Vielleicht. Allerdings ...«

»O Mann. Es gibt ein Allerdings?«

Sie knabberte an einem Hershey's Kiss. »Das Problem mit Nielson hat sich vorerst erledigt, Beck.«

»Wieso das?«

Weil sie nicht wusste, wie er die Neuigkeit aufnehmen würde, brachte Sayre sie ihm so schonend wie möglich bei. »Hoyle Enterprises wurde heute von der Arbeitssicherheitsbehörde geschlossen.« Sie erzählte ihm, was sie erst in den Nachrichten und später von Huff erfahren hatte.

»Und«, schloss sie, nachdem sie tief Luft geholt hatte, »der Sprecher der Behörde hat angedeutet, dass zusätzlich zu den Bußgeldern, die mit ziemlicher Sicherheit verhängt würden und wahrscheinlich in die Millionen gingen, auch die Staatsanwaltschaft Ermittlungen aufgenommen hätte. Hoyle könnte vor Gericht kommen.«

»Ich muss hin.«

Er versuchte aufzustehen, aber sie legte eine Hand auf seine Schulter und drückte ihn auf das Sofa zurück. »Huff will nicht, dass du dort auftauchst.«

»Er will nicht, dass ich dort auftauche?«

»Nachdem ich die Nachrichten im Fernsehen gesehen hatte, habe ich ihn angerufen. Er war außer sich, so wütend, dass er kaum einen verständlichen Satz herausbrachte. Aber in einer Hinsicht – nein, eigentlich waren es zwei – war er ganz entschieden. Er will nicht, dass du dich zeigst, bis sich der Rauch verzogen hat.«

»Warum?«

Sie blickte auf ihre Hände, die die Schokoladenfolie zu einem Kügelchen zusammengerollt hatten. »Er meinte, du könntest ihnen eher schaden als nutzen. Du wüsstest zu viel und ... es wäre das Beste, wenn dich die Verletzungen, die du dir heute zugezogen hast, ans Bett fesseln würden, damit du die Fragen, die diese spionierenden Hurensöhne stellen könnten, nicht beantworten kannst. Ende des Zitats.«

Beck dachte kurz darüber nach und sagte dann: »Er hat Recht, Sayre. Ich wäre sonst gezwungen, entweder meinen Arbeitgeber zu belasten oder die Bundesbeamten zu belügen und mich dadurch selbst strafbar zu machen.«

Sayre sagte nichts, aber es enttäuschte sie, dass er seine Schuld eingestand.

»Und in welcher Hinsicht war Huff noch ganz entschieden?«

»Dass ich mich schämen sollte, weil ich gegen mein eigen Fleisch und Blut demonstriert habe, und dass ich mich ohne jeden Zweifel ausschütte vor Schadenfreude, weil das Werk geschlossen wurde.«

Er wickelte die nächste Praline aus und steckte sie in den Mund. »Und schüttest du dich aus?«

»Nein. Ich bin froh, dass Huff gezwungen wird, Verbesserungen vorzunehmen. Und diese Verbesserungen waren längst überfällig, Beck, ob sie nun durch die Regierung oder durch Nielson mit seiner Gewerkschaft oder durch mich erzwungen wurden. Es musste sich etwas ändern.«

Sie lächelte traurig. »Ich wünschte nur, es hätte geschehen können, ohne dass jemand dabei zu Schaden gekommen wäre. Ich bin verantwortlich für den Angriff auf Clark und indirekt auch für den auf dich. Ich wollte deine Warnungen nicht beherzigen, und deswegen wurdet ihr beide verletzt.«

»Ich bin nicht sicher, ob es grundlegende Veränderungen geben kann, ohne dass es dabei zum Konflikt kommt, Sayre. Jeder Fortschritt hat seinen Preis. Vielleicht nicht in Form physischer Verletzungen, aber in irgendeiner Form von Auseinandersetzung.«

»Du hast jedenfalls physische Verletzungen davongetragen. Tut es noch sehr weh?«

Auf seiner Brust leuchtete direkt unterhalb des Herzens ein

handtellergroßer blauer Fleck, den sie sogar im flackernden Kerzenlicht erkennen konnte. Sie streckte die Hand aus und strich mit den Fingerspitzen darüber.

Eigentlich hatte sie ihn nur kurz berühren wollen, aber dann merkte sie, dass sie den Kontakt mit seiner warmen Haut nicht wieder unterbrechen wollte. An dieser Stelle war die Haut ganz glatt, während sie sonst überall auf seiner Brust und seinem Bauch mit einem hellbraunen Flaum überzogen war.

Mit dem Hauch einer Berührung fuhren ihre Finger über seinen Bauch zu einem ähnlichen Bluterguss auf der anderen Seite. Zwei Hand breit tiefer leuchtete ein weiterer blauer Fleck auf seinem Hüftknochen, halb unter dem Handtuch verborgen, das er um seine Taille geschlungen hatte. Sie berührte ihn vorsichtig und kehrte dann zu dem Bluterguss unter seiner linken Brust zurück.

Dort ließ sie die Hand liegen und schaute zu, wie ihre Fingerspitzen zärtlich die verfärbte Stelle massierten. Dann beugte sie sich aus einem Impuls heraus über seinen Schoß und ersetzte die Fingerspitzen durch ihre Lippen. Immer wieder setzte sie einen hingehauchten Kuss auf die schmerzende Stelle.

Den Kopf zur Seite neigend, küsste sie dann den blauen Fleck auf der anderen Seite seines Brustkorbs, wobei ihr Mund kaum seine Haut berührte. Von dort aus arbeitete sie sich zu seinem Hüftknochen vor und küsste den blauen Fleck dort unten. Einmal. Dann hob sie das Handtuch an und setzte die Lippen ein zweites Mal darauf.

Beck gab ein tiefes Stöhnen von sich. Ihren Kopf zwischen beide Hände nehmend, zog er sie nach oben. Er fixierte ihr Gesicht und ließ seine Augen dabei kurz auf jedem ihrer Gesichtszüge liegen. Er kämmte mit den Fingern durch ihr Haar, schob es aus ihrem Gesicht und ließ es anschließend wieder fallen. Dabei flüsterte er stöhnend ihren Namen.

Einen Herzschlag später lag sein Mund auf ihrem. Wegen des Schnittes auf seiner Wange legte sie die Hände nur ganz vorsichtig an sein Gesicht und gab sich seinem Kuss völlig hin.

Ihre zeitgleich auflodernde Leidenschaft war so explosiv, dass es beinahe etwas von einem Wettstreit hatte. Ihre Küsse verloren jede Hemmung; je mehr sie voneinander schmeckten, desto mehr wollten sie.

Er zog sie rittlings auf seinen Schoß und schmiegte sich zwischen ihre Schenkel. Er war überraschend hart, seine Erektion hatte etwas Forderndes. Mühsam löste sie ihren Mund von seinem und sah ihn erschrocken an.

»Mein Traum«, keuchte er, »…aus dem ich schweißgebadet aufgewacht bin… da habe ich dich geliebt. Aber jetzt träume ich nicht.«

»Es könnte wehtun.«

»Es tut schon weh.«

Dann nahm er erneut ihren Mund in Besitz und küsste sie, soweit das überhaupt möglich war, noch stürmischer als zuvor. Sie lösten sich gerade lang genug voneinander, dass er ihr Top über ihren Kopf streifen konnte. Dann fasste er hinter ihren Rücken, hakte ihren BH auf und zog ihn ihr aus, um im nächsten Moment seinen Kopf zwischen ihre Brüste zu drücken und ihn dort liegen zu lassen, bis er wieder zu Atem gekommen war.

Sie verschränkte die Arme hinter seinem Kopf, drückte die Wange in sein vom Duschen noch feuchtes Haar. Der Duft seiner Haut und der Seife wie auch das Schokoladearoma in seinem Atem raubten ihr die Sinne.

Sie schob die Hüften nach vorn und rieb sich an ihm. »O Gott, ja, noch mal«, stöhnte er, und sie erfüllte ihm diesen Wunsch.

Als sie seine Zunge an ihrem Nippel spürte, meinte sie sich vor Lust aufzulösen. Aufgepeitscht von den heiseren Lauten, die ihrer Kehle entstiegen, gab er ihrer Brustwarze einen süßen Kuss und zog sie dann in seinen Mund, wo er sie mit der Zunge gegen den Gaumen presste.

Er öffnete ihre Shorts und ließ seine Hände hinten unter den Bund gleiten, knetete ihre Backen, drückte sie und zog sie auseinander, bis sie fast ausschließlich auf ihre weit offene Scheide konzentriert war und sich fast qualvoll wünschte, er würde sie endlich tiefer ergründen.

»Beck, lass mich…« Sie stand von seinem Schoß auf und begann sich auszuziehen. Als sie bis auf die Spitzenwäsche nackt war, zögerte sie, weil sie von einer unerwarteten und für sie untypischen Schamhaftigkeit erfasst wurde.

Er sah flehend zu ihr auf. »Du bringst mich um.«

Sie streifte den Slip ab. Er löste das Handtuch um seine Taille. Sein Geschlecht erhob sich in voller Schönheit, und Sayre empfand den Urtrieb, es in ihrem Leib zu spüren.

Er kämmte mit den Fingern durch den feuerroten Haarbusch zwischen ihren Schenkeln, bevor er die Hände an ihre Taille legte und sie nach vorn zog. Auf dem Polster kniend, ließ sie sich rittlings über seinen Beinen nieder. Er presste sein Gesicht in die nachgiebige, weiche Haut ihres Bauches und küsste sie erst dort und dann tiefer und immer tiefer, bis er sie schmecken konnte und sie gegen seine Lippen und seine Zunge zerschmolz. Sie hielt es keine Sekunde länger aus, ihn nicht in sich zu spüren, und sagte ihm das.

Wegen seiner Verletzungen war es kein besonders stürmisches Liebesspiel – und darum umso schöner. Sie senkte sich Zentimeter um Zentimeter auf ihn, weil jede neue Empfindung ihr eine neue Welt eröffnete und zu köstlich war, um sie nicht zu genießen. Falls er ungeduldig wurde, verstand er es exzellent zu verbergen; stattdessen schien er ihre selbstvergessene Langsamkeit zu genießen.

Als es ihr unmöglich schien, sich noch intimer verbinden zu können, nahm er ihre Hüften zwischen seine kräftigen Hände und hielt sie fest, während er sich nach oben schob und sie in überraschter Ekstase aufschrie.

Ihre Bewegungen waren langsam und leicht, aber so intensiv, dass sie immer wieder den Atem anhielten und nur nach Luft schnappten, wenn ihnen klar wurde, dass sie welche benötigten. Ihre Küsse waren eine gierige Verschmelzung zweier Münder. Seine Finger gruben sich tief in das Fleisch ihrer Hüften und hielten sie fest auf ihm, dafür hatten ihre Hände keine ruhige Sekunde. Sie wanderten über seine Schultern und Arme, über seinen Hinterkopf und seinen Nacken, über seine Brust. Den Rücken durchgestreckt, fasste sie hinter sich und fuhr mit den Fingern seine Schenkel entlang, um ihn dazwischen zu liebkosen. Er stöhnte keuchend.

Als er kam, schlang er die Arme um sie und drückte seine fiebrige Wange an ihre Brust. Seine Lippen pressten sich gegen ihren harten Nippel. Sie verstand kein Wort von dem, was er flüsterte, aber sein Gemurmel war so sexy und von so intensivem Drang nach Erlösung erfüllt, dass er damit auch ihre auslöste.

Später lagen sie einander gegenüber im Bett.

»Was hast du vorhin gesagt?«, fragte sie.

»Wann?«

Sie sah zu ihm auf und hob vielsagend eine Braue.

»Ach so. Lauter schmutzige Sachen, glaube ich.«

»Sehr erotisch«, murmelte sie und drückte mit dem Knie gegen sein Geschlecht.

»Dann sage ich sie beim nächsten Mal laut.«

Er spürte, wie sein Nippel unter ihrer Fingerspitze fest wurde, dann umschloss sie die Brustwarze zu seiner höchsten Beglückung mit dem Mund und umspielte sie zärtlich mit der Zunge. Die Lippen auf seine Haut gedrückt, fragte sie: »Du wusstest doch, dass ich das von Anfang an gewollt habe, oder?«

Er brauchte ein paar Sekunden, um die Sprache wiederzufinden, aber dann sagte er: »Ich dachte mir, dass es möglich wäre.«

»Von Anfang an?«

»Von der Klavierbank an.«

Sie sah zu ihm auf. »Auf der Klavierbank hielt ich dich für einen der arrogantesten Mistkerle, die mir je über den Weg gelaufen sind.« Sie zog den Finger senkrecht über sein Kinn. »Und für einen der bestaussehenden.«

»Auf der Klavierbank fragte ich mich die ganze Zeit, wie ich es schaffen sollte, dich nicht anzugrabschen, nur um festzustellen, ob du wirklich da bist. Ich hatte noch nie eine so sexy Frau gesehen wie dich. Und kaum eine, die so zickig war.«

Sie lachte leise. »Ich habe mir solche Mühe gegeben, dich zu hassen.« Dann änderte sich ihre Miene, und sie wurde wieder ernst. »Selbst jetzt wünschte ich, ich könnte dich hassen.«

»Weil ich für Huff die Drecksarbeit mache.«

»Genau.«

»Ich bewundere deine Integrität.«

»Wirklich, Beck?«

»Ja. Aber können wir deine Integrität und meinen Mangel daran einstweilen aus dem Spiel lassen?«, flüsterte er. »Wenigstens bis morgen früh.«

»Du möchtest, dass ich hierbleibe?«

Er umarmte sie fester. »Versuch doch zu gehen.«

Sie küssten sich lang und innig, während seine Hand von ihrer Brust zu dem weichen, feuchten Mysterium ihres Deltas weiterwanderte, um zuletzt zu ihrer Brust und der harten Spitze zurückzukehren. Seit er ihr begegnet war, hatte er sich tausendmal ausgemalt, dass sie nackt neben ihm läge. Dennoch übertraf die Wirklichkeit seine erotischsten Fantasien bei weitem. Jetzt, wo sie wahr geworden waren, konnte er nicht genug davon bekommen, sie immer wieder zu berühren.

Als sie sich voneinander lösten, ließ er seinen Blick an ihr abwärtswandern. »Du bist wunderschön, Sayre.«

»Danke.«

»Du hast nicht einen einzigen Makel.«

Dieser Kommentar bewirkte, dass ihr schläfriges Lächeln verblasste. Noch bevor sie sich aufsetzte, die Knie an die Brust zog und ihr Kinn darauf stützte, spürte er, wie sie sich emotional verschloss.

»Ich habe durchaus Makel, Beck. Es wäre besser für dich gewesen, wenn du mich nie kennen gelernt hättest.«

»Das stimmt nicht.«

»O doch. Ich hinterlasse eine Spur der Verwüstung. Dafür

sind wir Hoyles berüchtigt. Das ist unsere Spezialität. Wir zerbrechen die Menschen und lassen sie als zerstörte Wracks zurück.«

Er legte die Hand auf ihren Rücken. Verglichen mit seiner Haut war ihre unglaublich glatt und blass. Ihre Hüften wölbten sich elegant unter der Taille. Auf jeder Seite ihrer Pospalte sah er ein flaches Grübchen, und dieser so unglaublich weibliche Zug löste in ihm eine schmerzende, zärtliche Sehnsucht aus, wie er sie noch nie erlebt hatte. Begierde hatte er öfter empfunden, als er zählen konnte. Fleischliche Lust so oft, dass er sich schon dafür schämte. Aber nie zuvor diesen liebevollen Wunsch, den Körper einer Frau zu vereinnahmen, sie ganz und gar zu kennen und zu besitzen.

»Was hast du denn so Schlimmes getan, Sayre?«

»Ich habe zwei Männer geheiratet, die ich nicht liebte. Ich habe ihr Geld verprasst. In ihrem Bett geschlafen. Und ich weiß kaum noch, wie sie aussahen.«

Sie drehte den Kopf, um seine Reaktion abzuschätzen, aber er hatte seine Miene perfekt unter Kontrolle. Er wollte, dass sie ausführlicher aus jenem Lebensabschnitt erzählte. Er wollte alle hässlichen Details erfahren.

Sie wandte sich wieder ab und sprach langsam und sichtbar mühsam weiter. »Ich habe ihr Leben ruiniert. Absichtlich und in leichtfertigem Egoismus. Ich hatte nichts gegen diese Männer persönlich, aber ich habe sie gnadenlos und hemmungslos ausgenutzt. Ich wollte Huff dafür bestrafen, dass er mir Clark und mein Baby geraubt hatte.

Mein eigenes Leben war mir egal, solange ich Huffs Leben schwermachen konnte. Als er sagte, heirate, heiratete ich, und zwar ausschließlich mit dem Ziel, eine Katastrophe auszulösen, die letztendlich Huff treffen würde. Diese beiden Männer waren Opfer der berüchtigten Hoyles mit ihrem Talent, Leben zu zerstören.«

»Deine so genannten Ehemänner tun mir kein bisschen leid«, erklärte er bitter. »Sie haben dich geheiratet, obwohl sie genau wussten, dass du sie nicht liebst. Sie haben darum gebettelt, ausgenutzt zu werden. Natürlich haben sie gelitten, aber dafür hatten sie dich in ihren Betten. Wie alt warst du damals?«

»Neunzehn bei meiner ersten Heirat. Und als ich den zweiten heiratete, war ich gerade einundzwanzig geworden.«

»Und wie alt waren die beiden?«

»Älter. Deutlich. Näher an Huffs Alter als an meinem.«

Zwei geile Bekannte von Huff hatten sich ein verlockendes Angebot nicht entgehen lassen wollen. Sie hatten sofort zugegriffen, als sich die Gelegenheit bot, Sayre zu heiraten, obwohl sie gewusst hatte, dass es nur ein Arrangement auf Zeit wäre.

»Sie durften jede Nacht mit einer schönen, jungen Frau verbringen. Es sei denn, du hast nicht …«

»Doch. Ich wünschte, ich könnte behaupten, ich hätte es nicht zugelassen«, sagte sie so leise, dass er sie kaum verstand. »Aber dass sie über mich verfügen konnten, war Teil des Handels.«

»Dann warst du diejenige, die ausgenutzt wurde, oder etwa nicht?«

Sie ließ die Stirn gegen die Knie sinken. »Keine schöne Vergangenheit, nicht wahr?«

Obwohl er das Gefühl hatte, sein Brustkorb würde dabei eingedrückt, setzte er sich auf und schloss sie in die Arme, um sich dann zurückzulehnen und sie mit auf das Kissen zu ziehen. Er strich ihr das Haar aus dem Gesicht und nötigte sie, ihn anzusehen. »Wer könnte dir nach dem, was dir angetan wurde, Vorwürfe machen?«

»Du hast gestern Abend meinen Streit mit Huff gehört. Hast du alles gehört?«

»Genug, um zu verstehen, warum du ihn derart hasst.«

Sie schmiegte ihr Gesicht in seine Halsbeuge. »Was die beiden mir angetan haben, war ein sorgsam gehütetes Geheimnis. Nicht einmal meine Brüder wussten davon. Nicht einmal Selma. Niemand. Es gab niemanden, mit dem ich darüber hätte reden können, niemanden, mit dem ich meine Trauer hätte teilen können.«

»Clark?«

»Er sollte nie erfahren, dass ich schwanger war. Ich hatte den Fehler gemacht, Huff zu provozieren, bevor ich Clark von dem Baby erzählt hatte. Was hätte es nach der Abtreibung noch gebracht, ihm alles zu erzählen? Das Baby war tot. Wenn er davon gewusst hätte, hätte er sich nur genauso elend gefühlt wie ich.«

»Du hast ihn zu sehr geliebt, als dass du es ihm erzählt hättest.«

»So etwa. Ich mag ihn immer noch. Von unserer Romanze wird mir immer die Erinnerung an meine erste Liebe bleiben. Aber um mein Kind traure ich...« Sie verstummte und konnte erst nach mehreren Sekunden weitersprechen. »Um mein Kind traure ich noch heute. Es war das Einzige in meinem Leben, das Einzige im Dunstkreis der Hoyles, was wirklich unschuldig war. Sauber. Rein. Und Huff hat es ausgelöscht.«

Er legte die Hand unter ihr Kinn und hob ihr Gesicht an. Dann küsste er die Tränen weg, die aus ihren Augenwinkeln über die Schläfen rannen.

Mit belegter Stimme meinte sie: »Ich würde es nicht aushalten, wenn du nur Mitleid mit mir hättest.«

»Na schön. Dann hab Mitleid mit mir.«

Er nahm ihre Hand und schloss sie um sein Glied. Während er ihr einen langen Kuss gab, hielt er ihre Hand in seiner und führte ihre Finger, bis sie sich umdrehte. Sie küsste alle blauen Flecken auf seiner Brust, auf seinem Bauch und noch tiefer.

»So hast du es dir vorgestellt, nicht wahr, Beck? Vor ein paar Tagen in der Gießerei hast du gesagt, du würdest nicht wollen, dass ein Mann von meinem Haar abgelenkt würde und...«

»Und von der Vorstellung, wie es über seinen Bauch streicht. Da habe ich mich verraten.«

»Du hast dich schon viel früher verraten«, flüsterte sie. Dann beugte sie sich über ihn. Ihr Mund war abwechselnd schüchtern, fordernd, frech. Aber feucht. Und heiß. Wahnsinnig.

Er keuchte ihren Namen, zog sie hoch und küsste sie, wobei er sich selbst und sie beide mit diesem Kuss schmeckte. Ohne die Lippen abzusetzen, teilte er ihre Schenkel, schob sich zwischen sie und streckte sich über ihr aus.

»Tut das nicht weh?«, fragte sie.

»Höllisch.«

»Möchtest du nicht lieber …«

»Nein. Das hier möchte ich lieber.« Er nahm sie mit einem einzigen, heftigen Stoß.

»Ja«, stöhnte sie. »Ja.«

Sie gab sich ihm vollkommen hin. Ihre Arme waren an den Ellbogen angewinkelt, die Hände lagen offen neben ihrem Kopf. Er deckte ihre Handflächen mit seinen Händen zu und schob dann die Finger zwischen ihre. Und als er sich in ihr zu bewegen begann, sahen sie dabei einander ununterbrochen in die Augen.

»Wenn du mein Mitleid nicht willst, dann erzähl mir, was du hören willst, Sayre, und ich werde es sagen.«

»Du brauchst überhaupt nichts zu sagen. Du sollst nur …«

»Was?«

»Tiefer gehen.«

»Ich bin tief in dir drin. Ich bin so tief in dir drin, dass ich schon halb verloren bin. Was noch?«

»Bitte …«

Sie streckte den Hals durch. Die Zähne bissen in ihre Unterlippe, und er merkte, wie sich ihr Körper um ihn schloss wie eine Faust. Er sah, wie der Orgasmus ihre Brüste rosa färbte und ihre Brustwarzen hart werden ließ. Er schätzte ihren schneller werdenden Atem ab und presste, als er begriff, dass sie kurz vor dem Höhepunkt stand, sein Becken in kleinen, rhythmischen Kreisen gegen ihres.

»Bitte was, Sayre?«

»O Gott!«

»Was?«

»Leg dich auf mich!«, rief sie hilflos.

Er tat es. Er ließ sie sein Gewicht tragen, und sie klammerten sich aneinander fest, während ihre Körper im Einklang pulsierten und ihre Herzen im selben Rhythmus schlugen.

Später lag sie schlafend in seiner Armbeuge, die Hand vertraut auf seinen Bauch gebettet, ihren warmen Atem auf seine Haut hauchend. Er legte sein Kinn an ihren Scheitel und starrte die Decke an.

Er hatte das ganze Leid aus ihr herausvögeln wollen – Huff, die Abtreibung, Clark Daly, einfach alles. Er hatte alles auslöschen wollen, damit sie einen einzigen Moment ungetrübten Friedens und reiner Zufriedenheit, vielleicht sogar aufrichtiger Freude erleben konnte. Er hatte ihr einen gleißenden Moment des Lebens schenken wollen, einen einzigen Moment, der nicht von Zorn und Reue befleckt war.

Und für diese unglaublichen, zum Sterben schönen Sekunden der sexuellen Hingabe hatte er es vielleicht sogar geschafft.

Aber während er so dalag und den kreisenden Blättern des Deckenventilators zuschaute, begann er sich zu fragen, wer hier eigentlich wen erlöst hatte.

33

Huff saß auf der Veranda und trank seinen Frühstückskaffee, als Red Harper im Dienstwagen vorgefahren kam. Er stieg aus, klemmte ein Bündel unter den Arm und näherte sich in seinem charakteristisch trägen Schritt dem Haus.

»Für einen Sonntagmorgen sind Sie früh unterwegs«, bemerkte Huff.

Die Stufen zu erklimmen, schien Reds ganze Kraft zu kosten. Unter dem Uniformhut, den er absetzte, sobald er auf der Veranda stand, kam ein fahles Gesicht zum Vorschein. »Den Müden wird keine Rast gegönnt, Huff.«

»Rufen Sie Selma, dass sie Ihnen Kaffee bringen soll.«

»Nein danke. So lange kann ich nicht bleiben. Ich wollte Ihnen nur ein paar gute Neuigkeiten bringen.«

»Hoffentlich sind sie gut. Das wäre mal was anderes.«

»Ich kann Ihnen gar nicht sagen, wie leid mir das ganze Hin und Her vor dem Werk tut.«

»Ehrlich gesagt geht da gar nichts mehr hin oder her, dank dieser Hurensöhne von Beamten.«

Huff war in streitlustiger Stimmung. Die ganze Nacht hindurch war er immer nur kurz eingenickt und gleich darauf wieder aufgewacht, in seine nach Schweiß stinkenden Decken verschlungen. Auch wenn sich am Tag zuvor alles nur verschlimmert hatte, hatte er für alle eine gute Miene aufgesetzt. Falls er irgendwie hätte erkennen lassen, dass das Auftauchen der Inspektoren seine Zuversicht erschüttert oder seinen Wille irgendwie geschwächt hätte, hätte das katastrophale Folgen für die Zukunft von Hoyle Enterprises gehabt. Darum hatte er sich unbeeindruckt und optimistisch gegeben und würde das auch weiterhin tun.

Aber die Schauspielerei forderte ihren Tribut.

Weil er in seinem tiefsten Inneren eine nagende Angst spürte. Er wurde von Unsicherheiten geplagt, wie er sie seit jenem Abend, an dem sein Daddy vor seinen Augen zu Tode geprügelt worden war, nicht mehr empfunden hatte. Von jenem Tag an war die Angst sein Feind gewesen. Jahrzehntelang hatte er seine Mitmenschen glauben gemacht, dass er dagegen immun wäre.

Aber als er zusah, wie Red Harper sich ächzend in dem anderen Schaukelstuhl niederließ, fragte er sich, ob er sich etwas vorgemacht hätte und die Angst ihm, anders als er glaubte, sehr wohl anzumerken wäre. Wäre sie ihm am Ende sogar so deutlich anzusehen wie Red das Wüten des Krebses? Betrachteten ihn seine Mitmenschen insgeheim als gealtert, hinfällig, sterbenskrank?

Noch bis vor kurzem hätte er mit einem einzigen Wort, einem einzigen vielsagenden Blick dem kampfeslustigsten Mann den Wind aus den Segeln nehmen können. Ohne jene Fähigkeit, Furcht und Schrecken zu verbreiten, wäre er nicht länger Huff Hoyle. Ohne die Macht, seine Mitmenschen einzuschüchtern, wäre er nur noch ein alter Mann, impotent und seiner Würde beraubt.

Er schaute zum Horizont, wo gewöhnlich eine fette Wolke über den Schloten seiner Schmelzöfen stand. Für ihn war dieser Qualm stets eine Art Unterschrift gewesen, die er mit mächtiger Hand über seine Stadt geschrieben hatte.

Heute war dort kein Rauch zu sehen, und er fragte sich, ob er selbst womöglich genauso schnell und spurlos verschwinden würde. Der Gedanke löste fast panische Angst in ihm aus, die er hinter seinem Genörgel zu verstecken suchte. »Also, was gibt es Neues, Red?«

Der Sheriff wand sich, als hätte er Schmerzen, was wahrscheinlich auch zutraf. »Es sind gute Neuigkeiten. Einerseits.«

»Spannen Sie mich nicht auf die Folter. Was haben Sie da im Sack?«

»Beweise. Ich kann sie nicht zeigen, ohne zu riskieren, dass ich sie damit unbrauchbar mache, aber sie nageln Dannys Mörder mehr oder weniger fest.«

»Und wen?«

»Slap Watkins.«

»Gute Neuigkeiten, leck mich«, bellte Huff und klatschte laut in die Hände. »Das sind tolle Neuigkeiten. Ich wusste von Anfang an, dass diese Sumpfratte was damit zu tun hat.« Er deutete auf den Sack. »Was habt ihr gefunden?«

»Einer seiner Bikerfreunde rief mich heute Morgen noch vor Tagesanbruch an. Er hat Watkins übers Wochenende in seiner Bleibe wohnen lassen, während er selbst auf einem Bikertreffen in Arkansas war. Als er gestern Nacht heimkam, war Watkins schon verduftet. Aber er hat einen Stiefel dagelassen. Als der Kerl sah, dass Blutflecken dran waren, rief er mich an.«

»Dannys Blut?«

»Das weiß ich noch nicht mit Sicherheit, aber ich würde darauf wetten. Ich schicke den Stiefel ins Labor nach New Orleans, damit die ihn untersuchen. Der Biker war bereit, Watkins ein Versteck zu bieten, solange Watkins nur zur Vernehmung gesucht wurde. Aber als er den hier fand«, sagte er und hielt den Sack in die Höhe, »tja, da wollte er keinesfalls zur Vertuschung eines Mordes beitragen. Er hat vollständig kooperiert. Wir haben das Haus von oben bis unten auf den Kopf gestellt, aber sonst haben wir nichts gefunden, was Watkins gehört hätte. Für mich sieht es so aus, als hätte er versehentlich seinen Stiefel fallen lassen, als er abgehauen ist.

Und damit komme ich zu den schlechten Neuigkeiten. Wir haben ihn immer noch nicht aufgespürt. Wenn er merkt, dass er seinen Stiefel dagelassen hat, wird er wissen, dass er geliefert ist und nichts zu verlieren hat, selbst wenn er noch einen Hoyle umbrächte.«

»Er hätte Chris schon neulich abends töten können.«

»Nein, da wollte er ihm erst mal Angst einjagen. So was ist typisch Watkins. Einer seiner Halbbrüder, wenn ich mich recht entsinne, hat seiner Exfreundin monatelang nachgestellt und ihr gedroht, dass er sie umbringen würde, bevor er seine Drohung schließlich wahr gemacht hat.

Außerdem hätte Slap die Sache nicht in die Länge ziehen können, solange Beck als Zeuge zusah. Und was seinen Besuch in Sayres Zimmer betrifft… Na ja, sagen wir einfach, ich bin froh, dass wir das belastende Material erst gefunden haben, nachdem er ihr diesen Besuch abgestattet hat und nicht davor, sonst hätte er ihr vielleicht wirklich wehgetan.

Für die Sache mit Danny landet er sowieso im Todestrakt. Vielleicht denkt er sich, die Nadel können sie ihm kaum zweimal geben und er brauchte darauf keine Rücksicht mehr zu nehmen. Möchten Sie, dass ich einen Deputy zu Ihrem Schutz abstelle, nachdem die Sache so steht?«

»Ich kann auf mich selbst aufpassen.«

»Ich habe befürchtet, dass Sie das sagen würden.«

»Ich wünschte, er würde hier aufkreuzen. Ich würde ihn zu gern ins Visier nehmen.«

»Ich habe befürchtet, dass Sie auch das sagen würden, und vor allem deshalb wollte ich einen Deputy abstellen. Zu Watkins' Schutz genauso wie zu Ihrem. Passen Sie auf, Huff. Wir haben es hier nicht mit einem wild gewordenen Bürschchen zu tun. Slap war schon vor seinem Aufenthalt im Staatsgefängnis skrupellos und gewalttätig, und gebessert hat er sich dort bestimmt nicht. Allerdings ist er nicht der Hellste. Keine Ahnung, warum er die Sachen, die er am Sonntag angehabt hat, nicht vernichtet hat.«

»Ich habe noch keinen besonders hellen Watkins getroffen.«

»Und seine Dummheit wird ihn wahrscheinlich irgendwann ans Messer liefern. Ich denke mal, wenn wir ihm genug Leine lassen, wird er sich irgendwann darin verheddern.« Dann sagte er: »Was in der Gießerei passiert ist, tut mir ehrlich leid, Huff.«

Die Art, wie die Gedankengänge miteinander verschmolzen waren, weckte in Huff den Verdacht, dass Red irgendwann während seiner Ansprache aufgehört hatte, von Slap Watkins zu reden, und stattdessen ihn gemeint hatte. Verlor etwa sogar dieser alte, kranke Mann das Vertrauen in ihn?

»Die läuft im Nu wieder«, versprach er. »Mich kann nichts bremsen, Red. Sie vor allen anderen Menschen sollten das wissen.«

Red starrte auf den Rasen vor dem Haus. »Ich bin froh, dass ich dieses Beweismaterial gegen Watkins gefunden habe«, erklärte er nach längerem Schweigen. »Wenn das Blut wirklich von Danny stammt, ist sein Schicksal besiegelt. Jetzt kann ich es ja sagen, Huff, ich war ein wenig besorgt, dass Chris womöglich … also …«

Die beiden Männer tauschten einen langen Blick. Schließlich sagte der Sheriff leise: »Da wäre noch was.« Er zog aus der Brusttasche seines Hemdes einen Umschlag und ließ ihn auf den kleinen Tisch zwischen den beiden Schaukelstühlen fallen.

»Was ist das?«

»Die Informationen über Charles Nielson, um die Sie mich gebeten haben.«

»Was haben Sie in Erfahrung gebracht?«

»Das steht alles da drin.«

»Was Nützliches? Wie viel wird es mich kosten?«

Red ließ Huffs Grinsen unerwidert. »Nichts, Huff. Das hier geht aufs Haus.«

»Das ist das erste Mal.«

»Genauer gesagt ist es das letzte Mal.« Red stemmte sich gegen die Armlehnen seines Schaukelstuhls, um sich herauszuhieven. »Wir hatten eine gute Zeit. Lange Jahre haben wir dafür gesorgt, dass alles nach Ihrem Willen ging. Aber jetzt ist Schluss. Ich bin draußen. Von jetzt an wasche ich meine Hände in Unschuld. Verstehen Sie? Ich werde Sie nicht hintergehen, aber hierbei werde ich Ihnen nicht mehr helfen.« Er deutete auf den Umschlag. »Von jetzt an sind Sie auf sich allein gestellt, ganz egal, was Sie unternehmen.«

Red sah nicht so aus, als würde er es aus eigener Kraft bis zu seinem Auto zurück schaffen, ganz zu schweigen davon, dass er noch länger seinen Pflichten als Sheriff oder seinen außerdienstlichen Pflichten Huff gegenüber nachkommen könnte. Wenigstens hatte er ein Einsehen in seine Schwäche und war klug genug, die Verantwortung abzugeben. Menschen mit einem körperlichen Gebrechen oder moralischen Unsicherheiten waren für Huff Hoyle nutzlos.

»Passen Sie auf sich auf, Red.«

»Dafür ist es zu spät.« Dann nickte er kurz zum Haus hin. »Warnen Sie Chris lieber, dass Watkins noch auf freiem Fuß und wahrscheinlich verzweifelter ist als je zuvor. Sayre auch. Sagen sie den beiden, sie sollen die Augen offen halten.«

»Klar.«

Red setzte den Hut wieder auf und humpelte die Stufen hinunter. Er drehte sich nicht um. Und er winkte auch nicht, als er abfuhr.

Huff griff nach dem Umschlag, den der Sheriff auf dem Tisch zurückgelassen hatte, und ging ins Haus, wo er laut nach Selma rief.

Sie trat aus der Küche, die Hände an der Schürze abwischend. »Noch mehr Kaffee?«

»Den hole ich mir selbst.« Er öffnete den Umschlag. »Gehen

461

Sie hoch und wecken Sie Chris. Sagen Sie ihm, dass ich mit ihm reden muss.«

»Er ist nicht da.«

Huff hielt in der Bewegung inne und registrierte erst jetzt, dass Chris' Auto nicht vor dem Haus gestanden hatte. »Wohin wollte er denn so früh?«

»Er ist gestern Nacht nicht heimgekommen, Mr. Hoyle. Er rief spätabends an und sagte mir, ich soll Sie nicht stören, aber Sie sollten wissen, dass er die Nacht in der Angelhütte verbringt. Ich hatte das ganz vergessen zu erwähnen…«

Huff ließ Selma mitsamt ihrer Entschuldigung, ihn nicht früher benachrichtigt zu haben, stehen und eilte zum nächsten Telefon, das in seinem Fernsehzimmer stand. Von dort aus rief er Chris' Handy an. Das Telefon läutete viermal, ehe sich die Mailbox einschaltete. »Komm schon, Sohn, geh ran!«

Seine Finger waren fast taub. Die Muskeln in seiner Brust schienen ihm das Herz zusammenzupressen, das seinerseits höllisch ratterte, als hätte er tatsächlich gerade einen Herzinfarkt überstanden. Er tippte noch einmal Chris' Nummer ein, aber wieder ohne Ergebnis.

Ohne eine weitere Sekunde zu verschwenden, ließ Huff das Telefon fallen und eilte an den Waffenschrank.

Irgendwann während der Nacht hatte sich die uralte Klimaanlage ausgeschaltet und war nicht wieder angesprungen. Chris lag inmitten eines Gewirrs von feuchten, schmuddligen und modrig riechenden Laken auf dem harten, schmalen Bett. Er trug nichts als seine Boxershorts, doch selbst die klebten ihm in der stickigen Hitze am Leib.

An diesem Morgen war es fast so heiß wie an dem Sonntag zwei Wochen zuvor, an dem Danny in ebendiesem Raum erschossen worden war.

Waren seitdem wirklich erst zwei Wochen vergangen? Ihm kamen sie vor wie zehn Jahre.

Der alte Holzboden hatte Dannys Blut aufgesogen wie ein

Schwamm. Chris bezweifelte, dass die dunklen Flecken je wieder verschwinden würden, auch wenn der Boden noch so oft geschrubbt würde.

Er war hergekommen, um dem Druck zu entfliehen, der sich seit dem Vortag aufgebaut hatte. Ein Gutes war dabei herausgekommen: Die Sache mit Lila war geklärt. Sobald sie mit Red sprach – was sie unter Garantie täte, um Georges Job zu retten –, stünde er nicht mehr unter Verdacht.

Aber über dem Werk lag Grabesstille. Weshalb Huff umso lauter getobt hatte.

Weil er Huffs Hasstiraden und auch die Reporter, die ihm am Telefon einen Kommentar entlocken wollten, nicht mehr ertrug, hatte er sich in die Angelhütte zurückgezogen, den letzten Ort, an dem ihn jemand suchen würde.

Zwar fand er hier die ersehnte Abgeschiedenheit, doch die Hütte hatte jeden Reiz verloren. Früher hatte er sich hier mit seinen Kumpeln amüsiert, hatte getrunken, geangelt oder ganze Wochenenden hindurch Marathonpokerrunden veranstaltet, und die Jungs hatten sich in der primitiven Atmosphäre wohl gefühlt.

Aber er und auch die Angelhütte waren gealtert. Er war reifer geworden, die Hütte baufällig. Vielleicht war es Zeit, sie zu verkaufen. Wie sollten er oder Huff sich hier je wieder wohl fühlen, wo der Boden mit Blutflecken übersät war?

Sie konnten sich stattdessen ein Boot kaufen. Oder ein Strandhaus. In Biloxi vielleicht. Obwohl Huff den Staat Mississippi aus Gründen hasste, die nur ihm allein bekannt waren. Er…

Chris roch ihn tatsächlich, ehe er die Dielen auf der Veranda unter seinen Schritten quietschen hörte. Sekunden später platzte er durch die Tür.

Chris saß sofort kerzengerade da.

»Keine Bewegung, Hoyle. Ich will dich nur ungern gleich killen. Denn ich hab dir noch was zu sagen, bevor ich dich von der Kehle bis zu den Eiern aufschlitze.«

In einer Hand hielt Slap sein Messer. In der anderen hielt er

463

mehrere Kleidungsstücke, die er Chris hinwarf. Sie landeten in seinem Schoß. Er nahm eines davon hoch, schreckte zurück und wischte sie panisch von seinem Bett weg.

Watkins lachte. »Ganz genau. Das kommt aus dem Kopf von deinem kleinen Bruder. Er ist zerplatzt wie ein Kürbis, der vom Laster gefallen ist.«

Chris kniff zornig die Augen zusammen.

»Was ist denn, Hoyle? Bist du zu zimperlich, um die ekligen Einzelheiten zu hören? Blöd, denn ich werde sie dir trotzdem erzählen.« Er setzte einen Fuß auf das Fußende des Bettes, so als wären sie alte Freunde, die sich auf einen Schwatz getroffen hätten.

»Dannyboy hat mir erzählt, dass er mit dir verabredet war. Er hat mich gewarnt, dass du jeden Moment auftauchen kannst, er hat gesagt, ich soll mir einfach nehmen, was ich will, und abhauen, ehe du mich erwischst und die Bullen rufst.

Ist das nicht der Wahnsinn? Er hat gedacht, ich bin hergekommen, um die Hütte auszunehmen.« Er musterte verächtlich seine Umgebung. »Als würde ich hier irgendwas haben wollen. Verglichen mit dem Loch hier war meine Zelle der reinste Palast.«

Chris rutschte näher an die Bettkante.

»Nein, das wirst du nicht«, warnte Slap. »Du wirst sitzen bleiben und zuhören, und wenn du auch nur blinzelst, dann stech ich dir mit der Messerspitze das Auge aus, damit du nie wieder zu blinzeln brauchst, kapiert?«

Er wartete ab, um seiner Drohung Gewicht zu geben und sich davon zu überzeugen, dass Chris seinen Befehl befolgte, ehe er sagte: »Wo war ich? Ach ja. Bruder Danny. Als ich die Flinte von der Wand genommen hab, hat er angefangen zu beten. Die Gebete wurden lauter, als ich das Ding geladen hab. Ich muss dir sagen, ich war echt froh, als ich ihm den Lauf in die Fresse gerammt habe und er endlich die Klappe gehalten hat.« Er hielt kurz inne, beugte sich dann vor und hauchte im Bühnenflüsterton: »Peng!«

Slap lachte wieder. »Die volle Sauerei, aber fast zu leicht. Er hat sich nicht mal gewehrt. Okay, er hat ein bisschen Widerstand geleistet, um den Schein zu wahren, aber nichts, was man mit einer kleinen Drohung nicht beenden konnte, und zwar sofort.«

»Du bist irre, diese Kleider aufzubewahren. Warum hast du sie nicht beseitigt?«

»Ich wollte dir zeigen, wie Hoyleblut und Hoylehirn aussieht. Überraschung! Es sieht nicht anders aus als bei jedem anderen.«

»Warum bist du bei Sayre eingebrochen?«

»Klar, dachte mir schon, dass das die Kettenhunde aufweckt.« Er zwinkerte und schmatzte geräuschvoll. »Würde mir gefallen, wenn sie bei mir was aufweckt, wenn du verstehst, was ich meine.«

»Sehr clever, diese Bibelgeschichte.«

»Finde ich auch. Die hab ich mir ganz allein ausgedacht.« Dann verdüsterte sich seine Miene. »Aber du hast mich nur zum Labern gebracht, weil du mich ablenken willst. Keine Chance. Nein, Sir.« Er beugte sich grinsend vor und sagte: »Jetzt hole ich mir den zweiten Hoyle. Was sagst du dazu?«

Beck stand in der Tür zum Garten und beobachtete gerade, wie Frito ein Eichhörnchen auf den Baum jagte, als Sayre in die Küche trat. Er trug nur eine Hose. Sein Rücken war ein einziges Fleckenmuster. Sie stellte sich hinter ihn, schob die Arme um seine Taille und küsste einen fiesen lila Fleck auf seiner Schulter.

»Guten Morgen.«

»Er wird immer besser.« Er drehte sich um, zog sie an seine Brust und gab ihr einen zärtlichen Kuss auf den Mund. Erst als sie sich voneinander lösten, bemerkte er ihren originellen Kleidungsstil und lächelte.

Sie hatte eines seiner alten College-T-Shirts angezogen, die er so oft gewaschen hatte, dass das LSU-Logo kaum mehr zu lesen war. »Sehr bestechend«, sagte er.

»Findest du wirklich?«

»Hm.« Er rieb mit den Knöcheln über das V ihres Slips. Sayres Hände schlichen an seine Hose und begannen die Knöpfe zu lösen. Stirn an Stirn lachten sie leise über die Absurdität ihrer Begierde, die nicht mal durch eine heiße Liebesnacht hatte gestillt werden können.

Aber Frito war gar nicht begeistert. Beide bemerkten im selben Moment sein Kratzen an der Fliegentür und das leise Winseln, weil er sich ausgeschlossen fühlte.

Beck sah sie an und zog eine Braue hoch. »Was meinst du?«

»Ich glaube nicht, dass mir mein schlechtes Gewissen je wieder Ruhe lassen würde.«

»Mir auch nicht, verdammt.« Er ließ sie los und öffnete die Fliegentür für den Hund, der hereingaloppiert kam, einen durchgekauten Tennisball im Maul.

Der Ball landete mit einem nassen Klatschen auf Sayres nacktem Fuß. Sie verzog angewidert das Gesicht, tätschelte aber Fritos Kopf und bedankte sich für das Geschenk.

Beck schenkte ihnen Kaffee ein und setzte sich an den Küchentisch. Sayre nahm den Stuhl gegenüber und begann, Frito lässig hinter den Ohren zu kraulen.

»Er ist total in dich verknallt«, bemerkte Beck.

»Hat er dir das erzählt?«

»Das braucht er nicht. Sieh dir nur sein Gesicht an. Er schwebt im siebten Himmel.«

Der Hund sah tatsächlich mit uneingeschränkter Bewunderung zu ihr auf. Sie nahm einen Schluck Kaffee. Während sie die Tasse langsam absetzte, sagte sie: »Ich werde mich später dafür hassen.«

»Für letzte Nacht?«

»Nein, die letzte Nacht werde ich nie bedauern.«

»Ich bedaure höchstens, dass sie nicht länger gedauert hat«, sagte er. »Und dass ich eine Stunde davon mit Schlafen vergeudet habe.«

»Eine knappe Stunde.«

»Viel zu viel.«

466

»Und selbst während der Stunde warst du ...«

»O ja«, bestätigte er heiser. »Und du warst so... anschmieg-sam.«

Sie tauschten einen langen, intimen Blick, dann fragte er, wo-für sie sich hassen würde.

»Dafür, dass ich gleich die ›Morgen-danach-Frage‹ stellen werde.«

»Die Frage: ›Und was wird jetzt aus uns?‹«

»Sie wurde dir also schon mal gestellt?«

»Gestellt schon, aber ich habe sie noch nie beantwortet.«

»Ich habe sie noch nie gestellt.«

Er zögerte, stand dann auf und ging wieder zur Hintertür. Frito schnappte seinen Tennisball und tappte zu ihm hinüber, in der Hoffnung, dass endlich mit ihm gespielt würde. Aber Beck rührte sich nicht, sondern starrte nur durch die Fliegentür.

»Wenn du so lange darüber nachdenken musst, sagt das wohl genug.« Sie schob den Stuhl zurück und stand auf.

Sofort drehte er sich um. »Sayre.«

»Du brauchst mir nichts zu erklären, Beck. Und ganz eindeu-tig nichts zu versprechen. Ich bin kein dummes Mädchen mit romantischen Fantasien. Gestern Nacht haben wir auf eine emo-tional aufgeladene Situation und auf eine beiderseitige physische Anziehungskraft reagiert. Wir haben das getan, was wir in die-sem Moment am liebsten wollten, und es war ein tolles Gefühl im Dunkeln. Aber jetzt ist es heller Tag und ...«

»Kannst du auch nur eine Sekunde daran zweifeln, dass ich dich bei lebendigem Leib auffressen könnte?« Er klang so zor-nig, dass sie erschrak und alles, was sie noch hatte sagen wollen, einer Überprüfung unterzog. »Sayre, ich wollte dich, seit ich dich das erste Mal sah. Und jedes Mal, wenn ich dich seither sah. Und letzte Nacht erst recht. Genau wie jetzt, in diesem Augen-blick. Ich werde dich morgen und jeden Tag von heute an begeh-ren. Aber ...«

»Aber wenn du dich zwischen mir und Huff entscheiden musst, entscheidest du dich für Huff.«

»So einfach ist das nicht.«

»Ach nein?«

»Nein.«

»Ich glaube schon.«

»Es stehen Dinge auf dem Spiel, von denen du nichts weißt und die ich dir nicht verraten kann«, sagte er. »Ich muss das, was ich begonnen habe, zu Ende bringen.«

»Wirst du je aufhören können, Huff und Chris zu beschützen? Wie weit wirst du für sie gehen, Beck? Gestern hast du dich für sie verprügeln lassen. Man hat dich ihretwegen bespuckt. Die Menschen verachten dich, misstrauen dir und ekeln sich vor dir. Und ihretwegen nimmst du all das auf dich. Bekommst du das nie satt?«

Sein Blick bohrte sich in ihre Augen. »Ich weiß es nicht.«

»Dann verlasse sie!«

»Das kann ich nicht.«

»Was hindert dich daran?«

»Ich bin gebunden. Mein Leben ist unauflöslich mit ihrem verknüpft. Ich will es nicht, vor allem nach der Nacht, die ich mit dir verbracht habe, aber es ist eben so. Es ist nicht zu ändern.«

Sein Kinn war vorgeschoben, sein Mund bildete vor Entschlossenheit eine schmale Linie. Die flaschengrünen Augen, die sie eben noch mit verhangener Lust betrachtet hatten, wirkten jetzt argwöhnisch und kühl.

»Dann soll es so sein«, flüsterte sie. »Gott helfe dir.«

Sein Telefon zerschnitt mit einem schrillen Läuten die Stille. Sie hielt seinen Blick bis nach dem zweiten Läuten gefangen, dann nahm er das Gespräch leise fluchend an. »Hallo?«

Während er zuhörte, wandelte sich seine Miene mit der Schnelligkeit eines Kaleidoskops. »Wann? Wo?« Offenbar entsetzt über das Gehörte, fuhr er sich mit der Hand übers Gesicht. »O Jesus, es war tödlich? Er ist tot?«

34

Als er und Sayre endlich bei der Angelhütte ankamen, musste er sich einen freien Parkplatz zwischen den Streifenwagen und den Krankenwagen suchen. Polizisten, Notärzte und ein Fotograf der Lokalzeitung standen auf dem Rasen zwischen der Hütte und dem Bayou Bosquet herum und unterhielten sich.

Als der Fotograf einen Schritt zurücktrat, um die Hütte aufzunehmen, trat er versehentlich auf den ausgestopften Alligator im Garten und machte zur Erheiterung der Umstehenden in Panik einen Riesensatz.

In der Hütte war die Stimmung weniger heiter. Hier überwachte der Gerichtsmediziner des Parish den Abtransport von Slap Watkins' Leiche.

Beck und Sayre traten beiseite, als die Bahre mit dem schwarzen Plastiksack an ihnen vorbei zu dem wartenden Krankenwagen gerollt wurde. Nachdem die Heckklappe geschlossen war, gesellten sie sich zu der Gruppe, die sich vor den Stufen an der Tür der Hütte versammelt hatte.

Red Harper, Wayne Scott und Huff standen dort mit Chris zusammen, der auf der untersten Stufe saß.

Er trug nur eine Hose, sein Oberkörper und seine Füße waren nackt und blutverschmiert. In der Hand hielt er eine halb gerauchte Zigarette.

Er sah kurz auf Sayre und begrüßte Beck dann mit einem schwachen Lächeln. »Danke, dass du so schnell gekommen bist.«

»Bist du okay?«

»Durch den Wind.« Er hob die Hand mit der Zigarette. Sie zitterte.

»Was ist passiert?«

Beck stellte die Frage der ganzen Gruppe, aber Deputy Scott antwortete als Erster. »Mr. Hoyle zufolge kam Watkins hereingestürmt, provozierte ihn mit den Kleidungsstücken, die er getragen hatte, als er Danny in diesem Raum ermordet hatte, und drohte anschließend, Chris ebenfalls zu töten.«

Chris wandte sich an Beck. »Neulich abends auf der Straße hatte ich keine Angst vor ihm, vielleicht, weil du dabei warst. Da war er bloß nervig. Aber heute Morgen, da war er... keine Ahnung, psychopathisch. Er wollte mich wirklich umbringen, und wenn ich nicht verfluchtes Glück gehabt hätte, hätte er genau das getan.«

In einer aufmunternden Geste drückte Huff Chris' Schulter. Beck fragte sich, ob ihm als Einzigem die Pistole in Huffs Gürtel aufgefallen war.

»Watkins hatte die Sachen dabei, die er getragen hat, als er Danny umbrachte?«, fragte Sayre nach. »Er hat sie hergebracht?«

Sheriff Harper deutete auf eine braune Papiertüte, die Beck als Beweismittelbeutel erkannte, in dem man meist DNA-Spuren sicherte. »Ein ihm gehörender Stiefel wurde uns heute übergeben.« Er erzählte ihnen, wie es dazu gekommen war. »Ich habe Huff gewarnt, dass Watkins noch gefährlicher für Sie alle werden würde, wenn er erst einmal begriffen hätte, dass wir im Besitz dieses Beweisstücks wären. Ich ermahnte Huff, auf der Hut zu sein. Nur Chris konnten wir nicht mehr rechtzeitig alarmieren.«

»Ich hatte mein Handy nicht eingeschaltet«, erklärte Chris. »Ich hatte es satt, von irgendwelchen Reportern belästigt zu werden, die einen Kommentar zu der Werksschließung haben wollten. Also habe ich es ausgeschaltet, als ich gestern Abend herkam. Ich wusste nicht, dass mir Slap auf den Fersen war.«

»Woher wusste Watkins, dass du hier warst?«, fragte Beck.

»Offensichtlich hat er uns nachspioniert. Ist an unserem Haus vorbeigefahren. Hat uns auf der Straße gestellt. Ist in Sayres Motelzimmer eingebrochen. Falls er auch die Angelhütte überwacht hat, kann er meinen Wagen kaum übersehen haben.« Er nickte zu seinem Porsche hin. »Vielleicht wollte er die Kleider nur abladen, um sich über uns lustig zu machen. Sie sind verklebt mit …« Er sah kurz zu Huff hinüber und hielt inne in dem, was er eigentlich hatte sagen wollen. »Wer weiß schon, warum er was gemacht hat? Er hat nicht wie ein normaler Mensch gedacht. Heute Morgen war er total durchgedreht.«

»Wie hast du ihn überwältigt?«

»Auf die altmodische Tour. Er wollte sich aufspielen und stemmte einen Fuß aufs Bett, womit er zwischen den Beinen verwundbar war. Ich hab ihn mit aller Kraft in die Eier getreten. Allerdings muss ich nicht genau getroffen haben, weil er nicht ganz außer Gefecht gesetzt war. Er kippte nach hinten, aber er schaffte es dabei, sein Messer festzuhalten.

Als ich es ihm wegnehmen wollte, holte er aus, erwischte mich nicht und versuchte es noch mal, aber diesmal konnte ich ihn am Handgelenk festhalten. Wir kämpften um das Messer. Er verlor und stürzte genau auf die Klinge. Ich glaube, dabei wurde eine Schlagader in seinem Bauch durchtrennt, weil das Blut nur so aus ihm rausprudelte. Ich versuchte, die Blutung zu stillen, aber er war schon nach wenigen Minuten tot.«

Beck sah Deputy Scott an. »Ein eindeutiger Fall von Notwehr.«

»So sieht es aus.« Er streckte Chris die Hand hin. »Ich muss mich bei Ihnen für die Unannehmlichkeiten und Peinlichkeiten entschuldigen, die wir Ihnen zugemutet haben, Mr. Hoyle. Und vor allem tut es mir leid, dass ich Sie überhaupt verdächtigt habe.«

Chris schüttelte seine Hand. »Sie haben nur Ihren Job getan. Wir Hoyles brauchen einen Mann wie Sie, um unsere Stadt zu schützen, nicht wahr, Huff?«

»Ganz richtig.«

Schüchtern errötend über dieses Lob, nahm der Deputy den Beweissicherungsbeutel an sich. »Ich bringe das ins Büro und lasse es untersuchen«, sagte er zu Red. »Wenn Sie möchten, fahre ich es gleich nach New Orleans.«

»Danke. Sobald ich wieder im Büro bin, protokolliere ich Chris' Aussage, damit er sie unterschreiben kann.«

Der Deputy legte den Finger an die Hutkrempe und nickte Sayre zu. »Madam.« Er ging ab, den Beweissicherungsbeutel in der Hand.

Chris nahm einen letzten tiefen Zug von seiner Zigarette und trat sie dann aus. »Ich bin froh, wenn ich all das hinter mir habe. Unter Mordverdacht zu stehen ist kein Spaß. Außerdem hat es mich von der Firma und den Problemen abgelenkt, die wir dort haben.« Er warf Sayre einen gehässigen Blick zu, ließ sich aber nicht über ihren Anteil an den Ereignissen aus, die zu der Schließung geführt hatten.

Der Krankenwagen mit der Leiche war schon abgefahren. Allmählich leerte sich das Grundstück. Red Harper verabschiedete sich als Letzter. »Er sieht schlimmer aus als Slap«, bemerkte Chris über den Sheriff.

»Er hat Krebs.«

Schockiert blickten alle auf Huff.

»Schlimm?«, fragte Chris.

»Sagen wir einfach, es ist gut, dass wir Wayne Scott in unserem Team haben.«

»Er hat noch keine Absichtserklärung unterschrieben«, wandte Chris ein.

»Reue kann einen Mann gefügig machen. Ich glaube, jetzt wäre der ideale Zeitpunkt für dich, ihm ein Dankesschreiben mit einer kleinen Anerkennung zu schicken.«

Chris erwiderte Huffs verschwörerisches Grinsen. »Gleich morgen früh.«

»Ich gehe zum Wasser runter«, sagte Sayre steif. »Ruf mich, wenn du fahren willst, Beck.«

Chris sah ihr amüsiert nach, während sie davonstakste. »Sayre haben wir wohl vor den Kopf gestoßen. Oder ist sie bloß stinkig, weil sie sich so in mir getäuscht hat?«

Beck konnte die Frage auch nicht beantworten, und Huff hörte nur mit halbem Ohr zu. Er musterte kritisch die Fassade der windschiefen Hütte. »Ich sollte das Ding verkaufen.«

»Dasselbe habe ich heute Morgen auch gedacht, kurz bevor

Slap aufkreuzte«, sagte Chris. »Nach dem, was hier passiert ist, will bestimmt keiner von uns wieder herkommen.«

»Du regelst den Verkauf, okay, Beck?«, meinte Huff. »Ich will mit diesem Loch nichts mehr zu tun haben.«

»Ich kümmere mich darum.« Beck deutete auf die Pistole. »Was hattest du damit vor?«

»Ich konnte Chris nicht erreichen, um ihn vor Watkins zu warnen. Da bin ich ein bisschen in Panik geraten, schätze ich. Aber nicht ohne Grund, wie man jetzt sieht. Als ich herkam und die ganzen Streifenwagen sah, die sich hier versammelt hatten, habe ich minutenlang die Hölle durchlitten, weil ich glaubte, dass ich zu spät gekommen wäre.« Wieder presste er Chris' Schulter zusammen. »Wenn ich mir vorstelle, was alles hätte passieren können ...«

»Komm schon, Huff«, schalt ihn Chris. »Werd kein Weichei.«

»Und leg die Pistole weg, bevor du noch jemanden verletzt oder dir was Wichtiges wegschießt.«

Huff lachte.

»Mach ich, Beck.«

Er deutete in Richtung der Straße hinter der Hütte. »Ich musste ein Stück weiter unten an der Straße parken. Eigentlich bin ich unterwegs zum Werk. Wir müssen besprechen, wie wir diese Behördenheinis ruhigstellen können.

»Ruhigstellen?«, fragte Beck.

Huff zwinkerte ihm zu. »Vielleicht werden sie umgänglicher, wenn wir ihnen einen Knochen zuwerfen und jemanden opfern, der für uns entbehrlich ist.«

»Ich bin dir schon weit voraus, Huff«, sagte Chris. Er erzählte ihnen von dem Handel, den er Lila aufgezwungen hatte. »Wie es der Zufall will, brauchen wir ihre Aussage nicht mehr. Aber das heißt nicht, dass George uns als Bauernopfer nicht gelegen käme.«

»Okay, also machen wir es so«, beschloss Huff. »Kommt ihr mit?«

Chris begutachtete die Blutspritzer auf seiner Brust und verzog angewidert das Gesicht. »Ich komme nach, sobald ich mich gewaschen habe.«

»Ich bleibe bei Chris, bis er losfährt«, sagte Beck.

Huff hob die Hand zum Abschied und verschwand hinter der Seitenwand der Hütte.

Chris ging nur kurz hinein, um sein Hemd und seine Schuhe zu holen. »Ich habe gestern Abend meine Sachen in den Kleiderschrank gehängt«, erklärte er Beck, als er wieder herauskam. »Zum Glück. Da drin sieht es aus wie im Schlachthaus, und es riecht wie in der Metzgerei.«

Beck folgte Chris zum Angelsteg hinunter, wo es einen Wasserhahn und einen kurzen Schlauch gab, um die Fische zu säubern. Ein Porzellanbecken und mehrere Seifenstücke lagen ebenfalls bereit, damit man sich hinterher die Hände waschen konnte.

Sayre drehte sich um, als sie ihre dröhnenden Schritte auf dem Steg hörte. Chris sagte zu ihr: »Dreh dich lieber um, wenn du nicht sehen willst, wie ein echter Mann aussieht, denn ich werde mich jetzt ausziehen.«

»Du bist erstaunlich aufgekratzt für jemanden, der eben einen Menschen getötet hat.«

»Wäre es dir lieber gewesen, wenn er mich getötet hätte? Nein, spar dir die Antwort. Sie könnte mir nicht gefallen.«

»Wie kannst du nur so blasiert sein, Chris? Geht dir denn gar nichts nahe?«

Er dachte kurz darüber nach und zuckte dann lässig mit den Achseln. »Nicht viel, nein.«

Sie sah ihn angewidert an. »Du bist ein Arschloch, Chris. Du warst schon immer eines.«

»Nein, ich bin Huff Hoyles über alles geliebter Erstgeborener. Das war ich schon immer. Und werde ich immer sein. Das hat dir schon immer gestunken.«

»Ich bin sicher, dass es dein kolossales Ego streichelt, das zu glauben, aber du täuschst dich ebenso kolossal.«

Beck sah, dass dieser gärende Streit zu nichts führen würde, und trat zwischen beide, um diplomatisch zu vermitteln. »Nimm meinen Pick-up«, sagte er zu Sayre. »Ich muss zu einer Besprechung mit Huff und Chris ins Werk, aber ich komme später nach. Wo finde ich dich dann?«

Als sie ihn ansah, erkannte er, dass die Diskussion über eine mögliche gemeinsame Zukunft, die Chris mit seinem Anruf unterbrochen hatte, im Grunde längst beendet war. In ihren Augen sah er Ernüchterung. Enttäuschung. Und definitiv Ekel. »In San Francisco.«

Sie trat an ihm vorbei und marschierte mit hartem Schritt über den Steg davon. Beck sah sie in seinen Pick-up klettern, in drei Zügen wenden und dann ohne einen Blick zurück davonfahren. Stehen zu bleiben und sie abfahren zu lassen, ohne etwas dagegen zu unternehmen, war das Schwerste, was er je getan hatte.

Wie gern wäre er ihr nachgelaufen, aber selbst wenn sie angehalten hätte, was reine Illusion war, hätte er nicht gewusst, was er noch hätte vorbringen können.

»Also, das war wirklich... äh, dramatisch«, meinte Chris ironisch. »Wenn du ein paar Minuten brauchst, um dich zu sammeln...«

»Halt den Mund, Chris.«

Mit einem erstickten Lachen zog Chris die Hose aus. Seine Boxershorts, bemerkte Beck, waren blutdurchtränkt. Nachdem Chris sie abgestreift hatte, drehte er den Wasserhahn auf und wusch sich gründlich mit Seife, die Haare eingeschlossen.

Als er fertig war, strich er das Wasser von der Haut ab und schüttelte es aus seinen Haaren, ehe er sich wieder anzog, allerdings ohne die Unterhose. Gemeinsam gingen sie zu seinem Auto und fuhren los in Richtung Gießerei. Als sie beinahe angekommen waren, fiel Chris auf, wie Beck behutsam den Schnitt an seiner Wange betastete.

»Es hätte schlimmer kommen können«, bemerkte Chris. »Denk nur an Clark Daly.«

»Das habe ich.«

Die stille und bis auf die Wachmänner menschenleere Gießerei zu betreten war ein fast surreales Erlebnis. Sie fuhren hoch
zu den Büros. Alle waren leer, Huffs eingeschlossen.

»Er muss irgendwo unterwegs angehalten haben«, sagte Chris.
»Wir sollten hier auf ihn warten. Ich brauche einen Drink. Willst
du auch einen?«

»Es ist zehn Uhr am Morgen.«

»Aber was für ein Morgen!«

Während Chris sich einen Drink einschenkte, trat Beck ans
Fenster und blickte hinunter in die Werkhalle. Die behördliche
Inspektion würde am Montag beginnen. Bis dahin war das Gebäude leer und still. Aber auch nachdem die Öfen ausgeschaltet
waren, wirkte es immer noch dunkel, immer noch schmutzig,
immer noch heiß.

Was machte Sayre in diesem Moment? War sie jetzt im Motel,
um zu packen und ihren Rückflug nach Kalifornien zu organisieren? Würde er sie je wiedersehen?

Chris nahm sein volles Glas mit zum Sofa. Er plumpste in die
Polster, legte den Kopf in den Nacken und schloss die Augen.
»Das waren vielleicht zwei verrückte Wochen, was?«

»Zwei verrückte Wochen. Irgendwie passend, dass sie an
einem Sonntag in der Angelhütte begannen und endeten.«

»Vielleicht hatte Watkins genau das im Sinn.«

»Ich glaube nicht, dass er im Sinn hatte, ein Messer in den
Bauch zu bekommen.«

»Nein, aber dafür wollte er eines in meinen rammen.« Nach
kurzem Schweigen fragte Chris: »Hat Sayre die Nacht bei dir
verbracht?«

»Ja.«

»Verhütungsmittel habt ihr ja keine gebraucht.«

Beck drehte sich um und sah ihn scharf an.

»Huff hat es mir erzählt. Er sagte, Sayre hätte irgendeine
Frauengeschichte und sei deshalb steril. Damit ist sein Plan, dass
du sie heiratest und ihm einen Enkel zeugst, geplatzt.«

»Sie hätte mich sowieso nicht gewollt.« Beck durchquerte den

Raum und lehnte sich an die Schreibtischkante, weil er zu aufgewühlt war, um sich hinzusetzen.

»Zu blöd, dass das nicht hingehauen hat. Es wäre praktisch gewesen, einen Anwalt in der Familie zu haben. Andererseits bin ich froh, dass Huffs Plan ein Rohrkrepierer war. Willst du ein Geständnis hören, Beck?«

Chris leerte seinen Whisky in einem Zug und stellte das Glas auf dem Couchtisch ab. »In letzter Zeit war ich fast eifersüchtig auf dich. Im Ernst«, sagte er, als er Becks Erstaunen bemerkte. »Auf dich hört Huff immer, selbst wenn er auf niemanden sonst hört. Er hat dir mehr Macht eingeräumt als irgendwem sonst außerhalb unserer Familie. Wenn du jetzt noch mit meiner Schwester sein erstes Enkelkind gezeugt hättest, hätte mir das nicht gefallen.«

Chris' verbindliches Lächeln strahlte wie eh und je, aber Beck hörte den Widerhall von Sayres Warnung: *Ich werde dir was über Chris verraten. Er ist nicht dein Freund, Beck.*

»Niemand könnte dir deinen Platz in Huffs Herz streitig machen, Chris. Außerdem würde ich das gar nicht wollen.«

»Freut mich zu hören, Beck. Freut mich zu hören.« Chris reckte sich wohlig seufzend und verschränkte die Arme hinter dem Kopf. »Aber du weißt, was das bedeutet, oder? Die Verantwortung, Huff einen Erben zu schenken, liegt wieder allein bei mir. Ich muss ein Kind zeugen, um Huffs Dynastie am Leben zu erhalten. Ganz unter uns, was anderes würde ich sowieso nicht dulden. So sollte es sein.

Schließlich hat sich Sayre von unserer Familie losgesagt. Es wäre unfair, wenn sie, kaum dass sie wieder aufkreuzt, mit Huffs lang ersehntem Enkel schwanger wäre. Danny war zu sehr mit Beten beschäftigt, um dieser grauen Maus, die er heiraten wollte, ein Baby zu machen. Damit bleibe nur noch ich übrig. Huff wird mir zusetzen...«

»Moment!« Becks Lunge und Herz versagten für eine Sekunde den Dienst. Er bekam kaum noch Luft. »Was hast du gerade gesagt?«

Chris sah ihn verständnislos an. »Was meinst du?«

»Das mit Danny. Über die Frau, die er heiraten wollte.«

Chris' Miene blieb sekundenlang vollkommen ausdruckslos, dann breitete sich langsam ein höhnisches Lächeln auf seinem Gesicht aus, und zuletzt lachte er laut heraus. »Leck mich am Arsch. So oft hätte ich mich um ein Haar verraten, aber bis jetzt habe ich mich immer in letzter Sekunde beherrschen können.«

»Du wusstest, dass Danny verlobt war?«

Er sah Beck verächtlich an. »Ich weiß, Danny hielt sich für besonders schlau, weil er sich nur heimlich mit ihr traf, aber er hätte wissen müssen, dass Huff Wind davon bekommt.«

»Huff wusste es auch?«

»Und du offenbar auch. Wann hat Danny es dir erzählt?«

»Gar nicht. Ich weiß es von Sayre.«

»Woher wusste sie es?«, fragte Chris.

»Sie traf seine Verlobte an seinem Grab.«

»Hat sie gesungen?«

»Gesungen?«

»So hat er sie kennen gelernt – sie singt in dieser Betschwesternkirche. Sie hat Danny bequatscht, in die Gemeinde einzutreten. Zu konvertieren. Zu beichten. Sich taufen zu lassen. Den ganzen Zinnober.

Huff und ich haben dem eine Weile zugesehen, weil wir dachten, dass sich diese Spinnerei von selbst legen würde. Aber als wir erkannten, wie ernst ihm die Sache war, als es einen Verlobungsring und so weiter gab, nagelten wir ihn fest.

Wir sagten, wir wären froh, dass er sich endlich für die Frauen oder sogar für eine Heirat interessiere, aber leider könnten wir seine Wahl nicht billigen. Huff befahl ihm, die Verlobung aufzulösen, das Mädchen nie wiederzusehen und nie wieder in diese Kirche zu gehen.«

»Seine Verlobte hatte keine Ahnung, dass ihr beide von der Verlobung wusstet.«

»Ich schätze, Danny wollte ihr das nicht erzählen. Er hat gehofft, uns umstimmen zu können. Beck, der Junge hatte eine richtige Gehirnwäsche über sich ergehen lassen. Er fing an, für uns zu *beten*. Ist das zu glauben? Er fiel allen Ernstes vor Huffs Fernsehsessel auf die Knie und begann laut um unsere Erlösung zu beten. Volle zehn Minuten lang jammerte er, dass wir von unseren Sünden und unseren Lastern reingewaschen werden müssten. Ich dachte, Huff würde jeden Moment der Schlag treffen.«

Becks Herz pochte wie wild. »Danny wollte sein Gewissen wegen der Geschichte mit Iverson erleichtern, nicht wahr?«

»Verzeihung?«

»Das war das Hindernis, das hat ihn emotional so mitgenommen. Danny konnte die Frau, die er liebte, nicht heiraten, ehe er mit seinem Gewissen ins Reine gekommen war und seine Sünde gegenüber Gene Iverson gebeichtet hatte. Nur dass er sie nicht beichten konnte, ohne dich und Huff zu belasten. Danny wusste, dass Huff Iverson getötet hatte und ...«

»Huff hat nichts dergleichen getan.« Chris stand auf und schenkte sich einen zweiten Whisky ein. »Wenn ich so weitermache, bin ich bis Mittag besoffen. Ich wüsste allerdings nichts, was dagegenspräche.« Er zeigte zum Fenster. »Heute wird sowieso nicht gearbeitet.«

Er ließ sich wieder auf das Sofa fallen und sah Beck an. Beck erwiderte seinen Blick. Schließlich öffneten sich Chris' Lippen zu einem breiten Grinsen. »Du willst es um jeden Preis wissen, wie? Okay, dann erzähle ich es dir. Es war ein Un-glücks-fall«, sagte er und betonte dabei jede Silbe einzeln.

»Mit dir?«

Chris machte eine wegwerfende Handbewegung. »Ich folgte Iverson in jener Nacht aus dem Besprechungsraum. Auf dem Angestelltenparkplatz stellte ich ihn zur Rede. Ich hatte einen Hammer mitgenommen, um meinen Warnungen, dass er das Gequatsche von einer Gewerkschaft sein lassen und mit dem Stänkern aufhören sollte, Nachdruck zu verleihen.

Aber dann ging der Arsch wie ein Stier auf mich los, und mir blieb nichts anderes übrig, als mich zu wehren. Ich wollte mich nur schützen. Ich kann mich nicht erinnern, dass ich wirklich hart zugeschlagen hätte, aber plötzlich halte ich einen blutigen Schlosserhammer in der Hand, und er hat ein Loch von der Größe eines halben Dollars im Kopf.

Scheiße, denke ich mir. *Scheiße!* Ich gerate in Panik. Ich renne ins Werk zurück und hole Huff. Ich hatte Angst, dass jemand rauskommen und Iverson finden könnte, aber es war gerade kein Schichtwechsel, darum war kein Mensch auf dem Parkplatz.

Huff analysierte die Situation ganz ruhig. Er glaubte mir, dass ich in Notwehr gehandelt hatte, aber wer wollte schon eine Untersuchung provozieren, meinte er. Nein, sagte er, am schnellsten wäre das Problem gelöst, indem wir die Leiche einfach verschwinden ließen. Was eine wirklich schlaue Entscheidung war. Wenn der Staatsanwalt das Loch in Iversons Schädel gesehen hätte, hätte er mir wesentlich überzeugender den Prozess machen können.

Jedenfalls sagte mir Huff, wo ich den Leichnam begraben sollte und wie, und er stellte Danny dazu ab, mir zu helfen. Währenddessen beseitigten er und Red alle Spuren auf dem Parkplatz und kümmerten sich um Iversons Auto. Weißt du, wenn ich es recht überlege, habe ich eigentlich nie gefragt, was daraus geworden ist. Hm.«

»Wo hast du ihn vergraben?«

Chris lachte verdruckst. »Du bist mein Anwalt, Beck. Du darfst nichts von dem, was ich dir erzähle, weitergeben. Aber ein paar Sachen möchte ich nicht mal dir erzählen.« Er blickte Beck mit einer Mischung aus Verdruss und Erheiterung an. »Hör auf, mich so anzustarren. Schließlich wollte ich ihn nicht umbringen. Er war tot, daran war nicht zu rütteln. Ich habe mein Leben weitergelebt. Natürlich musste ich die Verhandlung durchstehen, was ziemlich nervig war, aber auch die ist letztlich gut gelaufen.«

»Du hast nie irgendwelche Konsequenzen befürchtet, nicht wahr, Chris? Weil du gesehen hattest, wie Huff straflos davonkam, als er Sonnie Hallser getötet hatte.«

»Hallser?« Er zog die Stirn in Falten, als versuche er, den Namen einzuordnen. »Da war ich noch ein Kind. Ich kann mich kaum an die Sache erinnern.«

»Du lügst, Chris. Du warst dabei. Du hast gesehen, was damals geschah, und es hat dir tiefen Eindruck gemacht.«

Er lehnte sich zurück und breitete die Arme über die Sofalehne aus, als wollte er Beck einladen, ausführlicher zu werden.

Beck stand auf und begann, auf und ab zu gehen. »Damals wurde in zwei Zehnstundenschichten gearbeitet, denen eine vierstündige Pause folgte, während der die Maschinen gewartet wurden und so weiter. Huff wollte das ändern. Zu drei Achtstundenschichten übergehen, wodurch diese wichtige Pause für Inspektionen und Reparaturen entfallen wäre. Genau darum ging sein Streit mit Sonnie Hallser.«

»Er war der gewählte Sprecher der Arbeiter«, sagte Chris. »Er war ein aufrechter Kerl. Jeder mochte ihn, sogar Huff. Das Problem mit Hallser war, dass er seine Aufgabe als Arbeitnehmervertreter zu ernst nahm. Er hörte sich schon fast wie ein Gewerkschafter an. Ich halte es nicht für ausgeschlossen, dass er von Anfang an als Spion für die Gewerkschaften gearbeitet hat.«

»Huff hatte entschieden, die Schichten zu ändern, und wollte sich von niemanden reinreden lassen«, überlegte Beck halblaut. »In der Werkhalle war niemand mehr außer Hallser, der an der Maschine über der Sandgrube arbeitete. Huff stellte ihn zur Rede. Die beiden gerieten in Streit. Huff schubste ihn in die Maschine und ließ sie anlaufen, und du hast alles beobachtet. Der Mann wurde so brutal zerquetscht, dass er fast in zwei Hälften geschnitten wurde. Du hast alles mit angesehen, nicht wahr, Chris?«

»Wie hätte ich irgendwas sehen können, wo ich nicht mal dort war?«

»Huff hat mir erzählt, dass du dabei warst.«

Chris war völlig überrascht. »Im Ernst? Also, selbst wenn ich da war, habe ich nichts gesehen.« Er legte den Kopf schief und betrachtete Beck nachdenklich. »Warum reden wir über diese Geschichte? Und wieso regst du dich deswegen so auf?«

»Jeder Anwalt möchte, dass sein Mandant unschuldig ist.«

»Ach, das glaube ich kaum. Wenn alle unschuldig wären, hättet ihr nichts mehr zu tun. Ehrlich gesagt bin ich erleichtert, dass du das mit Iverson weißt. Wir sollten keine Geheimnisse voreinander haben. Wie sollten wir uns sonst je vertrauen?«

»Das Geheimnis von Dannys Verlobung wolltest du mir nicht anvertrauen.«

»Stimmt. Es passt mir gar nicht, dass ich die Katze aus dem Sack gelassen habe.«

»Weil nicht nur die Frömmigkeit der jungen Dame ein Probleme für euch war. Sondern vor allem Dannys Entschluss, alles zu beichten.«

Chris fluchte leise. »Er wollte vor Jesus und der ganzen Welt ausplappern, was damals mit Iverson passiert war.«

»Ist dir klar, was das für deinen Fall bedeutet?«

»Fall? Welchen Fall? Es gibt keinen *Fall* mehr, Beck. Oder hast du vergessen, wie demütig Wayne Scott um Verzeihung dafür gebeten hat, dass er mich verdächtigt hat? Wenn ich einen Ring getragen hätte, hätte er den geküsst.«

»Du hattest sehr wohl ein Motiv, deinen Bruder umzubringen.«

Chris schüttelte leise lachend den Kopf. »Glaubst du wirklich, *ich* hätte Danny umgebracht?«

»Hast du?«

»Ich habe ein Alibi. Die kleine Lila, schon vergessen?«

»*Hast du?*«, brüllte er.

»Nein, Beck.«

Chris lächelte immer noch, als sein Handy läutete. Er ging dran, und sein Lächeln verschwand. »Was ist denn, George?« Er lauschte. »Jetzt gleich? Wie lang wird das dauern? Na gut«, meinte er widerwillig. »Ich bin gleich unten.«

Chris legte auf. »Er macht sich Sorgen wegen der Inspektion am Montag und will, dass ich mir den Treibriemen des Förderbandes in Betrieb ansehe, damit ich entscheiden kann, ob man ihn beanstanden wird. Ihm geht der Arsch auf Grundeis, weil er seinen Segen dazu gegeben hat, dass die Reparatur verschoben wird. Er hat Angst, dass er plötzlich mit einem Sack Scheiße in der Hand dasteht, und er hat Recht. Aber bis wir ihn feuern, sollten wir ihn bei der Stange halten. Ich habe den einzigen Schlüssel zu der Maschine, also kann nur ich sie wieder einschalten. Ich wusste, dass dieser ›Notaus‹-Quatsch nur nerven würde.«

»Wir sprachen gerade über dein Motiv für einen Mord«, versuchte Beck ihn aufzuhalten.

»Nein, *du* hast darüber gesprochen. Slap Watkins hat ihn umgebracht. Klappe zu, Affe tot. Die Sache ist gelaufen, Beck.«

Und damit ging Chris unter Becks fassungslosem Blick hinaus.

35

Vor der Dairy Queen parkend und an seinem Blizzard mit Erdnuss-M&Ms knabbernd, musste Huff über sich selbst schmunzeln, während er die .357er aus seinem Gürtel zog und sie vorsichtig auf den Beifahrersitz legte.

Vermutlich hatte er mit der Waffe im Gürtel ziemlich lächerlich ausgesehen, aber er hätte keine Bedenken gehabt, Slap Watkins mit einem glatten Schuss zwischen die Augen abzuknallen. Dass er sterben musste, war von Anfang an klar gewesen.

Jetzt lag er im Leichenschauhaus, und der ganze Schlamassel war überstanden.

Huff dachte, dass eventuell ein Besuch an Dannys Grab angebracht war. Er war seit der Beerdigung nicht mehr auf dem Friedhof gewesen. Ja, er würde heute hinfahren und ein paar Blumen niederlegen.

Nicht mehr lange, und er würde zu Reds Beerdigung gehen, dachte er traurig. Er würde ihn vermissen und …

Erst da fiel ihm der Umschlag ein, den Red ihm am Morgen übergeben hatte. Als Selma ihm eröffnet hatte, dass Chris in der Angelhütte war, hatte er ihn schnell in die Hosentasche gestopft. In seiner Eile, zu Chris zu kommen, und in der anschließenden Hektik hatte er gar nicht mehr daran gedacht.

Nachdem Slap Watkins ihnen keine Sorgen mehr machte und Chris von jedem Verdacht reingewaschen war, konnte er sich mit neuer Energie und voller Konzentration der Probleme in der Firma annehmen. Die bevorstehende Sicherheitsinspektion hatte Charles Nielson vorübergehend aus seinen Gedanken verdrängt, aber Nielson war verantwortlich für die Schließung, und dafür würde er bei Gott bezahlen.

Huff zog den Umschlag aus der Hosentasche. Darin lag ein einzelnes, wie ein Geschäftsbrief gefaltetes Blatt. Als er Red heute Morgen gefragt hatte, was er über Nielson zutage gefördert hatte, hatte der geantwortet: »Es steht alles da drin.«

Aber wenn das alles an Informationen war, was Red und seine Verbindungsleute in New Orleans ausgegraben hatten, war es verflucht wenig. Zu Huffs großer Enttäuschung standen auf dem Papier nur ein paar maschinengeschriebene Zeilen.

»Verdammt.« Red war alt und krank, und er war wirklich schlampig geworden.

Huff hatte auf mehr gehofft, womit er hätte arbeiten können, eine versteckte Sucht vielleicht oder irgendein Laster, mit dem sich Nielson angreifbar gemacht hätte. Hatte er Spielschulden, hinterzog er Steuern, nahm er Drogen? Hatte er eine Schwäche für Kinderpornos? Hatte man ihn mit Alkohol am Steuer erwischt? Huff suchte nach irgendwas in dem Leben dieses Mannes, das, wenn es öffentlich bekannt und gebrandmarkt würde, seine Glaubwürdigkeit untergrub.

Huff setzte die Lesebrille auf, die er nur benutzte, wenn niemand ihn beobachtete, und las, was Sheriff Harper über seinen Erzfeind herausgefunden hatte.

Sekunden später kam um ein Haar ein Familienkombi von der Fahrbahn ab, weil Huff Hoyle ohne einen Blick nach links oder rechts vom Parkplatz des Dairy Queen auf die Straße raste. Den Papierbecher mit den Resten seines Blizzards hatte er auf den Boden fallen lassen. Dort unten rollte er unter den hektischen Bewegungen des Wagens hin und her und schleuderte klebrigen, schmelzenden Schleim auf die Fußmatte.

Bis Huff die Gießerei erreicht hatte, hatte sich dieser Schleim in milchige Flüssigkeit verwandelt. Huff verschwendete keinen Gedanken daran. Aber er dachte sehr wohl daran, die Pistole vom Beifahrersitz zu nehmen.

Sayre verschloss gerade ihre Reisetasche, als jemand an die Tür ihres Motelzimmers klopfte. Sie schob die Gardine zur Seite und sah nach draußen. »Red?« Erschrocken öffnete sie die Tür. »Was ist jetzt passiert?«

»Ich wollte Ihnen keine Angst machen, Sayre. Soweit ich weiß, ist gar nichts passiert.« Er setzte den Hut ab. »Darf ich reinkommen?«

Sie winkte ihn herein und deutete auf die gepackte Tasche. »Sie haben mich gerade noch erwischt. Ich habe einen Flug für heute Nachmittag von New Orleans aus gebucht.«

»Sie fliegen nach San Francisco zurück?«

»Dort bin ich inzwischen zu Hause.«

»Ich dachte, dass Sie und Beck vielleicht...«

»Nein.«

Heute Morgen hatte sie eine klare Grenze gezogen. Er hatte es vorgezogen, auf der anderen Seite bei Huff und Chris zu bleiben. Während des Packens war sie hin- und hergerissen gewesen, ob sie die Karnevalsperlenkette, die er ihr gekauft hatte, in den nächsten Mülleimer werfen oder mitnehmen sollte. Zuletzt hatte sie die Kette in ein T-Shirt gewickelt und in den Koffer gesteckt. Ein einziges Souvenir. Das durfte sie sich zugestehen.

»Ich werde Beck vor meiner Abreise nicht mehr sehen.«

»Oh. Ach so.« Red sah sich im Zimmer um, als wüsste er nicht recht, was er noch sagen sollte. Als sich sein Blick endlich wieder mit ihrem traf, bemerkte sie die verkniffenen Schmerzensfalten in seinen Augenwinkeln. »Haben Sie heute Morgen mit Huff gesprochen?«, fragte er.

Statt ihr zu erklären, was er hier tat, stellte er immer abwegigere Fragen. »Nur bei der Angelhütte.« Wieder schien er sich auszublenden. Die Sekunden verrannen. Schließlich sagte sie: »Ich habe nicht viel Zeit, Red. Weswegen wollten Sie mich sprechen? Hat es etwas mit Danny zu tun? Oder mit Watkins?«

»Nein. Das ist mehr oder weniger geklärt.«

»Weshalb ich auch heimfahren kann. Ich habe mir geschworen, in Destiny zu bleiben, bis ich wüsste, was Danny passiert ist. Jetzt kann ich mein Leben wieder aufnehmen.«

Er nickte, aber es war eine gedankenverlorene Geste, so als hätte er ihr gar nicht zugehört und interessiere sich nicht wirklich für ihre Pläne. Er räusperte sich. »Sayre, ich übernehme die volle Verantwortung für meine Taten und werde niemand anderem die Schuld geben. Ich würde Huff nie hintergehen. Das müssen Sie verstehen.«

Sie deutete an, dass sie das tat, obwohl sie in Wahrheit keine Ahnung hatte, worauf er hinauswollte.

»Wir haben einen Haufen Dinger zusammen gedreht, auf die ich nicht besonders stolz bin. Anfangs erschien es nicht so tragisch, die Vorschriften ein bisschen flexibel auszulegen, und dann, ich weiß es nicht, verstrickte ich mich immer mehr. Wie in einem Netz. Ich fand einfach nicht mehr heraus.« Er hob hilflos die Hände, als bäte er um Verständnis und um Vergebung. »Was geschehen ist, ist geschehen. Ich kann nicht mehr zurück und alles ungeschehen zu machen.

Aber mit der Zukunft ist es was anderes«, fuhr er fort. »Ich erzähle Ihnen das, weil ich möchte, dass noch jemand Bescheid weiß, falls … also, falls irgendwas Schlimmes passiert und ich nicht mehr da bin, um zu berichten, wie es wirklich war.«

»Wie was wirklich war? Erzählen Sie schon!«

»Beck Merchant ist Charles Nielson.«

Der Raum schien seitlich wegzukippen. »Wie bitte?«

»Ich habe Charles Nielson in Huffs Auftrag von einigen Bekannten in New Orleans – so was wie Privatdetektive – überprüfen lassen. Wie sich herausgestellt hat, ist Charles Nielson kein real existierender Mensch, sondern wurde von Beck erfunden.«

Sie ließ sich auf der Armlehne des Sessels nieder, dem nächsten Fleck, auf den sie sich setzen konnte.

»Also, ich weiß nicht, warum er dieses Verwirrspiel inszeniert hat«, sagte Red. »Und ich will es auch gar nicht wissen. Aber meine letzte offizielle Pflicht gegenüber Huff war es, ihm heute Morgen diese Information zu geben.«

»O Gott.«

»Draußen bei der Angelhütte hat Huff nicht erkennen lassen, ob er schon Bescheid wusste. Aber irgendwann heute wird er den Umschlag öffnen, den ich ihm gegeben habe, und den Inhalt lesen. Und ich weiß nicht, wie er darauf reagieren wird.«

Sie sprang auf die Füße. »Dass wissen Sie haargenau, sie feiger, alter Bastard!«

Sie stieß ihn beiseite und rannte zur Tür. Die Reifen des gemieteten Cabrios qualmten auf dem heißen Asphalt, als sie auf die Landstraße einbog. Sie stemmte die Hand mit aller Kraft auf die Hupe, sobald ihr ein anderer Autofahrer auf der Fahrt zu ihrem früheren Heim in die Quere zu kommen wagte. Sie hatte sich ausgerechnet, dass Chris wahrscheinlich erst nach Hause fahren wollte, nachdem die beiden die Angelhütte verlassen hatten.

Sie wollte gar nicht darüber nachdenken, was es bedeutete, dass Beck der phantomhafte Nielson war, und was ihn dazu bewogen hatte, sie alle hinters Licht zu führen. Sie hoffte nur, dass sie Beck warnen konnte, ehe Huff ihm auf die Schliche kam.

Sie leerte ihre gesamte Handtasche auf den Beifahrersitz und wühlte den Inhalt durch, um ihr Handy zu finden, bevor ihr wieder einfiel, dass sie es ans Aufladekabel gesteckt hatte, nachdem sie ihrem Büro ihre bevorstehenden Rückkehr angekündigt hatte.

Ihr Fuß drückte das Gaspedal bis zum Anschlag durch. Sie wäre fast im Schotter gelandet, als sie zu schnell um eine Ecke schoss, hätte um ein Haar eine Schar von Bussarden ausgelöscht, die sich auf der Fahrbahn am Kadaver eines Opossums gütlich taten, und biss sich schmerzhaft auf die Zunge, als sie mit hundertdreißig Stundenkilometern über einen Bahnübergang schoss.

Trotzdem schien sie ewig zu brauchen, um bei Huff anzukommen, und stöhnte auf, als sie keinen Wagen davorstehen sah. Sie bremste das Cabrio so abrupt ab, dass sie den verbrannten Gummi der quietschenden Reifen riechen konnte. Dann rannte sie auf die Haustür zu, ohne dass sie sich die Mühe gemacht hätte, den Motor abzustellen oder die Autotür zu schließen.

Als sie die Treppe zur Veranda hinaufrannte, verfing sich ihre Schuhspitze unter einer Stufe, und sie schlug hin, wobei sie sich zwar mit den Händen abfangen konnte, aber die Handfläche schmerzhaft aufschürfte. Die Zähne zusammenbeißend, stolperte sie die letzten Stufen hoch und stürmte über die breite Veranda. Die Fliegentür war unverriegelt und die Haustür unverschlossen. Sie raste ins Haus. Selma kam gerade mit einem Wäschekorb unter dem Arm die Treppe herunter.

»Haben Sie Beck gesehen? Wo ist Huff?«

»Als ich Huff das letzte Mal gesehen habe, war er unterwegs zur Angelhütte. Und Beck ist mir heute noch gar nicht begegnet. Was ist denn los?«

»Glauben Sie, sie sind im Werk?«

»Ich…«

»Rufen Sie Beck auf seinem Handy an!«, rief Sayre über die Schulter zurück und rannte zurück zur Tür. »Sagen Sie ihm, dass Huff über Charles Nielson Bescheid weiß. Haben Sie verstanden, Selma? Huff weiß über Charles Nielson Bescheid.«

»Ich hab's verstanden, aber…«

»Richten Sie es ihm aus, Selma.«

Gleich darauf war sie wieder unterwegs und raste wie eine Irre den erkalteten Gießereischloten entgegen.

Beck ignorierte sein läutendes Handy und kletterte die Treppe zur Werkshalle hinab.

Er hatte nur wenige Sekunden gebraucht, um alle Fragmente

zusammenzufügen. Im selben Moment wurde das gesamte Bild erstaunlich klar.

Chris hatte mit seinen steifen Beteuerungen, er habe seinen Bruder nicht umgebracht, die Wahrheit gesagt. Er hatte die Flinte nicht geladen, er hatte sie nicht in Dannys Mund gesteckt, und er hatte nicht den Abzug durchgedrückt.

Aber das hieß nicht, dass er unschuldig war.

Als Beck zu dem Förderband kam, stand George bereits dicht hinter Chris, der sich in die Maschine gebeugt hatte, um den schadhaften Treibriemen in Aktion zu beobachten. Keiner von beiden hatte einen Schutzhelm oder eine Schutzbrille auf. Keiner hatte etwas aus dem Unfall gelernt. Aber andererseits hielt sich Chris für unverwundbar – und das nicht zu Unrecht.

Beck musste die Stimme erheben, um auf sich aufmerksam zu machen.

»Chris!«

George zuckte zurück, als hätte jemand auf ihn geschossen, und wirbelte ängstlich herum. Seine rosa Bäckchen wurden vor Schreck ganz grau. Er sah aus, als hätte er ein Gespenst gesehen.

Chris richtete sich auf und klopfte sich die Hände ab. Er hatte den Blick auf Beck gerichtet, aber was er sagte, war an George gerichtet. »Wir können immer noch behaupten, der Wartungstechniker hätte gepfuscht, George. So oder so können wir heute nichts mehr unternehmen. Fahren Sie heim.«

George schien nach Luft zu schnappen wie ein Fisch auf dem Trockenen. Er schwitzte maßlos und rang die Patschhändchen. Ohne ein weiteres Wort machte er kehrt und ließ die beiden allein zurück. Beck sah zu, wie er die Metalltreppe zum Verwaltungstrakt hinaufeilte und hinter der Tür verschwand.

»Armer George.« Chris drückte den Aus-Schalter der Maschine, und der Lärm verstummte. »Er ist nervöser, als ich ihn je erlebt habe. Offenbar sieht er schon die Zeichen an der Wand.«

»Du hast Slap Watkins beauftragt, Danny für dich zu töten«, erklärte Beck ohne jede Vorrede. »Während du bei Lila warst und dir ein Alibi verschafft hast, fuhr Watkins zur Angelhütte, wo Danny auf dich wartete, wie du Slap verraten hattest, und dort hat er ihn umgebracht. Du hast nicht gelogen, als du behauptet hast, du wärst es nicht gewesen. Du hast ihn nur töten lassen.«

Huff sah zuerst in Becks Büro nach. Der stets so gewissenhafte Beck. Der Überstunden schiebende Beck. Der stets für Hoyle Enterprises einstehende Beck.

Arschloch Beck. Betrüger Beck. Lügner Beck.

Becks Büro war leer. Genau wie das von Chris. Aber dann hörte Huff Maschinenlärm in dem ansonsten totenstillen Werk und trat an das Fenster über der Werkshalle. Er schaute hinab und sah die beiden ins Gespräch vertieft, seinen Sohn und den Judas, der sie verkauft hatte. Ihm fiel nicht auf, wie ironisch es war, dass er ein biblisches Bild verwandte. Er war einzig und allein darauf aus, den Menschen zu vernichten, der verflucht noch mal alles versucht hatte, um ihn zu vernichten.

Die Pistole abschätzend in der Hand wiegend, verließ er sein Büro und schlug den Weg zur Hintertreppe ein, doch als er unten angekommen war, ermahnte er sich, nicht den Kopf zu verlieren und nicht mit gezogener Pistole in die Werkshalle zu treten.

Genau wie er Beck eine Woche zuvor erklärt hatte, war Nielson ein lausiger Stratege. Die beste Art des Angriffs war eine Überraschungsattacke.

Chris lachte leise. »Slap war echt sauer, weil Danny ihn nicht eingestellt hatte, weißt du? Deshalb wollte er sich eines Nachts auf dem Parkplatz des Razorback mit mir anlegen.«

»Wo du ihm erklärt hast, dass du einen Job für ihn hättest.«

Chris beobachtete ihn ausdruckslos.

»Du hast Slap gesagt, dass es nach einem Selbstmord aussehen sollte. Vielleicht wäre das Szenario sogar überzeugend gewesen, wenn Watkins nicht vergessen hätte, Dannys Schuh auszuziehen.

Dieser eine Fehler reichte aus, um Deputy Scott an dem angeblichen Selbstmord zweifeln zu lassen. Nachdem du vollkommen unerwartet unter Verdacht geraten warst, wolltest du um jeden Preis etwas unternehmen und hast darum die Möglichkeit ins Spiel gebracht, dass Slap Watkins der Täter war und dich zu belasten versucht.«

Becks Gedanken hüpften über die Ereignisse des vergangenen zwei Wochen wie ein Stein übers Wasser. »Ich verstehe nur nicht, warum Watkins sich nicht gleich nach dem Mord aus dem Staub gemacht hat. Warum blieb er hier? Warum legte er es auf der Straße und an dem Abend im Diner auf eine Auseinandersetzung mit dir an …«

Er sah Chris an, als wollte er ihn dadurch zwingen, die Lücken zu füllen, aber Chris' unerbittlicher Blick blieb verschlossen.

»Warte«, sagte Beck. »Da fällt mir etwas ein. Als Watkins ins Diner kam, schien er überrascht, uns beide zu sehen, wenn ich mich recht erinnere. Aber eigentlich war er nur überrascht, mich zu sehen, nicht wahr? Er sagte, er hätte Geschäfte zu erledigen … Natürlich.« Plötzlich sah er klar. »Die Bezahlung. Er wollte sich mit dir treffen, um sein Geld zu bekommen.

Es war die Nacht, in der Billy seinen Unfall hatte. Ich war gerade aus dem Krankenhaus gekommen. Unser ungeplantes Treffen im Diner verhinderte, dass du deinen Handel mit Watkins zum Abschluss bringen konntest. Kein Wunder, dass er an dem Abend auf der Straße so wütend war. Da hatte er sein Geld immer noch nicht. Er wurde allmählich zappelig. Inzwischen warst nicht mehr du im Fadenkreuz, sondern er. In seiner Verzweiflung brach er bei Sayre ein und versuchte, Scott erneut auf einen möglichen Brudermord einzuschwören. Weil sich die Lage zuspitzte, hast du ein weiteres Treffen mit Slap arrangiert, das heute Morgen in der Hütte stattfinden sollte.«

Chris grinste. »Ich wette, du warst der Beste in deinem Jurastudium, stimmt's? Du bist echt gerissen. Aber, Beck, das Einzige, was ich unter Eid beschwören werde, ist, dass Slap Watkins durch die Tür der Hütte geplatzt kam, mit seinem Messer rumwedelte und mir drohte, dass er seinen zweiten Hoyle töten würde, und wie aufgekratzt er über diese Aussicht war.«

»Ich zweifle nicht daran, dass genau das passiert ist, Chris. Er kam nur früher als erwartet. Er wollte dich überrumpeln, weil er dir nicht über den Weg traute. Zu Recht. Selbst Watkins war schlau genug, um zu erkennen, dass du ihn nicht auszahlen und dann abziehen lassen würdest. In dem Moment, in dem er eingewilligt hatte, Danny zu töten, hatte er sein eigenes Todesurteil unterzeichnet.«

»Bitte, Beck. Ich weine Slap keine Träne nach. Er wollte mich von Anfang an aufs Kreuz legen. Warum hätte er sonst die Streichholzschachtel in der Hütte deponiert?«

Beck trat im Geist einen Schritt zurück und bedachte seine Optionen. Er konnte einfach gehen. Sich umdrehen und aus der Halle verschwinden. Zu Sayre fahren. Den Rest seines Lebens in Liebe mit ihr zusammen sein und Chris und Huff, ihre Betrügereien und Durchstechereien vergessen, zusammen mit ihrer stinkenden, gefährlichen und mörderischen Gießerei.

Er hatte es so satt, ewig zu kämpfen, dauernd Theater zu spielen. Am liebsten hätte er diesen Mantel der Verantwortung abgeschüttelt, hätte vergessen, dass er die Hoyles je gekannt hatte, hätte er ihre Seelen dem Teufel überlassen – wenn der sie nehmen würde. Das war es, was er tun *wollte.*

Oder er konnte bleiben und zu Ende bringen, wozu er sich *verpflichtet* hatte.

So verlockend die erste Möglichkeit auch war, er konnte sich der zweiten nicht entziehen.

»Das Streichholzbriefchen hat nicht Slap Watkins in die Hütte gelegt, Chris.« Er hielt Chris' Blick mehrere Sekunden lang in seinem Bann, ehe er klarstellte: »Das war ich.«

In George Robsons Augen brannten unmännliche Tränen. Am liebsten hätte er vor Angst und Zorn geheult. Als er aus dem Gebäude trat, knallte ihm die Hitze ins Gesicht und bewirkte, dass er sich noch benommener und schwindliger fühlte. Bis ins

Mark erschüttert, stolperte er an die Außenwand und übergab sich in den vertrockneten Unkrautstreifen, der sich daran entlangzog. Sein Körper zuckte unter Krämpfen zusammen, während die Sonne auf seinen verschwitzten Rücken einprügelte.

Als ihm klar wurde, wie dicht er davor gewesen war, eine Todsünde zu begehen, und vor allem aus Enttäuschung, es nicht geschafft zu haben, wurde ihm gleich wieder übel.

Schließlich war sein Magen leer, und das trockene Würgen verebbte. Er wischte sich den Mund mit einem feuchtgeschwitzten Taschentuch ab, das er aus seiner hinteren Hosentasche zog. Anschließend tupfte er seine klatschnassen Handflächen trocken und zog das Tuch über seinen Hals.

Er hatte geplant, Chris umzubringen. Er hatte sich genau ausgerechnet, wie er einen Unfall manipulieren konnte. Er hatte den Treibriemen gelockert, damit er möglichst sofort, wenn die Maschine wieder angeworfen wurde, riss und herausflog, was demjenigen, der die Maschine in diesem Moment inspizierte, ein schreckliches Ende bereitet hätte. Aber der Riemen hatte gehalten.

Im Rückblick dankte er Gott dafür. Er dankte Gott, dass er sogar hierzu unfähig gewesen war.

Hätte er Erfolg gehabt, hätte man ihn erwischt und in die Todeszelle geschickt, und er hätte Lila trotzdem verloren. So hatte er zumindest noch eine Chance, sie glücklich zu machen. Er hatte mehr Zeit mit ihr zusammen. Selbst wenn sie ihn im nächsten Monat oder nächsten Jahr für Chris oder jemanden verlassen sollte, der genauso charmant war, würde sie bis dahin ihm gehören.

Ja, er dankte Gott dafür, dass er die Katastrophe verhindert hatte.

»Mr. Robson?«

Er stieß sich von der Wand ab, an der er gelehnt hatte, und sah blinzelnd Sayre Hoyle an, die außer Atem war und zutiefst erschüttert aussah. »Haben Sie Beck Merchant gesehen?«

»Äh, ja. Er ist… Er ist hier.«

»In seinem Büro?«

»Unten in der Werkshalle mit Chris.«

Sie dankte ihm nicht einmal, sondern riss einfach die Tür auf und verschwand.

George eilte zu seinem Auto. Er konnte es kaum erwarten, nach Hause zu kommen, wo Lila auf ihn wartete.

»Ja, ich habe das Streichholzheft in die Hütte gelegt«, wiederholte Beck.

Chris sah ihn an, als wartete er auf die Pointe. Als keine kam, begann seine Miene sich zu verwandeln. Seine Gesichtszüge verhärteten wie trocknender Beton. »Mannomann. Das ist eine echte Bombe. Wieso solltest du so was tun, Beck?«

»Weil ich wusste, dass du es getan hattest.«

»Habe ich aber nicht.«

»Hör auf mit der Haarspalterei. Wärst du nicht gewesen, wäre Danny noch am Leben. Ich hatte Angst, dass du damit durchkommen könntest, wenn ich den Sheriff nicht in die richtige Richtung lotsen würde. In dem Augenblick, in dem sich Deputy Scott fragte, wie Danny wohl den Abzug durchgedrückt hatte, war ich zu neunundneunzig Prozent sicher, dass du ihn getötet hast. Und das steigerte sich um ein weiteres halbes Prozent, als du davon zu reden begannst, dass dich jemand ans Messer liefern wollte, und Slap Watkins ins Spiel gebracht hast.

Die einzige Frage, die mich nicht losließ, war das fehlende Motiv. Du machtest nicht den Eindruck, als würdest du Danny hassen. Äußerstenfalls war er dir egal. Es gab nie einen Hauch des Zweifels daran, wer Huffs Zuneigung genoss, wer sein Lieblingssohn war, wer nach seinem Tod die Leitung der Gießerei übernehmen würde. Welche Bedrohung konnte Danny also für dich darstellen? Warum musste er sterben?

Die Antwort darauf erhielt ich erst, als ich von seiner Verlobung erfuhr. Dannys Verlobte hatte Sayre erzählt, dass er sich mit einem moralischen Problem herumschlug. Da wurde mir alles klar. Dein Motiv war die Sache mit Iverson. Danny wusste, wo die Leiche vergraben war – im wahrsten Sinne des Wortes. Und er wollte es beichten.«

Chris atmete tief ein und langsam wieder aus. »Es war das erste Mal in Dannys Leben, dass er sich nicht überreden lassen wollte. Er war ganz versessen darauf, öffentlich Beichte abzulegen. Huff und ich konnten das auf keinen Fall zulassen. Huff sagte, ich sollte mich der Sache annehmen.«

»Also hast du es getan.«

Chris breitete die Arme aus, als würde Becks Kommentar alles erklären. »Wenn Iversons Leichnam entdeckt worden wäre, hätte das alle möglichen lästigen Fragen ausgelöst und neue Anschuldigungen nach sich gezogen, darunter Behinderung der Ermittlungen und so weiter. Nichts als lästigen Ärger.«

»Diesmal wirst du deiner gerechten Strafe nicht entkommen.«

»Aber, Beck, begreifst du nicht?« Er lächelte nachsichtig. »Das bin ich bereits.«

»Noch nicht.«

»Hast du es auf mich abgesehen? Warum? Wegen Iverson?«

Beck lachte. »Ach, Chris, lass dir etwas erklären. Ihr Hoyles seid so verflucht arrogant, dass es euch zu leichten Opfern macht. Ihr habt nie hinterfragt, warum ich ausgerechnet in der Nacht auftauchte, in der die Anklage gegen dich fallen gelassen wurde, nachdem sich die Jury nicht auf einen Schuldspruch hatte einigen können. Ihr habt mich mit offenen Armen empfangen, mir einen Superposten in eurer Firma verschafft, mich in eure Familie aufgenommen. Und genau dorthin hatte ich von Anfang an gewollt, an den Busen der Familie, als euer zuverlässiger Verbündeter und Vertrauter.«

Chris Augen verengten sich zu schmalen Schlitzen. »Wer bist du?«

»Du weißt doch, wer ich bin. Du kennst mich aus dem College.« Beck ließ ein Lächeln aufblitzen. »Auch das war kein reiner Zufall. Ich ging auf die LSU, weil du dort studiertest. Ich trat in die Verbindung ein, weil du dort Mitglied warst. Ich suchte deine Nähe, deine Aufmerksamkeit, damit ich für dich ein vertrautes Gesicht war, wenn die Zeit gekommen war, bei Hoyle Enterprises einzusteigen. Und mein Plan hat funktioniert. Besser als ich gedacht hätte. Ihr habt mir sofort geglaubt. Du hast mich vom ersten Moment an akzeptiert, und Huff hat es dir gleichgetan.«

»Die Gewerkschaft hat dich geschickt, nicht wahr?«

»Nein.«

»Die Staatsanwaltschaft? Das FBI etwa?«

»Nichts so Grandioses.«

»Verdammte Scheiße, wer bist du …«

»Ich bin Beck Merchant. Wobei Merchant der Name meines Stiefvaters war. Er adoptierte mich, nachdem er meine verwitwete Mutter geheiratet hatte. Ich nahm seinen Namen an, weil ich schon als zehn oder zwölf Jahre alter Junge euren Sturz plante und weil ich wusste, dass mich mein Name verraten würde.«

»Ich kann es kaum erwarten«, erklärte Chris sarkastisch. »Wie heißt du wirklich?«

»Hallser.«

Chris zuckte merklich zusammen und nickte gleich darauf, als wollte er Beck für seine Cleverness beglückwünschen. »Das erklärt so manches.«

»Sonnie Hallser war mein Vater.«

»Dann willst du dich eigentlich an Huff rächen, nicht an mir.«

»Das hier geht weit über bloße Rache hinaus, Chris. Ich will euch und alles, wofür ihr steht, vernichten.«

Chris schüttelte den Kopf und erklärte in mitleidigem Tonfall: »Das wird nicht passieren.«

»Es hat bereits angefangen. Hoyle Enterprises wurde geschlossen.«

»Steckst du mit Charles Nielson unter einer Decke?«

»Ich *bin* Charles Nielson. Genauer gesagt, es gibt keinen Charles Nielson. Er ist nichts als ein Name an einem Briefkasten, der Autor mehrerer Presseerklärungen, die ich selbst verfasst und verteilt habe. Sein Name ist ein Anagramm des Namens meines Vaters, ergänzt um das C aus seinem zweiten Vornamen.«

»Raffinierter Bursche.«

»Seit Jahren warte ich auf diesen Tag, Chris. Das Leben meines Vaters wurde Jahrzehnte vor seiner Zeit zerstört. Und warum? Weil er Huff im Weg war und Huff ihn deshalb ausschaltete. Alle wussten das. Aber Huff kam damit durch. Genau wie du mit Iverson. Tja, weißt du was, Chris?« Er senkte die Stimme zu einem bedrohlichen Raunen. »Es ist vorbei.«

»Was willst du denn unternehmen, Beck? Mich verpfeifen? Du bist unser Anwalt. Du kannst nichts von dem, was ich dir erzählt habe, verraten, wenn du deine Zulassung nicht verlieren willst.«

»Netter Versuch, aber Tatsache ist, dass es mich nicht interessiert, ob ich weiter als Anwalt arbeiten kann. Ich wollte nie Jura studieren und habe es nur getan, um in deine Nähe zu gelangen und deine schmutzigen Geheimnisse zu erfahren. Man wird mich verleumden und als Verräter oder Schlimmeres beschimpfen, aber damit kann ich leben. Seit ich dich und Huff vertrete, habe ich mich daran gewöhnt, dass mich die Menschen für moralischen Abschaum halten. Das ist für mich nichts Neues.«

»Du hast alle Eventualitäten berücksichtigt.«

»Ja.«

»Soll ich jetzt in Ohnmacht fallen oder was?«

Beck kannte Chris gut genug, um seine Schnoddrigkeit als Bluff zu entlarven. Chris kam ins Schwitzen, und das nicht nur im übertragenen Sinn. »Huff wird für meinen Vater büßen. Du bist in seine Schule gegangen, und er war ein exzellenter Lehrer, weil du ihn an Verkommenheit noch übertriffst. Du hast deinen eigenen Bruder umbringen lassen. Und dafür wirst du untergehen, Chris.«

Chris' Blick ging an ihm vorbei. »Genau der richtige Moment, um zu uns zu stoßen, Huff.«

Beck drehte sich langsam um, um sich dem Mann zu stellen,

der sein Feind war, seit er denken konnte. Immer wenn seine Entschlossenheit nachzulassen drohte, hatte er nur daran denken müssen, dass er sich damals nicht einmal von seinem Vater hatte verabschieden dürfen. Weder er noch seine Mutter hatten in den Sarg sehen dürfen. Es wäre ein zu grausamer Anblick, hatte ihnen der Bestatter erklärt.

Nur aus Gier hatte dieser Mann seinen Vater metzeln lassen und dadurch seine Mutter zur Witwe und ihn zur Halbwaise gemacht. Als Beck ihn jetzt ansah, spürte er die Feindseligkeit mit der tödlichen Schärfe einer Rasierklinge.

»Beck und ich haben gerade ein äußerst interessantes Gespräch«, sagte Chris.

»Ich habe alles gehört.«

Offenbar hatte er das wirklich. Sein Gesicht war gerötet. Seine Augen glühten wie Kohlen. In der Hand, die er an seinen Leib gepresst hielt, lag fest umklammert eine Pistole. Seine Stimme klang wie Stahl auf einem Schleifstein.

»Ich habe alles gehört«, wiederholte er und streckte die Pistole steif nach vorn.

Abwehrend hob Beck die Hände. »Nein, Huff!«

Aber Huff schoss trotzdem.

In der leeren Halle dröhnte der Schuss aus der .357er wie Kanonendonner. Sekundenlang hing der Nachhall in der Luft, und erst allmählich begriff Beck, dass ihm ein zweites Geräusch folgte, ein schreckliches Scheppern, um genau zu sein – das Anspringen des Förderbandes.

Huff ließ die Pistole los. Sie fiel laut klappernd auf den Betonboden. Dann schubste er Beck beiseite und rannte mit einem unmenschlichen Heulen an ihm vorbei. Beck drehte sich um und sah gerade noch, wie Chris vor dem Förderband zu Boden glitt. In seinem Hals steckte ein dicker Metallspan. Aus der Wunde sprudelte Blut.

Huff ging vor Chris in die Knie und presste beide Hände auf die Wunde. Chris sah völlig verständnislos zu seinem Vater auf, während sein Gesicht schlagartig an Farbe verlor.

Beck zerrte sein Hemd über den Kopf, knüllte es zusammen und riss dann Huffs hektisch hantierenden Hände von der Wunde weg, um das sprudelnde Blut zu stillen, ohne dass er viel damit bewirkt hätte.

Plötzlich tauchte Sayre an seiner Seite auf. »O Gott!«

»Ruf einen Notarzt!«, befahl Beck angespannt und spürte im nächsten Moment, wie sie das Handy aus seinem Gürtel zerrte.

Huff hatte Chris' Kopf zwischen beide Hände genommen und schüttelte ihn. »Warum hast du das getan? Du hast Danny ermorden lassen? Aber warum, mein Sohn? *Warum nur?*«

»Du hast auf mich geschossen?« Ein grässliches Gurgeln stieg aus Chris' Kehle, gefolgt von einem roten Geysir, der das Gesicht seines Vaters in Blut badete. »Du hast selbst gesagt, dass wir Danny davon abhalten müssen, Huff. Du hast gesagt … kümmere dich um ihn.«

Huff warf den Kopf zurück und heulte auf wie ein verletztes Tier. Er riss Chris nach vorn, drückte seinen Kopf an die Brust und schlang die Arme fest und beschützend um ihn. »Danny war dein Bruder. Dein *Bruder*.« Er schluchzte und heulte, wiegte sich vor und zurück und bewirkte dadurch, dass Chris' leblose Arme wie die Glieder einer Lumpenpuppe auf den schmutzigen Hallenboden klatschten. »Wie konntest du nur, Chris? Wie konntest du nur?«

Chris antwortete mit einem gurgelnden Keuchen. »Du hast gesagt, ich soll mich um ihn kümmern.« Seine Worte waren kaum noch zu verstehen, nur noch Andeutungen von Lauten, aber sie verrieten dennoch, wie sehr ihn Huffs Tadel verwirrte und verstörte.

Huff senkte den Kopf und drückte die Lippen auf Chris' Schläfe. Auf Huffs Gesicht vermischten sich Chris' Blut und seine Tränen. »Du warst mir immer der Liebste. Das weißt du genau. Aber Danny war auch mein Sohn.« Er stöhnte unter Qualen. »Er war mein Fleisch und Blut. Er war das Fleisch und Blut meines Daddys. Und du hast ihn getötet. Warum, Chris? Warum nur?«

Beck sah zu Sayre auf, die schon den Notarzt gerufen hatte

und jetzt ebenso hilflos wie er daneben stand. Als sich ihre Blicke trafen, sah er, wie sich seine Gedanken in ihren Augen spiegelten. Chris hatte nur das getan, was ihn Huffs Beispiel gelehrt hatte.

Beck schien es, als wollte Huffs herzzerreißendes Klagen nie wieder aufhören, während gleichzeitig Chris' Blut aus seinem Leib strömte und einen größer werdenden See um sie herum bildete. Huff hielt seinen Lieblingssohn an seiner Brust und wiegte ihn wie ein kleines Kind hin und her. Er strich ihm übers Haar und über die Wangen, ohne sich darum zu scheren, dass er damit Blut und Tränen und Schleim über Chris' regloses Gesicht schmierte. Immer und immer wieder versicherte er ihm, dass er ihn mehr liebte als das Leben selbst, und tausendmal wiederholte er diesen peinigenden Refrain: »Aber mein Sohn, wie konntest du deinen eigenen Bruder töten?«

Endlich traf der Krankenwagen ein. Als die Sanitäter Huff von Chris zu lösen versuchten, wehrte er sich wie ein Wilder. Mit dem Blut seines Sohnes und dem Schweiß seiner Qualen beschmiert, brüllte er, bis er heiser war, dass ihm niemand den Erstgeborenen wegnehmen würde – der ihn schon längst nicht mehr hörte.

Epilog

»Du siehst erschöpft aus.«

»Der Eindruck trügt nicht«, erwiderte Beck, während er die Stufen zu seiner Veranda hochstieg, auf der ihn Sayre und Frito erwarteten. »Es waren sechs grauenhafte Stunden.«

So lange war es her, seit Chris in der Notaufnahme des Krankenhauses für tot erklärt und Huff verhaftet worden war. Er wurde wegen Totschlags verhaftet, da er die Pistole auf Chris abgefeuert und dadurch den tödlichen Unfall verursacht hatte.

Huff war nicht mehr in der Lage, irgendwelche Entscheidungen zu fällen, weshalb Beck in seinem Namen den Strafverteidiger angerufen hatte, den Chris zuvor für sich beauftragt hatte. Er hatte sich einverstanden erklärt, stattdessen Huff zu vertreten, und war so schnell nach Destiny gebraust, wie es sein frisierter Lexus zuließ.

Ein Assistent aus dem Büro des Staatsanwalts war von Wayne Scott abgestellt worden, Sayre und Beck als Zeugen zu vernehmen. Beide hatten mehrmals die Ereignisse aus ihrer Sicht geschildert. Becks Aussage brachte das meiste Licht in die Sache. Er hatte nichts ausgelassen und ausführlich erklärt, wie die belauschte Unterhaltung zu dem Schuss auf Chris geführt hatte.

»Ich habe nicht den geringsten Zweifel, dass Huff ins Werk gekommen war, um mich für meinen Verrat zu erschießen«, hatte er dem Staatsanwaltsgehilfen erklärt. »Ich wusste, dass ich genau wie die beiden denken und handeln musste, wenn ich sie wirklich treffen wollte. Ich musste einer von ihnen werden.«

Sayre hatte mit wachsendem Entsetzen zugehört. Aus Liebe zu seinem eigenen Vater und aus Pflichtgefühl war Beck zum verabscheuten Anwalt der Hoyles geworden.

»Aber als Huff hörte, wie Chris den Auftrag zu Dannys Ermordung zugab, ist er durchgedreht. Er feuerte die Pistole aus einem Impuls heraus. Die Kugel hat Chris zwar verfehlt, aber Chris taumelte vor Schreck wild rudernd zurück. Dabei traf er zufällig den ungesicherten Startknopf des Förderbandes. Der schadhafte Treibriemen zerriss. Er schleuderte Metallspäne wie Granatsplitter durch die Luft. Einer davon traf Chris.«

Schließlich hatte man Sayre entlassen, während Beck noch bleiben und seine Aussage ein letztes Mal wiederholen musste. Man ermahnte ihn, dass er damit gegen sein Berufsgeheimnis verstieß und dass das Konsequenzen für seine Tätigkeit als Anwalt haben würde. Er blieb trotzdem bei seiner Version.

Nachdem Sayre heimgeschickt worden war, wusste sie nichts mit sich anzufangen. Weil sie weder in das Haus zurückkehren wollte, das nicht mehr ihr Zuhause war, noch in ihr trübseliges Motel, war sie ihrem Instinkt gefolgt und hierhergefahren, um Becks Rückkehr abzuwarten.

Jetzt sank er in den freien Liegestuhl und kratzte den glückseligen Frito hinter den Ohren. »Ich wünschte, wir könnten alle so leben wie er«, bemerkte Beck. »Für ihn ist jeder Tag ein neuer Tag. Was gestern passiert ist, ist vergessen, und was morgen sein wird, interessiert ihn nicht.«

»Und was wird morgen sein?«

»Gegen Huff wird Anklage erhoben. Wir beide werden wahrscheinlich nicht belangt. Dafür müssen wir bei seiner Verhandlung aussagen.«

»Das habe ich mir schon gedacht.«

»Es sei denn, er bekennt sich schuldig.«

»Hältst du das für möglich?«

»Es würde mich nicht überraschen. Er hat ihnen erzählt, wo sie Iversons Leichnam finden können. Red Harper hat zugegeben, damals Beihilfe geleistet zu haben. Er wird sich ebenfalls verantworten müssen. Falls er lange genug lebt.«

Beck beugte sich vor, stützte die Ellbogen auf die Knie und drückte erschöpft die Daumenballen in die Augen. »Huff ist ein gebrochener Mann, Sayre. Bevor ich fuhr, habe ich noch einmal in seiner Zelle nach ihm gesehen.«

»Wie hat er reagiert, als er dich sah?«

»Gar nicht. Er lag zusammengerollt auf seiner Pritsche und weinte zum Gotterbarmen. Huff Hoyle, zu einem Bündel Elend verkommen.« Er sagte das leise und bedrückt. »Ich glaube, er hätte Chris alles verziehen, aber nicht, dass er einen der Seinen ermorden ließ. Wenn Chris den Präsidenten erschossen hätte, hätte Huff ihn gedeckt und bis zum letzten Atemzug verteidigt. Aber den eigenen Bruder zu töten? Das konnte Huff nicht zulassen. Das verstieß gegen seinen Familiensinn.«

»Ich frage mich, woher er den hatte«, sagte Sayre. »Es ist nicht so, als wäre er im Schoß einer Großfamilie aufgewachsen. Er hat nie über seine Eltern gesprochen und nur immer erklärt, dass beide gestorben seien, als er noch klein war.«

Beck sann kurz darüber nach und sagte dann: »Einmal saß ich abends mit ihm zusammen, als Chris aus war und Huff eine Menge Bourbon getrunken hatte. Er schwadronierte vor sich hin, aber dabei kam er zufällig darauf zu sprechen, wie sein Vater gestorben war. Er sagte: ›Die Schweine wussten nicht mal seinen Namen.‹«

»Wen meinte er damit?«

»Das hat er nicht verraten. Mehr hat er damals nicht gesagt. Vielleicht war es nur unzusammenhängendes, belangloses Geschwätz. Oder es kam aus tiefstem Herzen.«

Sie sah auf den Rasen hinaus und seufzte. »Wenn ich mir vorstelle, wie viel Kraft es ihn gekostet hat, diesen Schuss abzugeben… Er hat versucht, das zu zerstören, was er am meisten liebte.«

»Chris war auch seine letzte Hoffnung auf ein Enkelkind. Er hat sich auch die letzte Möglichkeit dazu genommen. Trotzdem brauchst du ihn nicht zu bemitleiden, Sayre. Er hat Chris zu dem gemacht, was er war. Er hat ihn so gezüchtet.«

»Und er hat mein Baby ermordet. Ich vermute, er hat es nie als eines der Seinen betrachtet.«

Beck nahm ihre Hand und drückte sie.

»Bist du hungrig?«, fragte sie.

Sie gingen ins Haus. Sie hatte auf der Herfahrt ein Brathähnchen gekauft. Gemeinsam deckten sie den Tisch, wobei sie jedes Mal Frito umkurven mussten, der sie auf Schritt und Tritt verfolgte, als würde er befürchten, dass sie ihn wieder allein lassen könnten.

»Ich habe mit Luce Daly gesprochen«, sagte sie. »Clark wird morgen oder übermorgen aus dem Krankenhaus entlassen. Seine Kollegen haben sich dafür eingesetzt, dass er sie während der Inspektion vertritt. Er wird nicht viel arbeiten können, bis er sich ganz erholt hat, aber das Vertrauensvotum sollte seine Genesung beschleunigen. Außerdem ist er guten Mutes, seit er weiß, dass die Männer, die ihn überfallen haben, im Gefängnis sitzen. Luce dankt dir dafür, dass du Wort gehalten hast.«

»Die Namen an Wayne Scott weiterzugeben war das Mindeste, was ich tun konnte.«

»Außerdem habe ich Jessica DeBlance angerufen und ihr erzählt, was heute vorgefallen ist. Ich kam den Nachrichten nur eine halbe Stunde zuvor, und sie war sehr froh, dass ich ihr Bescheid gegeben hatte, ehe sie alles aus den Medien erfuhr. Sie ist eine Seele von Mensch, Beck. Als ich ihr gestand, dass Danny mich angerufen hatte, beschwor sie mich, mir deshalb keine Gewissensbisse zu machen. Sie sagte, Danny würde nicht wollen, dass ich mich schuldig fühlte. Sie sagte auch, dass sie für uns alle beten würde, Chris eingeschlossen. Ich bin froh, dass Danny diese alles verzeihende Liebe kennen lernen durfte, wenn auch nur für kurze Zeit.«

»Das kann ich verstehen.«

»Ich glaube, du würdest Jessica mögen.«

»Vielleicht wird sie mich weniger mögen«, sagte er. »Für die meisten Einheimischen bin ich immer noch der Feind.«

»Du könntest deine Identität als Charles Nielson enthüllen.«

»Nein, der sollte wieder in dem Dunkel verschwinden, aus dem er aufgetaucht ist. Die öffentliche Aufmerksamkeit kommt und geht. In ein paar Monaten wird sich niemand mehr an ihn erinnern.«

»Was ist mit den Männern und Frauen, die für ihn gestreikt haben? Und den Pauliks.«

»Nielson wird ihnen einen anderen Anwalt empfehlen. Einen besseren.«

»Was wirst du tun?«

»Zukünftig, meinst du? Das liegt an dir, Sayre. Praktisch gesehen gehört Hoyle Enterprises jetzt dir. Ich arbeite für dich. Was soll ich für dich tun?«

»Kannst du mir Prokura erteilen?«

»Solange Huff in dieser Verfassung ist, sollte das kein Problem sein.«

»Sobald das geschehen ist und ich die Entscheidungsbefugnis habe, möchte ich, dass du Hoyle Enterprises zum Verkauf anbietest. Ich will das Werk nicht haben, aber ich will es auch nicht einfach schließen und die Stadt ohne wirtschaftliche Basis zurücklassen. Sobald die Forderungen der Arbeitssicherheitsbehörde erfüllt sind, verkaufst du die Firma an ein verantwortungsbewusstes Unternehmen. Das kompromisslos alle Sicherheits- und Arbeitsvorschriften einhält, sonst wird nicht verkauft.«

»Ich verstehe und bin einverstanden. Ich hätte schon einige exzellente Interessenten. Unternehmen, die sich an mich gewandt hatten. Ich sagte ihnen, dass Huff nie verkaufen würde. Sie werden sich freuen, dass sich das geändert hat.«

»Solange das Werk wegen der Inspektion geschlossen bleibt, erhalten die Angestellten ihren Lohn.«

»In Ordnung«, sagte er. »Ich bleibe an Bord, bis alles geklärt ist.«

»Und dann?«

»Mache ich mich vielleicht als Berater selbstständig. Mit meinen Kenntnissen könnte ich in größeren Unternehmen wie Hoyle Enterprises zwischen Management und Belegschaft vermitteln. Ich habe weiß Gott genug Erfahrungen gesammelt, und zwar auf beiden Seiten.«

Sie hatten geglaubt, hungrig zu sein, doch als sie zu essen begannen, erkannten sie, dass sie kaum Appetit hatten. Sayre knabberte an einem Butterbiskuit. »Du hast mir erzählt, dass deine Mutter noch lebt. Stimmt das?«

»Und wie.«

»Ich würde sie gern kennen lernen.«

»Das hast du schon. In Charles Nielsons Büro.«

»Brenda?«, rief sie.

»Als ich durch die Tür kam und dich dort stehen sah, war ich im ersten Moment vollkommen perplex, aber Mom ließ sich nicht aus der Ruhe bringen.«

»Nein, wirklich nicht. Darauf wäre ich nie gekommen.«

»Sie fand dich fantastisch. Schick. Smart. Mal sehen ... alle Eigenschaften fallen mir nicht mehr ein, aber alles in allem pries sie dich in den glühendsten Farben. Weißt du noch, wie du aus dem Gebäude kamst und ich angeblich gerade versuchte, Nielson in Dayton aufzuspüren?«

»In Cincinnati.«

»Also, da habe ich in Wahrheit mit ihr gesprochen. Sie hat mir ordentlich den Kopf gewaschen, weil ich so unhöflich zu dir war.«

»Sie muss gestern entsetzliche Ängste ausgestanden haben, nachdem du niedergeschlagen wurdest. Kein Wunder, dass sie hier anrief und sich in Mr. Nielsons Auftrag nach dir erkundigen wollte.«

»Ich habe eben auf der Herfahrt mit ihr telefoniert. Und ihr erzählt, was heute alles passiert ist. Über zwei Jahrzehnte waren wir damit beschäftigt, die Hoyles zu Fall zu bringen. Sie ist unglaublich erleichtert, dass alles vorbei ist. Und noch erleichterter, dass mir nichts passiert ist. Sie hatte immer befürchtet, dass Chris oder Huff entdecken könnten, wer ich wirklich war, und dass ich wie Gene Iverson verschwinden oder bei einem *Unfall* sterben könnte wie mein Vater.«

»Wer ist eigentlich Mr. Merchant?«

»Der starb vor einigen Jahren. Er war ein guter Mann. Ein

kinderloser Witwer. Er war verrückt nach meiner Mutter und liebte mich wie seinen eigenen Sohn. Ich hatte das Glück, zwei gute Väter zu haben.«

Sie stand auf und begann den Tisch abzuräumen. »Ja, das hattest du. Ich hatte nicht *einen*.« Sie stellte das Geschirr in ihrer Hand auf der Küchentheke ab und kehrte zum Tisch zurück, um noch mehr zu holen.

Beck hielt sie an der Taille fest und zog sie zwischen seine Schenkel. »Sobald ich hier fertig bin und offiziell gekündigt habe, werde ich wegziehen und woanders meine Beratungsfirma aufziehen.«

»Weißt du schon, wo?«

»Ich hatte gehofft, dass du mir was vorschlagen könntest.« Er blickte ihr vielsagend in die Augen.

»Ich kenne da tatsächlich eine bezaubernde Stadt«, sagte sie. »Mit tollen Parks. Genialem Essen. Das Wetter schlägt ab und zu Kapriolen, aber Frito stört sich doch nicht an etwas Nebel, oder?«

»Ich glaube, er würde ihn lieben. Ich würde es jedenfalls. Solange ich ab und zu hierherkommen und ein, zwei Schalen Gumbo essen kann.«

»Soll ich dir was verraten? Ich lasse es mir tiefgefroren schicken.«

»Nein!«

»Ja.« Sie fuhr mit den Fingern durch sein Haar, aber im nächsten Moment erlosch ihr liebevolles Lächeln. »Wir kennen uns erst seit zwei Wochen, Beck. Und es waren zwei ziemlich turbulente Wochen.«

»Das ist noch untertrieben.«

»Ja. Ist es nicht zu früh, um darauf eine Zukunft aufbauen zu wollen?«

»Möglich«, sagte er.

»Vielleicht wäre es nur fair uns selbst gegenüber, wenn wir uns Zeit ließen und erst ausprobierten, wie es mit uns läuft, bevor wir eine feste Bindung eingehen.«

»Ich glaube auch.«

»Wie lange brauchst du dazu?«

Sie sah auf die Uhr. »Vielleicht bis Viertel vor?«

Er lächelte und lachte dann leise. »Ich brauche bei weitem nicht so lang.« Ihre Taille umfassend, vergrub er sein Gesicht zwischen ihren Brüsten und seufzte schwer. »Die Hoyles zu Fall zu bringen war mein einziges Ziel und hat alles andere ausgeblendet. Seit dem Tod meines Dads habe ich alle meine Entscheidungen danach ausgerichtet, ob sie diesem Zweck dienen würden. Aber jetzt ist alles vorbei, und ... ich bin so unendlich müde, Sayre.«

»Ich bin es auch müde, immer wütend zu sein. Dass Huff gebrochen wurde, bereitet mir keine Triumphgefühle. Ich bin froh, dass er endlich für seine Verbrechen einstehen muss, aber im Grunde ist er eine tragische Gestalt. All das lässt einen nicht gerade jubeln, meinst du nicht auch?«

»Nein, jubeln bestimmt nicht. Vielleicht Frieden finden.«

»Vielleicht.«

Er breitete die Hand über ihren Bauch und massierte ihn sanft. »Von allem, was er getan hat, fand ich das, was er dir angetan hat, das Schlimmste.«

Sie legte ihre Hand auf seine und ließ ihn innehalten. »Ich bin eine Hoyle, Beck. Wir sagen nicht immer die Wahrheit, und wir können grausam manipulativ sein.«

Er hob den Kopf und sah zu ihr auf.

»Ich habe Huff angelogen. Zugegeben, es war ein billiger Schuss, aber ich war so wütend und wollte ihn mitten ins Herz treffen.« Sie senkte die Stimme und hauchte: »Dr. Caroe hat keine irreparablen Schäden angerichtet.«

Sein Blick senkte sich auf ihren Nabel und zuckte dann wieder hoch. »Du kannst noch Kinder bekommen?«

»Es gibt keinen physischen Grund, der dagegen spräche. Und ich spiele mit dem Gedanken ... dies Huff zu verraten.«

Er stand langsam auf und zog sie an seine Brust. »Das unterscheidet dich von ihnen, Sayre. Sie kannten keine Gnade. Du

schon. Ich habe das in dir gesehen und dich von der ersten Sekunde an dafür geliebt.«

»Nein, Beck«, sagte sie und legte die Wange an seine Brust.
»Das habe ich in dir gesehen.«

Nichts ist, wie es scheint, und jede neue Wahrheit offenbart eine dunkle Lüge …

512 Seiten. ISBN 978-3-7645-0669-8

Als sich die Blicke von Jordie Bennet und Shaw Kinnard das erste Mal treffen, sprühen die Funken! Shaws düstere Ausstrahlung lässt Jordie nicht kalt, doch sie weiß auch, dass er geschickt wurde, um sie zu töten. Doch er hat andere Pläne, denn er will über sie an die dreißig Millionen Dollar gelangen, die Jordies Bruder gestohlen hat. Allerdings ist Shaw nicht der Einzige, der hinter dem Geld her ist. Schon bald sind beide auf der Flucht vor dem FBI und einem gefährlichen Verbrecher. Um der tödlichen Gefahr zu entgehen, müssen sie nun lernen, sich aufeinander zu verlassen …

Eine heiße Spur könnte Journalistin
Kerra Bailey zum größten Fall ihres
Lebens führen – doch ihr Herz macht
ihr einen Strich durch die Rechnung …

544 Seiten. ISBN 978-3-7645-0688-9

Die Journalistin Kerra Bailey ist kurz davor, das Interview ihres
Lebens zu führen. Vor fünfundzwanzig Jahren wurde Major
Franklin Trapper für ein ganzes Land zum Helden, als er nach
einem Bombenanschlag in Dallas eine Handvoll Überlebende in
Sicherheit brachte. Um an den Major heranzukommen, braucht
sie jedoch seinen Sohn John, der wenig kooperativ ist und den
Kontakt zu seinem Vater abgebrochen hat. Doch Kerra lässt nicht
locker, auch weil dieser so abweisende Mann eine fast unheimli-
che Anziehungskraft auf sie ausübt. Als das Interview dann eine
katastrophale Wendung nimmt, erkennt sie, dass sie von mäch-
tigen Feinden zum Schweigen gebracht werden soll und mit John
Trapper zusammenarbeiten muss, wenn sie überleben will …

Lesen Sie mehr unter: **www.blanvalet.de**

blanvalet

www.blanvalet.de

facebook.com/blanvalet

twitter.com/BlanvaletVerlag